김사량, 작품과 연구 5

식민주의와 문화 총서 23

김사량, 작품과 연구 5

김 재 용 · 곽형덕 편

역락

바다의 노래*

서사(序詞)

"여각 같은 이 천지에 손님
같은 광음이라⋯⋯"

이러한 한탄의 말은 춘향전
허두에만 쓰인 말이 아니다. 이
럭저럭 그것도 벌써 십오륙 년
전의 일이 되었으니 사실로 그
말이 맞았다. 손님 같은 광음이
다. 그즈음 나 역시 춘향전의

[이후 별도 표시 전까지 삽화―윤희순]

선생처럼 가엽는 꿈길을 더듬어 단표자로 천리강산을 찾은 적이 있었다. 춘
향전 선생의 발뒤꿈치를 쫓아 따라 가니 명산수에 붙이는 그의 회포는 어떠
하였는가. 비록 시대는 다를지언정 이미 한 가지 마음으로 같은 길을 떠나
서니 동행이나 다름없다. 그러므로 선인의 훌륭한 기록의 몇 구절을 여기에

---

*『바다의 노래』(『매일신보』1943.12.14-1944.10.4.) 총193회 연재본이다. 연재 순서가
뒤바뀐 부분을 바로잡았으며 따로 연재 횟수 등은 표기하지 않았다. 대신 신문 연재
당시 윤희순(1-26, 27-43회는 삽화 없음), 다케다 빈(44-56회), 윤희순(57-72회), 이승
만(73-193회)으로 이어진 삽화는 되도록 전부 같이 수록했다(「서해만리풍」은 연재 당
시에도 삽화가 없었다. 다른 장에서도 삽화가 원래 없었던 것도 있다).

다 그대로 옮기어 빈약한 내 편답기(遍踏記)의 대신을 삼고자 한다.

　"죽장망해 단표자로 천리강산 찾아가니 동대륙에 솟은 형세 백두산이 조종이라 마루마루 넘는 걸음 상상봉을 다다르니…… 백리주회 용왕담에 천파만랑 출렁출렁 남북평야 삼만리에 강토 뻗은 혈맥이라…… 동남을 바라보니 삼천리 굳은 산하 검극을 둘러서니 천부금탕이 아닌가. 죽장을 둘러짚고 산을 타서 내려오니 두만강이 상류로다. 백두산 돌은 칼을 갈아 다하였고 두만강 물은 말을 먹여 마르고나 읊던 남이장군 헛도이 가단말가. 선춘령에 비문 읽고 낭림산 넘어 가니 천리장강 압록수에 동군정이 높았는데 백마산성 푸른 솔은 임장군을 뵈옵는 듯. 청천강을 건너서니 백상루가 여기로다. 묻노라 칠불도야 고금사를 비알리라. 약산등대 어즈러진 바위에 꽃 꺾어 잔을 놓고 술을 무한 먹은 후에 묘향산 들어가니 산명수려 깊은 곳에 기화요초 아리따워 별유천지 비인간이 과연 헛말 아니로다. 망혜를 고쳐 신고 강선루 찾아가니 무산 십이봉은 붓같이 꽂혀 있고 장강 일대수는 옷깃을 둘렀는데 신선이 놀던 자취 속객을 비웃는 듯. 편주를 흘러저어 벽파로 내려가니 긴 성 한편에는 강이 좔좔 흘러있고 큰 들 동쪽머리엔 산이 점점 버러 있다. 이곳이 평양일시 분명하다 ……연광정에 올라서서 사면을 바라보니 능도도 연기 속에 버들빛이 하늘어지고 모란봉 구름빛에 푸른 솔이 우거 졌다. 금수병풍 두른 곳에 제일 강산 좋을시고……"

　그러나 평양이라 이곳까지 오고 보니 내 고향에 놀던 터로 되려니와 이제는 아주 길을 달리 해볼 생각도 난다. 그래 나는 춘향전 선생과 연광정 다락에서 술을 부어 이별을 짓기로 하였다. 선생은 그냥 보발에 쥐치를 달고 육로로 봄날이 꽃다운 구월산을 비롯하여 송도로 접어들어 관덕정에 앉았다가 덕물산 올리 달아 최영장군 배례하고 한양을 거처 동해에 우뚝 솟은 금강으로 들어간다. 이리하여 단발령 높은 고개에 막대를 머무르고 안팎산을 보고 나서 관동풍경 찾아나가 총석정 모진 돌에 글 한귀를 써붙이고 월송정 달 아래에 옷깃을 헤친 뒤에 걸음을 뒤로 돌려 이번은 오대산을 넘어 선다. 그리하여 영월로 돌아가니 자규루에 봉심하고 물을 쫓아 내려가서 속리산 문장대에 한강 근원 더듬으며 계룡산 신도 위에 호남 옥야 바라본 뒤 남방 명산 두류산을 청려완보하여 산 넘어 호남 승지에 이르러 여기서 "매우 이상하고 신통하고 거룩하고 패려하고 맹랑한" 춘향아가씨의 이야기를 듣게 된다.

그러나 이 춘향전 선생과 대동강에서 작별지은 나는 그때 마침 연광정 밑에 디리 닿은 중선에 몸을 싣고 돛을 높이 올렸다. 대동강을 남포로 빠져나가 연파만리 우득한 바다를 수로로 두루 달리며 바다에 삼면이 싸인 화려한 수색을 즐기려는 배포였다. 덕섬(德島)에서 풍파를 피하고 몽금포 잔여울에 나붓기며 장산(長山) 오십 리를 쑥 감돌아 연안을 두루 돌라면 이 땅에 마침인 장쾌한 이야기도 또 하나쯤 있음직하지 않은가. 버드나무숲 우거진 양각도와 수양버들 늘어진 한시장 벌 사이를 흘러 이암도니 봉래도니 반달섬들을 스쳐서 소코바위 밑을 돌아 만경대로 내려간다. 봉오리에 점점이 배긴 솔포기가 푸른 물에 잠기고 흐르듯 넌지시 누운 두로(豆老)섬 언덕에는 누런 소가 꼬리를 젓는다. 주자도와 문발(文發)섬 새를 흘려내려 망망한 대하에 뜨면 다음은 배기(碧只)섬이라 조개섬이라 해압(海鴨)산을 남쪽에 우러러보며 요포로 기진포로 바람 안고 내달린다. 대동강이면 역시 연안의 풍물이며 섬들이 비길 바 없이 알뜰하다. 굽이굽이 돌아 동진(東津) 서북으로 서원동(書院洞) 앞을 지날 때는 어느덧 해가 기울어 림우(林牛)산에 저녁빛이 유란하다.

"남포로 접어듭네다."

라는 사공의 소리 맞추 멀리서 농강 긴아리가 들려온다.

> 조개는 잡아 젓저리고
> 가는 님 잡아 정들리자
> 뒷문도 밖에 살아리라레
> 바람만 불어도 날 속이누나

우이산(牛耳山) 밑을 지나니 저녁안개가 바다 같은 대하에 자욱한데 오른쪽은 평안도요 왼쪽은 황해도로 드높은 등이 원원이 상대하여 자연의 방풍제를 이루어 참으로 천혜의 좋은 항구가 여기 있을 법하다. 안개 낀 포구는 마침 저녁노을에 주홍을 풀어 가물거리고 조그만 어선들은 흐려져 떴다 잠겼다 춤을 춘다. 넘실거리는 물결을 치며 가덕도를 스치니 남포항이 멀리 북쪽에 보인다.

"남포웨다. 선생두 들릴테요?"

"어듸 다른 좋은 섬에나 대여주구 가구려."

"좋은 섬이라. 섬두 하 많으니…… 여보, 그 어디 가는 배요?"

"주란섬 가우."

하고 옆을 스쳐가던 흰 돛 달은 어선의 젊은 사공이 퉁명스레 대답한다.

"웃주란이요?"

"아래주란이웨다."

"그럼 부탁합세다. 이 선생을 좀 그리 모셔다 주우."

그러니까 젊은 사공이 흘깃 고개를 돌렸다가 돛대 줄을 휘여 감는다. 갸울거리는 어선으로 옮겨 탈 때 중선 사공은 젊은 사공을 보고 하는 말이

"아랫주란이면 신별장네 집에나 하루 밤 쉬게 하소. 선생두 마침 이 배를 잘 만났소. 주란섬이 남포 바다서는 일등감넨다. 그리구 또 신별장이

말마디나 하는 어른이구요 이 아근 사람들은 용왕님이라구 그 어른을 부른다우."

"용왕님은 요즘 앓는데요."

"앓다니?"

중선 사공이 사뭇 놀라는 모양인데 벌써 우리 배는 십여 간이나 떨어져 그 새를 어둠이 가로막는다. 우리 배 젊은 사공은 외치는 소리로

"그저께 민어 잡다 뱃전에서 떨어진 뒤부터 운신두 못하고 노망까지 했다우."

전지 불을 켜놓고 지도를 살펴 보니 남포로부터 육십리 가량 바다로 나가 대동강 초입 거친 물결 속에 나란히 앉은 상취라도(上吹螺島)와 하취라도(下吹螺島).

"주란섬이라니 취라도군요."

"예……."

돌아앉아 콧노래만 부르던 젊은 사공이 고개를 끄덕인다. 네 시간나마 바람을 안고 출렁대는 물결을 가르며 우리 어선이 아랫주란 동동남쪽 언덕에 닿았을 때는 이미 밤도 깊어 먼 바다 불빛만이 물그레하다. 갈매기 우는 언덕을 더듬어 인가로 찾아들 때 마침 달이 떴다. 뭉게뭉게 도는 구름 속으로 간신히 빠져나온 파란 조각달이다. 울바자에 내여 걸은 그물에 아직 물방울이 맺혀 영롱하다. 젊은 사공이 앞을 서서 주벅주벅 오막살이 새를 뚫고 나가더니

"여기웨다."

하며 불빛이 어슴푸레한 어떤 초가 앞에 발을 멈춘다.

"용왕어른 좀 어떠시우?"

"거 누구웨까?" 주인 남정의 목소리

"나웨다. 칠성인데요. 평양서 용왕하루반 뵈겠다구 온 사람 데리구 와시오."

나는 적이 객쩍어 입맛을 다시었다. 칠성이한테 이야기를 대충 듣고 부쩍 만나보고 싶어 왔지만 난데없이 오밤중에 들어서기가 아주 무안한 노릇이다.

방문을 열고 이아스레 내다보던 나이 사십 남짓한 남성이

"들어오시지요."

한다. 칠성이가 돌아간 후 주인을 따라 들어서니 어둑시근한 방안이 훗훗하고 무더웁다. 아랫목에 허연 수염이 한자가량이나 더부룩한 영감이 자리를 하고 누웠는데 그 이를 싸고 네 사람의 식구가 둘러 앉았다. 불시에 찾아온 사연을 미안쩍게 이야기 하였더니 생각보다 주인은 훨씬 활달한 인물로 살림 주제도 누추하고 보잘 것도 없는 곳이나 며칠간이든 유할대로 유하라고 한다.

"원체 팔순의 노환이시라 이번 자리하고 누우신 뒤부터는 정신이 흐리마리하셔서……"

하며 욕됨이 많겠다고 외려 민망스러워까지 한다. 용왕어른은 허연 수염을 이따금 쓰다듬으면서 끙끙 신음소리를 지른다. 그의 머리맡에 며느리되는 주인마누라가 우심에 젖어 눈을 내리깔고 있고 불빛을 등지고 노인의 손을 주물며 한숨짓고 있는 부인은 딸인가 본데 앉은 모습으로 보아 꼽새다. 발치 밑에 쭈그리고 앉은 일여듭 된 어린애는 눈이 이글이글하고 검게 탄 얼굴에 이가 희어 제창바다의 아들이라는 느낌이다. 밤이 깊어지면서 바람이 이는 모양인지 파도소리가 높아진다. 때때로 몰아치는 바람에 어유라는 등잔불은 냄새를 풍기며 펄럭거린다. 이때에 아주 보기에도 민망스런 어이없는 일이 생겼다. 물끄러미 등잔불을 쳐다보던 용왕 노인이

무슨 생각인지 벌떡 일어나 앉았다. 용왕이 헛말이 아니라 아주 신선처럼 얼굴이 동탕한 인물이다. 기력도 아직 장정같이 보인다. 그런데 한번 벌씬 웃더니 가분재기 한 다리를 내버치고 방바닥을 발꿈치로 두덩두덩 치기시 작하였다. 그리고 무슨 의미인지 이런 소리를 자꾸 불러 대었다.

대국천자는 호천자
무쇠풍구는 돌풍구

그리고 잇대어서

바다도 적은 양인놈
황해고기는 내고기

노망한 용왕도 이렇게 몇 십 번을 뇌이고 나니 그제는 숨이 가빠지고 주름 잡힌 이 마에 진땀이 도쳐 그만 꿍하 고 다시 들어누웠다.

"정신이 희미해지면 어린애 적으로 돌아가시는 가봐요. 집 의 어른이 어리실 때 무시루 이자처럼 그러시며 노신 모양이니까."

주인이 조용히 이야기 보를 펴놓는다.

"그때로 말하면 벌써 팔십 년 전이라 청국이면 대국으루 모셔 벌벌 기던 때 외다. 게다가 원세개는 군사를 거느리구 와서 노략질을 낭자히 할 지음이지요

어르신 마음에도 아마 조선 사람은 제 앞길을 쳐나가야 겠다는 생각으 루 대국을 지어 먹고 오랑캐루 불러세우던 모양입데다. 그래 대국천자는

호천자요. 또 기력이 장사라 기고만장하셔서 무쇠풍구두 돌풍구밖에 안 여기신가봅니다."

"언제부터 이 섬에 사시는가요?"

"피양 외성서 사시다가 갑오년 난리 뒤에 나오셨습녠다. 여기 오시자 사실말두 황해고기는 이편 고기가 되다시피 고기잡이배를 황해바다도 좁다라고 몰아대었지요."

"양인놈은 또 웬 양인놈인가요?"

하고 나는 웃으며 들었다.

"바다 도적들 양인놈 말씀이지요? 병인년에 양인들이 대동강으루 함선을 타구 들어왔을 때 군사를 자원하야 나가서 그놈들을 죄다 바다귀신을 만들었습녠다."

"허……"

"삼 년 뒤에 또 강화도에 양선이 쳐들어 왔을 때두 대원님께 불리어 나가서 큰 공을 세워 신장사라는 이름을 경향 간에 떨쳤지요. 그때가 불과 이십쩍이랍니다. 아마 어리실 때에두 바다 도적은 양인놈이니 쳐물리구 나라를 지켜야겠다는 속치부가 단단하셨던가봐요."

들기에 자못 줄기차고도 재미있는 이야기다. 그러나 너무 다사스레 묻기도 어려워 덤덤히 듣고만 있노라니 문밖에 기침소리가 나고 그 뒤에 도리우찌 쓰고 당꼬쓰봉 입은 젊은 청년이 들어왔다. 옆에 책보재기 같은 것을 끼었는데 주인네가 선생님이라구 부르는 폼이 야학선생인가 싶다.

"지금 막 끝냈습니다. 그래 좀 차도나 계신가요."

주인은 곰방대를 재떨이에 털며

"글쎄 워낙 노환이라 차도가 뵈질 안 씁네다 그래."

"내일 제가 남포에 갈 일이 있으니 친구되는 의사라두 한번 데려와 봅세다."

"선생님 우정 가시는 거나 아니요? 와 주신대면 저라두 가서 모시구오지요."

"제가 가는 게 날꺼웨다. 겸사겸사해서 제가 갖다오지요 물때가 진새벽
이래니 이제 가서 눈을 좀 붙이겠습네다. 귀동이 너 내일 밤에나 나오너라."

"예……"

청년은 일어서 나오는 어린애 머리를 한번 쓰다듬고 나서 바삐 돌아갔다.

나도 이튿날 낮때에 주인의 인도를 받아 연평바다로 가는 배에 오르게
되었다. 다만 며칠간이라도 더 남아서 신별장의 이야기나 세세히 듣고 싶
었지만 집의 사정도 사정이요 또 마침 남으로 가는 배도 떠난다고 함으
로 총총이 이 섬을 하직한 것이다. 물결이 길길이 뛰는 바다 한가운데를
배가 달리기 시작하자 사공들의 부르는 노래는 이러하였다. 봉죽을 질러
난다. …… 오만칠천냥 보봉죽지 넣었다누나 지화자자 좋다. 예~어그 야
져~ 돈 실러 가잔다. …… 연평바다에 돈 실러 가잔다.

하두 목청이 좋고 또 기상이 씩씩한 즐거운 노래라 황홀스레 듣고 나
서 무슨 소리냐고 물으니 사공이 눈을 흡뜬다.

"아 이 소리를 몰라요. 봉죽타령 아니웨까. 전송 나왔던 신서방의 아버
지 바루 그 용왕어른이 지었다우. 지금이야 이 황해바다에 쭉 퍼졌지요."

참으로 손님 같은 세월이 흐
르고 흘러 벌써 십오륙 년 전
의 일이 되고 말았다. 그러나
이 주란섬 신별장네 기억이 눈
에 삼삼 맘에 곰곰하여 잊을
바이 없다. 청춘 적의 한가닥
조그만 기억에 지나지 않으나
그래도 무시로 주란섬을 맘에 그리고 신별장네 뒷일을 궁금히 생각게 되니
이것은 또한 어찌 된 일일까. 사실로 그때는 춘향전 선생과 길을 달리하여

심청이 슬피 죽었다는 장산곶 거치른 파도를 헤치며 내려간 뱃길이었다. 그러나 서해 서쪽이 다시없는 황해를 강화도로 돌아들어 간악한 외적을 물리친 만고 영웅들의 칼두른 자취를 더듬고 영광바다 조기잡이 터로 물을 따라 내려가니 간 곳마다 수국 광경은 명민하다만은 용왕어른의 이야기만큼 거룩하고 장쾌한 이야기를 어디 다시 들을 데가 없었기 때문이다. 그리고 진도에서 배를 갈아타고 한산도로 접어들어 강산이 손을 머무르는 높은 다락 수루를 우러러보고 동해로 나가 관동풍경을 차례로 구경한 뒤 석양이 비친 삼일포에 편주를 띄워 해금강을 두루 보고 원산이라 청진으로 북관 바다를 해매기까지 했으나 물결은 산악같이 장쾌하다만은 또한 봉죽탕령 지어 부른 용왕어른만큼 장엄한 인물을 어디다시 만날 길이 없었던 것이다.

그러므로 언제나 한 번 더 주란섬을 찾아 용왕어른 일족의 자세한 사적을 알아보고 싶은 마음이 간절하였다. 그러나 오랫동안 내지에만 살게 되어 간간 고향이라고 돌아온대도 그렇게 수월히 황해바다 작은 섬에 발길을 돌리게는 못되었다. 그 집 사람을 눈여겨둔 배도 아니니 평양거리서 만난대도 알아볼 리도 만무하고 또 주란섬 소식을 귓결에 들을 길도 막연하지 않은가. 그러던 중 바로 얼마쯤 전에 우연한 기회가 생기여 다시 주란섬을 찾게 된 것이다. 남포 어떤 친구집에 경사가 있어 참여하러 갔던 길에 거기 연석에서 어찌어찌해 주란섬 갔던 이야기를 하니 마주 앉은 어업조합에 있다는 이가 내일 아침 발동선이 그 바다로 가는데 다시 한번 안 가보려느냐고 권한다.

"갑시다. 가게 해주시오."

나는 놓치지 않고 매달렸다. 이튿날 아침 억랑포에서 이십 톤 남짓한 발동선에 올랐다. 이 배는 바다에 흩어져 믿어 잡이가 한창인 어선의 떼무리를 찾아 하루 한 번씩 고기를 실어가는 조합배이다. 십오륙 년 전의 첫 번길 적엔 밤중이었고 또 주란섬을 떠나 남으로 향할 때는 날씨도 흐릿하고 사나와 주란섬 근방이 이토록 아름다운 줄은 꿈에도 몰랐다. 포구를 나서 제도 앞을 지나 소섬 일출섬 마치진 등을 뒤로 넘길 때는 남쪽 멀리 황해도 땅에 구월 산 시루봉이 드높은데 아지랑이 어리었다. 바람은 한점 없고 물살은 잔잔하 다. 백하 그물을 돛에 걸친 어선들이 좌우사방에 그림같이 떠돈다. 그 위를 갈매기들이 너울거리고 저 멀리 수평선에도 흰 돛이 아물거린다. 그리고 오 리섬 결석도 피도 호장섬들 작은 섬이 올망올망 앞바다 양쪽에 널려서 마치 백일몽을 꾸는 듯 호장섬 바깥으로 나서면 그제는 정말 바다처럼 망망한 느 낌인데 저멀리 바다 한가운데 흡사 물오리처럼 작은 섬이 쌍을 지어 떠있다.

"가물가물 뵈는 저 섬이 주란섬이외다."

하고 동행의 조합원이 손을 들어 가리킨다.

"글자대루 읽으면 취라도인데 해적배가 보일 때 소라를 불어 근방에 급 을 고하는 섬이래서 취라도라는 설이 있습니다. 바루 저 섬이 평안도의 연 두산과 황해도의 석계(石溪)산과 삼각형을 지어 취라도서 소라 부는 소리만 들리면 양쪽 산에서 봉화를 놓이 올린 모양입니다. 주란이란 사투리지요."

발동선은 아랫주란섬에 내 홀몸을 부려놓고는 다시 바 다로 떠나버렸다. 바닷바람이 옷깃을 스치는데 사면을 두루 살펴보니 십오 년 전은 까마 아득하되 섬모양은 예나 별반 다름이 없는 것 같다. 돌작

지를 차며 둔덕으로 올라서면 동남쪽에 작달분한 초가가 열아문 모 여 앉았는데 옛날이나 지금이나 가난한 어촌임에는 틀림없고 옛 기 억을 자아내는 소나무 한그루와 두 아람들이 도토리 나무는 옛이나 다름없이 푸르싱싱하다. 둔덕 위에 세멘트 기와 올린 섬과 대중이 안

맞으리만치 커다란 지붕만이 눈에 새롭다할까. 인가를 찾아 쭈볏쭈볏 가노라니 어린애 둘이 다룽치를 가지고 지싯거리며 나온다.

"신별장네집이 어디더라?"

하고 물으니 어린애들이 얼굴을 마주보며 머뭇머뭇한다.

"용왕어른의 집말이다."

그들은 고개를 가로 흔든다.

섬애들이 모를 리가 없을 테라 심상치 않은 생각이 들어 바삐 동리로 들어갔다. 마침 토방 가에서 그물을 꿰어매고 있는 파파 늙은 할머니를 찾아보고 같은 말로 물었다. 물끄러미 나를 쳐다보더니 어디서 왔느냐고 되묻는다.

"신별장네가 이 동리를 떠났는가요."

"다 말해 무엇하겠소. 용왕님이 모두 데려가셨다우. 벌써 한 십 년 된 가부에다."

"……."

사뭇 놀라는 표시를 하니 노파는 손을 멈추고

"용왕님은 십여 년 전에 세상을 떠나시구. 바다에 나갔던 주인 남정은 배가 째지여 돌아오지 못했지요. 병신 고모가 귀동이를 데리고 어딘지 영 떠나버렸다우. 그 집두 말이 아니지요."

"주인마누라는……."

"일이 악착스러울내니 남정어른이 바다에 나갔을 적에 만삭이었다우. 그때 동리 사내가 파선해서 많이 돌아오질 못해 동리가 발끈 뒤집혀 울음소리가 진동한데 고 마누라는 질겁해 산기가 들어 애를 낳다 죽었지요. 모두 서낭(城隍)님 처분이신 걸 인력으루 어떡합니까."

"그래 용왕어른의 무덤은 어디쯤인가요?"

"서낭당에 모셨다우. 무덤은 뒷녘에 있지요. 어디 오늘밤 거처할 데나 있습니까? 원 사내라 사내들은 모두 바다에 나갔으니……." 하며 허리를

꼬부렁대며 일어서더니

"어찌 되어껀 좀 들어오소. 누추해도 들어오소."

"가보지요."

"하…… 오늘루야 가시나요. 배가 있어야디요."

"신별장네 옛집이 어디 바루든가요?"

"바루 이 위의 윗집인데 지금 학교 박선생네가 들어있다우."

"학교라니 저 둔덕배기 세멘 기와집이 학굡니까?"

"그르라우 그게 학교다우. 선생님두 아까 돌아 오십데다."

"그럼 그리루나 가보지요."

이래서 나는 용왕어른의 옛집을 찾아가 학교 박선생을 만나게 되었다. 그의 웃칸에서 첫인사를 받을 때 어째 어디서 한번 본 사람 갔기는 하나 머리에서 빙맴을 돌 뿐 암만해도 생각이 안 난다. 학교가 용왕어른의 서당에서 야학 의숙 이렇게 자라나 도의 인가도 받았다는 말이 났을 때 비로소 옳지 하고 나는 무릎을 쳤다. 지금은 수염이 더북한 사십장년이나 십륙 년 전인가 신별장네 집에 책보자기 싸고 들어와 남포로 이사를 데리러 간다던 야학선생이 바루 이 사람이다.

"그러구보니 서루 구면이구려."

하고 우리는 마주 웃었다.

남포서 소주를 한 병 차고 온 것이 있어 잔을 주거니 받거니 하며 숭어회 안주로 백년친구처럼 즐기는데 화제의 중심은 역시 용왕 신별장 일족의 일이다.

"모두가 이상한 인연이외다.

이런 외딴 섬에서 선생을 마주해 용왕어른의 이야기를 하게되니……"
하고 박선생은 자못 감개무량한 모양으로 검은 수염을 쓰다듬는다.

　"선생은 이 섬 태생이신가요?" 하고 물으니

　"그러치요. 용왕어른의 사랑을 적이 받으며 자라났습니다. 제가 이렇게
이름 없는 조그만 섬에 남아서 어린애 교육에 몸을 받칠 결심이 생긴 것
두 이를테면 용왕어른께 깊은 감화를 받은 탓이지요"

　"……."

　"어쨌든 세상에 드문 훌륭한 어른이셨습니다. 누가 지어 불렀는지 모
르나 용왕어른이라는 말이 결코 과남치가 않지요. 사실루 이 섬사람들의
은인일 뿐더러 바다의 은인이시니깐요. 남을 위하는 생활이라는 점에서
그 어른의 십분지일이라두 본받아 볼 생각이나 역시 속인이라 비애도 많
군요." 하고 너털웃음을 터친다.

　"……."

　"겨울이 첫째 질색입니다. 얼음이 떠들어와 꼭 갇히어 내왕도 끊기어
감옥살이지요."

　"고기는 안 잡습니까?"

　"못잡지요 고기두. 그리구 오마섬이 만평 남짓한데 서곡두 잘 되질않아 가
을에 못 되서 장만해온 양식과 시초로 견디며 얼음이 풀리기만 기다리지요"

　"물은……."

　"물이 또 극귀합니다. 우물을 파도 물 나오는 데가 없어 겨울에 얼음을
주어다가 바위잔등에 놓아 녹는 물을 독에 받아 쓰지요. 그래 집집이 독
을 여러 개 준비하는데 이 동이 김선달네 집엔 십 년 묵은 물이 다 있습
니다. 물과 쌀과 시초에 시달리는 생각을 할 때는 저와 같이 고기잡이만
하는 사람은 일 년두 못 살 곳입니다. 그러나 괴로운 생각이 들 때는 서
낭당으로 용왕어른 뵈러가지요. 거기에 어른의 화상도 안치하고 이 섬사

람들이 늘 향화를 받들고 치성도 드립니다. 그 어른의 화상만 보이면 이런 생각 저런 생각이 다 쑥 들어가고 마는걸요."

이리하여 잔을 거듭 해가며 신별장에 관한 세세한 지식이며 조사한 내용을 고스란히 이야기하기 시작하였다. 그리고 그 가족들의 역사며 아직 살아남은 혈붙이 다시 말하면 꼽새 딸과 손주 귀동이의 최근 소식까지 밤이 깊도록 쭉 펴놓는데 제법 훌륭한 한편의 소설이다. 내가 이튿날 이 집을 나설 때 박선생은 벽장에서 오랜 서류를 한 묶음 꺼내 놓는다.

"이것이 무엡니까?"

그는 입가에 미소를 띠우며

"신별장네 일족에 관하야 여태까지 적어논 기록과 자료입니다. 이것을 참고로 하여 아무형식으로든지 용왕어른의 이야기를 세상에 내놓아 주십시오. 꼭 부탁이외다."

나는 쾌락하고 돌아와 곧 박선생의 기록과 자료와 귀로 들은 후일담의 정리에 착수였다. 정리라 해도 문구와 수식을 약간 고치는 정도에 멈추고 이야기의 순서나 세우면서 여기에는 되도록 그대로 옮기고자 한다. 그러나 박선생이나 내 글이 어찌 춘향전 선생의 멋진 운치에 미치랴. 그래서 본받아 무슨 전 아무 전하고 제(題)하기는 사양하고 박선생의 희망대로 이름지어 "바다의 노래"라 한다.

무쇠풍구

고종 팔년 신미 사월에 미국의 대함대가 쳐들어와 덕진을 빼앗고 광성포대를 점령하여 마침내는 백병전에 이르러 이를 못 보고 헛되어 물러간 지 겨우 두어 달포나 되었을 즈음이다. 지금으로부터 칠십이년 전 칠월 보름녘.─ 이때에 배를 타고 뭍으로 피난하여 두메 속에 깊이 숨었던 주란섬 사람들은 차츰 옛집을 찾아 섬으로 돌아오기 시작하였다. 지난 병인년 구월에 불란서 함대가 강화도로 몰려드는 것을 겨우 물리쳤다는 소문도 귀에 새롭거니와 삼 년 전 무진 여름에 이 섬 기슭을 대동강으로 거슬러 올라가 총을 놓으며 열흘나마나 실랑이 붙이다가 드디어 평양 백성들의 용감한 반격을 받아 불을 쓰고 침몰한 셔먼호의 소요도 또한 엊그제 일 같았다. 그 후로는 무거운 꿈을 아직도 깨지 못하는 이 나라를 엿보고 양선떼가 동으로 서로 남으로 연방 와서 흔들더니 이번은 미국의 군함떼가 다시 강화도로 침범한 것이다. 그러나 대동강 포구 멀찌감치 황해가에 물새처럼 떠있는 보잘 것도 없이 조고만 이 섬사람들이 부랴부랴 봇짐을 꾸려 싣고 배로 달아난 데는 그리 이유가 없지도 않았다. 하루아침 먼바다로 나갔던 섬사내들이 밤을 도와 황망히 돌아와 강화도 쪽으로 떼를 지어 철갑선이 대포를 꽝꽝 울리며 쳐들어가더라는 허풍선을 놓았다. 셔먼호의 피비린 기억도 새로워 필경은 이곳으로도 몰려오리라고 섬 안이 끓기 시작하는데 며칠 후에는 양군이 드디어 광성포대를 점령하고 파죽지세로 서울로 몰려간다는 소문이 떠돌아 왔다. 진격하며 마을에 불을 지른다는 둥 닥치는대로 부녀자를 겁탈한다는 둥 이런 근거 없는 소문은 황해도에 나들이 갔던 김선달의 아들 봇돌이 놈이 되집어 돌아와 눈을 휘번득 거리며 퍼뜨려 놓았다. 게다가 좀 더 보태여서 양군 들이 조선 군사를 총으로 쏘아 죽이고 그 머리채로 갑옷을 만들어 입고 구름떼처럼 몰려오는 것을 고땅 제 눈으로 보았다고까지 주장이다. 열다 섯 살의 봇돌이놈이 거짓말이 천하일수라 콩으로 메주를 쑨대도 곧이 들 리지 않을 터이지만 사태가 사태인지라 최근 그 아버지부터가 곧이 듣고 짐을 꾸리는 통에 질겁하여 모두들 허둥지둥 집으로 달려갔다. 그때에 형 편을 본답시고 덕섬까지 나갔던 그 형놈인 일명 건조구가 또 허비적씨며 돌아왔다. 아닌게 아니라 양군떼가 검은 연기를 뿜으며 이쪽을 향해 몰려 오더라고 눈을 치뜨고 숨을 시근거린다. 드디어 섬 안은 발칵 뒤집혀 아 이고 데이고 하며 배를 몰게 되었다. 달아나며 김선달의 두 아들은 하늘 높이 소라를 불어 올리었다. 주란섬의 사명을 잊지 않고 뭍에 급을 고할 양으로 ― 뭍에 사람들도 이들을 맞이하자 대경실색하여 피난짐을 꾸려 가지고 신중으로 들어갔다. 섬사람들은 인제는 그만 섬이 통벼락을 썼구 나 하고 서로 붙들고 울기도 하고 치도 떨었다. 그러나 그것이 모두 맹랑 한 거짓말이란 것이 드러났다. 좀 있어 양선떼가 모두 뱃머리를 돌리어 달어났다는 소문도 들렸다. 건조구는 돌아가는 함대를 보고 혼비백산하였 던 가도 싶으다.

"어 그 고얀녀석들 때문에……."

"그 녀석들의 아가리를 찢어놔야……."

그냥 집들이 고스란히 앉아서 주인이 돌아오기를 기다리는 섬으로 돌 아오자 사내들은 이따위 소리를 하며 입맛을 쩍쩍 다시었다. 이래 이 섬 으로 치면 태산명동에 쥐 한 마리 격으로 다시 평화스런 섬나라의 여름

철이 시작된 것이다. 다시는 놀랄 일도 떠돌 일도 없음이 외려 멋쩍으리
만치. 이럴 즈음 난데없는 종선 한척이 섬 가에 와 닿았다.

해질 물에 그 배는 와 닿았
다. 처음에는 괴이쩍은 이 행
차를 발견하고 마을로 쭈르르
달려들어 온 것도 또한 봇돌
이 놈이다.

"용왕님이 선녀를 데리구
오셨다!"

봇돌이는 동리가 위아래 쩍버개지게 이렇게 고아대었다.

"용왕님 오셨다. 용왕님 오셨다."

"이놈아 상기 주둥이가 성했니!"

하며 젊은 사내 칠보가 뛰쳐나오며 짚신짝을 집어 드니까 봇돌이는 훌쩍
돌아서서 숨채기를 한다.

"땅곰보야 정말이다. 거짓뿌리면 이거야 이거."

하며 제 모가지를 손으로 베어 보이고 다시금 고래고래 고함을 질렀다.

"용왕님이 선녀 데리구 오셨다. 선녀 데리구 오셨다."

이 고함소리에 동리 애들은 뛰쳐나오고 아낙네들은 토방가에 나서고
늙은이들은 어정어정 기어 나왔다. 그때는 벌써 땅곰보 칠보의 멱살을 끌
어 잡히여 봇돌이가 입에 궤밥을 지으면서 졸패미를 들고 있었다. 애들은
키득키득 웃어대며 아낙네들은 바득바득거리며 늙은이들은

"저놈 이제야 경을 치눈."

하고 중얼거렸다. 그렇다고 별로 고소해하는 눈치도 아니다. 언제나 평화
한 이 어촌으로 보면 당치않게 용왕이 출도하셨다는 허풍선도 심심파적
이 되거니와 이런 치닥거리는 더구나 싫지 않은 구경거리기 때문에. 그러

나 거기에 봇돌이 어머니가 달려오게 되어 일인 즉 대판이 되었다. 본시가 섬에서 제일 틀지고 억척 있는 늙은이인데다 인제는 망령이라고 봇돌이를 가량없이 싸고 도는 낌새다. 늙은이는 잡담제치하고 칠보에 대들어 허리춤을 끌어 잡고 매달렸다.

"아이쿠."

엉겁결에 칠보는 움찔하며 뒷발길로 걷어찼다. 늙은이는 궁둥방아를 찧고 그 자리에 쓰러지자

"이 불상놈 봐라. 네가 날 치누나."

하고 악을 쓰더니 일떠 서며 다시 달려 붙기 시작하였다.

"오냐 죽여라 우리 모자를 죽여라!"

칠보는 기실 어떤 놈이 두던하여 달겨드는 줄로만 알았다가 달겨드는 것이 봇돌이 어민줄 알자 정신이 번쩍 들었다.

"아주마니댓소."

하며 봇돌이를 놓아주고 벌씬 웃었다. 정말로 미워서 봇돌이를 혼뻼 내려던 것도 아니요 단지 제가 외짝으로 좋아하는 봉네가 키들키들 거리기에 더 신이 나서 힘꼴이나 쓰는 재랑을 해보는데 불과하였다. 그러나 인제 보니 잘못 걸려들었다. 늙은이는 칠보의 목덜미를 추켜들고

"이놈 어서 죽여라 죽여!"

"오마니 놓고 말합세다. 기레 놓고."

"못 놓는다. 못놔! 너 이놈 우리 봇돌이는 왜 닭 잡듯 하는 거냐! 그리구 나를 걷어 차기까지하구 응? 이 불측한 놈 너는 네 애미 애비두 없느냐."

"내가 멀합데까. 농하대시오. 농."

"농 아니고 용왕님 오셨다. 용왕님 오셨다."

하며 봇돌이는 아주 기운이 나서 그 앞뒤를 길길이 뛰며 야단이다.

"땅곰보 죽었다. 지라리 곰보 썩었다!"

이래서 적이 큰 소동이 벌어졌는데 바로 그때에 한 사내가 당옷으로 얼굴을 가리운 아가씨를 데리고 그림 속에서 나서듯이 나타났다. 그제는 모두들 눈이 뚱그래서 주춤하니 움쳐 섰다. 칠보는 말할 것 없이 봇돌이 어머니까지 멍하니 그 자리에 늘어 붙었다. 용왕과 선녀란 말이 과연 빗한 말이기 때문이다. 봇돌이는 그 앞에 쑥 나서며

"용왕님 뵙세다." 하고 너푼 절하였다.

그러나 웃는 사람 하나 없었다.

사내는 나이가 스물 서너덧 된 기골이 준수하고 영특하기 바이 없어 정자관에 위풍이 늠름하여 딴은 봇돌이가 용왕이라고 떠들만하고도 남는다. 얼굴을 푹 싸 두른 아가씨가 흰 당목치마를 조심조심 꼬는 꼬까신 걸음세도 또한 마구 생긴 촌부녀의 티가 아니요 흡사 선녀였다. 보아하니 한 쌍의 부부가 황해바다 인적이 먼 아리따운 이 섬을 점지하여 신랑은 용국에서 솟아 나온 듯 신부는 하늘에서 하강한 듯도 하다. 사내가 아가씨를 부축하여 가까이 이르자 동리사람들은 허리를 굽신굽신하며 좌우 쪽으로 자리를 비켜섰다. 봇돌이 어머니는 넌지시 나서서 땅에 얼굴을 조아대였다.

"이런 볼상 없는 섬에 용왕님과 센네 어른을 맞이하게 되니 얼마나 황감한지 모르갔습네다. 거저 섬에서 고기나 건져먹는 것들이지만 제망냉이 이 녀석이 그래도 노상 철부지는 아니와니여 용왕님과 선녀어른을 알어 모시고 마중 나가 뵈인지고 동리에 추달을 하다가 그만 저 불측한 놈을 만나 봉변을 당하게 되어 이렇게 소동을 피워 또 어찌 송구스러운지 모르갔습네다."

젊어서 용강땅에 살 때는 그래도 무당패를 따라 다녀본 적도 있는 술

마리라 이 늙은이는 입심이 좋고 또 제법 수다스러웠다.

"지존지대하신 용왕님을 몰라 뵙고 빨리 나가 모셔 받들지도 못한 죄는 백번 죽어 마땅하온 줄 아오나 어리석은 우리들을 측은히 여기시와……."

"허허!"

하고 사내는 너털웃음을 터치었다. 그 웃음소리에 또한 비인간의 우렁참이 있는 상 싶었다. 먹먹히 서 있던 동리 사람들은 아뿔싸 정말 용왕인게로구나 그제야 정신이 버쩍 들은 모양으로 그 자리에 일제히 엎드렸다.

"헤헤헤 저것 봐. 이제야 내말이 들어맞은 줄 알았지. 빌어 빌어 이 땅곰보야. 너두 빌어……."

하고 봇돌이가 더욱 신이 나서 입이 터진 팥자루인데 늙은이는 말을 가로 질렀다.

"이 녀석아 무엄스레 그러단 당장에 벌이 내린다. 용왕님 그저 업친 데 덮채기루 제 아들놈까지 잘못을 더합네다기레. 널리 용서합십시사. 널리 용서 하십시사. 모두가 이 작은 땅곰보 녀석 때문에 일어나 일이옵네다. 그녀석이 제 아들 봇돌이를 들구 패면서 용왕님에 대하여 입에 담지 못할……."

"아니야요. 저는 안 그래어요."

하고 칠보가 겁이 시퍼렇게 나서 송사하듯 말하니까 늙은이는 눈을 치커 뜨고

"이 마른 벼락을 맞을 녀석. 네가 끗당 그 너절한 엇단 수작이냐? 나는 속여두 용왕어른은 못 속인다. 응? 이 녀석아……."

"아니야요. 이 노친네 미쳤어요."

"바루 이놈이 용왕님과 선녀 어른에 대하여 가진 욕설을 다 퍼붓다 못해 내종에는 이 늙은 것을 모진 발루 걷어차기까지 한 놈이외다. 어서 조처해주십수사……."

사내는 어안이 벙벙하여 한참동안 서성대고 있더니 마침내 꿇어 엎딘 늙

은이 옆을 스쳐나가 그중 연로해 보이는 이초시 영감을 거들어 일어세웠다.

"명색 모를 녀석이 떠들어와서 동리를 소란스럽게 하여 죄송하기 짝이 없습네다. 저는 평양 태생이나 신접살림을 여기 채려볼가고 왔습니다. 여러 가지로 동네 신세를 저야하겠습니다. 제 이름은 신태주라고 불러주십시오. 남 신자에 클 태 두루 주자로 신태주……."

"그저 황감합네다. 황감합네다."

이초시 영감은 귀머거리라 사연은 못 알아차리고 더욱 황감하여 머리만 대구 조아 대었다.

이런 소동을 일으키며 신태주의 부부는 주란섬에 나타났다. 그 뒤로 이어, 신태주에게는 용왕이라는 별호가 붙게 되었는데 나이 좀 지근해지면서는 용왕이라고 아무도 불러치우지는 못하고 용왕어른라고 깍듯이 존대해 부르게 된 것이다. 그러나 평양 살던 신아무개라는 말이다 뿐이지 근본을 통히 모르게 되어 섬사람들 사이엔 첫날부터 공론이 자심하게 되었다. 여편네가 두서넛 모이기만 하면 얼굴을 조아대고 수군거리고 애들은 서로 이끌고 나서서 신태주네 집 앞을 잔칫집 기웃거리듯 하였다. 울바자 쥐구멍으로 들여다보기도 하고 뒷 둔덕에 올라가 살금살금 뜰 안을 훔쳐보기도 하였다. 이 거처하는 집은 이번 피난통에 그냥 듬에에 머물기로 한 변성호네 집자리로 둔덕을 뒤로 진 초가삼간이다. 이웃 사내들은 이런 이쁜 색시를 눈어름에라도 한번 볼 양으로 일월 없이도 올바루 앞을 서성거렸다. 영감들은 사랑에 모여 앉으면 숙덕숙덕 공론이다. 그것도 그럴 것이 용왕 사내는 집을 꾸리노라고 간혹 흙짐을 담으러 나올 때도 있고 호미니 흙손이니 빌리러 동리집을 찾는 경우도 있지만 선녀 색시만은 바깥에라고는 근 한 달경 얼씬도 안하는 것이다. 첫날 하청배한 인연으로 봇돌 어머니는 두간두간 이집에 드나들기도 하나 색시는 인기척만 나면 방안에 있다가도 훌쩍 삿갓을 집어 쓰고 돌아앉는다는 것이다. 대체로 왜 사람의 눈을 꺼리는 걸가 정말로 색시만은 천상의 선녀로서 어쩌다 지상에 내려온 설움에서일까. 하기는 영락없이 선녀이다. 복숭아 같은 뺨이라든지 진주 같은 눈이라든지 분결같이 고운 손이라든지가 보통 인간의 것이 아니라고 늙은이는 그냥 주장한다.

"삿갓을 쓰고 돌아안뜨래메."

하고 여편네 하나가 따지니까

"이번엔 면바루 **봣답**네. 수수를 갈다가 놀래서 돌쳐보는데 꽃이 어데 그럴 데가 잇갓노. 나비가 어데 그럴 데가 잇갓노⋯⋯."

"에이 능청 좀 그만부리우. 짝짜꿍이루 다러나온 바람잽이들이지! 볼 것 잇소."

"엣기 저런!"

늙은이는 눈을 휩떴다.

"벼락 맞을 소리를⋯⋯."

"벼락은 무슨 벼락. 제가 사람 볼 낯이 없기에 방 안에서두 삿갓을 집어쓰는 게지. 멀쩡한 선녀라면 하필 이런 섬에 도망오길 오갓소."

그도 그럴 듯한 말이라 늙은이는 그만 말문이 막히었다. 하나 그 뒤 며칠 만에 동리 어린애놈이 달려오다가 칠보어머니에 부딪히자 숨차기를 하며, 이런 말을 전하였다. 용왕과 선녀 사이에 싸움이 시작 났는데 선녀가 용왕에 달려들어 무릎을 꼬집으며 야단을 치니까 용왕이 대뜸 선녀를 치켜들고 토방으로 뛰처 나오더라는 것이다. 칠보어머니는 싱긋 웃었다. 줄곧 달려가 그 집 울바주 밑에 기여 들었다. 가만히 기맥을 엿보며 싸움은 진작 끝난 모양인데 문턱에 앉아 코만 벌름벌름하고 있는 남편의 무릎에 엎드려 색시는 흑흑 느껴 울고 있다.

"평양으로 도루 가요"

방울소리같이 고운 선녀의 목소리.

"할 수 없거니 하고 바다에 팔자를 맡기라구……."

용왕의 목소리는 적이 비감하다.

"싫어 싫어요. 같이 도루 가요."

하며 선녀는 몸부림치더니 애원하듯 백옥 같은 얼굴을 치켜 올리는데 눈물이 덧거니 맺거니.

"가? 내가 돌아 갈가하려면 왜 왔게! 그러지말구 이 섬에 재미를 부치자구……."

하며 사내는 선녀의 뺨을 두던두던 어루 만진다. 참으로 황홀스럽기 짝이 없는 광경이라 칠보어머니는 저도 모르게 침을 꿀꺽 삼키였다.

하여간에 여기서 한 가닥의 단서는 뽑히었다. 칠보어머니는 그리 사이가 좋지 못한 봇돌이 어머니게 제 아들이 혼빼미 난 일만해도 통분한데 상기두 용왕이니 선녀니 하고 풍을 떠는 폼이 밉쌀스러워 떠들어온 이 젊은 부부의 살밑을 꿰려고 틈틈히 벼르고 있는 터였다. 그래 이 노파는 요즘으로 말하면 회람판 돌리듯이 듣고 본 이야기를 침소봉대로 제 증간도 썩어 돌리였다.

"아니 여보게나, 그런 싸움을 하겠습마. 색신즉은 참하디 참합네. 아무래두 그 부란당 녀석이 수상 홉너니. 필경 양가의 처자를 후리채 가지구 은신하누라구 온 모양이지……."

"부란당이라니 원 말씀을 해두. 아무터나 범연치 안은 양반이야 틀림 없지요. 그 어글어글한 눈 일띠 옥돌 같은 콧마루일띠……."
하고 젊은 아낙네가 책을 잡으니까

"흥 님자가 홀딱 반한 게로군. 애 아버지가 무섭질 안을까?"
하며 버렁니를 배여 무니

"애구마니 못할 소리다없네."
라고 아낙네는 진정으로 겁을 집어먹고 두둥싸게 양보하였다.

"하긴 부란당인지두 몰라."
그러나 사랑에 모여드는 영감들의 공론은 그리 수롱스럽지는 않았다.

"그 작자가 행용 상것이 아닌 것이 말씨가 양반태인데 서울 어태까지 좀 석긴 법하데."
이것은 주인 박첨지의 이야기다.

"그러니 더구나 모를 일 아닌가. 원 서울서 달어 나온 살인자나 아닌지."
하고 오영감이 수염을 쓰다듬으니까 김선달은 헛기침을 내어 놓았다.

"입술이 두꺼운 보람 없이 그런 말 허투로 하지 말게."

"그러치 아무려나 양반임엔 틀림없는 모양이니까."
하며 한첨지가 가장 점잖은 태를 하였다.

"자연 알 때가 있으려……."
그런데 봇돌이란 놈이 또 새로운 보고를 돌렸다. 오줌을 누러 달밤에 나섰더니 선녀가 바줏문을 열고 머리체를 흩어치고 나는 듯이 나오더란 것이다. 숨을 죽이고 뒤를 밟아 살금살금 따라갔더니 선녀가 바다 기슭을 걸어 섬을 한 바퀴 쑥 돌아 둔덕 소나무 밑에 이르자 달을 쳐다보며 울었다. 실컷 울고 나서 꺼지게 한숨을 쉬고 눈물을 거두었다. 그리고 그만 설움에 젖어 집으로 찾아오다가 왼편에 성황당을 보고는 사뭇 놀란 듯이 발을 멈추었다. 그때 봇돌이는 성황당 뒷담에 몸을 기대고 있었다. 선녀는 사뿐사뿐 다가오더니 성황님 앞에 꿇어 엎드렸다. 그리고 한참 만에 송알송알 이렇게 빌었다.

"서낭님, 서낭님 남편의 맘이 돌아서게 해주서요. 다시 물에 들어가 살게 해주서요. 연약한 여자의 몸으로 파도가 길길이 높아 도루 갈 길이 망연합니다. 제게 하늘을 나는 옷을 주서요. 그러면 호근히 잠이든 남편을 안고 시제라도 날러 돌아가겠습니다. 서낭님……."

"애 말 같지 않다. 그만둬라."

하고 아버지 김선달은 꾸짖었으나

"그래, 선녀는 집으로 돌아갔니?"

하고 어머니가 다가앉았다.

"끝꺼정은 못보구 돌아서서 달어 나왔지 머. 자꾸 울기만 하든데 내가 배를 태워 피양까지 실어다 줄까부다."

"용왕한테 졸경을 처블 년."

"용왕."

하고 봇돌이는 뜨끔해서 눈을 내리깔았다. 그러나 이 소문은 이튿날 새벽에 봇돌이가 나돌자 또 동리에 짜르르하니 퍼지고 말았다.

수런수런한 공분은 제 아른 체도 안 하고 용왕 신태주는 집꾸리기에만 정신이 팔려 있더니 하루 아침은 머리를 수건으로 질끈 동이고 허리통을 새끼오리로 둘러 매인 뒤에 젊은 사내 새에 저벅저벅 나섰다. 그 즈음 며칠 채는 젊은이들이 덕섬에 건너가 막을 치고 묵어가며 외쉼이 낚시질을 하고 있었다. 새벽물에 술 가지러 왔던 칠보와 성출이가 다시 덕섬으로 떠나려던 참이다. 땅곰보 칠보는 뱃터로 내려오다가 용왕이 따라나서는 노름에 가슴이 뚱하였다. 헤벌쭉 웃었다.

"어데 가시나요?"

"나도 같이 갑세나."

"덕섬엘?"

용왕이 고개를 끄덕이는 바람에 칠보는 입을 딱 벌리었다. 섬에서는 본당 서낭에서 근당 소당 세천할머니 등을 수호신으로 위하고 바다에 나가면 뱃서낭 영감서낭 애기씨서낭 호(虎)서낭 뱀서낭 등을 극진히 모시지만은 섬과 바다를 통하여 가장 그들이 두려워하고 처받들기는 용왕이 첫째이다. 죽을 혼이 들어 제가 무엄을 저지른 용왕이 같이 바다엘 나가자니 이런 변이 또 어디에 있을까. 뱃사람의 사생을 결단 짓고 바다의 풍파 조화를 마음대로 하는 용왕이 듬쑥 무서워지자 이 신태주가 영락없이 용왕 같이만 생각되었다. 그는 형편보아 뒷통수를 뽑으려고 연신 허리만 굽신거리며

"용왕님 그저 저를 저를……."

이러다가 용왕의 헛기침 소리에 화다닥 놀래여 그만 뱃전에 올랐다. 물가에 웅크리고 치를 부들부들 떨었다. 성출이도 따라 오르고 용왕은 배를 떠밀며 날쌔게 올라탔다. 남의 속내는 모르고 성출이는 닻을 올리고 어야지여 어야지여 돛을 올리기 시작한다.

물가에는 벌써 동리 애들이 모여 떠들썩거리고 이초시네 앞마당에는 여편네들이 나와 수근거린다. 어데 갔던 봇돌이는 달려오더니 용왕이 타고 떠나는 배를 보자고 애들을 돌구서 본당서낭이 있는 노등새기로 달려올라갔다. 배는 이 섬을 북으로 끼고 감루봉이라는 바닷속의 선 돌밑을 지나 서쪽으로 삥삥이 바람을 싣고 달아난다.

"이제 봐라. 땅곰보 혼날제."

봇돌이는 손에 땀을 쥐고 야단이다.

"용왕님이 괜히 밸 탄 줄 아니?"

"바람이 하네루 잘만 부는데." 하고 개똥이가 콧방구를 치자 봇돌이는

"그래뵈두 마파람이 휙 하니 불어 돛머리가 부서진다. 용왕님이 누군 줄 알어. 들개바람을 불릴지두 모른다. 저런 배는 후들딱 집이 생겨 후들딱하니."

"그럼 우리 형 죽겠네. 우리 형 죽겠네." 하며 성출이 동생 돌쇠는 엉엉 울기 시작하였다. 그러자 봇돌이는 손을 내저으며 달래였다.

"아니야 아니야. 성출이는 걱정 없어 걱정 없어…… 땅곰보만 혼낼 작정이여 땅곰보 죽이지 않는다. 혼만 내지……."

한편 도토리 나무 선 둔덕 위에는 용왕 부인 선녀가 늙은이들과 같이 나란히 앉아 먼 바다로 내달리는 범선을 바라보고 있었다. 하염없는 눈물이 뺨을 스쳐 흐르고 또 흘렀다. 봇돌이 어머니는 위로하듯이 "용왕님이 바다엘 나가시는데 무슨 근심이웨까. 맘을 푹 놓고 어서 들어가기나 합시다. 저기 십 리 안짝으로 뵈는 섬이 덕섬이웨다, 거길 간다우."

칠보 어머니는 못마땅하다는 듯이 쯧쯧쯧 혀를 찼다.

"섬에 살 사람이야 따로 있지. 원 저런 양반 어른이 어떻게 사시겠다고……." 선녀는 흡사 무엇에 질린 사람 같이 까딱도 안 하고 범선만 바라보더니 한번 꺼지게 한숨을 내여 쉬었다. 그리고 혼잣소리처럼 종알거린다.

"내가 맘을 돌려야지야……."

진주같이 맑은 햇빛을 씹으며 찰랑거리는 은물결 위를 미끄러지듯이 내달리는 범선 속에서 용왕 신태주는 바람에 옷자락을 휘날리며 감개가 깊은 모양으로

"나로서는 오늘이 어부 살

림의 첫날이니 잘들 껴들어 가르쳐 주게나……. 내 어부 살림의 새 출발을 하느님이 축복하시는지 날씨도 좋고 바람도 고루로워 물결도 잔잔하이……."

"오늘 같은 날거리는 정말 쉽질 안티요."

성출이는 곰방대를 배젓에 두둘기고 나서

"그러나 용왕어른쯤 되구부면 배살림이 당치않은 걸요. 우리 같은 막낙이난 배운 재주가 이거뿐이니 할 수 없지만…… 여보서 칠보 그렇지 않은가. 원 저 자식은 언제가 일루 애당초에 당신 앞에선 머리를 못딘대니까니……."

"허허허 어느 녀석이 날 보구 용왕이라구 미친 수작을 펴놓았는지 별 우순 일이 다 있습데. 용왕이 고기잡이 나선다면 거야말루 용궁에 곡성이 진통할 노릇 아니와. 옛적 수허지가 아니구서야 용왕이 사람 되어 세상에 나올 뻔 한일인가. 용왕이 이제는 가련한 신세가 되어 칠보 자네 덕을 좀 입어야 살까보에. 그런데 이 배는 내가 타고 온 배와는 좀 다른가부네게레."

"그건 짐배디만 이거야 낙배니깐요. 낙배라니 낚시질배란 말이웨다. 이 놈은 갈매기 형국으루 앞이 둥구스럼하고 뒤가 꽁치처럼 날씬하지 않소? 더거시니 이게 무언지나 아십네까?"

하며 성돌이는 돛을 가르키며 싱글싱글 웃는다.

"이 사람 돛 아니와?"

"헤헤헤 내 그럴 줄 알았다. 돛이 아니구 연장이랍니다. 옛적엔 돗자리를 걸댓으니 돛이랫디만……."

어지간히 칠보두 안심된 모양으로 키들키들 따라 웃었다.

물간에서 허릿춤을 추켜올리며 일어나면서

"에— 수상 난 혼낫댓네 죽는 줄만 알았네."

하더니 기운이 나서 히들거리기 시작하였다.

"인젠 내가 선생 좀 되야 되겠다."

"정말루 모든데 선생이 되어주게."

"용왕님 뱃뇌리두 잘 알디 못하디요? 뱃머리 빼죽한 데를 묘수라구 하구요. 앞쪽은 이줄 뒤쪽은 고물 앞쪽에 있는 저 방은 방장이라구 부른데 배임자와 사공이 자구 뒤쪽 이방은 투수깐 이래는데 화장이 잔다우. 여기는 물깐……엣키 바람이 되칼루 도네." 하며 후닥닥 뛰어올라 돛줄을 풀어 놓는다.

"이 바람 맞추는 줄은 아닷줄이래요."

"아닷줄. 한데 바람이 되칼누 든다니?"

"마파람은요 남풍이구, 하네바람은 북풍인데……."

"이사람 괄세 말게. 아무럼 하네바람과 마파람이야 모르겠나."

"핫 그래두 노파가 동풍인 줄은 몰르디요? 칼바람은 서풍이라우. 그리구 향따라 마칼되칼 늣하네 된하네 늣노파 된노파 하는걸요."

바람을 타고 하고 많은 갈매기가 여기저기 흩어져서 물과 희롱을 하며 너울너울 춤을 추고 있다. 가마오리란 놈은 두 마리 뱃머리 밑에 까만 목을 내어밀었다가 혼자 놀란 듯이 물속으로 다시 숨어버린다.

"덕섬이 갈매기와 가마오리의 소산인데 우리 배를 환영하러 나온 모양이지요."

성출이의 설명에 얼굴을 드니 바다 한 가운데 고약스레 높이 솟은 덕섬 위는 정말로 갈매기의 원무회(圓舞會)나 벌어진 듯하다. 그 섬 밑에는 낙배가 드믄드믄 흩어져 있는데 사내들이 의아스레히 얼굴을 치켜들고 바라본다. 칠보는 그들을 향하여 제법 농구로 이런 고함소리를 질렀다.

"여보게 용왕님 오시네."

"용왕님 출도하시네!"

덕섬은 주란섬 서쪽 십 리 터에 우뚝 솟은 바위산이지만 그 주위가 이 근방 어민의 좋은 고기잡이 터도 되고 또 바다에 나갔던 뱃사람들이 모진 서북풍과 사나운 풍랑을 여기에 피하는 다시없는 좋은 피난처도 된다. 그리고 발붙일 만한 평지 한 조각 없이 그악하여 인가는  하나도 없으나 그 대신 높은 낭떠러지 바위틈서리에 수백 마리나 되는 갈매기가 깃들이고 가마오리와 꿀꿀이도 바위 밑에 수없이 숨어들어 알을 깐다. 섬 기슭에는 사리나 아니면 언제나 드러나는 좋은 백사장이 있고 또 그 주위 옅은 물에는 바닷풀이 듬썩 깔려 있어 이곳에 갖은 고기가 다 알을 쓸어 몰려든다. 시방은 복아지 낚시질이 한창인 칠팔월 방산.—

여기 나와 용왕은 복아지잡으로 낚시질의 제일보를 디디게 되었다. 칠보는 용왕의 선생격이 되고 용왕도 칠보의 천품이 무던하고 서글서글한데 맘이 끌려 농 삼아 선생으로 부르며 친근하여졌다. 이때부터 땅곰보 칠보에는 곰보선생이라는 별호가 붙게 된다. 용왕은 곰보선생과 한배를 타고 선생의 낚시로 일일이 코치를 받으며 줄을 느리고 웅크리고 앉았다. 거미채라는 기구에 미끼를 달고 복아지를 유혹하면 뚱뚱한 몸이 달겨 들다가 뜻하지 않은 낚시에 걸려든다. 가련하게 속임수에 잡히지만은 그래도 서툰 솜씨에는 호흡이 바로 맞지를 않는다. 그러나 서툰 낚시에 잉어 물린다고 용왕의 낚시에 큰놈이 제법 연달아 걸리게 되어 용왕도 사뭇 즐거워졌다. 칠보는 물론 딴 사내들도 용왕이 건질 때마다 떠들썩하니 고아대었다.

그날 밤 모래터의 막간 앞에 사내들은 횃불을 피우고 줄넝줄넝 둘러앉자 복아지 회 안주로 주연을 베풀었다. 탁배기 잔을 주거니 받거니 돌리거니 하는 사이에 술이 거나하여지자 뱃노래도 나오고 백구타령도 나오고 수심가도 나오고 긴아리도 나온다. 풍기 있는 축은 바가지를 치며 장단 맞추는 손과 어깨가 저절로 으쓱 나가 앉은 춤을 추다가 가분재기 일어서서 돌개바람처럼 들더니

"쉬— 용왕님께 헌신드리오."

하고 나서

"백수한산에 신불노."

하고 바가지를 들쓰고 덩더쿵 덩더쿵 탈춤이다. 또 한 사내가 튀어 나와

"쉬— 옥동도화 만사춘."

이래서 모두들 술독이니 바가지니 옹백이니 무릎이니 두들겨 치면서 야단법석이다. 달 없는 하늘에 별은 총총하여 바다에 별빛이 깔렸는데 선선한 바람이 나부끼고 낮에 자고 밤에 나오는 꿀꿀이들은 이 광경을 즐기는 듯 너플너플 쥐치를 펴고 떠돈다. 즐거운 밤이었다. 용왕도 못하는 솜씨가 아니라 옹백이로 연방 들이키는 술이 취해 오르고 또 흥에도 겨워 젓가락으로 옹백이를 치며 껄껄거렸다. 이때에 칠보와 성출이가 달려들어 팔을 붙들어 일으켜 세우며

"용왕두 한마디 하소!"

"그래, 서툰 재주를 한번 내부치라는가."

하고 선선하게 용왕이 일어서는 바람에 그들은 와— 하고 떠들다가 서로 쉬— 쉬—

"그럼 생맥이루 배운 뱃노래를 한마디 띠워보세. 이제는 나 역시 뱃사람이니 제격일디두 모르갓네."

그리고 목을 가다듬어 첫 허두를 내뽑았다. 목청이 좋아 줄기차고 우렁차고 또 구슬프기도 하다.

요내춘색은 다 지내가고 황국단풍이 돌아들 왔구나 지화자 좋다. 천생

만민은 필수직업이라…….

이때에 어둠속에서 한 사내가 질겁한 소리를 질렀다.

"배따라기구나!"

그러자 사방에서

"예기 그만두게!"

"그만둬!"

"왜?"

용왕은 눈을 부릅떴다.

눈을 부릅뜨는 바람에 사내들은 기가 질려 그만 귀먼 갱구를 못하였다. 그제는 용왕이 천연스럽게 뒤를 대여 다시 목청을 뽑는데 내용인즉 역시 뱃사람들이 뒷손을 치리만치

비장한 배따라기다. 용왕은 이 노래가 도깨비에 향내처럼 그들에게 듣기 싫은 노래인 줄은 꿈에도 알 바가 없었다. 각각 벌어먹는 곳이 달라 우리는 구태여 선인되어 타고 다니는 것은 칠성판이요 먹고 다니는 것은 사자밥이라 입고 다니는 것은 매장포로다…….

처량스러히 이렇게 부르면서 동정을 살피니 혹은 고개를 푹 숙이고 혹은 서먹서먹하고 혹은 어리둥절 거리고 혹은 눈물을 흘리고 혹은 애원하는 듯 혹은 두 손으로 귀를 막고 치를 떤다. 용왕은 그들이 마침내 황홀경에 빠져 비감하여 마지 않는 줄로만 짐작하였다. 그래서 더욱더 흥에 겨워 일층 목청을 가다듬고

만경청파 대해 중에 천리만리로 불려갈 제 양쪽 돛대는 질근 부러져 삼동강에 나고 뱃머리는 빙빙 정신은 아득하여 삼혼칠백이 흩어져 사십

명 동무를 물에 넣고…….

"거 어떤 놈이 뒈져볼라구. 그따위 소리를 부르구 있나!"

그때에 이렇게 호통을 뽑으며 어둠속으로 불쑥 튀어 나오는 사내가 두어서넛 있었다. 아래쪽 모래터에 막을 치고 있는 석도치 사내들로 그중에는 힘이 장사라고 황해바다에 쩍뻐개지게 유소문한 막냉이도 섞여있다.

"무엇이!"

용왕은 노래를 뚝 그치고 놀라 서서 눈알을 부라리었다.

"게 무슨 말버릇이가."

"이 자식 봐라. 네가 정말 뒈지구 싶은 게로구나!"

막냉이가 대어들어 팔을 걷어붙이자 곰보선생이 질겁하여 새를 가로막으며

"막냉이 님자 참게나."

"참으라구 이 자식!"

하더니 칠보를 대뜸 매다 꽂혔다.

"이 박살할 주란섬 놈들, 너 이놈들이 휘장을 하였느냐? 바다에 나와 이 물귀신 같은 놈이 그따위 소리를 부르는데 잠자코 듣구만 있단 말이냐! 이놈 너부터 당장에 죽어봐라!"

하고 담박 달려들어 용왕의 멱살을 끌어 잡아 싸움이 시작하였다. 곰과 호랑이 같은 두 사내가 달려 붙어서 주먹다짐 발길질들은 하는 중에 막냉이가 움켜쥔 멱살을 앞으로 꼭 숙이고 한 주먹으로 등줄기를 우리려들자 용왕은 분통이 터져 후닥닥 아랫도리를 걷어찼다. 막냉이는 잠깐 비틀거리다가 마침내 뒤로 나자빠지는데 용왕은 호랑이처럼 날새게 달려들어 말 탄 듯 타고 앉았다.

"이놈!"

"아이구, 이놈 내말 듣구 덤벼라."

막냉이는 시근 벌떡거린다. 어쩔 줄을 모르는 사내들은 우르르 몰려들어서 떼어 놓으려고 애를 쓰는데

"용왕, 용왕님."

하고 곰보선생이 그의 어깨죽지에 매달리며

"뱃사람들은 배따라기를 흉조로 알아 그래요. 귀신 부르는 불길한 노래라구 그래요."

"엉?"

하더니 용왕은 눈을 홉뜨고 놀란 듯이 일어났다.

"그럼 진작 말할게지. 내가 크게 잘못했구나."

"에 — 수상 그렇게 힘세다구야……."

혼비백산이던 막냉이도 툭툭 옷을 털며 일어났다. 그래 막냉이패도 섞이어 다시 주연이 열리었다. 모두들 희한한 낯으로 혀를 차며 이렇게 중얼거렸다.

"과연 용왕이나 다름없는 장수인데……."

그러나 몸은 양반이요 힘은 장사가 대체로 무슨 일로 이런 뱃사람에 신세를 떨어치려는 것인가 하고 생각하니 감히 묻지는 못 하나 암만해도 모를 일이다.

해가 져 땅거미 되고 땅거미 져 밤이 된 때 주란섬 둔덕에서는 여편네들이 지적을 맞대어 깔고 앉아 모기쑥을 피우며 말낭이 한창이었다. 별빛만 찬란한 밤하늘에도 멀리 바다 가운데 우뚝 솟아 보이는 덕섬의 모래가에는 아까부터 횃불이 펄럭이며 춤을 춘다. 아무런 말에

나 쯔쯔쯔 혀를 차는 개똥어머니, 앉은 채 코를 고는 성출이 어머니, 송알송알 이야기 보를 펼치는 한첨지댁, 연방 너스레를 치는 오영감의 후처, 팔을 베고 잠꼬대가 고약스런 봇돌이 어머니. 그러나 이 지적지리 아래쪽으로 멀찌감치 떨어진 앵두나무 밑에서는 용왕 부인 선녀의 서글픈 신세 하소연이 시작되었다. 불과 얼마 되지 않는 동안에 한동기처럼 정이 깊어진 어여쁜 봉네를 상대로 선녀는 꿈길을 더듬는 듯 명상에 젖은 듯 하였다. 봉네는 고개를 다소곳하고 꾸리길던 손을 멈추었다. 별빛아래 흔들리는 빨간 앵두열매 암수로 귀를 기울이는 상 싶었다. 선녀는 평양성 황금문 밖 외성이라는 양반고장에 사는 변진사의 둘째 딸로 태어났다. 평양 외성이라면 그래도 서도에서는 첫손으로 행세도 하고 서울출입도 하는 양반고장이요 또 변진사라면 여기서도 그중 호기가 등등한 대성가문이니 그의 딸이면 금지옥엽이나 진배 없을 것이다. 그러나 어린애 적 동리애들은 이 자근년(작은년, 애명)을 밑도끝도 없이 재니(才人)딸 재니의 딸하고 놀려대었다.

조악질이나 종굽질에는 유별히 재주가 있어 능히 한 동 날 사이에 네다섯 동은 수월이 앞서나는데 그럴 때도 애들은 "바데 재니니 긴 머." 하고 입술을 샐룩거렸다. 양반이랍시고 애들까지라도 선내영감이나 촌농사군들 보고 막디 천하야 하대를 하던 그들의 세상이니 재니라면 천하 다시 비길 바 없는 족속이었다.

동구 밖으로 재니가 밀려오는 것을 보면 감사나운 사내들은 돌을 집어던지고 처녀애들은 흉악한 것이나 보는 것처럼 비슬비슬 피하며 재니하고 소리 맞추어 조롱하였다. 작은년은 그래도 철이 좀 들어 애들이 저를 보고 재니의 딸이라는 이미 알데된 뒤부터는 재니 무리가 보이기만 하면 부리나케 달아났다. 그러나 어린 맘에도 내가 혹시 재니의 딸이나 아닌가 하는 의심이 우연한 기회에 생기게 되었다. 그러구 보면 어머니가 정말로 진정의 어머니가 아닌 것 같이만도 생각된다. 양반 부자집 큰마누라답게 덕성스럽고 점잖고 정이 깊은 어머니이지만 제게 대하는 사랑과 딴 동기에 대하는 사랑과의 사이는 어쩐지 간격이 있는 것만 같기도 하다. 어머니도 그 점은 솔직히 인정하는 모양으로

"애는 소녀인가?"

하고 딴 사람이 모녀의 연령을 눈대중해보고 물으면

"늦마의 망냉이외다. 유모 주어 길러 그런지 씨글씨글만 해보이는걸요"

필경 여기에 거짓이 있으려니 이렇게 어린 작은년은 짐작케 되었다. 그래 내가 재니의 딸이라면 나의 어머니는 누굴꼬 하고 조그만 가슴을 애태우며 눈을 떴다 감았다 하였다. 한데 불현 듯 눈앞에 유난한 광채를 띄고 떠오르는 하나의 영상이 있었다. 마치 어둠속으로부터 나타나는 천사의 환영 같이 입 가장에 수연한 미소를 손에는 월계꽃을 살랑살랑 흔들며

"작은 아가씨."

하고 속삭이나 환각(幻覺)이었다. 작은년은 홀체 놀라 저도 모르게 부르짖었다.

"노내미의 아이애미ㅡ"

흔히 외성에 드나드는 재니에는 덕수골과 노내미의 두 패가 있었다. 그리고 노내미의 아이애미외다 하고 들어서는 부인네는 비단 하나뿐이 아니지만 매일반으로 주제가 사나운 품은 헐벗지 않은 거로 보기 좋을만 하나 그래도 그중 나이 젊고 얼굴이 이쁘기로 이름난 노내미의 아이애미 곱단이.

"노내미의 곱단이."

이렇게 작은년은 또 한번 부르짖었다.

선녀의 설움

"봉네야, 그게 내 나이 아마 닐야듭살 될 때인가봐……."

가없이 먼 추억을 더듬노라고 동고스럼한 얼굴을 갸웃둥하니 매력 있는 눈에는 수정같이 더욱 정기로웠다. 다시 혼잣소리처럼 이야기를 계속한다. 물론 작은년도 노내미 곱단이의 살 밑을 소상히 알 리는 없었다. 인물이 그중 해사하다하여 곱단인지는 모르나 아직도 스물일여덟 애티가 어리우는 나이에도 곱단이는 언제나 재니 부인네들처럼 노내미 아이애미외다 하고 인사하였다. 하나 상기 한번도 곱단이가 제 아이를 업고 다니는 것을 본 사람은 없었다. 아이 업는 아이애미라는 것이 작은년의 마음에도 적지 않게 수상하였다. 그렇다고 저의 집을 번번히 찾아들어 오는 것도 아니었다. 다른 부인네는 이 외성 바닥에 올 적마다 그래도 진사댁이라고 일부러 들려서라도 가지만 곱단이만은 외려 이집 큰대문을 멀리하여 들어서는 법이 없었다. 동행패가 나오기를 기다리노라고 담정 밖을 혼자 서성거리었다. 하긴 작은년은 재니 패 중에 노내미의 곱단이를 제일로 좋아하였다. 담장 밖에 곱단이를 찾아 보기만 하면

"곱단이야, 곱단이야."

하며 달려갔다. 그러면 곱단이는 황망스런 얼굴에도 핼쑥하니 웃음을 짓고 사방을 경계하듯이 둘러본 뒤에 작은년을 사람 눈에 안 띄일 위측으로 끌고 갔다. 조그만 손도 어루만지고 등도 토닥토닥 치고 뺨도 비비었

다. 도대체 재니의 몸으로 한다한 양반 상전의 따님 보고 이런다는 것이 좀처럼 안 될 법한 일이라고 작은년 자신 생각 안 하는 바도 아니지만 연유 없이 그는 반갑기만 하고 기쁘기만하여 곱단이의 품에 안겨 숨을 새근거렸다.

"작은애기, 내가 온 줄 어떻게 알았어요?"

"알지 뭐 모르까. 노내미의 어텡이함 만들어왔는데……."

"그래 작은애기 나 보구 싶어 우정 나온가부네. 아이구 신통하셔……."

하며 한 것 끼여 안고 으르르 떤다.

"작은 애기는 내가 고와요?"

"응."

"얼만치나?"

"이만큼."

작은년은 두 팔을 크게 벌린다.

"호호 호호, 그만큼이나? 나두 작은애기가 이만큼 이만큼 고와요."

곱단이는 두팔을 벌렸다가 다시 쓸어안고 상기진 얼굴에 눈물방울을 도치며

"그 담엔 누가 고와요? 아바지? 오마니?"

"아바지."

"아바지 그 담엔?"

"곱단이."

"내가? 오마닌?"

"곱긴 고와두 요만큼."

"왜?"

"잔치꽃 얻어 온 것 난 국화꽃두 안 주구, 함박꽃두 안 주구, 갈꽃만 하난 주는 거 머."

"그럼 내 뭐 드릴께."

하고 앞허리 춤에 꽂은 명주바지를 옆으로 끌어당기고 그 속에서 색형겊으로 치마저고리를 곱게 입힌 각시를 끄집어내어 대롱대롱 흔들어보였다. 작은년은 팔을 매여 달리며 손을 내어저었다.

"나, 나!"

"호호 호호."

언제인가 곱단이의 무릎 위에 앉은 작은년이 둘이서 이렇게 좋아라고 해들거리고 있을 때 뒷결에서 큰기침 소리가 들려왔다. 특징 있는 허기진 기침소리가 아버지임에 틀림없다. 작은년은 질겁하여 각시를 빼어 들고 줄달음을 놓았다.

그러나 담장모퉁이를 돌아서며 홀체 놀라는 모양으로 그는 멈추었다.

––––––––––

주책머리 없이 재니 따위의 품에 안겨 논다고 벼락 호령이 내릴가 혼이 떠서 달아나기 시작인데 그 자리를 피하고 보니 아버지가 불쌍한 곱단이를 두둘겨 패지나 않나 하는 생각이 갑자기 들었다. 그래 작은년은 살금살금 도로가 담장밑에 바싹 붙어서 엿보았다. 하나 아무도 온데간데 없이 없어졌다. 어떻게 된 영문인가 하고 발소리 날쌔라 가만가만 먼저 자리에 다가오는데 접재목을 쌓아 놓아 곳에서 아버지의 말소리가 두런두런 들렸다.

무슨 소리를 하는가 하고 다가가서 가만히 귀를 기울이었다. 곱단이를 볼기 한 대를 치지 않는 것은 천만 고마우나 아무튼 이상하기도 이상하다.

아버지의 말소리는 은밀하였다.

"네가 그래두 총기가 있다는 년이냐. 뭇사람의 눈이 번거로운 곳에 그 애년은 왜 불러내겠니. 만약 이담에 또 이런 일이 내 눈에 띄었다가는 용서없을 줄 알아라. 으흠."

"자꾸 자꾸 보구만 싶었습니다……."

발아래 꿇어 엎드려 목이 맺힌 아뢰는 곱단이의 목소리는 몹시 떨리었다.

"그러지 말구 썩 일어나서 가거라. 요즘은 그래 쌀이난 떨구지 않고 지내느냐……."

"음 네. 덕분에……."

"내달 조상엔 마님이 아이를 데리구 나들이 갈 모양이더라……."

토없이 슬쩍 이렇게 말하더니 긴 담뱃대를 뒤에 손을 뒤로 들고 에헴– 큰기침을 하면서 돌아간다. 작은년은 살며시 재목새에 몸을 감춘채 그들의 하는 말을 의아스레 번갈아 보고 또 보았다.

"대감님, 작은애기두 따라가는가요?"

하고 곱단이가 다그쳐 묻는데 아버지는 뒤돌아보지도 않고 냉큼냉큼 발을 떼어 도망가듯 한다. 작은년은 그만 그 자리에 늘어붙어 멍하니 정신 잃은 애 모양에 있다. 곱단이는 일어나서 휘휘 둘러보고 치맛자락을 털더니 타불타불 방성 밖으로 나간다.

그러나 작은년은 곱단이야 하고 소리를 치지 않았다. 말이 통 나가지를 않았다. 저를 보고 애들이 재니의 딸 재니의 딸이라는 의미를 어렴풋이 알 수 없는 듯도 하였다. 처음엔 제가 곱단이와 좋아하는 것을 아는 까닭에 저를 보고 재니의 딸이라고 놀리려니 하였었다. 그러나 지금은 눈이 번쩍 띄이는 것 같았다. 그 뒤에는 되도록 곱단이를 피하려고 하였다. 그럴수록 마음은 더욱 바뀌어 곱단이가 방성에 오기만 고대하게 된다. 들어오면 먼 바로 살금살금 따라다녔다.

"정말 내 어머니나 아닐까?"

하나 당치않은 생각이라 하였다. 한다한 양반이요 진사호부자의 놈으로 무엇이 부족하여 재니를 작첩하였으랴. 하필 이것이 작은년의 부정의 근거였다.

사실로 수염이 텁수룩한 풍채 좋은 아버지로서 남부러울 것 하나 없어도 한 가지 맘대로 안 되는 것이 있다면 그것은 재채기가 연거푸 두 번 이상 세 번 네 번 연거푸 재채기를 하여야만 장수를 한다는데 그것이 맘대로 되지 않아 기를 써서라도 빈 재채기를 연방하였다.

"에잇취 에잇취 에잇취 에―잇취…… 어―그 재채기두 고약스레 나오눈."

그러나 재채기를 여러 번 억지로 하는 보람도 없이 아버지는 쉰여섯살을 일기로 세상을 떠났는데 운명하기 바로 전날 본 정신이 나갔는지 아무도 없을 때 작은년의 머리채를 쓰다듬으며 이런 말을 하였다.

"작은년아. 노내미 곱단이를 극진이 위하여라. 어머니나 다름없이."

"……."

"내가 죽으면 너 하나 마음에 거리낀다."

"아바지……."

"응. 노내미의 곱단이를 곱단이를……."

숨이 찬 목소리로 여러 번 곱단이의 이름을 자추었다.

"어머니처럼…… 어머니처럼……."

그때 작은년의 나이가 열두 살이었다.

아버지는 노환으로 오랫동안 시름시름 앓다가 진기가 다하여 마침내 거품 자듯이 숨이 지었다. 가진 공대와 효성을 다 받고서 그리 아쉽지도 않은 나이에 세상을 떠났건만 어머니는 시체에 매어달려 점잖은 체모도 불구하고 에누다리하며 몸부림을 치어 대럼 소렴도 엄숙히 지낼 수가 없었다. 그러나 곡성이 낭자한 부수통에서도 작은년은 눈물 한방울을 흘리지 않았다. 노내미 곱단이의 생각만이 간절할 따름. 곱단이가 이 일을 안다면 얼마나 슬퍼하랴 이렇게 생각하니 비로소 눈물도 떨어지고 울음도 나왔다.

하기는 곱단이가 아버지 세상 떠난 줄을 모를 리도 없을 듯하였다. 어디서 들었는지 노내미의 재니 패는 벌써부터 밀려와서 안팎 뜰 안과 부엌새를 부산히 드나들었다. 그러면서도 입은 더 부지런하여 진사영감의 공덕담에 없는 눈물까지 내흘리며 옛날 과거하고 돌아왔을 적 풍악 잡히며 즐거히 놀던 이야기도 한숨 섞어 뇌이는데 그리운 곱단이만은 전과 다름없이 그림자 한번 얼씬 안 하였다. 그러나 필경은 이 외성 바닥에 들어와서 가슴을 쥐어 뜯고 있으려니…… 짐작되었다. 또 사실로도 그러하였다. 성복제 하는 날 밤 뜰 안에 나섰을 때 노내미의 언챙이 할머니가 알아보고 에구에구 작은 아가씨가 상게머리도 못 푸셨네 하며 남 못 보는 데서 머리를 헤치고 흰 오락으로 매어주면서 귓속대고 하는 말이

"곱단이 보셨수?"

"아니."

놀라 고개를 반짝 들었다.

"방앗간에 있어요."

어둠속을 빠져나와 그 길로 달려갔다. 정말로 캄캄한 방앗간 한구석에 멍석을 깔고 세운 무릎 위에 얼굴을 푹 숙이고 곱단이는 울고 있었다. 작은년은 왜 그런지 가분재기 설움이 북받쳐 울음을 내놓으며 달려들었다. 그때 곱단이는 작은년을 꼭 껴안고서 이런 이야기를 하였다. 마치 어떤 처량한 환상을 쫓으며 혼잣소리를 하듯이 서글픈 태도였다. 그것은 영국을 농악골 선산으로 모실 때 넘어야 되는 꿀봉재의 전설이었다. 옛날 어느 대가집의 처자를 사모하는 한 동리의 불스러운 집 총각이 이루지 못하는 가슴을 애태우다 못해 심화로 병이 들어 죽게 되었다. 유언 삼아 부탁하는 말이 그 처자가 딴 방성으로 시집을 갈 때 넘어야 되는 저 고갯등

길가에 남아 묻어 준다면 죽어서라도 한 번 더 보아 한이 없겠노라고. 처자도 그 총각의 애끓는 사랑을 못 이겨 은연히 사모하던 중에 마음에 없는 시집길을 그의 무덤 곁을 지나서 가게 되니 가슴이 벅차올랐다. 저도 제 몸을 걷잡을 수 없이 그만 승교 바탕에서 무덤 앞으로 펄쩍 뛰어내리었다. 그때 무덤이 둘로 갈라지며 처자와 총각은 한 쌍의 꿀머리가 되어 하늘로 날았다 하여 꿀봉재라는 슬프고도 아름다운 이야기. 무슨 이유로 이런 전설을 곱단이가 일부러 하는지 작은년은 알 도리가 없었다. 그러나 그는 곱단이의 이야기가 끝나자 이렇게 부르짖었다.

"곱단이 너무 우리 아버지 보구싶지?"

곱단이는 눈물 젖은 얼굴을 힘없이 치켜들 뿐 말이 없었다. 그러나 그 뒤 나흘만에 상여가 떠나 농악골 가는 길에 꿀봉재를 넘으려할 때 별안간 고갯등 바위 위에서 젊은 여자의 곡성이 터지었다. 상주측은 물론 호상군까지 모두 어리둥절하였다. 작은년은 찔금하니 마음에 집히는 바가 있었다. 한참 만에 젊은 여자는 몸을 일으키더니 풀어 헤친 머리를 펄펄 바람에 날리며 그냥 곡을 내노면서 소나무 숲새로 뛰어 들어갔다. 역시 곱단이었다.

"저런 미친년!"

어머니는 가슴을 치며 발을 굴렀다.

"이런 이야기를 다한들 무엇하리……."

여기까지 이야기하고 선녀는 다시 꺼지게 한숨을 내쉬더니 동안이 뜨게 잠잠히 앉아있다. 동네는 동정의 슬픔이 가득하여 재촉도 안하고 눈물로 옷고름만 적시었다. 선녀는 다시 이야기를 계속하였다.

"우리 집이 안 될려니까 아버지 장사 치르자 그날로 이번은 개천골살이하는 맏오라버니가 또 변사를 하시겠지. 그 뒤부터 내 신세가 말이 아니야……."

개천 군수 오빠는 본시가 든든치도 못한 몸이라 아버지 장사 노름에 지위가 져서 얼굴에 핏기 하나 없더니 봉분 짓고 들어와 반혼체제를 지낸 그 자리에서 졸변간에 또 세상을 떠났다. 입맛이 제쳐서 곡기를 조금도 않는다 하여 그 부인이 상제고 뭣이고 먹어야 산다고 말약 먹이듯 일상 좋아하던 제육을 몰래 대접하였는데 그것이 말썽을 부린 것이다. 체한 모양으로 토하고 사하노라 뒷간 출입이 잦더니 살배가 들어 그만 토방에서 총에 맞은 짐승처럼 공중 거리로 떨어졌다. 한숨 쉬려는 집안이 불 만난 집 모양이다. 의원을 불러 팔찌를 푼다 손발을 더운물로 씻는다 청심환을 먹인다 하며 야단통이 벌어졌다. 그러나 한 시간도 못되어 그는 배를 움켜쥔 채 숨이 끊어졌다. 허망하기 바이 없는 죽음이었다. 회총에 띠운가하여 신귀를 뜨는 어머니는 노 드나드는 성안 소경 점쟁이를 상청으로 불러들였다. 그 소경의 점패는 동방에서 살이 떠들어와 상문이 뜬 길가에 대령하였다가 맏상주를 노렸다는 것이었다. 어머니는 동방이라는 말에 노내미를 얼핏 생각하고 상문이 뜬 길가 하는 말에 곱단이가 통곡하던 꿀봉재를 직감하였다.

"아귀 같은 년!"

이를 부드득 갈았다. 웃목에 쪼그리고 앉았던 작은년은 어머니가 그때 아주 딴사람이 되는 것을 보고 치를 떨었다. 사실로 이때부터 영영 딴사람이 되어버렸다. 이를 악물고 눈이 뒤집혀서 달려들더니 애매한 작은년의 머리채를 휘여 잡고 덜덜덜 마루로 끌고나갔다.

"이년 나가거라. 여 바태 재니년!"

여러 사람이 들어 붙어 풀어 놓아주지 않았던들 작은년은 당장에 몰려 나가는 노내미패에 섞여 이 집을 쫓겨났을지도 모른다. 그 뒤로는 덕수골 패만 드나들게 되었으니 노내미의 곱단이는 이 집 곁을 스치기도 무서워 졌다. 그러므로 이날 작은년은 아버지와 어머니와 큰오빠와 곱단이를 한 꺼번에 잃어버리고 만 셈이었다. 그 뒤라고 어머니는 마음 편할 리 없어 매일매일을 울며불며 지내는데 전에 없이 종이나 하인들 보고도 노발대 발 들볶는 판이니 작은년에 대한 가혹함이란 이루 형용할 수 없었다. 눈 칫밥을 한 술식 얻어먹으며 비슬비슬 피해가면서 숨죽이고 지낼 밖에. 따 라서 온 집안의 수모건지기가 되어버렸다. 작은오빠는 쩍하면 종 다루듯 매질이요, 여편네들은 가진 욕지거리와 역정풀이로 일삼으려 든다.

"바데 재니! 이년! 새테니를 만들년!"

속으로 바테 재니면 어째하고 작은년은 입술을 깨물었다. 사실로 내가 곱단의 딸이라면 차라리 이 집을 떠나 노내미로 찾아가기라도 하리라. 그 래 하루는 아무도 없는 틈을 타서 맘 좋은 늙은 여종에 매어달려 물어보 았다. 여종은 한참동안 말을 못하더니 눈물을 손등으로 부비며 이런 속살 을 더듬더듬 가르쳐 주는 것이다. 재니 패중에 곱단이는 옛적부터 사랑을 받아 이 집에 무상출입하고 있던 몸은 비록 재니요, 옷은 비록 헐벗었으 나 인물이 천하일색이던 일, 하루는 이집 문깐에 버린 애가 있어 마님이 안아다가 기른 것이 바로 작은년이라는 일, 작은년이 옛적부터 곱단이를 박어낸 듯 신통히 닮았다는 일, 그 뒤에 곱단이가 이 집에 못 들어서리라 는 마님의 엄한 분부가 계셨다는 일, 일변 어머니와 아버지가 곱단이 일 로 몹시 싸우곤 하였다는 일……

들고 보니 제가 곱단이의 딸인 것이 이제는 틀림없는 것이다. 그러면 노내미로 가서 그리운 곱단이의 품에 안기자. 노내미는 어디로 가나. 머터니 나루를 건너 원암장을 지나 또 십 리길이라는데 강을 격하여 하기는 갈 가망이 적히 망연하다. 더구나 내외가 심한 이 외성바닥에서 속살은 여하간에 변진사의 딸이라는 명색으로 홀몸으로의 출분(出奔)은 어지간한 노릇이다. 그러나 이것만이 작은년을 끌어매는 이유가 아니었다. 그것은 같은 외성일골에서 자라나는 신태주와 헤어져야 할 슬픔에서이다. 무쇠풍구라는 별명이 붙은 힘이 장사인 소년 신태주. 무쇠풍구 대국전사는 호전사 그는 밭을 갈면서도, 소를 끌면서도, 짐을 나르면서도 이런 소리를 불러대었다. 헤엄을 치면서도 씨름을 하면서도 싸움을 하면서도. 그리고 양반집 사랑에서 혀꼬부랑소리가 들리고 독훈장 치는 글방에서 학공자의 글소리가 들릴 때도 그는 노들판에서 무쇠풍구타령이나 하며 일에만 부지런 하였다. 동리애들은 그를 무쇠풍구 들풍구하고 놀려주나 쩍 벌어진 가슴패기와 호랑이 같은 독기를 두려워하고 처녀애들은 그 번듯한 이마와 호걸 같은 웃음소리를 좋아하였다. 그러므로 대갓집 딸들도 안방에 모이기만 하면 무쇠풍구 들추기에 경황이 없을 지경이었다. 말하자면 인에지였다.

하기야 돈 한푼 없는 가난뱅이의 아들이지만 가벌로나 지체로 본다면 한때 그 영명이 서도에 자자하던 대학자 신참봉의 손자이다. 그러니 이 외성 양반층에서도 으뜸양반의 피를 받았다 할 것이다. 그러나 구차한 살림살이라 호부잣집 자제의 본은 딸래야 딸수도 없겠지만 본시가 글공부를 좋아하지 않아 사략 초권까지나 겨우 떼고는 책은 집어치우고 들판으로 나섰다. 수염이 석자라도 먹어야 살겠다. 땅을 파서 먹자. 벌어먹자. 열댓살 때부터 씨름터에 나가 소를 타다는 부리고 훈련원 석전마당에 나가서는 필목을 상으로 타다가 입을 것을 장만하였다. 삼아문이 떨어 나오고 양반 중인상인이 쓸어 구경나오는 석전마당이나 씨름터에서 사실로 그는 무쇠풍구였다. 석전에는 그의 망패질, 씨름에는 그의 엉덩배지개면 그만이었다. 외성양반들도 이런 구경판에서는 혀를 쩔쩔 채고 금세 애들이 오면 이렇게 탄하였다.

"처 그 고약하다니까. 선조선고의 이름을 더럽힐 불학무식한 녀석이이 외성바닥에서 날줄이야……."

그 무쇠풍구가 누구보다도 작은년을 제일 좋아하였다. 그 좋아함이란 처음에는 애들한테는 놀림감이오, 집에서는 수모감인 작은년을 동정한데서부터 비롯한 것인가 생각된다. 무쇠풍구네는 그즈음 변진사네 다락밭을 두어 마지기 부치기 때문에 간간히 이 집에도 드나들었다. 작은년도 역시 전부터 무쇠풍구를 따르기도 하고 좋아도 하였다. 얼굴이 빨개지면 무쇠풍구는 벌쭉 웃고 돌아섰다. 그래 요즘 와서는 모두들 눈치를 채고 재니의 딸이라기보다 무쇠풍구의 색시라고 놀리며 떠드는 수가 더 많았다. 마침내는 어머니 암주루 싫은 소리를 할려면 반듯이 이런 구절을 꺼내었다.

"이 앙큼한 년. 무쇠풍구에나 맡길 년."

어린 맘에도 작은년은 그것이 싫지는 않으나 좀 창피스럽기는 하였다. 그러나 무쇠풍구 색시면 어쨌다고 입술을 깨물었다. 그때 작은년의 나이 열세 살이었다. 이 무쇠풍구와 영영 헤어질 것이 적지 않게 슬퍼서 발이 선듯 떨어지지를 않는 것이다.

"선녀형님 그런 슬픈 이야기 이젠 그만해요."

봉네는 적이 못 참겠다는 듯이 선녀의 무릎을 흔들었다.

"예. 형님 들어갑시다. 덕섬에 간나이들두 이젠 자는가 봐요. 횃불이 꺼지기 시작할젠. 그리고 밤축이가 몸에 좋지 않다는데."

이야기의 계속은 이튿날 아침 섬기슭으로 내려가 꼭두바위 밑에 앉아 굴을 까면서 다시 시작되었다. 아침녘에 물이 찌자 물에 잠겼던 바위들이 드러나기 바쁘게 이 섬의 부녀자와 어린애들은 다롱이와 구자(굴까는 도구)

를 하나씩 들고 죄다 떨어난다. 봉네가 일찌감치 선녀를 이끌고 손이 덜 묻는 데를 골라 이리로 찾아 나온 것이다. 거리는 서북쪽기슭 물가로 기여나간 봉울진 바위인데 그 밑에 둘이만이 숨어서 굴을 까며 이야기다. 오늘은 봉네의 본을 따서 바람풀로 허리를 동이고 머리는 수건으로 질러 매고 발에는 메투리를 얻어 신어 선녀도 제법 섬색시였다. 그리고 굴도 반시간쯤 까보는 중에 무던히 이력이 나서 손이 십상 잘 돌아갔다. 때때로 얼굴을 들며 멀리 서쪽으로 해무 속에 덕섬이 희멀그레하다.

"어제 밤엔 무쇠풍구 이야기를 하다 말었지. 그 무쇠풍구라는 이가 어제 덕섬으로 간 바로 그 양반이야. 그 양반이 하루는 피투성이가 된 작은 오빠를 둘러 업구 집으로 들어왔단 말이야……."

석전마당에 나가 상한 것을 같이 나갔던 무쇠풍구가 구해가지고 돌아온 것이다. 그 시절엔 서문 밖 달국재 넘어 훈련원 넓은 터전에서 석전이 벌어지군 하였다. 삼아문 관속이 떨어나오고 성내와 중성 외성으로 구경군이 몰려든 가운데서 가마골패와 서문골패가 어울려서 아우성을 치며 풀매질을 하였다. 정강머리가 부러지는 놈, 골통을 깨어 넘어지는 놈, 뛰다가 뒷통수를 얻어 맞아 쓰러지는 놈, 이런 것이 삽시간에 너저분하게 된다. 무쇠풍구는 이 가마골패의 명장으로 망패질을 하려 팔을 풍구두르 듯 내두르며 무쇠풍구 돌풍구하며 나올 젠 서문골패는 머리를 손으로 쓸어안고 우르르 쏟아져서 달아났다. 개개명창으로 치고푼 자의 치고푼 곳을 들어맞혔다. 구경이 질려서 상제몸으로 나갔던 작은오빠는 가마골패 뒤쪽에서 어름어름하다가 이 서문골패의 돌을 어깨쭉지에 받어 고꾸라진 것이다. 그래 무쇠풍구가 달려가서 붙들어 일으키자 서문골패는 이틈을 놓치지 않고 함성을 지르며 육박해 들어왔다. 이때 무쇠풍구는 번쩍 치켜들어 부상자를 등에 걸머지더니 팔을 내두르며 맞대들어 나갔다. 그리고는 동에 번쩍 서에 번쩍하여 태세를 만회할뿐더러 크게 승전까지 보았다.

그러나 무쇠풍구도 왼팔을, 부상자는 다시 정강이를 얻어 맞았다. 이것은 여하간에 작은오빠를 지고 오기 때문에 난생 첨으로 어머니와 온가족에게 그는 칭찬과 치하를 받았다. 그러나 무쇠풍구는 뒷문으로 돌아가다가 작은년을 발견하자 씩 하니 웃었다.

"사실은 너 볼러 왔댔다."

"흥."

"어서 커라. 어서 커야 나한테 시집오지."

"흥."

"흥이 뭐야. 나두 장개 갈 나이다."

하고는 낄쭉거리며 달아났다. 그 뒤에는 매일처럼 문안을 온답시고 찾아와서는 작은년과 말할 틈을 만들려 하였다. 작은년은 슬며시 기뻤다. 오히려 고마웠다. 어머니는 이 눈치를 못차림도 아니나 아들의 생명의 은인인 무쇠풍구를 몰아 내볼낼 수도 없어서 그만저만 하였다. 한데 이런 일이 있어서 사태는 다시 역전하게 되었다. 냉큼 실꾸리를 못 찾아 낸다고 어머니가 작은년 보고 노발대발 야단을 칠 때에 바로 무쇠풍구가 들어서더니 이것을 보고 눈을 찔금하더니만 예의 무쇠풍구타령을 별안간에 시작하는데

"대국턴자 호련자."

하고는 밉살스럽게

"과부똥뎅이 개똥뎅이."

하고 달아 나빼었다. 이 소리를 듣자마자 넙죽 엎어지며 울음을 터친 것은 죽은 맏오빠의 부인이었다.

"아이구 원통해 죽겠구나. 원통해 죽겠구나."

하면서 남편의 보약을 대리군 하던 약탕관을 동댕이치며 넋두리다.

"여보, 왜 죽었소. 왜 죽었소. 과부라구 수모밖에 날 두구. 왜 죽었소!"

어머니는 입에 거품을 물었다.

"이년 네가 그놈과 짜구 그러지. 응 이 앙실방실한 년!"

얼토당토 않게 불은 작은년으로 쓸려왔다.

다음날부터는 무쇠풍구도 곱 단이 모양으로 다시는 이집에 들어올 염도 못지게 되었다. 그러나 작은년은 노내미로 가 지 않고 갖은 구박을 받으면 서도 이 집에서 죽자하니 참 고 지내기고 작정하였다. 불과

열 서너살이나 무쇠풍구에 대한 하염없는 사랑과 의지하는 마음이 곱단 이에 대한 사모보다도 컸던 때문이라할까. 이점은 선녀 자신 어떻다고 단 정해서 말할 수가 없는 것이다. 토닥토닥 굴을 까치며 이야기를 계속하고 있을 때 봉네는 앉은걸음으로 다른 바위로 올라가려다가 바위 쪽을 바라보고

"아이구 오마니!"

하고 놀래는 소리를 질렀다. 선녀도 놀라 돌아보니 제 눈에도 수상해보이 는 배 한척이 서편 쪽 들 속에 솟은 가마귀염 옆으로 돛을 내리면서 모래 터로 들어오는데 거무무트름한 사내들이 삿대질을 하느니 노질을 하느 니 치를 꺽느니 하노라고 분주스레 덤빈다.

"형님, 수적(水賊) 인가봐요!"

그러구보니 모래터쪽 바윗등에 붙어서 굴을 까는 동리부녀자와 어린애 들이 아우성을 치며 우글우글 밀려서 달아나고 있다.

"형님, 우리들두 어서 뛰어요!"

한패는 돌려서 등새기로 기어 올라가고 한패는 어린애의 손목을 끌고 울며울며 이쪽으로 몰려온다. 봉네는 선녀의 손을 이끌고 등줄이 빠지게

달아나기 시작이다. 바위짬 길을 허둥지둥 섬등을 향하여 올라가다가 돌아보니 수적들이 냉큼냉큼 건천으로 건너 뛰어온다. 손에는 시퍼런 활도 하나씩은 다 가짐으로 번쩍인다. 그걸 보니 뒤통수가 화끈 다는 것 같고 발이 짜릿짜릿하여 걸음이 맘대로 떨어지질 않는다. 그때 재빨리 등을 탄 섬사내 애들이 입으로 획하니 지나간다. 가다가 봇들이가 선녀를 보고 손을 잡어 냉큼 끌어올렸다. 봉네도 딸려 올라왔다.

"집으로 가면 더 안돼요!"

하며 봇돌이가 선녀와 봉네를 끌고 도토리 나무밑 작은 성황당으로 오더니 그 속에 떠밀어 넣었다.

"가만있어요. 찍 소리말구. 내 소라를 가지고 나와서 불테니……."

"빨리 섬에 알려요."

하고 선녀가 용왕께 급을 고하라는 양으로 이렇게 부르짖으니

"알아 알아요. 용왕님이 빨리 오서야 저놈들을 쫓지. 아이구 저놈들 벌써 밀려오네."

하고는 집 있는 쪽으로 달음질쳤다. 이 고요하던 섬 속은 발칵 뒤집혔다. 수적들이 엄포하노라고 늙은이건 어린애건 모두 닥치는대로 머리를 둘잡아 넘어치며 들들 달구서 동리로 들어갔다. 예사 좀도적들이 아닌만치 우격다짐으로 초죽음을 시키고는 궷속을 뒤지며 독을 둘러업고 쌀을 자루에 담으며 도적놈은 늙은이를 엎어 높고 환도로 위협하면서 돈을 내노라고 발을 굴렀다. 이리하여 매 집을 이 잡듯 하는데 어디선가 소라소리가 맑은 하늘을 울리며 사방으로 퍼진다. 봇들이 놈이 빠져나가 동남쪽 감도봉에 숨어서 덕섬에 알리노라 불어대는 것이다.

"한놈은 가서 소라 부는 놈을 잡아 치여라!"

하고 털보괴수가 호령하였다.

"그리구 또 한놈은 빨리 가서 배를 이쪽으로 갔다대여!"

하더니 저는 입담배를 부벼서 댓총에 말아 피어 들고 동색이로 올라갔다. 부하들은 짐꾸리기와 일변 주인을 들구치노라고 법석인데 그는 젊은 여편네를 잡노라고 나선 것이다. 여편네들은 이런 경험이 일 년에도 한 두 번이 아니라 모두 바위틈 서리나 혹은 물차구니나 나무 밑에 숨어버렸다. 성황당 속에서 사시나무 떨듯 떨고 있는 봉네와 선녀는 이때에 덕섬으로부터 돛을 올리고 이쪽으로 달려오는 배 한척을 보고 서로 얼싸안았다.

"아이구 오시네!"

동리 앞쪽으로 배를 돌아온 자가 덕섬으로부터 쏜살같이 달려오는 배를 보고 황망히 올라와서 불이의 사태를 보고하였다. 그래 수적들은 부리나게 도적짐과 봇다리며 돈궤를 배로 날라다가 싣기 시작하였다.

그때 털보괴수는 악을 쓰며 선녀와 봉네의 머리채를 걸머쥐고 끌고 왔다. 이것을 보고 봉네 어머니가 울음을 터치며 달려들자 털보는 모진 발길로 걷어차서 쓸어뜨리고 불호령을 하였다.

"이 두 년을 묶거라! 그런데 이놈들 벌써부터 야단이냐!"

"대장님, 섬놈들이 오는가 봅니다. 저 배를 보십쇼."

"이놈들 환장을 했느냐. 환도는 무엇에 쓸려는 거냐. 환도가 피를 못보아 녹이 쓸 지경인데 저 놈들 하룻강아지 범 무서운 줄 모르고 잘 오는구나." 하고 환도로 땅을 짚고 웃었다.

"그러나 갈 짐은 그냥 내실어도 무방하다. 그래 소리 불던 놈은 잡아왔드냐?"

"대장님 그런데 말입죠. 아, 쫓아갔더니 의복을 벗어던지고 바다로 기여들어가 그냥 막 소리를 불러내겠지요. 저도 헤엄쳐서 쫓아는 가보았는 뎁죠. 이놈이 어찌 헤엄을 잘 치는지……."
하고 젖은 머리를 극적극적 긁으며 한 놈이 변명하였다.

그때에 또 소라소리가 가까이에서 들려와 돌아보니 바닷속 감토봉우에 벌거벗은 봇돌이가 의기양양해서 소라를 불어대며 비수를 먹이고 있다. 아까 쫓아갔던 놈과 또 그 외 두엇이 우루루 밀려갔다. 봇돌이는 춤을 추며 더욱 지랄이다.

"저놈 저 우라질놈 봐. 저놈을 냉큼 가서 못잡아 오느냐. 저놈을 잡아가지고야 떠나겠다! 응, 그리고 어쨌든 이 두 년도 내실어라!"

잡으려 가는 패가 돌팔매질을 하는 바람에 봇돌이는 다시 물속으로 뛰어들어갔다. 봉네와 선녀는 뒷결박을 지고도 악에 악을 쓰며 항거를 하였다. 발버둥을 치며 팔팔 날뛰다가 선녀는 어떻게 뽑았는지 바른손으로 털보의 환도를 움켜잡았다. 서슬 푸른 날을 쥐었으니 환도를 후려 뽑기만 하면 다섯 손가락이 날을테지만은 홋길망을 보려는 털보는 두 손으로 손가락을 펴서 환도를 뽑고는 음충스레 웃었다.

"그만큼이나 이쁜 게 왜 속은 그리 용렬헌구. 도적놈괴수의 마누라 맛도 괜찮다네…… 허—이년들 왜 이리 지랄이야! 어서 내실어라!"

마침내 힘에 못 이겨 선녀와 봉네마저 수적배에 내실리었다. 벌써 돛은 올리기 시작이다. 봇돌이를 잡으러 갔던 세 놈은 또 빈손으로 달려오며 털보에게 아뢰인다.

"대장님, 큰일 났습니다. 어서 배를 타십쇼. 한배짐 장정을 실고 벌써 섬 밑을 들어섭니다. 저놈들 떠드는 소리가 들립지요. 대장님……."

"서둘지 말아. 이 등신같은 놈들." 하고 하주 거센 체 하면서도 적이 물세가 글렀다고 생각하였는지

"그럼 떠나볼까." 하며 뱃전으로 엉금엉금 기어올랐다. 그러자 덕섬서

달려오는 배의 흰 돛대가 감토봉을 스치며 내다보였다. 동리 사람들은 감격에 못 이겨 울음을 터치며 구름떼처럼 와르르 밀려내려 갔다. 여기에 겁을 집어먹은가 싶게 수적배도 미치러지듯이 바다로 떠나갔다.

바로 이때에 덕섬서 오는 배가 넌지시 그 앞을 질러 막으며 대들었다. 그러나 지금까지 뱃속에서 떠들어대던 죽은 수적들이 휘번득이는 환도에 기가 질렸던지 적이 낭패의 기색이 보이는데 그 뱃머리에 삿대를 들고 솟은 듯이 우뚝 선 용왕은 거창스레 호통을 뽑는다.

"이 도둑놈들 환도를 가지고서도 도망을 치는 거냐! 거기 배를 멈추고 내 삿대를 받아라!"

하니 수적배들에서는 환도를 내두르며 막 다가드는 뱃머리를 후려갈기려 든다. 하나 용왕은 삿대로 환도를 막으며 어느 새에 나는 듯이 수적배의 고들에 뛰어올랐다. 그리고 삿대를 머리 위에 추켜들고 호랑이처럼 노려보았다.

털보가 별안간 비명을 내질렀다.

"앗 무쇠풍구!"

털보도 얼굴이 백지장처럼 되며 환도를 떨어뜨렸다.

"신별장!"

———

그러나 용왕의 귀에 이런 소리가 들릴리 만무하였다. 용왕은 뒷결박을 당하여 문간에 쓰러져서 보드득보드득 이를 가는 선녀를 보았으니 벌써 정신을 벌거덕 뒤집힌 판이다. 수적이 또한 여덟 놈인데 추겨들었던 삿대로 한놈의 어깨쭉지를 내리쳐 쓰러트리며 그 다음으로 또 한놈의 가슴패기를 찌르니 그놈이 넌지시 자빠지며 물속으로 떨어진다. 그러자 용왕은 또 어느새에 비호같이 한놈을 향하여 달려들더니 목덜미를 휘여감아 물에 처박고 환도를 뺏어들었다. 이것을 보고 어느 놈들은 환도를 내던지고 첨병첨병 물속으로 뛰어들었다.

"저놈들을 바다로만 내몰아라.─"

하고 타고 온 배를 돌아보며 호령을 내질렀다. 아직도 남은 두 놈은 이제
는 칼질이라고 해보고나 죽어야겠다고 덜덜 떨면서도 환도를 내대었다.
털보만은 감히 환도를 다시 들 생각도 못하고 비슬비슬 움쳐 선다.

"신별장 살려주십쇼. 신별장 이 미련한 옛날부하를 살려주십쇼……."

"이 도둑놈 네놈이 누구길래 날보구 사정이냐? 나는 아직 도둑놈 대장
은 해본 적이 없다……."

"신별장 제가 이번 강화도에서 부하로 있던 쇠돌입지요. 쇠돌입니다."

"무엇이 쇠돌이…… 네놈이 도둑놈이 되었단 말이냐!"

하니까 다른 두 놈도 환도를 내버리고 행여나 용왕의 자비심에 덕을 볼
가하여 털보 옆에 움쳐 들어서며 꿇어 엎드렸다. 용왕은 달려가더니 털보
의 먹살을 끌어 잡어 추켜 올리고 뚫어지게 들여다보았다. 입가죽이 실룩
실룩거리고 숨소리가 거칠더니 주먹같은 눈물이 뚝뚝 떨어졌다.

"이놈아, 네가 정말 털보 쇠돌이로구나. 네놈이 이게 어찌된 일이냐!
네가 도적놈이 되다니……."

"별장님 전장이 끝나 돌아갔더니 동리가 죄다 타버려 당장에 먹을 것
이 없어서 한두 번 수적질한 것이 이력이 낫답니다……. 별장님…… 목
숨만 살려만 주십쇼."

"살려달라고? 이놈 전장마당에서 배운 칼재주를 가련한 백성에 부리려
드는 네놈을 살구어두면 또 무슨 짓인들 안 하겠니! 너 같은 놈은 차라리
죽어야 한다. 이놈 칼 들고 나서라……."

하고 끌어 잡았던 먹살을 놓아주며 떠밀치니 털보는 뒤로 비틀비틀 거리
다가 삼십육계로 그냥 바다로 뛰어들었다. 뒤따라 딴 놈 둘이도 첨벙첨벙
바다로 들어갔다. 용왕이 타고온 배는 물에 떨어져 헤엄을 치어 섬으로

들어오려는 놈들을 삿대로 뚱기쳐 내쫓으며 돌아다닌다.

"여보게 칠보. 막냉이 내처두게나! 살아서 기어오르는 놈은 기어오르라구 내처두게!"

그리고는 발밑에 쓰러지어 숨을 새근거리는 선녀와 봉네의 결박을 풀어 일어 앉혔다. 그 뒤에 돛을 내리고 노를 저어 들어온다. 동리사람들은 마치 수호신이나 맞아들이는 것처럼 손을 내저으며 제각기 부르짖었다. 그중에는 울음을 내놓는 부인네도 있었다.

"용왕님!"

"용왕님!"

"다친 데나 없을까?"

"아이구 봉네가 다시 살어오누나!"

물에 빠진 수적은 바다 속에서 허우적시다가 대개는 기진하여 죽고 말았다. 털보는 삼십 리나 되는 용두 쪽을 향하여 헤엄을 쳐갔다. 그 뒤의 생사가 어찌 되었는지 아무도 모른다. 다만 두 놈만이 용하게 웃주란섬으로 기어올랐다. 그 시절엔 아직 이 섬에 인가가 없는지라 주린배를 움켜쥐고 여기서 사흘을 지내었다. 사흘 만에 용왕은 배를 가지고 가서 굳게 맹세를 받고 그놈 둘을 각각 고향으로 돌려보내니 감지덕지하여 울며 떠났다.

서해만리풍

　수적 암주루 얼굴만 보아도 부들부들 치를 떠는 무쇠풍구. 이 무쇠풍구의 이름이 먼 지방에까지 알려지기는 무진년 여름 셔먼호가 평양성을 들이칠 때부터였다. 저 수통스럽던 병인양요를 겪은 불과 이태 후 그리고 남연군 분묘의 발굴사건이 있은 불과 석 달만의 일이다. 병인양요이라면 천주교의 압박을 문책한다는 이유로 출동해온 불국의 지나해 함대에 우리의 강화도를 침범 당하였던 쓰라린 전쟁이었다. 당시의 집정대원위는 이 일을 심상치 않게 여겨 뒤에라도 또 반드시 큰 침범이 있으리라 하여 변토해읍에 엄명을 내려 각자 수령들이 임무에 충실토록 단속하였다. 일방 서울의 사대문과 팔도 각처에는 방을 걸어 의용병을 널리 초모(招募)하였다. 그러나 겨우 이태만의 무진년 사월에는 유태계 독일인 오펠트를 괴수로 하는 차이나호란 해적선이 침래하여 덕산(德山)에 있는 남연군(대원위의 친부)의 무덤을 파혜치었다. 평계인즉 학살을 당한 천주교도의 원수를 갚는다는 것이나 사실은 국왕조고의 분묘 중에서 보배를 도적하려던 정적이었다. 이 사건이 조선 정국에 일으킨 흥분이란 이루 형용할 수 없었다. 여기서 더한 나라의 치욕이 어데 있으며 또 여기서 더한 통분지사가 어데 있으랴. 대원위는 기어코 원수갚기를 부묘(父墓) 앞에 피눈물로 맹세하고 이를 부드득 갈았다. 그리고는 강화에 광성포대를 쌓고 그곳과 문주산에 대포를 걸어놓았다. 새로이 일본서 정예한 무기도 구입해오고 엽졸(獵卒)을 모아서 저격대(狙擊隊)도 만들고 보부상의 장정을 초모하여 결사대도 편성하였다. 그런데 분묘사건 이후 석 달도 못되어 이번은 또 셔먼호라는 해적선이 대동강으로 침입하여 총을 놓으며 올라온다는 황해 감사와 평안 병사의 놀라운 장계(狀啓)가 연달아 들어왔다. 대원위는 원수를 갚을 때가 이때라고 별렀다. 쾌재(快哉)라 이때에 사실로 승전의 보고도 들이 닿았다. 군민이 덤벼서 그 배를 불지르고 선장 토마스 이하 이십사 명을 몰살 시켰다는 쾌보이다. 평양군인의 용감성에 대한 감격이 조야에 드높게 되고 대원위의 기쁨은 또 가없이 커졌다. 바로 이 셔먼호 사건에 무쇠풍구는 소년의 몸으로 발군의 공을 세운 것이다. 그때 작은년의 나이 열다섯이었으니 무쇠풍구가 갓 스무 살의 여름이었다. 그 해적선은 칠월 십일일 사리물(滿潮)을 타고 대동강을 거슬러 올라왔다. 그렇지 않아도 갑판에 대포를 걸어 무시무시한데 웅긋중긋 보이는 흉악스런 선원들은 무장에 총기까지 지니고 있다. 그리고 용강 주영포(龍岡珠英浦)에 정박하였을 때 담판을 갔던 형리의 보고에 의하면 선장은 정말인(丁抹人), 사령은 미국인, 간부는 영국인, 선원은 안남인과 광동인이라는, 이양잡색의 그야말로 황해가의 사람들이 흔히 부르는 서해만리의 바람을 흠뻑 실은 이상야릇한 배였다. 그러나 이 배는 국금(國禁)이라고 제지하는 지방관헌을 연방 물리치면서 거만무례스럽게도 그냥 배를 몰아 상류로 나왔다. 이 소문이 비로소 외성에 들어와 퍼지기는 십사일 오후였다. 바로 십삼일 날 밤 이 배가 평양서 하류로 삼십 리쯤 되는 만경대 앞쪽에까지 이르매 두루섬 사람들이 겁을 집어먹고 이리로 배를 몰고 와서 어수선하게 떠들어 대였던 것이다. 외성 양반들은 눈이 둥그래졌다.

"난(亂)이다!"

"난(亂)!"

그때 무쇠풍구는 팔을 내저으며 나섰다.

"뭐야, 뭐야, 어디서 난이야?"

매생이가 막 떠나려 할 즈음 용감한 사내가 또 하나 쭈르르 내달려왔다. 감영에서도 일신이 담(膽) 덩어리라 하여 모르는 이 없는 퇴교(退校) 박춘권(朴春權) 몸에 지닌 것이라고는 몸둥이 한 개뿐이었다.

"내가 대신 갑세!"

하고 덥썩 배를 들어 잡자 무쇠풍구는 돌아보며 노하고 야단치었다.

"그럼 같이 가세! 같이 가!"

춘권은 배를 밀며 나는 듯이 올랐다. 그리고 익숙한 솜씨로 노를 저어 쏜살처럼 셔면호로 대들었다. 군중은 이 두 사내의 무서운 담력에 더욱 흥분의 불길이 높아지었다. 아우성을 치며 발을 구르며 손을 내저었다. 무쇠풍구는 부상한 몸을 주춤하니 일켜세우고 호령을 질렀다.

"이 도둑놈아, 양고자들아! 너희 놈이 모두 내 주먹에 부서질 줄만 알아라! 응? 어디라고 네놈들이 남의 나라에 와서 지랄이냐. 이 도둑놈들 총을 쏘려면 쏴보아라! 네놈들 총알에 꼬꾸라질 무쇠풍구가 아니로다! 이 놈들 왜 못 쏘느냐?"

사실로 갑판 위에서 돌과 화살을 막아가며 총으로 대전하는 양인들은 그 기세에 눌려 어쩔 줄을 몰랐다. 대체로 무엇 하러 대드는 것일까. 그러나 어느덧 배가 이르자 무쇠풍구는 몸을 솟구쳐 양인의 배로 악을 쓰며 기어오르려 하였다. 하나 총에 맞은 무릎이 말을 듣질 않았다. 쿵하고 매생이 속으로 떨어지는데 춘권이가 대신 비호같이 뛰어올랐다. 양인들은 뛰어오른 박춘권을 총부리로 막으려하였다. 그때 별안간 매생이로부터 돌 뭉치가 날라와 두어 놈의 이마빼기를 들이 맞혀 쓰러지었다. 춘권은 몸둥이로 다른 놈들의 대굴통을 후려갈기었다. 그 바람에 양인들은 겁을 집어 먹고 우르르 흩어져 쥐구멍을 찾았다. 이때 춘권은 날쌔게 안으로 들어가 감금당하여 있는 이현익을 끌고나왔다. 도시 삽시간의 일이었다. 강 언덕 군중으로부터는 환호의 성이 화산 터지듯 하였다.

평양감사 박규수는 그 다툼으로 서울로 제 이의 장계를 띄었다. 퇴교 박춘권이와 석전군 신태주가 중군 이현익을 구해낸 중용무쌍한 전공과 몸이 평안 중군이란 중책에 있으며 멀찐멀찐 갇혀있는 이현익의 추태가 죄다 내원위에 보고되었다. 그러나 매생이가 이현익을 빼앗어 가지고 돌아왔을 때 무쇠풍구 신태주는 아주 정신을 잃고 있었다. 그의 몸은 곧 집으로 떠지워 갔다. 그러나 이때부터 영웅 신태주의 이름은 먼 곳에까지 헌전케 되고 그의 무쇠풍구 타령도 이때부터 방방곡곡의 어린애들 입에 오르내리게 되었다.

그 뒤에도 몇 날 동안 서면호는 그냥 머물러 총을 노며 야료를 계속하다가 마침내는 불배에 싸여 혹은 타죽고 혹은 빠져죽고 말았다. 토마스 외 한 명은 물에서 기어 나와 살려달라고 애원하였지만 이들도 노기충천한 군중에 포위되어 학살을 당하니 전멸이었다. 우리 쪽에도 이 싸움 틈에 죽은 자 일곱 명, 부상자가 다섯 명이 났다. 얼마 뒤에 논공행상(論功行賞)이 있어 퇴교 박춘권은 일약 오위장(五衛將)에 승진하고 중군 이현익은 당장에 면관케 되었다. 무쇠풍구에게는 평안감사가 보낸 사람이 과일과 쌀을 위문차로 가지고 와서 벼슬살이 할 마음이 있느냐고 다지었다. 무쇠풍구는 아직 병상에서 신음코 있을 때인데, 그는 머리를 가로 설래설래 저었다. 그러나 대원위는 이번 일로 하여 더욱 국방을 굳게 할 결심을 하는 일방 용감무쌍한 평양사람을 군사로 채용할 결심을 하였다. 국난에 나서라 양인이 반드시 또 쳐들어 올 것이다, 강화를 지켜야 한다는 격문이 나붙었다는 말을 듣자 무쇠풍구는 벌떡 일어나 앉았다.

"나도 가겠다."
하였다.

───────

무쇠풍구가 군사그루를 자원하였다하여 외성바닥은 모퉁이마다 수군거리게 되었다. 소문을 피고 돌아다니기는 첫째 맏형수요, 그 다음에는 둘째 형수였다. 목을 놓고 울기는 어머니였다. 군사그루라면 상사람 중에서도 어렵고 비천한 볼 데 없는 집 사나이나 끌려나가는 시절이다. 그래도 없는 돈을 받치라면서라도 애걸복걸 면해보려고 애를 썼다. 그런데 한다한 양반 신참봉 손자의 몸으로 군사그루를 자원하여 나간다하니 도시될 뻔한 노릇인가. 그러나 마음이 좋지 못한 맏형수와 속이 오무러진 둘째 형수는 남부끄럽다하면서도 속으로는 슬며시 좋아하였다. 말썽꾸러기로 다루기만 힘들은 시동생이 자원하여 없어진다니 어디서 나온 떡이냐 하였다. 본래 학자 할아버지 때부터 가세가 기울어 아버지 때에는 벌써 걷잡을 수 없이 되었었다. 그러나 삼형제 중 막내아들로 부모의 귀염을 받아 어려서는 별로 고생이라곤 몰랐다. 그러나 열한 살에 아버지가 떠나매 그 뒤부터는 형수들에게 눈칫밥을 얻어먹게 되었다. 어머니도 또 천성이 의젓하여 매양 며느리들에게 눌려서만 사는 형편이었다. 그러니 무쇠풍구의 심사도 좋을 리가 없었다. 형이라는 것들이 여편네 말질을 잘 듣는 위인이라 어머니 구박도 구박이려니와 무쇠풍구를 불한당으로 대접하였다. 집안의 흉은 도맡아낸다고 늘 못살게 굴었다. 그러나 무쇠풍구는 입을 꽉 다물고 제 할 일만 하였다. 이번만하여도 무쇠풍구가 성안 상것들과 어울려서 양인 배를 때려부셨다는 것이 도대체 양반집 자제로서 할 일이 아니라 하였다. 이런 생각은 이 바닥의 누구나 다 가지고 있는 생각이나 진배없었다. 선조 선고의 이름을 더럽힐 뿐더러 외성 양반 전체를 망신시키는 놈이라고 모이면 두털두털 욕설이었다. 형들은 또 집안 망신시키다 못해 군사그루까지 자원하니 이런 죽일 놈은 하루바삐 전장마당에 나가 뒤져야 한다고 저주하였다. 어머니만은 이불을 뒤집어쓰고 만날 울며불며 야단이었다. 그렇다고 위로해 주는 사람, 야단받이 하는 사람은 하나 없었다.

하루는 둘째 형수가 방안을 쓸다가 아무도 없는 줄 알고 이렇게 빈정거리다가 큰 벼락을 만났다.

"아들을 좀 남같이 나아보디 왜 만날 그 모양이야……."

때마침 토방 위에 올라섰던 무쇠풍구가 이 소리를 귓결에 듣고 눈이 벌컥 뒤집혔다. 신발 채 냉큼 뛰어들며

"그게 무슨 말투야."

하더니 형수에게 달려들려고 하였다.

그러는데 지나가던 노내미의 언챙이 할머니가 달려 들어와 무쇠풍구의 팔에 매달렸다. 어머니도 맨발로 뛰어나와 매달려 목멘 소리로 부르짖었다.

"날 대신 죽여다고. 날 죽이고 가려무나!"

비장한 이 말에 눈물이 쑥 쏟아져 무쇠풍구는 그만 머릿채를 놓고 어머니 무릎 앞에 엎디어 이내 울음을 터치었다. 이 야단 통에 동리사람들은 애어른 할 것 없이 어중이떠중이 모여들어 법석이었다. 무쇠풍구는 어머니 치마 끝을 붙잡고 목이 메여 하는 말이

"오마니 오늘 하직하겠습니다. 부디 안녕히 계십시요 서울 가서 공을 세우고 삼 년 뒤에 돌아오면 제가 오마니를 봉양하겠습네다……. 그때까지 오마니……."

어머니는 아들의 몸을 끌어안으며 다시 목을 놓고 울었다. 동리사람들도 저두 모르게 눈물이 나와 훌쩍거렸다. 이때 언챙이 할머니가 무쇠풍구에게 귓속말을 하였다.

"변진사댁 작은아씨가 열녀문(烈女門) 속에서 기다린다우."

────

작은년은 무쇠풍구가 다리에 총을 맞아 떼메어 왔다는 말을 들은 뒤부터는 안절부절 못 하였다. 한번 만나 위로라도 해볼 마음은 태산 같으나 누워 앓는 병상을 처녀의 몸으로 찾을 길이 망연하였다. 그래도 다행히 상처가 어여 아물어 행보도 겨우 옮긴다는 소문이 들려 가슴을 내리쓸고 있는데 이번은 어둠속에 주먹내밀 듯 군사그루가 되어 나간다는 말이 들렸다. 천만 당치않은 소리 같지만 영락없이 참말이라니 맑은 하늘에

벼락이 아닐 수 없었다. 아 무쇠풍구마저 나를 버리는구나. 이제는 누구를 의지하고 산단 말이냐. 좁은 가슴이 메어져왔다. 저를 사랑한다면 불쌍하고 외로운 신세를 봐서라도 감히 생각도 못 먹을 일일 것이다. 이렇게 생각하니 눈물이 비 오듯 하였다. 아무려나 떠나기 전에 다시 한번 얼굴이라도 보고 싶었다. 만나서 몸부림이라도 쳐보고 싶었다. 매어 달려 실컨 울어라도 보고 싶었다. 어디 그럴 법이 있겠느냐고 할퀴고 꼬집어라도 보고 싶었다. 그래서 행여나 하고 뒤뜰안도 일없이 서성거려 보고 중문 대문도 밀어보고, 개소리만 나도 바싹하였다. 그러나 담장 밖에 그의 헛기침소리 한번 나지 않았다. 매일같이 들려오는 소리라고는 오늘 갔다, 내일 간다 하는 소문뿐이고 또 어머니와 오래비 댁을 찾아 온 사람을 붙들고는 언제나 죽일 놈이니 살릴 놈이니 하고 무쇠풍구를 개백정 욕하듯 하였다. 이렇게 욕을 먹으면서 무서운 길을 떠나려는 무쇠풍구의 심사는 도저히 헤아릴 수 없었다. 동리에 정이 안 붙고 형네식구가 보기 싫어서 떠나려는 것일까. 그렇다면 매일반의 신세이니 나도 노내미로 가고 마는 것이 옳은 길일까. 작은년은 밤에 잠이 안 오고 낮에 일이 손에 붙지를 않았다. 그날도 작은년은 뒷문가를 서성대며 이런 생각 저런 생각에 빠져 있는데 반가워라 노내미의 언챙이 할머니가 문틈으로 들여다보며 도닥도닥 문고리를 흔들었다. 바싹 달려 붙으니

"곱단이 잘 있다우."

하고 속삭이었다. 작은년은 한 번 뒤돌아보고

"긴데 무쇠풍구가 떠난대……."

"아씨, 내 만나게 해주리다. 빠져 나오세요."

살며시 뒷문을 열고 나온 작은년은 할머니의 치마귀에 붙어서 소나무 숲속으로 들어가 열녀문을 비틀고 숨어들었다. 가슴이 방망이질을 하였다. 얼마 있다가 뛰어 오느라고 숨을 헐떡거리며 무쇠풍구가 들어왔다.

그 속은 어두컴컴하고 인가에 멀었다. 작은년은 열녀비 뒤에 몸을 숨기고 숨만 새근거렸다. 무쇠풍구는 어둠속을 두리번두리번 하다가 비석 뒤에 옷자락을 보고 웃으며 다가갔다.

"여게 있다구나!"

그러나 그는 주춤하니 멈추어 섰다. 지금까지 이런 얼굴을 한 작은년을 본 적이 없었다. 이맛살을 찡그리고 입술을 깨물고 눈을 내리깔고 있었다. 우직한 무쇠풍구는 십상 어른이 하는 태(態)라고 지레짐작했다. 좀 멋쩍어서 다시 벌씬 웃었다. 사실로 한 달 동안 못 본 새에 살 오르기 시작한 고양이처럼 작은년은 제법 처녀골이 나붙었다.

"컸네. 헤헤."

"저리 비켜!"

빽 지르는 소리에 눈이 동그래졌다.

"왜 그래. 나 무쇠풍구야."

"누구 무쇠풍구가 무섭대."

"괜히 그르네거레 난 오늘 떠날내는데 바로 잘 만난 데에 얼마나 널 만날라구 했는줄 아니?"

"흥 거짓말. 그럼 왜 가? 왜 가?"

작은년은 서운한 맘에 무쇠풍구의 저고리를 붙잡고 흔들었다.

"다 알아. 내가 싫어서 가지?"

"아니야 아니야. 별한 소리 다 네."

무쇠풍구는 손을 저으며 펄펄 뛰었다.

"듣겠다 듣겠어!"

"그럼 왜 가?"

작은년은 그냥 대들었다.

"나도 알거 먼가."

"무쇠풍구 바보 바보! 그럼 누가 알아."

"아는 놈이 딱 하나 있어. 그놈보고 들어보면 안다. 그놈이 자꾸 가재 니깐."

"그게 누구야."

"이놈이야. 이 주먹이야. 내 말도 안 듣고 이놈이 자꾸 가서 이번 싸움에 죽은 사람들의 원수를 갚고야 오겠대누나! 그날 도둑놈들이 또 올 것 같은데 이 주먹이 가만 있구싶겠니……."

"……."

"작은년아 너두 열녀(烈女)되디? 열녀. 삼 년 있다 돌아올게. 그때까지 기다려. 응? 이 주먹의 소원 풀고 돌아올 때까지 기다려 응?"

"……."

"그땐 너두 큰 체네 되디 안칸…… 삼 년 동안에 활짝 내펴래애잉."

"흥. 제들에 누구 간난앤줄 아네. 상게 더벙머리 해가지고 남 부끄럽지 도 않는게다."

"네가 크디 않는 거 어카단."

"……."

"너 열녀되디? 열녀. 믿고 간다잉."

"엉야. 가디 말아……."

작은년은 그만 울음이 터져 그의 목덜미에 매어달려 발버둥질을 쳤다. 무쇠풍구도 눈물이 핑 돌았다.

"됐다. 그깟 소리 하디말라애. 삼 년 같은 거 잠깐 간다. 내 서울서 올 제 거울 사다 줄께. 울디 말아 응? 울디 말아."

"거울은 내가 줄치야. 춘향이도 헤어질 새 거울 췄드레메. 거울보고 생 각나문 돌아오야 한다잉. 죽디 말구 돌아와."

허리 축에서 내어주는 거울을 받아 쥐며 무쇠풍구는 저으기 비감하였다. 듬썩 그 손목을 붙들었다.

"죽긴 왜 죽어, 내가 대장되어 삼현육각(三絃六角) 잽히면서 올다 알거머지 그저 꼭 삼 년만 참아다구 삼 년만."

그러나 허겁지겁 이리로 달려오는 인기척이 있어 두 사람은 서로 쓸어안고 비석 뒤에 몸을 감추었다. 하나 그것은 멀리서 망을 보아주는 언챙이 할머니였다.

"도련님 큰일 났소고레. 도련님."

"왜?"

무쇠풍구는 불쑥 나서며 눈알을 득실득실 굴렸다. 언챙이 할머니는 사색이 되어 있었다.

"형수 때린 도련님 잡으려고 임 풍헌(風憲)이 풀어논 하인과 막사람들이 개 싸다니 듯 다녀 이리로 풍우같이 몰려와요."

"그놈들이 내가 여기 있는 줄이 어케 알까."

"알기야 멀 알아요. 성안으로 도망간 것 같아서 따라가는 거디요." 하고 뒤를 돌아보더니 그만 놀래여

"아이구 들킨가부다. 아씨 어서 나와요." 하며 혼비백산하여 달아난다.

이때 사내들의 다가오는 발소리가 쿵쿵쿵 들려왔다. 무쇠풍구는 질겁하여 뛰어나가려는 작은년을 움켜 잡아서 비석 뒤에 되로 숨겨놓고 혼자 빠져나가 한바탕 싸우려고 허리춤을 끌어 올렸다. 하나 열녀문은 벌써 몽둥이를 둔 사내들에게 겹겹이 싸여버렸다. 중(衆)을 믿는 그들은 아우성을 치며 몽둥이로 열녀문을 족이며 나오려고 야단이다.

"이놈들 왜 지랄이냐!"

고함을 천둥같이 내지르며 뛰어나오니 모두들 뒤로 비슬비슬 움쳐 섰다. 그러자 그중 나지긋한 사내가 움으적 움으적 나섰다.

"무쇠풍구 그러지 말고 순순히 밧줄을 받게. 임 풍헌께서 잡아 대령하라는 추상같은 명령일세. 무슨 죄가 있겠슴마. 이실직고한다면 진작 풀릴걸세. 먼길 떠나는 김에 생색이나 한번 내주게 그려."

"허허 그럽세."

하며 무쇠풍구는 펄썩 그 자리에 주저앉으니 두 손을 뒤로 붙였다. 모두들 한참동안 어리둥절하였다.

"자! 어서 끄러매려므나!"

———

형수와 싸움한 무쇠풍구가 붙들려 풍헌소로 끌려간다고 하여 동리사람들은 모두 그 뒤를 따랐다. 무쇠풍구는 밧줄로 결박을 당한 채 순순히 끌려가기는 가나 눈물이 하염없이 자꾸만 떨어지었다. 그도 역시 외성 양반도(兩班道)에 대한 하나의 반역아(叛逆兒)에는 틀림없었다. 양반들의 찌그러진 윤리(倫理)와 인도를 저버린 세도(勢道)에 대한 반역심은 가슴속에 새로 불길을 붙이기 시작하였다. 눈앞에 안개가 끼인 듯이 다만 막연히 세상이 이래서는 안 되리라는 생각이 차츰 이 세상을 바로 잡아야겠다는 데까지 옮아가는 것이다. 그러나 까닭모를 눈물이 자꾸만 떨어지었다.

풍헌소에 이르러 하인들이 잡아 꿇리는 대로 무쇠풍구는 게하에 꿇어앉았다. 마루 위를 쳐다보니 코풀개라는 별명이 붙어 도는 임 풍헌이 중간에 앉아 코를 훌쩍거리고 한 옆에는 서원(書員)이 지필을 앞에 놓고 앉아있다. 곤장을 든 하인과 막놈들은 무쇠풍구를 둘러싸고, 뜰 안에 모여든 사람들은 저놈 오늘이야 죽는다고 떠들어댄다. 풍헌은 훌쩍거리는 코를 엄지손가락을 대어 헹 하니 풀어 메치더니, 긴담뱃대로 마루를 치며 호령하였다. 원래 사납기 한량없는 위인이었다.

"이 죽일 놈 같으니! 네놈이 망유기극한 행동이 하두 많더니 못할 짓이 없이 이번은 당상불공까지 하였단 말이냐! 너 같은 삼강오륜을 어기는 놈은 이 외성바닥에 둘 수가 없다."

하고 으름장을 놓더니

"이놈 네 성명이 무어야."

무쇠풍구는 얼굴을 번쩍 치켜들었다.

"허허, 네 놈이 내 성명을 아직 몰랐더냐. 석전군 무쇠풍구로다!"

"저런 박살할 놈! 무엇이야 저저 저놈을 그냥 두느냐? 곤장으로 두들겨라. 어서 썩 다듬어 세워라!"

하인들은 누구의 명령이라 거역은 못하면서도 벌벌 떨었다. 그래도 그중 세찬 놈들이 달려들어 곤장으로 때리기를 시작하였다. 쓰러져서 아이쿠 소리를 몇 번 지르더니 무쇠풍구는 벌떡 일어나 앉았다.

"이놈아, 그래 내가 무슨 죄가 있단 말이냐."

철통같은 고함소리였다. 하인들은 기가 질려 주춤하니 물러섰다.

"며느리년들이 시애미 구박하는 것은 당상불공이 아니더냐. 그년들 버릇을 좀 배워줬기로니 어쨌단 말이냐. 이 외성 양반 거지놈들아!"

하고 사발 같은 눈으로 주위를 흘겨보고 다시 마루 위를 향하여

"내게 죄가 있다면 국가의 일대사에 목숨을 바치러 나가는 죄밖에 없다. 그 오랑캐 놈들이 쳐들어올 때 똥뗑이 굴 듯 달아나던 놈은 어딧 놈들이냐!"

"저놈, 저 아가리 저 아가리……."

"이놈들 귀가 있으면 또 말 좀 들거라. 양반입네하고 못 할 짓은 도맡아하면서 그것도 이 나라 덕인 줄은 모르구 국가의 일대사에 도망은 혼자 잘 치는구나. 그리구 이 코풀개 녀석아 총소리 한방나자마나 신발 거꾸로 신구 달아나던 놈은 누구냐? 네가 그래도 벼슬살이 한다는 놈이냐……."

"저런 쳐 죽일 놈."

임 풍헌은 펄펄 뛰었다.

"그렇지 않아도 나는 이 거랑놈에 고당을 떠나련다. 그만하면 나두 할 말을 다하였다."

하고 반듯이 일어섰다. 하인들은 우루루 몰려들었다.

"이놈들아. 자 어서 풀어놔라."

"저, 저놈을!"

"이놈들 풀지 않을테냐? 그럼 내가 풀으라느냐!"

하더니 발길질로 여러 놈을 걷어차서 꼬꾸러 트리며 어느 새에 밧줄을 다 끊어버렸다. 뜰 안이 갑자기 아우성 소리에 떠나갈 지경이 되었다. 하인들과 막놈들은 허겁지겁 달아나고 임 풍헌과 서원도 쥐구멍으로 빠졌다.

무쇠풍구는 툭툭 옷을 털면서 걸어 나왔다.

———

임 풍헌은 다시 하인들과 막놈들을 모아 한바탕 호기 있게 꾸짖은 뒤에 무쇠풍구의 뒤를 따르라고 벽력같이 호령하였다. 그리고 자기도 포청(捕廳)에 보하여 한껏 분풀이를 할 양으로 부랴부랴 따라갔으나 성문이 바로 닫힌 뒤였다. 열 김에 수하들을 보고만 죽일 놈 살릴 놈 하고 얼러 세우며 할일없이 되돌아왔다. 이튿날 새벽에 다시 떠나서 성문이 열리자마자 첫 번으로 들어가 포청을 찾았더니 장교의 하는 말이 금방 군사그루들은 떠났다는 것이다. 아뿔사 대흉적을 놓쳤다하고 이제라도 포교를 풀어 잡아오게 해달라고 조르니까 바로 그것이 무쇠풍구라는 말에 펄쩍 놀라 손을 내어졌다.

"안 됩네다, 안 돼요. 감사어른께서까지 둔호하시는 판인데 될 말이요."

"하두 그놈이 고약스러우니 말이오."

"아 그러면 고약스러운 놈 나가 죽겠다구 군사되어가는데 밖에 더 고마울 데가 있소. 앗따 그래도 분하면 당신 가서 잡아 오구려. 그렇게 분한 걸 당초에 왜 놔뿌린단말이요."

임 풍헌은 다시 할 말이 없어 주머니에 따너흘 코를 훌쩍거리만 하였다. 사실 바로 그때는 무쇠풍구 일행이 대동강을 건너 장림(長林 백사장)으로 해서 영제교(永濟橋)에 이르렀을 무렵이었다. 영문 소속의 장교 세 명이 거느리고 가는데 이날 떠나는 동행은 사오십 명이나 되었다. 그때만 해도 군사그루 되어 간다면 죽으로 나가는 길이라는 생각이 앞을 서 온 집안이 뒤끌어 나와 울며불며 전송이다. 그러나 무쇠풍구만은 옷보재기 하나 메고 혼자 터불터불 따라갔다. 벌써 군복으로 바꿔 입은 몸이었다. 보내주는 사람 하나 없는 길을 떠나노라니 적이 비감도 하였다. 어머니나 다시 한번 더 보고 떠난다면 하는 생각이 들었다. 형수들이 어머니를 더 윽박으려하니 그것들을 왜 쳐죽이고 못 떠났던고 하고 주먹을 부루 쥐고 하였다. 작은년은 또 어떻게나 지내랴 그애도 한 번 더 보고 떠날 것을 하며 슬며시 허리춤을 만적이여 작은년이 주던 거울도 끄집어내었다. 나도 날 본 듯이 보라고 장도칼이라도 주었다면…… 이런 생각 저런 생각이 오락가락 끊길 새가 없었다. 바로 다리를 건너려할 때 옆에 사내가

"여보게 무쇠풍구."

하고 불렀다.

"자네 이 다리가 무슨 다리인지나 아나."

"영제교 아닌가."

"맞았네. 영영 건너고 만다 해서 영제교라네. 긴 영 건널 제 이 다리 이름의 유래두 아주 그럴 듯 하다네. 좀 들어 보겠나."

무쇠풍구는 고개를 끄덕하였다.

"옛날 어느 임금 때인지는 모르겠지만 왕자께서 부왕(父王)과 의견이 맞질 않아 싸우구서 궁성을 나오셨더라네. 뒤를 따르는 신하들과 같이 이 평양으로 오시게 되었는데 신하들이 자꾸 환궁하시자겠지. 그러나 왕자께서는 부왕과 영 이별할 굳은 결심이시라 이 강을 건너시며 다시는 또 안

건너리라하여 영제교라 이름 지었다데 그래 신하들이 걱정하다 못해 한계교를 썼다네. 갓난 소를 떼여다 장림 모래밭에 매고 어미 소는 청류벽 아래다 매여 놓으니 강을 격하여 두 소가 서로 움매 움매 울밖에 하루는 왕자께서 저 소가 왜 저리 우느냐 하고 물으신단 말이야. 신하가 아뢰는 말이 애미소는 새끼를 잃어 울고 있으며 새끼소는 애미 그리워 우는가 합네다 하였더니 왕자께서 홀연히 깨달으시고 짐승도 여차한데 하물며 인간으로 태어나서랴. 아버지와 생이별하려든 생각이 죄스럽다 부왕인들 얼마나 나를 못내 잊었으리랴 하고 환궁하시었다네. 그러나 이왕 안 건너기로 맹서한 이 영제교를 건너실수는 없어 장진교(將進橋)를 만들게 하여 건너셨다네. 장차 건너시리란 말이지. 영제교가 우리들엔 정말루 영제교가 될지두 모르겠네. 그리 생각하니 좀 으스스한데.”

“목숨 바치러 나가는 길인 이상 그렇게 된대도 무가내하지.”

“자네야 설마 죽겠나? 이번두 총에 맞구 산사람이. 총알이 무쇠풍구는 못 뚫으리……”

하고 껄껄대었다.

“우리 총각들끼리 동무나 됩세. 내 이름은 날파람꾼 미륵(彌勒)일세.”

서해만리의 오랑캐바람을 처막으려 나가는 용사들의 무리. 이 무리 중에서도 가장 용감한 두 총각 무쇠풍구와 미륵이는 영제교를 건너며 전공을 이루기 전에는 이 다리를 다시 건너오지 않을 결심을 서로 굳게 하였다. 다시 둘이가 다 보내는 사람 없는 외로운 신세들이라 이야기가 길어지는 중에 또 십 년 사귄이나 다름없이 정지도 깊어졌다. 성안에서 사오리길 자시원(栽松院의 方音) 등판은 군사그루가 부모형제와 이별하는 마당이었다. 기치가 나부끼는 아래 군사들은 뿔뿔이 흩어져 가족들과 같이 술과 떡으로 이별지었다. 모두들 나라의 부르심에 스스로 나가는 용사들

이건만 그래도 이번이 가족과 친지와도 마지막 이별일지 모르매 적이 감
개무량하였다. 종작없는 부어지는 눈물만이 앞을 서 치맛자락을 적시고
늙은이들은 외면하고 눈물을 훔치었다. 하기는 호기 있게 장사다운 이별
가를 부르는 축들도 더러 있었다.

동안이 떠 재인패가 북을 치며 몰려나와 이 등새기는 어지간히 수선시게
되었다. 어린애들은 재인패가 진을 치는 등판 위로 달려가고 어른들은 모두
그쪽을 향하여 자리를 돌려보았다. 노내미의 재인패가 싸우려나가는 군사들
을 환송하려 나오는데 근방사람들도 북소리 듣고 쓸어 나와 더욱 북적시게
된 것이다. 처음에 땅재주가 시작하자 구경군들이 몰려들어 평바닥에 앉은
용사들은 앞에 와서 무지는 사람들을 비키라고 야단치었다. 그래 한참동안
웅성거리다가 마침내 줄타기에 이르자 모두들 떠들썩하니 일어섰다. 어린사
내애가 손에 부채를 들고 나풀나풀 외줄을 타는데 술동이를 인 삼십 남짓한
부인 하나는 등새기를 이리저리 헤메며 가날픈 목소리로 부르짖는다.

 "신도련님! 신도련님!"

 "거 누굴부르나. 난 아닐텐데."

하고 아래쪽에서 미륵이와 담배만 뻐끔뻐끔 빨던 무쇠풍구가 일어서서 올
려보니 그것은 노내미의 곱단이다. 곱단이도 무쇠풍구를 보자 반기는 웃음
을 띠며 쭈르르 달려왔다. 무쇠풍구도 무척 반가웠다. 아는 사람이라곤 여
기서 곱단이와 마지막 이별을 짓게 되었다. 언쳉이 할머니로부터 곱단이는
무쇠풍구의 떠나기 전의 일과 떠나는 사연까지 준수히 듣고 슬픔 속에 술
과 떡을 빚어 가지고 나온 것이었다. 한방구리 술을 먹어치우더니 미륵이
는 눈치챈 듯 떡을 몇 덩이 얻어들고 등판 위로 올라갔다. 분판위에서는 줄
타기도 끝나고 시방 평안감사가 내보낸 명창 모홍갑(牟興甲)의 적벽가가 벌
어진 판이었다. 처음 듣는 명창의 목소리요 소리가 또 소리인 전장가인만
큼 용사들은 팔을 걷어 부치고 모두 흥분 속에 고함지르듯 마디마다 지수

는 소리를 쏟아 놓는다. 덜미소리를 질러내면 십 리 밖에까지 들린다는 유
명자한 판소리라 때때로 좌불안석하게 무쇠풍구 있는 곳으로도 들려왔다.

응포일련의 일원대장이 엄신갑옷에 봉투구 젖겨 쓰고 봉안을 부릅뜨고
삼각수 거사리고 적토마를 빗켜 타고 팔십근 청룡도 눈 위에 번듯 들어 앗
다 이놈 조조야ㅡ

"도련님 무슨 길이라고 이 길을 자원하여 떠나서요. 인제가시면 언제
오십네까?"

"알거 있나. 간 김에 조조 잡구야 올걸."

무쇠풍구는 콧방구를 뀌며 태연자약하였다. 그러나 장래의 믿음직한
사위로 생각하는 곱단이는 무쇠풍구가 조금이라도 덜 자포자기하기를 원
하였다. 씩씩한 남아로서 마땅히 나가는 길을 곱단이는 무쇠풍구가 자포
자기하는 때문이라 생각하는 것이다.

"부디 몸조심하셔서 공 이루고 빨리 돌아오서요. 변진사댁 작은아씨가
눈에 감감 기다릴 터인데."

"하긴 오마니두……."

"오마니……?"

곱단이는 눈을 내리깔고 입을 지그시 깨물었다. 어머니는 아들이 풍헌
소로 끌려간다는 말을 듣고 그날 목을 매고 죽은 것이었다.

"오마니가 왜?"

눈이 둥그래졌다.

"아니요. 괜ㅡ히."

우직한 무쇠풍구는 다시 의심치 않고 더 묻지도 않았다.

"근데 나는 다시 못 돌아올지도 모를 테니 작은년한테 이것 좀 전해줄

테야? 오마니와 작은년 부탁하우……."

하며 허리춤에서 장도칼을 끄집어 내어주니 받는 손이 부들부들 떨렸다. 곱단이는 쏟아지는 눈물을 거두지 못하고 목멘 소리로 울며 말하였다.

"도련님 부디 불쌍한 작은 아씨를 잊지 말아주세요. 칠성단 무어 놓고 우리들두 도련님 이기고 돌아오시기만 빌겠습니다……."

그제는 무쇠풍구도 손등에 눈물이 뚝뚝 떨어지었다. 그러나 울기는 비단 이 둘이만도 아니었다. 모홍갑의 적벽가 역시 병사들의 사향곡(思鄕曲) 슬픈 구절을 더듬고 있었다. 이때에

> 월명성히하고 강성은 오열한데 사장에 앉은 군사 왕왕히 수심겨워 각심
> 소원으로 사향곡 슬피울 제 부모 그리워 우는 놈 동생 그리워 우는 놈 아
> 내 그리워 우는 놈…

이 소리에 모두 비감하여져 어떤 노파는 나가는 아들을 얼싸안고 울음을 터치고 또 어떤 용사는 어린애 뺨에 뺨을 비비며 줄줄 눈물을 흘리었다. 또 어떤 용사는 껄껄 웃어대면서 우는 아내의 등을 치며 왜 그래 왜 그래 하다가 저도 목이 메여 울상이 되었다. 군사그루라면 하천지속으로 실려 가는 그 시절의 이별연으로 그럴 법도 한 일이었다.

"새망스럽다. 그런 소리는 그만둬라."

"집어 치워라."

하는 소리도 사방에서 일어났다. 그러나 모홍갑은 장면이 장면인 만치 제 소리에 제가 감격하여 그냥 목청을 돋우었다.

> …또 한 군사 하는 말이 내 설움을 들어 보라. 삼십 후 장가를 가니 그
> 날 밤이 첫날밤이라 동방화촉 깊은 방에 신정이 미흡할 제 원근촌 닭이 울
> 어 병란이라 외는 소래…

이런 슬프고도 어이없는 이야기를 모흥갑이 또한 슬기와 멋을 다하여 부르니 만좌의 험궂은 공기가 좀 덜릴 쯤 되는데 미륵이가 사람 떼를 밀치고 들어서며 마주 받아 목청을 뽑았다. 사내들은 미륵이가 들어서자 왁자지껄 떠들며 갈채하였다. 무쇠풍구도 그리로 엉금엉금 다가갔다.

"이놈 저놈 다 들거라. 우리 임금님은 대군을 거느리고 천리 전장에 와 천하대사를 바라는데 너희 놈은 어찌 울음을 우는가. 울음일랑 그치고서 나의 싸움 타령이나 들어보라……."

그러니 모흥갑은 더욱 신이 나서 다시 나서며 또 한 군사 하는 말이에 아서라 싸움타령 다시 말고 술이나 먹고 배 두들자……. 그러자 미륵이는 또 다시 불쑥 튀어나오며 여봐라 이놈 못쓰겠다. 우리 몸이 군사되어 갈충보국이 떳떳한데 술계집만 생각하고 고약한 말만 하니 진중에 부당하다 하고 등 밀어 쫓아내니…… 하며 정말로 등을 밀고 엉덩이를 걸어차서 쫓아내자 모흥갑도 갓을 붙들고 갈팡질팡 달아나는 시늉을 내어 만좌가 떠들썩하니 기세가 올랐다. 그때에 모흥갑과 미륵이는 목청을 합하여 장사의 기개로 하늘을 떠날 듯이 부르는 말이

　　　요하삼척 드는 칼로 적장의 머리 덩그렇게 버혀 들고 회군취타 승전고
　　로……

여기에 만세성은 천동 같이 일고 북소리는 두리 둥둥 대지를 울렸다. 용사들은 수풀처럼 손을 내저으며 하늘 높이 부르짖었다.

"만세!"

"만세!"

"자 행진하자!"

꿀봉재

곱단이는 둔판 위에 홀로 서서 떠나는 용사의 무리를 감격의 눈물로 보내었다. 치맛자락으로 저도 모르게 무쇠풍구가 주고 간 장도칼을 쓰다듬으면서. 용사들은 파도치듯 깃발을 나부끼면서 보내는 사람들의 환호와 만세성에 전송을 받으며 초가을의 햇빛이 듬뿍 끼친 토성벌을 가물가물 넘어갔다.

×

주란섬 사내들이 다시 배를 몰아 덕섬 밖으로 갈치를 잡으러 떠난 뒤에 선녀는 남편이 새로 사들인 헌 그물을 방안에서 바늘로 끌어매며 신세 한탄의 이야기를 계속하였다. 봉네도 그물 손질을 도와주며 잠잠히 귀를 기울였다. 무쇠풍구는 작은년(선녀)과 약속한 바와 같이 삼 년 후에야 돌아왔다. 그러나 무쇠풍구가 돌아오기까지 삼년 동안에 작은년은 갖은 마음고생을 다 겪게 되었다. 첫째 견디기 어려운 것은 무쇠풍구가 없어진 뒤부터 외성바닥이 조용하여졌다는 것은 물론(勿論)이었다. 조용하여졌다기보다 살기 좋아졌다고까지 하였다. 아들이 잡혀가는 날 목을 맨 그의 어머니의 장사도 거지나 파묻듯 쓸쓸하기 짝이 없었다. 어머니 죽은 줄도 모르고 전장에 나가는 무쇠풍구를 생각하며 작은년 혼자만이 모퉁이마다 슬피 울었다. 하나 무엇보다도 작은년 일신에 중대한 일이 생겼다. 사실로 열다섯 살이면 벌써 혼사가 늦은 셈이다. 그래 벌써부터 여기저기 말이 없는 때도 아니었다. 그러나 외성안의 혼사 말은 작은년이 무쇠풍구와 이러쿵 저러쿵의 소문도 소문이지만 무엇보다도 재인 곱단이의 딸이라는 것이 흠 잡혀 모두 성사가 되지 않았다. 그러니 어머니는 길에 돈만 널게 된다고 뒷손을 치고 먼 곳에 혼반을 구하게 되었다. 어디든 작은년을 빨리 치워버리고 싶은 것이 본성이랄가. 외성 호반이라면 외바닥으론 흔히 남촌 넉골 김해 김씨나 갈매골 황씨나 미림 사는 윤씨나 수안 이씨나 강동교회 이씨나 성천 사는 대려 박가나 한씨네였다. 그러나 이런 대성가문과도 맞들어 볼 수 없어 다리 낮은 곳으로 구혼하는데 돌연 동촌 사는 절름발이 아들을 둔 김씨네가 매파를 보내왔다. 그래 탐지고 뭣이고 만난 김에 놓칠 새라 작정하고 말았다. 오월 순의 일이었다. 절름발이라지만 조금씩 씰룩거릴 정도이요 열네 살이라지만 숙성하여 큰 총각인데 밭마지기도 착실하니 시집가면 떡함지에 들어앉는 셈이라고 매파는 너스레를 놓는다. 작은년은 이불 쓰고 들어 누웠다. 온 몸이 가분재기 불덩이가 되는 것 같았다. 매파가 돌아가려 할 제 그는 훌쩍 일어나서 따라 가며 귓속말로

"난 재니의 딸이라우."

하니까 매파는 손을 내저었다.

"애 아무 소리두 말어라."

그리고 어머니는 언제나 작은년을 방정맞은 년이라고 책망하였다. 사실로 그는 만날 눈물이요 몸부림이었다. 날로 날로 말라갔다. 끼니 때에는 술을 들지 않았다.

"요 망할년 무슨 흉수를 떠느라고 그러니? 네가 네 생각을 못한단 말이냐? 네가 뉘 딸이냐? 네 주제에 넘쳐서 그러니 아무라두 걸려든 놈이 고마운 줄 몰랐다는 개발목을 줍게 되리라……."

애들은 어쩌다가 대문가에서 작은년이 보이기나 하면 이렇게 소리 맞춰 놀려대었다.

"천자 뒤풀이 해보세 높고 높은 하늘 천 깊고 깊은 땅 지 홰홰 친친 가물 현 불타졌다 누룰 황……."

이렇게 나가다가

"미리진 잘쑥."

"미리진 잘쑥."

하고 절름발이 시늉하며 달아났다. 그것이 조그만 계집애들인 경우에는, 알누리 깔누리 절두아리 색시 그러나 제 동갑되는 처녀애들은 언제나 모이면 수군수군 흉보기와 비웃기로 일삼았다. 그리고 달밤에 처녀애들이 흔히 하는 수박따기 놀이도 맹맹돌사 어떤 놈이노 그제 왔던 그놈을, 동촌 사는 상놈하고는 무엇하러 왔나로 수박 따러 왔네를 무이 뽑으러 왔네로 하였다. 이리며 좋아라 날치는 소리가 밤공기를 흔들며 작은년의 침소에까지 들려왔다.

작은년은 앞이 캄캄하였다.

———

동천 상놈의 절름발이면 어쩌하는 반심은 도저히 일어날 수 없었다. 무쇠풍구를 그리는 마음이 날로 날로 더 심하여 갈 뿐이었다. 어디서 전장이나 났다는 소문이 들리지 않을까 그것만이 조바심이었다. 그리고 그의 무운이 장구하기만 남천을 바라보며 매일매일 지성껏 빌었다. 그러나 능글맞은 매파가 몇 번 더 오고가고 하는 새에 예물 날까지 동짓달 스무사흘 날로 작성되었다. 그러니 부덕부덕 날은 다가오는데 이 일을 어찌하면 좋단 말인가. 길인즉 두길 밖에 없을 상 싶었다. 첫째는 노내미의 곱단이게로 달아나서 그이가 돌아오도록 기다리는 길, 둘째는 언챙이 할머니가 몰래 나갔다 주던 무쇠풍구의 장도칼로 제 몸을 찔러 죽고 마는 길. 그러나 두길이 다 실행하기가 극난하였다. 노내미로 간댔자 혼사까지 맺은 딸을 찾지 않을 리도 만무하니 마침내 드러난다면 곱단이가 얼마나 죽을 경을 칠 것인가. 그렇다고 제 목숨도 끊지 못할 것이 이 장도칼인 즉 무쇠풍구가 저를 본 듯이 두고보며 곤경을 이겨나가라는 기념물이 아니었든가. 작은년은 허리춤에 늘 품고 사는 장도칼을 불퉁한 젓가슴에 얹고 비비적이며 죽어서는 안 된다 죽어서는 소용없다고 혼잣소리를 뇌이었다. 그러니 누구보고 의논할 일도 못되어 방고래가 꺼지도록 노 한숨이요 노 눈물이었다.

×

"한데 봉네야"
하고 선녀는 그물 끌어매던 손을 멈추고 봉네의 얼굴을 바라보며 보시시 웃었다.

"내가 그렇게 그리는 그 양반이 꿈에두 한번 안 찾아오는구나……."
"꿈에 보이면 나쁘다던데……."
"그러나 나는 좀 나무렴이 생겨 새로 다른 사람에 정을 드리게 되었단다……."
하며 다시금 상긋이 웃는데 봉네는 얼굴이 빨개지었다.

"거짓말……."
"아냐. 진짜야. 나는 어른들의 눈을 속여 가며 밤중에 이따금 만나러 가기까지 했는데."
"거짓말. 거이 누군데?"
"알고 싶어? 알고 싶지? 그럼 맞춰봐."
"……."
"호호 누군 줄 알아? 열녀(烈女)란다. 열녀각으루 찾아가서 만나군하였다……."

×

거짓이 아니요 사실로 작은년 선녀는 열녀와 정이 들고 말았다. 밤중에 집을 빠져나와 소나무숲 속의 이 열녀각으로 찾아 들어 열녀의 비석을 쓸어안으면 그 차디찬 감촉에 모든 근심과 번민이 저절로 사라지는 것 같았다. 그래 들증이 나면 밤중을 타고 여길 찾아 숨어들었다. 비석은 모든 용기와 참을성과 위안을 제 몸통 속에 흘려 넣어 주는 것 같았다.

"나두 열녀 될래요."

작은년은 비석에 뺨을 대고 속삭이었다. 그러면 어디선가 무쇠풍구의 말소리도 들려오는 것 같다. 여기서 선녀는 사랑하는 도련님과도 만나는 것이다. 떠나는 날 이 비석 뒤에서 제 얼굴에 훗훗한 입김을 끼었으며

"난 오늘 떠날내는데 바루 잘 만났다애. 얼마나 널 만날라구 했든 줄 아니?"

하는 반가운 말,

"작은년아 너두 열녀되지? 열녀? 삼 년 있단 돌아올게 그때까지 기다려. 응?"

하고 신신 부탁하며

"기땐 너두 큰체네되지안칸. 삼 년 동안에 활짝 내패래잉…… 네가 크지 않는 거 어카간."

하는 우스꽝스러우나 진정의 소리. 도련님은 나를 아직 어린애루 아시는가봐.

그러나 제 손목을 덥썩 끌어 잡으며,

"죽긴 왜 죽어. 내가 대장되어 삼현육각 잡히면서 올디 알거머가."

하고 힘있게 말하던 도련님.

"나두 열녀 될래. 열녀……."

작은년은 한 번 더 이렇게 맹세하였다. 이때에 음풍이 일어나고 찬 기운이 소삽한데 그의 귀에 대고 무엇인가 속삭이는 소리가 들렸다.

"갸륵해라 갸륵해라."

비석의 열녀의 소리였다.

―――――

그 열녀각인즉 황아무개라는 과부가 죽은 남편 무덤 밑에 여막(廬幕)을 치고 거묘(居墓) 살이 삼 년에 병들어 죽었다하여 열녀를 봉한 비각이었다. 그러나 작은년을 격려하는 이 비석 임자는 그에게는 춘향이었다. 춘향이로만 생각되었다. 사실로 춘향이가 다시없는 그의 동무요 사표(師表)로 언제나 작은년은 춘향전을 펴놓고 울기도 하고 기운도 얻으며 기뻐도 하였다. 언젠가 하룻밤 꿈에는 춘향이를 만나기까지 하였다. 춘향전을 익혀 읽은 탓으로 그런지 춘향이 만나는 사연도 춘향전 몽유편(夢遊扁)과 방불하였다. 하루밤 너무 답답하고 안타까워 밤새도록 콜작콜작 울다가 새벽녘에 푸시시 잠이 들었다. 그러자 비몽사몽간에 작은년의 실같이 남은 혼이 구름인 듯 바람인 듯 한곳에 당도하였다. 천공지활(天空地濶)하고 산명수려한데 은은한 죽림 속에 일중 화각(畵閣)이 반공에 잠겨있다. 전면을 살펴보니 검은 현판 위에 황금액자로 광한루(廣寒樓)라 뚜렷이 씌어있다. 아이구 춘향아씨 있는 데를 찾아왔네 하고 심신이 황홀하여 조상(彫像)처럼 서 있는데 문득 소복입은 어린애가 다가온다. 등롱을 들고 작은년 앞에 읍하고 서며

"춘향아씨께서 부르시니 이리 옵소서."

하고 앞길을 인도한다. 뒤를 따라 광한루로 올라가니 촛불이 휘황한 곳에 춘향이가 앉아 옥수를 넌짓 들어 가까이 오기를 청한다. 그래 사양치 못하여 작은년이 다가가서 공손히 절하고 자리에 앉은 즉

"네가 작은년이냐. 기특하고 얌전도 하도다. 네 저대도록 갸륵하매 한번 보고 싶어 꿈길도 멀리 오게 하였으니 내 마음 심이 불안하도다."

작은년은 황감하여 여짜왔다.

"저는 비록 아무 것도 모르오나, 부인의 사적을 오매(寤寐) 불망으로 사모하옵더니 오늘 이렇듯 대하와 여한이 없나이다. 철없고 가련한 이몸 이

제부터 어찌함이 옳으리까……."

춘향이는 작은년의 등을 어루만지며

"네 낭군 될 이 나라를 위하여 싸우러 나갔으니 너도 충의와 열행이 자별하여 되리로다. 이 두 가지 마음에 깊이 새기면 무슨 근심 또 있으랴."

"마음만은 강하오나……."

"오냐 갸륵도 하다. 네 낭군 될 이 반드시 공을 이루고 금의환향하리라."

"그러니까 하오나 돌아오시기 전에 돌아오시기 전에……."

"네 어머니 말씀하시던 꿀봉재 이야기를 잊었느냐."

"꿀봉재……."

하고 놀이는데 토방가의 검둥이가 요란이 짖어 깜짝 놀래어 잠을 깨니 새벽을 알리는 인경소리가 은은히 들려온다. 그러나 이날 새벽 이상한 꿈을 꾼 뒤부터는 작은년은 마음도 좀 안돈되고 일편 각오도 단단하여졌다. 시집가는 길 꿀봉재 잿등 위에서 승교바탕으로부터 사랑하던 총각의 무덤위로 뛰어 내렸다는 처녀에 못지 않은 각오만 있다면…… 꿀벌이 한 쌍이 되어 하늘로 날랐다는 그의 둘보다 더 나은 행복의 길이 열림직하다. 시집가는 날까지 그이가 돌아오기를 기다려보리. 기다려보아도 그이가 돌아오지 않는다면 목숨을 끊고 말리. 무쇠풍구가 주고 간 장도칼이 내 품속에 들어 있는데야……. 이렇게 결심을 하고나니 날이 가고 달이 바뀌어 동짓달 스무사흘날 예물 짐이 들이 닿아서도 그리기 급할 정도는 아니었다. 다만 가슴이 술렁거렸다. 그러나 예물이 왔으면 왔지 하고 작은년은 새촘하였다. 눈 거듭 떠 보지도 않았다. 하나 예물이 예상보다 퍽 많이 왔다하여 어머니는 빗대놓고 비양이었다.

"별꼴을 다 보겠군. 동천 상놈이 병신 아들 가지구 승혼한 것 같아서 드락드락 보낸게디 얘 네 일은 네가 해라. 어디를 또 빠져 나가구 싶어 웃죽 웃죽거리니……."

"흥"

하고 작은년은 속으로 콧방구를 치었다.

———

새해를 맞이하니 작은년도 열여섯 살이라 동촌 사돈집에서는 봄으로 곧 잔치를 지내자고 매파를 줄곧 보내며 서두른다. 이런 데는 작은년도 놀라지 않을 수 없었다. 간이 조막만하여 달락달락 하였다. 하루는 시골 큰아버지가 왔다가 상중에 성례를 하다니 그런 불상놈의 법이 어디 있느냐고 담뱃대를 거꾸로 들고 야단치는 바람에 매파는 혼비백산하여 달아났다. 그리고 어머니의 날바지 노름도 금년 중으로는 상지(相地)에 걸려 화가 있으리라하여 미루게 되니 그해는 그래도 무사히 지낼 수 있었다. 그러나 해가 바뀌매 또다시 동촌 사돈집은 성화같이 재촉하기 시작하였다. 어머니도 슬며시 그게 싫지 않아 큰아버지와 싸움을 몇 차례 치른 뒤에 굳이 우겨서 오월 초이튿날 잔치 해치우기로 작정하였다. 작은년은 어간이 내려앉았다.

생각하니 무쇠풍구가 떠난 지 벌써 이태 째 잡히나 그동안 소식 한번 전함이 없고 또 전쟁이 났다는 소문도 들리지 않았다. 삼 년 있다 돌아온댔으니 아직 일 년이나 남았는데 잔칫날은 부덕부덕 다가만 온다. 별도리가 없었다. 노내미로 달아나 곱단의 집에 몸을 숨길 수밖에. 그래 하룻밤 작은년은 언챙이 할머니로 연락하여 곱단이를 만났다. 곱단이가 무쇠풍구를 보러 서울을 갔다 왔다는 이야기를 들으니 더 안타까히 만나고 싶었던 것이다. 마음에 곰곰이 그리던 모녀는 몇 해만에 사람의 눈을 피하여 강기슭 버들숲에서 다시 만났다. 이즈러진 달밤이었다. 구름이 지붕처럼 떠돌아 하늘에 별 하나 보이지 않는데 밤이 깊어 그런지 안개 또한 자욱하였다. 강물은 은빛에 서리여 발자취 소리도 없이 모래언덕으로 올라선다. 그윽한 첫 여름밤의 향기 속에 우거진 능수버들가지만이 바람일 때마다 살랑거리었다. 안개 속에 희멀그레한 황강정 밑에 두어 그루 배나무 흰 꽃은 구름이 일 듯

피어서 이따금 하느적시며 떨어졌다. 여기로 말하면 서울로 떠나기 전 무쇠풍구가 셔먼호와 싸울 제 눈부신 활약을 한 추억에 새로운 전장(戰場)이었다. 능수버들 새에 숨어 기다리노라니 동안이 떠서 작은년이 당옷으로 얼굴을 가리우고 이슬에 젖은 풀섶 풀속을 내달려 언덕 위로 올라섰다.

"아씨 아씨. 이리오서요."

작은년이 버들 새로 뛰어들어 설 때 곱단이는 기쁨과 놀램을 억제치 못하였다. 몇 해만에 다시 보는 그리운 딸, 딸이면서도 이름을 못 부르는 어머니었다. 이 몇 해 동안에 얼마나 몰라볼 만큼 성숙한 딸의 몸매였든가.

"서울서 언제완? 나는 나오다 들킨지두 몰라. 빨리 들어가얄 가봐……."

"아이구 아씨 어떡해……."

"그래두 괜찮지 뭐. 빨리 서울이야기나 들려줘."

"어서 아씨 여기 앉으세요. 서울 말씀해 드릴게. 이레 전에 서울에 닿은 게 어슬어슬한 저녁땐데 하마터면 뵙지두 못할 뻔 했다우."

"왜……?"

"바루 그날밤이 강화영(江華營)으루 떠나시는 길이대시오. 성문을 들어가 무슨 궁인지 궁 앞에 이르렀더니 북소리가 요란히 울리며 총칼이 밤하늘에 번쩍이지 안캇소. 사람들은 바다를 이루어 아우성치며 전송하는 모양입데다. 그래 곱단이는 다급하여 사람떼를 밀치며 들어가 숨이 턱에 찬 소리루 신도련님, 평양 신도련님하구 부르며 누구래니까 누귀가 덤썩 손을 끌어잡소. 그래 거 누구야? 아이구 도련님! 곱단이는 도련님의 팔죽지에 매여달렸디요. 바루 도련님이시야요."

"그래 도련님은……?"

"아이구 도련님 정말 전장이 일어났나요 하니까 아니야 아니야 뭐하러 왔서? 하고 물으시같디요."

"정말 전장은……?"

작은년은 얼굴이 새하야졌다.

———————

"아씨 정말루 전쟁은 아니래요 남들두 그래요 곱단이는 매어달려 도련
님 도루 가지요 평양서 큰일 나시오 도루가자요 하고 울며 졸랐소고래
그랬더니 왜 우리 오마니가 어캔?"

"그래?"

"그래 오마닌 편안하시다구 했디요. 세상 떠나셨다면 돌아오실 생각이
더 안 날가봐."

"그랬더니?"

"그랬더니 전장은 아니디만 떠나서얀다구."

"그 말뿐……."

"아니요. 아씨일두 묻고 싶은 모양으루……."

"……."

"그래 아씨가 동작으로 시집갈 날까지 직성되었으니 빨리 가시자구 매
어달렸지요."

"……."

"그랬더니 이 편지를 주시면서 이걸 보시문 아씨두 아시리라구……."
하며 허리춤에서 편지 한 장을 꺼내준다.

달빛조차 희미하여 종이를 펴는 손이 덜덜 떨릴 뿐 글자 한자 알아볼
수 없었다.

"안 돌아 오실 생각인가부네."

"아직 왜 안 돌아오시지? 아직 안 돌아 오세요?"

한 곱단이는 눈물이 글썽하였다.

"어떡하면 좋아, 어떡하면?"

"아씨 아씨, 근데 서러워 말아요."

"아 이제는 아무 소망두 없네……. 그래두 노내미루 갈게 나두 노내미루……."

하더니 얼른 몸을 돌려 두 손으로 얼굴을 싸고 느껴 울며 언덕 위로 달려갔다.

"아씨 아씨!"

곱단이는 따라 올라가며 부르짖었다. 그러나 뒤돌아보지도 않고 밭두렁 길을 허둥지둥 집을 향하여 달아난다. 작은년은 다행이 아무 눈에도 띄지 않고 뒷문으로 제 방에까지 들어올 수가 있었다. 밤은 쥐죽은 듯 괴괴하였다. 하나 그만 혼도하다시피 이불 위에 쓰러졌다. 이때 무쇠풍구의 편지가 허리춤에서 떨어졌다. 간신히 정신을 가다듬어 집어 드니 사연은 이러하였다.

전장 마당에 죽으면 이 편지는 평양서 같이 온 동무 미륵이나 복선이나 배꼽이가 전하러 갈지라. 이 용감히 동무들마저 몽땅 죽는다면 이 편지는 내 품에 든 채 바다에 떠 대동강으로 거슬러 오르리로다. 생각하니 그리운 작은네야 두고 할 이야기 모래같이 많고 보구 싶은 마음 태산 같으나 이 몸이 오늘 널 두고 전장마당에서 죽는고나 다시는 내 눈으로 그리운 너를 볼래야 볼 수 없이 되는 고나 그러나 내 얼굴 네 그림자 눈앞에 선하고 네 음성 들려오니 나는 소리소리 질러 작별하노라. 잘 있거라. 내 몸은 죽어도 내 마음 네 곁을 떠날 날 없이 네가 잘 지내기만 바라와 기도할란다. 잘 있거라 나는 오늘 싸움마당에서 죽는도다. 나라는 우리들의 용감한 죽음을 구하고 우리는 또 나라를 위하여 죽기를 원하도다.

작은년은 유서나 다름없는 이 편지를 다시금 읽고 읽으며 흑흑 느껴 울었다. 이 몸을 이렇듯이 사랑하였든가 그러나 남아로서 나라를 위하여 살아서는 다시 돌아올 생각이 없음에 절절히 알 수 있었다. 그 이가 이 몸을 그리는 가슴에 안고 나라를 위하여 호연히 죽으려는데 나라고 그이에게 오로지 바치는 마음 안고 그 뒤를 따르지 못할 리 또 어데 있으랴. 그 이가 장렬한 전사를 하였다는 소문이 들리기까지는 어쨌든 깨끗한 몸을 지켜 살아있으련다. 그의 입가에 비로소 애끓는 미소가 떠올랐다. 작은년은 그 밤중으로 조그마한 보자기 하나를 싸들고 나섰다. 잔치를 앞둔 지 열사흘 전이었다. 오늘 당장에 떠나고 말리라 결심한 것이다.

꼭두새벽, 첫배로 머터니 나루를 건넜다. 당옷으로 얼굴을 폭 싸두르고 새촘하니 꿇어앉았으나 한배를 타게 된 강 건너 마을 낯선 사내들은 의아스럽게 눈을 득실득실 굴렸다. 곱단이는 돌아앉아 딴전만 바라보며 캄캄한 앞길을 처리할 궁리에 골몰하였다. 장거리는 피하여 될 수 있는 대로 지름길을 걸어 노내미 방성에 닿았을 때에는 해도 어지간히 퍼지었었다. 처음 오는 재인 방성이었다. 언덕 밑에 쓰러질 듯 혹은 주저앉을 듯 혹은 돌아앉아 조는 듯한 오막살이 초가에서 가는 연기줄이 지붕을 스치며 퍼진다. 주춤하니 나와 섰던 사내나 기저귀를 널은 아낙네가 곱단이를 보고 무어라 이야기를 걸려다가 뒤들 따르는 작은년의 낯선 모습에 놀래여 움추러 선다. 곱단의 집은 언덕 밑에 따로 떨어진 무너져가는 초가 이간이었다. 방안에 작은년을 인도하자 곱단이는 그 길로 도로 나가 오는 길에 만난 사람들에게 함구령(緘口令)을 내리고 언챙이 할머니를 데리고 왔다. 이 할머니는 곱단이의 칠촌 아주머니로 둘이서 한집에 사는 터이다. 배 매는 집에 갔다가 무슨 영문인지 모르고 따라 들어오니 작은년이 해쭉 웃는다. 그는 어안이 벙벙하여 어쩔 줄을 몰라 하였다. 곱단이는 할머니를 끌어당겨 앉히며 앞일 처리할 계교를 종알종알 들려주었다.

"옳지. 그렇게 해보디."

"아씨 신발을 이것과 바꾸어 신으세요."

곱단이는 웃담에 걸린 총신을 내려놓고 작은년이 신고 온 회총백이는 언챙이 할머니를 주어 내보내었다. 이리하여 그 아침으로 뱃심 좋고 의뭉스런 흑부리 영감은 언챙이 할머니와 같이 노내미를 떠나 외성으로 들어갔다. 사창(司倉) 고직방을 하나 얻어 밭의 재인왔다고 언챙이 할머니를 내세워 광포를 놓으며 마침 바치나 엽가리의 주문을 돌게 하였다. 그새에 흑부리 영감은 강변으로 나가 황간정 아래 바위 위에 작은년의 회총백이 신을 가지런히 놓아두고 달려왔다. 그리고 자기는 방 앞에 멍석을 깔고 이렇게 콧노래를 부르며 밭의 일을 하기 시작하였다.

지난달 왔던 재니
죽지도 않고 또 왔네
목발 없는 지게에
밭의 한짐 걸머지고
인간 없는 장에가
팔고 보니 돈이요
먹고 보니 욕이요
돌려다보니 황간정
내려다보니 신 한컬레
난리는 난다고 수군수군
아씨는 물에 빠졌구나

이렇고 앉았는데 언챙이 할머니가 겹가리 한마디를 몇 개 맡아 가지고 돌아와 보고를 한다. 간밤에 작은년 종적이 묘연하여졌다는 소문이 벌써 외성바닥에 짜르르 퍼졌는데 그 집에서는 시집 보낼 딸 찾아달라고 풍헌소에 호소하러 갔다. 그리고 자기네들도 하인을 풀어 노내미로 보내볼 기맥이라는 것이다. 흑부리 영감은 들은 체 만 체하고 그냥 콧노래만 불러댄다. 그러나 흑부리 영감의 콧노래에 모여 들었던 애들이 호기심에 몰려서 황간정으로 나갔다. 이것을 보고 영감은 싱긋 웃고 콧노래를 뚝 그치었다. 계교는 바루 들어맞은 것이다. 아니다 다를까 좀 있으니 애들이 큰일 났다고 떠들며 회총백이 여자 신 한 켤레를 들고 동리로 내달려왔다. 황간정 바위 위에 가지런히 놓였더라는데 틀림없이 작은년의 신이다. 이래 외성바닥은 발칵 뒤집혀 물에 빠진 작은년의 시체라도 건진다고 사내들이 강변으로 털어났다. 그러나 혹부리 재인의 콧노래가 한갓 수상타하여 풍헌소에 묶어 취조하니 혹부리 대답은 천연하였다.

"소인두 보기는 보았습지오만 재니 놈이 양반 부인의 신발을 들고 감히 어디라고 들어오겠습니까. 그 제발 용서합수사……."

그날 저녁으로 언챙이 할머니는 노내미로 돌아가 계교가 대충 들어맞은 이야기를 보고하고 이튿날 아침 다시 와서 염탐하기 시작하였다. 무엇보다도 작은년의 집이 분란이었다. 잔치를 불과 열흘 앞두고 시집갈 색시가 달아났다기도 망칙스러운데 실상은 물에까지 빠져 죽은 일이 새로 들어났으니 예서 더한 망신이 없을 것 같았다. 망지소조한 가운데 동촌 사돈집에 기별할 생각은 미처 못 하면서도 신기를 뜨고 굿을 세우는 마님은 지너귀를 시작하였다. 본래 불측한 성미는 아니나 남편과 아들을 한꺼번에 잃어 본 정신이 아니더니 작은년이 막상 죽고 보니 측은지심도 스스로 우러나오거니와 시체도 못 건졌으니 영혼이라도 위로하고 싶었다. 이 지너귀굿의 정상도 이튿날 언챙이 할머니로부터 눈앞에 보듯이 노내미로 죄다 전해졌다. 원무당이 또 마침 이 방성 출신이요, 서로 기맥이 통한지라 눈치 보아서 적당히 한 모양이었다. 황간정 아래 버려놓은 굿마당에서 무명끝으로 허리를 감고 물에 빠지는 시늉삼아 강중에 뛰어들어 하는 말도 희한하였다.

　　앞에는 황천강 뒤에는 류사강
　　까치여울 피바다에 몸을 던지니

처음에는 용솟음하나이다.
두 번째는 대솟음하나이다.
세 번째는 물빛이 핏빛 되고
뇌성벽력이 진동하고
난데없는 금거북이 나와서 등에 지니
동해바다로 가나이다.
용궁으로 가나이다.

그러나 혼맞이를 하여 집 뒤뜰 안에 새로 차려논 굿판에서는 용궁 갔다던 작은년의 혼신이 몹시 분풀이도 하고 행악도 하여 마님이 손이 발이 되도록 빌었다. 톡톡히 혼도 내울 겸 굿이라고 하는 바에는 착실히 볼 장도 보려고 무당은 배뱅이굿을 본 뜰 모양이었다.

"오마니! 오마니!"

하고 크게 불러 세우고

"먼저 간 아버지, 새로 간 오라버니와 앞서거니 뒤서거니 불초여식 작은년이 왔어요. 오마니 준산에 지는 꽃이 지고싶어 제가 지며 박명한 작은년 신체 죽고 싶어 죽었겠소. 그래도 오마니 내가 사는 동안 너무도 하십데다가레 뼈에 사무치게 너무도 하십데다가레……."

하며 만단설화로 엮어 내리우니 굿 구경 온 사람들이 모두 죽죽 울었다. 고년 생시에두 그러게 똑똑하더니 죽어서두 할 이야기는 다 하누만 고렇게 똑똑하니까 날래 죽었지 하며 슬퍼하는데 마님은 얼굴이 시커멓게 죽어서 덜덜 떨며 빌었다.

"거저 이 망한 것이 정신이 나가 그랬구나. 분한지심 먹지 말구 날 불쌍히 여겨다고 널 기를 제 낸들……."

이럴 때 늦슨 구렁이 같은 무당은

"오마니—"

하고 다시 불렀다.

"마지막 왔다가는 길에 죽어서라도 옳은 귀신 되게 일백자대다리 일흔
대자중다리 호일곱자몸다리 다리굿해 길풀이나 해주소고레."

"거야 못하갓니? 하라는대로 할리 할말 있으면 다 하구 가거라."

"오마니―내 예장 받은 거는 동촌집에 도로 보내야갓지만 내 시집갈
재장이란 내실려주소고레 용왕님께 바치고 용궁에서나마 귀염 받으며 살
아야지 안캇소 오마니―"

"이를 말인가. 이넝 열두조박에 명주 다섯필 항라 세필 몽땅 다 줄라군
네게 좋다는거야 내 왜 안 하갓듸……."

굿마당에 들어섰던 매파는 물에 빠져죽은 작은년의 지너귀굿이란데 입이
쩍 벌어졌다가 구슬픈 하소연에 눈물이 뚝뚝 떨어졌다. 그러나 제정신이 벌
컥 드니 큰일이 났는지라 되짚어 동촌사돈집으로 달려갔다. 떡쌀을 담근다
녹두를 타갠다 법석이던 무장사 김가네는 그만 난탕이 되고 말았다. 그러나
같은 날 저녁 노내미 곱단의 집으론 작은년의 재장감이 그득 말에 실리어
왔다. 무당이 보낸 것이다. 이리하여 이날부터 바디 재인 곱단의 집은 용궁
처럼 행복스러워졌다. 용왕과 선녀의 부부라고 떠들어 논 주란섬 봇돌이도
그럴듯한 이야기라고 생각했다.

[이후 별도 표시 전까지 삽화―다케다 빈(武田敏)]

어머니와 딸은 매일매일 무
쇠풍구의 이야기로 즐거이 지
내게 되었다. 무당이 벌어 보
낸 필목으로 그 이가 돌아오
면 입히려고 저고리니 바지
니 주의 등속은 물론 허리띠
니 대님을 인두로 접으며 종
알종알 이야기에 깨가 쏟아

지는 듯하였다. 뿐만 아니라 우진 성안에 들어가 곱단이는 비단을 사다가 서울서 보고 온 마고자까지 지어놓았다. 밤이 깊도록 이렇게 일에만 잠심하다가 오밤중이 되면 곱단이는 작은년을 데리고 뒤뜰 안에 나가 돌로 쌓아 놓은 칠성단에 그이가 무운장구하여 벼슬하고 빨리 돌아오기만 정성껏 기도하였다. 같은 신세로 같은 설움을 가지고 함께 특수부락을 이루고 사는 그들이라 방성사람들도 단속하여 작은년의 일을 입밖에 내지 않을 뿐더러 극진히 아끼고 도와주려는 마음으로 늘 외성 소식이며 본집 소식을 알아왔다. 이제는 아주 죽은 작은년으로 안다니 태평춘이었다. 어디 대가집에 회갑잔치나 혼례잔치나 있대야 곱단이로도 따라나서서 집을 비이지만 돌아올 때는 떡부스러기나 약과 파즐 조박지 얻어 들고 왔다. 처음에는 얻어 온 음식에 적지 않게 싫증도 느꼈지만 그래도 되도록 곱단이의 마음을 기쁘게 할 양으로 작은년은 맛나게 먹는 체 하였다.

"어서 아씨의 떡을 먹게 되얄 텐데."

"애개……."

작은년은 방긋이 웃었다.

"그래두 원 이런 오막살이에서 아씨 잔치를 어떻게 할꼬."

"흑 누가 그런 색시 얻어가래나 잔치야 못했지 뭐."

"호호호 호호호 아씨두."

"……."

"재니 방성에서 아약 시집 보낸다구야……."

"나두 재닌걸 뭐……."

곱단이는 질색하여 눈을 치켜떴다.

"아약! 무슨 말씀을……."

그러나 작은년은 자즈러지게 웃기만 하였다. 오마니 하고 새로 부르면서도 아직까지 못 불러오는 작은년이었다. 오마니라는 말이 좀처럼 입에서 떨어지지 않았다. 딸이라는 말을 겨우 오늘 내세워 보는 것이다. 일방 재인의 딸로서의 자각과 노력할 맘도 스스로 우러나기 시작하였다. 인종지말로 천대받는 억울한 이 사람들의 생활 속에 지금까지 알지 못하는 여러 가지 높고 귀한 정신을 체득하는 듯도 하였다. 서로 사랑하고 아끼는 마음 서로 위로하고 도와주려는 생각. 구차한 살림이요, 불운한 신세나마 그 속에 기쁨을 찾으려는 의욕. 이것이 다 작은년에는 새 세계의 것이었다. 하나 역시 사람 사는 본때는 아니렸다. 지지리 구차스럽고 부끄러웠다. 바지로 쌀되나 바꾸어다 보리 고개를 넘기는데 그나마 쌀이 떨어지면 노 타개죽이었다.

"아씨가 가난한 집 신주 굶듯 하시네."

하고 곱단이는 때때로 애연해하지만 작은년은 외려 타개죽이 외성집 눈칫밥보다 훨씬 구미가 돌았다. 잔칫집 떡부스러기보다 한결 편하였다. 이럭저럭 꽃다운 봄이 가고 여름이 오니 벼랑결 심사것도 농터랄 것도 없지만 노내미 사람들도 농사일에 부산하여졌다. 곱단이가 부치는 목화밭이 한 뙈기 있는지라 김을 맬 때는 작은년도 앙탈하여 호미를 들고 나섰다. 처음에는 무슨 망녕이냐고 태치듯하며 들이 쫓으려는 곱단이와 언챙이 할머니도 앙탈에 못이겨 데리고 나갔다. 속으로 알끈하기 바 없었다. 하나 김이나 매고나면 작은년 자신은 마음이 이를 데 없이 호젓하였다.

"하긴 이제부터 고생살이 이력을 치서야지."

이렇게 곱단이는 스스로 위로하였다. 저녁때면 어둠을 타고 나가 둔덕 위에 올라서서 아래로 구비치는 푸른 강 스쳐오는 바람에 땀을 드리며 구리도 길었다. 작은년은 처음으로 보람 있는 삼즉한 생활을 하는 것 같았다. 그러나 문 밖 출입이 탈이었다.

국그릇이 있으면 냄새가 풍기는 법이라 얼굴 고운 처녀가 있고 소문이 안날 리 없었다. 하물며 누가보아도 귀한 집 딸로만 보이는 처녀가 수상스레 재인 방성에 있음에랴. 가을철에 접어들면서 노내미 에 당치 않게 알뜰한 처녀가 있다는 소문이 아연 근방에 높아졌다. 그래 근방의 총각들이 제각기 침을 삼키며 일없이 이 재인 방성을 기웃거리게 되었다. 머슴 사는 노총각들은 임도 보고 뽕도 딴다고 일부러 점심을 굶어가며 나무하러 먼 여기를 찾아왔다. 여기 놀래여 작은년은 자기의 경솔을 뉘우치고 문밖 출입을 딱 끊었다. 눈코 뜰 새 없이 분주한 목화따기에도 도와주려 나서지 못하였다. 그러나 소문은 점점 더 널리 퍼지어 첩으로 온다면 모녀를 호강시키마고 사람을 보내오는 늙은 양반도 나서고 이상하대만 하던 터에 마누라 몰래 쌀도 퍼주며,

"고은 딸이 있다지? 어더 봅세게레."

하고 새삼스레 노내미 재인들에 반말로 대접을 높이는 사내들도 생겼다. 노내미 재인들은 한마디 대답도 없이 고개만 돌리군 하였다. 그러나 불집은 남촌 박주사의 아들에서 일어났다. 본래 계집과 술, 도박에 몸을 망치는 불량배로 양반 망신의 표본처럼 동리사람에게 손가락질을 당하는 위인이었다. 지나가는 길에 노내미 둔덕에 곱단이와 같이 앉아 굴리 길고 있는 작은년을 한번 보고 정욕이 불같이 일어났다. 하나 바로 추수 때로 볏섬도 팔고 낱알 바리도 팔아 바로 돈이 흥성흥성하여 투전판이 여기저기 벌어지니 돈 잃던 노름에 계집생각할 경황이 없었다. 그러다가 동지달도 퍽 지나서다. 외성 황꼽재기의 아들로 당치않게 투전을 해도 퍼렁

퍼렁히 없애는 자가 남촌어름에 벼 팔러 왔다가 벼 값을 다 불어먹고 꽁지뽑게 되었다. 그래 한가지로 밑천을 다 털어버린 양반 아들 둘이 홧술을 먹다가 노내미에 고운 처녀가 있으니 투전에 잃었으나 기집이라도 벌어 봉창합세, 이렇게 의론이 되었다.

"나이도 지긋하거니와 나이 먹은 아재비 진다고 나는 섭섭지 않게 곱단이를 차지할테니 임자는 그 처녀애를 차지하게나."

하고 황아무개는 겸양지덕을 뵈었다. 하나 실상은 보지 못한 장미꽃보다 외성서 늘 보아 싫지 않게 생각하는 곱단이를 꺾고 싶었던 것이다.

"헤헤 고맙네. 약조 어겼단 안 되네."

하고 박가는 오금을 박은 뒤 둘이서 밤이 이슥하여 노내미로 향하였다. 일상 우르러 받드는 양반들이니 황감하여 문제없이 품 안에 들리라고 생각한 것이 애초에 잘못이었다. 노내미에 닿으니 벌써 밤이 깊어졌다. 우선 곱단이를 만나야 고운 처녀집도 알아서 둘이 갈라서리라 하고 곱단의 집을 동리어구에서 만난 사내에게 물었다.

"곱단네 집이 어디냐?"

사내는 의아하게 어둠속으로 살피는 듯하더니 벙어리 시늉으로 모른다고 손을 내젓는다. 할 일없이 그 근처를 기웃기웃하다가 이야기 책 읽는 소리가 나는 집 앞에 이르러 소리쳐 물을까 말까하고 서성거리는데 마침 한 여편네가 집으로 돌아가느라고 나온다. 바로 지각없는 여편네라 묻는 말에 조금도 의심치 않고 바래다까지주는 터이었다. 그러나 그 뒤를 아까 벙어리 시늉하던 사내가 따르리라고는 아무도 알 바 없었다. 집안 동정을 살피느라고 창구멍으로 박가가 몰래 들여다보니 눈이 화끈하고 가슴이 뜨끔하였다. 바로 김드리고 온 처녀가 곱단이와 마주앉아 목화를 고르고 있다. 두 사람은 다짜고짜로 문을 밀어 제치고 화적떼와 같이 들어섰다. 모녀는 화닥닥 놀래어 서로 끌어안으며 구석으로 움츠러드는데 황가는 눈이 번쩍 띄고 정신이 아찔하였다. 죽은 작은년이 여기 있으니 귀신이나 아닌가 하나 잡담제하고 박가는 화롯불을 걷어찼다. 이때에 난데없이 바깥에서

　"불이야, 탕두 강도야!"

하는 사내의 고함소리가 터졌다. 그러자 방성이 갑자기 술렁거리며 사내들이 모여 드느라 떠드는 소리가 왁자지껄 들린다. 이 통에 두 사람은 신도 못 찾아 신고 똥줄이 빠지게 도망을 쳤다.

밤중을 허둥지둥 달아나온 황가 박가는 망신만 톡톡히 한 셈이었다. 그날 밤은 박가네 빈집에 자고 이튿날 아침 강을 건너려고 황가가 나루터에 나오니 소한 추위에 살얼음 건너막아 배가 나가지를 못한다.

되돌아와 술방구리나 축내고 있는데 표만 써넣으면 밑천을 당하겠노라고 꾀이는 자가 나섰다. 마음이 잔뜩 들떠 있던 김이라 감지덕지 된변으로 돈을 내여 투전판에 다시 들어섰다. 비교적 계집엔 담박한 편이라 곱단의 생각은 투전장이 때려 부섰으나 작은년의 일만은 암만해도 모를 일이었다. 여우에게 흘린 것만 같았다. 물에 빠져 죽었다고만 믿고 의심치 않던 까닭에 작은년한테 며칠 동안 투전이 별하게도 잘되니 모두 작은년 귀신 덕이라고 벙글벙글 좋아하였다. 박가도 받은 서를 넣고 돈을 마련하여 들어붙었는데 그 역시 신기하게 가보 아니면 땡이니 이번은 돈 따는 재미에 노내미 처녀고 무에고 다 잊어버렸다. 이래 둘이 다 술과 투정으로 기쁘게 새해를 맞이하였다. 그러나 새해 잡히면서는 황가의 투전이 차츰 빗맞아 나갔다. 이월초생에는 털털이가 되고 준 빚만 해도 많다하여 더 주려는 자는 또 나서지 않아 할 일 없이 얼음을 타고 강을 건너려고 터덜터덜 걸어

나왔다. 그러나 이번은 얼음이 녹아 반빙이라 얼음판에 개한마리 얼씬하지 않는다. 다시 돌아와 이번은 소작인들한테 새해지정을 미리 받았으되 그것마저 근 한 달 동안에 또 흐지부지 없어지고 말았다. 외성에 돌아온 황가의 입으로부터 비로소 작은년 이야기가 나왔다. 외성바닥은 발칵 뒤집어졌다. 작은년 죽은 넋이 다시 사람이 되어 노내미 곱단이와 같이 산다고. 그러나 큰집마님은 옳지 이년 봐라 하였다. 앙큼한 계교에 넘어갔구나. 마침내 감쪽같이 숨어있던 작은년은 하인들에 붙들려 다시 외성으로 돌아왔다. 곱단이는 악형을 너무 많이 받아 운신도 못하게 되니 떼메어 갔다. 삼월 스무이틀 날이었다. 작은년은 상기하여 그날부터 자리하고 눕고 말았다. 노내미에서는 혹부리 영감이 무쇠풍구에 급을 고하려고 강화영을 향하여 총총이 떠났다. 외성집에 작은년이 살아 돌아왔다는 소문들 듣고 매파가 놀라 달려오기는 사월 초이렛날. 매파는 마님과 수군수군하더니 하루 밤을 자고 이튿날 아침에 떠나서 동촌 사돈집에 왔다. 마님은 너무 망신스러워 하루라도 바삐 들것에 담아서라도 치우고 싶은데 매파는 염려 말라고 장담이다. 사돈집에 와서 매파가 이야기를 퍼놓는데 또한 그럴듯하였다. 혼처를 나들러 그런 게 아니고 올케들이 너무 시달리며 못살게 굴어 삼촌댁에 겨울을 나러 도망갔던데 불과하다는 것이다. 절름발이 신랑감은 이 소리를 듣고 벌떡 일어났다. 외성에 물어오는 딸아버지를 따라 왔던 길에 작은년을 보고 홀딱 반하여 부모한테 떼를 써서 혼사까지 맺었다가 물에 빠져 죽었다는 전갈을 들은 뒤부터는 심화로 이불을 쓰고 누워있었다.

"머야요? 정말이요!"

"이 여부가 있소. 정말 아니면 내 멱을 따소. 고래 아씨두 그립데다 동촌댁에 가서 말씀 잘 여쭤 달라구. 아씨야 참하디 참하디요……."

절름발이 총각은 입이 터진 팥자루인데 아들을 극진히 사랑하는 어머니는 무릎을 치며 좋아 하였다.

"그르문 그루캇디. 규모있는 집 딸이라니……."

"어서 날이나 받어서 기뻐합세다."

"가만 계시소. 내 아버지를 찾아 오리다."

아버지도 문제없었다. 근본은 어쨌든 명색 외성 변진사의 딸인데야 쳐다보고한 혼사이니 그렇다면 오죽 좋으리 하였다. 끙 하니 일어서더니 서재로 초학 훈장을 찾아나가 대통일을 잡아달라고 서둘러 잡은 날이 오월 스무닷새 돌아오니 너무 늦추 잡았다고 아들 마누라 매파가 모두 책잡으나 다시 검다 쓰다 할 형편이 아니다. 초학훈장이 땅고집이었다.

자리하고 누운 작은년의 병상에 장가올 날 기별이 온 지 스무 날만에 강화영에 갔던 혹부리영감이 여종을 통하여 비밀히 편지를 전해왔다. 가슴이 방망이질을 하였다. 떨리는 손으로 편지를 펴드니 그 속에서

무쇠풍구의 글발이 떨어졌다. 작은년은 얼른 그것부터 집어 들고 읽기 시작하였다. 황망한 전진(戰陣) 속인 모양이라 일사천리로 내갈린 글씨였다.

"연약한 몸으로 노내미에까지 피했었다니 나를 이렇듯 사모하였든가 기쁨의 눈물 비오듯 하도다. 전장에 이기면 곧 돌아갈지니 나를 믿고 기다리라. 나라를 위하여 싸우기는 하되 벼슬에는 뜻이 없도다. 네가 내 천하로다. 내 극락이로다. 드디어 오랑캐 양고자들은 배를 몰고 대포를 울리며 쳐들어왔다. 기다리고 기다리는 전장이다……."

"아이구머니! 정말 전장이네."

하고 바쁜 마음에 혹부리 편지에 눈을 옮기니 한중간에,

"정말 전장이 낫습네다. 도련님은 승운용룡(昇雲用龍)의 술법을 쓰신다

는 소문이 진중에 자자합네다. 전장통에 나룻배가 없어 돌아오는 길이 늦었습네다……."

다시 무쇠풍구의 편지에 눈을 옮겼다.

"대동강에서 때려부신 그런 따위 배가 아니고 궁궐같이 큰 철감선이 여섯 척이나 대포를 빵빵 울리며 쳐들어 오도다. 우리들도 마주 대포를 놓으며 싸우노라. 다만 우리의 대포알이 그놈들 배까지 미치지 못함이 슬프도다. 그러나 이 무쇠풍구 대포알이 끊어지면 쳐오는 포탄을 마주 받아 안 죽으리라. 죽을 때 나라의 만세 부르고 또 내 이름 하늘높이 부르리로다. 그러나 내가 대포알이로다. 무쇠풍구가 대포알이로다……."

작은년은 이 편지를 움켜쥐고 감격에 사무쳐 흑흑 느껴 울었다. 살아서는 다시 돌아올 것 같지만 않았다. 돌아온대야 잔치 전에 들어설 것 같지 않았다. 그렇다고 이 집을 다시 빠져나가자니 첫째는 엄중 감시하는 눈들이 무섭고 둘째는 앓는 몸이 허락지를 않았다. 혹부리 영감 편지의 사연은 아직 길었다. 정신을 가다듬고 다시 펴드니,

"아무 염려마시고 부디 몸조심만 극진히 하옵소사 도련님께서는 반드시 잔치전에 대여오시리다. 제가 떠나는 날만 하더라도 양국 배는 아주 풀이 죽어 대포도 못 놓으며 물러섰습네다. 곱단이는 장독(杖毒)도 가다들어 이제는 운신이 자유로워 도련님이 빨리 돌아오시기만 칠성단에 기도하십네다. 잔칫날까지 도련님이 못 오신다면 우리 노내미 방성이 털어 나서서라도 시집 가시는 노상에서 구할 생각이오니."

작은년은 눈물에 가리어 더 읽어나갈 수가 없었다. 노내미 사람들의 정성에 감격하는 눈물이었다. 오냐 그렇다면 내가 마음을 단단히 잡아야…… 하니 별안간 신열이 내리며 몸이 거뜬해지는 것 같았다. 그날 밤 꿈에 무쇠풍구가 보였다. 승운용룡의 술법을 쓴다는 말을 들어 그런지 음풍이 소슬한 밤하늘에 그 이는 구름을 타고 날아오더니,

"작은년아 일어나라."

한다.

"어서 가자."

놀라 화닥닥 깨어보니 이르는 바 일장춘몽이었다. 수상할 바 없지만 작은년은 역시 기뻤다.

(오실내는가봐)

그러나 밑도끝도 없이 가분재기 꿀봉재 이야기가 생각났다. 한쌍의 꿀벌이 되어 하늘로 높이 날았다는 불쌍한 총각 처녀의 이야기. 작은년은 소스라치게 놀랐다. 구름을 타고 맞아온 그 이는 같이 하늘로 오르기를 재촉하는 것이 아닐까. 그러고 보면 도련님은 불행이 전사를 하셨구나.

그러나 돌쳐 생각하면 무쇠 풍구가 나라를 지키는 전장마당에서 유한 없이 장렬한 전사를 하였거니 하니 도리어 마음이 거뜬한 것 같기도 하였다. 작은년 자신 그의 뒤를 따르리라는 각오가 섰기 때문  이다. 구태여 노내미 사람들에게 후환이 클 일을 저지르게 할 필요가 어디 있으랴. 장가 오는 날까지 기다려 보아서 헛되거든 연지 찍고 곱게 칠 보단장한 신부의 몸으로 목숨을 끊고 하늘로 그의 뒤를 따라 오르리라 하늘에서 잔치를 하리라 이렇게 결심이 단단하여졌다. 그래 이튿날 아침부터 자리를 털고 일어났다. 욕을 해도 그만이요 매질을 해도 그만이던 작은년이 배시시 일어나 머리를 쓰다듬는 것을 보고 마님은 적지 아니 놀랐다. 하인들이나 여종들은 작은년이 그렇게 앓아 누워 고민하다가 애처로이 죽지나 않을까 걱정턴 김이라 그만하기 다행이라 하였다.

사월도 보름을 넘어서니 동춘 절름발이 장가올 날은 아주 급박하여졌다. 열흘 안짝이다. 그래도 작은년은 태연자약하여 뜰 안도 거닐며 후원에도 나섰다. 얼굴빛까지 좀 핏기가 올라간 듯하였다. 마님을 비롯하여 집안사람들은 어찌된 영문인지 몰라 차츰 떠름하여졌다. 그래 동정을 더욱 단단히 살피며 다시는 낭패가 없도록 조바심이었다. 하나 실상은 작은년의 조바심도 여간치 않았다. 하루하루 잔칫날은 다가와 며칠이 남지 않았는데 그이 돌아올 날은 언제인가. 역시 그이가 등에 업고 달아나더라도 빨리 오면 하였다. 오기는 무쇠풍구 대신 드디어 잔칫날이 왔다. 사월 스무닷새. 날은 맑았다. 그래도 잔치라도 며칠째 떡을 친다, 돼지를 잡는다 하여 부엌과 과방이 야단법석이더니 그날은 잔치 구경한답시고 동리사람들이 첫새벽부터 어중이떠중이 모여들었다. 노내미패 디신 덕수골 재인들도 몰려와서 부산스레 구는데 그중 구변 좋은 여편네가 인사치레로

"마님 얼마나 기쁘시웬가."

하니 마님을 고개를 홱 돌리며

"야! 누구 보구 할 소린지 모르같다. 너이들 족속의 잔치니 너희들이 얼마나 기쁘냐. 하긴 그년이 이번은 아마 효도를 착실히 할 모양이로다. 가만있을텐."

(효도…….)

건넌방에 쪼그리고 단장해 주는 칠보집 부인에 몸을 맡기고 있던 작은년은 귓결에 이말을 듣고 입술을 깨물었다. 눈물이 뚝뚝 떨어졌다. 이제는 만사가 틀렸으니 죽을 길밖에 남은 날이 없었다. 마음을 천국의 무쇠풍구에 달리고 있는 그였다. 실눈썹도 뽑고 연지도 찍고 머리도 쪽찌어 칠보단장을 하니 색시구경은 사람마다 피어오르는 꽃송이 같음에 혀를 차며 찬탄하였다. 그것이 작은년의 마음에 싫지 않았다.

(이제 나는 곱게 단장하고 당신 곁으로 시집가요.)

하고 품에 간직한 장도칼을 만적이었다. 그리고 상긋이 웃었다.

(우리도 한 쌍의 꿀벌이 되어 꿀봉재를 넘어요.)

그리고는 햇슴하니 웃었다.

"아씨."

거울에 비치는 작은년의 얼굴이 새하야지는 것을 보고 놀라 단장해주는 부인은 눈이 동그래졌다. 바로 이때에 북쪽 멀리로부터 으아― 으아― 하는 권마성이 들려왔다. 색시 구경하러 모여 들었던 사람들은 이 소리에 신랑 구경하러 우르르 몰려나갔다. 하나 작은년은 경련을 일으켜 사시나무 떨듯 몸을 떨더니 재빨리 장도칼을 허리춤에서 빼어들었다. 그 순간 칠보집 부인은 악 소리를 지르며 그 팔에 매어 달렸다. 사실로 일 초 새의 상관이었다. 작은년은 정신을 잃고 그 자리에 쓰러졌다. 대문 밖에서는 절름발이 신랑꼴 본다고 남녀노소가 들산한데 어린애들은 행렬을 맞이하러 북쪽으로 몰려갔다. 권마성도 드높이 길고 긴 행렬이 가물가물 거창스러웠다. 이때 난데없이 동쪽으로부터도 새로운 권마성이 고함지르듯 일어났다.

고금에 없을 일이었다. 장가가 한날 한시 한 색시에 두 들이 들어온다고야. 펄쩍 놀라 바라보니 백마에 한 총각이 넌지시 올라타고 말방울소리도 왈랑쩔랑 그 뒤에는 승교가 달려 권마성 요란히 풍우처럼 돌  아 들어오다. 삽시간에 대문 앞으로 쇄도하니 어중이떠중이 패는 벌이 집을 쑤신 듯이 와르르 흩어졌다.

"무쇠풍구다."

"무쇠풍구!"

혼도하였던 작은년은 이 소리에 제정신이 번쩍 들어 몸을 일으켰다. 꿈이 아니었다. 무쇠풍구가 위풍이 당당하게 대문 안으로 들어선다.

"아이구머니."

작은년은 마루까지 뛰쳐나갔다. 뜰 안에서 법석이던 부인들이 물밀 듯 구석구석으로 달아나는데 무쇠풍구는 작은년을 보고 성큼 마루 위로 뛰어올랐다. 그러자 대문 부엌 방안 구석구석으로부터 또 다시 파도처럼 사람떼가 쏟아져 나왔다. 이때에 말꾼으로 차린 한 총각이 부르짖었다.

"신별장 어른 장가 듭시었다. 떠들지를 말아!"

승교꾼으로 차린 한 사내는 또 이렇게 부르짖었다.

"전공이 혁혁한 우리 신별장 어른의 기쁜 날이지만 길이 바뻐 아씨 모시고 빨리 가련다! 이놈들 비켜라 비켜라……."

하고 토방 위에 쑥 올라서더니 서로 붙들고 우는 무쇠풍구와 신부를 보고 허허 웃으며

"첫날부터 이게 무슨 꼴이니. 어서 들어가 큰상이나 받고 떠납세. 이야기는 나중에 실컷 하관대. 허 ― 울기는 왜 울어."

잔칫상 차려논 방으로 둘을 이끌고 들어가 상을 격하여 마주 앉히우고 술을 부어 한잔씩 축배를 올렸다. 그리고는 광주리에 그득하니 떡과 지짐이에 술, 고기를 담아 떠메고 앞에 신랑 신부도 따라나서니 뜰 안과 대문 앞이 수라장이다. 이때에 절름발이 행차는 대문 앞에 이르러 어안이 벙벙하여 입만 쩍 벌리고 있었다. 무쇠풍구 행차는 승교에 색시를 빼앗아 싣고 잔칫상을 말에 싣고 유유히 달아났다. 모두 아연하여 멍하니 바라볼 뿐 뒤를 따르는 사람 하나 없었다. 마님은 윗방구석에서 숨어서 치를 떨고 있고 구경 왔던 무쇠풍구의 형수들은 도망을 쳤다. 오직 매파만이 허둥지둥 풍헌소로 달려갔을 따름이다. 일방 황간정 앞에 다다른 무쇠풍구 부부는 넌지시 배에 올랐다. 강안에서 보내는 말꾼과 승교꾼은 무쇠풍구

의 전우(戰友) 미륵이와 배꼽이와 복선이다.

"신별장 어딜 갈 모양이노."

"알 수 있나. 연이 있으면 또 만납세."

"무쇠풍구, 아들 딸 낳구 잘 살게나."

"헤헤 고맙네. 어서들 돌아가게."

배는 차츰 멀어져간다.

무쇠풍구 일행은 전장 마당에서 미국함대를 격퇴하자 그날로 평양을 향하여 달려왔다. 도중 노내미에 들려 오늘이 잔치라는 말을 듣고 성안에 들어와 말과 승교를 세 내어 갑자기 장가 행렬을 꾸몄던 것이다. 황간정에서 배를 떠나보내고 세 용사는 떡광주리를 진 채 승교와 말을 버리고 종적 없이 사라졌다. 양각도와 이암도새를 흘려 내려가는 뱃속에서 무쇠풍구는 봇짐을 앞에 내려놓았다.

"갈아 입으라구 서울서 사온거야."

"……."

"거울 줄까 있지 않구 사왔어요. 자꾸 울어……."

"어디가요?"

"우리 바다루 나가까?"

"바다!?"

이때 한사장 푸른 언덕에는 임 풍헌이 끌고 나온 하인과 막사람들이 나타나 발을 구르며 야단이다.

"저놈 저 죽일 놈!"

"썩 못 돌아오갔니!"

그러나 배는 미끄러지듯 연개 여울에 올랐다. 무쇠풍구는 싱글벙글 혼자 웃고만 있다.

여기서 선녀의 이야기는 끝났다.

봉죽타령

"바다루 나가자."

이것은 진심의 소리였다.

"바다를 지키자."

이것은 진심의 염원(念願)이었다. 좁은 외성바닥에서 모든 것이 비위에 맞지 않아 싸움이나 하고 석전마당에서 울분을 풀기나 하던 무쇠풍구 그는 강화도 싸움터에서 참으로 딴사람이 되고 말았다. 깊은 잠으로부터 놀라 깨어 꿈을 깨친 셈이었다. 바다를 알고 바다를 지켜야겠다. 활개를 치며 바다로 나가자! 동서남 만리 바다에 외국의 철갑선이 미친개 싸대듯하는데 이는 그냥 잠꼬대만하고 있어 되랴. 일어나라 우리도 자리 걷고 바다로 나가자! 그러나 달려드는 미친개를 다행히 두 번씩이나 쫓아내게 되니 경성 정부는 이놈을 나는 범 건드린 줄 이제야 알았느냐하며 다시 자려하고 눕는 것이다. 깊이 긴잠이 든 동양에서 오직 일본이 꿈을 깨고 일어나 눈을 발가 매었을 따름 청나라는 사면팔방으로 들어 느끼면서도 아직 잠을 깨지 못하고 육중한 몸을 뚱기적거리고만 있다. 이 일은 불학무식한 무쇠풍구는 싸움터에서 직각하였다. 절실히 깨달음이 있었다. 이를테면 무쇠풍구는 선각자였다. 그러나 볼상없는 하나의 싸움꾼에 불과하였다. 힘이 없었다. 그리고 또 서울 올라가보니 정부의 하는 짓이란 것이 모두 비위에 거슬렸다. 전장마당에서 그 용감무쌍함이 눈에 띄어 당장에 받게 된 별장 벼슬도 이내 초개같이 내던졌다. 천하의 무법자(無法者) 무쇠풍구는 혼자서라도 바다를 지키며 바다와 싸우고 싶었다.

그러므로 결코 사랑의 도피행(逃避行)에 그치는 것이 아니었다. 따라서 바다에 대한 정열과 이상이며 꿈이 한없이 크니만치 바다에 나온 지 얼마 안 되어 훌륭한 바닷사람이 되었다. 그리고 이 주란섬의 젊은 주인이 되었다. 선녀(작은년)도 광한루 노니는 춘향이처럼은 못되었으나 이제는 남편의 뜻을 받들고 만족하여 바다의 부인으로서 별로 손색이 없었다. 말하자면 꿀봉재를 넘은 꿀벌이 한쌍이었다. 용왕 무쇠풍구의 부부가 들어온 뒤부터 첫째, 도적떼가 발을 끊어 살기 좋아졌고 둘째, 한심 단결하여 바다에 나가니 보배를 건짐이 많아 살림살이가 넉넉하여 졌고 셋째는 따라서 섬 생활이 즐거워졌고 넷째는 바다에 대한 관심이 커졌다. 기껏하여 옆바다에서 조개잡이 섬에서 굴까기, 덕섬가에서 외성이 낚시질, 마근골에서 백화잡이나 하던 금새에 용천 삼월 바다로 황해도 연평 바다로 전라도 칠산 바다로 황해가 좁다란 듯이 먼 곳에까지 진출하게 되었다. 그리고 황해바다에 봉죽타령이 들리지 않는 곳이 없어졌다. 용왕 무쇠풍구가 흥에 겨워 지어 부르매 널리 퍼진 것이다.

봉죽을 질렀단다. 봉죽을 질렀단다. 오만칠천냥 보봉죽 지였다누나. 지화자자 좋다. 에ㅡ 어그야저그야 지화자 저 조라 돈실러 가잔다. 돈실러 가잔다 연평바다에 돈실러 가잔다. 지화자 좋다. 봉죽 길은 돈이 얼마나 되는지 아느냐. 물이 철철 넘누나 지화자 좋다

이래서 황해바다는 전에 없이 기쁜 노래에 넘쳤다. 해가 바뀌어 정월대보름이면 얼음에 갇힌 이 섬에 북소리가 둥둥 울리며 봉죽타령이 바다를 찬미한다. 둔덕에 울러 매인 건배에 돛을 높이 달고 설여화(雪如花)에 오색기(五色旗)가 나붓길 제 뱃전에서는 영감들이 낚시대를 드리우고 젊은이는 고기 노름을 하여 줄을 툭툭 잡아당긴다. 바다의 축제(祝祭)의 서막이었다.

홍어 몰린다고 떠들며 대아지로 건지는 모양을 하면 젊은이는 펄떡펄떡 거리며 달려 올라와 물간으로 들어간다. 이리하여 한배 그득히 실으면 북을 치며 봉죽타령 부르면서 돌아오는 시늉이다. 그러면 부녀자는 봉죽타령 마주 부르면서 술상 이고 나와 주연이 베풀어지니 달맞이 겸 횃불 피우고 춤을 추며 흥청망청이다.

이래 한해 두해 지나갔다. 봉네도 그를 짝사랑하는 곰보선생 칠보와 잔치를 지내고 봇돌이도 새로 장가갈 나이가 되었다. 하루하루가 이 섬에 있어서는 행복과 평화의 날이었다. 육지에서는 갖은 횡포와 쟁투와 고역과 착취가 백성을 시달리고 있을 때 그들은 이런 악덕스러운 생활을 잊어버린 이상의 섬을 만들었다. 젊은 섬의 주인 용왕 무쇠풍구부터 세상의 헛된 명예를 탐내지 않고 섬의 생활, 바다의 생활에만 있는 열정을 다 기울였다. 그들은 웃어른 귀머거리 이초시 영감을 섬 어른으로 받들고 젊은이는 용왕을 의지하여 서루 한 몸이 됨에 만족을 느꼈다. 암만 초라한 곳이나마 가시덤불 속에서라도 그으윽한 향내를 멀리까지 풍기는 격으로 주란섬의 소문은 나날이 높아갔다. 바다로 여행하는 이가 해상의 물오리처럼 아름다히 떠 있는 이 섬을 보고 사공더러 저게 무슨 섬이요 하고 묻는다면 잘 알지도 못하면서 이렇게 대답하였다.

"용궁이라우 용왕어른이 사신담네다."

지당한 말이었다. 용궁이나 다름없었다. 육지에서 멀리 떨어진 이 섬의 생활은 그들을 참으로 신선이나 다름없게 만들었다. 언제나 바다에 대한 새삼스러운 애정에 충만하였으며 바다에 대한 감사의 마음에 사무쳤다.

돌작지와 바위투성이의 조그만 섬에 이렇듯 풍성한 즐거움과 기쁨이 깃들이고 있음을 그들은 하늘과 바다의 크나큰 은덕으로도 알았다. 정월대보름 바다의 축제(祝祭)가 끝나면 얼마 안 되어 한식이라 유빙(流氷)도 적어져서 다시 고기잡이 생활을 시작한다. 낙배(낚시배)는 돛을 올리고 무리를 지어 초도 백령 장산으로 홍어잡이의 길을 떠난다. 그러면 늙은이는 섬을 지키고 부녀자와 어린애는 섬의 동북간 쉬염풀로 걸갱이를 들고 대합(大蛤)을 잡으러 나간다. 선녀 역시 언제나 한 번도 빠짐이 없이 따라나섰다. 사리에 물찐 뒤가 가장 잡기 좋아 하루에 잘 잡는 이는 스무말씩이나 건졌다. 이 대합은 늙은이가 배에 한 짐씩 싣고 뭍으로 팔러갔다. 대합은 잡으면서도 조금 때나 되면 바위틈서리와 돌장밭에 씨를 뿌릴 것도 잊지 않았다. 선녀도 남편이 일구어 주고 간 작씨앗에 감자와 수수를 심었다. 하루 바삐 멀리서 북소리 들려오기만 고대하여 이따금 허리를 펴고 먼 바다를 하염없이 바라보기도 하였다. 바다에 나간 사람들은 홍어를 잡아서 처분하고는 연평바다로 몰려들어 오월까지 조기를 그득이 잡아 실고야 북치며 돌아온다. 다시 칼치나 백화를 잡으러 떠나기 전의 장마철에는 그래도 섬에 한동안 모여 살게 된다. 사랑마다 사내들이 그득하여 미투리나 집신을 삼기어 혹은 낚시나 그물 손질을 하기에 여념이 없었다. 부녀자들은 아랫방에서 어린애 데리고 젓을 저리며

"매운 건 아바지하구 너 먹어라. 난 탄실이하구 맵디 안은 거 먹갔다."

밤이 되면 용왕은 이웃집 사랑에서 집으로 돌아와 어유 등잔 밑에 선녀와 얼굴을 마주대고 저녁상을 받았다. 이때가 용왕부부의 가장 즐거운 한때였다. 저녁을 먹으며 이런 이야기 저런 이야기 하던 끝에 언젠가 한번은 고기잡이 바다 저 멀리를 달려가던 화륜선 이야기가 나왔다.

"언제나 우리나라 사람들두 화륜선을 타구 먼바다엘 나가 보게 될구⋯⋯."

사실로 용왕은 바다에 나가 두간두간 기선떼를 발견하고는 멀거니 바라보노라고 낙대도 잃은 적이 있고 그물을 손에 떨어뜨린 적도 있었다. 오 년 뒤에는 맏아들 해성(海聲)이가 벌렁벌렁 기어 다니게쯤 되었는데 아들을 붙들어 무릎 위에 올려 안치며 한숨을 지었다.

"우리 해성의 시절에나 타보게 될까."

한번은 장산바다에서 파선을 당하였을 때 다행이 지내가던 일본 기선에 구조를 받은 이야기를 하였다.

"이백 명은 실컷더라."

"이백 명이요?"

"그럼."

"우리들두 돈 모아 만들었으면……."

하니까 남편은 공연히 성을 내었다.

"뉘가 만들어? 깜깜히 잠들만 자는 세상에 무슨 게구루……."

용왕은 어린애처럼 화륜선이 한없이 부러웠다.

그러나 언제고 하는 이야기에 고향 생각을 들추기는 서로 꺼려하였다.

첫째 용왕이 육지이야기를 비상보다도 더 싫어하기 때문이었다. 하나 칠팔년 만에 비로소 선녀는 삼가는 말씨로 눈을 내리 깔고

"노내미에 한번 가 보구 싶어요." 하였다.

"노내미?"

"한번 같이 가요."

"이번두 시멀건 아들이나 하나 더 낳거든 임자나 가보시관."

"당신은?"

"내야 가 볼 겨를이 있나."

그런데 다음 애는 시멀건 아들 대신 곱실한 계집애였다. 그래 노내미에 나들이 가겠다는 말도 다시 못 내고 지내는 새에 한해 두해 또 세월이 흘렀다. 어느 해엔가 용왕은 칠산 바다로 가는 도중 풍파를 만나 강화도로 접어들자 옛싸움터를 찾아 죽은 전우(戰友)의 넋을 조상하였다. 때는 벌써 대원위의 세상이 민비의 세상으로 바뀌어 이미 인천은 개항을 하였으니 창상지변(滄桑之變)의 느낌이 없지 않았다. 옛날의 싸움터로 올라서니 광성 포대는 산산이 부서지고 병사(兵舍)는 불탄 채로 오랜 풍상을 겪어 쓸쓸하기 한량없다. 사나운 가을바람은 바다를 스쳐 저녁의 고전장(古戰場)에 슬피 호소하는 듯 부슬부슬 비오는 풀섬풀에 이름 모를 벌레 또한 울고 있었다.

그러나 포대의 한가운데 솟은 듯이 우뚝 서서 사방을 노려보는 용왕 무쇠풍구의 눈앞에 십팔문의 대포는 우쭐우쭐 일어섰다. 회상이 그를 옛날로 이끄는 것이다. 포대 위를 대성질타(大聲叱咤) 비호처럼 날뛰는 중군 어재연(漁在淵)의 용감한 모양이 번쩍인다. 쳐들어오는 미국 대함대와 드디어 폭격전이 시작하였다. 초지포대(草芝砲臺)를 침몰시킨 지 여드레 만에 새로이 응원병 육백오십 명의 육전대를 실고 두 척의 수송선을 거느리고서 맹렬히 포화를 퍼부어 오는 미국함선 여섯 척 하나 이쪽의 포탄은 함선에까지도 도달치도 못하고 바다에 물기둥만 일으켰다. 저쪽의 포탄은 개개명중으로 앞뒤에 터진다. 무쇠풍구는 다짜고짜로 대포를 아래로 굴려 미륵이와 배꼽이와 복선이가 함께 들들들 끌고 내려갔다. 그러나 역시 거리가 멀어 헛된 발악이었다. 이쪽 포대는 차츰차츰 파괴를 당하여 하나둘 포문이 침묵하게 되었다. 뒤쳐 올라와 보니 중군 이재연 형제를 비롯하여 쓰러진 장교와 군사가 근 사백. 용감한 동무 미륵이는 가슴을 치고 배꼽이는 발을 구르며 복선이는 이를 부드득 갈았다.

그날 밤이었다. 미국 육전대 삼백오십 명은 드디어 강화성으로 쳐들어올 양으로 갑곶진(甲串津)에 상륙하였다. 뱃심 좋게도 노영(露營)의 준비를 마치고 천애이역(天涯異域)의 일각에서 원정의 꿈을 맞을 모양이라는 정보이다. 때를 놓치지 않고 강화성의 수장 이렴(李濂)은 수병 오백을 이끌고 야습을 감행하게 되었다. 무쇠풍구 일행은 이 결사대에 뛰어들었다. 고함을 벽력같이 지르며 갑자기 쳐들어가니 뜻하지 않은 야습에 미국군사는 크게 낭패하여 허둥지둥 달아난다. 선봉이 무쇠풍구였다. 그 뒤를 미륵이와 배꼽이 복선이가 바싹 달렸다. 그들의 환도는 밤하늘에 여기저기 번쩍이었다.

"무쇠풍구의 칼 받아라!"

동에 번쩍 서에 번쩍하니 참으로 구름을 타고 용을 부리는 듯하여 미국군사가 맞들어보다는 넘어지고 칼을 들었다는 쓰러졌다. 가슴이 뛰는 이 회상에 용왕은 아주 그 당시의 무쇠풍구로 돌아갔다. 해 저무는 포대 위에 혼자 고함을 치면서 이리 뛰고 저리 뛰며 손을 풍구 돌리듯 내둘렀다.

"이놈들 나서라!"

이때에 한 군사가 다가왔다. 그 군사는 용왕 무쇠풍구를 알아보고 크게 놀라

"신별장 어른 이게 웬일이십니까?" 한다.

"허! 자네는 아직 이 강화성을 지키고 있었든가?"

옛날의 부하였다. 회구(懷舊)의 정이 가슴에 끓어올랐다.

군사는 비창한 얼굴로 다가서며 고개를 끄덕이었다.

"그러나 신별장, 민비의 손에 정사가 넘어간 뒤부터 이 강화성은 귀신의 울음터가 되었습니다. 나라를 지키다 죽은 여러 군사의 넋이 비 오는 날이면 통곡을 합니다. 별장 어른 저 울음소리가 들리지 않습니까? 이 강화바다를 오늘날 외국 함선이 제집 드나들 듯 하는 것을 보려고 수많은 군사가 원통히 죽었겠습니까?"

"……."

군사의 눈에는 비분강개의 눈물이 그득하였다.

"신별장, 우리들은 이 강화바다를 무엄스레 헤매는 외국배를 그냥 보구만 있어야 합니까. 우리들에게 왜 대포를 주지 않습니까. 죽은 저 귀신들의 곡성을 들으십시오 하루 바삐 원수를 갚아달라고 울고 있지 않습니까."

"여보게."

용왕은 군사의 손을 덥석 끌어 쥐었다.

"자네는 신미년 싸움에 우리들이 그 양고자 놈들의 장총을 뺏아 들고도 쏘는 법을 몰라 그 총자루로 후려갈기던 일을 생각하는가. 우리들은 지금 맨주먹 쥐인 채 잠을 자고 있는 셈일세. 우리들도 어서 어지러운 꿈에서 깨어야 하네. 그리고 바다로 나가야 하네. 쳐들어오는 외국배를 막아가며 그냥 백일몽을 꾸고 있을 시대가 아니네. 바다를 우리가 차지하면 그뿐 아닌가."

"하기는 신별장 먼저번 영종도(永宗嶋)에 또다시 외선이 쳐들어 왔을 때 저도 그런 생각을 하였습니다. 어서 우리의 바다를 우리가 차지해야겠다고. 그러나 우리에게 철갑선이 있습니까. 대포가 있습니까."

"영종도에 쳐들어오다니, 그런 소문 들은 법도 하지만."

"을해년 여름이었습니다. 미륵 어른이 지금도 남아 계십니다!"

"미륵이? 평양 미륵이?"

"그렇습니다. 아직도 그 섬을 지키고 계십니다."

이 소리를 듣고 용왕은 이른 날 아침 바다가 잔잔하여지매 영종도로 향하였다. 미륵이는 이곳 역시 폐허처럼 된 영종도 포대에서 무쇠풍구를 만나자 그의 등을 빵빵 치며 통쾌하게 웃어대었다.

"내, 그럴줄 알았네. 자네가 한번은 꼭 올 줄 알았어."

"이 사람 어째서?"

"황해 바다에 나간 천하의 무쇠풍구가 황해 바다를 지키는 천하의 미륵이를 몰라볼 리 있겠나. 한데 요보게, 이왕 온 김에 배꼽이와 복선이도 만나야지."

"아니 그놈들두 와 있단 말인가?"

"와 있다마다. 자네를 보내고 한 달 만에 다시 이리 왔다네. 자네가 대동강 어구를 지킬 모양인데 한강을 막을 사람 없어서야 되겠는가 허허허!"

"어서 배꼽이와 복선이 놈을 만나세."

"가만 따라오게나."

하며 비탈길을 앞서서 걸어간다.

"우리들은 그때 떡 광주리 지구서 노내미를 갔다네. 그 뒤에 노내미에 가보았나?"

"아직 못 갔네."

"그러겠지. 자네루선 그럼직두 한 일일세. 우리들은 풍헌소나 본부가 떨어 나와 노내미 방성을 들이칠 것 같아 방비하러 갔었네. 하긴 자네 장모 보고는 잔치상 받아가지고 왔노라고 하니 무던히나 기뻐하데. 방성 사람들과 같이 질탕히 두들며 놀고 있는 제 좀 있더니 아니나 다를가 본부 관졸들의 출동일세. 배꼽이와 복선이가 도맡아 가지구 이리치구 저리치구 하여 범접을 못하게 하나 워낙 수가 많아 자네 힘을 좀 빌려했다네. 이놈들 무쇠풍구 신별장을 몰라보느냐 하고 불호령을 지르며 내가 쑥 나서지 않았겠나. 그 바람에 혼비백산을 하여 오루루 도망을 치데그려. 그런데 방성사람들이 이삿짐을 지구 어정어정 나선단 말이야. 이게 웬일이야, 하니 아씨를 빼둘리고는 그냥은 못 견딜 빼길 터이라 이 방성을 떠날 작정이었더랍네. 자네 색시와 방성을 바꾼 셈이지……."

"어디루 간다든가?"

"모르니 자네 장모는 날 보구 이제는 한이 없느라구 하며 저 같은 사람은 외려 종적을 감추고 마는 것이 아씨나 도련님을 위하는 길이라데. 그 말을 들으니 눈물이 납데나 눈물이나 자— 다 온가부네. 만나보게."

발을 멈춘 앞에 무덤 두 장이었다.

무덤 앞에 용왕은 등신처럼 굳어진 채로 한참동안 말문이 막혔었다. 바다를 내다보는 언덕위에 쓸쓸히 묻혀있는 무덤 두 장. 무덤 위에 가을풀은 무성하여 죽은 용사의 꿈을 맺고 있다.

　　만고 영웅 오복중(腹重-배꼽이)지묘.
　　만고 영웅 차복선지묘.

그만 용왕은 펄쩍 무덤 앞에 엎드리고 사내 울음을 내놓았다. 동무들은 나라를 위하여 이렇게까지 끝끝내 싸우다가 목숨을 받쳤거니 하니 감격의 울음이 사무치는 것이다.

"허허 여보세 무쇠풍구. 그냥 울라면 복선의 무덤이나 향해서 울게. 배꼽이는 아직 살아 있단네……. 하기는 저 무덤두 조상해 주게."
하며 미륵이는 용왕을 왼손 쪽으로 서너 걸음 끌고 갔다. 용왕은 어안이 벙벙하여졌다. 바위 잔등 밑에 돌아앉은 또 하나의 무덤에는

　　만고 영웅 강미륵지묘.

"이 사람 왜 그리 얼빠진 사람 모양이야. 사실로 죽기는 복선이가 을해 년 여름에 여기서 전사를 하였다네. 차츰은 배꼽이와 나도 그 뒤를 따르 겠다는 표시루 죽은 복선의 동무삼아 무덤을 지었을 따름일세. 우리 셋이 합하면 혹은 자네 혼자쯤의 전공을 세울 수 있을지두 모른다하여 자네 대신 죽기루 늘 약조해 왔다네. 그 대신 자네의 아들 딸은 우리들의 아들 딸인줄로도 알아줘야 하네. 우리가 다 총각 귀신 되어서야 승천을 하겠 나. 자네라도 살아서 뒷세상이 되어 가는 몰골을 좀 보아주시단."
하며 호걸의 웃음을 터치는데 용왕은 미륵이를 쓸어안았다.

뜨거운 눈물이 핑 돌았다.

"그러나 여보세 무쇠풍구. 복선이 놈은 우리들보다 먼저 아깝지 않은 죽음을 하였다네. 을해년 여름일세 명색 모를 나랏배 한척이 쳐들어오며 갑자기 포격을 시작하였다네. 그때에 나는 강화 초시 포대에 있고 배꼽이 는 광성 포대에 있고 이 영종도 포대에는 복선이가 있었느니. 그러나 여 기 첨사(僉使) 이민식(李敏植)이란 작자는 포대가 부서지는 바람에 꽁지뽑 구 달아나네. 적군은 포대를 점령할려구 상륙하여 서문으로 대드는 판일 세 이걸 뉘가 막는달 말이야. 배꼽이가 불과 칠팔 명의 수하를 거느리구 드리대었다네. 용맹스런 발악이 표범 같았다랍네. 그러나 병장기가 적을 당하겠습나, 수효가 적을 당겠습나? 다만 억지 행사 용맹뿐일세. 전멸이 지. 바로 저 무덤자리에서 환도루 저쪽 두목의 목을 버히자 뒷통수에 총 알이 들이 맞아 쓸어졌다네. 그러나 배꼽이는 죽음으로써 우리나라의 잠 을 깨운 은인일세. 생각해보시 병인양란일지, 신미양요일지, 어디 우리가 이길 싸움을 이겨왔는가. 이번두 또 전장에 횡수루 이겼더라면 서울대감 들이 더욱더 깜깜이만 될 뻔하지 않았는가."

"배꼽이는 그럼 아직두 광성 포대에 있는가."

"아닐세. 지금 서울가 있다네."

"그놈이 서울엔 왜?"

하고 무쇠풍구가 눈을 부리니까

"자넨 서울 이야기만 하면 대번 골을 내니까 무서워 이야기 하겠나. 수염이 시컴해서두 아직 옛적의 무쇠풍구 그대롤세……. 배꼽이는 서울 들어가며 이런 말을 하데."

"무슨 말?"

"서울 가서 군사살이 하면서 서울형편을 좀 보구 와야겠다구……."

"그 대감놈들의 지랄구경을 아직 못다해서……."

"여보세 자네가 미워하는 그 대감놈들이 퍽 줄어졌다네."

"왜?"

"자네 아주 깜깜일세나. 서울 군졸들이 난(亂)을 일으켰다네. 임오년에."

"임오년에?"

"그렇지. 열석달이나 밀렸던 군급(軍給) 쌀을 겨우 한 달치 준다면서 웃놈들이 떼여 먹구 썩어진 쌀에 흙을 섞어주다가."

"그래 그냥 됐단 말이야?"

"가만있게. 뉘가 그냥 두었대나."

"옳지, 그래서 배꼽이놈두 달려갔군……."

"아닐세. 가기 전의 일인데 배꼽이와 둘이서 서울군사한테 들은 말일세. 천천히 군영으루 돌아가며 이야기 합세나……. 그러니 불집이 안 터

질 리가 있겠나. 나랏일은 어찌되여가건 국록은 도적해먹겠다, 벼슬은 돈받구 팔겠다, 사람은 잡아다 주머니를 털겠다. 이러면서두 또 못 할 짓이

없어 나라를 지키노라고 헐벗구 굶주린 군졸들이 입에 풀칠할 쌀까지 가로채이다 못해 열석 달만에 주는 쌀에다 흙까지 섞었으니 쌀 받으러 나왔던 군졸들이 가만 있겠나 결이 버쩍 올라 창리(倉吏)들을 닥치는대로 때려 부시며 죽여라 죽여라 난탕이 났네. 선혜당상(宣惠堂上) 민겸호는 이 일을 듣구 곧 포청에다 군졸들을 잡아대령하라는 명령을 내렸네. 군졸들은 욱-하니 일떠섰네. 동별영(東別營)에 있던 수천 군졸들두 우루루 몰려나왔네 이렇게 되니 불가불 일이 크게 벌어질 밖에 있나. 이러니저러니 할 것 없다 모두가 이 썩어질 대감놈들이 들어붙어 나라의 정사를 도적질하기 때문이로구나 하여 총칼을 휘두르며 대감네집을 습격일세. 절골 영의정 (領議政) 이최응의 집부터 부시네. 그담엔 박골 민겸호네 집으로 몰려 가구 또 한패는 경기 감영으로 달려 가구."

"그래 도죽괭이 민겸호는……."

"민겸호 잡으러 왕궁에 뛰어들어 김보현까지 잡아서……."

"흐응 흐응."

"그러나 분김이라 하지만 거기까지 침범하였으니 될 말이와 나는 그 말을 듣구 송구스럽기 짝이 없었네."

"……."

"하기는 일설에 이런 말두 있다네. 이 영종도에 외선이 쳐들어온 이후 갑자기 세력을 잡은 민비를 중심한 개국파(開國派)가 미국이니 영국이니 막 가리지 않구 상종하기 때문에 이 강화바다가 외선으루 들어찼다하여 양이파(攘夷派)가 기회를 보아 대원군을 다시 받들고 들어서려는 계획이 있었드랍네. 그래 이번 일을 이용하였다는 그럴듯한 이야기지 그러기에 이런 큰일까지 감히 저질렀다구……. 그러나 내 생각으론 우리 군사들이야 나라를 위하여 싸우다 죽는 것이 본의가 아니겠나 그렇지 않은가."

"것두 나라일이지."

"여보세 말 말게. 대감이나 하나둘 죽여서 바루 될 세상인가. 그러나 배꼽이놈은 군관 이야기를 듣더니 불시에 서울루 올라갑데그레나. 그놈이 필경 무슨 큰일을 저질음너니."

"……."

"한데 여보세 내말만 말이라구 해서 안 되었네. 이런 애는 어메치나 길 러나나."

"서낼미가 하나에 딸이 하날세."

"서낼미를 많이 낳게나. 이름이 뭐노?"

"해성이와 칠석네."

"해성이 바다 해자 소리 성자. 허허 이름 좋은데 그 녀석 때에나 좀 좋 은 세상 되어볼가. 좋은 세상되거든 우리 분상에두 와서 알려 달랜다구 크거들랑 이야기해두게."

"……."

"주란섬이라지?"

"건 어캐 아나?"

"다 알지."

미륵이는 한참 싱글거리더니

"털보 만난 적 있지?"

"그 수적(水賊)놈 말인가. 그놈이 살았든가?"

"맞았네. 그놈이 다시 군사 되어 얼마동안 초지 포대에 나하구 같이 있 었다네. 언젠가 자네 섬에 갔다 혼구녕이 빠진 이야기를 한데 지금은 맘 보두 바로 서서 좋은 군사라네. 하기야 그놈두 먹을 양식이 없어서 한 짓 이지만……."

이때에 군영 앞까지 이르렀다. 영직 군졸이 소리를 높여 부르짖었다.

"오위장(五衛將) 어른 듭신다."

그날 밤 용왕은 미륵의 방에서 여러 장교들과 같이 술상을 받았다. 강화영에서 무쇠풍구라는 용맹을 떨치던 시절의 용왕을 알기도 하며 혹은 전설처럼 내려오는 이야기를 듣기도 한 자들이라 모두가 용왕에 대하여 특별한 인사를 차렸다. 그러나 술이 건아해지니 자연 비분강개한 말이 쏟아져 나왔다. 더구나 임오군란 이야기에 방안의 공기는 한층 더 긴장하여졌다. 사실로 유월 초엿새 날의 군란은 근대 조선에 있어 커다란 하나의 변동이 아닐 수 없었다. 격분한 군졸들은 대관의 저택을 쳐부셨을 뿐더러 창고란 창고는 모조리 열어 제치고 군량미를 약탈하였으며, 옥을 깨치어 죄수는 백방하고 왕궁에 난입하여 대관을 살해하고 민비에까지 손을 대려하였다. 그래도 대원군이 다시 왕궁으로 돌아오셨기에 그만하였다.

"아무튼 판을 지기는 대원님 한분일세. 이 나라를 바로 세울 분이 대원님을 두고 어데 또 있단 말인가?"

하고 한 장교가 대원군 편을 들어 눈망울 굴리며 노려보니 한 장교는 고개를 저었다.

"그러나 나라가 이왕 깨진 사발인데야 대원님께선들 별 수가 있는가. 옛날엔 호령 한 번에 십만 냥의 원납전(願納錢)을 거두고 일천석의 상납쌀(上納米)을 모은 대원님이지만서두 어찌할 도리가 없었던 모양이데."

하니까 미륵이가 이야기를 가로채어 쐐기를 치는데

"업친데 덥치기루 외국배는 무시로 몰려와서 잡아 흔드는 판이니 대원님두 바루 시대를 내다보서야지 않나. 우리 나라두 그냥 문을 잠그구 견뎌 배길 형편은 못되거든. 이제 정신을 버쩍 차리고 들어부어야 하네."

"대원님이 계시다면 뒤처리를 어련히 잘 안 하시리. 그 청국놈들이 왜 우리 대원님을 잡아갔느냐 말이야. 이런 통분할 일이 어디 또 있어!"

하며 대원군파는 이를 갈며 치를 떨었다.

"우리들이 그 청국 병정놈들을 못 내쫓구서 나랏일이 다 무어야!"

"아무렴 그렇지!"

술만 거푸 들이키던 한 장교가 주먹을 부르쥐고 술상을 꽝 쳤다.

"때려 쫓아야 한다."

별안간 용왕은 헛허허 너털웃음을 터쳤다.

"무엇으루?"

하기는 임오군란을 계기로 일본과 청나라는 부랴부랴 서울에 출병을 하여 서루 시위 운동이었다. 더구나 청나라 흠차제독(欽差提督) 정려창(丁汝昌)은 간계로써 대원군을 이끌어내어 군함에 실어 천진으로 보내고 그 날로 난병(亂兵)의 진압에 착수하였다. 황사림(潢士林)군은 난병의 소굴인 이태원을 겹겹이 포위하고 들이쳤다. 난병은 일제히 악을 바쳐 대항하였으나 날범을 잡을만한 용맹도 이천이라는 절대다수의 적병과 신식 대포병의 포격을 견디어낼 수가 없었다. 드디어 백병전에 이르러 옥쇄하였다. 이에 청나라 군대는 서울을 지배하고 횡포무쌍이었다. 조선의 군인으로서 불같이 적개심이 끓어 올랐다. 그러나 용왕의 말대로 맨주먹으론 싸울 도리도 없으며 또 정부는 상국 병정이라고 황감해할 뿐이었다.

"신별장 그렇다구 내버려 둬야하우? 맨주먹으로라도 하루바삐 처부셔야지."

용왕은 입에 거품을 물고 부르짖었다.

"무엇보다도 이놈의 세상이 뒤집어져야 된다."

"그럼 뒤집자꾸나."

하고 모두를 떠드는데 미륵이가 손을 들었다.

"가만一"

"떠들지 말구 내말을 듣게 나. 저번에 배꼽이가 다니러 와서 이런 말을 하데. 세상이 뒤집히긴 뒤집힐 모양이라구."

"어째서?"

용왕은 눈이 둥그래졌다.

"김옥균이라는 청년일파가 시 방 대단한 활약을 하구 있는 모양이데."

"김옥균이라니?"

"어느 대가집 자제라는데 그 패당에는 철종(哲宗)님의 사위인 금릉위(錦陵尉) 박영효두 있구 영의정 홍대감의 맏자제 홍순목이두 있다는가부데. 모두가 쟁쟁한 패기 있는 청년들루 재작년 군란 뒤에 일본에 사절(使節)루 가서 신흥 일본의 눈부신 발전을 보고 놀라 돌아와 우리나라두 일떠서야 겠다는 결심을 굳게 한 모양이데. 그래 민가네 패와 막 결전을 할 판입네 서울엔 별 소문이 다 있다네. 김옥균이가 들구 일어서리라느니 일본군대의 조력을 얻어 횃불을 들리라느니……!"

"남의 힘을 빌어 무슨 일을 치울테야."

대원군파의 장교는 콧방구를 들쳤다.

"여보시 말 말게. 청나라는 늙어 빠졌고 우리나라는 등신이지만 일본의 새로 일어서는 기세가 대단한 모양인데, 지금 민비의 인척들이 청나라의 세력을 믿구서 국사는 돌보지 않고 제 배만 불리고 있지만 두구보시 큰코 다치지 않는가. 김옥균이가 뛰어든다면 대번에 나라가 바로 서네. 우리나라도 일본과 같이 일떠서게 되네."

"흥, 그러면 일본사람을 본받아 양복입구 양국 거지노릇 해야겠네."

하고 한 장교가 빈정거리니

"양복이 멀쩡하구 편리한데두 자연 따르게 됩더니. 도포입구 큰갓 쓰구 장죽을 물구서 갈짓자 걸음 걸으며 우물 안에 개구리로 견뎌 배길 세상인줄 아나? 정신을 좀 차리구 저 사나운 파도치는 소리를 듣게 저 파도가 양국의 언덕으로부터 쳐오는 파도일세. 저 파도를 정복하려면 저 파도 속에 뛰어들어야 하네. 듣는 말에 일본은 지금 양국의 기계니 병장기니 새 지식이니 들입다 배운답데 뒤떨어진 것은 배워야지 배워서 양고자들보다 월등하니 힘을 길러야지."

"배울 바엔 아편까지 배우세나."

대원군파가 눈을 치켜뜨고 못마땅해 하였다.

"아편? 그놈들 저이가 아편을 먹는 줄 아나. 우리 동양 사람들을 말려 죽일려구 퍼져 놓은 것일세. 아편 노름으로 청나라는 영국에 싸움을 걸었다가 큰 변을 당하였다는 소리 못 듣나. 원수야 양고자들이지."

"그래 청나라가 영국에 졌단 말이야?"

"아무렴 얼만 전에두 북경이 점령을 당하였더라네."

"되놈들은 뭘 하구 자빠져있단 말이야!"

용왕의 고함소리가 화살 터지듯 하였다.

"그러기 말일세. 청나라나 우리나라가 어리뻥뻥해 있어서는 동양전체가 그놈들의 말발굽에 짓밟히겠네. 강화회의 때 일본사신이 그 점을 들어 우리 대감들보구 입이 마르게 경고하였다는 말을 들었네. 일본 조선 청국이 손을 마주잡고 일떠선다면……."

"그렇지."

용왕이 부르짖었다.

"세 군데가 힘을 합쳐 아편장사를 내쫓아야 한다."

"그러나 시대 눈앞에 거슬리는 되놈군사들을 그냥 둔단 말이야."

한 장교가 불만을 들이대니까

"그러기 배꼽이두 그놈들의 꼴이 눈꼴사나워 못 보겠다구 묵묵이 불갑데. 그러나 시재루 무슨 결단 날 일이 벌어질 모양이야 무슨 수가 있을지 알겠나."

이해가 갑신년이었다. 사실로 몇 달이 못 되어 건곤일척(乾坤一擲)의 정변이 돌발하였다. 동짓달 조상에 드디어 김옥균이가 급진(急進) 개화당(開化黨) 이끌고 일본 영사관의 힘을 배경으로 일떠선 것이다. 우정국(郵政國) 신설연에 사대당(事大黨)의 영수들과 외국사신이 그득이 모인 틈을 타서 횃불을 올렸다. 사대당 영수들은 모조리 살해하고 나랏님의 어명을 받들어 새 정부를 조직하니 새로운 태양의 출현이었다. 그러나 태양은 불과 삼일 안에 다시 떨어졌다. 청나라 군대에 무참히 패전한 것이다. 이 싸움통에 배꼽이는 행방불명이 되었다.

[이후 별도 표시 전까지 삽화-윤희순]

술이 만취하여 장교들은 거지반 그 자리에 쓰러졌는데 용왕과 미륵이는 밤길을 더듬어 바닷가로 나갔다. 바다는 으슴푸레한 달밤이었다. 자욱하니 잠긴 안개 속에 달빛이 서리어 비단 장막을 둘러친 것과 같으나 물결은 발밑에서 너울거렸다. 바위를 들이처 부서지는 파도소리는 가없이 요란한데 멀리 앞쪽에 희멀그레한 거북선 한척은 소리 없이 물결을 타고 처량스런 퉁소소리가 들려왔다.

"여보시 무쇠풍구. 저 피리소리를 들으니 마음이 뜻없이 비감해지네게레 자네는 이런 시조(時調) 들어봤나?"

하더니 목소리 가다듬어 구슬프게 띄워 부른다.

> 한산섬 달 밝은 밤에 수루에 혼자 앉아
> 큰칼을 옆에 차고 깊은 시름하는 차에
> 어데서 일성호가(一聲胡笳) 내 창을 끊는고

"좋긴 이를 말이와."

그러나 우리는 공을 세울 싸움 한번 못 하니 큰칼에 녹만 쓰네게레. 여보세 이걸 보시단 모래 언덕으로 한사코 기어 올라오려는 이 물결이 어떻게 보면 수천 수만 마리의 독사(毒蛇)떼로만 보이러세나. 지금 우리 조선이 사실로 뱀바다에 둘려 쌓였네. 사방으루 양고자들이 악을 바치고 대드는 셈일세. 자네를 탓하여 하는 말이 아니라 진정으루 자네는 어떤 생각인가. 내일 떠나겠다니 마지막 이별로 자네 생각이나 한번 들려주게. 용왕은 거닐던 걸음을 뚝 멈추었다.

"고기잡이 뱃놈이 무슨 생각이 있겠습니까…… 만은 미륵이 나도 때가 온다면……."

전우(戰友)의 얼굴을 뚫어지게 들여다본다. 왕방울 같은 눈에 불이 번쩍이었다.

"알겠나 내 맘을 같이 죽을 때를 알려주게. 우둔한 내게는 어느 때가 죽을 땐지 분간을 못하겠네게레."

"나 역시 그럴세. 그것이 슬프단 말일세."

미륵의 말소리는 떨렸다. 용왕은 전우의 팔목을 그러잡고 흔들었다.

"왜 나라가 우리의 죽을 때를 알려주지 못한단 말인가. 미륵이 그러허지 않은가? 왜 나라가 백성의 갈 길을 인도 못하는가? 나는 원한지심을 가졌네. 서울을 미워하네 대감을 미워하네 양반을 미워하네 생각하두새나 치가 떨리네. 미운놈 돌보지 않을라구 바다에 나온 것 뿐이러세. 바다는 나를 위로하여주네. 용기도 북돋아주네. 사나운 파도와 싸울 때 나는 미칠 듯이 기쁘네. 우리 손으루 이 넓은 바다를 한번 쥐고 흔들구 싶네. 미륵이 그때가 우리 당대에 올 것 같은가? 알으켜 주게. 우리도 화륜선을 타고 맞받아 양고자 나라를 짓부셔볼 그럴 때가 옴즉하나? 그러나 이번 온 길에 나는 새로 결심하였네. 잊지말구 죽을 때를 알려주게 같이 죽세. 임자 죽을 때가 배꼽이 죽을 때요 나 역시 죽을 때가 아닌가."

용왕의 열과 의기에 미륵의 눈에서는 눈물이 주르르 흘러내렸다.

"무쇠풍구 고마우이. 그러나 우리들 세 명은 자네 대신 죽기루 약속하였다네. 자네는 우리 대신 아들이나 많이 낳아 잘 키워주게. 우리들의 뒤를 따를 아들들을! 자네는 남아서 우리들의 뜻을 살려주게. 신신 부탁일세."

"미륵이 날 버리려는가!"

용왕은 고함을 버럭 질렀다.

"어김없이 부르게. 달려오마!"

"……."

미륵이는 눈물에 잠겨 말없이 고개를 끄덕였다.

"그렇다면 이것을 받으시."

금방 한웅큼 머리털을 뽑아 들었다.

"임자네 무덤 옆에 내 무덤을 파구서 이걸 묻어주게."

"고맙네, 무쇠풍구!"

미륵이도 그의 팔목을 듬썩 끌어잡았다. 둘의 눈이 마주치자 서로 싱긋이 웃다가 마주 얼싸안고 호기진 웃음을 터쳤다.

"헛허허 헛허허……."

두 영웅의 웃음소리는 밤하늘을 울리며 한참동안 그칠 줄을 몰랐다.

영종도를 떠날 때 용왕은 다시 만나기를 거듭 기약하고 연평바다에서 실은 돈을 미륵이에 퍼주어 군사들을 하루밤 위로하도록 하였다. 그리고 미륵의 머리털과 배꼽이가 신던 미투리와 죽은 복선의 유품(遺

品)의 하나인 담배지갑을 얻어들고 칠산 바다로 향하였다. 그 뒤 한 달 만에 주란섬 둔덕에도 넉 장의 무덤이 나란히 앉게 되었다. 섬사람들은 이것을 항용 사형제 무덤이라고 일러온다. 머리털과 미투리와 담배지갑을 묻었을 뿐이니 각각 허장이었지만 영종도의 네 무덤처럼 조그만 비석이 그 앞에 늘어섰다. 만고 영웅이라는 관주를 달은 복선이 미륵이 배꼽이 무쇠풍구의 비석이었다. 그리고 이 네 무덤을 봄과 여름 가을을 통하여 아름다운 꽃이 장식되었다. 용왕부부가 늘 복선의 무덤에 향화를 바칠 뿐더러 곡성수를 극진히 하기 때문이다. 스스로 만고영웅을 자처하려는 그들의 기개에는 가히 범접치 못할 굳은 결의가 맺혀있었다. 그러나 처음에 섬사람들은 용왕이 공연한 무덤을 만드는 노름에 혹시 미치지나 않았나 의심하였다. 사실로 무덤을 넉 장이나 봉분하는 동안 용왕은 극도의 흥분과 감격 속에 제 정신이 아닌 상 싶었다. 용왕은 비석까지 채 꽂아놓으니 자못 대견한 듯 싱긋이 웃었다. 선녀는 눈이 동그래서 남편의 팔을 끌어당겼다.

"여보 무슨 흉수를 떨어요?"

"흉수? 임자는 모를 일이웨. 자 해성이 이리 오너라. 오냐 석복이 너두 오느냐? 이거 곧은목 세채 두칠이 모두 오누나 허허 신통들 하구나."

벌써 해성이는 아홉 살인데 동갑되는 어린 사내애들과 같이 주춤하니 서서 아버지의 하는 짓을 보고 있는 것이다. 용왕은 애들을 모두 무덤 앞에 꿇어앉혔다. 이것을 보고 좀 커다란 애들도 빨리 달려와서 그 뒤에 꿇어앉는다. 재작년 황해도에서 색시를 맞이하여 아들을 낳아 차돌이라고 이름을 진 봇돌이는 품에 안았던 제 어린애도 그 옆에 갔다 앉히며 싱글벙글거렸다. 용왕의 발론으로 요지막 용강(龍岡)서 달려온 초학훈장 영감은 글방에서 달아난 어린애들을 데리러 나왔다가 이 꼴을 보고 달려가더니 돋보기 안경을 꺼내여 부지고 복선의 비석을 읽는다. 뒤쪽에 모여 섰던 사내와 영감들은 훈장 영감이 물러서자 무엇이라 썼느냐고 수군수군 물었다. 훈장 영감은 에헴하고 큰기침을 하더니

"만고영웅 차복선지묘라 했승이."

"거이 언제쩍 사람이요?"

"으ㅡ그게."

하며 주저하다가 얼버무려

"아마 삼국지에 나오지……."

용왕은 이때 어린애들을 이끌고 무덤을 향하여 두어 번 절하더니 꿇어엎드렸다.

"자네들 마음 놓게나 씩씩한 이 애들이 임자의 뒤를 따르겠다네……."

다음 차례로 젊은 사내들을 모아 꿇어 엎드려 놓고는 복선이에 이렇게 맹서하였다.

"임자의 주검을 헛되지 않게 하마……."

그 뒤에 용왕은 무덤 앞에 앉아서 섬사람들을 둘러보며 죽은 차복선이와 무덤 임자 미륵이 배꼽이들의 내력을 공개하였다. 그리고 용왕은 비로소 이때에 지금까지 자기의 지내온 사연을 죄다 털어놓았다. 고향 외성이야기로부터 강화도에 싸움 나갔던 사정이며 이번에 영종도에 가서 미륵이를 만난 이야기에 이르기까지. 이 자리에서는 봉네만이 선녀의 하소연

으로 알고 있었을 뿐이라 모여 앉은 사람들은 부녀자와 어린애들까지 모두가 깊은 감명을 받았다. 더구나 양반계급의 횡포와 서울 대감들의 약탈 정치와 민중의 무자각을 지적하여 급박한 국제 풍운 및 외우와 내환이 함께 뒤설레여 이 나라가 바야흐로 위급존망지추에 있음을 통탄함에 이르자 섬사람들은 부쩍 끓어올랐다.

"그렇다면 오늘두라두 떠나자. 서울루 빨리 올라가자!"

하고 땅곰보 칠보가 팔을 걷어 부치며 나서니까 봇돌이 형제를 비롯하여 모두가 나두나두하며 뛰어들었다.

"그 되놈들부터 짓부시자!"

"그놈들을 그냥 둔단말야!"

"가만 내 말 듣게."

용왕은 두 팔을 벌리어 일어섰다.

"죽음을 맹서한 이 무덤 임자 미륵이와 배꼽이가 나를 인도하러 찾아오기로 되어 있네. 그때, 우리들이 떨어나세. 죽음에도 때가 있네."

"그러나 그이들이 미처 못 온다면……."

건조구가 항의를 제출하였다. 부녀자와 영감들은 가슴이 둘럭시었다. 초학 훈장은 입을 쩍 벌렸다.

"미처 오기 전 이 바다로 외선이 쳐들어온다면 그때는……."

용왕의 기운찬 대답이었다.

"철도(鐵島)까지 물러가 거기서 죽기한사 싸우자. 그 섬에는 무진년 이후 포대가 생겨 대포도 있고, 총도 있네! 우리는 바다 사람이다. 어디까지

든지 바다에서 싸우고 바다에서 죽자!"

사실로 무진년 여름 셔면호 침범이 있은 뒤 평안감사 박규수의 진언으로 철도에 성을 쌓고 포대를 만들어 대동강 어구를 방비하고 있었다. 용왕은 일단 유사지추에는 이리로 장성을 이끌고 달려갈 배포였다.

×

이날부터 주란섬 사람들은 자기네가 이 나라 백성이라는 것을 새삼스레도 절실히 느끼게 되었다. 생활 감성뿐만 아니라 눈동자까지 달라진 것 같았다. 그리고 지금까지 바다에 뛰어들어 첨붕시기나 하던 어린아이들도 새로 전쟁놀이를 하며 섬 안을 좁다란 듯이 돌아다니게 되었다. 섬사람들이 황해바다의 주인으로 자처하여 가없이 넓은 바다를 노려 보게쯤되니 바로 바다의 왕성이었다. 그러므로 바닷사람들은 이 섬을 용궁이란 형용에 다시 한마디를 첨부케 되었다.

"장수들만 사우 호락호락 볼 섬이 아니외다."

대체로 용왕이 이 섬에 들어온 이래 전보다 달라진 점은 그 외에도 또 적지 않은 것이다. 첫째 용왕의 지휘로 합력하여 바위를 깔고 우물을 두 군네나 파놓은 점이다. 서사(序詞)에도 잠깐 말한 것처럼 이 섬은 바위투성이라 우물이 없어 겨울에 얼음을 녹이고 여름에 빗물을 받아 일 년을 대어 쓰던 터였다. 역시 우물이라고 팠으나 수량은 적었다. 두 집씩 매일 번갈아 푸게 하여 지금까지 적지 않은 물보탬이 되는 것이다. 이것은 합심단합의 선물이었다. 둘째는 용왕이 멀리 황해에까지 진출하여 오는 내지 어부들을 본받아 따로 건주낙을 시작한 점이다. 이 건주낙은 주란섬 사람들뿐만 아니라 실로 근방 어민의 고기잡이와 경제 생활에 크나큰 혁명을 일으켰다. 미끼없이 잡는 낚시라 하여 건주낙인데 한바퀴에 낚시가 오백오십 가닥. 이것을 오십 바퀴나 바다에 널어놓으니 재래식의 미끼 다 는 당주낙(백가락짜리 겨우 십여바퀴)보다 훨씬 수확이 풍성하였다. 이삼월 에는 홍어가 너저분히 걸려 나오고 사오월에는 광어, 육칠월에는 가오리 가 한배짐씩 달려나왔다. 이외에 바로 얼음이 풀려나가는 첫봄의 심심파 적 감으로 용왕이 찌금발이잡이 낚시를 만들어 내었다. 별반 신기치는 않 지만 새끼에 소라껍질을 매달아 불에 넣으면 그래도 찌금발이가 알을 쓸 려 들었다는 꼼짝 못하고 달려 나왔다. 셋째는 이 섬사람들이 삼월이 바 다로 연평바다로 칠산바다로 이렇게 멀리까지 진출하게 된 점인데 이러 고 보니 자연 보배를 건짐이 많아 섬의 생활은 천국이나 다름없이 되었 다. 용왕이 지어 불러 황해에 퍼쳐 놓은 봉죽타령에 하루하루 해가 돋고 해가 지게 되는 것이다. 그 대신 육지의 상인과도 자연 거래가 많아지게 되니 산법일지 장부하는 법인지를 알아야 되겠음으로 용왕이 발론으로 초학훈장을 육지로부터 불러 어린애들을 교육케 되었다. 이것이 넷째이 다. 글공부라면 비상보다도 역해하던 용왕이나 생활의 옹호와 더구나 미 위하는 육지 사람들에 멸시받지 않기 위하여는 서당을 열지 않을 수 없 었던 것이다. 어쨌든 이리하여 주란섬은 용왕을 맞이한 뒤부터 황해바다 에 첫손 가는 부유하고도 밤눈이 열린 희한한 섬이 되었다.

그러나 초학훈장이 늘 말썽이 었다. 수군수군 전쟁에 나갈 이 야기들만 하니 으스스하기도 하 거니와 어린애들까지 또한 글방 에는 들어오지 않고 전쟁놀이로 애만 태우는 것이다. 처음에 왔 던 훈장영감은 성묘(省墓)간다는  핑계로 달아나고 다음에 왔던 훈장도 우물쭈물하더니 몇 달이 못 가서 또한 봇짐을 쌌다. 그러나 글을 귀해하는 선녀의 재촉에 못 이겨 용왕이 사람을 육지로 보내 차례차례 맞아들이니 그래도 이 섬 안에 글소리 그칠 날이 없이 되었다. 이 서당이 실로 육십 년 동안을 꾸준히 계속하여 현재의 주란의숙(吹螺義塾)으로 성장하는 것이다. 선녀는 다시 전쟁이나 벌어지지 않으면 하고 조바심 이외에는 하루하루가 극히 행복스러웠다. 어머니인 곱단이도 노내미 동리를 흩어지고 어디로 종적을 감췄다는 미륵의 이야기를 남편을 통해 듣고 나니 남촌 노내미에 가볼 생각도 없어져 어린애들 크는 것만이 다시없는 즐거움이었다. 해성이는 남달리 총명하고 아버지 닮아 기운차 섬 애들의 대장일뿐더러 글공부도 월등하게 잘하였다. 칠석이는 저 어머니편을 닮아 꾀가 바르고 성품이 상냥스러워 두 애가 다같이 부부의 대단한 위로가 되었다. 용왕은 애들과 마주 앉으면 늘 싱글벙글 거린다.

"넌 커서 뭐 할련!"

아버지가 물으면 해성이는 벌떡 일어서서 환도를 등에 지는 시늉을 하며

"장수……."

"넌 뭐 할련!"

하면 칠석이는 어머니의 어깨에 매여 달리며 해죽이 웃었다.

"난 대장한테 시집 갈래……."

용왕은 집채가 무너지게 너털웃음을 터치고 선녀는 칠석이를 쓸어 안고 자즈러지게 호호호…… 웃어대었다. 한번 웃기 시작만 내면 좀처럼 그치질 못하고 허리가 잘러지도록 해들거리는 것이 선녀의 버릇이다. 용왕은 자못 애무의 정을 금치 못하면서도 못마땅하다는 듯이 자리를 바로 고쳐 앉으며

"허ー새망스럽게도 그 무슨 웃는 본때람."

"호호호…… 호호호……."

"좀 작작 웃어! 꼭 곱단이를 닮았단 말이야 웃는 본때가……."

"호호호…… 딸이 오마니 안 닮을가. 정말 오마니나 한번 봤으면 한이

없겠네…….”

하며 정색을 하고 몸을 일으켰다.

　“글쎄 팔자에 있으면 다시 만나게 되겠디. 나도 한번 모셔다가 우리들 사는 폼이라두 뵈구 싶어서 황해도 쪽을 수소문하고 있는 중일세. 필경 대동강을 끼구 어느 쪽에던 살구 있을 것 같단 말이야. 곱단이랑 언챙이 할머니는 아마 우리들 소식을 알구 있을지두 모를걸. 임자가 벌써 나이 삼십이니 언챙이 할머니는 원 죽지나 않았을까……. 곱단이는 데려다 같이 살아두 무방하디…….”

　“안 오실걸 오시래두.”

　“곱단이가? 누구야?”

하고 칠석이가 물으니까 어머니는 얼른 밀막았다.

　“너희는 모를 사람!”

　“왜 몰라?”

해성이가 아는 체 하였다.

　“남촌 할만이지 뭐…….”

　“저런…….”

선녀는 바르르 몸을 떨었다. 섬에 온 그 당시에는 하염없는 시름으로 봉네를 믿고서 근본을 털어 하소연도 하였지만 어린애들에게는 제 비밀을 굳게 지키고 싶었다.

　“오마니가 서낭당에서 세천 할머니 보구 남촌 할만 만나게 해달라구 빌지 않았어……. 그때 들어 알지뭐…….”

선녀는 눈물이 핑돌았다.

　“그렇단다. 남촌 할마니는 세상에서 다시 없이 이쁘구 얌전하구 마음씨 곱구 그리구 또 불쌍한 할마니란다.”

용왕은 나팔코만 시르럭 푸르럭 시었다.

"내게도 할마니되나?"

의아스러운 듯이 칠석이가 물었다.

"그럼 네게두 할만되지. 만나구 싶어?"

"응, 빨리 데려와!"

그러나 곱단이와는 그 뒤 십년 째 되는 갑오년에야 서로 만나게 되었다.

을미적 을미적

혈기 왕성한 청년 귀족들이
김옥균, 박영효 등을 중심으로
단합하여 문명 개화의 새조선
을 건설하려던 건곤일척의 거
사(擧事)가 무참히 실패에 돌아
간 사실이 용왕의 귀에 들리
기는 이듬해 봄이 되어서였다.

바로 그게 갑신 시월에 일어난 정변이니 그 소문이 황해 연안에까지 퍼
지게쯤 된 겨울로 말하면 예와 같이 주란섬은 유빙(流氷)에 꼭 갇힌 생활
이었다. 그래 봄이 되어 바다에 나가 경기(京畿) 사람을 만나기까지 용왕
은 캄캄히 모르고 지냈다. 듣는 말에 이번 사건은 원세개의 수병과 충돌
하여 종일 승강하다가 마침내 퇴거하게 되어 용두사미(龍頭蛇尾) 되었다는
것이다. 일본공사 이하가 본국으로 가게 되자 김옥균, 박영효 서광범 등
도 이 틈에 끼여서 일본으로 망명하고 홍영식, 박영효는 북묘(北廟)에서
살해를 당하였다. 용왕은 이 말을 들으며 가슴이 덜컥 내려앉았다.

(미륵이와 배꼽이가 믿구 있던 일은 다 틀렸구나. 배꼽이 놈은 죽지나
않았을까)

문득 이런 생각이 들었다. 칠보를 영종도로 보내어 미륵의 말을 들어보
게 하였더니 편지를 한 장 받아가지고 왔다. 사연에 이렀으되 배꼽이는
결사대에 참가하여 청병과 싸우고 또 싸웠으나 총알이 진하여 저항할 길
이 없이 되었다. 그래 후일을 볼 양으로 그는 배를 타러 인천까지 달리는
김옥균 이하 네 명 간부를 무사히 호위해 보낸 뒤 영종도에 잠깐 몸을 피

하였었다. 그러나 총알 맞은 팔죽지의 상처를 치료할 새도 없이 며칠 만에 어디론가 종적을 감추었다. 그 외의 보고에 의하면 청국 장졸은 드디어 난병(亂兵)으로 화하여 서울 안 대로상에서 부녀자들을 함부로 겁탈하며 재물을 몰수하고 부호의 집이나 거상(巨商)의 점포도 약탈하는 등 눈을 뜨고 차마 볼 수 없을 만한 낭자를 하고 있었다. 일방 개화당파는 무명의 병사에 이르기까지 잡히는 쪽쪽 살육을 당하며 그 수탈함이 또한 엄하기 짝이 없어 서울 장안의 인심이 극도로 흉흉한 모양이라는 것이다.

(살기는 살아 있구나 배꼽이가. 그러나 이 땅은 장차 어찌된단 말이냐)

미륵의 편지를 받아들고 용왕은 푹 푹 한숨만 내질렀다. 그의 편지에 아직 죽을 때가 아니라고 씌어 있음이 슬펐다. 그러나 갑신정변이 퍼진 파문도 파문이지만 무엇보다도 시대의 힘은 위대하였다. 잠자는 이 땅에도 개화의 신풍조가 밀려들기 시작한 것이다. 말하자면 양반이라도 장사를 할 수 있고 상민이라도 향교나 성균관(成均館)에 임참할 수 있게 되었으니 사민평등이 그것이다. 천년부동의 계급제도가 깨여지니 사회개혁의 중대한 일단이 머리를 들었다. 둘째로는 선진 외국의 신지식을 배우는 학교의 제도가 새로 수립되었고 셋째는 병기 혁명의 필요를 절실히 느껴 기기창(機器廠)이 설치되었다. 넷째는 해상의 운수 교통상 정부에서 화륜선을 구입하여 이용케 된 점이요 그 외에도 우체(郵遞) 전신 기관을 신설하여 포도청을 경찰제도로 개혁하는 등 새 시대의 서광은 차차 이 땅을 비치기 시작하였다. 그 대신 구미 영국으로 더불어 외교관계를 맺고 보니 열국외교의 파동이 이 땅에 미치매 또한 부대낌도 크게 되었다. 영국이 을유년 삼월에 동양 함대로 하여금 전라 거문도(巨文島)를 점령하여 포대를 쌓고 병사를 찌른 사건을 중심으로 하는 아라사와 영국과 청나라의 갈등과 같음이 그 일례였다. 다음 다음 해 정해 이월에 드디어 영국은 아라사와 양해가 성립되어 거문도를 내어놓았으나 이 일이 있은 뒤에도 의연히 외국의 세력은 왕궁과 정부를 뒤흔들고 조정(朝廷)은 또한 조령모변(朝令暮變)으로 이리 붙고 저리 붙고 하니 정치 의리상은 땅에 떨어졌다. 용왕은 이 일은 그 뒤 오 년만에 미륵이를 다시 만나서야 자세히 들을 수 있었다. 그러나 하나의 포의한사(布衣寒士)로서 어찌할 도리가 없었다. 배꼽의 종적은 의연 묘연하였다. 그럴 때 갑오년에 동학란을 일으켰다.

　　가보세 가보세(甲午)
　　을미적 을미적(乙未)
　　병신되면 못나가니(丙申)

　갑오년을 전후하여 이런 노래가 팔도강산 방방곡곡에 퍼지었다. 동학란이 갑오년 안으로 성공을 거두지 못하고 을미 병신 이렇게 끌어나가 다가는 마침내 실패하리라는 예언의 노래라고 해석하는 이도 있지만 이 노래야말로 갑오전후의 이 나라 백성들이 앞으로 앞으로 나가려는 동향을 상징하는 노래라고도 할 수 있었다.

　가보자 가보자 병신 되기 전에 을미적 을미적 가보자.

　이런 움직임의 좋은 표본이 동학란이었다. 동학란은 참으로 유사이래의 처음가는 대대적 동란이었다. 더구나 두고 견딜 수 없는 학정 밑에 신음하는 민중이 일제히 칼을 들고 일어난 점에서 양요 이래로 가진 병란이 연첩하는데 조정은 여기 조금도 반성함이 없고 민씨의 일족은 돌려가며 권세를 쓰게 되니 기강(紀綱)의 폐퇴함이 전대에 예가 없고 취렴(聚斂)과 수탈(收奪)이 무소부지였다. 뿐만 아니라 방백수령(方伯守令) 관직을 금전으로 매매까지 하여 그 결과로 지방 관속배가 또한 이루 형용치 못할 학정으로 백성을 시달린다. 이에 극도로 민심은 흉흉하여 이 현상을 쳐부시려는 움직임이 날로 날로 커지더니 드디어 수십 년 동안 민중 계급에 큰 힘을 쌓아오던 동학당이 봉화를 들고 일어선 것이다. 갑오 이월 하순에 민원이 자심한 전라 고부에서 첫 봉화를 든 자가 있으니 그 이름이 속칭 녹두장군의 전봉준이다. 사방에서 백성들은 환호성을 지르며 파도처럼 그의 봉화 밑에 몰려들었다. 금시에 수만 대군을 형성하여 삼남을 덮어 누르고 고래고래 부르짖으며 진격이다.

"관가를 쳐부서라!"

"백성을 건지라!"

벌써 전라의 나주 강진 정읍을 비롯하여 불꽃은 영남에도 뛰어 상주 예천 안동 지방도 점령을 다하고 방백 수령들은 혼비백산하여 모두 허둥지둥 달아나고 말았다. 정부는 대경실색하여 양호선무사(兩湖宣撫使)로서 어윤중을 급파하고 평양병을 끌어올려다 서울을 지키게 하는 일방 강화병 이백은 수원에 주둔(駐屯)케 하여 서울의 정면을 막도로 하였다. 이때에 미륵이는 이 주둔군 틈에 끼어 수원으로 올라갔다. 뒤미처 정부는 수원의 토벌군을 파견하여 평정케 하였으나 황토현(黃土峴)의 일전에 대패하고 그달 하순에 전주마저 점령되니 동학의 천하이다. 정부는 아연 당황하여 어찌 할 바를 모르게 되었다. 토벌 보낼 군병이 조금도 없는 것이다. 청국은 이 기회를 놓치지 않고 속방의 민란을 평정한다는 명목으로 엽지조(葉志趙) 장군의 거느린 병 일천오백을 파승하여 아산 백석포(牙山白石浦)에 상륙게 하였다. 그러자 일본은 청국이 천진조약을 위반하고 무단히 조선에 출병하였다 하여 맞받아 인천에 군함을 급파하니 서울에 일본군대가 입성케 되었다. 정부는 두 나라의 출병소동에 시국이 의외의 반향으로 급전회 하는데 졸도할 지경이었다. 이렇듯이 정부는 무지무능 하였었다. 일방 일본은 자꾸자꾸 파견병을 증대시킨다. 동양의 화근덩이를 일거에 뽑아버릴 단한 결심이었다. 그러니 토벌 군속에 난데없는 일청양군이 섞어있음을 발견하였을 때 동학군 진영의 놀라움이란 또한 어떠하였으리. 나라를 바로 잡자는 생각과 열정은 장하다고 하련만 슬프다. 시세와 세계의 정세를 내다볼 힘이 조금도 없었음이여. 이 토벌군 속에 미륵이는 참가하였으며 종적을 감췄던 배꼽이는 이 동학군 한 부대의 장병으로 서울 진격의 길에 오른 것이다.

그러나 관군과 외군이 합세한 토벌대에 동학란은 어지간히 진압되었으되 조선문제를 두고 새로이 일청 양국이 조선과 황해를 무대로 전단을 열게 되었다. 동학란의 수령 전봉준이 사로잡히기는 갑오  년도 동짓달(양력으로)에 접어들어서이고 일청 양국이 정식으로 선전포고하기는 양팔월 초하루 날. 바로 그 직전에 원세개(遠世凱)는 일본의 태도가 극히 강경하여 형세 불리함을 깨닫고 귀국하니 청의 세력에 의존하던 민씨 정부는 물러나고 한참 들볶이던 개화당이 활개치고 들어섰다. 을유년 천진으로부터 돌아와 앙앙불락하던 대원군을 모셔 들여 어전에서 개혁안을 의정한 후 김홍집을 수반으로 새 정부를 조직하니 상은 신정의 유서(諭書)를 발표하시고 민씨 일족의 처벌령을 내리시며 또 일변 청국과의 굴욕적인 모든 조약도 파기하셨다. 그러자 곧 아산 해상에서 일청의 해군이 충돌되고 성환(成歡)에서는 육군이 부딛혀 정식 개전이 되었다. 정부는 일본과 즉시 공수동맹(攻守同盟)을 맺었다. 삼남에 동학난이 일어난 것을 용왕이 알기는 오월 그믐, 백령도 어름에 나와서였다. 그때는 용왕도 사십고개를 훨씬 넘어 수염이 덥수룩하고 맏아들 해성이도 인제는 스물이 가까운 훌륭한 고기잡이꾼으로 아버지와 한 배를 타고 바다와 싸우고 있었다. 봇돌네 형제와 칠보 성출이 그리고 석도치 집의 막냉이 이런 장성들과 같이 백하 잡으러 떠난 길인데 마침 그 바다로 나온 전라도 어부로부터 시방 크게 동학란이 벌어져 수천수만의 백성이 아우성을 치며 서울로 몰려간다는 이야기를 듣자 용왕은 곧 배를 몰아 영종도로 달려갔다. 그 배의 뒤에는 봇돌이 성출이 칠보들의 배가 오륙척 달리였다. 용왕은 가슴이 방망이질을 하는 것 같았다. 때는 이제야 왔구나. 이 썩은 세상을 송두리 채 불살려 버리고 새 천지를 만들 때가 이제야 왔구나. 우리들 백성의 손으로 새 세상을 만들자. 전라도에 사람이 있었구나. 그런데도 미륵이란 놈은 데리러 오지도 않는단 말이냐. 뱃전에서 몸을 가누지도 못하고 그는 앉았다는 일어서고 일어서서는 제김에 몸을 와들와들 떨기도 하고 실성한 사람처럼 너털웃음을 터치기도 하였다. 해성이 성출이 막냉이들도 이제야 정말로 전장에 나가는구나하고 싫지 않은 흥분 속에 미소를 띄였다. 바람은 늦하늬로 내불어 이틀 밤이 걸려 영종도에 닿으니 새벽이었다. 용왕은 마치 옛날의 무쇠풍구 신별장으로 돌아간 듯 동료들을 이끌고 나는 듯이 군영으로 올라갔다. 미륵이를 쥐고 흔들 생각이었다. 이런 때도 알리려 오지 않은 미륵이가 때려부시고 싶도록 미웠다. 허겁지겁 영문으로 뛰어 드니 낯익은 늙은 군사 하나가 반기며 나왔다. 군영 안은 어쩐지 전보다도 더 쓸쓸하여 여름풀만 무성하였다.

"오위장 미륵이를 내놔라!"

호령소리에 늙은 군사는 펄쩍 놀래어 주저 않을 만치 되었다. 한 손을 코밑에 대고 살랑살랑 저으며

"안 계세유. 안 계세유."

"이놈 악찌가리 찢기 전에 거짓부리 말아라!"

"아니에유. 정말 수원 갓세유……."

"무엇이 어째?"

이때에 한 장교가 옆으로부터 나타나더니 손을 부비적시며 정중한 태도로

"별장어른 참말입니다. 먼저 달에 강화와 영종병은 대개 수원과 서울로 들어가 동학군을 처막게 되었습니다."

"무어 미륵이가 동학을 친단 말이냐?"

용왕은 눈을 부릅뜨고 몸을 부르르 떨었다.

"오위장께서도 떠나시며 말씀이 필시 별장어른이 오셔서 대노하시라고……."

"그놈이 내가 성낼 줄까지 뻔히 알면서."

"그러나 죽음의 때가 아니라고 오위장께서는……."

"왜?"

"그러기에 별장 어른이 오시면 간곡히 여쭈라고 신신부탁의 말씀이 이러하옵니다. 이 어리석은 싸움에 목숨을 바칠 것이 슬프지만 그러니 동학란이 필경 이 땅을 바로 잡지도 못하고 되려 망치고 말겠으니……."

"왜 망친단 말이야?"

"이빨을 빼어 물고 노리는 청국과 아라사 영국이 우리의 내란을 가만 둘 리가 있겠습니까? 외병이 쓸어들어 오게 된다면 이 땅은 아주 쑥밭입니다……."

"그때는 또 그놈들과 싸우지!"

별안간 해성이가 뛰어 들며 이렇게 부르짖었다. 그러니 용왕은 미륵이가 사리로서 전하더란 말을 듣고 보니 그 역시 지당한 말이었다. 국사를

바로 잡으려는 일이 되려 이 땅을 뒤집는 일이 되고 본다면…… 용왕은 아들의 팔을 잡아당겼다.

"그래 미륵이는 동학군과 싸우러 나갔는가?"

"그렇습니다. 동학군에 뛰어들어 막 서울로 쳐들어가고 싶은 마음은 불같으나 이곳을 엿보는 눈들이 무서워 눈물을 먹으며 난군을 향해 칼을 들어야겠노라고 우시며 떠났습니다……."

젊은 장교의 말소리는 독이 맺혀 나왔다. 용왕의 두 눈에서는 눈물이 주루루 흘러내렸다.

"그럼 미륵이는 돌아오지 못할지두……."

"그렇습니다. 오위장께서는 전사(戰死)까지도 각오하시고 떠나셨습니다. 그러나 별장어른은 몸을 아끼셨다가 때를 골라 값있는 죽음을 하서 달라구……."

"값있는 죽음?"

"그렇습니다. 값있는 죽음"

"……."

"별장 어른께서는 가히 죽어 마땅한 때가 아닙니다. 그리고 오위장께서 살아만 오신다면 반드시 때를 골라 찾아가신다는 말씀이셨습니다."

"배꼽이는?"

"아직 감감 무소식입니다."

영문으로부터 나와 바다로 내려올 때 용왕을 비롯하여 주란섬 사람들은 모두 발길이 돌아서지 않았다. 그러나 용왕의 명령으로 묵묵히 배에 올라 돛을 높이 달았다. 그 뒤 얼마 되여 청병 일천 오백이 배를 몰아 아산에 상륙하고 일변 일본 군함 여덟 척이 인천으로 들어왔다. 드디어 며칠 만에 일청개전이다. 난데없는 전쟁이 또한 크게 벌어져 이 땅의 등줄기를 타고 불꽃을 터치게 되었으니 백성들은 부글부글 끓게 되었다. 전화가 미친 곳에서는 남부여대로 손에 손을 붙들고 아우성치며 달아났다.

"난리다!"

"난리!"

지향도 없고 정처도 없는 피난이나 남들이 몰려서 달아나니 영문은 몰라도 등리가 하나하나씩 떨어나 또한 도망이었다. 이때에 용왕은 혼자 연평도에 머물러 한달나마나 술집에 누워 굴며 아침부터 밤까지 술로만 해보고 있었다. 슬픔이 복받치고 부아가 떠올라 술로 모든 것을 잊어버리고 싶었다. 그동안 취중에 여러 가지 소문을 들었다. 드디어 풍도 쪽에서 일청 해군이 대접전이란 말도 들었다. 한 사공이 달려와서 눈을 휘번득거리자 그는 대번에 목침을 집어 던졌다.

"이놈아 시끄럽다. 청인놈이 이기면 어떻고 지면 어떠란 말이냐!"

성환 싸움에 청병이 대패하여 강원과 황해의 두 지방 산악지대로 갈팡질팡 달아난다는 소문도 들었다. 그때 역시 고함을 버럭 질렀다.

"듣기 싫다!"

그러나 하루는 주란섬으로부터 칠보가 허둥지둥 찾아와 뛰어들었다.

"용왕 큰일 났네. 남포루 청국배가 수십 척이나 그제 밤 쳐들어갔네!"

"무엇이야!"

이 소리에 용왕은 벌떡 일어났다.

성환 싸움에 육군까지 참패를 당하니 청국은 대경실색하여 정병을 평양으로 쏟아지게 보내왔다. 일본군과 대번에 흥망일전(興亡一戰)을 결하려고 용장 좌보귀(左寶貴)의 영솔 밑에 천험(天險) 평양성에 둔진(屯陳)

게 함이 실로 오만의 대군. 이 때문에 평양의 현관(玄關) 남포항은 불과 이십여 호의 한촌이었으나 갑자기 청국함대의 정박소가 되고 또 청군 병참선의 중심이 되어 군량과 병기의 수송으로 대소동이었다. 이 수송선 떼는 모두 주란섬 밑을 지나서야 남포로 들어가니 섬 안이 들끓지 않을 리 없었다. 그러나 지금의 그들은 신미년 양요 때 보지도 못한 양선 떼와 근거도 없는 허풍선에 호곡하며 달아나던 그들이 아니었다.

"용왕을 데려오자!"

일변 일본군은 서울로 부산으로 원산으로부터 이렇게 평양을 향해 강행군하여 양 9월 13일에는 평양성을 포위하고 15일에는 일제히 총공격을 단행했다. 정병을 떨어논 청군은 모란봉을 좌보귀가 지키고 위여귀(衛汝貴)와 성환의 패장 엽지초는 좌익(左翼)을 막고 마옥곤(馬玉昆)은 정면을 담당하여 강을 건너 선교리 방면에 진을 쳤다. 대동강 연안과 모란봉에는 누른기 붉은기가 수풀처럼 늘어서서 바람에 펄럭이며 삼군의 위풍을 떨치고 있다. 일본은 여기 대응하여 정면을 치기는 대도혼성여단(大嶋混成旅團)이요 모란봉 방면은 원산(元山)과 삭령(朔嶺) 두 지대(支隊)로써 공격케 하고 청군의 좌익과 대진키는 야진(野進) 주력부대(主力部隊)라 하여 15일의 총공격을 선교리 방면에서부터 시작되었다. 무시무시한 저기압이 떠도는 첫새벽에 소리가 별안간 콩볶듯 시작하더니 포격소리가 천지를 진동하고 폭발하는 폭탄의 음향이 대지를 쪼개는 듯하였다. 대도여단이 마옥곤군과 정면충돌한 것이다. 일본군의 나팔소리와 돌격의 함성이 또한 새벽공기를 뒤흔든다. 거밋거밋 빗발치듯 대닫는 용사들의 그림자 이 속에 하나의 흰옷 입은 장성이 섞여서 고함을 벽력처럼 지르며 환도를 휘두르면서 청군 포대를 향하여 돌격이었다. 이는 미륵이다. 이로부터 모란봉군과도 장렬한 포격전이 전개되고 청군 좌익과도 맹렬히 부딪쳤다. 이때 외성땅 평천리 모래언덕으로 어둠을 타고 목선 한척이 들이 닿으니 흰옷의 장정들이 십여 명 눈보라치듯 펄펄펄 뭍으로 뛰어내렸다. 이는 용왕이 거느린 주란섬 패였다. 딴은 청군도 수를 믿고 필사적인만치 양방의 사투는 날이 밝아 오후에 이르도록 계속되었다. 사투의 계속 속에 천지는 암흑해지고 뇌성은 처창하여 소낙비가 쏟아지니 산하가 운무에 잠겼다. 이때에 일본의 공세는 더욱 맹렬을 극하여 청군의 후방이 돌연 무너지기 시작하였다. 그날 밤은 중추의 명월이었다. 패연한 대우(大雨)는 씻은 듯이 개이고 하늘은 파랗게 맑으며 달빛아래 추풍이 소슬하였다. 청군은 모두 성안으로 퇴수(退守)하니 모란봉 방면에 아연 포성이 진동케 되었다. 총알의 포탄은 흡사 번개의 난무요 뇌성의 광란이었다. 외성땅과 성안 처처에는 불이 일어 화광이 충천하였다. 성안은 일본군의 포격 때문이요 외성땅은 청군이 퇴각하며 불을 지른 탓이다. 주란섬패는 모두가 일본군에 뛰어들어 쓰러진 청병의 총칼을 잡고 성내를 쳐들어갔다. 그러나 용왕은 불에 쌓인 외성바닥의 집채 새를 혼자 미친 사람처럼 기뻐하며 날뛰었다.

"하하하 양반놈들이 이제야 망하누나!"

허둥지둥 돌아가며 사방에 불을 질렀다.

"네놈들이 떠받들던 청인놈에 불벼락을 쓰구 망하는 재미가 어떠냐!"

어느 새에 그는 풍헌소 지붕을 타고 춤을 추고 있었다.

"핫하하 핫하하……."

처창가렬한 원산 지대(支隊)의 포격과 입견(立見) 부대의 맹진격으로 모란봉 진지는 아연 동요하여 총사령관 좌보귀까지 전사하여 군은 드디어 총퇴각하였다. 그날 밤으로 평양성은 함락이다. 입견(立見) 좌

등(佐藤) 양 부대는 그 퇴로(退路)를 가로막고 야진(野津) 본대는 맹추격이다. 용왕은 풍헌소 지붕에서 떨어진 채 쓰러져 있다가 새벽이슬에 제정신이 들어 일어났다. 새벽달이 아직 서천에 밝았다. 모든 일이 악몽과 같았다. 성안에는 벌써 불길이 잦았으나 멀리서 북방에서는 총소리 아우성 소리가 아직 그치지 않고 들려왔다. 선교리 방면엔 집합(集合)의 나팔소리가 유량하였다. 싸움은 청군의 패패로 대략 끝나고 보통벌에 추격전이 벌어진 모양이다. 사방을 둘러보니 무럭무럭 이는 연기 속에 불탄 기둥이 늘어서고 그 밑에 떨어진 지붕이 산산히 부서져 있었다. 풀섶풀에 이름 모를 벌레만 구슬프게 울고 있었다. 새벽 달빛 아래 이슬이 영롱하였다. 용왕은 실성한 사람처럼 성안을 향하여 허둥지둥 걸어갔다. 몽롱한 의식 속에서도 같이 떠나온 섬동무들의 안부를 알고 싶어졌다. 황금문 가까이 오니 벌써 청병의 시체가 하나둘씩 보이기 시작하였다. 토성 남쪽으로 달아난 마옥곤군의 시체가 이 부근에서부터 너저분하여진다. 일본군은 모두 그리로 추격전에 옮아 성안에는 개한마리 얼씬 하지 않았다.

"왜란 말이냐, 왜란 말! 이놈의 전장이!"

용왕은 모든 것을 저주하는 마음으로 숭얼시며 허둥지둥 걸었다.

"모두 불벼락을 맞아라. 이놈의 세상의 다 타버려라!"

추격전이 벌어진 보통벌로 자연 발이 향했다. 주란섬패도 그리로 몰려갔을 법하였다. 관아를 지나 포도원 등세기로 오를 지음 동이 트기 시작하는데 멀리서 일본군의 함성이 들렸다. 용왕은 그제야 펄쩍 놀란 듯이 줄달음으로 시글벌덕 어둠길을 올라갔다. 경상골을 굽이 보며 만수대를 넘어 칠성문 뒤로 내려가려 할 때 무엇인가 물큰 발뿌리에 잡히여 엎으러졌다. 돌아보니 허엽소레한 것이 움으적 거린다. 검은 시체가 너저분하여 발에 채인 것도 많았지만 그것이 흰옷인 모양에 눈이 번쩍 뜨였다. 달려붙어 쥐고 흔들었다.

"정신차려라. 누구냐? 누구냐!"

어깨쭉지를 총에 맞았는지 선지피가 선뜻하였다. 허리를 구부린 몸이 꿈틀거리더니 간신히 얼굴을 치켜드는데 턱어리가 와들와들 떨렸다. 덥수룩한 수염만 눈에 뜨였다. 때마침 해가 떠 붉은 빛이 그 얼굴을 비쳤다. 용왕은 놀라 움찔하였다.

"미륵이!"

틀림없이 미륵이다.

"이게 웬일이냐? 무쇠풍구다 무쇠풍구!"

용왕은 미륵이를 얼싸안고 목이 메여 부르짖었다. 미륵이도 어렴풋이 눈을 떴다. 새벽빛에 붉은 눈이 번질거렸다. 용왕을 알아보자 미륵이는 이를 악물고 환도 잡은 손을 푸들푸들 떨면서 일어서려고 몸을 속구치려다 다시 쓰러졌다.

"정신 차려라!"

"미륵이!"

"미륵이!"

울음 섞인 소리로 부르짖으며 용왕은 제 바지를 북 찢어 미륵의 상처를 졸라매었다. 왼편 가슴에 맞은 총알이 어깨쭉지를 뚫고 지나간 모양이다. 다시 살아날 가망이 없어 보였다. 원망하던 미륵이나 미륵이가 이제 죽는구나하니 온몸에 불길이 일어섰다. 벌떡 일어나며 미륵의 환도를 빼들었다.

"네 원수를 내가 갚으랴!"

그러자 미륵이는 힘없이 떨리는 손으로 용왕의 발을 끌어 잡았다. 쇠진한 목소리였다.

"무쇠풍구……."

"응."

용왕이 굽어보자 미륵이는 그의 환도 앞에 목을 내여 밀고 다시 쓸어지며 애원하듯이 쳐다보았다.

"내 목을 베어주게 내 목을……."

"이 사람 미쳤는가! 환장을 했는가!"

용왕은 저더러 베어달라고 목을 내어대는 미륵이를 큰소리로 꾸짖었다.

"기운을 내게 미륵이. 그만한 상처에 남자가 죽어서 되겠는가. 미륵이 미륵이……."

그는 미륵의 몸을 다시 얼싸안고 몸부림을 쳤다.

"죽지 않네 죽지 않아! 남자가 얼마나 괴로우면 날더러 베라겠는가! 정신을 똑똑히 가지게. 미륵이 아픔이 심한가? 그럼 내 등에 업히게."

"……."

미륵이는 고개를 저었다. 용왕은 말문이 막혔다. 두 손으로 힘없이 떨어지는 미륵의 목을 쳐받들고 얼굴을 뚫어지게 들여다보았다. 핏기하나 없는 입술을 지그시 깨물고 스르르 눈을 감았다. 그리운 동무의 임종에 처한 이렇듯이 괴로운 얼굴을 대하니 눈물이 뚝뚝 떨어져 미륵의 뺨으로 내려갔다. 용왕은 고개를 끄덕끄덕하였다.

"오오…… 미륵이 알았네. 임자가 나를 부르러 오지 않았다고 내가 성이 난 줄 아는가 이 사람. 그래 날보고 베어 달라는가……."

"……."

그래도 미륵이는 고개를 저었다.

"이 사람 정신을 차리게. 같이 죽자든 날보고 임자를 베히라는 말이 무슨 말인가! 응? 알았네 임자와 같이 죽자는 말이지. 세상이 다되었단 말이지. 그렇다면 임자를 베히고 나도 배를 가르세! 미륵이 같이 죽세나……."

"……아니 ……어서 그 칼로 내 목을……."

용왕은 드디어 미륵의 몸을 쓸어안고 울음을 터쳤다.

"미륵이 미륵이 내가 무쇠풍굴세. 나를 몰라보는가? 보네게레 미륵이! 무쇠풍굴세……."

"알다마다……. 무쇠풍구지…… 나는 나는……."

더욱 숨소리가 가파져 간다.

"응, 할 말이 있으면 다하게…… 미륵이."

용왕도 이것이 동무의 최후라고 짐작한 것이다.

"……나는 자네 손에 죽는 것이 제일 가는 기쁨일세……. 그렇지 않아도…… 내가 몸이 성하면 이 칼로 목을 베어달라구…… 섬루 찾아갈 작정이었네……. 무쇠풍구 어서 나를 베어주게…… 그 칼이…… 그 칼이……."

"응, 이 칼이……?"

"그 칼이 내가…… 배꼽이를 베힌 칼이라네……."

끝말이 맺기 전에 목이 맺혀 울음이었다.

용왕은 벌떡 일어섰다.

"무엇이? 배꼽이를 베히다니……?"

미륵의 입 가장에 쓴웃음이 떠올랐다.

"무쇠풍구…… 그래도…… 날 못 베히겠는가……."

"임자가 임자가 배꼽이를?"

용왕은 몸을 와들와들 떨며 어찌할 바를 몰랐다.

"내가 자네보구 원하듯이 배꼽이두…… 날보구 그 칼루 베혀 달라데…… 그게…… 그게…… 본시 배꼽의 칼일세……."

"흠……."

"……갑신년에 종적을 감췄던 배꼽이놈이 동학군 장령이었더라네……. 삼월이었네. 동학군이 황토치(黃土峙) 중봉에 결진하였다 하여 관군은 그리로 난병을 치며 물어갔네. 신식교편을 배와 불질도 잘하는 비호같이 무서운 군사들로 양고 나팔에 양총을 탕탕 놓으면서 호기등등하게 행군하였지……. 이때 나도 관군에 섞여 수하를 이끌고 승승장구일세……. 여보게 내가 이 싸움에 배꼽이를 만날 줄이야 꿈에도 알았겠나……."

"배꼽이를?"

용왕은 눈이 둥그레졌다. 미륵이는 숨을 모아 돌렸다.

"그렇지. 배꼽이를…… 황토치에서 대진케 되자 우리들의 응원병으로 수천 명의 보부상군이 새로 모여 들었네……. 이때 무장 보부상들이라는 한 패가 선발로 동학군을 치겠다고 자원하여왔네. 그래 이튿날 새벽 그 뒤를 따라 나서지 않았나……. 언뜻 보니 선발대장이 배꼽이같단 말이야……."

"그놈이 보부상패에 몸을 숨겼든가?"

"……그러기 말일세. 나는 펄쩍 놀라, 여보게 배꼽이 아닌가 하고…… 고함을 쳤네……."

"그래."

용왕은 다그쳐물었다.

"마침 멧고랑이라 안개가 퍼져 지적을 분간키 어려운데 그 사내가 뒤돌아 보는 듯 하더니 어디론가 슬쩍 사라졌네……. 그 선발대들은 기운 있게 내달아 바로 동학군 진지를 향해 올라서며 총을 한방 놓으니 저쪽에서도 마주 총을 듣기는 하나 대들지는 못하네. 선발대는 연해 총을 노며 쳐들어가니 뒤를 따르는 수천의 관군과 보부상군은 이거 우습구나 모두 뛴 모양이로구나 생각하고 막 쫓아 들어간 것이 낭패 본 근본일세. 계교에 넘었지 배꼽의 계교에⋯⋯."

"배꼽의 계교에 넘었다니?"

"그 선발대의 대장이 바로 배꼽이고 또 바로 동학패였단 말일세. 중봉 꼭대기까지 거침없이 올라서서더니 동서북 삼면에 복병하였던 동학군들이⋯⋯ 일시에 나타나 에워싸고 덤벼드네. 아닌 벼락에 총 한방 못 놓고 멸망일세⋯⋯. 쓰러지는 놈, 달아나는 놈, 숨는 놈, 엎디는 놈⋯⋯ 나는 수하를 이끌고 남쪽 틈으로 빠져나갔네. 그러니 거기에도 복병이 일어났네⋯⋯ 그 복병이 또한 배꼽의 패였다네⋯⋯."

"흠⋯⋯."

"우리 패야 한몸이지. 이리 뛰고 저리 뛰며 빠져나가려는 맞아 죽는데 나는⋯⋯."

미륵이는 가슴을 부둥켜 쥐고 얼굴을 찡그렸다.

"이 사람 몹시 아픈 모양일세. 이따 들읍세. 이따."

"아니 아니 채 들어주겠나."

숨채기를 하며 손을 허위적거린다. 용왕은 한 손으로 그의 얼굴을 처받들고 한 손으로 그 손을 끌어잡았다. 싸늘하였다.

"이 사람 정신차리게, 정신을 차리라구⋯⋯!"

"내가 어디까지 말했더라?"

"모두 빠져나가려는 맞아 죽는데 임자가⋯⋯."

"나는⋯⋯ 나는 환도를 번쩍 들고 그놈들 쪽으로 뛰어들었네⋯⋯. 뛰어들자 한 장령이 마주 뛰쳐나오며 따라나서는 부하들을 보구 너희 놈은 뛰는 놈이나 쫓아라 하고 불호령을 지르더니 아주 칼을 치켜들고 증오(憎惡)의 웃음을 띄우며 '미륵이 이놈!' 나는 앞이 캄캄하여지데 정말 배꼽이란 말일세……. 배꼽이가 날 찌르던…… 내가 배꼽이를 찌르던…… 이런 슬픈 일이 또 어디 있갔나?"

미륵의 눈에 눈물이 어렸다.

"흠."

용왕은 침을 삼켰다.

"그러나 나는 동학패를 아주 원수로 알았네. 뜻은 장하나 종내 그놈들이 이 일청 전쟁까지 벌어지게 한 셈이 아닌가……. 우리 백성이 동학란 덕을 입은 것이 무엇인가……. 분풀이를 한번 해볼 뿐 아닌가……. 하나 무쇠풍구 분풀이도 할 때가 따로 있지 않겠는가. 그래서 나는…… 나는 자네를 부르러 가지도 않았네……."

"영종도에 가서 나도 들어 아네. 마음을 가라앉히게…… 미륵이."

"아니 끝까지 말하게 해주시…… 나는 배꼽이를 베힐 생각을 하니 눈물이 쑥 쏟아지데. 나라를 위하는 마음이야 같지. 그러나 둘이는 원수가 되지 않았는가 나는 고향을 졌네."

"이 배꼽이 놈아! 내 칼을 받아라! 네놈이 이 땅을 뒤집어 엎으려느냐 이게 무슨 망령이냐?"

하니까

"'네놈이 누굴보구 하는 소리냐, 벼슬살이 몇 해에 환장을 했구나! 너 같은 놈은 백번이 와두 죽었다' 하며 맞대들기에 사오합 칼을 부렸네. 서로 맞걸려 숨을 시글벌떡거리는데 그놈이 내 얼굴에 탁 가래침을 뱉었네……."

"이 미륵이 놈아, 내가 할 소리를 네가 하느냐."

"흠……."

"그래 임자가 죽었단 말인가?"
하고 용왕이 눈을 부릅떴다.

"아닐세…… 맞붙어 싸워 내 칼에 죽을 배꼽인가…… 나는 소리 높여 꾸짖었네."

"이 미욱한 놈아, 네가 창자가 뒤집혔느냐? 청인 놈이 쓸어나와 이 땅을 덮어 누르는걸 보구 싶으냐? 정말루 망하는 것을 보구 싶으냐?" 하였더니 대답이……

"그러기 그놈들이 이 땅에 손을 대기 전에 앞질러 나라를 바로잡아 놓으려는 것이다."

"아 이 천지야. 서울서는 청병을 불러내온다는 소문이 지금 와자지껄 하단다."

그제는 배꼽의 얼굴이 먹장처럼 되더니 털썩 칼을 떨어뜨리데나 그걸 보니…… 눈물이 쑥 쏟아지데 우리들은 얼마나 불쌍한 백성들인가 평양을 떠나올 때 배꼽이와 내가 칼을 들고 맞겨룰 줄이야 꿈엔들 생각하였겠나…… 서로 나라를 위한다는 것들이…… 나도 칼을 접었네. 어서 생각을 돌리라는 말을 남기고 호곡하며 달아났네. 종내 오월에 청군이 출병하니 치가 떨리데나…… 동학군을 얼마나 저주했겠나……. 게다가 김개남(金開南)이는 전봉준이와 갈라서고 두 패 세 패에 나뉘어 서로 싸움질과 약탈질만하여 백성을 오히려 시달릴 뿐이네. 이때에 청군과 일군이 토벌대와 협력하여 쳐서 들어가네. 마침내 배꼽이는 공주 어름에서 다리를 총에 맞고 쓰러져 배를 가르려다 내손에 잡혔네. '이놈 네가 아직 꿈이 못깨었더냐' 하고 고함을 지르자 배꼽이는 쓴웃음을 지으며 제 칼을 내게 던져주면서 바로 만났네. 내 목을 자네 손으로 잘라주게 하더니 정좌를 하고 '배꼽이 일대의 불각(不覺)이었다. 미륵아 나를 베어다오. 그러나 이 배꼽이는 관가놈의 칼에는 안 죽는다. 백성의 칼 내 칼로 네가 죽여다오.' 다시 더 말이 없느냐 물었더니…… '자네를 만나거든 이런 뜻으로 죽었다'고 전해달라면서 종이를 한 장 내어주데. 내 버선 속에 들어있네. 꺼내 보아주게……."

용왕은 떨리는 손으로 미륵이 대님을 풀고 버선 속에서 한 장의 글발을 끄집어 들었다. 때마침 붉은 햇살이 퍼지여 시꺼먼 글씨가 툭툭 튀어져 나오듯 한다. 그것은 동학군의 의거(義擧)의 격문으로 내용인 즉 대강 이러했다. 우리가 의를 들어 이에 이름은 그 본의가 타에 잊지 않고 창생을 도탄 가운데서 건지고 나라를 반석 위에 두자함이다. 안으로는 탐학(貪虐)한 관리의 머리를 버리고 밖으로는 횡포한 강적의 무리를 처물리자함이다. 양반과 부호의 앞에 고통을 받는 백성들이여 방백과 수령 밑에 굴욕을 받는 백성들이여 일어서라. 조금도 주저치 말고 이 시각으로 일어서라……

"배꼽이는 큰 착오를 저질렀으니 베혔거니와 임자의 목을 내가 베히다니……."

무쇠풍구의 목소리는 떨렸다. 미륵이는 눈을 치켜떴다.

"나를 불쌍히 여겨서라기보다 썩은 이 땅이 미워서라도 베혀 주게. 내 목을 치면 되네. 갈 길을 몰라 헤매이던 불쌍한 백성 복선이와 배꼽이와 나. 이왕 복선이와 배꼽이는 죽었으니 나까지 죽으면 이 땅에 절망과 고통과 망설임림이 한꺼번에 사라지네……."

"그러나 여기 또 하나 불쌍한 백성이 있구나!"

"아니."

미륵이는 손을 들어 동쪽하늘을 가리켰다. 입에 거품을 물고 눈에 유난히 광채를 띠고 얼굴을 환희의 빛으로 물들이며 차츰 옛날의 웅변으로 돌아갔다.

"무쇠풍구 저 하늘을 보게. 피어오르는 새벽 위대한 여명을. 자네라도 남아서 저 광명을 받아주지 않는다면 죽은 우리들이 더 불쌍치 않은가! 케케묵은 이 나라의 대신 삼아 내 목을 어서 베혀 주게. 가슴을 총에 맞아 엎드러진 이 몸이 병든 이 땅과 너무도 흡사하지 않은가. 어서 썩어진 이 땅의 목을 쳐주게나……."

눈을 지리 감고 숨만 시글거리던 무쇠풍구는 저도 모르게 놀란 듯이 번쩍 칼을 쳐들었다.

그러나 칼을 치켜든 용왕의 팔은 와들와들 떨렸다. 미륵이는 눈을 스르르 감고 입에 미소까지 띄었으나 용왕의 발밑은 대지가 무너지는 듯 천지가 핑글핑글 돌았다. 눈물이 입속으로 흘러들었다.

"미륵이 남기고 갈 말은 없나……."

"오냐 부탁을 한마디 하세. 이 나라에 기쁨이 있을 때마다 우리들 무덤에두 알려주게……."

"음."

"또 한 가지는…… 지금 양고자들은 동양의 세 나라가 서로 싸움질 하는 것을 보고 싱글벙글 좋아하고 있다는 것을 가슴에 새겨 잊지 말아주게. 언제든 힘을 합쳐서 양고자들을 동양의 천지에서 처물려야 되네."

"음."

이때에 멀리 안개 낀 보통벌로부터 일본군의 만세성과 나팔소리가 들려온다.

"일본군의… 승전나팔인가보지."

"음."

차츰차츰 꿈길을 더듬는 듯한 힘없는 말소리로 변하였다.

"그래도…… 다행이야. 청인놈을 쳐몰아…… 전쟁이 만주벌로 올라간다면…… 이 나라 백성은 그래도 좀 숨길을 돌리테지. 그래서 동학을 치다가 나도 일군에 뛰어들었겠다……. 저게 만세 소린가보지……."

그러나 채 말을 맺지 못하고 미륵이는 그 자리에 꼬꾸라졌다. 용왕은 칼을 던지고 달라붙어 미륵이 미륵이! 하고 부르짖었으나 이미 때는 늦었다. 이리하여 사십 평생 나라를 위해 죽음의 길을 헤매던 미륵이도 좋은 세상 한번 보지 못하고 아침 이슬로 변했다. 용왕은 미륵의 시체를 얼싸안고 목을 놓고 울었다. 구천에 사무칠 울음이었다. 동안이 떠 아랫쪽에서 두런두런 말소리가 들리더니 흰 옷 입은 사내들이 혹은 죽은 자를 등에 업고 혹은 다리를 절며 혹은 팔을 메고 어슬렁어슬렁 올라왔다. 주란섬 패였다.

"용왕."

칠보가 코밑까지 다가오더니

"놀라지 말게. 해성이와 막냉이가 전사를 했네."

용왕은 그 자리에 뻣뻣하게 굳어졌다.

"일군은 그냥 청병을 쫓고 있지만 한 장교가 해성이와 막냉이의 용감한 죽음에 감동하여 본진으로 가자고 글을 써서 보이더만. 울음소리가 자네소리 같아 이리로 찾아 올라왔네. 어르카재노."

용왕은 눈물을 뚝뚝 흘리며 해성의 손도 만져보고 머리도 쓰다듬었다. 열아홉 살의 죽음이 슬플 대로 슬펐지만 해쓱한 얼굴이 또한 고울대로 고왔다. 용왕은 실성한 사람처럼 중얼거렸다.

"해성아 잘 죽었다. 네가 늘 만나고 싶어하던 미륵이를 오늘 모시고 가거라……. 그리고 막냉이 아즈반두 모시구."

미륵이라는 말에 놀라 성한 사내들은 그 시체로 중긋중긋 몰려드는데 소년 고든목은 돌연 울음을 터쳤다. 해성의 어린동무였다.

"용왕님 무에 잘 죽었어요. 해성이는 총을 쏘다가 총알이 막 날라와서……."

용왕은 눈물을 훔치느라고 돌아섰다. 그리고 아무 말도 없이 미륵의 시체를 등에 지고 일어섰다. 이 한패는 도합 열여섯 명. 그중에 소년이 다섯이나 되었다. 죽은 이는 두 명인데 상처는 모두 대수롭지 않으나 봇돌이는 팔이 부서졌다. 일행은 죽은거리 성안대로를 을미적 을미적 걸어와 성으로 내려갔다. 황간정 끝에 버리고 온 배로 찾아가는 것이다. 황간정 근처에 이르렀을 때 청국 깃발을 단 아주 조그만 발동선 한척이 강가에 떠있었다. 용왕은 이것을 보자 엉금엉금 발판으로 기어 올라갔다. 모두 말없이 그 뒤를 따랐다. 소년 세채는 깃발을 뽑아 강물에 던졌다. 용왕은 다시 해성의 머리를 쓰다듬으며 중얼거렸다.

"해성아."

"네가 늘 타보구 싶어하던 화륜선두 오늘이야 타보누나……."

꿈

최후의 동무 미륵이와 사랑하는 맏아들 해성이까지 죽여버린 용왕이 돌아오기를 또 하나의 슬픈 일이 섬에서 기다리고 있었다. 주란섬의 용사와 세 사내의 사체를 실은 발동선은 하나도 기계 부릴 줄 아는 이가 없어 올 때 타고 온 배의 돛을 올려가지고 대보름 사릿물에 흘러내려 이튿날 새벽에야 닿았다. 동리 사람들이 몰려나와 한참동안 울고불고 야단인데 선녀의 그림자는 보이지 않았다. 더구나 해성의 애처로운 시체가 전우들에 들려 나오자 남녀노소는 모두 악연하였다. 다음으로 미륵의 시체가 나오고 셋째로 막냉이의 시체가 들려나왔다. 용왕의 작은 아들 해철(海哲)이가 달음질쳐 나와 형의 시체를 보고 깜짝 놀라 울음을 터치자 용왕은 아들보고 퉁명스레 물었다.

"오마닌 죽었니?"

"칠석네가…… 알아……."

"어딜?"

"바위에서 떨어져서……."

용왕은 가슴이 뜨끔하였다. 용사들의 시체를 사형제 무덤 터로 옮기게 하고 또 사람을 석도치섬으로 보내어 막냉이 전사한 일을 기별게 한 뒤 자기는 뚜벅뚜벅 집으로 걸어 들어갔다. 선녀는 전장터에 몰려갔던 섬사람들이 돌아왔다고 외치는 소리를 듣기는 들었으나 다리목을 몹시 다치

고 머리까지 깨여져 생사의 경을 방황하는 칠석이 곁을 꼼짝도 떠날 수
가 없어 안절부절 남편과 해성이가 들어서기만 기다리고 있었다. 혼자 용
왕만이 쑥 나타나매 기겁하여 부르짖었다.

"해성이 해성이느?"

용왕이 침울한 얼굴에 묵묵히 눈을 내리까는 것을 보고 아들의 전사를
직감한 선녀는 너무도 놀라움에 숨이 막혀 새하얘진 얼굴을 파들파들 떨
더니 그만 그 자리에 혼도하였다. 용왕의 뒤를 따라온 칠보와 봉네 부부
가 선녀의 몸에 달려들어 인등을 부빈다. 찬물을 머리에 끼얹는다 하여
겨우 제정신이 들었다. 제정신이 들자 그는 벌컥 문을 제치고 맨발로 뛰
어나갔다. 아들의 시체라도 보려함이었다. 칠보는 그 뒤를 따라나섰다. 용
왕은 어린 딸의 참혹한 상처를 보니 암연하였다. 병신이 되고 안 되기는
고사하고 첫째 생명을 부지할 수 있을지가 근심스러웠다. 동무와 아들을
한날에 잃고 또 딸까지 사생지경이 되고 보니 너무도 더덮치는 슬픔에
장사의 가슴도 어지간히 미여져 왔다. 칠석이는 열기가 떠올라 의식을 잃
고 숨소리만 새근거린다. 이때에 침질도 웬만큼 할 줄 알아 풋내기 의사
되는 훈장 영감이 찾아왔다. 정성껏 제가 치료한 탓으로 죽을 염려는 절
대로 없어졌으나 다리병신만은 면치 못할 모양이라고 한다.

"무슨 바위에서 떨어졌기……."

"어제 감토봉에서 떨어졌어요……."

봉네의 대답이었다.

"거긴 왜 갔단 말이야!"

"그 망할 재니년들이 와서……."

이렇게 훈장 영감이 말을 가로지르자

"재니라니요?"

용왕은 눈이 둥그래졌다.

"아, 재니년놈이 한패거리 피난을 와 가지구 며칠 들썩하였다우. 그중 한 년이 어떻게 달래 놓았는지 이 애 형제와 친근해져서 늘 붙어 놀더니만 감토봉에 가서 이야기를 하다 모두 잠이 들었대나…… . 그 새에 사릿물이 몰려들어 건천으로 나올 수 없이 되니 작은애는 물에 뛰어들어 헤엄쳐 나왔으나…… ."

"그래, 그 재니는?"

하고 숨이 가쁘게 다그쳐 묻는 바람에 훈장은 입을 쩍 벌렸다.

"원, 그래 그 재니년이 숱해 걱정됩니까? 물에 뛰어들어 건져 놓구 그년은 죄 값에 빠져죽었지요…… ."

"죽어? 그 재니의 이름이 무어랍니까? 그래 시체두 못 건졌소?"

"재니년에 이름이 다 머유. 건지긴 또 이 넓으나 넓은 바다에서 어떻게 건진단 말이요…… . 어제루 당장에 재니패는 들이 쫓아냈다…… ."

봉네가 아무 말도 못하고 눈물만 뚝뚝 흘리는 것을 보고 용왕은 대강 짐작하였다.

사실로 죽은 이가 선녀의 어머니 곱단인 줄 알기는 봉네 하나뿐이었다.

그 뒤에 선녀의 말을 들어보자면 섬의 용사들이 평양으로 들어간 날 곱단네 패가 피난을 빙자삼아 주란섬에 왔었다. 언챙이 할머니와 혹부리 영감은 이미 세상을 떠난 지 오래고 곱단이도 이제는 근 육십이니 할머니나 다름없는 나이였다. 그러나 깨끗이 홀로 늙은 몸이요 또 본시 윤기 잇는 살결에 이쁘장하니 애티있는 얼굴이라 언뜻 보기에는 불과 사십 안팎으로밖에 안보였다. 이 곱단이가 젊은 남녀 대여섯을 거느리고 검나루 피난구름에 섞여 용왕부부를 보러왔었다. 곱단네패는 황해도 장연(長連) 근방에 재인 방성을 이루고 살면서 벌써부터 무쇠풍구의 부부가 용왕부부의 별호를 가지고 주란섬에 오붓이 살고 있는 줄을 알고 있었다. 봇돌의 누이가 그 어름에 살고 있기 때문에 늘 그 집에 드나들며 섬이야기를 탐지하여 손에 꿰여들 듯 알고 지냈다. 그 부인이 해마다 섬에 두서너번 씩 나들이를 가는데 갔다오면 반드시 묻지 않는 말에라도 자랑삼아 용왕네 이야기를 늘어 놓곤하니 더욱 고마웠다.

"마님 저두 한번 그런 섬엘 가봤으면요."

"너두 다음 번에 밥이나 한짐지구 따라올련."

"호호 저 같은 게 가긴 무얼 가겠소만……."

오매불망이나 발이 선뜻 내집히지 않았다. 그러나 죽기 전에 단 한번 얼굴이라두 보았으면 하는 것이 내 평생의 소원이었다. 그러자 난리통에 모두가 피난! 피난!이다. 곱단이는 이 기회를 놓치지 않기로 결심하고 떠났다. 일부러 배를 사서라도 주란섬으로 향할 생각인데 건너루터에 나오니 마침 그리로 떠나는 배가 있었다. 그러나 선중에서 벌써 재인 행색이 드러나니 일꼴이 틀렸다. 그러므로 섬에 닿으매 어느 사람들은 친척집으로 찾아들더니 혹은 거래있던 집 웃사랑으로 들어앉으니 하지만 곱단네는 산등으로 올라가 성황당에 기여들었다. 그날 밤 선녀는 남의 눈을 피하여 뒷바다 기슭에서 곱단이와 만났다. 말문이 막혀 서로 붙들고 울기만 하였다. 하나 울음을 거두고는 밤마다 새워가며 지나간 이야기였다.

"선녀마님."

곱단이는 마디마디 이렇게 불렀다. 그러나 선녀는 이번에야 비로소 오마니 하고 불렀다. 곱단이는 펄쩍 뛰기는 하나 그대로 눈물을 흘리며 고마워하였다. 이제는 전쟁 나간 용왕부자를 멀리서 한번 보기만 한 대도 죽어 한이 없겠노라고 하며 또 눈물이었다. 곱단네 패는 이왕 행색이 드러난 바에는 피리도 만들어 불고 땅재주도 넘으며 채나 키 바지 수선도

맡으면서 섬의 신세를 갚고자 하였다. 또 흥에 겨우면 소리마디도 하고, 춤도 추니 섬사람들은 늘 모여들었다. 곱단이는 선녀의 몸에 난 칠석이 남매와 그날로 친해졌다. 풀각시니 송낙도 만들어주고 지니고 온 약과니 과일도 나눠주며 어린애처럼 같이 재잘거렸다. 늙었으나 마음은 아직 어린애 그대로였다. 애들도 또한 어여쁜 할머니에 정이 쏟아져 해가 지도록 같이 놀다 들어오면 철없는 해철이는 어머니 어깨여 매여 달려

  "오만 우리 그 할만 가질까."

하고 졸라 선녀를 웃기고 칠석이는 겨우 열네 살이나 제법 청승맞게 눈을 내리 깔고

  "우리 남촌 할만이라면 좋겠네."

하여 곱단이를 놀라게 하고 해철이는

  "오만이가 그러는데 우리 남촌할만은 세상에 다시없이 이쁘구 얌전하구 그리구 또 불쌍한 할만이다."

하여 곱단이를 울렸다. 그러나 곱단이로선 딸과 헤어진 지 실로 이십여 년 만에 처음으로 맛보는 행복의 날이었다. 가엾은 사람이 갑자기 행복에 치우면 불행이 또한 덮치는 것이다. 뜻하지 않은 슬픈 최후였다. 하나 훌륭한 희생의 죽음이었다.

[이후 마지막까지 삽화-이승만]

섬으로 돌아온 이튿날 아침 석도치 사람들은 막냉이의 시체를 거두어 가지고 미륵이와 해성이는 사형제 무덤터에 묻히게 되었다. 미륵이는 제 무덤 자리에 해성이는 용왕의 묘표(墓標)가 고쳤던 무덤에 바다에는 배 한척 뜨지 않고 파

도소리는 오열(嗚咽)하는 듯 바람은 바위에 부딪치며 호곡하였다. 싸움터에 나갔던 씩씩한 용사들의 손에 들리여 불우의 영웅 미륵의 시체는 한탄과 눈물 속에 묻히었다. 젊은 전우(戰友)인 세채 곧은목 두칠이 석봉이 들에 들리운 해성의 시체는 섬사람들의 걷잡을 수 없는 울음 속에 무덤으로 들어갔다. 봉네를 비롯하여 젊은 부인네의 어린애들은 꽃다발을 던지고 사내들은 엄토가 시작되자 명복을 빌어 전지(錢紙)를 뿌리고 늙은 부인네들은 전기(錢旗)와 만장을 불질렀다. 훈장 영감은 밤을 새워가며 지은 애도의 한시를 관 위에 던졌다. 칠보는 한사코 무덤에 뛰여 들려는 선녀를 붙들고 집으로 내려갔다. 엄토가 끝나고 성분제에 이르자 용왕은 먼저 미륵의 무덤 앞에 꿇어 엎드려 크게 곡을 하였다. 해성의 무덤 앞에서는 젊은 전우들이 앞줄에 나란히 엎드려 곡성을 터쳤다. 해철이도 발버둥치며 울었다. 동리 사람들도 누구나 눈물 흘리지 않는 이 없었다. 이때에 한 갈매기들은 떼를 지어 무덤 위를 떠돌았다. 마치 두 영웅의 영혼을 하늘로 인도하러 내려온 천사들과 같이 소년 두칠이가 곡을 그치고 용왕을 돌아보며 부르짖었다.

"용왕님 해성이는 죽으면서 이렇게 유언했습네. 나는 우리 아버지 대신 죽는다. 아버지는 주란섬에 없어서는 안 될 사람이다. 헛되이 우리 아버지가 목숨을 버리지 않도록 하여 다고 신신부탁한다. 나는 아버지 대신 죽소! 하며……."

말을 채 맺지 못하고 또 울음이었다. 용왕의 뺨에 눈물이 주르르 흘러내렸다.

"용왕님 기운을 내주십시오!"

"안다 알아……. 알고 말고……."

용왕은 힘없이 고개를 끄덕거렸다. 시방 용왕의 가슴엔 여러 가지 슬픔이 뒤설래는 것이다. 아들의 죽음에 대한 살을 갈러내는 듯한 육친적인 슬픔과 그보다도 더하게 머리를 쪼개는 듯한 미륵의 죽음에 대한 정신적 아픔과 또 하나는 막내를 죽게 한 쓰라린 책임감이었다. 모두가 꿈같았다. 배꼽의 죽음도 슬프려니와 미륵의 죽음도 또한 바이없이 슬펐다. 우리들에 기쁜 일이 있을 때마다 저이들 무덤에도 알려달라는 미륵의 유언을 시행 할 때도 영원히 없을 듯하거니와 또한 아들이 죽으며 신신부탁하더란 말을 실행하여 주란섬에 정성을 쓸 기력도 이제는 없어진 것 같았다. 왜들 죽었느냐? 죽기는 왜 죽는단 말이냐! 이것이 그의 가슴을 방망이질하는 의문이었다. 그 당시 일본에서 기록된 일청 전쟁외사(外史)에는 그들의 죽음에 대하여 이러한 해석이 씌어있다.

"일청전쟁은 동양평화를 확립키 위한 전쟁이었다. 비록 조선 정부는 좌시우고(坐視右顧) 우왕좌왕(右往左往) 하였으되 조선 민중은 이 전쟁의 의의를 깊이 깨닫고 일본군에 대단한 협력을 아끼지 않았다. 수송과 군량을 위하여는 물론이지만 더구나 평양 육전에 있어서의 조선군 어떤 장교의 귀신도 곡할 장렬한 전사와 보통 평야의 처참한 돌격전에서 쏟아놓은 홍안 미소년과 한 장년의 붉은 피는 일본군에 비상한 감명을 주었다. 애석타 그들은 이름도 알리지 않고 또 알고자 하였으나 그들 일당은 시체를 거두고 돌아갔다. 그러나 그들의 피는 영원히 붉어 동양 평화를 위하여써 명할지라."

이것이 미륵이와 막내와 해성의 죽음임을 평양서도 아는 이만이 안다. 또 미륵이에 대하여는 이런 구절도 있다.

"우리 대도연단(大島旅團)이 고전에 빠져 일시 후퇴치 않을 수 없이 되자 서울서부터 길잡이로 따라와 용전하던 조선군 장교는 단신으로 적진을 뚫고 강변으로 나가 배를 몰아 평양성으로 들어갔다. 모란봉으로 쳐들어가는 입견(立見) 부대에 섞여 만수대 위에서 강렬한 전사를 한 조선군 장교는 바로 이에 틀림없는 것이다."

나라의 일이라면 물불을 헤
아리지 않던 그이였으나 섬의
일이라면 진심갈력이던 그였
으나 지금 와서는 모든 일에
무감각이었다. 그의 눈은 진실
로 광채를 잃고 말았다. 입을
굳게 다문 채 언제나 기쁜 꿈
속에 잠겨있었다. 바다에 나가지도 않았다. 누구가 무슨 말을 묻는대도
대답지 않았다. 때때로 미륵이와 아들의 무덤에 나가 밤을 새고 들어오는
것이 유일한 일거리였다. 섬사람들은 용왕이 무덤터에서 무어라고 혼자
중얼거리는 소리를 들었다. 어떤 때는 눈물을 흘리는 것을 보고 어떤 때
는 허허허 빈웃음 치는 소리를 듣기도 하였다. 용왕이 미쳤다는 소문이
난 것도 이때부터이다. 그래도 이력저력 칠석이가 생명을 부지하게 된 것
만은 불행 중 다행이었다. 그러나 역시 다리병신은 면치 못하여 걸음세가
잘룩거리게 되었다. 열네살에 애초로이 병신이 된 것이다. 용왕은 컴컴한
방안에 혼자 우두커니 앉아 깊은 명상에 잠겨있다가는 줄을 매고 새로
걷기 연습을 하는 칠석네를 때때로 끌어안고 물끄러미 들여다보곤 하였
다. 그럴 때마다 어린 해철이는 제 아버지가 무서워서 발치 밑으로 기여
들었다. 선녀는 가슴이 터지게 아프고 슬펐다. 그러나 명랑한 칠석네는
아버지의 수염을 만적거리면서 진주같이 맑은 눈으로 아버지 얼굴을 빤
히 들여다보며
　"아버지 죽은 오라반 생각나서 그래?"
　"……"
　용왕은 몸을 부르르 떨었다.
　"그럼 내가 병신돼서 그래?"

용왕은 고개를 설레설레 저었다.

"그럼?"

그러나 용왕은 대답이 없었다.

선녀의 슬픔이란 이루 말할 수 없었다. 사랑하는 아들은 무참이 죽었으며 딸은 애처로히 병신되고 스물세해 만에 딸을 찾아왔던 곱단이는 슬프게도 손녀의 목숨을 대신하여 바다에 사라지고 말았다. 세 가지 설움이 한데 더덥쳐 이르렀으나 하소할 데도 없고 원망할 데도 없었다. 남편이 전에 없이 실성한 사람처럼 깊은 슬픔에 잠겨 있으니 남편이 볼새라 알새라 억지로라도 좋은 낮을 가지려하니 더욱 가슴이 매어져왔다. 때때로 걷잡을 수 없는 슬픔이 북바치면 아들의 무덤에 나가 흐느껴 울고 감토봉가에 나가 어머니를 부르며 울었다. 그리고 성황당을 찾아서는 영험하다는 세천할머니에게 이제라도 더 슬픔이 이르지 않도록 또 남편이 하루바삐 옛날의 남편으로 돌아가도록 은덕을 베풀사고 고개를 조악조악 손이 발이 되도록 빌었다. 하루는 칠석네가 보시시 잠이 들었다. 깨여드니 피난왔던 고은 할머니가 어디 갔느냐고 밑도끝도 없이 물었다. 어린 마음을 상치않게 하려고 지금까지 해철에게도 굳게 함구령을 내려 곱단의 죽음을 알지 않고 있었다.

"건 왜?"

"이자 꿈을 꾸니깐 고은 할머니가 내 아픈 다리를 만져보면서 울어……."

선녀는 눈물이 핑 돌았다.

"알고 싶니?"

"응……."

"물에 뛰어들어 너를 바위위에 건져놓고 고은 할머니는……."

"그럼…… 그럼……."

"응 네 대신…… 물로 들어가셨단다. 해철이 너도 들어라. 그 할머니가 남촌 할만이란다."

칠석네의 얼굴을 백지장처럼 되었다. 해철이는 별안간 엉엉 울기 시작하였다.

"그러나 애들아."

선녀는 눈물을 먹으며 생긋이 웃었다.

"할만은 웃으시며 떠나셨단다. 우리들이 사는 바다에 죽으심이 기쁘셨단다. 해성이는 아버지 대신 할만은 칠석네 대신 웃으면서……."

하기는 이렇게 생각하는 것에 또한 선녀 스스로 위안도 되었다.

온 동리사람들은 용왕네 부부를 위로하기에 힘을 썼다. 용왕도 어지간히 마음의 상처가 회복되자 자리를 떨치고 바다로 나갔다. 섬사람들은 모두 그 뒤를 따라나섰다. 바다에 나오니 풍랑과 싸우게 되

어 자연 옛날의 기운과 힘이 다시 용솟음치는 것이다. 이리하여 주란섬의 생활은 차츰 옛날로 돌아갔다. 그러나 용왕은 이미 시대에 대한 열정을 잃었으며 세상에 대한 즐거움을 잊어버린 사람이었다. 이 반면에 동아의 풍운은 해마다 급박하여져갔다. 실로 주마등처럼 변전하는 눈부신 시대였다. 일본군이 연전연승하여 여순과 위해위가 함락하매 마침내 을미년 사월에 마관조약(馬關條約)이 성립되었다. 청국은 상금(償金) 이억 냥을 지출하는 동시에 대만과 요동반도를 일본에 할양하게 되었더니 돌연 노 독 불(露 獨 佛)삼국이 나서서 일본의 요동 점유는 동양 평화의 화근이라고 협박하여 일본이 요동반도를 도로 내어놓게 되었다. 서양 각국이 청국에 대하여 딴 야심이 있었던 것이다. 더구나 노국은 동양에 진출하기 위하여 요동반도를 손아귀에 넣고 싶어 숨이 넘어갈 지경이었다. 이렇게 되니 삼

국간섭은 조선에 있어서의 일본의 지위에 대하여 섬대한 영향을 주게 되었다. 즉 일본이 이렇듯이 약함을 보고 조정에 일본 배척과 친로파의 경향이 생기었다. 일변 노국공사 웨벨은 이틈을 타고 더욱 왕궁에 천근을 힘쓰매 노국의 세력에 날로 늘어 조선 정사를 뛰흔들게 되었다. 왕비를 중심으로 반민씨의 일족은 웨벨과 내통하고 청군을 전같이 궁중으로 거둬들이게 되었다. 정상 공사의 대신으로 온 삼포(三浦)는 민비의 횡포에 이를 갈았다. 대원군도 또한 민비에 대한 분통이 터져 최후의 보복(報復)을 꾀하게 되니 삼포공사와 서로 기맥이 통하게 됨은 자연의 이치였다. 드디어 을미 팔월 이십일 새벽에 대원군은 병(兵)을 이끌고 궁중으로 들어가 상의 승락을 얻어 정치개혁에 착수하여 친로파를 물리쳤다. 민비가 비참한 최후를 보게 된 것도 그날 밤의 소동 틈에서였다.

그러나 문제가 거북하게 되어 일본은 서울 정가계에 있어서 매양 사양하는 태도를 지게 되었다. 하나 정변 뒤에 새로 들어선 요로사들은 즉시 개혁에 착수하여 구력(舊曆)을 폐지하고 태양력을 채용하는 일방, 충주(忠州) 안동(安東) 대구(大邱) 동래(東來) 등에 우체(郵遞) 사무를 개시하고 군제(軍制)를 변경하여 중앙에 친위대(親衛隊)를 두기로 하고 또 단발령을 내리여 상이 몸소 모범을 보였다. 하나 이 단발령은 아연 곧 반동을 이르게 되었다. 춘천 원주 안동 등지에서 유림들이 일제히 봉기하여 민중을 선동하니 폭등이 각지에 일어났다. 정부는 선유사(宣諭使)를 보내어 폭동을 진압하려다가 듣지 아니하매 친위대의 태반을 이로 파송하였다. 그러자 노국 공사는 서울이 허술하니 공식관을 호위할 필요가 있다 하고 병신 이월에 수병(水兵) 백 명을 인천으로부터 입성시키고 일 변상을 자기네 공사관으로 을마듭시게 하였다. 이에 친일정객은 혼을 마저 죽고 혹은 잡히고 혹은 일본으로 망명게되니 다시 새조선은 엎질러졌다. 역통에 노국은 물론 미, 독, 불도 각각 이것저것 이권(利權)을 빼앗게 되었다.

일청의 싸움이 아니면 청로의 승강이오, 그렇지 않으면 일로의 씨름이 인중에 국사와 민생(民生)은 날로 그릇되어가고 또 서양 각국에 삼림(森林) 철도 광산 등을 이리뜯기고 저리뜯기고 하는 판이었다. 일변 자는 범이라고 함부로 건드리기를 꺼려하는 청국이었으나 일본에 하도 맥없이 넘어가는 것을 보니 영국은 청국을 만만히 여기고 아연 본격적으로 침략의 마수를 휘두르게 되었다. 먼저 로국은 독일과 불국과 더불어 일본에게 요동반도를 청국에 돌려보내게 하고는 음흉스레 뒤로 손을 들려 만주를 통과하여 시베리아 철도를 해상위에 연접게하는 동청 철도의 부설권을 차지하였다. 그러자 정유년 11월에 독일이 산동성에서 자기네 선교사가 살해당함을 거화로 교주만을 점령하는 것을 보고 이번은 갑자기 여순과 대련을 덮치어 강압적으로 요동 반도를 조차(租借) 하였다. 그러매 영국은 노국과 대항할 필요상 웨하이를 조차하고 불국은 광동성 광주만(廣州灣)을 빼앗게 되었다. 그러나 노국은 조선에도 적극적으로 달려붙어 경사년 3월에는 마산포 밤구미(栗九味)의 조차조약을 맺어 여순 등지와 해삼위와의 연락을 취하도록 하며 태평양함대를 강화하게 되었다. 조선은 자연 친로파와 친일파가 두 갈래에 놓여 집안싸움이다. 그러자 이동 무술년 5월에 청국에 의화단(義和團)이 일어나서 정부의 원조 밑에 양인을 쳐부시게 되었다. 양국 선교사들의 포만한 태도에 드디어 분통이 터진 것이다. 이에 열국 연합군은 8월에 북경을 함락하고 이 동해 9월에 강화조약을 맺고 북경과 천진에 약간 수비병을 두는 외에 점차로 각국이 철병하게 되었다. 그러나 노국만은 동청철도를 보호한다는 핑계로 만주에 출병하였던 십팔만의 대군을 얼른 철환하지 아니하니 만주가 사실상으로 노국에 점령되고 말았다. 뿐만 아니라 노국은 이때로써 좋은 기회로 삼고 또다시 조선에 맹활동을 개시하였다. 조선 서북부에 엄연한 군사적 압력을 가하려고 창립한 압록강 삼림회사가 사업의 기지(基地)를 삼는다는 명목으로 기병(騎兵)을 용암포(鎔巖浦)로 침입시켜 강제로 토지를 매수하고 병사(兵舍)를 건축하고 전선(電線)을 부설하는 등 조선의 주권을 무시하는 행동을 취하게 되었다. 실로 이 횡포한 해동은 정치적으로나 군사적으로나 조선은 물론 일본의 안녕까지 위협하는 일이었다. 드디어 노국 공과 사부르는 그 조차권을 정식으로 조선정부에 청구하여 왔다. 때마침 이용익(李容翊) 중심의 친로파는 노국을 업고 감히 일본에 반항하려던 여러 가지로 두 나라 새에 묵계(默契)가 성립되었지만 일영이 각국이 강경히 반대하여 사태가 험악해졌다. 더구나 일본은 자위의 필요상 비상한 결심을 가지고 계묘년 8월에 노국과 더불어 직접 단판을 개시하였다. 그러나 노국은 여러가지 어려운 문제를 고집하는 일방 알레씨프로 극동 총독을 삼아 그 권력을 크게 하며 만주의 철병은 고사하고 더욱 해륙의 병비를 충실하게 하여 전의(戰意)가 거칠어졌다. 이에 일본도 최후의 결의를 하게되니 국교는 단절되고 8일 밤의 여순 공격으로부터 항로의 전단이 열렸다.

갑진년 2월이었다. 갑오란을 겪은 지 바로 10년 만에 일로 개전으로 또다시 조선은 불통을 뒤집어쓰게 된 것이다. 그러나 곰곰히 생각하자면 일로전쟁은 실로 중대한 의의를 가졌었다. 첫째는 일본의 생존 문제요, 둘째는 동양 평화를 위한 것이나 무엇보다도 중요한 것은 지금까지 억눌려만 오던 동양이 서양에 대하여 반항의 첫봉화를 들고 나선 것이다. 말하자면 오늘의 대동아 해방전선에 서두전이었다. 동양의 각성이 여기서 비롯한다.

깊은 안개 속에 잠겼던 용왕의 눈이 다시 번쩍 띄인 것도 이 전쟁 때문이었다. 일로의 풍운이 급박하다는 말은 어렴풋이 들은 법도하나 정말로 일본이 노국을 상대로 대판 싸움을 해볼 용맹이 있을  줄은 몰랐다. 돌연 풍우가 몰려오듯 남포를 향하여 주란섬 앞으로 일본의 군함과 수송선떼가 몰려오는 것이다. 주란섬 안은 발칵 뒤집혔다. 부녀자들은 또 전쟁이로구나 하니 번개처럼 해성의 죽음 미륵의 죽음 막냉이의 죽음 봇돌의 부상이 생각났다. 다시 전쟁판에 나간다면 이 일을 어쩌나 하고 사색이 되어 용왕 옆으로 달려왔다. 이때 용왕은 무덤터 앞에 솟은 듯이 우뚝 서서 굳게 입을 다문 채 함대와 수송선 떼를 바라보고 있었다. 사내들은 우르르 모여들며 제각기 떠들썩하니 고아대었다.

"필경 아 러시아 전쟁인가 부다."

"조선 와서 괜히 지분거리더니 이놈들이 이제야 큰코를 다치게 됐구나!"

"아이구 배들이 자꾸자꾸 몰려오네. 어서 몰려와서 쳐부셔내라!"

"용왕님, 우리들은…… 우리들은……."

하고 셋째가 주먹을 부르쥐며 부르짖으니 그 어머니가 질겁하여 달려들어 잔등을 두들기며 울음을 터쳤다. 여편네들도 셋째를 싸고돌며 술렁거렸다. 어머니는 발악을 했다.

"이놈의 새끼야! 네가 나 죽는 걸 볼라니 전쟁판에 또 나갈라면 날 죽이구 네라! 아이구 용왕님 용왕님 이번만은 살려주십시오."

"왜들 떠들어!"

곰배팔의 봇돌이가 꾸짖었다.

"용왕님의 분부대로 할 것이지. 용왕님 어서 말을 떼시게. 나도 아직 팔이 하나는 성했네. 나가자면 나도 앞장 서네!"

그러나 솟아 선 채 용왕은 아무말도 없었다.

"용왕님 어서 미륵 어른의 원수를 갚읍시다! 미륵 어른은 양국 놈을 물리치라고 죽으며 말씀하셨다지 않았습니까! 용왕님!"

젊은 사내들의 부르짖음이었다.

"용왕님 해성의 원수도 막내의 원수도……."

이때에 별안간 해철이가 뛰어들어 아버지 몸통에 매어달렸다. 해철이도 이제는 열여덟 살이었다.

"아버지, 형님의 원수를 제가 갚게 해주십시오. 어서 우리들도 나갑시다!"

부녀자들은 울음판을 터쳤다. 선녀는 얼굴이 먹장처럼 되어 남편의 얼굴빛만 탈색하였다.

"아버지! 아버지!"

용왕은 묵묵히 아들을 울떼여 놓았다. 얼굴의 근육이 푸들푸들 떨렸다. 그렇더니 별안간 미륵의 앞에 펄쩍 엎드려졌다. 잔등이 들먹이었다.

"미륵이 듣나! 미륵이 배꼽이 복성이 막냉이 그리구 해성이 너도 들었니?"

용왕의 말소리는 흥분 속에 떨렸다.

"임자들의 원수를 갚겠다는 이 사내들의 정성이나 알아 듣고 기뻐하여 주게. 이제는 그 길이 처음이요 마지막의 기쁨일세. 미륵이 바다를 내다 보게. 지금 일본이 아라사에 싸움을 걸고 남포로 들려가네. 장하기는 장하되 슬프구나 무슨 재주로 조그만 일본이 아라사를 이긴단 말인가? 미륵이 자네는 숨이 지기 바로전에 이런 말을 했지. 조선 일본 청국 이렇게 세 나라가 합쳐서 우리 천지로부터 양국놈들을 쳐부셔야 된다고. 그러나 청국은 아직 잠자고 조선은 꿈만 꾸는데 일본이 조급스레 혼자서 선불을 놓네. 거레! 미륵이 슬프구나 이제는 모두 틀렸구나! 이놈의 천지가 이제는 망하는 것을 볼 길밖에 안 남았구나! 어떻게 아라사를 당한단 말이냐……."
하며 흑흑 느껴울었다.

"미륵이 나마저 사는 보람이 없이 되었네게레. 여보게 배꼽이 복선이. 임자들의 무덤에 기쁜 소식을 전할 일이 다시는 영영 없어졌으니 내가 산들 무엇하겠나……. 그러나 미륵이 이 천지가 망하는데 내 조상이라도 하러 갔다오마……."

눈물을 거두고 일어서더니 나직이 봇돌이를 불렀다.

"임자하구 나하구 같이 가보세나……."

어느 사내들은 따라 가보겠다는 소리는 한마디도 못하고 눈물만 죽죽 흘렸다. 이윽하여 배에 돛을 올리고 용왕과 봇돌이는 떠났다. 예상대로 아라사에 이 천지가 짓밟히게 된다면 용왕은 미륵의 죽은 자리에서 배를 가를 작정이었다.

정유년 10월에 목포와 한가지로 개항장(開港場)이 된 뒤부터 남포에는 각국의 거류구역(巨流區域)이 설정되고 영사관이며 세관이 들어섰었다. 그러나 무역에 종사하는 청인들이나 겨우 열아문집 흥성거리는  정도였다. 한데 이번 전쟁 통에 갑자기 일본군의 상륙지가 되고 보니 함선과 수송선이 대거 입항하여 별안간에 북쩍시게 되었다. 수송선 떼가 항구를 덮어 누르고 군사와 군마는 파도처럼 움직이고 호령소리 구두발소리 나팔소리 호각소리 군마소리가 들끓었다. 연달아 수송선떼는 몰려들어 또다시 군사와 대포와 군마와 군용품을 한없이 부려 놓았다. 근방으로부터 장사배가 몰려들고 배편이 있을 때마다 일본으로부터도 군속과 상인들이 수백 명씩 들려왔다. 이런 분수통에 용왕과 봇돌이는 배를 내려 한 참동안 산등에 서서 이 장대한 광경을 바라보았다.

"여보세 봇돌이. 전쟁이란 것이 얼마나 장쾌한지 모르겠네게레."

용왕은 황홀한 가운데 가슴의 피가 끓어오르는 것 같았다.

"저 병정들이 기운차기가 향방없는데…… 저놈의 말들 껑충거리는 걸 좀 보게."

"에끼 행군일세."

봇돌이도 흥분 속에 부르짖었다.

"어서 따라가세."

말발굽 소리 외치는 소리 수레 끄는 소리가 삼엄하게도 대지를 뒤흔들면서 풍우 몰리듯 행군이 시작되었다. 용왕과 봇돌이는 묵묵히 그 뒤에 달렸다. 가는 길에 군대를 따라 다니는 조선장사군과 동행이 되었다. 용왕은 첫마디에 이렇게 물었다.

"싸움에 일본이 이길 것 같소?"

"아 이기구 말구요."

"어드래서?"

"하 이기지 않을 것 같으문 내가 왜 일본 군대를 쫓아다니갔소."

"……실없는 소리……."

"헤헤…… 그럼 괜히 한몫 볼래다 죽을라구 내가 따라다니 갔소."

하며 익살을 떤다.

"이깁니다 이겨요. 내가 갑오난에 한몫 본 재미가 괜히 않아 이번 전쟁에두 나서긴 했습니다만 도대체 아라샷놈들 싸움하는 본때가 안됐거든요."

"벌써 어디서 싸움했소?"

"평양소 초판했디요. 지금이 병정들이 평양 가는 줄 압네까? 의주를 올라간다우. 의주로 일본 사람이 평양에 한 사십집 살댔는데 갑자기 가정집들을 팔아 버린데다가레 이것봐라 무슨 큰 변이 또 있을 모양이로구나 했더니 아나나 다를가 육혈포와 환도를 차구서 밤중마다 훈련을 한데다 필경 아라사와 싸움인게라구 성안이 부글부글 끓기 시작이외다. 그러자 며칠만에 일본 기마병이 대여섯 달려와서 무어라구 수군거리더니 정해문으루 빠져 나가 서포 쪽으로 나갑데다. 순안(順安)에 벌써 아라사 병정이 들어왔다는데 이렇게 맞받아 나가니 헤헤 이것봐라 땀났구나 정말 전장이로구나 하구 나는 일본 병정들이 수비하는 칠성문가까지 달려가서 이제나 저제나 하고 하회를 기다렸지요 아 그랬더니 점심때쯤해서 일본기마병이 되돌아오는데 그 뒤를 막 아랏놈 열대여섯이 말을 타구 탕탕 총을 노며 쫓아옵네다. 아이쿠마니 나 역시 아라사가 세구나 하니 가슴이 두근반 두근반 합네다. 이백간 백간 오십간 삼십간 이렇게 서로 거리가 가까워서 칠성문 밑 좁은 골목에 들이닿자 별안간 일본 기마병이 돌아서서 총을 마주 놓기 시작합데다. 칠성문 수비대두 들었다 내쏘는데 아 거저 벼락치는 듯하지요 아라삿놈들 몰살이지요. 그걸 보구야 에이 아라사놈은 미욱해서 싸움 못하겠다. 역시 일본 쪽에 붙는 게 상수라 생각하구 나선 게 아니요."
하더니 헤벌심 웃는다.

"그래 아라삿놈들은 평양엔 없갔소그려?"
"어림있소. 들어와 보기나 했갔소."

장진동 어름에 오니 땅거미질 무렵이 되어 용왕과 봇돌이는 어떤 촌가에 떨어져 하루밤을 지냈다. 군대는 밤을 도아 평양을 거쳐 의주를 향해 몰려올라갔다. 이튿날 새벽에 떠나 평양성 안에 들어오니 태풍일

과(颱風一過) 후(後)의 무시무시함이 한없었다. 듣노라니 서울서 올라온 부대도 며칠 전에 북으로 올라갔다고 한다. 갑오난 때의 피비린 기억이 아직도 새로워 성안 사람은 거지반 피난한 모양인데 그래도 용감한 장년들은 사대문으로부터 쭝긋쭝긋 몰려들고 있었다. 얼굴에는 모두 겁기가 시퍼렇게 어려서 자라에 놀란 사람이 솥뚜껑에도 놀란다고 행색이 다른 용왕과 봇돌이와 마주쳐도 비슬비슬 뒷걸음질을 쳤다. 전장의 수라장 통에 한몫 보는 강도패로나 보는 모양이었다. 그러나 십 년만의 난리 가운데 다시 평양성으로 들어온 그들은 옛날을 그리는 감회에 바이없이 구슬펐다. 용왕은 갑오난에 받은 마음의 상처가 다시 서물거리고 그때의 환영이 눈앞에 어른거려 무엇에 찔린 사람처럼 허둥지둥 걸었다. 주작문을 들어서면서도 외성쪽은 눈 거듭 떠보지도 않았다. 묵묵히 강변으로 나와 수양버들 밑에 앉아 시름없이 강건너 쪽만 바라보고 있었다. 봇돌이도 묵묵히 뒤를 따라와 그 옆에 앉았다. 두 사람은 함께 선교리쪽에 벌어졌던 미륵의 싸움에 대한 회상에 젖는 것이다. 한동안 지난 뒤에 말없이 용왕이 일어나자 봇돌이는 용왕의 마음을 헤아린 듯 앞을 서서 가마골 잿등을 너머 보통문 밖 토성랑(土城廊)으로 나갔다. 마옥곤 군을 좇아 추격전이 벌어졌던 전쟁마당이다. 질펀한 보통벌 언 눈도 녹은 지 오래여 황토의 냄새가 흐뭇한 가운데 아지랑이가 어리고 그 새를 구비쳐 흐르는 보통강물은 푸르도록 푸르렀다.

옛날엔 빗발치듯하는 중포화 속에 청병의 시체가 너저분히 깔렸던 처참한 전장이었으나 시방은 버들가지에 물이 오르고 죽동에 파릿파릿 새싹이 움트는 화창한 봄이었다. 말없이 봇돌이는 언덕길로 수풀 새를 거닐어 모래터로 내려오더니 거기에 움크리고 앉아 하늘을 우러보며 눈물을 흘렸다. 용왕도 그 옆에 엎드리고 앉으니 봇돌이는 나직이 입을 열었다.

"여기가 석도치 막내의 죽은 곳일세…… 우리들은 막냉이를 둔덕에 올려 놓고 이리고 강을 건너 쫓아갔다네. 해성이가 막냉이의 총을 바뀌들고 선 땅일세. 자 용왕 일어서지게……."

그들은 묵묵히 발을 벗고 서장대 쪽으로 강을 건넜다.

"여기까지 첨벙첨벙 건너오니 벌써 앞질러 나온 일본군인들이 손을 치며 엎드리라는 시늉을 하네. 서장대로부터 총알은 비오듯 퍼부어오네. 그래 우리들도 할 수 없이 웅덩이를 찾아 잠깐 기어들었네. 그러나 해성이와 곧은목은 막냉이의 원수를 갚는다 그냥 쏜살같이 나가더니…… 아마 이쯤 되었네……. 해성이가."

용왕은 고개를 끄덕끄덕하더니 그 자리에 주저앉았다. 봇돌이도 따라 앉으며 고개를 떨어뜨렸다. 주머니를 부스러시여 용왕은 장도칼과 손거울을 꺼내어 하염없이 눈물을 흘리며 흙속에 묻었다. 군사그루가 되어 서울로 올라갈 때 열녀문 속에서 선녀와 주고받은 기념물이었다. 아버지와 어머니의 애끓는 마음이라도 표하려 함이었다. 그러고는 허리춤에서 퉁소를 꺼내어 아들이 밤이나 낮이나 한가할 때면 불기를 즐겨하던 곡조를 처량스레 불기 시작하였다. 용왕 역시 노래에 못지않게 피리에도 명수였다. 피리소리에 조화가 붙어 그의 말할 수 없는 애틋한 심정을 대신 호소하는 듯 원망하는 듯하면서 혹은 그칠 듯 하다가 자즈러지고 청이 낮았다는 호들갑스러워짐이 한탄하는 심사가 천연 울음으로 변하는 듯하였다. 이때에 어둠이 소리없이 내려 덮었다.

그러나 용왕이 꿈을 깨치고 벌떡 일어나 앉을 날이 드디어 찾아왔다. 그날이 또한 세계 온 사람들이 꿈을 깨치는 날이었다. 일본이 노국을 이긴 것이다. 세계에 으뜸가는 강국의 하나인 노국, 광대무변한 영토

와 부강을 자랑하는 국력을 등에 업고 동방으로 진출하여 온 노국, 병력으로만 보아도 육군이 실로 이백칠만여, 해군이 팔십만여 돈. 이런 나라를 상대로 나선 일본은 세계 온 사람의 눈에 갓난 풋병아리로밖에는 안뵈었다. 병력도 비교하자면 엄청나게 적었다. 육군보병이 백오십육 대대(大隊) 기병 오십사 중대, 야포병 백육십 중대, 공병 삼십팔 중대, 해군이 겨우 삼분지 일의 이십육만돈. 그러나 막시 개전이 되고 보매 팔월 십일의 황해 승전이며 구월 삼일의 요양성(遼陽城) 점령 이러다가 이듬해에 들어가서는 정월 초하루날에 여순까지 개성하게 되니 형세는 단연 일본에 유리하였다. 드디어 삼월 십일에 봉천에서 대승하고 오월 이십칠일엔 일본해 해전에서 아주 치명상을 주게 되었다. 마침내 일본에 승전고가 울리게 되니 세계는 아연(啞然)게 되었다.

용왕은 침침한 방안에 웅크리고만 지내다가 바다에 나갔다 온 봇돌이가 일본이 이겼다는 소식을 전하자

"뭐야!"

하고 벌떡 일어나 앉더니 얼빠진 사람처럼 되었다.

"정말일세. 일본해에서 아라사함대가 전멸이랩데."

"전멸!"

"응, 전멸이래."

그러자 용왕은 문을 박차고 버선발로 미륵의 무덤을 향해 뛰쳐나갔다. 사실로 일본이 노국을 처부신 일은 세계의 역사를 전환게 하는 하나의 포인트였다. 백인 세상의 호사스러운 꿈은 이에 깨지고 동양의 백일몽도 이에 깨졌다고 할 수 있었다. 그것이 비록 예기(豫期)되었던 일이건 아니건 간에 일로전쟁의 결과는 멀리 아세아의 각성(覺醒)을 촉진한 것이다. 토이기(土耳其)도 인도도 섬라도 그리고 일청전쟁에 원한이 있는 청국까지도 그리고 아프리카와 아메리카의 흑인 암주루 일본의 용기에 의하여 자

극을 받고 일본의 승리에 의하여 스스로의 실력과 지위를 자각게 된 것이다. 이것이 세계사(世界史)에 있어서 일본이 처음으로 이룬 바 가장 위대하고 광휘있는 사업이었다.

"미륵이 배꼽이 복선이 임자네들이 죽은 지 십년 남아나 이 천지에 기쁜 소식 가지고 왔네."

용왕은 체수염이 덥수룩한 턱어리를 연신 흔들었다. 봇돌이는 물론 온 섬 사람들도 용왕의 기쁨을 자기네의 기쁨으로 알고 그 뒤에 꿇어 엎디어 어깨를 들먹이었다.

"일본이 드디어 아라사를 처부셨네, 여보게들 듣나? 우리 동양의 천지를 모진 발로 짓밟으며 피투성이 한 사나운 입으로 우리들을 물고 뜯던 양국놈의 한 패는 처몰아내었네."

"미륵 어른 들어주소."

하며 봇돌이가 엉금엉금 기어 나왔다.

"일본해 바다에 아라사 군함이 몽땅 깨져 들어가고 말았쉐다. 몽땅 물귀신이 됐쉐다. 황해바다 고기두 양인놈 덕에 살찌게 됐쉐다."

봇돌이와 같이 갔던 성출이가 또 기어나왔다.

"큰고기 물리게 됐습네다."

용왕도 오늘은 그들을 꾸짖지 않고 여러 사람들과 같이 히죽거렸다.

"임자네들 소원을 이 땅의 우리들이 풀어주지는 못했으나 일본이 대신 원수를 잡아주네게레. 이제부터는 새 천지이웨."

그러자 용왕의 막내아들 해산(海山)이가 깡충깡충 뛰어나왔다. 금년에 다섯 살이다.

"해성이 형애야, 형님 타고 온 환륜선 가지고 나두 원수 갚아줄리잉."

무덤 앞에 웃음천지가 되었다.

화륜선

갑오년 난리에 섬의 용사와 전사자의 시체를 실고 온 조그만 증기선 ― 섬사람들은 이것을 화륜선이라 불렀다 ― 은 덕섬을 내다보는 섬서쪽의 모래터에 매여 있었다. 아직 축항(築港)을 못한 때라 어선은 풍랑을 피하여 앞터에도 매고 뒷바다로도 돌리고 서쪽에도 대이나 이 화륜선만은 나중에 사나운 해일(海溢)을 만나 바위에 부딪쳐 산산히 쪼개지기까지 십여 년 동안 이 모래터에 매여 두어 오랜 풍상과 파도에 배로서의 형체만 남았을 뿐이었다. 그러나 어린애들은 언제나 이 모래터로 나와 화륜선을 타고 놀았다.

섬에서 그중 놀기 좋은 백사장으로 가마귀염과 감토봉새를 검으테테한 바위 병풍으로 돌리우고 멀리 앞으로는 덕섬을 내다보며 남쪽으로는 안개 속에 이럼 석도치 초도동이 가물가물 보이여 또한 절경이었다. 마갈바람이 불지 않는 한물결도 잔잔하여 물새도 날아와 놀고 물거품도 모래 위를 뱅글뱅글 돌고 햇빛도 이 모래터를 보금자리로 알고 좋았다. 이런 모래터에 진기한 화륜선까지 매여 있으니 어린애들이 오죽 좋으랴.

해철이도 이 모래터에 나와 화륜선 위를 오르내리며 컸었지만 해산이는 유달리 이 배를 좋아하여 그 속에 묻혀 있다시피 하였다. 다른 애들은 기어올라 뱃전을 뛰어다니거나 밀거니 당기거나 하다 첨둥첨둥 뛰어드는 재미에 이 배가 없어서는 안 되지만 해산이는 예닐곱살 때부터 운전대에 들어 앉아 기계장난이었다. 해산이가 나중에 비행사가 된 것도 그럴법한 일로 생각된다. 경련을 울려내는 재주를 알아낸 것도 해산이었다. 혹시 어른들이 심심거리로 올라온다면 이건 무어야 요건? 저건? 하고 못살게 굴었다.

"허ㅡ내가 걸 알문 왜 고기잡이나 하구 있갔니."

하며 어른들은 물러섰다.

"고건 뭔지 알아?"

"얘 거정 별나구나. 양국시계 같은 거……."

"것두 몰라 나침반(羅針盤)이야. 아버지가 그러는데 아마 배 가는 방향을 아는 기계란가 봐."

"허ㅡ이건."

"이건 얼마나 빨리 가는지 아는 기계구."

하더니 안장에 올라앉아 핸들을 두르며 경련을 울리었다.

어른들은 히죽히죽 웃었다.

"간대문 좋갔네."

"거야……."

용왕부부는 늦게 본 막내 아들이라 해산이를 특별히 귀애하였다. 용왕이 쉰세살이요 선녀가 마흔여덟 베어든 아들인데 죽은 해성이는 무한 사내답게 용감하였지만 해철이는 어딘가 지 어머니편을 닮아 이지적인데 해산이는 정열적이면서도 명상적인 소년이었다. 하루는 용왕이 아들을 찾아 화륜선에 올랐으니 해산이는 운전대에 혼자 앉아 해 저문 바다를 시름없이 바라만 보고 있었다.

"야ㅡ들어가자 늦었다."

"아버지 저! 바다 끝엔 뭣 있니……."

"으ㅡ으믄 섬두 있구 산두 있구…… 그리구……."

하며 용왕은 자신 없이 어물어물 하였다.

"아니 바다로만 자꾸 가문 말이야……."

"응 바다루만 말문? 거야 끝 있나……."

"그래두 자꾸 가문……."

"그래두 자꾸 간다……. 자꾸 가문…… 글세……."

"아버지 몰라? 내 대주까."

"그래 어데가 되니?"

"하늘!"

"하늘루 배가 가더니?"

용왕은 씩 웃었다.

"하늘루두 간대문 갔네."

"난 배가 하늘루두 간대는 소리는 원 금시초문이루다. 그래 넌 커서 뭐될라니?"

"나 화륜선 부릴래."

"왜?"

"화륜선타구 자꾸 자꾸 가서 하늘꺼정 가볼래……."

━━━━

용왕은 이제야 새 하늘 새 바다를 보는 느낌으로 섬의 일에나 바다의 살림에나 새 열정 새 포부를 가지게 되었지만 무엇보다도 막내아들 해산이가 그의 희망이었다. 해산이를 볼 때 용왕의 얼굴에는 언제나 희색이 떠나지를 않았다. 병신 딸 칠석네의 신세는 늘 측은히 생각하여 특별한 사랑을 베풀며 또 해철이는 그 총명을 아끼어 용왕의 대를 이을 인물로 속치부를 하고 있지만 해산이는 무쇠풍구의 대를 이을 인물이라고 생각하였다.

"해산이는 나보다 낫대니까."

용왕은 선녀에 노 이런 소리를 하였다.

"나보다 미욱질 않단 말이야."

선녀는 발신발신 웃음을 지을 뿐이었다.

물론 용왕부부도 서로 무한히 사랑하기는 하였다. 서로 아끼고 서로 정성을 쓰려는 마음은 같이 늙어질수록 더욱 간절하여졌으나 용왕은 이 절망의 십여 년 동안을 두고 내려온 습관으로 선녀에게까지 입을 굳게 다물고 때로는 사나운 눈으로 흘기기까지 하였다. 외려 사랑하는 사람과 마주 앉았을 때 이 경향은 우심한 모양이었다. 불우(不遇)한 시대와 성에 맞지 않는 세상일에 성미가 변하였다기보다는 찌뿌듯한 태도가 버릇이 된 것이다. 그래 좀처럼 아내에게까지 아니 다시없이 사랑하는 아내이기 때문에 더욱 아리사리하게 굴지를 못하였다. 그래도 해산의 일이라면 마주 칭찬이라도 안 해주면 못마땅해하였다. 선녀는 그러는 모양을 보는 것이 또한 즐거워 발신발신 웃을 따름이었다.

"왜 말이없노. 자네 생각엔 해산이가 부족하외?"

"돌풍구말이요?" 하고 또 웃었다.

"돌풍구?"

"대국천자는 호천자 무쇠풍구는 돌풍구말이웨다. 지금 노는 허두가 꼭 어렸을 때의 당신이거든요."

"허허…… 날 닮았으면 사람구실을 하지 않으리. 그놈이 나보다 지혜는 더 있는가부데……."

"애들이야 다 아바지부다 낫지 않으리요."

"그랜."

용왕도 적이 만족이었다.

"그래도 그저 늘…… 저는……."

하며 선녀는 수색을 지었다.

"그저 뭘?"

"칠석네 일이 속상해서 말이웨다."

용왕은 눈을 흘기며 돌아앉았다. 그러나 역시 꺼지게 한숨이었다. 이 늙은 부부에는 칠석네 일이 하루도 마음에 아프지 않은 날이 없었다. 하기야 다리병신이라고 시집을 못가랴만은 칠석네는 시집은 안 가고 아랫 동생 가꾸는 재미로 일평생을 보내겠다는 생각이었다. 마음이 꽃보다도 고와 동생 사랑도 자별하지만 부모에 대한 효성은 지극하였다. 용왕이 절망의 구렁에 빠져 신음하던 동안은 구슬같이 고운 목소리로 늘 이야기책을 읽어 위안을 주려하였으며 어머니 일에는 매사에 손이 안 가는 데 없이 도와주었다. 사실로 안살림살이는 의식절차 모두를 칠석네가 돌봄이나 진배 없었다. 벌써 스물을 넷이나 넘었지만 저는 그만두고 시방도 어서 해철이를 장가들여 떡을 치자고 졸랐다. 그러니 부모로서는 더욱 애처롭게만 생각되었다.

갑오난에 죽은 석도치 막냉이의 조카와 혼담이 있었을 때 아주 가합한 자리라 언젠가 한번은 용왕부부가 여러 가지로 타이르기까지 한 적이 있었다. 어머니가 이리저리 전하나 딸은 한마디의 대답도 없이 고개만 숙이고 있었다. 나중에 용왕이 슬그머니 화가 나서 고함을 질렀다.

"그래 이번두 싫단 말이냐!"

칠석네는 그제야 고개를 드는데 두 눈에 눈물이 맺혀서

"아바지 저를 내쫓지 말아요."

하며 쓰러져 느껴 울었다.

선녀는 해철이를 잃은 뒤부터 항상 깨끗지를 않아 하루도 편안한 날이 없는데 요즘 와서는 자리까지 하고 눕게 되었다. 그러나 병신 딸 칠석네의 일을 생각하자면 죽어도 눈을 감을 수가 없을 것 같았

다. 동촌 절름발이 서방을 싫다고 달아난 죄값으로 딸이 다리병신이 되었나 보다 하고 역시 선녀다운 반성을 해보며 혼자 힘없이 웃기도 한다. 어머니의 옛적 일을 아는 칠석네는 하루는 웃으며 이런 이야기를 하였다.

"오마니두 절름발이가 싫어서 잔칫날 죽을라구까지 하셨다면서요……."

"내야 발칙스러운 년이니 그랬지만…… 너야 어디 흠잡을 때가 있니?"

"그래두 누구 절름발이 좋대나요."

"나는 재니 딸이래두 시집을 왔다. 별소릴 다 하누나."

"오마니두 깨끗질 않는데 내가 시집가면 혼자 어떡하실라구 자꾸만 그래요. 해산이두 아직 어리구……."

"그렇다구 네가 시집두 안 가서 되겠니. 하기는 내가 몇 날 못 살가봐."

만약 용왕이 이런 소리를 듣는다면 대번에 눈을 흘기고

"그렇게 방정맞은 소리들 한다구야. 내 농어라두 잡아다 줄라."

하며 담뱃대를 뒷짐에 찌르고 일어섰다. 해철이도 바다에 나가서 자라나 농어나 몸보신 될만한 고기만 잡히면 들고 들어와 어머니에 피도 내어 대접하며 속에 받지 않아 못먹는다는 것을 약 먹이듯이 회를 쳐서 먹이기도 하였다.

"오마닌 무슨 말씀을 그렇게 해요."

"네나 시집 보내구 해철이 장가든 거까지 난 보구 죽어야 할텐테…… 어디 해산이 성혼하는 날까지 살기야 바래갔니?"

"백살 살지 않으리요."

"아무래두 몇날 못 갈 것 같다. 요즘은 남촌할머니가 꿈에 자주 뵌다. 저번에 오셨을 때 말씀이 너희들의 꿈에라두 내가 뵈올가 무섭다구 하시더니 정 오래간만에 뵈이드라. 죽기 전에 빨리 해철의 잔치라두 해보면 좋겠구나……."

역시 신이 가르켰던지 그 해 가을에 해철이가 봇돌의 맏딸과 성혼하여 잔치를 해치운 지 며칠 만에 현기증에 넘겨졌다. 칠석네가 봉네를 내세워 열아홉 살의 탄실이를 맞아들였는데 용왕은 아들부부를 앞쪽 웃주란에 살게 할 양으로 거기에도 초가를 앞 두채 지어 놓고 선녀는 아들네 세간 낼 살림살이감을 장만하고 있었다. 웃주란은 이 아랫주란보다 섬이 더 적기도 하고 또한 풍할 집자리도 쉽지 않아 아직까지 한집도 들어앉지를 않았지만 차차 이 섬도 개척할 필요를 느껴 아들네 부부를 먼저 보내는 것이었다. 사실로 아랫주란엔 그 새에 집도 많이 늘고 식구도 많아져 부녀자들의 손으로 가꿀만한 농토도 부족하였었다. 그래 내일은 배를 태워 웃주란으로 세간을 낸다는 날 선녀는 이불보를 싸다가 돌연히 정신을 잃고 쓰러졌다. 칠석네가 야단치는 바람에 해철의 새 부부가 뛰어들고 용왕이 달려와서 잡아 흔들었지만 그만 몇 마디 소리도 못하고 숨이 지고 말았다. 숨이 지기 바로 전에 화륜선에 나갔던 해산이가 어머니 급하다는 소리를 듣고 놀라 뛰어들어왔다.

선녀는 용왕의 팔에 안겨 한손으론 칠석네의 손을 쥐고 한손으론 해철의 손을 쥐고

"화륜선 화륜선."

하고 두어마디 불렀을 뿐이었다. 해산이가 울며불며 뛰어드는 것을 보고

"화륜선 옵네다. 화륜선 와시오."

하며 칠석네가 부르자 선녀는 눈을 번쩍 뜨고 알아보더니 보시시 웃음을 띄고 자는 듯이 숨이 지고 말았다(그뒤에 해산의 별명은 화륜선이 되었다). 온 가족과 섬사람들의 슬픔과 놀람이란 이루 형용할 수 없었다. 봉네도 한바탕 목을 놓고 울었다. 용왕은 망연자실하였다.

어머니가 홀연히 세상을 떠
난 뒤부터는 집안에 쓸쓸한
바람이 떠도는 것 같았다. 게
다가 웃주란으로 해철네 부부
까지 세간을 나고 보니 아주
집속이 덩그렇게 비인 감이다.
칠석네는 사실로 시집을 안가

기 잘했거니 생각하였다. 아버지는 집에 마음을 붙지를 않아 늘 바다에만
나가 있지만 해산이는 아직 철부지 어린애에 지나지 않았다. 방바닥에 엎
드려 쿨적쿨적 울 때마다 칠석네도 부엌에 나가 치마고름으로 눈물을 씻
었다. 그러나 이제는 칠석네가 어머니도 되고 누이도 되었다. 해산이는
그 좋아하던 화륜선에 나가도 시름없이 먼 바다만 바라보고 지냈다.

"이제는 오마니두 없구나."

혼자 중얼거렸다. 가없이 먼 바다 가물 가물 안개 낀 수평선으로 나타
나는 화륜선을 바라보는 일이 그래도 첩첩한 시름 가운데 유일한 즐거움
이었다. 검은 점이 희미하게 나타나 연기를 내뿜으며 차츰차츰 다가오는
데 멀거니 이것만 바라보고 있노라면 난데없이 석도치 뒤로부터 커다란
화륜선이 또 하나 나타나기도 하였다.

(나두 어데루 멀리 갔으면……)

고독한 소년의 꿈이었다. 그 즈음엔 남포도 축항이 되고 거리도 생기고
창고도 많이 들어 앉아 제대로 항구의 면모(面貌)를 되게 되니 주란섬 마
을 화륜선이 하루에도 여러 척씩 왕래하였다. 그의 하염없는 꿈은 이 화
륜선에 실리어 넓은 바다를 거침없이 헤매이는 것이다. 칠석네가 저녁을
지어 놓고 해질 물 찾으려 나가면 해산이는

"누님, 난 아주 멀리 갈래."

"……어디루?"

칠석네는 눈이 둥그래졌다.

"저런 화륜선 타구 멀리 바다 끝까지……."

"호호호 그럼 우리 해산이 이 담에 화륜선 하나 사줘야겠네. 사주까?"

"옛다 사기만 하문 되는 줄 알아?"

"그럼?"

"그래 부릴 줄 알아?"

"몰라……."

쓸쓸한 웃음을 지으며 눈을 내리깔았다.

"난 남포 가서 배부리기부텀 배울까부다."

"그럼 해산이 큰 담에 같이 남포를 들어갈까?"

"응."

"그럼 밥 먹구 커야겠네……."

이렇게 달래여서 데리고 들어왔다.

밤에는 언제나 봉네 아주머니가 어린 딸을 데리고 마을을 온다. 마을을 오면 언제나 죽은 선녀의 이야기를 하며 눈물을 흘렸다. 처녀적부터 선녀를 형님 형님하고 따르며 같이 늙어오랬으니 그 정지가 친형제와 못하지 않았다. 칠석네도 또한 봉네를 친어머니나 다름없이 여겨 모든 일에 힘을 빌기도 하고 의논 걱정도 같이 하였다. 봉네는 해산이를 보면 더욱 선녀의 생각이 나서 언짢아한다.

막내딸 고만이를 낳기 전부터

"이전 임자두 딸이나 하나 더 낳구 고만두게. 딸을 나면 우리 해산이와 혼사 지낼까?"

"형님 정말 그럽세다."

하며 서루 웃곤 하였더니 정말루 딸이었다.

인제는 아이 그만 하라고 이름도 선녀가 고만으로 지었는데 해산이보다 다섯 살 손아래였다. 해산이가 고만이와 같이 헤들거리며 노는 것을 굽어보며 봉네는 또 눈물이었다.

"그 형님이 애를 쓰시며 야 내 며느리를 정말 낳구나 하셔서 내가 다 웃었댓구나."

"그러니 오마니래두 오래 사셔서……."

칠석네는 봉네를 이전부터 오마니라고 불러왔다.

"저 애들이 잔칫하는 걸 보셔야지 안캇소……."

"글쎄 말이구다."

"호호 정말 좋은 부부감이네……."

해산이는 영문도 모르고 따라 웃었다.

"우리 해산이는 먼 바다루 가구 말면 고만이는 어떡하노."

하며 칠석네가 웃으면

"데리구 가지머."

어머니들이 서루 부부로 만들기로 약속한 두 어린애는 사실로 저희들끼리도 서루 좋아하며 우애가 자별하였다. 고만이도 아장아장 걸음을 걷게 되면서 외마디씩 말도 배우기 시작하였지만 맨 첫째로 배운 말이 해산이었다.

"해산이한테 놀러갈가?"

하면

"해산이, 해산이."

하고 해죽이며 좋아하였다. 고만이가 보이기만 하면 해산이도 또한 암만 시루뭉덩해 있던 때라도 벌떡 일어나

"고만이 왔구나, 고만이 왔구나!"

하고 날뛰며 물가에서 주워온 보기 좋은 소라나 조개껍질이며 재등에서 꺾어 온 고운 꽃이며 열매를 내어주었다. 해산이는 이를테면 고만의 좋은 오빠였다. 밤이 깊도록 둘이서 숨박질, 조악질, 수박타기, 말놀이 안 하는 장난이 없이 놀았다. 고만이는 연신 캐들캐들 거리며 좋아하고 해산이는 제법 우스꽝스레 굴었다. 고만이는 제발로 나다닐 수 있게 된 뒤부터는 둘은 언제나 같이 섬 안을 장난치며 돌아다녔다. 서당이 필할 때쯤 되면 반드시 고만이는 방안을 기웃거리며 또 해산이는 해산이로 궁덩이가 들썩들썩하였다.

"고만이 새서방 고만이 새서방."

하고 몇 번 놀려보다가 큰 코를 다친 뒤부터는 서당애들도 해산이를 놀려댈 생각을 못가졌다. 어떤 때는 감투봉에 나가 조개껍질을 줍고 어떤 때는 가마귀염 밑에서 모래장난 어떤 때는 꼭두바위 아래에 마치 두 마리의 물새처럼 나란히 앉아 종알종알 재잘거렸다. 그러나 역시 해산이가 좋아하는 화륜선에 올라가 노는 적이 많았다.

"내가 멀리 가문 넌 어떡할란?"

이렇게 해산이가 수심쩍게 말하면

"나두 따라가지머."

하고 고만이는 명랑스레 말대꾸를 한다.

"헤, 어딘줄 알구 갈래."

"멀문 못 가나."

"못가지 않고."

"왜?"

"아이는 못 가."

"흥, 전 어른인가봐."

"헤, 난 열에 나지 않아."

"고까지 꺼."

하기는 하나 그대도 좀 쓸쓸한 기색이다.

하나

"그럼 언제 와?"

해산이는 스르르 눈을 감고 일에 미소를 띄었다.

"어른돼서 장가들러 오까…… 화륜선타구."

바다에서 돌아와 아들을 보러 화륜선으로 올라오다가 두 어린애가 이렇게 주고받는 이야기를 듣고 용왕은 저도 모르게 빙긋이 웃었다. 그리고 발소리 날새라 발판을 조심조심 내려와서 혼자 고개를 끄덕거렸다. 어린애 적 선녀와 놀던 일이 불현듯 회상되어 감개가 무량한 것이다. 용왕은 그 발로 등을 넘어 오두나화 밑 선녀의 무덤을 주벅주벅 찾아갔다. 분 상의 잡풀을 하나 둘 뽑으며

"해산이와 고만이 노는 걸 보니 임자에 생각이 불현 듯 납네게레. 나두 얼마 못가서 임자 있는 곳으로 가긴 가겠지만 애적부터 이놈 때문에 고생만 하던 임자 생각이 새삼스레 간절하네. 그러나 설마 그애들이야 우리들처럼 고생을 하겠나. 글쎄 해산이가 날 닮았다구 했더니 허허 고만이년이 또한 임자를 애정이 닮았습데다."

이때에 멀리 용왕을 발견한 해산이는 고만이를 데리고 화륜선을 내려 어머니 무덤으로 달려오며 부르짖었다.

"아바지, 아바지!"

"오―우리 화륜선이가. 이거 고만이두 왔구나."

하며 두 애를 듬썩 두 팔로 쳐들어 올렸다. 그러면 고만이는 덥수룩한 흰 수염을 뜯으며

"해산이가 멀리 가갔대. 욕해줘……."

"오냐 오냐."

용왕은 자못 만족하였다.

그러나 먼 바다를 동경하는 소년의 꿈은 하루하루 커지기만 할 뿐이었다. 아침 햇발처럼 기운차고 무지개처럼 아름다운 꿈 이 꿈이 열두 살의 여름에 드디어 활짝 날개를 피게 되었다. 경술년 팔월 해산이가 열 살 적의 일인데 드디어 조선이 일본과 한 몸이 되어 동양의 지도자가 되는 동시에 그 성스런 사명을 단단히 지니게 되었다는 아버지의 말을 들으니 어린 마음에도 그 의미를 어렴풋이 이해할 수 있는 듯하였다.

벌써 조선은 동양의 조선이란 말도 귓결에 들어 넘길 수 없는 듯하였다. 그리고 동양을 우리의 동양으로 만들어야 한다는 이야기도 소년의 조그만 가슴을 뛰게 하였다. 아버지는 이런 말도 들려주었다.

"동양이라니 동녘 동(東) 자와 바다 양(洋)자 말이루다. 동쪽바다에서 해가 뜨지 않으니? 동양에 이제부터 새해가 뜨기 시작하는 모양이다."

무식한 소견의 말이나 역시 커다란 진리임에는 틀림없었다. 동양이란 글자 (오리리)를 어원적(語源的)으로만 본대도 오른다든가 나타난다던가 하는 뜻이었다. 사실로 동양대지에 새 태양이 떠오르기 시작한 것이다.

"그대신 서녁 서(西) 바다 양. 서쪽바다엔 해가지지 않더니? 서양에 해가 지니 동양에 새해가 떠야지. 그러나 동양의 새 햇발이 시뻘거니 기운차게 비치게 할라면 우리 동양사람들이 아직두 많이 시뻘건 피를 뿌려야 한다."

해산의 눈은 진주알처럼 빛났다.

"응."

"지금까지 우리 동양은 그 서양놈들에 짓밟혀만오구 있었구나."

소년은 입술을 깨물었다.

이 해산이가 그 다음 다음 해 여름 남포에 나가 처음으로 활동사진이란 것을 본 뒤부터 드디어 자기의 꿈을 실현하고 말겠다는 비상한 결심이 굳어진 것이다. 활동사진에서 받은 인상이 아버지의 감화보다도 더 구체성과 절실감을 가지고 소년의 온 정신을 뒤흔든 것이다. 남포 억량기 잿등에서 활동사진을 한다는 소문이 한번 퍼지자 남포 안은 물론 근촌 일대까지 물 끓듯 하였다. 먼 곳 사람들은 밥까지 싸들고 사방에서 모여들며 남포 사람들은 아침부터 부수를 떨며 야단법석이었다. 구경을 즐기는 축들은 벌써 대낮부터 흰 막을 친 앞에 자리를 잡고 들어앉아 자동차가 가느니 사람이 움직이느니 보기 전부터 웅성거렸다. 주란섬 사람들도 이 소문을 듣고 배를 타고 들어왔다. 용왕도 해철네 부부와 해산이 칠석네를 데리고 봉네도 고만이를 이끌고 섬사람들과 같이 이리로 찾아 올라왔다.

땅거미 지나 깜깜 하여지면서 활동사진이 시작하였었는데 정말로 움직이는 사람이니 자동차니 기차니 배니 할 것 없이 모두 나온다. 뿐만 아니고 세계 유람인 모양이라 양국도 나오고 토인도 볼 수 있고 청국으로도 찾아가니 너무도 희한한 바람에 관중들은 동히 정신을 못 차리게 떠들어 대었다.

"아 거 신기두 하다."

"증기차인가 부디."

"아이구 무서워 무슨 사람이 저렇게 커!"

"양고자니깐 그렇지."

"어 노친네 좀 떠들지 말소."

"누구보구 하는 소리야. 임자는 왜 키들키들 그래대노."

"쌈하지 말라우요!"

"저것봐라. 저거 저거."

이 모양이었다.

주란섬패는 한 옆에 진을 치고 앉았는데 해산이는 자꾸 아버지의 팔을 흔들었다.

"아버지 저것이 서양 아나?"

"음."

산같이 높은 벽돌집이 해협(海峽)을 이룬 듯 늘어선 새를 자동차, 전차, 자전거가 내달리고 양복 입은 남녀가 또한 조수 밀리듯 한다.

"굉장하지."

"음 그놈들이 굉장은 하다."

"아버지 나 거기 갈래!"

"무어?"

용왕은 놀란 눈으로 얼굴을 돌이켰다.

"거기 가서 화륜선이랑 증기차랑 빼들어올래!"

용왕은 자못 유쾌한 듯 배를 부등켜 쥐고 홍소를 터쳤다.

"헛허허 헛허허."

옆사람들이 눈이 둥그래서 모두 돌아보지만 용왕은 그냥 웃기만하다가 해산이가

"화륜선, 아버지 화륜선!"

하며 팔을 흔드는 바람에 바라보니 화면은 어느덧 변하야 산같이 커다란 기선이 우쭐

우쭐 떠 있는 항만이었다. 부두에서는 배짐을 푸느냐 짐차가 들어다녀 어수선하게 분주한데 한 자동차에서 젊은 양인 남녀가 내려 가방을 끼고 기선으로 올라탄다. 출발 시간인 모양으로 선객들이 줄을 지어 배에 오르는 중이었다.

"에개개 에개개."

"아이구 망칙해라."

양인 남녀들이 서로 끌어안는 모양을 보고 여편네들이 떠들었다.

"허 그 수상한 놈들이라니······."

용왕도 적이 창피스러워하였다.

드디어 종을 울리고 기선이 출발하여 세계유람여행을 떠나는데 해설하는 이가 젊은 남녀의 가는 곳과 화면에 나타나는 광경을 하나하나 설명한다. 배에서 내려 기차로 불란서 독일 서사 이태리 등을 두루 돌아 훌륭한 곳만 찾아보고는 배로 건너면 아프리카라고 하면서 이번은 발거벗은 토인이니 밀림 속의 식인종이니 토인의 춤이니 이따위 끔찍하고 징그러운 얼굴만 한참 구경을 시킨다. 관중은 탄성과 웃음을 연방 터지지만 용왕은 혼자 못마땅해 하였다.

"저런 죽일 놈들. 그러다는 우리 조선에두 와볼까 하는구나."

"아버지 더거이 동양이나 서양이나?"

"가만 잇갈!"

해성의 물음에도 공연히 외갓 성을 내었다. 다시 배를 타고 인도라는 곳에 오니 이번은 흰 수건을 머리에 두른 검은 얼굴의 인도인들이 씨글씨글 풍겨도는 뱀의 춤이며 빈민굴이 따위 구경이나 하고는 되짚어 배에 올라 드디어 동방으로 향하였다. 무슨 섬엔가 닿으니 파인애플이 수수 적은 배를 타고나와 입을 벌리고 비굴스런 웃음을 지으며 돈을 던져 달라고 구청이다. 갑판 위에 늘어선 양인들이 십전을 던져주면 바다 물속으로 물로리처럼 숨박질하야 들어갔다가는 입에 물고 나오곤 한다.

관중들은 희한하여 떠드는데 화면 속의 양인들도 히히덕거리며 멸시의 쾌감을 한껏 맛보고 있다. 이에 이르러 용왕의 분통은 마침내 폭발되었다.

"저 저 박살할 놈들. 저놈들을 그냥 둔단 말이야!"

하며 벌떡 일어났다. 해성이와 칠석네는 놀라여 아버지의 팔을 붙들었다. 해철이도 옆에서 일어나며 앞을 막으려고 하니 용왕은 그냥 떠밀치며 나간다. 등 허리를 밟히운 자는 비명을 지르고 무릎을 채인 자는 욕설을 퍼붓고 또 그 외 관중은 화면이 안 보인다고 함성을 지르기 시작하였다.

"아버지, 왜 그름네까 아버지."

해철이는 매달렸다.

"여보게 용왕, 활동사진이 왜 정말이 아니구 활동사진이야."

하며 칠보도 한사코 붙들었다.

"벌써 그 사진은 지나갔쉐 지나갔어."

하기에 쳐다보니 정말 화면은 야자수 그늘진 고요한 달밤으로 바다 기슭 모래가에서 토인이 흥에 겨워 피리를 불고 있는 장면이었다.

"음."

용왕은 겸연쩍어 그 자리에 주저앉아 숨만 씨근벌덕거렸다.

"이제 또 그따위 짓만 해봐라!"

해산이도 아버지의 흥분에 전염되어 앉은 자리에서 몸을 바르르 떨고 있었다.

(내 눈으로 가보구야 말간. 내 눈으로)

다음은 청국에 온 모양으로 배가 부두에 닿자 쿨리(苦力)떼가 우굴 몰려 나오는 폼이 흡사 구데기 날치듯 하는데 사진이 뚝 끊어졌다. 이때에 용왕의 호령소리가 터졌다.

"주란섬패들 가자!"

용왕의 호령통에 구경도 채
못하고 주란섬 사람들은 그날
밤을 배에서 지냈다. 이튿날
물때에 맞춰 떠나려고 하는데
해산이가 부두에 정박한 화륜
선을 구경하고야 가겠다고 떼
거리를 쓰는 바람에 칠석네와
봉네네 모녀와 그 외 몇 가족만이 떨어져 다음 배로 가게하였다. 이왕 오
랫간만에 온 길이니 흥성흥성한 거리구경도 할 겸 옷감이니 사발 등속도
사들일 겸 겸사겸사로 떨어진 것이다. 그러나 해산이는 칠석이네와 봉네
가 같이 거리에 들어가보자고 암만 타일러도 고만이가 손을 끌어도 머리
를 가로흔들며 화륜선 구경을 하겠노라고 혼자 떨어졌다.

"얼레리 꼴레리 화륜선이 화륜선 구경 할래네."
하고 일곱 살의 고만이가 해산의 별명을 부르며 놀리자 해산이는 고운
눈을 흘겼다.

"화륜선이 화륜선을 탈 줄은 모르디."

"해해 누가 태워주나."

"넌 몰라, 넌!"

해산이는 공연히 증을 내었다. 순간에 소년의 얼굴이 햇죽해지며 눈에
구슬이 맺히는 듯하였다. 고만이는 찔끔하여 움처 섰다. 이때의 해산의
표정과 음성이 그 후 고만이에게 영영 잊혀지지 않게 되었다. 그러나 고
만이는 물론 칠석이네까지도 대수롭게 생각지 않았던 것이 불찰이었다.

"그럼 배두 지킬 겸 너 혼자 떨어져 있을라니."

칠석네도 단념을 하고 고만이를 끌어다녔다.

"우리두 니여 돌아올라."

"······."

묵묵히 뱃전에 앉은 채 해산이는 거리로 향하는 일행을 목송하였다. 누님 같이 가— 하고 따라 나서고 싶은 충동이 치밀지만 입을 악물고 눈물로 참았다. 고만이가 얼마 가서 뒤돌아보며 조그만 손을 살랑살랑 저으며 해죽이 웃던 광경이 그 후 해산이에게도 또한 영영 잊혀지지를 않는 것이다. 칠석네도 돌아보면서 또다시 부르짖었다.

"내 얼른 돌아올게!"

드디어 일행이 창고 뒤로 사라지자 소년은 한참동안 멍하니 앉아 있다가 벌떡 일어나 뱃속으로 들어가더니 떡보재기를 들고 나왔다. 억랑기포는 어선과 범선이나 울넝줄넝 모여들고 화륜선은 좀 더 윗속으로 올라가 세관앞 부두 — 보통 신해관 선창이라고한다 — 에 정박하는 탓으로 해산이는 검은 굴뚝을 바라보며 그리로 달려갔다. 한문자로 무슨 환 무슨 환이라고 배 이름을 앞 언저리에 쓴 시커먼 화륜선들이 커다란 몸둥이를 굽히고 뭉실뭉실 떠있는 게 장관이었다. 뒤쪽에 창고가 늘어선 선창에서는 인부들이 쌀포대를 어깨에 메어서는 창고로부터 날라 올리고 또 한곳에서는 인부들 새에 싸움이 벌어진 모양으로 우굴우굴 모여서 떠지껄하게 고아댄다. 화륜선을 하나하나씩 보살펴보니 섬에서 멀리 바라보던 적과는 달리 어떤 배는 주란섬보다도 못지않게 큰 모양에 입이 쩍 벌어졌다. 갑판 위를 고급선원이 소매에 금줄을 두른 양복을 입고 한가스레 거닐고 있는가 하면 한 배에서는 선부들이 팔소매를 걷고 열심히 뱃전을 걸레질하고 있었다. 축항지구로부터는 철판을 치는 소리가 요란히 들려오고 자갈을 파내는 뱃소리도 왈랑왈랑 울려온다. 물가에는 흰 갈매기가 사오 마리씩 떼를 지어 혹은 높이 혹은 얕지얕게 떠돌고 있다.

(나두 저런 배에서 일을 하게 됐으면······.)

해산이는 한참식 배 앞에 서서는 멀거니 쳐다보았다.

(그래두 한문자로 쓴 배니까 서양은 못 갈 걸. 활동사진에 나온 섬에
두⋯⋯)

그때에 옆을 지나가던 젊은 인부 하나가 대님을 고쳐 매느라고 허리를
꾸부리자 소년은 주춤하니 다가서며 물었다.

"저 화륜선들이 어데 가는 배나요?"

인부는 힐끔 쳐다보더니

"일본 가는 배란다. 일본."

"일본? 서양가는 배는 없나요."

"고녀석 여물두하다. 저— 위쪽에 가봐라 한배가 양국가는 배래더라.
그래 왜?"

해산이는 대답도 않고 떡보
재기를 낀 채 가슴을 술렁거
리며 흰 배를 찾아 위쪽 선창
으로 달려갔다. 끝 쪽 검은 배
뒤로부터 정말로 흰 배의 선
체가 불쑥 튀어나올 듯이 나
타나자 소년은 얼굴이 화끈하
였다.

"정말이구나."

흥분 때문에 숨까지 턱턱 막히는 상 싶었다. 무슨 큰 죄나 저지르려는
듯이 그제는 살금살금 다가갔다. 배는 어느 것보다 그다지 크다고는 할
수 없으나 백조처럼 호화스러운 품이 그리고 뱃머리에 배이름을 검은 글
씨로 가로 꾸불꾸불 쓴 품이 양선임에 틀림없이 뵈었다. 한창 뱃속에서
조그마큼씩한 상자를 인부 대어 부두로 부려 내리는 중인데 가까이 다가
가니 무슨 기름인지 고약한 냄새가 코를 찌른다.

"양국배나요?"

사람 좋아 뵈는 늙은 일꾼 영감보고 물어보았다. 영감은 수건으로 땀을 훔치며 숨을 태우고 있었다.

"그래, 양국서 온 석유배루다."

"석유?"

"불켜는 기름말이다."

사실로 조선에 개항장이 생긴 뒤부터 일년에 한 두 번씩 원산에는 텍사스 석유배가 오고 남포로는 스텐다드 석유배가 들어오던 터였다.

"그럼 양국 가갔네."

"그러티 양국 가디."

"언제 가나요."

"허허— 고놈 무던히두 캐뭇는다. 건 알어 뭐하겠니?"

"나 배 구경할라구."

"이놈 봐라. 대 양고자 무서운 줄 모르는 게다. 헤헤 무섭지?"

영감이 눈짓하는 곳을 처다 보니 흰 양복을 입은 키가 늘씬한 양인이 입에 꾸부러진 마드로스 파이프를 물고 상갑판 걸상에 몸을 기대고 짐 푸는 광경을 물끄러미 내려다보고 있었다.

"그까지꺼 뭐이 무서워."

"허허 이놈 보게. 주먹다시 같은 테놈의 코를 못 보는게다."

"흥."

"그래두 무섭질 안해? 그럼 저 뒤쪽에 있는 시커먼 놈 좀 봐."

소년의 눈은 중갑판 뒤쪽에 서서 휘파람을 불고 있는 두 껌둥이놈을 처다 보구 짐짓 놀라었다.

"테사람들은 배에서 뭐하나요."

"이제야 혼났다. 헤헤 테놈들이야 돼지구뎅이 같은 뱃밑창에서 불이나 때지."

"눈으로 봤어?"

"보구 말구."

하며 곰방대를 짚신 바닥에 툭툭 치면서

"……들어가 또 한 짐 져볼까."

소년은 바싹 매어 달렸다.

"나두."

그제는 영감 인부가 펄쩍 뛰었다.

"이놈 정신나갔구나. 양고자가 보구 있다가 애놈들 들어오문 ○○뗀다어서 썩 비켜 가있기나 해라."

하면서 영감 인부는 발판으로 올라가 버렸다. 영감 뒤에 달릴까 하였으나 사실은 소년도 양인이 내려다보는 시퍼런 눈이 무서워 선뜻 발이 내집히지 않았다. 그래 부려놓은 상자더미 뒤에 몸을 숨기고 양인의 기색만 엿보았다. 딴전만 흘끗 본대도 그새에 발판으로 뛰어 들어갈 작정이었다. 그래 머뭇머뭇하는 동안에 어느덧 해가 길어지기 시작하였다. 희멀그레한 수면으로부터 저녁안개가 떠올라 배의 그림자와 창고와 세관의 건물을 차츰 싸게끔 되었다. 이때에 아까 들어갔던 그 영감인부가 상자를 지고 나오며

"마지막으로 하나 남았슴네."

하는 바람에 소년은 펄쩍 놀래 짐을 지러 들어가는 인부 뒤에 생쥐처럼 달렸다. 가슴이 달락시며 무서운 생각도 갑자기 들었다. 그러나 다행이 안개가 깊고 보는 눈이 없었다. 어느 새에 건너서는지 저도 알 수 없게 발판을 건너섰다. 뱃속은 지옥처럼 화끈 달았다. 컴컴하였다. 짐짝 밑에 바싹 몸을 기대자 소년은 상자더미 속으로 기어들었다.

칠석네가 해질물에 동행들과 같이 억량기 선창으로 돌아와 보니 배는 그냥 매어있는데 해산이는 온데간데 없이 없어졌다. 처음에는 심상하게 이제 올까 저제나 올까하고 기다려 보았으나 참되었던 물이 찌기 시작하는데도 돌아오지를 않아 차츰차츰 찾아나가기를 시작하였다. 화륜선을 구경하러 나가 어디 짐짝 안에서 낮잠이라도 깊이 든 것이 아닐까하고 신해관 선창으로 칠석네와 봉네가 찾아갔다. 그러나 어둑해지면서 짐풀기도 끝나 바닷바람만 쓸쓸히 불어올 뿐 개 한 마리 볼래야 볼 수 없었다. 길이 어긋나지나 않았나 하여 문시에 봉내를 보내여 억량기로 가보게도 하였다. 찾아보다는 행여나 하여 이러기를 서너차례나 하였으나 역시 나서질 않았다. 배는 금시로 내려 가야할 물때다. 갑자기 걱정이 끌어올라 주란섬 사람들은 여러 패로 나뉘어 어두워가는 신해관 선창을 해산의 이름을 부르며 오르내렸다.

"해산아 해산아."

"해산아!"

그러나 안개 낀 바다로부터 찌그덕 찌그덕 배 젓는 소리와 멀리 기적 소리만 들려온다. 칠석네는 불길한 예감에 가슴을 달락거리며 허둥지둥 헤메면서 울음에 저진 목소리로 목이 미여지게 불렀다. 고만이도 한사코 끌어 나와 쇠된 목소리로

"해산아 어디 있니?"

"해산아!"

하고 부르다가 갑자기 놀란 듯이 목을 소스라치며 봉네의 몸에 달려붙었다.

"오마니 해산이가 화륜선을 탔는지 몰라."

"왜?"

봉네와 칠석네는 사뭇 놀라였다.

"아까 그러는데 화륜선이 화륜선을 탈 줄은 모르되? 그래."

"머야?"

"울면서 아까 울든 것이."

이 소리를 들으니 오금이 저리고 사지가 녹아저 왔다.

그래 이번은 거대한 몸둥이를 득실득실 눕히고 있는 화륜선을 하나하나씩 쳐다보며

"거기 해산이 있니!"

"해산아." 하고 죽을힘을 다하야 부르며 돌았다.

하나, 컴컴한 화륜선 갑판 위에 뿌연 등불이 달려 바닷바닥에 흔들거릴 뿐으로 아무런 반응도 없었다. 어느덧 밤이 되어 어둠이 앞을 가로 막었다. 고만이는 혼자 오들오들 떨며 훌쩍이었다. 이제는 배 임자 세채가 뚜벅뚜벅 찾아 올라오며

"해산의 누님 어데 있소?"

칠석네는 반기는 소리로 튀여 나왔다.

"찾았소? 나 여기이요"

"암만 찾아도 안 나세디요?"

"글쎄 억랑기 선창을 찾아보니까 석도치배가 떠나구 없쉐다 기레."

"기다려보다가 싫증이 나서 혹시 그대루 내려가지나 않았는디요."

"그러태문야……."

행여나 하면서 칠석네는 꺼지게 한숨을 내쉬었다.

"글세 고만이 말이 화륜선을 타본다구 그러드랩네다 기레."

"거 안될 말이요. 누가 태월주나요."

그러구 나니 그럴 듯하였다.

"아무래두 내 생각엔 석도치 배를 타구간 것 갓쉐다."

"하기는 떡보재기두 없는 걸 보문."

하며 봉네도 세채의 말이 믿어지는 모양이었다.

"자나깨나 화륜선 타구 멀리간다구 그래오댓스니 떡보재기야 화륜선타구 가며 먹을라구를 구나꼬진을 알았소."

"의심이 병이 웨다 아직 열소리 하는 놈이 타길 어떻게 타며 가길 어데 가갔소 괜한 애만 쓰지 말구 어서 우리두 떠나기나 합세다. 물때는 번지면 안될테니……."

그럴까싶기도 하지만 아니 요행 그렇기만 천만 바라면서 칠석네는 세채의 권에 못이겨 배에 올랐다. 그러지 안으려니 또한 별도리도 없기는 하나 그러나 막상 배가 움찔하고 떠나는 순간 가슴이 선뜻하였다.

(만약에 섬에 돌아가지 않았다면)

등줄기에 식은땀이 나돌고 가슴이 두근두근하였다.

(저 어린 것을 우리가 내버리고 가지나 않나)

찌는 물에 바람도 노파로 불어 서너 시간 뒤에는 섬으로 들이닿았지만 일각이 삼추 같은 마음에 이 서너 시간이 칠석네에게는 참으로 견딜 수 없이 조마조마한 시간이었다. 어린 고만이는 훌쩍거리기만 하였다. 이제는 아주 저를 버리고 영영 돌아오지 않을 해산이라고 생각하는 것이다. 봉네는 섬에 가기만 하면 또 다시 가지각색으로 딸을 달래어 보다못해 마지막에는 왜 그렇게 방정맞게 구느냐고 꾸짖기까지 하였다. 그러나 고만이는 그럴수록 안타까운 듯이 몸부림을 쳤다.

"아니야 아니."

"머이 아니야."

"안 와, 아주 안 와."

칠석네도 어린 고만이가 속을 박박 태우는 모양이 너무도 애처러워서 처음에는 도리어 위로에 힘썼으나 배를 탈 제 고만이가 파들파들 떨며 안 타겠노라고 앙탈하는 일이 새삼스레 놀라웁게 생각되었다.

"고만의 짐작이 맞는다면."

하니 또다시 겁이 펄쩍 나 돛 줄을 잡는 세채를 보고 배를 돌려달라고 졸라도 보고 다시 뭍에 대이라고 애원하기도 하였으나 세채는 공연히 걱정을 사서 한다고 웃기만 하였다. 섬에 닿으면 칠석네가 허겁지겁 집으로 달려 올라가며

"해산아 해산아."

하고 부르짖으니 어둠속에 벌겋게 불이 비치는 창문이 열리면서 용왕의 얼굴이 불쑥 나오며

"거 칠석네가."

"아버지 해산이 왔나요?"

숨이 턱에 닿은 소리로 칠석네가 물었다.

그 뒤로 세채와 봉네 모녀를 비롯하야 배를 타고 온 사람들이 뒤끌어 올라왔다.

"오다니? 같이 오지 안었듸?"

이 소리를 듣자 칠석네는 그만 그 자리에 주저 앉았다. 드디어 고만이는 울음을 터뜨리고 말았다.

"아니 해산이가 안 와시오?"

세채가 다우처 물었다.

"무슨 배루 온단 말이가. 너희들이 데리구 오지 않으면."

용왕도 놀라여 토방으로 나왔다.

"석도치배루 안 와시오?"

"……."

용왕은 고개를 저었다.

"아이쿠마니나 큰일났구나!"

봉네가 비명을 질렀다.

"내 다시 이제 가보구 올웨다."

세채가 물가로 되돌아 내려가려하자

"아니 대체 어떻게 된 반사야. 이 사람 세채! 가만있게."

칠석네가 가뿐 숨을 몰아가며 거리구경패에서 해산이가 떨어졌던 일부터 고만이가 들은 말의 내용 찾아다닌 사정 세채의 추측 이렇게 자초지종을 말하였다.

용왕은 잠잠히 듣고 나더니

"그 녀석이 필경 화륜선을 탄 모양이로구나."

"데런 어떡해요."

"어쨌든 나두 가보세."

용왕도 세채를 따라 나섰다. 칠석네와 봉네가 저희들도 한사코 같이 가겠다고는 것을 떠밀치다시피 못 오게 하고 거스름물이라 노 저을 사내로 고든목 두칠이 이렇게 둘이만 더 태우고 온 섬사람들이 물가로 몰려 나와 걱정이 들끓는 가운데 배는 돛도 못 올리고 노를 저어 남포로 향하였다.

───────────

용왕이 세채 외 두 명을 데리고 해산의 종적을 탐시하려고 떠난 그날 밤이 훤하게 밝어서였다. 이제나 저제나 올까하여 밤을 뜬눈으로 새우다시피 하던 칠석네가 담을 기대고 부시시 잠이 드니 마음에 오매하여 해산이가 꿈에까지 보였다. 화닥닥 아니 놀랄 수 없는 꿈이었다. 섬 앞을 지나가는 시커먼 화륜선에 실려서 해산이가 두 팔을 벌리고 살려달라고 비명을 지르는 것이다.

칠석네는 문을 차고 나와 앞 잿등 위로 뛰어 올라갔다. 바다에 자욱한 안개 속에 새벽 햇발이 서리여 황금빛으로 거물거리는데 사방은 고요할 대로 고요하고 노 젓는 뱃소리하나 들리지 않았다.

(거 수상한 꿈이로다)

칠석네는 바위 밑에 쭈구리고 앉아 한숨만 쉬었다. 차츰 햇발이 퍼지면서 안개도 거두기 시작하여 시야가 어지간히 트이기 시작하더니 별안간 칠석네의 눈에 흐물흐물 안개를 헤치며 남포 쪽으로부터 히멀그레한 선체가 다가오는 것이 보였다. 마치 흰 눈에 싸인 커다란 산이 떠오는 모양과도 같았다.

"앗."

칠석네는 불길한 예감에 저도 모르게 비명을 질렀다. 잘못 보지나 않았나 하여 눈을 부비고 다시 보았다. 앞으로 몇 걸음 뛰어 나가기까지 하였다. 그러나 히멀그레한 선체는 점점 더 가까이 다가오며 뚜 기적을 울렸다. 꿈에 본 검은 배와는 빛깔만 다를 뿐으로 커다란 화륜선임에는 일반이었다.

"해산아!"

"해산아!"

칠석네는 발을 동동 구르며 죽을 힘을 다하야 부르짖었다.

"해산아!"

"해산아!"

이렇게 악을 바치는 칠석네의 목소리를 듣고 동리 사람들은 하나 둘 모여들기 시작하였다. 그러나 삽시간에 흰 배는 섬 앞을 움으적움으적 물결을 헤치며 거침없이 지나갔다. 칠석네는 그 배를 지나 보내자 해산이와도 이제는 영 이별이라고 천만 낙담하여 목을 놓고 울었다.

"여보시 그러지 마시단. 해산이가 그 배를 탔을 리가 없지않흐와 괜히 질겁하여 그럽네게레."

봉네를 비롯하여 부인네들이 진심으로 위로하였다.

"고만이란 년이 철없이 수상한 소리를 해서……."

"이제 용왕님이 데리구 오지 않으리. 어서 들어가기나 합세."

그러나 역시 그 배인즉 뱃 밑창에 해산이를 태우고 오늘 첫새벽에 남포를 떠나 먼바다로 향하는 스탠다드 석유배였다. 소년의 운명은 이날부터 아무도 추측할 수 없는 파란곡절의 길을 밟게 되는 것이다. 이 소년의 종적이 판명되기는 그 뒤 몇 시간이 못 되어서였다. 황해도에 쌀을 사러 갔다 돌아오는 봇돌 영감이 석도치 앞에서 커다란 흰 배와 비스듬히 스치게 되었다. 이때 봇돌이는 그 뱃 밑창에서 동그란 현창에 어린애가 얼굴을 내대고 손을 젓는 것을 보고 펄쩍 놀라어 뱃머리를 돌렸다. 조선 어린애였다. 머리채가 너풀거리고 조그만 손이 나풀거린다. 화륜선에 조선 애가 붙들려가는 것이나 아닐까하고 고함을 치며 다가 들며 보니 놀라지 말라 분명히 해산이었다. 한손으로 치를 버썩 꺾으며 한손으론 돛 줄을 휘어감고 해산의 이름을 고래고래 부르며 쫓아갔다. 그러나 점점 거리는 멀어져갈 뿐인데 어쩐 일인지 해산이도 저를 알아보는 모양이기는 하나 해들해들 웃기만하는 듯하였다. 돌아와 봇돌이가 이 일을 섬사람들에 보고하였다. 아연 섬사람들은 술렁이고 칠석네는 그 자리에 졸도하고야 말았다. 그러나 늙어가면서 어지간히 버릇은 고쳐졌다고 하나 어려서부터 허풍선이 일쑤인 봇돌의 말이라 반신반의라고 싶었지만 그 뒤로 돌아온 용왕도 배에서 내리며 입맛을 다셨다.

"양국배를 타구 간가부네."

섬사람들은 용왕 일행을 붙들고 질문을 퍼부었다.

"그래 화륜선을 탄 행적이 분명합데니까?"

"젊은 인부 하나가 양국 가는 배를 찾더라는 어린애 생긴 시늉을 말하는데 해산이에 틀림없었네."

용왕이 대답하니

"그래두 남포 바닥을 좀 더 찾아보지요."

"찾기야 얼마나 찾았갔소."

세채의 말소리는 울먹울먹하였다.

"내 말이 맞는다는데 그러누만."

봇돌이가 증언을 되풀이 하였다.

"어드런 일이라구 내가 거짓말하겠나."

"아무래두 존당님 말씀이 맞는 것 같애요. 오늘 첫 새벽에 떠난 양국배를 어제 저녁 해산이가 구경시켜 달라구 조르더라는 말을 영감인부가 한데다 원 어둑시근해지면서 발판으로 기어올랐는지."

이렇게 두칠이가 한탄하니까

"저런 어카노 구경이나 하구 내릴래두 못 내리구 만 모양이니……."

봉네가 눈물을 흘리매 용왕은 공연히 성을 내었다.

"그 애가 구경이나 하고 내릴 애요. 애당초에 그 배를 타구 떠날라구 몰래 올라갔지……."

"그러니 저걸 어칸단 말이요."

"그래 여보게 봇돌이, 그놈은 무어라구 하지는 않았아."

"소리치면 빤하게 들릴 만큼 가까웠지만 손만 내저었습데."

"것보시 그놈이 소리쳤다는 뱃놈들에 들킬까 겁이 나서 반가운 시늉만 하은거 아니외, 그렇게 타구 싫어하던 화륜선이니 후한은 없을이……."

용왕 자신도 자못 비감은 하나 이렇게 스스로 위로하고저 하였다.

"그렇다마다 해들해들 기뻐서 웃기만 합데."

"허 그놈 참."

"어데루 가는 밴지 이제라두 못 찾아 올까요. 아버지 쫓아가봐요. 흰배야요. 흰배 나두 봤시오."

"정신 없는 소리말아. 쫓아가긴 어딜 쫓아간단 말이가. 들어가기나 하자 남포 세관에 물어보았더니 상해를 둘러서 양국으루 돌아갈 것 같다더라 상해라면 청국이로다 청국."

별호 화륜선 해산이가 드디어 꿈을 이루어 화륜선을 타고 망망무제한 대해로 사라지고 만 것이다. 거듭 뇌이지만 해산이 열두 살 되는 여름의 일이었다.

(해산이까지 가고 말았다)

하고 생각하니 칠석네는 손맥이 풀려 무엇 하나 마음에 붙는 일이 없었다. 이불을 쓰고 드러누워 가슴을 애태우며 울기만 하였다. 용왕도 늘으막에 막내아들을 잃고 보니 적이 마음이 허전하였다. 먼 바다로 나가자 우리들도 바다를 차지하자 하는 것이 그의 지론이었건만 철부지 어린 아들이 무서운 줄도 모르고 남보다 앞서 이런 일을 저지를 줄은 꿈에도 생각지 못하였던 것이다. 그 용맹이 애처로울 뿐으로 꾸짖자니 또한 마음 아팠다. 다만 그는 해산이가 양선을 타고 떠난 선중의 일을 염려하며 안타까워하는 것으로서 마음의 공허와 울적을 채우고자 하였다.

(짐배의 배 밑창에서 떡보재기 하나로 먼 뱃길을 견뎌낼 수가 있을까. 뱃멀미로 혼도하야 쥐도 새도 모르게 죽지나 않을지. 발각된다면 그 우직

하고 사나운 놈들이 또 어떻게나 처단할까⋯⋯.)

이런 걱정은 비단 용왕만의 걱정이 아니고 칠석네를 비롯하여 온 섬사람들이 한결같이 가지는 걱정이었다. 뚜 기적소리만 들려도 칠석네나 봉네는 바깥으로 뛰어나갔다. 남포로 향해 들어오는 화륜선이 보이기만 하면 해산이가 저 배로 돌아오지나 않나하고 매일같이 같은 기대로 바라보게 되었다. 더구나 어린 고만이는 짝을 잃은 외기러기와 같이 하도 불쌍해 보였다. 이제는 섬에 매여 둔 화륜선 위에 홀로 시름없이 앉은 고만이만 볼 수 있게 되었다. 혼자 눈물을 뚝뚝 흘리며 조그만 손을 쥐어트는 것이다.

"해산아 해산아."

배따라기

그러나 한해 두해 지내는 새에 용왕은 차츰 해산의 일을 낙관적으로 돌려 생각하고 바다와 섬의 생활에 대하여 다시 열중하게 되었다. 어린 아들의 대성을 굳게 믿고 싶으며 또 어린 아들이 자기의 기대를 저버리지 않고 훌륭한 사람이 되어 이 나라, 이 동양에 빛이 되기를 간절히 원하기 때문에 모든 불길한 예감을 억지로 처물렀기 때문이다.

"열통이 큰 놈이야. 이제 큰 사람 구실하지 않으리."

혼잣소리로 이렇게 중얼거렸다.

(서양에 가노라고 떠난 모양이니 바로 떨어지기만 하였으면— 아니 그놈의 담력 가지구 바루 떨어지지 않을 리가 있나— 양인놈들의 온갖 재조와 조화를 다 배워가지고 올걸 화륜선을 장만해가지구 올지두 모르지) 이렇게 생각하니 생각할수록 즐거웠다. 섬사람들도 용왕의 꿈과 즐거움을 자기네 꿈과 즐거움으로 삼고저 맞장구를 치면 같이 싱글벙글 거렸다.

"으흠 조선 사람으로 화륜선을 부리며 바다를 쭉쭉 가르며 댕기기야 조선이 넓다 해도 우리 주란섬 해산이가 맨 첫번이요. 또 제일될 걸."

"암 그렇다마다. 해산의 배타구 우리두 활동사진처럼 한번 세계유람이나 했으면 좋겠네그려."

"그러나 십 년은 더 살아야 할테니……."

이런 종작없는 소리를 주고받으며 섬늙은이들은 기뻐하였다. 용왕은 담배를 풀신풀신 빨며 혼자 싱글거렸다. 어린애들은 또 어린애들로 미구에 돌아올 해산의 엄청나게 큰 화륜선이며 금줄 친 양복이며 망원경이며 가지각색 진기한 양품을 서로 상상하며 토론하며 저마다 제 짐작이 맞는다고 주장하였다. 이런 어린애들의 하염없이 아름다운 꿈이 또한 용왕의 꿈도 되었다.

(해산이란 놈이 필경 하이카라 머리를 하구 양복입구 오겠지)

(허허 그놈이 양국말 청국말 다 배워 올 모양이렸다)

(개화다 개화야)

언젠가 고만이가 울바자 밑에 앉아 시름없이 먼바다를 바라보고 있는 것을 보니 측은한 마음에 다가앉으며 빙긋이 웃었다.

"해산이가 화륜선 타구 오래지 않아 올텐데 그렇게 시르뭉덩해 쓰나……."

"안 와."

고만이는 지긋이 입술을 깨물었다

"왜 안 와?"

"오긴 와두 날래는 안 온다구 그러던데 뭐."

"그래 너 보구 말하드니……."

용왕은 귀가 번쩍 띄었다.

고만이는 외면하는 얼굴이 발개지며

"장가 들 때나 온다구 그랬어……."

"헛허허 그놈이 수작이……."

용왕은 자못 유쾌하듯이 너털웃음을 터뜨렸다.

"음 장가들 때 온다…… 그럼 고만이 너두 어서 커야 시집가지 가죽구두 신구 양복입구 올텐데 홀작거리기만해서 쓸까. 허허허 뛰긴 왜 뛰누…… 뛰긴……."

용왕은 고만이가 달아나는 것을 바라보며 또다시 너털웃음을 터뜨렸다.

어쨌든 용왕은 해산의 일로 새삼스레 새로운 희망과 용기가 가슴 속에 깃들임을 느낄 수 있었다. 그런지 며칠 뒤에 그는 남포를 갔다오게 되자 그는 머리를 홀랑 깎고 들어섰다. 섬사람들은 남녀노소 할 것 없이 놀라여 서로 쳐다보며 눈을 두룩두룩하였다. 그러나 용왕은 혼자 싱글거리기만 하더니 이윽하여 허리춤에서 이발 기계를 끄집어 내었다.

"치 봇돌이 임자부터 머리를 벳기세나."

봇돌이는 입을 쩍 벌렸다.

"아니 정신 나갔나. 용왕 이게 무슨 망령이오."

"용왕님 어드르자구(어떡하자구) 그럽네까."

섬사람들은 모두 펄펄 날뛰었다.

"허허 개화야 개화. 묵은 상투를 베어 버렸더니 마음까지 거뜬한게 새 사람 된 것 같쉐. 시대를 따라야지 안겠나. 어서 봇돌이 이리와 앉게."

용왕은 그냥 싱글거리며 이발 기계를 제걱제걱 놀려뵈었다.

"누구말이라구 거역하겠습나. 그럼 내 머리두 벳겨주시관."

의외로 봇돌이가 허허 웃으며 쭈그리고 앉는 바람에 섬사람들은 다시금 질색하였다. 용왕은 그냥 싱글거리며

"고마우웨, 성큼 나서주니― 사실 내 아들이라구 그러질 않아. 해산이를 생각해보게. 그놈이 돌아와 볼 제 우리들이 그냥 빗꼴이래서야 되겠나. 어디 한번 기계를 눌러볼가. 머리를 숙이시단……."

기계를 뒤덜미에 대자 봇돌이는 섬뜩함에 놀라여

"엑키!"

하며 엉거주춤 일어섰다.

"이 사람 환도날이 나와 닿는 것 같은 게 웨게레. 허허 머리를 수거안 대는데."

"어이구 제발 그만 둡세 게레……."

하는데 어느새 제걱제걱 소리가 나더니 기계가 머리털을 한 움큼 헤치며 올라가니 뭇사람들은 눈을 흡뜨고 껄껄 혀를 찬다. 봇돌이도 그제는 아주 단념하고 눈을 스르르 감았다. 어린애들은 신기한 노릇에 키들거리며 제 머리채를 흔들어 보기도 하고 놀라여 머리를 움켜쥐기도 한다. 이때 석복 이가 불쑥 튀어 나서며

"용왕님 저두 깍아주십쇼."

"허허 자네두."

용왕은 이미 터진 팥자루다.

"깍는 법부터 배웁시다. 제가 해보디요……."

"가만있게. 잘못 깍다는 머리를 고약스레 물어뜯네……."

그러나 한 청년은 뛰쳐나오며 부르짖었다.

"용왕님이 이번은 정말 미쳤소. 그래, 그 양고자놈 오랑캐놈들의 본을 따르란 말씀입니까?"

용왕은 석복이에게 기계를 주더니 허리를 펴고 물끄러미 그 청년의 얼 굴을 쳐다보았다.

"용목인가?"

고개를 끄덕끄덕 하였다.

"자네의 말두 그럴 듯하네. 그러나 우리가 지금까지 시대에 남보다 뒤 서자고 싸워왔는가? 우리들은 황새걸음을 하야 될 때네. 상투에나 매여달 려 살 때인가?"

"……."

이때 봇돌이가 아구구 비명을 지르며 상투꼭지를 붙잡어 뜻하지 않은 웃음판이 되었다. 석복이가 기계를 함부로 놀려 머리털을 이리 뜯고 저리 뜯어 견딜 수가 없었던 것이다. 용왕이 다시 들어섰다.

"정말 상투에 매달리는 모양이내게레 이 사람 왼손은 놀리지 않고 바른손만 살랑살랑 흔들어야 하네."

하는데 상투가 봇돌의 눈앞에 빗이 꽂힌 채 덜썩 떨어졌다. 또다시 웃음판이다. 사내들은 대체로 안 깎고는 못 배길 것으로 각오는 하나 어지간히 으드드하야 머리를 극쩍극쩍 긁는데 어린애들은 저마다 이번은 제 차례라고 서로 다투기까지 하였다. 그러나 부인네들의 해괴망측해함이란 이루 형용할 수 없었다. 남편이 기계 앞에 쭈그리고 앉으매 사시나무 떨 듯하는 봇돌의 마누라, 까까중이 된 아들을 붙들고 눈물을 짝짝 흘리는 세채 어머니, 몸부림치는 손주의 팔에 매달려 끌고 들어가보려고 악을 쓰는 개똥이 할머니, 상투만은 깍지 말아달라고 애걸복걸하는 두칠의 처 그 외에도 별별 소동이 다 많았다.

그러나 역시 주란섬 사람들은 이날 실제로 큰 혁명을 지내게 된 것이다. 황해바다의 선구였다 하나 부인네들은 용왕이 해산이를 잃은 뒤부터는 정작 실성하고 말았다고 단정하였다. 그날 저녁 웃주란섬에 사는 해철이도 배를 타고 와서 머리를 깍고 또 그리고 뒤따라 옮아간 집 사내와 어린애들도 단발을 실행하였다. 그러니 부인네들은 용왕 때문에 온 섬 사내와 어린애들까지 미치고 말았다고 한탄하였다. 번번이 말썽인 서당훈장이 문제인데 그즈음의 영감만은 대단히 호탕한 성품으로 우금 십여 년 간 웬만한 일은 대체로 쫓아 왔으나 이번만큼은 노발대발 야단쳐보다가 마침내는 봇짐을 싸고 달아나 버렸다. 그러나 용왕은 조금도 개의치 않고 허허 웃어넘겼다.

"이제부터야 신학문을 배워야지……."

그 뒤로는 바다에 못 나가는 날이든지 혹은 바다서 돌아온 날 밤에 용왕이 훈장 대신을 하였다. 이 섬에서 그래도 유식함이 사략 초권 정도에 이르는 사람도 용왕을 두고는 다시 없지만 육영에 대 하야 불타는 정열을 가진 이도 또한 용왕을 두고는 다시 없었던 것이다.

어렸을 적 그처럼 글공부를 증오하던 것은 가난한 생활에 부대껴 먹어야 산다는 생각도 생각이려니와 무엇보다도 양반계급의 치례거리가 되다시피한 한학에 대한 무서운 반역심에서이었다. 그러나 지금은 배워야 산다는 진보적인 생각이 그의 가슴에 절실하여졌다.

살기 위하여서는 먹어야 하며 먹기 위하여서는 배워야 할 시대임을 깨닫기 때문이다.

그러므로 용왕이 주로 배워주기는 실지에 소용되는 학문이었다. 천자문도 천자문이지만 첫째, 언문을 가르치고 둘째로 산학(算學)을 가르쳤다. 옅은 지식으로 손쉽게 서로 의사를 표시할 수 있으니 언문이 필요하고 고기잡이 팔자니 회계와 장기(帳記)에도 밝아야 함으로 산학이 필요하였다. 그러나 일상 바다에 대한 지식이며 동양의 운명과 이 땅의 장래에 대하여 어린애들의 가슴을 뛰게 하는 이야기도 들려줄 것을 잊지 않았다. 그러니 하나의 훌륭한 사숙(私塾)이라 아니할 수 없었을 것이다. 이 용왕의 사숙이 오늘의 주란의숙으로 발전하였다는 이야기는 독자들이 이미 들어 아는 바다.

용왕은 서당의 훈장영감이 봇짐 싸지고 달어난 다음 다음날로 봇돌의 아들 차돌이를 평양으로 신학문 공부를 보냈던 것이다. 하기는 갑신전후로부터 선진외국의 영향으로 신지식을 주는 기독교 계통의 학교도 서울에 하나둘 설립되기는 되었었다. 그러나 합방이 되면서야 각처에 관립학교가 우후죽순격으로 늘어 새교육이 널리 실시되었다. 딴 지방에는 아직 유교사상과 고루한 생각이 엄연하여 민중이 달려들지 않았으나 서도 사람들은 새광명을 동경하여 저마다 학교의 문을 두드렸다. 용왕도 이 신풍조에 자극을 받아 열다섯 살의 명민한 소년 차돌이를 택하여 평양으로 공부 보낸 것이다.

이 소년이 평양관립고등학교 임시속성과에서 신교육을 받고 돌아와 용왕의 뜻을 받들고 섬 어린애들의 교육에 일생을 바치게 되었다. 관립고등학교는 그 뒤에 공립고보로 현재는 이중으로 개칭되었으나 참고로 이중의 회원명부를 찾아본다면 그해의 임시속성과 졸업생이 사십여 명이나 되는데 오늘날에는 혹은 군수로 혹은 변호사로 혹은 부협의원으로 혹은 사업가로 대개가 이른바 출세를 하였으나 오직 차돌의 이름아래에는 사망이라고 쓰여 있으니 또한 미소를 금치 못할 일이다. 이 세상에 명리를 구하지 않고 황해바다의 조그만 섬에 몸을 감추고 홀로 육영에 헌신하고 있는 차돌이로서도 이 일을 안다면 더욱 만족일지도 모른다. 그리고 작자가 얼마쯤 전 주란섬에서 만난 사연을 서사(序詞)에 소개한 박선생이 바로 이 차돌인 것이다. 그러나 박선생의 회상기며 학도시대의 일기를 보자면 소년 차돌이가 고만이를 또한 한없이 짝사랑하던 사실을 발견할 수 있다. 작자는 여기에 그의 회상기와 일기를 낱낱이 소개할 마음의 여유는 못 가지나 소년이 유학의 길을 떠날 때 나도 해산이 보다 못지않은 인물이 되겠다 양국까지는 못 가나 나도 신학문 배워 알겠다는 경쟁심이 불길 같았던 것이다. 학도시대의 일기 속에 이런 구절이 있다. ― 고만이도 이제는 나를 허수럼히는 못 보겠지 나는 국어도 안다. 지리 역사도 배웠다.

그러기에 용왕이 섬에서 소년 한두 명을 평양으로 공부 보내자고 발론하였을 때 모두들 꼬리를 감았지만 어린 차돌이는 자진하여 성큼 나섰던 것이다.

"내가 갈래."

방학이 되어 차돌이가 학도
모자를 쓰고 돌아올 때면 온
섬사람들은 천사나 맞이하듯
하였다. 그러나 차돌의 어머니
는 무서운 바다에 남편과 아
들 만돌이 천돌이를 다 내보
내고도 걱정 한번 안 하던 태

평순이면서 막내아들 차돌이를 평양에 보내 놓고는 아주 못 보낼 곳으로
나 정배 보낸 것처럼 맨날 울고불고 야단이던 터이라 아들을 얼싸안고
남이 민망하리만치 소리쳐 울었다.

봇돌이는 몰라볼만치 훌륭해진 아들의 모양이 너무도 희한해보여 혼자
벙글거릴 뿐으로 감히 아들의 옆으로 다가오지 못하는 듯 하였다. 어머니
품에서 겨우 빠져 나온 아들이 절을 하려고 하자 그때는 어쩔 줄을 몰라
두 손을 벌리고

"어머 그만두지, 어 그래서……."

하며 저도 땅에 머리를 박고 맞절을 하여 모두들 들썩하니 웃었다. 용왕
은 한 옆에서 이 우스운 모양을 보고 싱긋이 웃었다. 작은년과 같이 처음
에 이 섬으로 와 닿았을 때 섬이 떠나가게 용왕과 선녀가 왔다고 허풍선
을 놓은 봇돌이가 옛이나 다름없이 사람은 좋으나 역시 이제는 늙었구나
하는 서글픈 생각이 가슴속에 스며들었다. 학도모자 쓴 차돌이를 보니 또
한 같이 길러나던 해산의 얼굴도 눈앞에 아물거려 저도 모르게 눈물이
흘렀다. 이때에 차돌이가 다가서면서

"용왕님 그새 안녕하셨습네까?"

하고 큰절을 하려들자 용왕은 몸을 비슷듬히 제치고 웃는 말로

"나는 신식절을 받어볼까."

그제는 차돌이도 입가에 미소를 띄고 기착을 하더니 모자를 벗고 허리를 굽십하니 구부렸다. 용왕도 웃으며 굽을덕하고 학도절을 같이 하는데

"애 난 울을라기 학도절두 못받었구나." 하며 차돌의 어머니가 코 눈물이 지지한 채 튀어나와 섬사람들은 또다시 대굴대굴 굴게쯤 웃게대었다.

그러나 차돌이 자신은 섬 어른들을 차례차례 찾아보면서도 정신은 고만이에게만 있었다. 고만이는 어머니 치마귀에 붙어서 힐금힐금 쳐다보며 방글거렸다. 고만이 역시 차돌의 속에 멀리 간 해산의 모습을 더듬으며 장차 돌아올 해산이는 얼마나 더 훌륭해 보이랴하는 상상을 남모르게 혼자 즐기고 있는 것이다. 하나 차돌이는 고만이가 학도모자를 쓰고 가죽구두 신고 돌아온 제 모양에 인식을 고칠 줄로만 짐작하였다.

칠석네는 또 칠석네로 해산의 생각이 나서 눈물을 머금고 돌아보며

"해산이도 차돌이 같이 한 해 한두번 씩 돌아올 테루 나갓대문 오죽 좋겠소."

"말해서 뭘하갓노……."

"난 돌아 못 올 것만 같아요."

하고 벌써 목메인 소리인데 차돌이가 앞으로 달려오더니 봉네와 칠석네를 향하여 인사하였다.

"해산의 소식 아직두 없나요."

칠석네는 머리를 가루 흔들었다. 봉네는 측은한 얼굴을 지으며

"너를 보니 해산의 생각이 더 나는 모양이로구나. 글쎄 어델 갔는디 가두 어딘줄 안대문 좋지 안캇디. 그러나 너라두 몸이 연근해서 공부하구 왔으니 기쁘다."

"긴데 제 생각으로 해산이가 미국 아니구 중국으루 나갔을 것 같아요."

"중국이라니?"

칠석네가 솔깃하여 다시 되쳐 물었다.

"중국말입니다. 역사선생이 그러는데 지금은 중국으루 나라이름이 바뀌었데요."

"상해가 얼마나 먼디 알어?"

하고 고만이가 눈을 깜박이며 물으니까

"알디안구 남포서 뱃길루 육천마일가량이야 내 생각에두 해산이가 거기 간거거테."

"마일이라니?"

옆에서 듣고 있는 용왕의 질문에

"한마일이 십 리의 십이분지 오쯤되니깐."

하고 심산 하느라고 잠깐 머리를 갸우둥하더니 의기양양하게 해답을 내놓았다.

"한 이천오백 리 가량 되디요"

"허! 참 네가 공부를 신통히 잘 하누나."

이렇게 용왕이 혀를 채며 칭찬하기 때문이 아니라 차돌이는 대굴대굴 눈알을 굴리는 고만이를 보니 더욱 의기양양하여 벌죽 웃었다.

"건 지리책에두 없시오. 내가 세계지도 펴놓고 재보았지 짐작하디……."

용왕은 너무도 기특하여 동리 사람들을 둘러보며

"서당으루 뫼여서 차돌이 선생한테 우리두 배웁세나야. 아이들 너희두 이제부터 방학동안 차돌이가 훈장인줄 허허 말실수로군. 선생인줄 알아라……."

봇돌이는 희한하여 히죽히죽 웃으며 앞을 서서 서당으로 올라갔다. 어린애들은 말할 것 없고 사내며 아낙네들이 서당에 그득하니 모여서 차돌이로부터 신지식을 매일같이 받아들었다. 해마다 방학 동안은 언제나 이 모양이었다. 물론 빈약한 지식임에는 틀림없으나 그래도 화륜선이 움직이는 이유니 전기 이야기니 비행기 이야기 모두가 신기한 내용뿐이었다. 차돌이 또한 남달리 총명한데다 향학열이 강하야 학교교과 외의 지식도 풍부하였으며 게다가 이야기 주변까지 제법 좋아 섬사람들을 넉넉히 감동시킬 수가 있었다.

용왕은 허연 수염을 쓰다듬으며 차돌이가 베푸는 신지식에 마디마디 고개를 끄덕이었다. 어린애들은 눈을 초롱같이 빛내고 부인네들은 연신 혀를 채며 늙은이들은 콧물을 훔칠 줄도 몰랐다.

(원 정말 그럴까)

저놈이 제 아버지를 닮아 필경 대포를 놓는 게이지 하고 때로는 의심도 하기는 하나 막상 마주 앉어 듣노라면 이야기가 너무도 재미있고 신기하여 밤 가는 줄도 몰랐다. 그러나 차돌의 설움은 고만이가 조금도 제 이야기에 감탄하는 기색이 없는 점이었다. 그에게는 그렇게만 보였다. 아니 고만이 자신이 새촘한 태도를 일부러 고집하고 있는 것이다.

(암만 그래두 해산이가 더 잘 알어)

그 뾰르퉁한 입술 깜빡이는 동그란 눈은 언제나 이렇게 종알거리는 듯하였다.

두 번째 돌아온 방학 때인가 하루는 무선전신 이야기를 펴놓으니 모두가 너무도 어처구니없이 신용치를 않는데 용왕만은 유심히 캐여 물었다. 무엇보다도 기쁘기는 이번만은 고만이도 적이 반색하여 귀를 귀울이는 것이다.

"그 대체 던파(電波)라는게 눈으로 보이니?"

"뵈다니요?"

"중량은 있갓디?"

"건 몰으갔는데요."

차돌이도 그 점엔 좀처럼 자신이 없었다.

"그래두 비오는 날이야 전파가 못 댄기갔디? 구름이 쫙 내리 덮힌 날이든지?"

"왜 못 댄게요 무선전신만 있으면 비가 오건 눈이 오건 태평양 바다 벌판 가운데서라두……."

"음."

"아무 데라두 기별할 수 있갔디?"

봇돌이는 제 아들이 그런 조화라두 부릴 수 있는 것처럼 기뻐하였다.

"그럼요."

차돌이 또한 마치 제 손으로 그런 조화라두 부릴 수 있는 듯이 뽐내는데 별안간 고만이가 질문을 내쏘았다.

"상해라두?"

"상해?"

얼굴을 치켜드니 고만이는 목덜미까지 주홍빛으루 두 눈이 유난스레 빛났다. 차돌이는 어쩐지 가슴이 내려앉는 것 같았다. 줄없이 수 천리 수 만리 먼 곳에까지 기별할 수 있다는 무선전신 이야기에 고만이가 솔깃하였던 이유를 이제야 깨달을 수 있었다. 차돌이는 눈을 내리깔고 볼메인 소리로

"상해 아니라 중해(中海)룬들 못하리."

"그럼 아지만."

고만이는 옆에 앉은 칠석네의 무릎을 흔들었다.

"우리 상해루 해산이한테 기별해보까―"

"거정─ 차돌아 거─ 어데 가문 하니?"

용왕은 한탄하였다.

"저렇게들 총기 없다구야 상해를 갔는지 중해를 갔는지, 또 가 있기루서 해산이가 무선전신 기계를 지구 댕기갔니? 알어보긴 어떻게 알아보겠단 말이가. 거저 잊어버리고 있는 수밖에 없느니라."

"해산이두 글공부 배워 편지 쓸 줄 알게 되면야 편지 하겠지요."

차돌이가 한마디 하였다.

향학심이 불길같이 노는 차돌이는 임시속성과를 일 년에 마치자 그해로 같은 학교 안에 있는 고등보통학교 이학년으로 올라 들어가 배움의 길을 더 닦게 되었다. 그래 도합 사 년 동안의 학창생활이 계속된 것이다. 열아홉 살이 되는 대정 육년 봄에 우등으로 졸업하고 돌아왔다. 그러나 그해에도 한 해에 한두 번씩은 봄과 여름방학 동안 귀성하여 낮에는 어린애들에 언문과 산학을 가르치고 또 밤에는 서당에나 사랑에 모여 섬사람들에 신지식을 넓혀주었다. 겨울방학만은 얼음에 갇혀 섬 내왕이 끊기기 때문에 좋아하는 책이나 읽으며 한 많은 꿈을 꾸는 것이다.

말하자면 하염없이 꿈길이 깊은 십칠팔 세의 소년시대였다. 그리고 해산의 꿈길은 웅장한 대신 차돌의 꿈길은 엄숙하였다. 용왕의 피를 받은 해산의 꿈은 동양이라든가 국가라든가의 운명을 제 운명으로 아는 정치적 경향을 다분히 띠었으며 그 반면 차돌의 꿈은 인생의 의의라든가 인생의 사명이라든가를 보다 더 존중하는 편이었다. 그러나 인생의 의의와 사명을 자각하고 남을 위하여 어데까지 돌진하려는 정열과 또 일단 경영을 지니면 끝끝내 싸워나갈 용기에 있어서는 조금도 해산에 못지않은 소년이었다.

이 소년이 또한 어린 고만이를 남몰래 사모하는 것이다. 사모한다기보다 귀애한다는 말이 더 가당할런지도 모르겠다. 그러나 귀애한다고는 하지만 방학에 돌아와 혹시 물가에서 굴 까는 고만의 뒷모양만 잠깐 본대도 구슬같이 고운 말소리만 올려와도 세상의 모든 것이 일종 빛나고 천지가 일종 명랑하여지는 것 같음을 느꼈다. 여기에 사랑이 있는 것이다. 이를테면 차돌이에게는 고만이가 태양이었다. 고만이가 제 눈앞에 보이지 않더래두 다만 고만이가 이 세상에 더구나 저와 같이 한 섬 안에 살고 있다고만 생각하여도 태양빛은 그의 마음속을 밝게 하였다. 그러나 어린 고만이로서는 이 세상 어느 곳에든지 반드시 해산이가 저를 생각하며 살고 있으려니 한 생각이 유일한 기쁨이었다. 차돌의 그림자가 마음속에 숨어들기에는 너무도 좁은 가슴이 해산이로 들어차 있었다. 여기에 고만이의 슬픔이 있는 것이다.

내년쯤이면 졸업하게 되는 마지막 여름방학 방학도 얼마 남지 않은 어느날 밤 차돌이는 고만이와 잠깐 동안 둘만이 이야기 할 기회가 있었다. 추석이 내일 모레라는 달밤이었다. 동리 뒷재에 처녀애들이 모여서 밤이 깊도록 수박따기니 꼬리잡이니 지게사도니 이렇게 각색 놀이를 다하다가 나중에는 소리 맞춰 노래까지 불렀다. 노래에는 봉죽타령 긴우리 달아달아 아니 부르는 노래가 없었으나 고만의 목소리는 일층 뛰어나게 아름다워 같이 부르던 애들도 서로 짜고 고만이만 부르게 하려 들었다.

줄이줄이 얼구신 독에
옥백미로 술 빚어 놓고
어데나 독에서 술맛을 볼고

자아 자아 좋네 에해에헤에헤야요

이렇게 합창하다는 서루 손짓 눈짓을 하여 슬쩍 떨어져 후렴만 부르는
것이다.

배 임자 아주 맘을 내주어
조선녀들도 도장원 하여왔네

고만의 독창이다

은전으로 굴마루 놓고
지전으로 만당화 띄웠네

차돌이는 혼자 아래 쪽에 개우물 옆에 앉아 황홀스런 고만의 노래에
도취하여 잠시 꿈속 같았다. 그러자 갑자기 숨기내기가 시작되었는지 달
빛아래 처녀애들의 그림자가 벌떼 흩어지듯 하더니 곧바로 한 애가 이리
로 달려온다. 행동이 고만이었다. 가슴이 두근거린다. 달려오더니 고만이
는 차돌이를 알아보자 방긋 웃으며 등뒤에 돌았다.
　"나 숨겨줘."

차돌이는 뒤돌아 보지도 못
하며 목에 걸리는 말소리로
　"숨기내기야?"
　"응."
숨소리가 등 뒤에서 새근거
린다. 멀리 여기저기서는 처녀
애들이

"범아범아 산에 집이 어드메뇨"를 부르고 있다. 고만이는 캑캑 웃음소리를 자추더니

"깍깍 숨어라 머리칼 뵌다."

"가만 숨어있어⋯⋯. 오문 어칼라구."

잠깐 침묵이 있었다.

"언제 갈래?"

"나? 모레쯤 갈디. 이번 갔다는 내년 봄 졸업 하구서 그 길루 멀리 공부 갈디두 몰라."

"멀리 어듸?"

치켜드는 얼굴이 달빛에 해쓱하여 더 아름다워 보였다.

"동경."

하기는 빈말이 아니었다. 졸업을 앞두고 동무들이 대개는 교원이나 관공리를 지망하지만 그래도 몇 명은 청운의 뜻을 품고 동경유학을 꿈꾸는데 차돌이도 마음만은 고학을 해서라도 좀 더 알고 싶었다. 그러나 하루라도 바삐 돌아와 섬의 어린애들 가르켜야할 책임감에 용왕 앞에 한번도 말을 비칠 수가 없었다.

"얼마나 멀어."

"뱃길루야 상해보다두 멀듸."

차돌이는 적이 뻐젓하여 빙긋이 웃었다.

"아이구마니나 상해부다두?"

고만이는 눈이 둥그래졌다. 아직 열두살의 소녀 그래도 비교적 조숙한 편인 고만이는 소위 채 어른은 못 되나 그렇다고 또한 어린애도 아니라는 처녀애였다.

"그래 정말 갈테야? 혼자서 갈 수 있어?"

단신으로 멀리 떠난 해산의 용기를 내세우는 말눈치에 차돌이는 좀 불

만하여

"거 못 가리."

"그럼 상해를 가되. 상해가서 해산이 만나보구 와!"

하며 차돌의 옆에 바싹 다가앉았다.

"무슨 공부하겠다구 상해 같은 데 가구 있갔군."

"왜?"

"공부에는 동경이 제일이야. 갈 바에야 동경가서 대학 댕기되."

"일본서는 체니두 학교 댕긴대메."

"그럼."

"차돌이는 공부한 색시 얻을래?"

빤히 얼굴을 들여다보는 고만의 눈과 차돌이 눈이 마주치자 소년은 얼굴을 붉히었다.

"건 왜?"

"글쎄말이야."

"공부한 색시가 왜 이런 섬에 와서 살을래나."

고만이가 방긋 웃었다.

"호호 그럼 해산이두 못 얻갔네."

"거야 알꺼 머가. 그리구 해산이가 돌아온대두 이런 섬을 살 줄 알어?"

고만이는 다시 눈이 동그래졌다.

"정말……."

이때에 누구하나가 범에 잡혔는지 갑자기 멀리서 짖고는 소리가 들려오니 고만이는 서마해서 일어나며

"난 갈래."

"고만아."

차돌이는 덥석 고만이 손을 잡았다.

"아이구 망칙해라."

고만이는 손을 뿌리치며 돌아보았다. 차돌이는 가슴이 설레일 뿐 말문이 막혀 머뭇머뭇하다가

"고만이두 공부하라우."

"응 나두 공부하구파. 그래두…… 머 어떻게 배우나."

고만의 진정에 차돌이는 반색하여

"그럼 내가 와서 학교 세울게. 들어올래?"

"응…… 그래두 동경간대면서."

"그르태문야 그만두디."

"것보디 혼자는 못가디."

하며 키들거리며 달려간다. 차돌이는 그 뒷모양을 바라보며 혼자 빙긋이 웃었다.

(못가두 좋아)

어쨌든 차돌의 마음은 흐뭇하였다.

섬 안이 활짝 빛나보이며 바다도 더욱 자기를 축복하는 듯하였다.

그러나 차돌이가 다시 평양으로 들어간 지 얼마 안 되어 황해바다에는 큰 변이 일어났다. 해일(海溢) 해소(海騷)의 대소동이다. 불길한 전조가 보이지 않았던 바도 아니다. 봄새부터 비한방울 떨어지지 않는 염천이 늦여름까지 그냥 계속만하였다. 구름이 보였다가는 진작 사라지고 바람이 불다가는 온데간데 없어졌다. 여름에 단 한번 비라고 또닥또닥 몇 방울 떨어졌으나 그것도 지나가는 비로 먼지도 죽이지 못하였다. 내려쪼이는 강렬한 햇빛에 낱알 포기는 고개도 못 들어보고 나뭇잎은 시들어 빠졌다. 잡초도 먼지를 쓰고 싯누렇게 타오르며 장흑판 암주루 지도처럼 갈라졌다. 주란섬뿐 아니라 뭍에 농사하는 사람들도 호미자루를 던지고 한숨을

푹푹 내질렀다. 한숨 짓는 얼굴도 싯누렇게 먼지를 썼다.

원만한 시냇물도 말라 버리고 그 위로 먼지가 더북하였다.

"대흉(大凶) 이루다."

바다루 말하면 극도의 한계에는 짠물이 큰강 하류까지 기어 올라와 전체적으로 염분이 세지는 까닭에 물고기의 알쓸기와 알까기가 좋지를 않아 불어(不漁)의 큰 원인을 짓는 것이다.

"바다 농사도 망했다."

어민들도 한숨을 푹푹 내질렀다.

그러나 말복이 바로 지나가자 파란 하늘 높이 흰 조각구름이 흡사히 고등어 잔등의 얼룩이처럼 또 어떻게 보면 정어리떼처럼 보이는 소위 비늘구름이 나타났다. 이 구름이 나타나면 정어리의 풍년이 진다고 동해안 사람들은 기뻐하지만 그것도 풍랑의 원인되는 해황(海況)의 변화와 정어리 잡이 때에 밀접한 관계가 있음을 말하는 것일 뿐으로 실인 즉 태풍이 몰려오는 흉조의 하나였다. 밤에는 음산한 하늘에 달무리가 유황빛으로 바뀌어 버렸다. 비가 올 전조이다. 도회지 사람이나 농촌사람들은 이왕 곡식 먹기는 틀렸지만 그래도 한 소나기 쏟아지면 좋겠다고 선들선들 불기 시작하는 바람을 대견히 여겼다. 하늘을 쳐다보며 바람의 방향을 알아보려고 손을 쳐들었다. 참새들은 무슨 불길한 징조라도 아는지 떼를 지어 숲으로 내려앉고 구름이 떠돌 때 소나 말은 눈을 두룩두룩하였다. 천기에 밝은 바닷사람들은 어쩐지 가슴이 두근거렸다. 그러나 주란섬 사내들은 금년치고 처음으로 희히한스레 잘 풀리는 재미에 모두 주낙이니 그물을 가지고 덕섬 가에 다가 있었다.

"허— 심상치가 않지."

용왕을 비롯하여 모두 떠름한 생각을 들었지만 뗏손을 놓치기가 아쉬워하여 이번만 이번만 하고 끌어오는데 바람두 잦은 날 미치려지듯하는 긴 물결 파도와 파도 새의 간격이 백여간식 될 긴 물결이 몰려들기 시작하였다.

"아뿔싸!"

용왕은 눈이 둥그래서 부르짖었다.

"큰일났네. 빨리 들어가세."

바루 주란으로 돌아왔으면 또 모를 일이었다. 고기잡이 실은 배들만이 덕섬에 매여둔지라 그것을 건사하려고 황망히 덕섬으로 들어간 것이 탈이었다. 이 긴 물결은 먼바다에 태풍이 일어난 징조다. 날씨의 흉조로 보아 태풍이 차츰 가까워옴이 분명하였다. 과연 덕섬 가에 겨우 들어 닿기가 바쁘게 태풍이 소낙비를 몰아쳐서 달겨들었다. 하늘은 캄캄하여졌다. 파도는 산더미처럼 바위에 몰려들어 요란스레 부딪쳤다.

근본 원인은 일 년 중에 가장가는 대살이인 유두살이로 본시가 대단한 만조인데 먼 곳에 태풍이 일어 그 때문에 소위 긴 물결까지 몰려와 짠물도 못찌는 데다 갑자기 사나운 칼바람이 더 덮친 것이다.

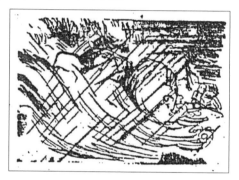

드디어 일대 폭풍으로 오십 년래에 처음인 대해일이다.

캄캄한 가운데 백룡이 오르듯 바위에 부딪치는 파도가 사오십 척씩 뛰어 오르는 가운데 덕섬에 나온 주란섬 사내들은 배를 던지고 아우성치며 등세기 위로 바위를 기여올라갔다. 혹은 배에서 내려다 파도 속에 휩쓸리고 혹은 바위를 헛짚에 틀어지고 혹은 절벽에 부딪쳐 하늘을 찌르듯이 솟아오르는 물결 속에 들어 길길이 공중거리하여 쓰러지기도 하였다. 나중에 판명된 희생자는 먼들이 건조구 두칠이 세채 용목이. 용왕은 얼굴이 깨여 졌을 뿐 간신히 목숨은 건졌다.

그악한 바위를 기여서 등세기에 먼저 오른 용왕과 봇돌이 고든목 이런 용사들은 뒤따라 올라오는 사내들의 손을 잡어 끌어올리는데 모두들 겨우 올라서면서 그 자리에 쓰러졌다. 수많은 갈매기 끌끌이들도 제집 속에 들어 박혀 후들후들 쥐죄를 떠는 무서운 폭풍우와 해일이었다.

"어―어 두칠이! 용목이!"

"건조구!"

이렇게 빈 고함소리만 굉장한 파도성에 부서졌다.

이때 사내란 사내는 거진 다 이리로 나오고 주란섬에는 두 여자와 어린애들만 남어있었다. 땅곰보 칠보 영감만이 고금으로 앓아누워 끙끙 신음하고 있었는데 아무래두 바람세가 심상치를 않아 자리를 걷어차고 된 덩으로 올라왔다.

"허―필경 큰일을 저지르지."

덕섬가에 나간 이들이 염려되어 멀리 바라 보려하나 안개가 덮혀 분간을 할 수 없는데 낭떠러지 바위에 들이 닿아 부딪치는 파도소리만 차츰 요란해 지다가 갑자기 시꺼면 구름이 싹 내려덮히며 풍우가 몰아치니

"에키 큰일났구나!"

불길한 예감에 사시나무 떨듯하였다. 그러나 고기잡이 나간 배나 조난할 줄만 알았지 위험이 이 섬에까지 미칠줄은 생각도 못하였다. 아닌 벼락으로 쾅 들이치는 파도가 벼랑을 뛰어 덮으며 앗―하는 사이에 그의 아랫동이를 후려갈겨 넘어뜨리더니 쭈르르 휩쓸고 내려갔다. 그러나 요행 솟아 오른 바위중간에 걸려 바다로 떨어지기를 겨우 면하자 겁결에 벌벌벌 기여 다시 올라와 두 번째 물결이 넘어 올때는 벌써 제정신을 차리고 고함을 치며 동리로 뛰어가고 있었다.

"해일이다 해일!"

"서낭당으로 올라가라"

"서낭당으로!"

서에서 몰려오는 파도인데 꼭두바위를 선두로 서쪽을 막어 누르는 절벽이 길기 때문에 비교적 동리는 안전할 것이었다. 그러나 그 절벽을 훨훨 넘어 물결이 들어 족이는 바람에 방안에 물이 쏟아져 들어와 부녀자는 어린애들을 이끌고 허겁지겁 높은 등세기로 몰려 올라갔다.

"나오소!"

"다 나왔소!"

"나오라구요!"

칠보는 제집이 제일 아래쪽에 있는 생각도 못하고 미친사람처럼 허둥지둥 뛰어다니며 닥치는대로 문짝을 두드렸다. 앞이 보이지를 않았다. 언덕에서 구르기도 하였다. 그 위를 물결이 또한 덮치었다. 이때 귓결에 날카로운 어린애의 비명이 들려와 갑자기 고만이로 생각되어 뛰쳐 내려갔다. 다시 엎어지며 물살에 휩쓸리지 않으려고 나무뿌리를 휘어잡는데 발앞에 풀썩 집채가 무너졌다. 분명히 제 집인 모양이다.

"고만아!"

"고만아!"

칠보는 그 아래로 기어들었다.

봉네가 고만이를 끌고나오려다 집채가 앞으로 쏠리는 바람에 뒷문 쪽으로 움츠려서는데 구원의 손길이 미친 것이다. 칠보는 양팔에 하나씩 끼고서 빠져 나오자 허둥지둥 위쪽으로 올라가려다가 다음

물결이 뒤로 넘어 쏟아져 내려와 그만 옆으로 쓰러지면서 엉겁결에 지붕 위에 올랐다. 그러자 웃물은 내려밀며 아래쪽서는 또 산 같은 파도가 몰려와 지붕을 물고 나갔다.

― 쾅―

― 쭈르르―

한번 뒤로 당기는 물에 어느 듯 지붕은 바다 가운데 멀찍이 끌려 들어갔다. 아무리 몹쓸 해일이라도 바다에 떠 놓으면 적이 위험은 적은 것이다. 퍼붓던 비도 차츰 물러가고 캄캄하게 내려덮었던 먹장 같은 구름도 사라지기 시작하였다. 삼간지붕이 서넛을 싣기에 조금이나 짐이 될 리도 없었다.

그러나 쓸려나가는 새에 이미 절반은 갈라졌었다. 고만이는 어머니의 몸통에 매여 달린 채 정신을 잃고 봉네 또한 남편의 무릎을 두 손으로 그러 잡은 채 벌써 죽은 사람이나 진배 없었다.

칠보는 결이 사나운 파도가 몰려올 때마다 몸을 바싹 엎대고서 부르짖었다.

"엎드려라!"

"바싹 엎드려라!"

간이 녹아지게 높이 솟아올랐다는 지붕이 경사지며 후들후들 또 밀려 내려간다. 때로는 두어서너 바퀴 핑글핑글 물동구람이지는 속을 돌다는 획 하고 오륙십간식이나 가루 뛰기도 하였다. 이럴 때는 비명을 지를 마음의 여유조차 없었다. 그래도 대개는 서낭당 위쪽 등세기로 피난하였다. 그러나 서낭당 부근만이 안전지대로 여전히 서쪽과 남쪽에는 꼬리를 물고 몰려오는 산 같은 파도가 깨지어 백룡떼처럼 날뛰었다. 쏴― 하고 부딪쳐 쾅하고 물기둥이 오를 때는 모두 움츠러들며 다시 햇볕을 우러러 못 볼 듯이 비명을 질렀다. 벌써부터 목을 놓고 땅을 치며 우는 패 서낭님에 울며 기도들이는 할머니 떼, 어린애들은 겁에 질려 발을 동동 구르며 울었다. 또 어떤 부인네는 울지도 못하고 새파랗게 질려서 바들바들 떨기만 하였다.

그래도 동리집들이 거진 잿등에 있기에 유실은 면하였다. 하나 이 통에 화륜선은 절벽을 들이받아 산산이 부서지고 선창에 매였던 칠보네 배는 흔적조차 찾아 볼 수 없었다.

칠석네는 고만이가 안 뵈여 절망 끝에 미친사람처럼 너무도 날뛰어 젊은 동무들이 쓸어안고 놓아주지 않았다. 칠보도 봉네도 보이지 않았다.

"이놈에 바다!"

"원수가 바다야!"

"모두가 이놈의 바다 때문이야!"

칠석네는 치마를 입으로 갈기갈기 물어 뜯으며 바다를 저주하였다.

이때에 기적적으로 운무가 씻은 듯이 사라지며 안계(眼界)가 어지간히 트이는데 별안간 칠석네는 몸을 솟구치며 단말의 비명을 질렀다.

"앗!"

넘실넘실 뛰는 파도 저 멀리로 떠나가 번롱을 당하는 지붕 위에 사람의 그림자를 발견한 것이다.

요동을 치며 두어 서너 자 미끄러져 내려가며 부르짖었다.

"고만아!"

"오마니!"

사세가 너무나 중대함에 어느 사람들도 펄쩍 놀라 모여들었다.

눈을 부비고 두 번 다시 놀라어 모두 팔을 내저으며 악을 바쳐 사람 살리라고 부르짖었다. 그러나 다음 순간 기겁하여 숨을 죽였다. 파도에 휩쓸려 쭈르르 이리로 달려오는 듯하더니 한 귓대기가 번쩍 기울어졌다. 칠보가 얼핏 봉네와 고만이를 붙들고 움츠려드는 것이 보였다. 그러나 지붕은 또 절반 가량 갈라져 물 속으로 사라졌다. 세 명을 싣기에는 완연히 짐이 무거운 모양으로 아이고 아이고 하는 새에 다시 이리 쏠렸다는 저리 끼을거린다. 칠석네는 눈알이 캄캄하여져 쓰러지고 말았다. 그와 한순간이었다. 모두들 악소리를 질렀다.

칠보가 봉네를 물속으로 걷어차 떨어뜨리는 것이 보였다.

제 목숨을 아낌은 아니나 고만이를 살리기 위하여는 사랑하는 아내를 희생할 수밖에 없었다. 제가 없어서는 모녀 둘이가 다 물귀신 될 것이니 아무래도 하나의 희생을 낼 바에는 모성애를 요구할 도리밖에 없다고 생각한 것이다. 칠보네 불행은 비단 이뿐만이 아니었다. 맏아들 용목이는 덕섬에서 파선되어 죽고 봉네는 희생의 죽음을 지었으며, 둘째 아들 용석이는 집채가 무너지기 바로 직전에 뛰어 들어가 그만 밑에 깔리어 물속에 사라지고 말았다. 그래 칠복네는 아버지와 딸만 남게 되니 해일로 인한 참극 중의 참극이었다.

칠보와 고만이는 그날 저녁때까지 지향 없이 지붕을 타고 번롱을 당하다가 파도의 기세가 좀 가라지자 용왕이 몰고 온 배에 구원을 받았다. 여하간 졸지에 수많은 생명이 시체 하나 없이 사라지고 말았으니 주란섬은 죽음의 섬이 되었다. 황해의 천국이 지옥으로 변한 것이었다. 그러나 피해가 황해 연안 전체에 미쳤다고는 하나 주란섬 이상으로 평북지방은 참혹하였다. 이제 세밀한 기록을 찾아낼 길이 없지만 수많은 인명의 사상을 내었으며 유실된 가옥 또한 이루 헤아릴 수 없는 형편이었다.

바다— 역시 바다는 이렇듯 무서운 것이다.

며칠 못되어 칠보는 시진한 몸에 고금아리가 도지어 세상을 떠났다. 그러므로 주란섬에서만도 건조구 두칠이 세채 만돌이 용목의 형제 칠보 부부 이렇게 도합 여덟 명이 사라진 터이다.

여기에 바다에 대한 칠석네의 분노와 원한과 저주의 불길은 더욱 높아지게 되었다. 바다는 할머니 곱단이를 죽였으며 어머니를 일생동안 공포 속에 지내게 하였으며 심지어는 사랑하는 어린 오빠 해산이까지 멀리 빼앗아 가지 않았는가. 이같이 고약스런 바다가 아직도 무얼 채 못다해서 이런 참극을 또 연출케 한단 말인가. 지금까지 막연하게 바다에 대하여 가지던 증오와 공포의 감이 분노와 원한의 불길로 일변하였다. 저주하는 마음으로 이를 보드득 보드득 갈았다. 해산의 일도 벌써 절망적으로 생각하는 그였다. 화륜선이 깨진 것이 불길한 증거로만 생각되었다.

— 무엇 때문에 바다에 살어야 하느냐.

— 누구 때문에 바다에 죽어야 하느냐.

드디어 바다의 노래 봉죽타령은 깨어지고 배따라기다. 고만이 역시 차츰 칠석네 마음에 전염되어 바다를 미워하게 된다. 이제는 아무데도 의탁할 곳 없는 불쌍한 고만이

— 한꺼번에 부모와 두 오빠를 잃었으니 얼마나 악착스런 운명이랴. 칠보가 죽을 때 유언한대로 용왕이 맡기 때문에 칠석네와 같이 모녀처럼 지내기는 하나 고만이는 벌써 이전의 고만이가 아니었다.

혼자 달밤에 서낭당 앞에 쪼그리고 앉아 조그만 손을 부비며 종알종알 빌고 있는 소녀의 그림자를 발견하고 동리 사람들은 모두 눈물지었다. 그러나 고만이가 무어라고 비는지 그 내용을 아는 이는 하나도 없었다.

"고만아 팔자로 알어……."

칠석네가 가다가 이렇게 위로하면은 고만이는 눈물을 뚝뚝 흘릴 뿐이었다. 오밤중에 집을 빠져나와 앵두나무 아래서 홀쩍이는 고만이를 보고

개가 짖는 수가 있었다. 칠석네는 그제야 알고서 찾아 나와 끌고 들어가며 만단으로 위로하였다. 그러나 무슨 말 한마디 하지 않았다. 꼭 한번 이런 말을 한 적이 있다.

"하루 해가 또 지났으니깐."

"그게 그리 슬퍼?"

"삼 년만 기대릴래니까."

"해산이를?"

칠석네는 눈물이 핑 돌았다.

"응. 그때는 해산이가 스물이야".

장가들러 올 나이란 말이었다. 스물까지 안 온다면 절망으로 생각하는 고만이다.

부모와 두 오빠를 일시에 잃어버린 뒤부터는 사실로 어린 고만이에게는 절망의 그림자만 뒤를 따라 고독과 슬픔을 싸워 이기려고 늘상 눈을 매섭게 뜨고 조그만 입을 오므렸다. 하나 저를 힘차게 끌어 인도할 강력한 존재가 더욱더욱 필요하여진 것이다.

(해산이 해산이는 왜 안 돌아오나)

고만이는 모두 호곤이 잠이 든 밤중에도 잠이 들지 못하고 자리 속에서 남몰래 한숨만 쉴 뿐이었다. 그의 눈앞에는 또 안개가 끼이며 사나운 파도 속에 휩쓸려 요동하는 어머니의 무서운 형상이 서물서물 나타나곤 하였다. 지붕 위에 쓰러져 있는 고만이는 아버지의 어깨에 매여달렸다.

"오마니를 건져요 오마니! 오마니!"

아버지는 눈을 지리 감고 입을 악물고서 몸을 보들보들 떨기만 한다.

언제나 생각하기를 그때에 밧줄이라고 있었더라면…… 그러나 꿈 아닌 꿈속에서 고만이는 어머니에 밧줄을 던졌다. 그러자 어머니가 요행히 한 끝을 걸머 쥐니 밧줄은 어린애 적의 옛말 세계에서와 같이 돌연 황금빛으로 찬란히 빛나더니 또 한 끝이 스름스름 하늘나라로 올라가며 어머니를 끌어올리기 시작하였다.

하늘은 어느새에 파랗게 개이고 중천에 무지개는 칠색 비단을 걸친 듯 어머니는 밧줄에 매달려 둥실둥실 떠오르더니 나는 듯이 무지개 위에 올라타며 천사같이 아름다운 미소를 지었다.

(고만아 잘 있거라)

어머니는 귀여운 딸 고만이를 살리기 위하여 이렇게 홀연히 세상을 떠났다고 할까.

그러는 사이에 어느덧 어머니의 그림자는 사라지고 다시 망망무제한 바다가 나타나더니 우람찬 기선이 한척 물결을 가르며 섬으로 다가온다. 황망히 물가로 뛰어 내려가보니 금줄 친 모자를 흔들며 갑판 위에서 아ー해산이가 웃음을 짓는구나. 하나 해산이는 어쩐지 옛날의 어린 해산이 그대로였다. 그러자 그 옛날 화륜선 위에서 정답게 속삭이던 일이며 남포 억랑기 선창에서 헤어지던 광경이 번개같이 눈앞을 스쳐간다. 이때에 그리운 해산의 얼굴이 커다랗게 허공에 떠오르니 그 등 뒤에 아롱지던 모든 환영은 어느 새엔가 사라져 버리고 해들해들 웃는 그의 얼굴만이 쳇바퀴처럼 전회를 하기 시작하였다. 이 바람에 지금까지 그의 가슴속에 술렁대는 복잡한 감정은 일시에 동요를 끊고 해산이를 싸고 도는 생각만이 바다처럼 퍼져나가 그의 웃는 얼굴 아래서 아름다운 파도를 치는 것이다. 고만이는 살며시 일어났다.

— 이에 그는 희미하게나마 자기가 해산이를 한없이 사랑하였으며 지

금도 아니 오늘에 이르러 더욱이 끊임없는 사모의 정에 마음이 닳고 있는 것을 느끼는 터이었다. 온갖 슬픔을 해소할 데도 해산이 밖에 없고 절망에 찬 몸을 던지고 새로운 기쁨에 몸부림을 칠 데도 그이밖에 없음을 새삼스레 절실히 느끼는 터이었다.

고만이는 하염없는 슬픈 생각에 젖으며 어느 새엔가 문을 방싯하니 열고 바깥으로 빠져나갔다. 해산이 돌아오기를 혼자 서낭당에 싫도록 오늘밤도 빌고 싶었다. 바다의 산산한 야기(夜氣)가 그의 얼굴을 스치고 간다. 그는 자기의 발소리에 놀라기도 하며 또는 무슨 기적이라도 기대하는 양으로 가슴의 고동을 느끼면서 서낭당 쪽으로 올라갔다. 봄이었다. 앵두꽃이 등성이를 덮을 듯이 만발한데 바닷물 위에는 달빛이 흔들리고 먼곳에는 희미한 안개가 자욱하였다. 그와 한가지로 그의 가슴 속에도 안개와 달빛이 서려들은 듯 가지각색의 상념이 동요를 지었다. 사방은 쥐죽은 듯 고요하였다. 바람이 이따금 꽃가지를 흔들었다. 이때에 속삭이는 듯한 나즉한 사내 말소리가 바로 꽃나무 사이에서 들렸다.

"고만이."

"아이구마니……."

펄쩍뛰게 놀라어 반사적으로 움츠러졌으나 말소리 주인이 차돌인 줄은 짐작하였다. 차돌이는 봄으로 졸업하고 나와 새로 주란의숙을 만들고 용왕 대신 선생 일을 보기 시작하였다. 여러 가지로 말이 많았으나 첫째는 고만의 희망과 둘째는 용왕의 찬성으로 조그만 처녀애 서너 명과 같이 고만이도 며칠째 의숙에 책보를 끼고 다녔다.

"밤중에 어딜 가?"

달빛이 듬뿍 끼얹은 꽃숲 속으로부터 양복 입은 차돌이가 나타났다.

"선생님이네."

"……."

차돌이는 계면쩍어 입속으로 얼버무렸다. 열아홉 살의 소년이라면 속절없는 시름도 하염없는 꿈도 한창 많을 시절에 고만이를 사모하는 마음이 또한 하루하루 번성하여 이 밤도 못내 잠들지 못하고 지향 없이 섬 안을 방황하고 있던 것이다. 그러나 발길이 나중에는 저절로 용왕의 집으로 돌아들어 한군데에 우두커니 멈춰 섰다. 벌써 첫잠이 들었는지 칠석네와 고만의 방은 불빛도 없이 고요할대로 고요하였다. 하나 별안간 방문이 열리는 바람에 그는 무슨 큰 죄나 진 사람처럼 당황하여 꽃숲 속으로 숨어들었던 차이다.

고만이는 눈을 내리깔고 입을 오므렸다. 차돌이로만 알 적에는 그렇지도 않았으나 새로 선생님으로 불리게 된 날부터는 그의 어떤 일종의 압박감과 거리감을 느끼게 된 고만이었다. 하나 실상은 이 한해 동안에 부대낀 슬픔과 절망 때문에 고만이도 훨씬 철이 들었었다. 차돌이 역시 이제 와서는 흰 양처럼 아름지게 내패인 고만이에 새로이 쌀쌀한 위엄을 느꼈다. 그러나 슬픈 고만이가 밤중에 혼자 나온 심정이 하도 애처로웠다. 벌씬 웃으며

"어딜 가? 밤중에."

"……."

고만이는 그냥 눈을 내리깐 채 잠잠하였다. 속절없이 눈물이 몇 방울 떨어졌다.

"우니? 왜 울어?"

옹졸한 마음에 무슨 큰일이라도 젓끌려 나가던 길이나 아닌가 하여 차

돌이는 갑자기 겁이 나서 어깨를 흔들었다. 들먹이는 어깨가 불덩이처럼 타는 듯 손은 떨리고 가슴은 설레이었다. 하나 고만이는 더욱 슬픔이 치밀어 그 자리에 주저앉아 치마폭으로 얼굴을 싸고 흐느껴 울었다. 차돌이는 그 옆에 앉으며 목멘 소리로 중얼거렸다.

"울지 말어. 울어야 소용 있어."

순정의 차돌이는 할 바를 몰라 고개를 떨어뜨리고 두 손바닥만 마주 비틀었다. 사실 어느 집에나 슬픔이 가득한 섬이었다. 그리고 용하게 원기를 내여 모두 집수리라도 끝내고 새로 배도 뭇느니 그물도 장만하느니 재건의 기세가 왕성하여 의숙 신설의 잔체도 이럭저럭 기쁘게 지냈으나 그래도 차돌이는 고아가 된 고만이를 볼 때마다 누구보다도 가슴이 미여져 왔다. 자기도 맏형 만돌이와 큰아버지 건조구를 잃어버린 쓰라린 처지였으나.

"선생님."

이윽하야 고만이는 눈물어린 얼굴을 치켜들었다.

"……."

"난 어카문 도와?"

차돌이 암주루 눈물이 핑 돌았다.

이때 칠석녀는 첫잠이 깨어 고만이를 찾으러 밖으로 나와 서낭당을 향하여 올라오다가 꽃숲 속에서 두런두런 말소리가 들려 멈춰 섰다.

"노루웨―"

라는 나라.

"옛말에 이런 이야기가 있어……."

차돌의 말소리었다. 칠석네는 저도 모르게 몸을 굽히고 소리 나는 곳을 살펴 보았다. 달빛이 듬뿍 잠긴 꽃숲 속에 차돌이와 고만의 나란히 앉은 모양이 그림처럼 보였다. 고만에 대한 차돌의 눈치가 다름을 전부터 기수

채지 못한 바는 아니나 고만이 역시 차돌이를 사랑하였는가하니 어지간히 가슴이 뚱하였다. 해산이가 영영 없어지고만 것 같았다. 그러나 살그머니 빠져 내려와 방안에 들어 앉으면서는 쓸쓸한 미소를 띄었다.

(그럴 바에는 그래두 다행이야)

그러나 칠석네의 잘못된 판단이 고만이를 드디어 열다섯 살의 가을에 평양으로 출분케 하는 것이다. 차돌이는 그 뒤에 다시 둘 만이 만날 기회는 없었으나 그래도 고만이가 제 앞에서 해산의 이야기를 들추  지 않는 것만 해도 차츰 제 존재를 알아보기 시작한 소의로 알아 저으기 행복스러웠다. 하나 날이 갈수록 고만이는 더 파리해가며 더 상심스러워 보이니 어쩐 일일까. 사실은 언젠가 칠석네더러 말한 적도 있지만 그는 하루해가 가면 또 그만치 슬픔은 커지는 것이다. 장가를 들 때나 돌아온다는 해산의 나이 스물되기가 불과 한두해 안짝인데 이날도 또한 종내 돌아오지 않으니 희망의 날은 또 하루가 줄어든 셈이다. 기쁨으로 기다리지를 않고 불안으로 기다리는 까닭이었다. 그리고 고만이로서는 남자 나이 이십이면 장가들 나이로 기껏 늘여 잡은 셈이다. 이런 속심을 차돌이가 알리 만무하였다. 그럼으로 선생과 제자 사이로 맨날 얼굴을 대하는 가운데 친숙해지기는 하나 고만의 태도는 언제나 그를 초조하게만 만들 뿐이었다. 더욱이 요즘 와서는 슬픔이라기보다도 새로이 커다란 고민에나 부대낀 것처럼 공부시간에도 때때로 목을 기울이고 깊은 생각에 젖곤 하였다.

사랑의 쌍곡선……

고만의 가슴 속은 조그만 새움이 돋기 시작하였다. 슬픔에 찬 고독한 소녀 위에 따뜻한 손길과 정성의 마음이 햇볕처럼 퍼질 제 아무리 굳은 얼음도 녹아 풀릴 것이다. 그 자리에 새움도 돋을 것이다.

(선생님이 오라버니라면…….)

이렇게 입속으로 종알거림이 한 두번이 아니었다. 첫째 믿음직하고 둘째로 고마웠다. 해산에 대한 애끓는 애정에는 조금도 변함이 없었으나 아니 날이 갈수록 사모의 정은 더 높아만 가나 그러나 차돌의 사랑의 숨결도 역시 가슴속에 스며들게 되었다. 그러기에 고만이는 이 같은 자기를 자각하자 펄쩍 놀라여 마음에 갑옷을 단단히 입히게 되었다. 하기는 사랑이라기보다 고마움에서 나온 정성이라할까. 그러나 제 자신이 무서워져 고만이는 이 년도 채 못 채워 별안간 의숙에 발을 끊고 집 속에 들어 박히고 말았다. 영문 모르는 차돌이는 낙담천만이었다. 적어도 시대의 흐름과 남을 위하는 생활에 봉사하려는 드높은 기개의 그였다. 그에 있어서는 물론 이 같은 기개가 연애라든가 명리라든가하는 개인적 욕망의 윗자리에 있다고는 하나 고만의 얼굴을 못 보게 되니 갑자기 세상이 태양빛을 잃은 듯이 깜깜해진 것 같았다. 한시라도 견디지 못하리만큼 마음이 허전하여 교실 안에서도 저두 모르게 토필(土筆) 자루를 떨어뜨리고 멍하니 서 있곤 하였다. 고만이는 또 고만이로 방 한구석에 박혀 차돌이가 평양서 사다준 책을 더듬더듬 읽어보다는 이따금 책 위에 그냥 얼굴을 파묻고 암연(黯然)하였다. 이 모양을 보고 칠석네는 다그쳤다. 차돌이와의 혼담을 또 집어낼 때가 이때라고

"고만아 너두 이제는 열다섯이니 어디든 작정을 하자꾼."

이렇게 쓸어치고 의향을 물었다. 고만이는 고개를 반듯 처들고 칠석네의 얼굴을 뚫어지게 들여다 보았다. 칠석네가 외려 얼굴이 발개져 눈을 내리깔고 돌아앉으며 비질을 시작하였다.

"글세, 선생님 오마니가 아까 와서 혼사 맺자구 조르더구나. 내 생각엔

다시 없을 좋은 자리일 것 같아……. 네맘엔 어드렇니?"

용왕은 팔짱을 찌르고 코만 벌름거렸다. 하나 의외로 고만이는 고개를 숙이고 홀작홀작 울기 시작하였다. 칠석네는 놀라고 용왕은 마음이 창연하였다.

"선생님이 싫으니?"

하고 되물으니 흐득흐득 느껴 운다.

"넌들 오죽하겠니만은 저쪽에서 너무 서둘기도 하고 또 놓치기두 아까운 자리가 돼서 그러누나."

드디어 고만이는 어린애처럼 울음소리를 터쳤다.

본시 차돌이가 돌아오기 전부터 봇돌네 부부는 각지에 혼처를 구하는 일방 아들보구도 못살게 굴었다. 그것은 돌아온 지 삼 년이 되도록 오늘

까지 차돌이가 억지로 끌어왔지만 요즘 와서는 정태치듯 하였다. 아들을 억누르고라도 어차피 어디든 작정할 모양이었다. 그 기백을 알고 칠석네는 일전 아버지에 통사정을 하며 둘의 혼사를 맺게 하자고 하였다. 용왕도 역시 해산의 생각이 나서 어지간히 삐근한 모양으로

"아직 어린 것을 그다지 서두를게 있니."

하고 쓸어 덮으려다가 꽃숲 속의 사연까지 듣고 나서는

"꼭대기에 피두 안마른 년이."

이렇게 속으로 못마땅해 하면서 봇돌이를 찾아갔다. 그날로 봇돌의 쾌락을 얻고 또 봇돌이는 주말 안짝에 아내의 승낙을 얻었다. 차돌의 어머니는 며느리만 맞는다면 그만인데 늘 두고 하는 말이

"그런 며느리를 맞으면 좋겠다."고

고만이를 칭찬해 오던 터이라 귀가 벌죽하였다. 그래 그날부터 치맛귀가 너부루이하게 달려와서는 어서 혼사를 맺자고 조르는 터이다.

"헤헤헤 내가 미욱하댓단 말이야. 그 애가 동리처녀 믿고 장가 안가는 쭉이 댓습네게레 고만의 이야기를 하니까니 입이 터진 필자룹네. 어서어서 오늘루 청혼편지 쓰래나."

고만의 도정을 잠잠히 보고만 있던 용왕은 정색을 하며 바루 앉았다.

"너두 생각이 있겠다만은 해산이는 이왕 버린 사람이루다. 나 역시 요즘은 억지루라두 그 애를 잊어버릴려구 한다." 길게 한숨을 푹 내짚었다.

"만에 하나 살아있기로서 고향에 돌아와 재미나게 살 사람은 못 되누나 그리구 또 청국엘 갔는지 양국엘 갔는지 부지거처한 사람을 믿구 어떻게 혼자 있겠니."

고만이는 그냥 울기만 한다.

"이자 칠석네두 말하더라만 오죽 좋은 혼처가…… 차돌이도 내가 자식처럼 사랑하는 사람이요, 너두 역시 딸이나 다름없이 길러낸 형편이니 혼사를 지낸대면 내가 얼마나 기쁠지 모르겠다. 맘을 고쳐 먹구 내 평생팔자를 그 사람에 맡기게 하지……."

자애에 넘쳐 흐르면서도 어딘지 위압하는 듯한 어조였다. 하나 용왕의 가슴은 비참해 졌다. 총명한 고만이가 또한 이를 모를 바도 아니었다.

"어서 허혼하자."

고만이는 얼굴을 반쯤 처들고 새촘하니 몸을 도사렸다.

"저 한번 피양 갔다와서 지내면 안 될까요."

"피양은 왜?"

"며칠 전 피양서 실려온 사람이 그러는데 눅루문 선창인가의 지게꾼하나가 제 안부를 묻더래요. 형의 남편이래면서……."

천연한 소리였다.

"형의 남편? 너의 형네가 북간도를 갔대면서?"

"예 그래두……."

딴에는 조금 더듬거렸다.

"시방은 피양으루 옮아온가 바요."

용왕은 별로 의심치 않으나 칠석네는 놀란 눈으로 고만의 얼굴을 빤히 쳐다보았다. 하나 고만이는 눈을 내리깔고 입술을 깨물었다.

"피양 형님이라두 데리구 와서 하면 좋겠어요."

"허……."

"이를 말인가. 그렇다면야 어서 데려오야디. 그러나 네가 어린 몸으로 우덩 갈거있니? 사람을 보내서 오래자군……."

"피양 구경두 한번 하구 싶어 그래요……."

하는데 눈짜지가 몹시 경련으로 떨리며 눈물방울이 떨어졌다.

"그럼 그렇게 하렴."

선뜻 용왕의 허락이 떨어졌다.

바루 그날 저녁에 백하젓을 실은 초도배가 평양가는 길에 섬으로 들어왔다. 그래 이튿날 새벽물로 고만이가 이 배를 타고 평양을 향하게 되는 것이다.

저녁술도 뜨는 동 마는 동 혼자 울고만 있던 고만이가

"나가 바람이라두 쐬렴."

하는 용왕의 말에 배시시 일어서 나가자 칠석네는 적이 안스러운 눈치로

"그애 말이 원 정말일까요?"

하고 물었다. 그러니까 용왕이 공연히 성을 내어 고함을 꽥 질렀다.

"정말 아니구 그 애가 거짓뿌리 헐 애가!"

고만의 승낙을 억지루라두 받구야말 형편인 용왕이었으나 막상 승낙을 얻고 나니 (승낙을 받은 줄로만 안다) 심사가 더욱 좋지 않을 뿐더러 해산의 그리운 생각이 부쩍 끓어올랐다. 일방 칠석네는 또 영문 모르고 뚱딴지 일만 지지르지 않았나하여 눈을 되룩되룩 굴렀다.

참으로 이날 밤이 고만이에 대한 차돌의 애끓는 사랑도 마지막으로 결말을 짓는 밤이었다. 차돌이와 고만이는 서쪽 낭떠러지 밑에 깔린 은모래터에서 만났다. 해산의 좋아하던 화륜선이 매어있는 은모래터. 고만이는 혼자 물가에 쭈그리고 앉아 무릎 위에 얼굴을 얹고 하염없이 쏟아지는 눈물방울로 모래 위에 글자만 그리고 있었다. 푸른하늘 저 멀리에 초생달은 희미하나 별은 온 하늘로부터 싸락눈이라도 내릴듯이 흔들렸다. 마치 그 아래 벌어지려는 하나의 비곡(悲曲)에 반주라도 하려는 양으로 서루 끄덕끄덕 거리는 듯 그리고 마치 거인과도 같이 칭칭히 둘러 서 있는 바위는 이 소녀의 애처로운 심사를 슬퍼하는 듯하였다.

— 차돌이는 혼자 앉아있는 고만이를 발견하고 이리로 슬금슬금 내려와 등 뒤에 솟은 듯이 서있었다. 그는 금방 집으로 찾아온 용왕으로부터 고만이까지 동의하였다는 말을 듣고 나온 것이다.

이것이 꿈이냐 싶으게 소년의 가슴은 두근거렸다. 살며시 고만의 손을 잡으며

"일어나……."

"다치지 말아요."

고만이는 놀랜 듯이 그의 손을 떼어 놓으려 하며

"어서 놓아요."

왜 그런지 사지를 바들바들 떨며 몇 번인가 속으로 흐느껴 우는 모양이다.

"선생님 난……난……."

"응 내일 피양 간다지? 울기는 왜 울어……."

차돌이는 그의 차디찬 손을 붙든 채 눈을 두룩거렸다.

"벌써 들었어?"

"응 그런데 왜 울어? 무에 무에 무서워?"

"어서 놓아요. 누가 보문 어칼래?"

뿌리쳐 뽑은 손으로 얼굴을 싸고

"난…… 내일 아주 가요!"

하면서 몇 걸음을 달아나다 치맛자락을 잡고 쓰러졌다.

"왜 그래? 갔다 오지 않고……."

"아니…… 아니……."

"무어?"

차돌이는 펄쩍 놀래 달려가 조고만 몸둥이를 붙들어 일으켰다. 고만이는 반듯이 쳐든 얼굴을 파들파들 떨었다.

"선생님."

"응."

"……."

"형네가 피양 와 있대면서?"

고만이는 드디어 울음을 터치며 다시 달아나기 시작하였다. 차돌이는 한참동안 멍하니 선 채 언덕길로 달음질 쳐 올라가는 고만이의 뒷모양을 바라보았다. 그러다가 갑자기 제정신이 들어 허둥지둥 따라 올라갔는데 이렇게 고만의 부르짖는 소리가 들렸다.

"선생님 편안히…… 선생님 은혜는 안 잊을테야요……."

"고만이 고만이!"

그러나 흑흑 느껴 우는 소리만이 점점 멀리로 사라질 뿐이었다.

 고만이는 겨우 집 뒤 가까이까지 달려오기는 하였으나 그만 기진하여 바람벽 밑에 쓰러졌다. 한 점의 구름도 가리지 않은 달빛이 그의 몸둥이를 싸고 흐른다. 밝지는 않으나 한없이 맑은 초생달이었

다. 고만이를 도중에서 놓친 차돌이는 둔덕 위에 서서 한참동안 얼빠진 사람처럼 멍하니 하늘을 쳐다보고 있었다. 동안이 떠 칠석네가 황망히 달려오더니 그의 몸둥이를 쥐고 흔들며 힐문하듯이 부르짖는 것이다.

"고만이를 못 봤나? 고만이를."

차돌이는 게슴츠레 눈을 감고 얼굴을 가루 흔들었다.

"어데 간지 모르나?"

"멀리루…… 멀리루."

차돌이는 꿈결 속에서 이렇게 중얼거렸다. 이때에 고만이는 새로 정신을 가다듬고 담밑을 돌아 방안으로 들어왔다. 다행히 방안에는 아무도 없었다. 돌아앉은 공책장을 찢어그 위에 연필로 몇 줄 갈기기 시작하였다. 첫 자에서부터 눈물이 앞을 가렸다.

"형님, 아버지 모시구 안녕히 지내십시오 다시는 다시는 못 만나겠으니 제 일은 아주 잊어주세요 저두 발 가는대루 멀리멀리 갈랩니다. 고만이 상서."

눈물로 얼룩이 진 종이를 얼른 접어서 문갑 서랍에 넣고는 이불을 쓰고 들어누웠다. 온 밤을 끝끝내 잠들지를 못하면서도 잠이 든 채 하였다.

그러나 첫닭이 울자 고만이는 부스럭대며 일어나더니 보자기 하나도 들지 않고 나서면서 발신 웃어보였다.

"그럼 갔다 와요."

나중에 속은 줄 안 용왕으로 하여금 "그런 앙큼한 년이 또 어디 있갔노" 하고 깊이 한탄케 한 매서운 웃음이요 또 천연스런 인사법이었다. 용왕은 고만의 뒤를 따라 뒷통수를 긁적긁적 긁으며 나갔다. 칠석네는 저으기 의심스럽기는 하나 보자기 하나도 들지 않고 발죽거리며 나서는 것을 보고는 괜한 의심을 하지나 않았나 하는 뉘우침을 가지며 선창으로 따라 나갔다. 그것은 봄바다에 드물지 않은 아름다운 새벽이었다. 조각달은 이미 졌으나 별은 온 하늘에 찬란하고 바다 역시 진주를 깐 듯이 별그림자에 흔들렸다. 바람은 한 점도 없어 물결은 일지 않고 다만 흰 갈매기 하나가 큰 쥐쥐를 펴고 바다 위를 원을 그리며 돌 뿐이다. 뱃사람은 닻을 실어 올리며 한 사공은 삿대를 찌르면서 배를 돌아내려고 애를 쓴다. 고만이는 성큼 뱃전으로 올라탔다.

　"바람이 꽤 쌀쌀하니 어서 방장으루 들어가거라."

　용왕의 타이르는 말에 고만이는 고개를 숙였다.

　"괜찮아요."

　칠석네는 뱃사람보구 아까부터 신신부탁이다.

　"아직 철없는 애니 잘 데려다 꼭 이에 아즈바니를 찾아서 줘야합네. 아랏디요? 그리구 눅루문 선창에 대라구요."

　"에 넘네말소."

　뱃사람은 노를 매운다.

　"고만이 넌 너의 아즈바니를 찾아 줄 때까지 배에서 내리지 말어라, 아랏디? 피양이 어드른 데라구 사람의 생눈깔두 뽑는대더라……."

　"……."

　고만이는 조상(彫像)처럼 우두커니서서 끄떡도 하지 않았다. 배는 흠찔하고 움직였다.

　"그럼 잘 댄겨 오너라."

　"고만아 빨리 돌아와……."

"……."

돛이 오르기 시작이다. 고만이는 치마로 얼굴을 가리고 소리를 죽여 흐느끼며 울었다. 배는 차츰 섬에서 멀어져 간다. 그러자 어느새에 안개가 그 새를 가로 막게 되었다. 이때에 물간에서 양복 입은 한 소년이 올라오더니 그의 등을 가벼히 앉았다. 놀라여 쳐다보니 차돌이다.

차돌이는 너무도 놀라워 사지를 바르르 떠는 고만이를 이끌고 물간으로 내려갔다. 고요한 새벽이나 바람이 한 점도 없어 사공들은 저어 올라가느라고 두 사람의 속삭이는 소리를 알아들을 수는 없었다. 학교선생이 학용품을 사러 남포로 간다고 올라타기는 탔어도 둘의 사이에 이처럼 야릇한 사정이 있으리라고는 짐작도 못하는 배였다.

그러나 투숙간 속에 목침을 베고 누어있던 백하젓 장사는 처음에 수상스런 눈치로 귀를 기울이다가 자못 놀란 모양으로 몸을 일으켜 문틈에 바싹 기대었다. 본시 평양 호부자집 자식이었으나 소시부터 주색잡기와 허튼 바탕에 묻히어 아버지 모아둔 만냥 돈을 바람없이 없애고 지금은 생선거간 비슷하게 돌아먹는 위인이었다. 그는 들려오는 소리를 하나도 빠지지 않으려고 귀에 손까지 대었다.

"그럼 돌아오지 않는다고 하던 말은 거짓부렁이란 말인가? 아니 고만이가 나를 속이는 게야. 철없는 생각말구 남포에 내렸다 돌아오시우. 대체루 이 섬보다 나은 곳이 어데도 있겠다구 그러는가. 어데를 가 여기서보다 더 행복스레 살 수 있겠다구 그러는가. 용왕님 있지, 칠성이네 아주마니있지, 고마운 이 섬사람들보다 더 나은 사람이 어데 또 있겠다구 그러는가. 그리구 그리구 고만이가 이 섬에서 없어진다면 슬퍼할 사람이 용왕님이나 아주마니뿐인줄 알았어…….”

“아 선생님 아무말도 말아요. 진짜루 진짜루 내 댕겨 올테야. 형님 만나 같이 올테야……. 흥 야단났네. 선생님이 같이 간다면 뱃사람들이 어떻게 생각하겠어……. 이걸 어떡하면 좋아……. 용왕님이 알았단 큰 결단 나요. 선생님 남포서 내리라우……. 응?”

사리 당연한 듯 하면서도 어딘가 어쩔줄 몰라하는 기색이었다.

“아니 아니, 꼭 가야겠다면 나두 따라갈테야. 이제는 고만이두 내사람인데야 용왕님이 나중에 아신다면 어때?”

“아이구 선생님 그러지 말어요 선생님…… 내가 피앙 가길 누구 때문에 가는지 알어요 모두가 선생님 때문이디…… 아니 하루라도 바삐 우리 둘이 일을 끝낼라구 그러기 때문이지 왜 선생님이 나를 거짓뿌리쟁이루 알어?…… 내 형님 데리구 모레 밤 안으루 꼭 올게…… 선생님은 염려말구 남포서 내려요. 응? 그래두 같이 갈테야?”

하며 매서운 눈을 힐끔 치뜨자

“정말이지? 나를 속이는 거 아니지……?”

사랑하는 고만이 너무도 열심히 한 태도와 나무람에 찬 애원이 드디어 차돌이 공포와 의구를 적이 물리치는 모양이었다. 백하젓 장사는 히벌심 웃었다.

(바루 튈려는가부다…… 아무래두 저 처녀애 무슨 곡절이 있지……)

아침녁에 배가 남포 억랑기 선창 앞쯤 오게 되자 백하젓 장사는 투숙간으로부터 어슬렁 어슬렁 기어 나왔다.

“학교 선생님, 남포 내리신다지요…… 해해 이 가방 선생님 것입네까? 아 제가 들어내다 드리지요.”

하며 공연한 친절을 베풀며 야단이다. 차돌이는 차마 발이 떨어지지 않지만 이제 새삼스레 또다시 평양까지 가겠다고 하기가 말이 되지 않았다.

고만이는 방장 위에 우두커니 앉아서 뚜벅뚜벅 배를 내리는 차돌이를 슬픔으로 보내였다. 차돌이 또한 선창에 서서 멀리 사라지기 시작한 고만의 배가 보이지 않도록 움직이지 않았다.

　　고만이는 혼자 눈물을 뚝뚝 흘리며 우는 것이다. 이윽하여 백하젓 장사는 의뭉스러운 웃음을 띄우며 고만의 옆에 다가 앉았다.

　　몸매와 인물이 특출하게 잘났음에 더욱 구미가 도는 듯하였다.

　　"너의 오래비가(?) 쯔쯔쯔 어린 것. 오래비와 헤어지고 우누나."

　　외면을 하며 여물하게도

　　"예."

하고 꾸며대는 푼수가 그는 더욱 덜 밉지 않게 생각되어 요것 봐라 꽤 써먹을 넌이로구나 하고 히죽히죽 웃었다.

월명성원(月明聲遠)

물론 주란섬을 떠난 고만의 종적은 아주 묘연해지고 말았다. 돌아온 초도 뱃사람들의 말을 들으면 예정대로 육로문(陸路門) 선창에 배를 대이자마자 고만이는 저기 우리 아주버니 있네 하고 뛰어 내려 둔덕 위로 달려 올라갔다. 그 뒤를 백하젓 장사와 사공들도 허겁지겁 따라 올라갔다. 올라가 보니 둔덕 위에 지게꾼 영감 하나가 입가에 제밥을 짓고 건들건들 졸고 있을 뿐이었다. 바삐 손을 나누어 이리저리로 찾아보았는데 사공 하나가 동피루 선창까지 달려가며 만나는 사람마다 붙들고 물으니 독장사 영감의 말이 웬 처녀애가 신절골을 향해 어떤 허름한 중늙은이와 같이 가더라고 했다. 암만 생각해두 그 행색이며 용모가 고만이로만 생각되었다.

백하젓 장사는? 하고 물으니 그는 이앗따리루 찾아 들어가 헛수고만 하였다고 하더라는 것이다. 할릴 없이 백하젓이 다 팔리도록 준 엿새 동안을 매일 같이 기다려 보아도 안 오기에 그 애가 필경 형님집을 찾아가지고 지금쯤은 형제가 같이 기차로 온 줄로만 알았는데 아직 오지 않았다니 웬말이냐구 도리어 놀라는 것이었다.

그제는 벌써 칠석네가 고만의 편지를 찾아 읽은 뒤라 용왕과 차돌이가 부랴부랴 남포까지 와서 기차로 평양을 향하였다. 그러나 도저히 찾을 가망이 없었다. 감쪽같이 속은 것이다. 속은 것은 하여간에 어린 고만이 자신이 못된 마수에나 걸려들지 않았을까 하고 겁이 나서 열흘나마나 찾아보다 못해 수색원까지 제출하였다. 그러나 경찰의 힘도 아무 효과가 없었다. 용왕은 고만의 실종 놀음에 아연 늙고 말았다. 칠석네는 실성한 사람처럼 되었다. 그리고 차돌이는 보기에도 딱하리만치 신상이 말이 아니었다. 용왕 부녀보다 못지않게 절체절명에 가깝도록 그의 마음이 황폐하여

진 것이다. 그러나 한 달 두 달 지내는 새에는 이런 반문을 하게 되었다. 왜 고만이는 이같이 아름다운 섬과 정든 사람들을 버리고 달아나지 않으면 안 되었을까. 그처럼 영리하고 똑똑한 고만이로써 안 떠나고는 못 견딜 사정이 있다면 왜 절 보구 털어놓고 하소라도 하지 안 했을까.

(결국은 나를 사랑하지 안 했었구나)

비오듯 눈물이 흘렀다.

(아니 아니 고만이는 나를 사랑할 수 없었던 모양이야)

절망 속에 몸부림을 쳤다. 절대로 그렇게 생각하고 싶지는 않았다. 하나 역시 진실임을 어찌하랴. 그러고 보면 고만이를 이 섬에 못 있도록 내어 쫓은 것이 차돌이 자신이 아닌가 눈앞이 캄캄하여졌다.

마치 먹장 같은 구름 속에 잠겨버린 것처럼 정신을 가다듬을 길이 없었다.

(그래두)

이렇게도 낙관하려 하였다.

(내 사랑을 알아줄 날이 있겠지)

그리고 보면 적이 마음이 안도 되어 새로 학교일에도 맘을 좀 붙일 수가 있었다.

그러나 또 그렇게도 나를 몰라주고 나를 배반하다니 하고 생각하면 역시 한시도 못 견디게 다시금 안타까웠다. 드디어는 슬픔이 노여움으로 노여움이 반발로 변하여 성난 사람처럼 칠판에 글씨를 마구 갈리기도 하고, 체조시간에 필요 이상으로 호령 소리를 높이기도 하였다.

(모든 것을 잊어버리자 내 천직은 학교에 있다)

이렇게 생각하고는 야학까지 채려놓고는 부녀자들을 가르쳐보기도 하였다. 그러나 늙은 부모가 비슷비슷 아들의 경중을 보아 혼사 이야기라도 또 다시 꺼낼라치면 아니 꺼내려는 기색만 보여도 공연히 화를 내고 짜증이었다. 그는 자기가 고만의 일생을 망치게 한 것처럼 크나큰 죄나 진 듯이 늘 마음 아파하는 것이다. 그래 마음이 안절부절로 때로는 절망에 때로는 슬픔의 구렁 속에 헤매었다.

(영 독신으로 지내며 기다리자)

(아니 아니 돌아올 리가 있나. 나의 아내는 학교다)

그는 눈을 스르르 감았다.

고만의 실종 이래 오륙 년 동안에 용왕은 몰라 볼만치 늙어버렸다. 진갑을 지나 일흔 두 살이니 퍽 노령도 노령이지만 한창 적에는 백은 고사 하고 천까지라도 살 듯이 보이던 장사가 아니었든가. 그러

나 고만이를 다시 찾지 못하는 슬픔이 혈색 좋던 그의 살을 여위어 내고 철골을 갉아 내는 것이다. 허연 체수염만 더 더부룩하여진 얼굴에 이글이 글한 두 눈이 늙은 호랑이 눈처럼 번득거릴 뿐이었다.

해산이가 사라진 뒤로 어어간 십이 년 늙을 무렵의 외로움을 걷잡지 못하여 아들이 돌아오기를 기다리는 마음은 간절하였다고는 하나 이제 와서는 할 수 없거니 하고 잊을 만도 하였다. 어지간히 단념하게 쯤도 되었었다. 하나 새로 생긴 고만의 실종사건만큼은 다시 없는 친고였던 칠보의 많은 가족 중에서 오직 하나 남은 혈육인만치 더욱 사내애와 또 달라 제가 맡아 기르던 여아인만치, 그리고 제 친 자식이나 다름없이 외려 해산에게 못내 베푼 애정까지 겹처 기울이던 그인만치 정신적 타격이 컸었다. 그래도 해산의 출분적에는 용왕을 위로하는 무지개 같은 꿈이 있었으며 즐거운 희망이 있었다. 그러나 고만의 실종 뒤에 따르는 그림자는 오직 공

포와 절망이었다. 여기에 용왕은 늙고 말았다. 섬사람들 일반도 될수록 찾아보려고 평양가기만 하면 눈을 횃불처럼 해가지고 어린처녀애들을 두루두루 살피며 거리를 개 싸니듯 하였다. 차돌이는 토요일마다 떠났다. 하나 아무런 노력도 모두 수포로 돌아갔을 뿐이었다. 어디를 갔을까. 어떻게나 되었을까. 이렇게 생각하노라면 치가 떨리고 머리가 지끈거렸다.

"아이구 골치야. 아이구 골치야."

하고 용왕이 생머리를 앓기 시작한 것도 이 즈음부터였다. 칠석네는 아버지의 정경이 너무도 딱한 까닭에 제 슬픔은 내부칠래야 내부칠 길이 없었다. 이틀에 한번 사흘에 한번씩 웃주란에 사는 해철네 부부가 번차례로 아버지를 찾아와 위로에 힘쓰기는 하였다.

그때 해철의 나이 서른 두 살이니 픽으나 늦은 아들이었다. 용왕으로선 예순 아홉 살에 첫 손주를 본 셈이다.

"나는 죄가 많아 손이 적은거야."

"웃주란 애가 경인년 태생인 걸 본시 범이란 즘성이 새끼를 많이 못 지겠다."

노 이런 말을 하며 외로워하여 오던 그이라 첫 손주를 낳았다는 기별을 받았을 때에는 그래도 한껏 기뻐하였다. 그 달음으로 자리를 걷고 일어나 배를 타고 웃주란으로 건너갔다.

"허허 이놈 보게, 장수것구나. 며늘애기 네가 그래두 무던하다……."

용왕은 갓난애를 무릎 위에 올려놓고 방글거리며 며느리까지 칭찬하였다. 해철네 부부는 물론 산모 시중을 들러온 칠석네까지도 어머니가 세상을 떠난 이래 처음으로 기뻐하는 용왕을 보니 눈물이 날 만치 기뻤다. 그래 자못 큰 재주나 한 것처럼 같이 좋아하였다.

"어서 많이 먹구 젖 많이 내어 먹여라……. 허허 그러니 그러니 이름을 지어야디. 무어라구 짓노? 장수라구 질까? 바위라구 질까?"

"망칙시레 건 뭐라구……."

칠석네가 웃으며 탓하니까

"그럼 개똥이라구 질까."

"애개개."

"그럼 천동이라구 질까."

"호호 아부님두."

며느리까지 웃음을 터졌다.

"그래 얼마나 귀한 애라구…… 옳지 그럼 귀동이가 도켔다. 귀한애라 구 귀동이. 하허 어드렇니?"

"아버지 좋을대루 하십세다기레……."

해철이가 싱글거리며 동의하였다. 그 뒤부터 용왕의 낙이라고는 매일 같이 손주 보러 웃주란을 왕래하는 일이었다.

하기는 어린 귀동이가 영특 하고도 귀여워 할아버지를 한껏 기쁘게 할 수 있었다. 무럭무럭 자라나면서 얼굴에 해철이로부 터 옮겨 받은 할아버지의 모습 도 나붙기기 시작하였다. 이점 도 용왕을 적이 만족시켰다.

(하릴없는 해산이루군)

그는 속맘으로 이렇게 생각코저 하였다. 딴은 맑은 살결과 도톰한 입술이 외탁을 하였을 뿐으로 오똑한 콧 모양이며 귓 모양 눈 모양 긴 실눈썹까지 판에 찍어낸 듯이 해산이었다. 다시 말하면 직탁을 하였으며 일방 해산이와 해철이와의 인물이 또한 비슷한 터이다. 다만 아우는 꿈꾸는 듯한 고운 눈 의 소유자요, 형은 반뜩이는 눈을 가졌을 따름이다. 두어달 채 되면서부터 히죽히죽 웃기 시작하자 용왕은 더욱 신통해서 이런 말까지 입밖에 내었다.

"허허, 이놈 봐라. 웃는 꼴하구 제 삼촌이구나."

해철네 부부는 용왕이 죽은 아들을 다시 찾은 듯이 귀동이가 해산이 닮았다고 기뻐하는 것을 오히려 고마워하였다. 칠석네는 용왕이 이럴 때마다 아버지가 저렇듯이 돌아오지 않는 해산이를 그리누나 하고 몰래 눈물지었다.

"이제는 고만이두 하나 나혀다고……."

하루는 용왕이 농담이 아니라 지극히 엄숙한 얼굴로 이렇게 말하였다.

그때는 모두 웃어야 좋을지 울어야 좋을지 분간치 못하였다.

혹시나 아버지의 정신력이 부족하여져 가는 징조나 아닐까하여 칠석네는 가슴이 뚱하였다. 첫돌이 지나며 주빗주빗 발걸음도 떼어 놓고 아부부 아부부 외마디소리도 지르게 되니 귀동이는 더욱 귀여워졌다. 이때에 얼음을 지어 내왕을 끊고 마는 심한 추위가 닥쳐오매 용왕이 하루밤도 어지간히 깊어서 배를 들고 건너왔다. 엎어지면 코 닿을 곳이지만 배라는 배는 죄다 건천에 끌어 올린 뒤의 일이라 무슨 배로 왔는지 방안으로 용왕이 쓰윽 들어서는 것을 보자 해철네 부자는 사뭇 놀라었다.

"아바지, 이게 웬일이요."

용왕은 대답이 없었다. 커다란 두 눈이 은전처럼 무시무시하게 번질거릴 뿐이었다. 포근히 아랫목에서 잠이 든 귀동이를 발견하자 신발을 벗지도 않고 다가가더니 자는 애를 이불 채 둘러안고 일어섰다. 해철의 처는 혼구멍이 나게 놀라어 용왕의 몸에 매달렸다.

"아바지, 이게 무슨 일이요."

"내 아들 내가 갓다 기르겠다!"

이왕의 위엄 있는 용왕의 말소리가 아니라 완연히 실성한 사람의 태였다. 해철이도 놀라어 아버지를 붙들고저 하였다.

"아버지 그럼 겨울을 같이 지냅세다기레 여기서— 아버지—"

"비켜라, 이 년놈들 내 아들을— 네놈들에게 맡겼단 사람구실을 못 시키겠다."

하며 뿌리치고 나간다. 해철네 부부가 선창까지 따라 나가며 붙잡어 보기도 하고 애원도 하여 보았으나 막무가내였다. 용왕은 앞을 막는 아들을 떠밀치고 발밑에 쓰러져 울음을 내놓는 며느리를 걷어차며 선창으로 내려와 배에 올랐다. 용왕이 밤중에 조그만 건배를 끼여 타고 온 것이다. 살얼음을 울리는 찬바람이 바다를 울린다. 해철이는 같이 올라타려고 너울거리는 아내를 붙들었다.

"여보게, 딴 배루 가세나 딴 배루……."

용왕은 뒤돌아보지도 않고 귀동이를 안은 채 한손으로 노를 젓기 시작하였다.

차디찬 서리치는 으슴푸레한 달밤이었다.

해철이는 동리로 뛰쳐 들어가 사내란 사내는 모두 데리고 나와 건천에 올려 놓은 배를 뜨기 시작하였다. 얼음 어는 소리가 윙— 위—잉 울리며 새벽이 되면서는 설한풍까지 들이쳤다. 뱃 밑창이 모래판에 꽝꽝 얼어 붙어 옴싹달싹 할 수가 없었다.

훤하게 밝을 녘에는 이미 아래위 섬 새를 얼음이 지즐편하게 가로 막고 있었다. 하루밤새의 일이었다.

겨울동안을 내내 귀동이 보지 못 할 생각이 드디어 용왕의 정신을 이상케 한 것이다. 그리고 그에게는 귀동이가 손 주요 또 해산이었다.

칠석네는 오밤중에 용왕이 어린애를 안고 들어오자 가슴

이 내려앉았다. 아버지가 정말 미치셨구나 하였다. 귀동이는 추위에 바들 바들 떨며 사기가지 운다. 다짜고짜로 빼앗으려고 달려드니 용왕은 딸을 떠밀어 제끼고 방안을 혼자 빙빙 돌면서 어린애를 달래기 시작이다.

(두리둥둥 내사랑 우리 해산이······)

하며 노래하듯 해보기도 하고 또 능청맞게 얼려도 본다.

"히히 우리 장수지, 울지 말아- 울지 말어."

그러나 너무 뒤흔드는 바람에 귀동이는 잠을 못 이루고 그냥 울기만 하였다. 밤을 밝히도록 갖은 애를 다 써보더니 나중에는 용왕의 낯색이 변해지며 눈이 치거슬러 올라갔다.

"이 자식 울지 말래는데 상게 울갓늬?"

"앗!"

칠석네는 용왕이 어린애 둘러메치려는 것을 보고 기겁하여 일떠났다. 하나 천둥 같은 고함에 어린애는 어린애지만 정신이 펄떡 든 모양으로 울음을 뚝 그쳤다. 용왕은 그제야 빙긋이 웃었다.

"내 아들이면 그러면 그르캇디······."

칠석네도 억지로 웃음을 지으며

"아바지, 이전 좀 재웁세다. 울지 안는데."

하며 팔을 벌리니까 용왕이 이번은 선선히 내여 맺겼다. 칠석네는 귀동이를 끼고 누워 몸을 오르르 떨며 무한이 눈물을 흘렸다. 아닌 밤중에 다만 하나의 어린애를 실성할아버지에게 빼앗긴 동생 부부의 공포와 슬픔도 오죽하랴만은 그보다도 실성하기까지에 이른 아버지의 심중이 슬프기 한량없었던 것이다.

용왕은 이튿날부터 매일 한번씩은 귀동이를 안고 동네돌이를 하였다. 만나는 사람에게마다 히죽거리며

"우리 애 좀 봐주게."

그러면 누구든지 이렇게 대답하여야만 되었다.

"신통히두 해산이 닮었는데요."

언젠가 한번은 용왕이 어린애를 안고 학교 안에 들어섰다. 차돌이는 칠판을 향하여 산수 문제를 풀다가 놀라어 돌아서며 인사를 하였다.

"우리 애 좀 봐주게."

하며 용왕은 칠판 앞으로 다가섰다.

차돌이는 스르르 눈을 감았다. 모든 비극의 원인이 이 어린애가 닮었다는 해산이에 있는 것이다. 고만이가 없어지기도 용왕이 실성하기도. 속절없이 눈물이 글썽하여졌다. 수염을 후려치고 눈에 전과 같은 정기를 잃어버린 존경하는 용왕의 실성한 얼굴을 차마 눈을 뜨고 볼 수가 없었다. 하나 용왕은 오만상을 지푸리더니 별안간 눈을 부릅떴다. 무엇이라고 천둥같은 호령을 지르려고 하더니 일순간 제정신이 든 모양이다.

"차돌이 왕자댓나."

"……."

"내 요담엔 고만이를 데리구 옴세."

하더니 슬며시 돌아서서 나갔다. 이 뒤부터 용왕은 차돌이만 만나면 고만이를 데리구 온다는 소리를 자추었다. 하나 용왕은 역시 애보기에는 극진하여 별로 실수 없었다. 귀동이도 할아버지를 따를 뿐더러 그의 성미를 꿰뚫어보는 듯 비위를 곧잘 맞췄다. 그러나 어린 아들을 빼앗긴 뒤부터 웃주란 해철의 처는 늘 울며 불며 야단이었다. 칠석네가 있으니 어련히 잘 보아 주련만 첫째는 죽을 만큼 보고 싶고 둘째는 실성한 시아버지가 혹시나 실수하지 않을까 하니 소름이 돋게 무서웠다. 그는 매일 아침부터 둔덕 위에 올라서서 아랫주란을 바라보며 손을 흔들었다. 때로는 부처가 다 같이 나라나기도 하였다. 칠석네도 그들의 상심을 헤아리고 하루에 아침 낮으로 두 번씩은 꼭꼭 둔덕 위로 귀동이를 안고 나가 손을 마주 흔들었다. 때로는 고래고래 귀동의 이름을 부르짖은 적도 있었다. 비가 오건 눈이 오건 바람이 불건 해철의 처는 둔덕 위에 나타났다. 이러는 동안에 다시 얼음을 풀어 헤치는 새봄이 돌아오겠끔 되었다. 하나 인간의 본성은 참으로 모를 일이다. 며칠째 아랫주란 둔덕에 귀동이를 안은 칠석네의 그림자가 나타나지 않는 것이다.

웃주란 둔덕에는 진 새벽부터 해철네 부부의 그림자가 떠나지 않았다. 다름이 아니라 귀동이가 홍역을 몹시 앓기 시작하였다. 불덩이처럼 몸이 달아 숨채기를 연거푸하며 찬물을 내라고 활짝활짝 솟아 오른다. 발은 마당질하듯 하였다. 용왕은 눈이 뒤집혀서 어린애를 얼싸안고 칠석네보구만 호령이다.

"이 찹쌀을 구해 오너라."

"보리랑 같이 삶어라!"

"이 둥신아 빨리 좀 삶으라구!"

"됐구나 어서 식혀서 떠네 주자!"

칠석네는 눈코뜰새 없이 덤볐다.

"아이구 바람해갔구나. 문을 좀 꼭 닫어라!"

"거저 내 아들 홍대기(紅疫) 맬뎃(惡化)다만 봐라!"

칠석네는 몸을 열 조각을 내여도 모자르게 분주하였다. 그러니 바람 쐬면 안 된다는 어린애를 어떻게 안고 나가랴. 사흘째 되는 날 칠성이네 집에 이 찹쌀을 꾸러갔다 오다가 한번 둔덕 위에 올라서서 웃주란 쪽을 바라본 적이 있었다. 눈앞에 사진처럼 빤히 내다보이는 웃주란 둔덕에 어쩐 일인지 귀동의 어머니 그림자가 보이지 않는다.

"웬일일까?"

하며 직신직신 내려오다가 문득 웃주란 끝이 바다로 길게 기여 나온 닥섬이라는 바위위에 무엇인가 흰 것이 너울거리는 것을 발견하고 멈춰섰다. 귀동의 어머니에 틀림없었다. 아까부터 칠석네를 알아보고 손을 내저으며 악을 써서 무어라고 부르짖고 있는 모양이다. 하나 사나운 바람에 외치는 소리는 허공으로 흩어질 뿐이었다.

칠석네는 저두 모르는 새에 저쪽이 도저히 알아듣지 못할 소리나마 맞받아 부르짖었다.

"홍대기해요!"

"홍대기요—"

"좀 나—요"

이때에 용왕의 벼락이 내렸다. 문 밖으로 뛰어나온 것이다.

"무얼 갖다 써니!"

칠석네는 혼비백산하여 뛰어 들어갔다.

뿐만 아니라 바람들어온다고 병문안 오는 사람도 죄 받지 않아 귀동이가 일어나기까지 열흘남아나 칠석네는 감옥살이를 하다시피 하였다. 이 사이에 귀동의 어머니가 얼음구멍에 빠져 죽고 말았다. 나흘째 되면서는 탈기해 들어 누웠던 그였으나 하루가 또 못 되어 다시 일어났다. 먼바루라도 닷새 동안이나 아들을 못 보니 반 정신은 나간 것 같았다. 해철이는 가지각색으로 위로도 하여보고 때로는 화정을 내어 꾸짖어 보았다. 하나 매일 밤을 뜬 눈으로 새우며 잠시도 안정을 못하고 울며불며 야단이다. 엿새째 접히는 날 저녁에는 드디어 예의 닥섬 바위등까지 기어나와 머리를 풀어치고 미친 여차처럼 아랫주란을 향하여 목에서 피가 나오도록 절규하였다.

"칠석네 형님- 칠석네 형님!"

"귀동아- 귀동아!"

어느덧 보름달이 떠올랐다. 빙판 위에 황금빛이 기름처럼 끼얹었다. 그러나 며칠째 훈훈히 불어대는 마파람에 여울마다 얼음이 풀려 물결이 달빛을 몰고 남실거렸다. 어디선가 물오리떼는 몰려와서 여울을 찾아 떼를 지어 놀고 있었다. 하나 서느러운 야기(夜氣)에 얼른 보기에는 빙판이 제법 번지르하였다. 벌써 제정신을 잃은 그는 부르짖어 보다 못해 빙판 위에 뛰어들었다. 머리를 풀어헤친 채 맨발로 너풀너풀 줄달음질치기 시작이다. 귀신에 홀린 그의 눈에 귀동이가 여울가에서 빙판을 타고 넘울거리는 환영이 뵈었던 것이다. 빙판이 우스렁우스렁 거리며 얼음 깨지는 소리인지 쨍 짜르르하고 음산한 음향이 바다를 울리군 한다. 해철이가 아내를 찾아 둔덕 위에 나섰을 적에는 달빛이 휘황한 빙판 위를 걸핏걸핏 달리는 그의 그림자가 뵈었다. 그는 고함을 지르며 쏜살 같이 내려왔다. 하나 그 새에 벌써 아내의 그림자는 온데간데 없이 사라지고 말았다.

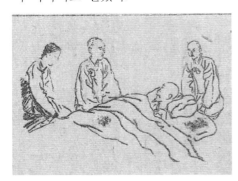

햇살이 도타운 봄이 되어 완전히 얼음이 풀리매 해철이는 집을 팔고 건너와 다시 함께 모였다. 가련한 일가였다. 아버지 용왕은 제정신을 잃은 사람이며 누님은 병신으로 홀로 늙으며 해철이 자신은 아내를 잃고 아들 귀동이는 어머니 없이 자라나는 것이다. 이제부터는 칠석네가 귀동의 어머니 대신이었다. 재혼을 권하는 이도 많지만 해철이는 아버지의 병을 빙자 삼아 물리치고 불쌍한 용왕에 효성만 다하였다. 사실로 용왕의 병이 심상치가 않았다. 아무리 만류하여도 바다에 나간다. 그리고 나가도 농어만 잡으려 들었다. 된 홍역에 약해진 귀동의 몸보신을 식히자는 모양이다. 그러니 혼자 내여 보내기는 불안하여 해철이가 매양 같은 배로 따라 나가게 되었다. 하누라면 건질 적도 있으나 차츰 더 건강과 정신력이 못해지면서는 이따금 광어나 가오리를 들고 들어와서도 히죽거렸다.

"히— 이번에야 큰 농어를 잡어 왔군……."

어떤 때는 모래터에 올라붙어 죽은 해파리를 한아름 안고 뛰어 들어오며 고함을 쳤다.

"농어 잡었다. 농어 잡었다!"

그러다 하루는 낙배를 타고 나가 한발이나 됨직한 정창농어를 끌어올리게끔 되었다. 용왕은 그야말로 눈알이 벌컥 뒤집힐 지경이었다. 무어라구 환호성을 지르며 일어서더니 버쩍 끌어올리며 왼손으로 재빨리 테아지를 걸었다. 하나 본시가 너무도 큰놈이라 요동을 쓰는 바람에 낚시 걸린 입이 찢어지며 테아지에 담긴 채 농어는 텀벙 물 속으로 떨어졌다. 용왕은 덩달아 뛰어들었다. 앞쪽에서 건주낙을 놓던 해철이도 놀라어 용왕을 건지려고 뒤따라 뛰어들었다. 오랫동안 용왕의 숨박질이 계속되었다. 옛적 몸만 믿고 테아지에 담긴 농어를 다시 잡으려던 것이다. 아들의 팔에 안겨 배 위에 구조되었을 때에는 벌써 용왕이 초죽음이 되었었다. 그 뒤부터 용왕에는 노망기가 완연하여졌다. 바다사람들도 용왕이 실성한 것이 아니라 이제는 정말로 노망을 하였다고 한탄하였다. 이것이 대정 십오년 여름의 일이니 필자가 첫 번 주란섬에 들렸을 직전의 일이다.

　무쇠풍구는 돌풍구

　대국천자는 호천자

옛날 어렸을 적처럼 자리에 엎딘 채 두발로 두덩두덩 방바닥을 치며 이렇게 외기 시작하기도 이때부터였다. 뿐만 아니라 사랑하는 귀동이는 물론 아무라도 눈앞에 번듯 뵈이기만 하면 같이 이러기를 강제하여 성화였다. 그러기를 이러면서부터 용왕은 귀동이를 해산이라 부르기를 그만두고 돌풍구라고 부르기 시작하였다. 무쇠풍구 용왕의 손자는 드디어 돌풍구라는 별호를 가지게 되었다. 이때 돌풍구의 나이 세 살이었다. 딴은 돌풍구라는 이름이 제격으로 들어맞게끔 어려서부터 노는 폼이 무쇠풍구 어렸을 적 그대로의 귀동이기도 하였다. 보기에는 총명 준수하고 활달하기도 하니 어디엔가 감사나운 완고스런 벽이 있는 것이다. 세 살 때부터 제법 나가 놀며 싸움인데 물론 조무래기 애들 중에서는 대장이지만 혹시 저보다 큰애와 싸움이 된데도 곧잘 매질로 이겨내었다. 힘에 모자라면 아랫입술을 들이 물고 절구빵이라두 들구 나서니 무가네하다. 하나 동무와 사귀어 놀 때는 또한 극히 어질고 유순하기도 하였다.

"돌풍구 나온다."

하면 모두 같이 놀자고 몰려 들고

"돌풍구 성났다."

하면 모두 달아났다.

몸 모양 암주루 어려서부터 무쇠풍구를 닮아 키도 늘씬하니 크고 몸집도 부리부리하였다. 하나 할아버지보다는 좀 더 지혜스러워 뵈며 좀 더 참을성도 있음직하였다. 그런데 이 애가 세 살의 초겨울을 맞이하게쯤 되어 용왕의 집에 실로 놀랄만한 일이 생겼다. 가을부터 용왕의 탈이 갑자기 악화하여 얼음이 붙기 바로 몇 일 전에 드디어 늙은 영웅이 숨을 지지만 그 전날 난데없는 편지 한 묶음이 용왕의 앞으로 전달된 것이다.

꿈이 아닌가하였다. 실로 해
산의 편지였다.

"아버지 해산이한테서 편지
와시요!"

"해산의 편지야요!"

해철이와 칠석네가 사뭇 흥
분하여 용왕의 눈앞에 편지묶
음을 흔들어 보였다. 용왕은 게슴츠레 눈을 떴다. 무슨 말인지를 분간해
보려고 애쓰는 모양이었다.

"해산이한테서 편지와시요!"

칠석네가 귀에 대고 이렇게 외치니까 눈이 번쩍 띄었다. 해철이는 부들
부들 떨리는 손으로 겉봉을 뜯었다. 겉봉에는 민국 십오 년 팔월 북벌 진
중에서 해산이라 하였다. 해철이로선 겉봉을 보고는 무슨 영문인지 알 수
가 없었다. 용왕은 귀밑에 손을 들어 허우적거린다. 빨리 사연을 들려 달
라는 사정이었다. 병마공총(兵馬佐傯) 간에 잡히는대로 주워 모은 모양으로
되는대로의 조화에 연필로 깨알처럼 갈겨 쓴 편지가 이삼십 장. 해산이한
테서 편지가 왔다는 소문을 듣고 동리사람들도 모두 몰려들었다. 봇돌이
석복이 고든목 칠성이는 물론 나중에 차돌이도 달려왔다.

차돌이는 겉봉을 집어 들고 고개를 주악주악 저었다. 역시 장한 해산이
구나 하였다. 해철이가 아버지 곁에 다가앉아 침이 마르게 낭독을 하니
모두 긴장한 얼굴로 귀를 기울인다. 용왕도 알아듣는지 스르르 눈을 감은
채 앓는 소리 하나 내지 않는다. 며칠째 혼수상태가 계속해 오던 용왕이었
으나 때로는 눈을 번쩍 뜨기도 하고 때로는 입가에 빙긋이 미소를 띄우기
도 하였다. 칠석네는 귀를 기울이는 일방 편지 몇 장을 절반쯤 갈라 쥐고
제 눈으로도 분주히 내려 읽는다. 해철이가 낭독하는 사연은 이러하다.

"……

　장차 돌아갈 날이 있다면 구태여 무슨 편지의 필요가 있사오리요. 하나 무창성 돌격을 목첩(目睫)에 두니 다시 살아 돌아가기를 기약치 못하와 진중에서 하늘을 지붕으로 대지에 엎드려 총총히 이 붓을 들었습니다. 아버지 어머니 형님 그리고 누님! 오늘날이야말로 해산이는 참으로의 아버지 아들이요 참으로 아세아의 자각을 가진 참으로의 동양사람이 되었습니다. 그러기 위하야 지금까지 무척 애를 써온 이 해산이를 널리 용서하옵소서. 지금 이 중화민국은 혁혁한 혁명도상에 있습니다. 드디어 잠자는 사자는 일어난 셈입니다. 국민혁명군은 감연히 나라를 좀먹는 군벌들과 결전을 하기 위하여 지난 칠월 일일부터 각 방면으로 북벌의 진군을 개시하였습니다. 이 해산이도 미미하나마 광동군관학교 출신의 한 장교로 이 전쟁에 참가하였습니다. 조선사람으로서 장교가 저 아는 이만해도 일곱 명 그리고 우리는 마치 질풍이 고엽을 휩쓸 듯하는 기세로 진격 중입니다. 북방의 군벌들은 고약스런 서양각국의 충동과 원조 밑에 서로서로 싸움질만 하다가 놀라어 단합하여 우리를 공동의 적으로 삼고 대들어 오게 되었습니다. 하나 우리들의 배후에는 목숨을 애끼지 않는 수천수백만의 노동자와 농민과 학생이 있고 또 우리들에는 불타는 혁명의 열정이 있으며 엄숙한 군기와 왕성한 사기가 있습니다. 광동에서 장사로, 장사로부터 또 승승장구로 진격하여 이제 다시 무한삼진을 일거에 빼앗으려고 우리 한 부대는 벌써 한구와 한양으로 몰려가고 우리는 지금 무창성 하로 쇄도하였습니다. 산병선을 친 병사들 앞에 칼을 땅에 꽂고 이 편지를 쓰고 있는 지금에도 성중 적군의 대포는 연방 머리 위를 윙하니 울리며 터져옵니다. 철로의 우리 좌익군도 시방 산병전을 치고 나오기 시작하였습니다. 적군의 포탄도 차츰 가까이 떨어지며 조총알도 비 오듯 날라 옵니다. 적군이 드디어 성문을 열고 응전하여 오는 모양이니 자ㅡ 저두 붓을 거두고 일어서겠습니다……. 그러나 이 돌격전에 넘어진다면 편지도 이것이 처음이오 마지막이 되오나 웃으며 죽는 이 아들의 죽음을 부디 축복하여 주옵소서……."

"아버지 지금 해산이가 중화민국 혁명전에 섞여서 싸우구 있대요!"

해철이가 용왕의 귀에 대고 외치니 그는 고개를 끄덕끄덕 하였다.

"아니 대국에 갔으면 갔지 별안간 싸움 이야기가 왠일인지 모르겠다."

봇돌이가 적이 이상스러운 듯이 묻는다.

"가만 듣구만 있으소고레……."

한 자가 면박을 주니까

"글세 지금꺼정 어떻게 지냈는지가 궁금해서 그러네게레……."

"그렇게도 세눈다구야."

칠석네가 어서 아버지에게 들려주고 싶은 마음에 제가 들고 앞질러보던 종이를 뒤적거렸다.

"여기 써 이씨오 여기!"

"거기 써 있어? 어서 읽게……."

칠석네는 떨리는 목소리로 숨을 몰아가며 내려 읽기 시작하였다.

"……기대에 반하여 적군이 성문 밖으로 나오지 못하고 소위 견벽청야(堅壁淸野)의 전법을 쓸 계획인 모양이오니 우리들도 총공격의 준비가 완료되도록은 이 벌가에서 밤을 지내야겠습니다. 만야(滿野)에 벌레가 울고 달은 밝으나 하늘 높이 날아가는 기러기 소리는 처량하니 멀리로 사라집니다. 이런 밤에는 대장부의 마음도 저으기 비감하여지며 고향을 그리는 마음이 간절하게 되옵니다. 다시금 붓을 들었습니다. 다만 어제 밤에 소낙비가 몹시 쏟아져 감탕밭이라 군복이 젖으며 종이까지 젖어 글줄도 바로 나가지 못하옵니다……."

그래 그런지 편지종이에는 흙이 묻고 글씨도 가다가다 종이를 파고 들었다. 칠석네는 마디마디에 눈물이 앞을 가렸다.

　"다행이 긴긴 밤이 오니 제가 오늘에 이런 사정 이 틈을 타서라도 아뢰오리까……. 봇돌이 아즈반이 보신 바와 같이 저는 미국 석유배를 타고 밀항길을 떠났습니다……."

　"것보듸 내가 거짓부리 했댔나……."

　"좀 가만 있스랴구요."

　"……처음에는 그렇게두 타고 싶은 화륜선을 올라 타고 몰래 양국 간다는 기쁨에 멋 모르고 좋아하였지만 차츰 대해 가운데로 들어가면서 풍랑이 심하여졌습니다. 가지구 떠난 떡은 첫날로 다 먹었으니 허기진 배로 구역질만 하다가 나중에는 정신을 잃고 쓰러졌습니다. 그러다 며칠만인지 제정신이 도루 들어 휘휘 둘러보니 어쩐 일인지 아무래두 배가 멎은 모양입니다. 그 요란하던 기관 소리도 뚝 끊어졌습니다. 옳지 양국엘 이제야 다 온게루구나 하고 가까스로 몸을 일으켜 현창(舷窓)으로 내다보니 아니나 다를까 제가 떠나기 전날 밤 활동사진에서 본 그대로의 산악같이 높은 집들이 쭈루루 해안에 늘어서 있지 않습니까…….

　"정말 오긴 왔구나!"

　무모한 어린마음에 이만큼이나 빠른 배이니 한 사날이면 양국에 닿으리라고만 생각하였습니다. 그래 정신을 가다듬고 먼저 들어왔던 문 옆으로 비틀비틀 다가서서 짐짝 뒤에 숨었습니다. 빠져나갈 기회를 노리려고 그러자 문이 제꺼덕 열리며 누더기를 쓴 인부들이 몰려들어오며 왈배썰배 짓고겠지요."

　"히! 그게 청국이든게지."

　고든목이 히들거린다.

　"뒤에 알고 보니 그것이 쿨리(苦力)라는 중국 노동자들이었습니다. 하나 제 생각에는 이 양국놈들이 힘든 인부 일은 청국사람들을 데려다 시키는 모양이구나. 역시 아버지 말씀이 옳거니 하였습니다. 어쨌던 두리번두리번 할 때가 아니라 상자를 지고 몰려나가는 틈에 끼여 이번도 탈 때와 같이 왼 뒷놈 뒤에 바싹 달려붙어 건천까지 교묘히 내려왔습니다. 내려서자 줄달음을 쳐 도망이지요. 하나 얼마 못가서 몽둥이 든 키가 크고 얼굴이 시커먼 자에게 붙들렸습니다.

전신에 소름이 쫙 끼쳤습니다. 인도인 순사였습니다. 그리고 그곳이 상해였습니다. 영국인들은 이 나라에 와서 갖은 악착스런 짓을 다하여 빼앗아 모은 재물지기로 인도인을 데려다 쓰고 있는 터입니다. 인도인 순사가 무어라고 묻는 모양이나 전혀 말이 통하지를 않습니다. 저는 그에게 붓을 달래여 종이에 커다랗게 조선애라고 써 뵈였습니다.”

칠석네는 목이 맺혀 울음 섞인 소리로 여기까지를 간신히 읽었다. 만리타향에 온 열두 살 밖에 안 되는 소년의 몸으로 어쩌면 그렇게도 당돌하게 굴 수가 있었으랴하니 듣는 사람 모두가 눈물이 날 만치 감동되었다. 빙산떼처럼 들어선 고층 건축 새를 청국사람 떼가 물밀리듯 하는 가운데 시커먼 인도인 순사에 붙들려 악을 박박 쓰는 흰 옷의 소년이 눈앞에 선히 뵈는 듯하였다.

“그리자…… 인도인 순사는.”

눈물을 거두고 칠석네는 다시 편지종이를 쳐들었다.

“아버지 들으셨지요. 또 읽어요!”

“…….”

용왕은 끙하고 신음소리를 지르며 모로 눕는다.

"그러자 인도인 순사는 아는지 모르는지 쌩긋 웃더니 옆주머니에서 은전을 한닢 끄집어내어 주며 몽둥이로 가도 좋다는 시늉을 합니다. 저는 이때부터 인도 사람들에 대하여 대단히 친근한 감정을 가지게 되었습니다. 그들은 영국의 압제 밑에 신음을 하고 있는 동아민족의 하나입니다. 저는 비틀거리며 사람떼 속으로 휩쓸려 들어갔습니다. 여기가 아무래도 양국이 아니라 청국이라는 짐작은 섰으되 양인들도 어지간히 많이 지나다니며 커다란 상점주인도 거진 양인인 모양이었습니다. 그도 그럴것이 바루 법국 조계의 포동(浦東)마두였답니다. 얼마쯤 가서 네길 어름 넓직한 곳으로 나오니 거기에는 걸음뱅이 인력거군이니 행상 이발사니 점쟁이니 돈 받고 편지를 써주는 대서쟁이니 이따위 한가한 패가 주렁주렁 앉아 있습니다. 그리고 또 한구석에서는 행상요리점이 큰 가마에 고기와 배추를 부글부글 끓이고 있으며 또 육만두 장사 보리죽 장사 유과 장사 이런 축들도 노래를 부르며 꽹맹이를 치면서 손님을 부릅니다. 냄새만 맡아도 저절로 침이 넘어가며 굶주린 배가 꿀럭 오릅니다. 저는 줄곧 달려갔습니다. 인도인 순사가 준 은전을 내어주니 국밥을 양껏 먹고도 약간 거스름 돈까지 받을 수가 있었습니다. 그래 배가 든든해지니 새 기운이 솟아올라 이번은 조선인이라고 쓴 종이를 두 손으로 펴들고 다시 거리를 헤멨습니다. 전혀 말이 통하지 않으니 행여나 조선사람을 만나면 하였습니다. 딴 나라에 온 무의무탁한 몸이니 첫날부터 잘잘 걱정이 끓었기 때문입니다.

땅거미 질 무렵까지 이리저리 헤매였으나 역시 조선사람이라고 나서주는 이가 없었습니다. 지내가는 글줄이나 알만한 중국사람을 붙잡고 종이를 보이며 어디에 조선사람이 있느냐고 손짓발짓하여 들으면 모두가 부지다오로 고개를 설레설레 젓습니다. 양국사람 앞으로 다가가서 묻고자 하면 그들은 파리라도 달려 붙으려는 것처럼 펄쩍 놀래 움츠려서며 집고 다니는 단장을 둘러멥니다. 어떤 양국부인은 돈을 달래는 줄 알고 푼전을 던지고는 달어납니다. 어느덧 밤이 되었습니다. 이날 밤은 할 수 없이 거지와 부랑아들 틈에 끼어 길가에서 새었습니다. 거지가 되려고 여기까지 왔던가 하니 하도 딱하여 눈물만 흐릅니다."

"제가 읽을까요?"

비 오듯 하는 눈물에 가려 서 좀처럼 내읽지 못하는 칠 석네를 보다 못해 차돌이가 대신 들어섰다. 차돌이 역시 죽은 줄 알았던 해산이가 살 아서 씩씩한 동양 남아답게

중국의 혁명전에 참가하고 있다는 것이 저으기 기쁘고도 고마웠다. 하나 고만이가 있었더라면 어떠하였으랴……. 생각만하여도 가슴이 설레었다. 더듬더듬 읽기 시작이다.

"아버지 어머니 형님 그리고 누님. 그렇다고 슬퍼하지 마옵소서. 거지 살이 열흘만에 저는 한 의인을 만나게 되었습니다. 타관에 거지가 되고 보니 더욱이 고향사람이 그리워 행길가에서라도 만날까하여 거리를 이리 저리 구걸하며 다니던 터입니다. 법조계는 물론 영조계와 미조계 그리고 공동조계 나중에는 성안(城內) 구시가에 이르기까지 발 안간 곳이 없었습니다. 조계라는 것은 소위 아편전쟁 이래 외국 사람이 중국 도회지의 일부분을 잘러 가지고 중국의 국가주권을 무시하여 저의 법을 시행하면서 중국사람의 재물을 빼앗는 흉계와 음모의 근거지입니다. 그 당시만 하더래두 조계 설정국은 팔개국이요. 각지의 조계 총수는 실로 이십팔개소가 되었습니다.

하루는 공동조계의 그중 번잡한 남경로라는 거리로 나와 자동차와 인

력거 새로 비츨거리며 한곳에 당도하니 그늘진 가로수 밑에 사람들이 모여서 떠들썩하니 웃고 있습니다. 무슨 구경인가 하고 발밑으로 기어 들어가보니 연극을 하고 있었습니다. 청·황·적(淸·黃·赤) 삼색으로 곱게 장식한 조그만 배 한척이 땅에 놓여 있는데 그쪽에는 만들어 놓은 말대 굴이며 갓을 쓴 영감과 연지 찍은 색시 얼굴이 내다봅니다. 그 앞에서 처녀애가 게금을 치고 사내애가 북을 둥둥 침에 따라 수염을 단 영감이 말도 되고 사람도 되면서 아주 우습게 놀아댑니다. 그럴 때마다 구경꾼들은 호ー 호하며 화첸(華錢)이라고 관람료를 던집니다. 한옆에 우두커니 서서 보고 있누라니 그리운 고향섬 생각이 저절로 끓어오릅니다. 정월 대보름이면 벌어지곤 하던 바다 잔치의 광경이 눈앞에 어른거립니다. 건배에 돛을 올리고 설여화에 오색기가 나부낄 때 북소리는 두리둥둥 울리며 늙은이들은 낚시줄을 드리우고 젊은이들은 고기놀음을 하던 멋진 광경이……

비츨비츨 그곳에서 빠져나와 다시 지향 없이 얼마간 걸어오니 그곳이 까덴부리지라는 철교 위였습니다. 저는 난간에 기대어 어둠이 내려 덮이는 강상의 풍경을 시름없이 바라보았습니다. 수많은 발동선이 빽빽거리며 오락가락하고 거무스레한 중국배는 찌그덕거리며 움직입니다.

"아버지……"

혼자소리로 한번 불러보았습니다. 그리운 아버지 어머니의 말소리가 들려옵니다. 형님과 누님의 얼굴이 떠오릅니다. 정든 섬사람들의 얼굴……"

여기에서 차돌의 읽는 소리는 뚝 그쳤다. 연필로 쓰고 "섬사람들의"라고 한 자리에 "고만이"라고 썼던 글자가 완연하였었다. 하나 그체없이 낭독을 다시 계속하였다.

"그러나 저는 고개를 저었습니다. "아니 아니." 하기야 향수가 치밀어오른들 어떻게 돌아가겠사오리까만은…… 말도 모르고 노자도 없으니 어떻게 조선 가는 배를 알고 타리까만은…….

"뜻을 이루기 전에는."

저는 입술을 닦어 물었습니다.

"기여코 화륜선을 또 한번 몰래 타고 양국까지 가보자."

부두로 나가 양인이 탄 배만 올라탄다면 그만이 아닌가 하나 눈앞이 핑글핑글 돕니다. 어느덧 캄캄한 밤이 되어 거리에는 휘황하니 전기불이 번쩍이고 있었습니다. 강물 위에도 퍼런 불 붉은 불이 빗기어 어른거립니다. 저는 가까스로 정신을 차리려들었습니다. 그러다 차츰 사지가 녹아져 오며 난간을 잡은 손맥이 매시시 풀리기 시작합니다. 드디어 정신이 까무룩하여져 저는 그 자리에 그만 쓰러지고 말었습니다. 역시 아침밥도 못 먹은 가련한 거지였던 것입니다. 그 뒤 몇 시간이나 지나서였을런지요. 고향에 돌아와 화륜선을 타고 노는 꿈속을 헤메이는데

"아이고 야— 야!"

조선 여자의 말소리가 귀결에 들립니다."

"아바지 들으시요? 조선 여자가 잡어 흔들더래요!"

칠석네가 용왕의 귀에 대고 부르짖었다. 용왕은 대답이 없었다. 하나 그의 눈짜지에 눈물이 맺혀졌다.

"눈을 떠보니 역시 흰옷을 입은 사십 남짓한 조선여자였습니다. 드디어 저는 이 부인에게 구조되었습니다. 부인네 집은 거기서 퍽이나 멀리 떨어진 법조계 하비로(霞飛路) 뒷길 가에 조그만 점포를 내고 있는 인삼장사였습니다. 무뚝뚝은 하나 주인도 본성은 대단히 좋은 어른이었습니다. 소생이 하나도 없는 고독한 부부였던 지라 저는 마치 그들의 아들이나 다름없이 극진한 사랑을 받으며 자라나

오늘에 이르렀습니다. 주인의 이름은 임하백(林河伯)씨라 합니다. 경상도 태생이올시다. 저는 이의네 집에서 고맙게도 대학에까지 들어가게 되었으나 도중에 광동으로 내려가 황포군관학교를 거쳐 오늘날 중국혁명을 위하여 총을 들고 싸우게 되기는 이웃집에 사는 범선생의 감화가 크옵니다. 범선생은 살림살이는 돌보지 않고 늘 남선북마로 떠돌아 다니다는 한 달에 한 번 혹은 두어 달에 한 번씩 밤중을 타서 돌아오군 합니다. 돌아오면 저의 집을 뚜드리고 제가 깨어 나가면 안개처럼 숨어듭니다. 저의 상점 뒷문과 그의네 부엌이 맞닿아 있겠끔 되었었습니다. 선생네 집을 공동국(公董局) 경관대가 포위하고 권총을 들이대며 습격한 적도 중간중간 있었습니다. 때로는 피투성이 된 사내들이 마주 총을 쏘며 메어져 나가기도 하였습니다. 동지들과 같이 우리들도 모르게 잠복하였던 것입니다. 하나 선생은 용하게도 늘 몸을 피하였습니다. 선생의 외아들인 원생(源生)군이 저와는 같은 중학의 동급생이었던 관계로 대단히 친한 사이었습니다. 그리고 원생군 역시 저와 같이 이 집에서 길러나다시피하는 외로운 신세였습니다. 어머니가 없었습니다. 어느 날인가 밤이 깊도록 우리 두 학생은 문을 잠근 상점 뒷방에서 책상을 맞대고 중국의 혁명과 아세아의 흥륭(興隆)을 가없이 꿈꾸며 서로 즐거이 토론도 하며 포부로 이야기하고 있었습니다. 원생군은 열렬한 손문(孫文)파로 명치유신 이래의 우리나라를 본받아 중국도 일어서야 된다는 것이 그의 굳은 신념이요 주장이었습니다.

"일본은 아세아의 선구자다. 바야흐로 일본이 중국의 도표(導標)다!"
하며 주먹을 부르쥐곤 하였습니다. 일본이 불과 수십년 동안에 일약 세계 제일급의 강국이 되었거든 중국이 또한 이같이 못될 리가 어데 있으랴 일본을 배우자. 동경으로 가자……. 저는 이 같은 그의 생각을 장하다고 하였습니다. 하나 우리나라가 단기간에 일어설 수 있는 중대한 이유의 하나에는 중국이 서양제국주의의 총알과 화살을 혼자 도맡아 받았다는 점에도 있다고 볼 수 있지 않습니까. 제국주의의 총공격이 이 나라에 집중된 틈에 우리나라 일본이 일어선 것입니다. 그러나 아세아는 하나라고 생각할진대 우리 이방(異邦) 사람들도 이제 와서는 아세아인이라는 이름아래 일제히 중국의 혁명을 원조하여야만 될 의무와 책임을 느낍니다. 저는 부르짖었습니다.

"나는 무인(武人)으로서 혁명에 가담하련다. 될 수만 있으면 비행사가 되련다!"

사실로 오늘날의 제 꿈은 벌써 화륜선으로부터 새로 들어온 비행기로 옮아졌습니다. 바로 이러고 앉았을 때 문을 두드리는 소리가 들렸습니다. 더듬더듬 나가 문을 여니 머리를 산산히 흩어진 범선생이 유령처럼 서서 우리들을 번갈아보며 싱글싱글 웃으십니다. 아무 말도 않고 홍보자기에 싼 갑을 두 개 내놓으십니다. 우리들은 놀란 듯이 받아들었습니다. 그러자 선생은 안개같이 사라졌습니다.

영문을 모르고 들어와 공연히 가슴을 설레이며 보자기를 풀어헤치고 뚜껑을 열었습니다. 뚜껑을 든손이 와들와들 떨립니다. 피 묻은 헝겊에 싼 모젤 권총이 하나씩 들어 있었습니다. 그 밑에는 둘이서

보라고 쓴 종이가 깔렸습니다. 집어 들고 펴보니…….

"피로 물들인 이 헝겊은 지난 6월 23일 광동의 외국인 거류지인 사면(沙面) 보호를 빙자로 상륙한 영불 육전대와 우리 민중이 무장 충돌을 하였을 때 서양 제국주의를 타도하자 일치단결하여 우리의 동양을 지키자고 높이 휘두른 깃발의 조각이다. 그리고 이 권총은 장성이 넘어지면서 학생이 학생이 마저 죽으면 늙은이가 늙은이가 쓰러지면 또한 내가 마지

막으로 너희들에 전하는 선물이다. 나를 이제는 영 기다리지 말아라."

우리들도 그날 홀연히 상해를 떠나 광동으로 내려가 군관학교로 들어 갔습니다.

가슴에 피묻은 헝겊을 감고 옆에 권총을 넣고서

"동양을 건지자!"

아버지의 주의주장도 또한 여기에 있던 것이 아니오니까. 중국 땅에 와 서 크는 동안 무엇보다도 동양의 흥륭은 중국의 통일에서 비롯한다는 것 을 절실히 느끼게 되었습니다. 그러므로 오늘 이 시간에 저는 죽는대도 동양을 위하는 큰 죽음으로 알고 웃으며 눈을 감고저 하나이다. 아버지 어머니 형님 그리고 누님, 지금까지 이 나라는 군벌의 혼전 상태로 외국 의 침략을 더 용이하게 하였습니다. 아니 군벌의 존재야말로 외국에 있다 고 볼 수 있습니다. 물론 이 나라에 어째서 군벌이 있는지를 따지기는 곤 란타고 하겠지만 적어도 서양제국의 반식민지(半植民地)로 화한 오늘날 외 국은 서로 군벌 하나씩을 맡아가지고 뒤에서 충동이며 후원하여 서로 싸 움을 붙입니다. 서양제국이 이 나라를 좀 더 깊이 파 먹으려면 이 나라를 내란과 몽매 속에 영 파묻어 둘 필요가 있기 때문입니다. 무기를 팔아 한 몫 보는 재미도 또한 싫지 않을 것입니다. 그러기에 그들은 이미 얻어둔 특권을 이용하여 이 나라 사회의 발달을 방해하고 심지어는 군벌과 같은 내란적 존재를 원조하여 이 나라를 멸망케 하고자 합니다. 지금까지의 원 새개(袁世凱)만 보더라도 영국의 후원과 지지 밑에 천하에 호령을 하였으 며 풍옥상(馮玉祥)이는 아라사의 세력 밑에 그리고 현재는 직예(直隷)파의 오패부(吳佩孚)가 미국의 원조 밑에 손부방(孫傳芳)이는 주로 영국의 후원 밑에…… 이 모양으로 혼전 상태이니 일반 민중의 생활은 피폐할대로 피 폐하였습니다. 이에 따라 군벌을 없애야 된다는 자각이 일어나 새로운 통 일운동의 기치가 남방에서 올랐습니다. 군벌을 제거하기 위하여는 끝끝내 군벌과 싸울 뿐더러 그 배후에 있는 서양 제국주의 세력을 구축하지 않으면 근본적으로 해결되지 않은 것이 분명하여졌습니다. 이에 손문(孫文)선생은 투철한 자각을 가지고 다시금 일어났습니다. 지금까지의 혁명운동이 왜 성공치 못하였는가를 깊이 깨달으시고 이 혁명운동을 전 국민의 운동으로 만들기 위하여 새로운 전투수단을 채용케 되었습니다. 물론 이 나라 혁명의 근본 목표는 중국의 자유와 평등을 회복함으로부터 동양의 부활을 기하려는데 있지만 이러기 위하여서는 서양 제국주의를 상대로 생사의 투쟁을 단행하여야만 된다는 결론을 가지게 된 터입니다. 지금까지의 혁명운동이 실패에 돌아가기는 이 나라가 군벌을 통일하여 견고한 근대국가가 되기만 한다면 서양은 스스로 퇴각하리라고 간단히 생각한 점에 잘못이 있었습니다. 이에 우리 북벌군의 혁명목표에는 두 가지가 있게 되었습니다. 군벌타도! 서양의 추방! 그리고 이 두 가지는 내용에 있어서 하나입니다."

편지는 그냥 계속되었다. 차돌의 낭독도 차츰 열을 띠기 시작하였다. "이 같은 자각을 가지게 된 이래 손문선생의 주장과 행동은 중국 사억 민중뿐만 아니라 동아 십억의 가슴을 뛰게 하였습니다. 저 역시

이때부터 이 나라의 혁명운동에 가담하여 동아 해방에 힘쓰려는 굳은 결심이 생겼던 것입니다. 범선생이 마침 제 엉덩이에 채찍질을 한 셈이지요. 아버지 제 심중을 살펴주시옵소서. 제 죽음을 축복하여 주옵소서. 손문선생은 드디어 군벌의 반성에 기대하기는커녕 그들 군벌을 정면의 적으로 싸우고자 새로 북벌을 선언하였었습니다. 대외 정책도 또한 대단히 강경하여졌습니다. 선생은 지금까지의 쓰라린 경험으로 양국의 거짓된 호

의를 전혀 신용치 않게 되었으며 또 그들의 양보를 기대치도 않았습니다. 다시 말하면 승리는 서양 제국주의와 결탁하여 이 나라의 자유 독립을 저해하는 군벌에 있지 않고 다만 국민과 진실로 결합할 수 있는 자만이 획득할 수 있으며 또 침략국으로부터 회복해야할 모든 권리는 이 나라 국민 대중을 배경으로 어디까지든지 싸움으로써 도로 찾아야 된다는 태도였습니다. 하나 선생은 우리 북벌군이 이처럼 승승장구로 쳐 올라가는 오늘의 기쁨을 못 보시고 작년 봄 북경에서 애석히도 세상을 떠나셨습니다. 북경에 가시는 도중 선생은 우정 신호(神戶)에 돌아들어 우리나라 민중에까지 호소하였습니다. 이 연설이 이를테면 선생의 마지막 연설이 되었습니다. 선생은 동양 문화와 서양 문화 새에는 왕패(王覇)의 별이 있음을 지적한 뒤 이때야말로 서양 패도 문화에 대하여 동양 왕도 문화가 흥기(興起)하여야만 될 때라고 단정하고 일중 양국이 서로 제휴하여 아세아의 홍륭(興隆)에 매진할 필요를 피가 나게 주장하셨습니다.

"이제부터 일본은 세계문화에 대하여 서양 패도에 따르겠느냐? 혹은 동양 왕도의 아성이 되려느냐."

하고 단상에서 절규하셨다고 전합니다. 아버지 사실로 우리 두 나라가 힘을 합쳐서 아세아의 홍륭에 힘을 다한다면 생각만 해도 가슴의 피가 뛰지를 않습니까. 이런 위대한 꿈과 경륜을 가진 우리 북벌군의 수호신(守護神) 역시 돌아가신 손문 선생이랍니다. 혁명전에 대한 손문 선생의 교묘한 방침과 계획도 일일이 들어맞아 전에 없는 전과를 거두며 올라갑니다. 연설대와 선전대와 정치반이 우리들보다 한걸음 앞서 잠입하여 학생 등과 눈먼 농민 노동자를 선동하는 일방 부녀자와 늙은이에 이르기까지 정신적으로 미리 정복을 한 뒤에 비로소 우리 군대가 쳐들어 갑니다. 그럼으로 희생자와 무기의 손상도 적을 뿐더러 이왕의 군벌들이 흔히 하던 월급날의 약탈제도도 엄금되었서니 민중 모두 대협력입니다. 바로 며칠 전에도 이런 일이 있었습니다. 성안으로 쫓겨들어가던 적군이 최후의 저항을 하여 서로 어울려 싸우고 있을 때 부근의 농민들이 빗발치듯 하는 총알사이를 뚫고 응원을 나왔습니다. 이때 등신만 남은 한 영감이 비틀비틀 제 옆으로 다가오더니 이렇게 애원합니다.

"대장님 제게 총을 좀 빌려주세유."

"총알 오우…… 없어 없어요."

"저두 옛적엔 군대로 많이 뽑혀 다녀 조총쯤은 쏠 줄 알지유. 그러지 마시고 어서 빌려주세유."

"하 빨리 엎디라구요!"

"아니에유. 다 산 놈이 죽기야 매 일반이지유…… 나라의 원수라도 갚고 죽게 해 주세요……."

때마침 옆에 있던 병사가 총에 맞아 넘어지자 그 영감은 비호처럼 달려가서 총을 빼앗아 들더니 질풍처럼 적진을 향하여 돌격하기 시작하였습니다. 어디서 그런 기운이 나는지 참으로 기적이었습니다. 저는 놀라 일어나 칼을 휘두르며 부르짖었습니다.

"돌격!'"

해산의 편지가 여기서 끝나는 것은 아니로되 작자는 너무도 지나치게 늘어놓는 것이 어떨까 하여 마지막 몇 장만을 더 읽기로 한다. 이번은 해철이가 다시 편지종이를 들고 나았었다.

"……며칠이 지나도록 적군은 그냥 늘어 박혀서 싸우러 나오지를 않아 궁금증이 났습니다. 적군엔 그래도 서양제국의 원조로 대포와 기관총도 어지간히 많지만은 우리는

성벽을 깨칠 대포하나 폭격을 할 비행기 한 대 가지지 못하였습니다. 하나 오늘밤(五日) 드디어 대규모로 결사대를 조직하여 성벽 옮기어 오르기로 작정되었습니다. 아마 오늘만큼은 이것으로 마지막이 될 것 같습니다. 무창(武昌) 하에 죽든지 무창 성중에 선봉으로 들어가게 되든지 생환은 기하기 어려울 모양입니다. 징발해 온 사다리는 소불하 일백 개. 기어 갈 지점은 빈양문(賓陽門) 동북쪽. 결행시간은 오전 두시. 열 명이 한 소대로써 사다리 하나씩 맞는데 연장(連長 : 중대장급)으로 자원참가 하기는 저 하나입니다. 그러기에 제가 결사대의 대장이 됩니다. 아버지 어머니 형님 그리고 부디 안녕히 계시옵소서. 선전대원에 이 편지를 맡기고 떠나니 편지가 이것으로 끝이 났다면 저는 죽어서라도 무창 성안에 떨어진 줄로 알아주시옵소서. 부디 안녕히 안녕히……."

아니나 다를까 여기서 편지 종이가 달라졌다. 뿐만 아니라 종이가 피투성이었다. 모두들 가슴이 덜컥 내려앉았다.

"다리를 총에 맞었대요."

앞질러 대강 읽고 난 칠석네가 나직히 말하였다. 그리고 해철이를 꾹 찌르며

"읽지 말어."

하나 이때 용왕이 무심결엔지 눈을 번쩍 뜨기 때문에 해산이는 엉겁결에 다시 읽기 시작하였다.

"아! 원통하옵니다. 드디어 우리 결사대는 전멸을 당하고 말았습니다. 구차스레 이 몸만이 구조됨을 얻어 이 글을 위생처 병실에서 쓰게 되었습니다. 그래도 상처의 저리고 아픔을 참아가며 아직은 살아남게 되었음을 알리고저 함이외다. 아직은 그때 남호대학(南湖大學) 운동장에 집합한 우리 결사대는 상관과 전우들에게 격려를 받으며 교문으로 빠져나와 어둠 속으로 사라졌습니다. 지면을 비추는 칸테라 빛만이 유일한 길잡이로

달도 뜨지 않고 별도 없는 캄캄한 밤이었습니다. 소리를 죽이고 스름스름 다가가기 두어 시간만에 예정의 지점에 도달하였습니다. 기어코 오늘은 입성하고야 만다고 굳게 결심을 하니 더욱이 죽음이 무섭지를 않았습니다. 하나 성벽 밑에 이르자 벌써부터 경계하고 있던 적군은 일제히 기관총으로 소사를 시작하였습니다. 아뿔싸 실패로구나 하는 생각이 머릿속을 스쳐갑니다. 하나 저는 성벽 밑으로 기어들라고 호령을 질렀습니다. 그제는 수류탄까지 내려퍼붓습니다. 우리는 사다리를 대고 개아미처럼 기어오르기 시작하였습니다. 우리 병사는 마치 등불에 몰려든 하루살이 떨어지듯 합니다. 선봉을 선 저는 요행 총알을 맞지 않고 쏜살처럼 오르게 되었습니다. 제 뒤로도 칠팔 명 달렸습니다. 저는 드디어 성벽 위에 올라섰습니다. 마침내 육탄전이 벌어졌습니다. 저는 환도를 번개처럼 휘둘러 이리 치고 저리 치며 부하들을 독려하였습니다.

"빨리! 빨리!"

아! 이때에 얼떨결에 부르짖은 소리가 조선말이었답니다. 제 말소리에 또한 새로운 불길과 용기가 화산처럼 터졌습니다. 만리타향 조선서 온 내로다. 외방의 사나이로서까지 이 나라의 혁명을 위하여 죽으려거든 네놈들은…… 이를 악물고 막 대들려는데 갑자기 오른 다리에 총알이 들어맞았습니다. 아찔하여 뒤로 넘어져 공중거리로 떨어졌습니다.

한 사내가 제 몸둥이를 둘러업고 막 달어나기 시작하였습니다. 반정신이 들자 저는 내려라고 야단을 쳤습니다. 이를 부드득부드득 갈었습니다. 수많은 부하들을 사지에 끌고 들어갔던 놈이 어떻게 저만 살아 돌아갈 수가 있겠습니까.

"놓아주게! 놓아주게!"

"이사람 해산이, 정신이 나갔는가? 다리 상처가 과하네. 날세 나야 원생이……."

"원생이? 자네가 웬일이야?"

원생이는 홍산(洪山) 일대를 맡은 제삼사(第三師)에 정치부원으로서 가담하고 있었습니다. 그러나 연락일로 잠깐 왔다가 제가 결사대를 지휘하고 나갔다는 말을 듣고는 자기도 같이 죽으려고 달려왔던 터이었습니다. 하나 그때는 벌써 우리 결사대가 전멸이었습니다. 생각할수록 뼈가 저려옵니다. 꼼짝도 못하고 자리에 누워있으려니…… 우리 쪽도 이제는 지구전의 태세로 적군이 성중에 갇힌 채 자멸하기만 기다리는 수밖에 없이 되었습니다. 저의 등 뒤에 다시한번 결사대가 조직되어 성벽을 기어오르려던 계획도 또한 실패로 돌아갔기 때문입니다. 그 사이에 한양과 한구가 함락되었다는 쾌보는 들려왔습니다…… 하루 바삐 총을 들고 다시금 싸우고 싶은 마음이 벌떡거리나 다리가 말을 듣지 않는구만요. 하나 병신은 면한 모양이오니 그점은 안심하옵소서. 아! 비행기라도 있다면…… 다리는 못 쓰되 통쾌히! 싸울 수야 있지 않겠습니까. 비행기! 우리 진중에서도 모두 비행기 타령입니다. 하기는 저번 날 우리들이 대망하여 마지 않은 비행기가 한 대 광동으로부터 날아와서 무창성 상공을 나르며 폭탄과 전단을 두어 번 던지기는 하였습니다. 하나 우리의 비행기는 전투기도 아니요, 폭격기도 아닌 쓰지 못한 연습기에 지나지 않았습니다. 서양열국이 우리에게는 쓸 만한 비행기를 팔지 않지요…… 그러나 비행기 소리를 들었을 때 저는 너무도 흥분하여 밖에까지 기어나갔었습니다. 옛적에 제가 동경하는 화륜선 이상으로 요즘 와서는 비행기에 홀딱 취하고 말았습니다. 딴은 비행기에 대한 꿈의 역사도 그다지 얕지는 않사옵니다. 북경정부가 법국 코뜨든 회사로부터 비행기 한 대를 사들였을 때부터이니 벌써 구 년 째. 그 뒤부터 저는 법국(法國)기니 이국(伊國)기니 헌드레이패 지 여객기니 뷔커스뷔미 상용기니 연습용 아부로기니 이렇게 모을 수 있는대로 비행기 사진을 모아놓고 꿈을 하늘로 달려왔습니다. 그러기에 이따금씩 이제라도 동경에 건너가 비행기를 배워 가지구 올까하는 생각이 불쑥불쑥 일어나군 하옵니다. 바다를 지켜야 한다는 아버지의 주장도 이제는 화륜선보다도 비행기로 실현하여될 시대입니다. 그러나 아버지 우리 북벌군으로서는 비행기를 가지고 싸울 시기는 아직도 멀었습니다. 그리고 북벌의 전도는 아직도 요원합니다. 어느 때건 다시 일어나게만 된다면 저는 발을 끌면서라도 또 다시 싸움터로 나가렵니다. 바로 어제 밤 운명한 동무가 절 보구 이렇게 유언삼아 말하였습니다.

"연장님, 제몫까지 싸워주십시오. 아니 우리 전체의 목숨 대신하여……."

그이 역시 조선 출신의 한 병사였답니다. 그렇습니다. 저도 또한 이 땅에서 끝끝내 싸우다 죽어야 될 놈이외다. 이 병사는 어제 아침 전선으로부터 들것에 담겨 들어왔습니다. 광채 잃은 눈을 스르르 감은 채 얼굴은 창백하고 가슴은 피에 젖었습니다. 위생병이 웃복을 갈아 입힐 제 옆채기에서 사진이 떨어졌습니다. 아내인 모양으로 조선 부인의 사진이었습니다. 내어 반신을 일으키고 물끄러미 들여다 볼 제, 제 눈에서는 눈물이 수없이 떨어졌습니다. 그는 힘없이 한번 눈을 뜨더니 저를 알아본 양으로 싱긋이 웃었습니다. 그리고 한마디 조선말로 중얼거렸습니다.

"연장님, 저는 죽습니다. 그러나 연장님은 제몫까지……."

아까 그 말을 유언삼아 합니다.

"부탁은 없는가."

물으니 그는 웃으며 눈을 감았습니다.

"이겨주시오"

저는 이 병사의 유언이 영 잊혀지지를 않습니다. 아니 일생을 두고 못 잊을 깊은 감동이 제 몸둥이를 사로잡은 터입니다. 청년이 숨을 거둔 뒤에 그의 소지품을 검사하여보니 옆채기에 지갑하나 들지 않고 다만 웃주머니에 고향의 아내로부터 받은 엽서 한 장이 들어있었는데 서투른 솜씨의 언문 편지였습니다. 저는 이 편지의 이것을 쓴 부인의 사진을 옆에 놓고 한없이 울었습니다. 함경도 정평이 고향인 옥춘명이라는 청년이었답니다. 전우들의 손에 정중이 묻히고 그 무덤 앞에는 몸소 정치부장이 비명을 쓴 묘표가 꽂히었습니다. 영웅적인 그의 죽음은 비단 저만이 아니라 우리 군대 전체에 대단한 감동을 주었습니다. 제 결심도 새삼스러이 더 굳어지기만 합니다. 비행기는 백일몽이요. 하루라두 바삐 이 청년의 뒤를 따라야겠다는 생각뿐입니다. 역시 이 해산이도 아세아 대륙의 흙이 되는 몸으로 알어주시옵소서. 편지도 이로써 마지막을 삼겠습니다. 죽은 넋이나마 고향에 돌아가 뵈올까 하나이다. 부디 안녕히……
해산 상서."

이에 해산의 긴 편지는 끝이 났다. 다만 편지의 끝머리에 추신으로써 동봉한 편지 한 장을 고만이에 전해달라고 깨알같이 잔글씨로 쓰여 있었다. 놀라 겉봉을 흔들어보니 사실로 딴 종이 한 장이 떨어진다. 맞접어 언저리를 풀로 밀봉하여 친전이라 하였었다. 이 편지를 집어 들었을 때 칠석네는 눈물이 쏟아졌다. 차돌이는 고개를 떨어뜨렸다. 칠석네가 맡아 두었다가 언제든 고만이를 찾아서 주기로 하고 떼지는 않았다. 여하간 해산이의 편지를 받은 날부터 죽는 날까지 준 이틀 동안 용왕은 완연히 본

정신이었다. 그리고 언제나 아들의 편지를 품에 넣고 쓸어 만져서 혼자 정신 나간 사람처럼 벙글거렸다. 하나 한 시간이 채 못 되어 또 다시 끄집어내어 칠석네나 해산이더러 읽어달라고 청이었다. 혀가 굳어서 좀처럼 말을 만들지는 못하나 낭독이 시작되면 스르르 눈을 감고 적이 만족하는 얼굴로 귀를 기울였다. 숨을 지우기도 낭독소리 속에 미소를 띤 채 잠이 들 듯하였다. 용왕의 숨이 끊어지자 섬사람들은 모두가 목을 놓고 통곡하여 대소동이었다. 이 섬에 있어서 커다란 은인이요, 지도자요, 또한 수호신이나 진배없던 그인 만치 갑자기 어버이를 잃어버린 듯한 외로움과 슬픔을 걷잡을 수 없었던 것이다. 말하자면 용왕의 생애는 행복보다도 파란곡절이 중첩한 천신만고의 불행한 일생이었다. 그러나 어쨌든 제 생각 제 주장 제 힘 하나로 나라를 위하여 바다를 위하여 섬을 위하여 싸우고 또 싸워왔다. 비록 가정적으로는 극히 불행하였다고 할지언정 커다란 발자취를 남기고 떠나는 위대한 죽음이었다.

그의 시체는 여러 젊은이와 늙은 친구들의 손으로 포근한 염옷 속에 감지여 관 속에 누었다. 이제는 마지막 보는 용왕의 얼굴이라 친한 친구나 먼 섬에서 온 호상객이나는 흰 형겊을 쳐들고 고인과 대면하였다. 대면하며 역시 모두 눈물을 흘렸다.

"용왕님 잘 가소!"

하고 봇돌이는 입을 비죽비죽 거리다가 종내 걷잡지 못하고 외마디 곡성을 질렀다. 칠석네도 마지막으로 아버지에 하직하려고 다가앉았으나 복받쳐 오르는 설움이 그의 어깨를 들먹이며 가슴을 쥐어틀었다. 혼자 속맘으로 이렇게 부르짖었다.

(아버지 당초에 여길 왜 나왔대서요. 바다가 원수야요 바다가!)

섬을 떠나려는 칠석네의 결심이 이 날 아주 굳어지는 것이다.

귀곡조(鬼哭鳥)

그로부터 이년 뒤의 소화 삼년 추운 겨울 설한풍이 바다를 울리는 저녁 무렵 한 청년이 진남포의 부두를 뚜벅뚜벅 오르내리고 있었다. 며칠째 낯설은 그의 그림자는 억량기.

선창에 나타나기도 하고 신해관 선창이며 등대 옆을 방황하기도 하였다. 꾸역꾸역 때묻은 외투 속에 파무친 거푸수수한 얼굴 속에 두 눈만이 횃불처럼 번득이었다. 행색이 선부꼴도 아니요 그렇다고 장사꾼이나 회사원 같지도 뵈지 않았다.

"수상한 자두 있군."

해관 창고 안에서 불을 쬐는 인부들이 서로 고개를 끄덕거렸다. 선창 일대에는 건천에 올려내인 목선떼가 출렁출렁 벌거숭이로 누은 채였다. 다만 화물선박이 깊은 물길을 잡고 해관 부두를 드나들 뿐인데 그래도 겨울의 해관은 한산하기 바이 없다. 바다 바람이 기선의 마스트를 윙윙 울리며 대지에 호곡하였다. 보는 남포항의 풍경 그리고 그는 해산이었다.

하나 과거 십오륙 년 새에 발전한 이 항도의 모양은 실로 놀랠만 하였다. 즐비한 창고의 행렬. 훌륭한 부두에 정박한 기선떼. 산마루턱까지 타고 오르기 시작한 민가의 집단. 이런 것이 도리어 외로운 청년의 마음을 더욱 외롭게 만드는 듯하였다. 그는 어떤 깊은 명상이라기보다도 오히려 일종의 자기망각에 가까운 경지로 지향없이 이리저리 쏘다닐 뿐이었다. 어쩌면 혼잣소리하는 버릇이 일어나 무엇이라고 중얼중얼하기도 하였다.

발걸음이 다시 아래쪽 억랑기 선창에 이르매 이번은 못에 박힌 사람처럼 한군데에 우뚝 서서 움직일 줄을 몰랐다.

이 자리에서 칠석네와 고만이와 헤어지던 생각이 치밀어 오른 것이다. 멀거니 바다를 바라보는 눈에 뜻없이 눈물이 흘렀다. 북벌군에 가담하여 싸우는 동안까지는 먼 옛적의 전설처럼만 생각되던 일이 최근 이삼 년 동안에 궁한 신변의 격변에 먼 고향일이 마치 어제 일이나 다름없이 새삼스레 그리웁더니 이제 와서 남포까지 당도하니 고향의 느낌이 그리고 정다운 고국 산천이 그의 온 몸뚱이를 쥐고 흔드는 듯하였다. 혼자소리로 중얼거렸다.

"아버지!"

"아! 고만이!"

꿈이 깨진 저버린 몸이 될수록 고향의 아늑한 품에 안기고 싶은 심정은 더 간절한 것이다. 하나 무슨 면목으로 돌아왔는가. 생각하면 천신만고 용하게도 죽음의 구렁에서 빠져나와 달아나온 수만리 길이었다. 누가 저 혁혁한 북벌군 진중이 이렇게 될 줄을 꿈엔들 알았으랴. 둘(파당)로 분열하야 어제의 동지는 오늘의 적으로 서로 총대를 마주 들게 될 줄이야. 더구나 장개석의 태도의 표변은 또 어떠하였던가. 둘 사이에 끼운 외방 출신의 군인들이 당한 참극은?…… 모두가 악몽과 같았다. 파죽지세로 쳐들어 올라가던 그 당시의 북벌군의 용장함이여! 구월 초순에 한구와 한양을 모두 함락시키고 난공불락을 자랑하던 무창성도 그달 그믐날로 점령하니 오패부와 손부방이는 황망히 달아났다. 그러나 추격에 추격을 거듭하여 십이월 사일에는 구강(九江)을 빼앗고 칠일에는 남창(南昌)까지 점령하였다. 그리고 복건 방면으로부터 북진을 개시한 하응흠(何應欽)의 인솔 군도 전성(全省)을 제압하고 드디어는 절강성까지 손아귀에 넣었다. 이어 패장 손부방이 급거 북상하여 장작림과 장종창에게 구원을 청해 장작림을 총사령으로 봉천군까지 상해로 남하시켜 대결전을 도모하였으나 역시 광풍낙엽이 아니었던가. 십육년 4월 20일에는 백숭회 군이 상해에 진주하고 그 다음날 남경도 함락되었으며 이때에 이미 상처가 완치된 해산이는 부하를 이끌고 항주 공략전에 질풍처럼 달려와 백숭회 군이 합류하여 상해로 쳐들어왔었다. 그러나 놀라지 말라 그의 몸에 난데없는 체포령이 내렸다.

하기는 북벌군 성공의 쾌보는 전 세계에 전파로 퍼져 이 주란섬 사람들도 차돌이가 읽는 신문을 통해 알고 제 일처럼 기뻐하였었다. 한 주일 만에 혹은 두 주일 만에 한 묶음씩 들어오는 신문지상의 보도는 영원히 잠든 용왕의 무덤에도 늘 차돌에 의하여 전달되었었다. 하나 차돌의 염려하던 불길한 사태는 드디어 해산의 신상에 닥쳐왔던 것이다. 차돌이는 이런 정세의 판단에 밝은 사내이다. 국민혁명군이 분열해야만 될 필연적 운명은 역시 민국 십일년에 국민당과 급진좌파가 무리한 합작을 한 점에 뿌리박혀 있었다. 물론 손문이가 "일체의 혁명세력을 국민당의 산하에 결합"하겠다는 급진좌파의 제의를 용납하여 공산당원의 국민당 가입을 허락하기는 국민혁명운동에 "농민 노동자 외 대다수의 참가를 얻을" 목적에서였다.

딴은 대대적으로 북벌군이 성공한 것도 여기에 주요한 원인이 있기도 하다. 즉 전국 총공회와 농민조합에 가입한 일천삼백만에 이르는 농민 노동자의 총궐기는 혁명군의 대포보다도 무서운 효과를 나타낸 것이다. 가령 상해의 노동자 십여만이 대파업을 단행하여 손전방의 주둔군을 물리치고 백숭회의 북벌군으로 하여금 무혈 진주케 한 것은 그 좋은 예의 하나다.

그러나 양자강 지대로 진출하게 되자 북벌군은 중대한 위기에 봉착케 되었다. 양자강의 하류지방 더욱이 상해는 중국에 있어서 가장 공업이 발달한 곳으로 자본가의 세력이 대단하였었다. 이 자본가들은 국민당에는 반대가 아니었으나 국민당과 제휴하고 있는 급진좌파에는 증오와 공포를 느끼고 있었다. 노동자를 선동하여 빈번히 대파업을 일으켜 그들에게 큰 타격을 주는 것도 주로 이 급진좌파의 소위다. 이 급진좌파가 국민당의 내부에 세력을 펴고 국민당을 좌지우지하게 된다면 그야말로 큰일이었다. 상해의 자본가들은 국민당으로부터 급진좌파의 세력을 하루바삐 구축하여만 될 필요를 통감하였다. 그들의 대표인 송자문 일족과 장개석의 음모가 이때 여기에 발단하는 것이다.

서양제국주의 반대의 기치를 휘두르며 외국인에 대한 살해와 방화 이런 무지한 폭동으로 일을 삼아 마침내는 무정부상태에까지 사태를 악화시킨 것도 급진좌파의 소치였다. 그러므로 제 외국 특히 영국도 대단한 공포와 초조에 떨었다. 양자강 유역은 영국세력의 진출이 눈부신 곳으로 그 막대한 권익이 일대 협위를 느끼게 된 것이다. 급진좌파는 서양제국주의 그중에서도 특히 영국을 정면의 적으로 삼았기 때문이다. 이에 영국도 중국의 국민혁명을 쳐부수어야 할 필요를 느껴 기회만 노리었다.

때마침 민국 십육년 삼월 이십삼일 국민군이 남경성 입성에 있어 또한 외국인에 대한 폭동사건이 일어났다. 소위 남경사건이라는 것이 이것이다. 영국은 전 세계에 선전하였다. 국민군은 제 외국 영사관과 외국 상관 주택 선교사 제 기관을 향해 총포화를 집중하였다. 영미인이 대다수 피해를 받고 우리 일본 군인과 경찰관도 소란 중에 부상하였다. 그래도 우리 일본은 은인자중하였다. 하나 영미국은 이 기회를 놓치지 않았다. 그들은 군함으로 포격하고 육전대를 상륙시켰다. 그리고 국민혁명군 총사령관 장개석에게 엄중한 항의로써 위협하였다. 장개석은 중대한 기로에 서게 되었다. 의연히 급진좌파와 합작을 한다면 송자문 일족 자본가들의 지원을 잃을 것이요 또 열국의 호의를 얻지 못할 것이다. 더욱 이 송자문 일족은 자기네 권세와 번영을 위하여 영미국과는 쪽이었다. 하나 무엇보다도 출세의 욕망이 그득한 효웅 장개석의 눈앞에 어물거리기는 송가의 막내딸 미령의 어여뿐 자태였다. 성벽같이 높은 대자본가 담장 안을 엿본 지 이미 오년 심창(深窓)의 규수에 이루지 못하는 사랑의 불길은 더욱 타올랐었다. 하나 송자문 일족은 이때에 미령의 섬섬옥수로 장개석을 유인할 것일 잊지 않았다. 너무도 황감하여 장개석은 정신이 벌컥 뒤집혔다.

드디어 장개석은 4월 12일 상해에서 쿠데타를 단행하여 총공회를 무장해제하고 좌익분자를 일제히 검거 총살키 시작하였다. 바로 이날 해산이는 밤중을 타고 법조계 림하 백씨 집을 찾아 감격의 대면을 하고 있었다. 굳은 결의를 표시한 편지 한 장을 써놓고 종적을 감추었던 그였다. 그 해산이가 뜻밖에 늠름한 군복을 입고 들어섰을 때 림씨 부인은 너무도 놀래 정신이 뒤집힐 지경이었다.

"아이고 이거 왠일고!"

해산이는 기착을 하고 웃는 얼굴로 경례를 하였다. 부인은 그의 몸을 쓸어안고 불길스런 공포의 눈을 흡뜨며

"늬가 일될 줄…… 끝끝내 살인패당이 될락했는고."

"허허 왜 그리서요?"

"못할 일, 못할 일……."

드디어 와— 하고 곡성을 터졌다. 해산이는 어안이 벙벙하였다.

"저는 살인패가 아니야요. 어서 일어나서요."

이때에 멀리로부터 폭도들이 떼를 지어 몰려가매 아우성치는 소리가 들려왔다. 이따금씩 터지는 총소리로 놀래 문을 여니 멀리 화광이 충천이다. 부인은 해산의 몸을 바싹 끌어잡고 와들와들 치를 떨었다.

"못 간다. 못 가!"

"제가 가긴 어데가요. 저두 저자들과 한패인 줄 아십네까."

"아일락하다?"

의아스런 듯이 눈을 치떴다. 하기는 북벌군이 들어오기 전부터 무시무시한 테러가 상해를 지배하였다. 외국인은 잡히는 대로 폭행을 당하여 사상자가 속출하며 중국인 남녀로서 살해당한 자만 해도 사백여 명 폭행부상을 당한 자는 부지기수였다. 평민단이라고 자칭하는 무장단이 러시아인 사관의 지휘로 정부의 건물을 점령하여 콤비콘(임시시정부)을 수립하고 여기를 본거로 하여 폭동과 약탈을 일삼고 있었다. 거리집은 죄다 철시하여 죽음의 거리였다. 하나 침입을 거절당하면 점포의 문짝이며 집 대문에 불을 질렀다. 몹시 가물던 때라 불길은 또한 삽시간에 번졌다. 사태가 이렇게 악화되매 드디어 천오백의 미국 육전대와 동수의 우리 일본 수병이 출동하게 되었다. 불란서 군대는 정세의 위급을 보고 지난 정월달 영국으로부터 파견된 상해경비군을 지원코자 함이었다. 그러므로 공동조계 안은 비교적 평온하였다. 그 대신 조계 안으로 피난코자 하는 불쌍한 민중들은 연일 밤이 맞도록 아우성을 치며 대소동이었다. 림씨 부인은 해산이가 정녕코 폭도의 하나라고 생각하였던 것이다. 바깥 형편을 보러 나갔다 돌아온 하백씨는 해산이를 발견하자 짐짓 놀래 멈춰 섰다. 해산의 인사도 받지 않았다. 주머니에서 돋보기 안경을 꺼내어 걸더니 한참동안 뚫어지게 해산의 얼굴과 복장을 살펴보고서야 그제사 빙긋이 웃었다. 해산이도 그 웃음 속에 복잡한 감정을 읽고 덩달아 웃었다. 하백씨는 고개를 끄떡끄떡하였다.

"장하구마, 장하구마."

"고맙습니다. 저를 용서하여 주시니…… 그리고 아무 염려 마십시오. 저 폭도도 곧 진압하도록 상부에 아뢰겠습니다. 원생군도 오늘 내일 새에 돌아올 것입니다."

"원생이두?"

부인의 놀라는 눈에 미소로 대답하였다.

"정치부원으로서 지금 대활약입니다."

"범선생은?"

하백씨가 다그쳐 물었다.

"아마 무한으로 가신 모양입니다. 보십시오. 이 나라 백성이 일어나는 씩씩한 모양을… 이 나라에 아니 이 아세아에 여명이 찾아옵니다. 북벌이 끝끝내 성공하도록 저는…….."

바로 이때에 왈랑왈랑 문짝을 두드리는 소리가 소란스레 들렸다. 부인은 불길한 예감에 소스라쳤다. 심상치 않은 소리였다. 여러 명이 찾아온가 싶었다. 하백씨도 놀라서 움쳐섰다. 해산이는 매어 달리는 부인을 뿌리치고 문간을 향해 뚜벅뚜벅 걸어 나갔다.

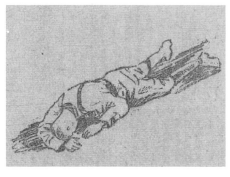

문고리를 벗기자 저쪽에서 문을 벌컥 열어 제치더니 권총을 들이대며 십여 명의 병사가 무엇이라고 외친다. 하백씨 부부는 까우리방즈 까우리방즈라는 소리만 들었을 뿐이었다. 귓결에 해산이가 꾸짖듯이 부르짖는 소리도 들었다. 하나 다음 순간 그들 부부는 허겁지겁 뒷문으로 빠져나가려다 정신을 잃고 쓰러졌다. 그쪽에도 병사들이 지키고 있었다. 총을 들고 몰려 들어온 병사들 역시 국민혁명군의 복색이었다.

"네놈들 환장을 했느냐?"

해산이는 고함을 지르며 마주 권총을 뽑아 들었다. 부하나 진배없는 병사들이 아닌가. 한 놈이 부르짖기를 사령부로부터 네게 체포령이 내렸으니 순순히 손을 들라는 것이다.

"이놈들 미친 수작 말구 썩 돌아 못 가겠니?"

"듣지 않으면 쏘아 죽인다!"

뒤쪽에서 한 놈이 부르짖었다.

"이놈 무엇이라구! 네놈들이 군법을 어기고 폭도화했느냐!"

"아니다. 꺼우리 군인은 죄다 잡으라는 사령부의 명령이다!"

"사령부의 명령?"

"저놈 꺼우리 죽여라!"

해산이는 총을 놓아 그놈을 쓰러뜨렸다. 동시에 총싸움이 벌어졌다. 문짝을 방패로 해산이는 막 쳐부셨다. 청천벽력의 통분하기 바이 없는 일이 내게 무슨 죄가 있었더냐? 먼 외방 사나이로서 이 나라 혁명을 위하여 목숨을 바치려는 죄밖에 없다. 이 나라에 화근덩이 군벌타도의 싸움에 뛰어들어 무창성 중으로 사다리를 메고 성벽을 기어오른 죄밖에 없다. 꺼우리는 다 잡어 대령하라고? 무창성의 위생처에서 죽은 함경도 청년의 일이 번개같이 머리에 떠올랐다. 국민혁명의 깃발을 가슴에 감은 그의 뒤를 따르려는 놈이 무지 무모한 폭도들의 총에 값없이 죽는단 말이냐? 하니 격정에 몸이 불덩어리처럼 타올랐다.

"이놈들 연장(連長) 신해산의 총을 받아라!"

"이제는 연장두 아무것두 아니다. 네놈은 둥양궤(東洋鬼)다. 꺼우리 방주다!" 이 소리에 펄펄 뛰며 몸을 어쩔 줄 몰랐다. 연방 개개 명중으로 넘어뜨려 흉도들이 기겁하여 달아나려는 기백을 보자 권총을 왼손에 바꿔 쥐고 칼을 뽑아 들었다. 뽑아 들자 흉한들 속에 뛰어들어 팔면육비의 용맹을 다하였다. 하나 담 밑에 숨었던 한 흉도의 총알이 앗 하는 새에 그의 팔에 들어맞았다. 칼을 든 손이 떨어지며 중심이 쏠려 넘어져 이를 악물고 권총을 난사하나 조준이 맞지 않았다. 다시 일어섰다. 이때 별안간 포승이 뒤로부터 그의 목을 걸고 잡아 당겼다. 뒤로 흠찔하였다. 때를 놓치지 않고 여섯 사내가 달려들어 깔고 누워 한참동안을 엎치락 뒷치락 하더니 종내 운신을 못하도록 결박을 지었다. 두 팔이 모두 피에 젖은 채 뒤로 어깨죽지에 바싹 끌어올렸다. 목에까지 포승이 거미줄처럼 감겨 숨길을 돌릴 수가 없었다. 가슴에도 배에도 받은 포승이 그러쥐어 눈 앞이 캄캄하였다. 한 놈이 군모를 빼앗고 총과 칼을 거두었다. 그리고 몇 놈이 와당와당 상점으로 뛰어들더니 총성이 일어났다. 하백씨 부부가 총살을 당한 것이다. 이때까지 해산이는 자기네도 폭도들의 외인 학살 등에 걸린 줄만 알았다. 사령부의 명령일 리가 만무하다고 생각하였었다. 폭도들은 일본인에까지 위해를 하기 때문이었다. 그러나 비틀비틀 대여섯 걸음을 끌려갔을 때 눈이 번쩍 뜨였다. 가로등 밑에 무장한 불국 군인 대여섯이 늘어서서 끌려가는 꼴을 조롱하듯이 히죽거리며 좋아하는 것이다. 그리고 끌고 가는 축들은 일제히 경례를 하자 마주 경례하며 멜시— 멜시—(고맙네)를 뇌인다. 불국 군대와의 합작에 틀림없었다. 분통이 터져 해산이는 제 옆의 호송군인의 얼굴에 가래침을 탁 끼얹었다. 그리고 간신히 숨을 몰아 호령을 질렀다.

"웬일이냐? 어느 놈이 나라를 또 다시 양국놈들에게 팔았느냐?"

군인이 칼등으로 그의 목덜미를 후려갈기며 발길질을 하였다.

"이놈! 총사령관 장개석 어른의 명령이다."

"장개석이가? 장개석이가?"

해산이는 정신이 아찔하였다.

사령부로 끌고 가는 모양으
로 조계의 철문에까지 오니
불국군인과 국민군인이 전지
(電池)불을 번쩍거리며 경계가
지엄하였다.

　"어떤 놈이냐."

　"꺼우리 연장 잡아갑니다!"

　"음, 나가라!"

　이때 어둠 속에서 이상스레 웃는 소리가 들렸다.

　"꺼우리 연장이라니?"

　"꺼우리 방즈 신해산이올씨다!"

　"그놈이면 내 원수다. 내가 맡아 처치할려."

하더니 한 사내가 어둠 속에서 뛰쳐나와 해산이의 팔을 붙들었다. 하나 해
산이는 이미 반의식을 잃어 몽유병환자처럼 창랑히 끌려갈 뿐이었다. 그
사내는 제가 호송 처형하겠노라고 하여 호송병을 물리치고 두어 마장쯤 말
없이 끌고 가서 어둑시근한 다리 아래로 끌고 들어갔다. 해산이는 그 자리
에 쓰러졌다. 정신이 혼미하여 진 것이다. 그러나 그의 환상은 쥐치를 펴고
그리운 고향의 아버지와 어머니 앞으로 돌아가 흐느껴 울고 있었다. 언제
나 자애 깊은 어머니는 사랑의 손길로 그의 머리를 쓰다듬는 것이다. 해산
이에게 있어서는 부모형제가 모두 옛날 그대로의 연령이며 저 역시 고향에
돌아간 꿈속이나 환상 속에서는 떠날 그 즈음의 어린애에 지나지 않았다.

　"옛말 그른 데 없이……."

　선녀는 눈물을 지으며 위로한다.

　"역시 개구리 아들은 개구리라고…… 너두 남아서 고기잡이꾼이나 되
었더면…… 이제라도 좀 마음을 안돈하려무나."

"네 어미는 가다가 그런 소리 안하면 도캇더라."

아버지가 눈을 흘기더니 담뱃대로 제 머리를 막 두들긴다.

"어서 일어 나가거라."

"아버지……."

칠석네가 만류하려고 애원이다.

"남아라니 목숨이 끊어질 때까지 싸우는 법이다."

고만이가 그의 몸을 흔들며 귀에 대고 속삭이었다. 꿈속에서도 마치 꿈결에 들리는 소리와 같았다.

"해산아, 일어나라 해산아…… 이번은 나도 어디까지든지 따라갈테야. 응?"

"뜻을 이루고 못 이루기는 천명이나 너나마 아버지 대신 뜻 두었던 곳에 죽어다고……."

비장한 명령이요 또한 간절한 부탁이었다. 고개를 번쩍 쳐드는 순간 그는 제정신으로 돌아왔다. 웬일인가 목에 포승이 걸리지 않았다. 팔을 움직여 보니 팔에도 몸을 끌어보니 몸에도…… 쓰러진 채 숨을 죽이고 경계하듯이 둘러 살펴보았다. 강변이었다. 한간쯤 앞에 군인의 발이 보였다. 이와 동시에 해산이는 벌떡 일어서며 뒤로 손을 보내었다. 허나 권총이 케이스 채 없었다.

뚜벅뚜벅 호송병이 다가서며

"해산이 이제야 정신차렸나? 총이나 받어 쥐게."

권총을 내어민다.

"나를 알아보겠나. 원생일세."

너무도 놀라어 해산이는 두어 걸음 움쳐 섰다. 하나 걷잡을 새 없이 분통이 터졌다. 이를 부드득 부드득 갈며 달려들었다.

"네놈들이…… 네놈들이…… 이제 와서는……."

원생이는 해산의 비틀거리는 몸을 껴 붙들었다. 그의 눈에 눈물이 그득하였다.

"용서하게 용서하게. 어찌할 수 없는 일이었다네. 그렇다고 청당(淸黨) 안 하고 내버릴 처지가 되었든가. 물론 자네야 너무도 애모하지 애모하다기보다 우리 중국이 자네에게 은혜를 원수로 갚는 셈이지……."

목이 맺혀 반은 울음의 소리였다.

"그냥 두었다가는 러시아 혁명가들의 충동에 넘어 무정부 상태가 되겠음으로 총사령관이 청당을 결심하고 일제히 좌익분자에 대하여 체포령을 내렸다네 두목들이 죄다 걸려들기 시작이네……."

"청당은 좋다만은……?"

"물론 너무도 얼토당토 않은 일이지 손을 빼친다는 것은……."

"아니다 내 이야기가 아니다! 이 나라 혁명을 위하여 내 죽음이 필요하다면 나는 백 번 죽어도 좋다!"

노려 보며 고함을 질렀다.

"이 일이 장개석의 배신행위가 아니고 무엇이냐? 북벌이 반나마 성공하니 장개석이가 제 세력을 펴려고 서양열국의 음흉한 마수와 서로 손을 붙잡 것이 아니냐? 응? 내 증거를 보았다. 저 법조계 어

디라고 국민군이 들어와 총을 놓을 수 있느냐고 보다두 불국 군인이 이 학살소동을 협력치 않타니? 국민혁명군이 이제는 분열이구나!"

너무나 격하여 울음이 터졌다.

"응, 아네 알어. 각오해야지."

원생이도 마음이 비참하여 눈물이 비 오듯 하였다.

"무한 국민정부가 이제 가만있겠느냐? 어제의 동지들이 오늘은 두패루 갈라져 서루 싸워야 된단 말이냐? 그렇다면 이 나라에 군벌이 하나 더 느는 것 밖에 더 어디 있느냐 응? 저— 진저리나는 내란을 다시 계속하여 되느냐 물론 청당은 하여될 줄은 나도 안다. 폭도는 진압하여야 된다. 그러나 외국에 대하여는 끝끝내 강경한 태도로 나가구 볼 때가 아니냐? 한구와 구강의 조계를 접수한 것이 언제 일이냐? 영국이 조약 위반이라고 엄중히 항의하여 왔다. 우리는 더욱더욱 맹렬케 한 반영운동으로서 대답하였다. 영국은 드디어 겁을 내어 우리 국민정부에 양보하여 조계회수를 승인치 않았느냐? 끌려들기 시작한 외국이 충동이는 바람에 최대의 적인의 외국과 악수하고 다시 집안싸움만 시작한다는 것이 그래 옳단 말이냐?"

치밀어 오르는 원한과 통분에 칼로 가슴을 헤인 듯 못내 쏟아 놓은 듯이 결하처럼 격정이 터졌다. 두고두고 보매 바로 맞는 말이었다.

"……아니 내말을 좀 더 듣게. 우리 국민군이 어쨌던 여기까지 거침없이 저 올라올 수 있는 것도 우리들이 국민 대중의 첨예한 대외 감정에 호소하여 군민의 지지를 얻은 때문이 아닌가? 이제 와서 제 세력만 펴고자 외국의 흉계와 결탁하고 태도를 표변한다면 국민대중의 마음에 이반한 것이 명약관화처럼 않으냐?"

"그러기에 영리한 장개석은 국민대중의 신뢰의 지지를 확보하기 위하여 이후부터 항일 운동으로 방향을 돌리는 것이다."

"이를 말인가. 하나 나로서야 엎친 사발이라고 내버려둘 수가 있는가. 국내통일과 불평등 조약 철폐에 매진할 것은 우리들에게 부과된 최대의 의무일세. 이 일을 바로잡도록 우리 국민군이 또다시 죽음으로써 노력할 것을 내가 대신하여 자네 앞에 맹세합세!"

원생이는 해산의 팔을 쥐고 흔들었다.

"그러나 시제로 자네 머리 위에 떨어진 사령부의 체포령은 절대적이고, 미미하나마 나도 자네 나라 출신 장교나 병사들의 감격하여 마지않은 용전과 아세아를 살리겠다는 웅대한 포부를 역설하여 배은망덕의 악착스런 명령을 도루 거두도록 애쓰다 못해 용납되지를 않았네. 유일한 핑계는 자네들도 급진좌파이리라는 추측일세. 하여간 뒷일을 위하여 시제로 사지를 벗어나야지 않겠는가. 해산이 어서 강물로 피를 씻게나…… 시간을 다투네. 한시바삐 이 상해를 떠나 북쪽으로 은신해야 하네."

해산이는 외손으로 허위적시며 얼굴과 목덜미에 묻은 피를 씻기 시작하였다. 원생이는 그제야 해산이가 오른팔이 부상한 줄을 알고 해산의 군복 한 천을 찢어 졸려매었다. 서로 묵묵한 채 말이 없었다. 하늘에는 낫을 던진 듯한 조각달이 희미하였다. 쭐벅쭐벅을 만지는 소리가 음침하였다. 해산이가 일어서매 원생이는 눈물을 삼키며 그의 군복을 벗기고 보자기에서 청옷을 꺼내었다. 그 위에 노자로서의 은전 주머니가 매어졌다. 그리고 아까 내어 든 해산의 권총도 덜썩 떨어졌다. 해산이는 물끄러미 원생의 얼굴을 들여다 보았다.

"자네가 두 번째 나를 살려주네 그려."

"두 번 아니라 세 번의 일곱 번이래두 자네의 은혜는 잊지 못하겠네…… 어서 입구서 달아나게. 이 군복은 자네를 처형하였다는 증거로 내가 가지구 가네……"

서너 걸음 가다가 다시 돌아섰다.

"언제나 다시 만날까."

해산이는 쓸쓸히 외쳤다.

"서루 죽지 않는다면……"

"해산이 부탁하네. 이 나라를 위하여 기도하여주게……"

그의 그림자는 이 말을 남기고 어둠속으로 사라졌다.

깊은 회상에 젖으며 지향없이 짚는 발걸음이 다시 신해관 선창을 향하고 있었다.

"두구보니 이 말이 맞지 않았는가."

그는 혼자 소리로 중얼거렸다.

장개석은 수천의 급진좌익 분자를 총살에 처하고는 남경에 새로이 국민정부를 수립하였다. 무한정부는 대노하여 즉시로 제명처분하고 체포령을 내렸다. 그러나 무한정부에 또한 내부적 항쟁이 있어 두 파로 나뉘어 싸우다가 공산파는 칠월에 빠져나가고 나머지만이 남경국민정부에 합류하였기에 그래도 그만하기 다행이었다. 하나 여기에 국공은 드디어 분열하고 말았으니 중국통일 상의 화근은 아주 뿌리 깊이 박히고 만 것이다. 바로 이렇게 되기 전까지 해산이는 그냥 상해에 잠복하여 거지모양을 해가며 풍운의 변동을 살피고 있었다. 위하여 제 목숨을 바치려던 나라로부터 총살령으로 보답되었을 때 원한과 통분지심은 여간치 않았으나 총알이 진하고 칼이 부러진 낙막한 고독의 몸이 되매 아침으로 저녁으로 아름다운 고향산천이며 주란섬의 정든 사람들을 그리는 마음도 간절하기 바이 없었다. 하나 그는 모든 것을 눈물로 꾹 참았다.

그러자 장개석이가 표연히 구주 별부(別府)로 떠났다는 사실을 신문에서 보게 되었다. 그는 환호성을 지르며 어린애처럼 날뛰었다. 그리고 황망히 봇짐을 꾸려가지고 북행차에 올랐다. 눈치 빠른 장개석은 공산파가 탈락한 오늘날 무한정부와 남경정부 사이는 서로 난형난제한 일신동체나 진배없이 그 합동이 단지 시일 문제임을 깨달았다. 그래 넌즈시 제가 총사령의 직분을 내놓고 없어진다면 오히려 두 정부의 합동이 수월히 될 것을 예측하여 심복들에 뒷일을 맡기고 단신 별부로 떠난 것이다. 해산이는 그의 뒤를 따르고자 하였다. 중국통일의 혁혁한 진로를 중도에서 잘바 버린 장개석에게 문죄의 길을 떠나려 함이다.

뿐만 아니라 이 나라의 혁명을 위하여 싸우던 조선 출신 장교나 병사들이 반동적 학살에 무참히 흘린 피의 대상도 요구하려는 것이다. 하나 상해에서 배로 탈출키는 눈초리가 날카로워 가망이 없었다. 천진으로 올라가 일본 가는 배를 잡아탈 생각이다. 그러나 장개석이 하야하자 곧 무한 남경 두 정부의 합동이 성립되었다. 이 일을 알기는 천진에 와서 배편을 기다리며 방황하는 동안이었다. 장개석은 합동 신국민정부로부터 재출마를 요청받는 형식을 밟아 다시 남경으로 돌아왔다. 돌아온 즉시로 그는 손문 이래의 국민정부의 이상을 실현하기 위하여 북방 군벌을 타도하고 국내를 통일할 것을 성명하였다. 제이차의 북벌이 여기서 시작한다.

먼저 국민혁명군을 개편하여 단단히 정비하는 동시에 북방군벌의 자웅이라고 할 풍옥상이와 염석산으로 더불어 협력하여 4월(민국 십칠년 소화 삼년)에 전단을 열었다. 그러나 군벌타도라는 손문의 정신과는 시초부터 배반되는 전장이었다. 군벌 풍옥상이와 염석산인 즉 국민정부로 보아 당면의 적이 아닐 수 없었으나 장개석은 당연히 취하여 될 부정적 태도를 대신하여 도로 정부위원으로서 대접하였다. 그러므로 해산의 예언처럼 이번의 북벌에 있어서는 제일차의 북벌에서 본 바와 같은 농민과 노동자들의 협력지원을 얻을 수 없었다. 말하자면 군벌에 대한 국민대중의 싸움이 아니요 군벌과 군벌의 싸움으로 또 다시 돌아섰기 때문이다. 장개석 자신 유력한 새 군벌로서의 존재의의밖에 갖지 못하였다.

하여튼 장개석은 국민군을 거느리고 진포선을 북상하여 봉천군을 제남 쪽으로 차차 압박하기 시작하였다. 일방 풍옥상군은 순덕 보정을 함락시키고 경항선으로 북상하며 또 염석산군은 산서성으로부터 진격하야 북경의 측면에 육박하였다. 봉천군은 고군분투 방전에 노력하였으나 역시 패전만 거듭하여 후퇴하다가 드디어 제남 함락의 보를 듣고는 총퇴각이다. 귀반의 도상에 오른 장작림이 봉천 부근에서 열차의 폭발로 참사한 것은 이미 널리 아는 사실이다. 이때 풍운아 우리의 해산이는 어느새 풍옥상 휘하의 장교가 되어 북경입성을 하였다.

"역시 내가 어리석은 놈이야. 장작림군만 토벌한대도 한결 국내가 통일될 줄 알고 풍옥상의 밑에 뛰어들었댔으니 돈키호테지." 해산이는 다시 고개를 떨어뜨리고 혼자소리를 중얼거렸다. 스스로 조소하는 웃음이 입가에 떠올랐다.

"그러나 장개석의 비위는 또 어떻구?…… 도대체 무슨 염치루 손문선생이 영전에 북벌완성 전국통일을 알외드란 말인가. 흥 전국통일? 이름이야 좋지……."

사실로 전국통일은 고사하고 군벌들은 더욱 활개를 펴고 각 지방에 활거하고 있었다. 예를 들자면 산서성에는 염석산이 있어, 북벌군에 호응하여 자기의 지반을 견지하였다. 서북의 군벌 풍옥상이는 남경과 무한 두 정부의 타협을 알선하여 국민당 중의 중요인물로 되었다. 장작림은 폭사하였으나 그 아들 장학량이 국민정부에 복종할 것을 조건으로 동삼성을 그냥 지배하게 되었다. 결국 이들 군벌은 장개석과 같이 새 군복을 떨쳐입고 나섰음에 지나지 않는 것이다. 그러므로 북벌의 성공에 따르는 평화와 통일은 이들 군벌세력의 균형에 의하는 일시적인 평화와 통일로 언제나 기회만 있다면 장개석을 쳐부수고 제 세력을 펴려는 야심에 있어 옛날 군벌과 조금도 차이가 없었다. 몇 달이 못가서 각지에 반장 운동이 일어난 것도 당연한 이치였다.

"손문선생이 지하에서 통곡을 하실테야……. 군벌을 타도하고 영미세력을 구축하여 일중 제휴로 아세아의 부흥은 아세아인의 손으로…… 이것이 종생의 염원이 아니시던가. 그런데 일(一)에 타도하여 될 군벌을 도리어 길러놓고 이(二)에 그 세력을 구축하여야 될 영국에는 제 뒤를 돌보아주는 석강재벌의 이익을 위하여 도리어 나라를 팔았으니…… 이제는 모두가 뒤죽박죽이다."

그는 푹 한숨을 내질렀다.

"관세에 대한 조약 개정에서 뵈인 미국의 매은정책(賣恩政策)이나 영국이 큰 덩어리의 권익을 지키기 위하여 소양보 정책으로 달래인다고 그 발 밑에 굴복한단 말인가. 서양제국주의의 구축을 표방하던 것이 언제 쩍의 일이기에 오늘에 와서는 영미에 나랏일을 맡기고 만단 말인가. 그야말로 호랑이에 어린애를 맺기는 셈이 아닌가. 내말이 맞지 않았나 보자. 이제는 국민 대중의 지지를 얻을 희망이 없어지니까 국민 정부를 지배하고 있는 친영미파가 제남사건 같은 것을 일으켜 마치 일본이 중국의 통일을 방해하는 것처럼 선전하여 국민의 반일감정을 건드리기에만 분주하지 않은가…… 서로 제휴하여 아세아를 부활시켜야 될 두 나라의 사이를 이렇게 만들다니…… 흥 영미놈들의 간계에 걸리고 말았지."

사실 거류민 보호를 위하여 제남에 파견된 우리나라 군대와 산동성으로 진군하여 오던 북벌군과의 사이에 충돌사건이 일어나자 해산이는 군복을 찢어버리고 조선을 향하여 돌아온 것이다.

천진으로부터 화물선에 몸을 실고 남포로 입항할 제 배는 바로 주란섬 주위를 기적을 울리며 돌아들었다. 갑판 위에 솟은 듯이 서서 그림같이 아름다운 고향섬을 바라보는 그의 눈에서는 하염없는 눈물이 비 오듯 하였다.

날은 맑게 개어 섬 안이 환등 속의 그림을 들여다 보듯이 빤히 바라보였다. 떠난 지 어언간 십오륙 년 새에 집도 많이 늘었지만 도토리 나무 밑에 꿇어앉은 서낭당일지 복숭아나무 숲일지 아카시아의 행렬일지 우뚝 솟은 감토봉일지 옛이나 지금이나 다름이 없었다. 하나 뱃머리가 동리 앞쪽 바다로 돌아 돌면서 햇볕 아래 졸고 있는 병아리떼와 같은 여러 초가지붕 뒤의 언덕 위에 붉은 양철지붕의 흰 집을 발견하자 그는 짐짓 놀라는 듯하였다.

"무슨 집일까?"

이때 마당귀에 오구자자하게 모인 어린애들이 나풀나풀 손을 흔드는 것이 보였다.

해산이는 한걸음 나서며 마주 손을 흔들었다.

"학교인가부네. 아! 섬에 학교가 섰네……."

마음이 흐뭇하였다.

"아버지가 세우셨겠지. 누구가 선생님인가…… 차돌이? 영보? 락수? 섬은 역시 혼자서라도 크누나…… 그리고 아마 저 애들 속에서 제이의 제삼의 해산이가 나와 아세아를 위하여 또 고생을 하겠지……."

감개무량한 눈물에 앞이 흐렸다. 일순간 아버지 어머니하고 부르짖으며 뛰쳐 내리고 싶은 충동이 그의 몸을 쥐고 흔들었다.

배는 벌써 웃주란섬 밑을 감돌아 들고 있었다. 물이 들어 두 섬새에 질펀이 깔려 섬들은 옛적이나 다름없이 어둠에 갇혀었다. 그러나 오매불망으로 못 잊어온 그리운 섬―.

"아버지, 해산이가 고함 한 번 못 지르며 도망하듯이 섬 앞을 다시 지내갑니다."

그는 속마음으로 부르짖었다.

"십오 년 전 미국배를 몰래 타고 이 섬 앞을 지날 때 전들 오늘날 이같이 부끄러운 몸으로 돌아오게 될 줄이야 꿈엔들 생각하였사오리까. 무창성 하에서 편지 끊기를 그래도 잘하였습니다. 아버지 이상이 높은 제일차 북벌의 진공의지 당신의 아들로 끝으로 흩어진 줄로 알어주십시오. 아— 무창성 하 위생처에서 숨이 진 한 함경도 청년의 죽음이 한없이 부러워요. 하나 아버지는 제 마음 속에 언제나 살어계십니다."

혼자소리로 그리운 사람들과 하나하나 작별이다.

"어머니 당신은 제 마음의 보금자리야요…… 해철이 형님 당신은 아버지의 대를 이어 바다의 주인이 되어 주십시오. 바다! 아— 어려서부터 제가 얼마나 가없는 꿈을 달리던 바다일가요. 지켜야 할 아세아의 바다 나가야 할 칠대양 바다! 그러나 형님 바다보다도 더 넓은 중화대륙에 아직 파도가 거친 것을 보았습니다. 그리고 이 파도를 제압할 길은 화륜선보다도 비행기가 앞서는 것을 알었습니다. 중국에서 뜻은 못 이루었으나 권토중래(捲土重來)의 굳은 결의로 동경에 건너가 비행기를 배우럽니다.

만약에 형님 이후에 제가 뜻을 이루고 돌아오는 날이 있다면 열두 살에 이 섬 앞을 지나간 해산이는 이미 죽고 오늘 다시 이 섬 앞을 잠잠히 지나가는 새 해산이가 돌아온 줄 알어주십시오"

사실로 산산히 부서진 그의 가슴 속을 이 같은 새 분발심이 맑은 샘물처럼 흐르고 있었다.

"칠석네 누님, 누님은 지금 어디 계세요? 억랑기 선창에서 제가 딴 맘을 먹고 혼자 떨어질 제 적이 불안하신 모양으로 우리 얼른 돌아오께 여기서 기대려 응 하시던 누님의 얼굴— 마음 착하신 누님이 저를 잃고 들어오셔서 얼마나 슬퍼하셨을가 생각하면 몸 둘 곳이 없어집니다. 하나 누님도 저를 아주 잊어주십시오."

"어머니."

다시 그의 마음이 어머니의 품을 더듬었다. 언제나 어머니를 생각할 때면 가슴이 그득하여 갈피를 잡지 못하고 어린애처럼 눈물만이 앞서는 것이다.

"어머니, 저나 다름없이 사랑하는 고만이를 보실 때마다 얼마나 언짢아 하십니까…… 그리고 고만이 당신은 저를 얼마나 원망하우?"

생각만 하여도 가슴의 피가 술렁거렸다. 얼굴이 달아올랐다. 값있는 죽음의 길만 찾아 헤메던 그였으나 역시 그의 가슴 속에도 첫사랑의 불꽃은 붉어 있었다. 웃주란 섬 위에 전에 없던 집이 여러채 나타났어도 눈에는 보이지 않았다. 고만의 쓸쓸한 미소 원망하는 눈초리 눈물짓는 얼굴 탄식하는 모양 이런 것만이 핑글핑글 눈앞에 선회하였다. 그리고 이상한 것은 부모와 형이나 누이의 환영은 옛날 그대로의 그들이었으나 단지 고만이만은 옛날 모습으로 곱게 자라난 다시없이 아리따운 여자로 나타나는 것이다. 그는 스스로 눈을 감았다.

"고만이 용서하오. 처자를 거느리고 오붓이 살아 보기는 일평생 틀린 사내인 것을 어떡하오. 그러나 나의 마음은 언제나 당신의 곁을 떠나지 않았소. 슬깃 잠만 들면 옛날의 이 주란섬으로 돌아와 당신과 같이 굴까기도 하고 소꼽질도 하고 모래장난도 치고 화륜선에도 올랐소"

소란스런 행상군의 고함소리에 꿈을 깨쳤다.

(저게 누구야!)

벌써 어지간히 먼 거리로 떨어져 섬 위에 흰옷이 가들가들 보일 따름이었다. 해산이는 배 뒤쪽으로 황망히 달려가서 난간에 매여 달렸다. 고만이로만 생각되었었다.

"아…… 고만이 당신이 아니요? 당신이 아니 오니까 아무도 살지 않는 무인도를 일부러 택하여 그리로 간게로구료. 당신의 쓰라린 마음도 가히 짐작할 수 있는 듯하오. 그러나 고만이 아무쪼록 남편의 좋은 아내가 되어야 하오."

쭈루루 눈물이 흘렀다.

"나는 이미 죽은 사람이오. 당신에게 그와 같은 편지를 보내지 않을 수 없는 몸이오. 장가들어 돌아온다던 해산이…… 오늘 패잔의 몸으로 당신 앞을 몰래 지나가오. 용서하시오. 용서하시오……."

혼자 잃어버린 사람처럼 해산이는 해관 선창에 웅크리고 앉아 있었다. 이미 캄캄한 밤이었다.

"내가 정신이 나간게지. 여길 어쩌자구 몇 일씩 남아있단 말인가……."

자리를 떨치고 일어나며 중얼거렸다.

이 부두에 배가 닿은 지 이미 사흘째이나 용이히 발걸음이 떨어지지 않는 모양이었다. 대판까지 가는 배라니까 떠나도록 여기서 기다리겠다는 생각을 무의식 중의 한갓 자기변명이었다. 서슴지 않고 평양으로 들어가 동경을 향하여 기차에 오를 수도 있는 것이다. 하나 깊은 회상과 구슬픈 사모의 세계를 더듬는 그의 발걸음이 못내 이 선창을 떠나는 것이다.

"어서 평양으루 들어가야지…… 어서 갈 길을 가야지……."

이렇게 제 마음에 채찍질을 하며 정거장 쪽을 향하여 선창 줄기로 어슬렁 어슬렁 걸어가노라니 선부 모자를 쓴 소년 하나이 창고 사이로 나와 종선을 타려고 물가로 내려가는 중이다. 이 앞쪽에 한 오백 톤쯤 됨직한 조그만 기선이 으스름 달빛에 번지르하게 누워있다. 그리로 저어 들어갈 모양인 소년이 종선에 들어선 채 아스런 듯이 쳐다보며 말을 건넸다.

"여태…… 배를 기다립네까?"

"주란섬 배……."

저두 모르게 해산의 입에서 이런 말이 나왔다. 소년은 어둠 속에 샛별 같이 밝은 눈을 빛낸다.

"주란섬 배요? 어르케 가나요? 겨울엔 얼음이 붙어서 못가요. 그래 누구를 찾아가십네까?"

"응…… 아니."

해산이는 좀 낭패한 기색이다.

"나두 집이 주란이라두 못 가는데요."

"아랫주란? 아랫주란 누구인데?"

놀라 다그쳐 묻는 말에 이번은 소년의 눈이 동그래졌다. 하나 하얀 이를 드러내며 웃는다.

"고든목이 우리 형이야요. 왜 그럼네까? 우리 형 알아요?"

"아니 알기야…… 으…… 이름이 좀 별해서……."

"히히 벨하디요? 내 이름이 또 머인줄 압네까? 원하래문 제대룰 것해두 국어루 하문 겡까거덩이요. 싸움이래는 말이거덩이요. 저 배를 타구 내지 내왕을 하는데 뱃동무들이 모두 겡까겡까 하며 놀려주겠디요. 우리 섬엔 그 외에두 벨반 이름이 다 만쉐다."

하며 소년은 적이 자랑스러워 히죽거린다.

"그래 어드런 이름이야?"

"좀 들어 볼래요. 히ー 봇돌이 차돌이 건조구 땅곰보 바위 용왕 돌풍구……."

"용왕이라니?"

"참 훌륭한 어른이대시오…… 재작년에 돌아가셨지만."

"무엇!"

"……."

"그래 돌풍구라니?"

해산이는 놀란 기색을 죽이고 얼른 말끝을 돌렸다.

이리하여 자기가 섬을 떠난 뒤의 일을 이러저러 세세히 알아듣게 되었다. 어머니의 죽음 해일(海溢)의 비극 고만의 출분 차돌의 실연 아버지의 최후 그리고 이번 봄 삼월에 바다에 나가 죽어 돌아온 해철의 변고와 돌풍구(귀동이)를 데리고 평양으로 들어갔다는 칠석네의 설움.

해산이는 이날 밤차로 총총히 평양으로 들어왔다. 정거장 앞거리에 숙소를 정하고 들어 누웠으나 마음에 받은 충동이 너무도 심하여 온 밤을 뒤채기만 하여 조금도 잠을 이루지 못하였다. 눈물이 베개를 적시

고 한숨소리에 전신이 꺼지는 듯하였다. 깨여진 가슴 속 한구석을 고요히 잠식하는 오직 하나의 화원마저 된서리에 여지없이 시들고 만 것을 알게 되었다. 지금까지 주란섬은 그에 있어 사막의 오아시스이었다. 천국이었다. 이 천국이 십오 년 새에 이렇듯이 갖은 비극을 다 겪으리라고 뉘 알었으랴. 허무하기 바이 없었다.

어머니의 죽음도 아니 서러우련만은 아버지의 최후에는 뼈가 사무쳐왔다. 그러고 어린애를 빼앗긴 형수의 애처로운 죽음. 어린 고만의 출분에는 치가 떨리고 실연한 해산의 성스런 태도에는 머리가 숙여졌다. 생각할수록 모든 일이 죄스러워 바늘방석에 누운 듯하였다. 연접한 비극에 떨어지다 남은 가족을 지켜야 할 처지의 해철 형까지 세상을 떠났다니 얼마나 놀라우며 바다를 저주하면서 조카애를 업고 평양으로 들어갔다는 칠석네의 심정은 또한 얼마나 슬픈가. 불행은 결코 혼자서만 오지 않는다고 용왕이 세상을 떠난 지 겨우 석 달만의 어느 화창한 봄날 해철이는 삼월

의 바다에 고기잡이 나갔다가 열병에 걸려 시체가 되어 돌아왔다. 칠석네는 그제야 끝을 결하고 섬사람들이 따라나서 만류하는 것을 뿌리치며 평양으로 들어갔다.

어린 귀둥이는 섬사람들과 헤어지기가 싫어 떼거리를 쓰며 울었다.

"왜 울어요! 왜?"

칠석네는 눈이 샐쭉해서 신경질을 부렸다.

바다를 저주하였다.

"이런 바다에 우리를 데리구 오기가 애초에 잘못이시지! 무엇하러 여기를 왔단 말이야! 어서 가요 어서 가! 생각만 해도 치가 떨려라 몹쓸 놈의 바다!"

해산이는 이 칠석네의 심정이 다시 없이 가엾고도 슬펐다. 어서 하루바삐 만나 위로라도 하자는 생각이 그의 가슴의 고동을 더욱 높게 하였다.

"역시 분에 넘친 생각을 말고 내 집을 지킴이 옳지 않았던가!"

이런 쓰라린 뉘우침도 또한 그이들을 학질처럼 와들와들 떨게 하였다.

"하여튼 만나자!"

해산이는 날이 밝기가 무섭게 이불을 걷어차고 거리로 뛰쳐나왔다. 나오기는 나왔으나 처음 온 거리요, 또한 넓을대로 넓은 평양이었다. 지향 없이 싸다녀서는 찾을 길이 망연함을 깨닫고 아랫거리로부터 훑어 올라가기로 작정하였다. 먼저 고무공장이니 술 회사니 철공장이니 정미소 이런 것들을 사이사이에 두고 오구자자한 류정 거리와 황금정 부근을 이 잡듯이 찾아보았다. 골목골목을 기웃거려도 보고 장마장을 끼고 두 세번 들기도 하고 또 어떤 막다른 골목에 들어서는 물어보기도 하였다.

"이 인근에 어린 사내애 하나 데리구 사는 부인이 없나요?"

하고 반응을 살피며 좀 겸연쩍은 듯이 이렇게 토도 달았다.

"다리를 좀 절어요."

"몰으갓쉐다."

하는 대답은 그래도 예사이지만 대개가 흘깃 쳐다보고 돌아섰다.

"이 동리에 절룩바리는 없쉐다."

목강거리를 두루두루 헤매다가 파출소를 발견하고는 뛰어들어 누이와 조카애 이름을 대고 물어도 보았다. 하나 초라한 행색의 파리한 신색 때문에 도리어 귀찮은 심문을 받기가 십상이었다. 그래 황금정 아래쪽은 대체로 단념하고 올라와 이번은 남문거리로부터 박구리 흑노리쪽을 찾기로 하였다. 여기서도 역시 이렇다할 종적을 잡지 못하고 저작거리니 미전이니 가마전이니 비료장사니 소금전이니 이런 가게들이 늘어 앉아 사람떼로 보글보글 살틋하는 이앗다리 거리를 유심히 훑어보며 나오니 육로문 선창이었다. 해산이는 여기에 이르자 못에 박힌 사람처럼 뻣뻣이 굳어졌다. 고만이가 배에서 내려 달아났다는 곳이 바로 이 선창이었다.

김장독 항아리 버죽이 등의 어수선한 행렬. 성같이 쌓인 소나무 단의 진영(陣營) 백하젓 독의 산병선(散兵線) 그리고 선 창에 들이 닿은 목선들의 일 렬진(一列陣) 떠짓걸한 사람떼 의 물결 언덕으로는 배에서  푸다 나달짐을 어깨에 메고 인부들이 씨끌씨끌 올라 온다 언덕 위에 서 서 이런 광경을 멀거니 바라보매 해산이는 혼자소리를 중얼거렸다.

"고만이 고만이."

"당신은 어디서 무엇을 하오."

해질 무렵이 되어서야 해산이는 다시 힘없는 발걸음을 옮기기 시작하였다. 이번은 진향리로부터 향나무골 하층골을 더듬더듬 걸어서 신절골로 빠져나와 염점리로 들어섰다. 염점리의 뒷골목 샛전골은 평양에서도 유명한 상술집 천지였다. 때마침 전깃불이 켜져 유흥배 불량배들이 골목골목을 흘러 다니는데 요염하게 차린 작부들은 길목에 줄렁줄렁 나와 서서 수작도 건네며 사내들을 붙들고 실랑이도 치며 혹은 수심 적게 대문에 기대고 콧노래를 부르고 있기도 한다. 고기를 굽는 냄새가 코를 찌르고 손뼉을 치는 소리도 위층에서 요란히 울린다.

　해산이는 이 골목에 들어서자 전찻길로 빠져나오기까지 잔등에 식은땀이 쭉 끼쳤다. 너무도 초췌한 행색에 말을 붙이려는 계집도 적었으나 순진한 총각애처럼 가슴이 물릭시었다. 줄렁줄렁 늘어선 계집애들에 눈길 한번 보내지 못하고 고개를 숙인 채 도망하듯이 빠져나갔다.

　"호호 도리우찌 양반 일루 좀 와요."

하고 한 계집이 달려 붙으려 하자 그는 펄쩍 놀래 무엇이라 비명을 지르며 달아나 계집이 모두 대굴대굴 웃었다. 전찻길에 나서매 그는 거의 실성한 사람처럼 전선대에 기대어 눈을 감고 한숨을 푹 내짚었다.

　"고만이!"

　반 울음 소리였다. 역시 고만의 운명에 대하여 불길한 추측을 가지고 있는 그였다. 이런 골목에서나 만날 성싶은 고만이었다. 생각하자면 소름이 끼쳤다. 갑자기 평양거리를 헤매기가 두려워졌다.

　(고만이 나를 용서하오)

　(내가 죽일 놈이요)

　다시 비칠비칠 걸음발을 떼어놓으며 어디든 여관을 잡고자 하였다.

　"여관이 어딘가요."

　지나가는 사내더러 물으니 그 사내는 사뭇 놀란 듯이 눈을 흡뜨고 한참 동안 해산의 얼굴을 바라보더니 손을 들어 위로 올라가라고 시늉만하고 달아나듯이 사라졌다. 그는 다시 윗거리를 향하여 걸어 올라갔다. 대동문

세길 어름에 이르러 두리번두리번하다가 이번은 대동문 쪽으로 굽어들었다. 얼마쯤 가니 대동문이라고 쓴 삼층 누문이 밤하늘에 우뚝 솟아올라 앞을 막는다. 움쳐 서서 되돌아 오느라니 오른손 쪽 이문골로 들어가는 어귀에 ××여관 입구라는 푯말이 서 있었다. 하나 이 이문으로부터 채관리로 신창리 경제리에 이르기까지의 일대는 역시 유흥가로 기생촌을 이루고 있었다. 그러므로 이 골목 저 골목으로부터 새 장구소리도 일어나 찌릉찌릉 소리에 길을 비키면 향수 내를 풍기며 기생을 실은 인력거가 달려간다.

어둑시근한 골목가에 멈추어 서서 길을 잘못 들지나 않았나 하고 두리번거리는데 뒷집이 역시 기생집인 모양으로 몽학기생(내리는 중의 어린 기생)의 쇠소리가 새장구 소리에 맞추어 일어났다. 놀라 돌아서려는데 이런 노래 소리가 귀에 들렸다. 그 시절 평양 홍등가에 유행하는 청춘가의 한 구절.

안창남이나 되었더면 비행기나 탈것을 정든 님 생각하다가 이 몸만 제물에 녹았구나.

××여관을 찾아 활개를 펴고 누웠을 때 그의 머릿속을 이 노랫소리가 떠나지 않았다. 칠석네 누님의 얼굴과 고만이 얼굴이 눈앞에서 바껴도는 가운데 폭음 소리도 요란히 파란 하늘을 달리는 비행기도 다시 새 광채를 씻고 떠올랐다. 그는 벌떡 일어나 앉았다.

치어다 보니 안창남이요, 굽어 살피니 엄복동이라고 안창남 비행사의 존재가 신화처럼 된 지는 이미 오랜 시절이었다. 그러나 그 당시의 어린애들도 모이기만 하면 삼국지나 수호지의 이야기보다도 비행사 안창남의 이야기를 더 영웅화하여 눈알을 굴리며 수군거리기를 즐겨

하였다. 동경 대판간의 우편비행에 해군 십년형의 구식비행기로 당당히 이등을 하여 체신성 항공국으로부터 일등 비행사의 무시험 면허를 받았다는 이야기는 더구나 소년들의 영웅열을 만족시켰다. 그러나 비단 소년들만이 아니라 일반 민중이나 부녀자들까지라도 안창남 이야기에는 혀를 차며 경탄해마지 않았다. 그러기에 안창남을 두고 한 유행가도 한두 가지가 아니었다. 이 안창남의 존재를 해산이가 동경하기는 상해의 중학시대.

(안창남이가 날아 와서 우리 북벌군에 참가한다면…….)

북벌 진중에서 이런 공상을 해보기도 한 두 번이 아니었다.

"어서 동경으로 떠나자! 나는 전쟁 비행가가 되리라!"

이렇게 생각하니 불행한 운명에 이끌린 누님과 고만, 이들에 대한 면목이 조금이라도 설 듯하였다. 벌써 반이나 찾기를 단념케 된 까닭이었다.

"찾기루서 내가 무슨 낯으로 대한단 말이냐."

그는 다시 자리에 얼굴을 파묻고 한숨을 거퍼 뇌였다.

"염치없는 일이지 염치없는 일이야!"

사실로 거리에서 누님이나 고만이를 만날까 무서울 지경이었다. 그러나 아침에 일어나자 그는 다시 거리로 나와 헤매었다.

(면 발루라두 한번 보기나 하였으면…….)

이것이 그의 스스로의 변명이었다. 이번은 기생동리를 널리 피하여 창대재와 닭전골 일대를 살펴보다가 아무래도 빈한한 그네들이 백여서 살 곳임 즉한 곳을 찾아서 서문거리로 빠져나가 시장마당에 들어서서 두리번두리번 돌아보았다. 신앙리와 서성리 암정동의 지전분한 앞골목 뒷골목도 모두 다녀 보았다. 높은 형무소 담장 밑을 끼고 돌아 기차길을 건너서면 보통강 줄기의 토성 자리에 오막살이집이 빽빽이 들어앉은 빈민굴로 유명한 저- 토성랑이다. 밟으면 쓰러질 듯한 움집 새를 주볏주볏 조심스레 걸어서 둔덕 위에 올라서니 넓으니 넓은 보통벌을 쳐돌아오는 칼로

에이는 듯한 삭풍이 성랑 줄기에 부딪치며 노호를 한다. 굽이치는 보통강
은 어둠에 굳게 잠기고 흐릿한 까마귀떼만 흩어져 나를 뿐 움집들은 쥐
죽은 듯 고요하였다. 사람의 그림자는 하나도 얼씬하지 않고 전율하는 침
착한 움집에서 실낱같이 오르는 연기줄만이 여기에도 뭇 생명이 깃들이
고 있는 것을 알릴 뿐이다.

이 성랑 위를 더듬더듬 걷기 시작한 해산이는 벌써 누님이나 고만의
일은 잊어버리고 그 옛날 일청싸움에 목숨을 바친 주란섬 사내들의 용감
한 죽음을 조상하고 있었다. 패주하다 쓰러진 청병들로 시산시해(屍山屍海)
를 이루었다는 토성랑이요 보통벌이었다. 강가의 움집들 새로 홀연히 솟
아오른 웅장한 보통문이 보기에 더욱 처연한 광경이었다. 오른쪽으로 쳐
다보면 숲이 우거진 만수대 그야말로 용맹과 비장한 죽음이 신화처럼 전
해오던 미륵 어른이 총포화의 쏘나타 속에서 새벽 햇빛을 팔 벌리고 안
으며 전사하였다는 곳이다. 고개를 돌리며 강 건너는 서장대 용감무쌍한
열 아홉 살의 해성 형이 돌격전에 한 떨기의 꽃으로 흩어진 곳이 그 밑이
었다. 해산의 결심은 여기서 최후적으로 굳어졌다.

"나는 이미 죽은 몸, 어서 동경으로 가자!"

그는 걸음발을 총총히 돌렸다.

물망초(勿忘草)

"이 애가 또 어딜 가니? 야 귀동아! 귀동아!"

땅바위골 뒷구석 어떤 초라한 기와집 안방에서 살랑살랑 들려오던 재봉틀의 경쾌한 소리가 뚝 끊어지더니 이렇게 부르짖는 한 부인의 음성이 흘려 나왔다.

"야 귀동아! 아니 이자 방금 있더니 또 어딜 새여 나갔어? 야 귀동아!"
하며 대문 밖으로 나서는데 나이는 언뜻 보아 삼십이 넘을락 말락 콧마루가 오똑하니 눈이 수정같이 고운 이쁘장한 부인이었다. 세고에 시달려 얼굴은 해쓱하나 은행 같은 입술이 발가우리하니 타오르는 듯 그리고 흰 실바람 날린 바늘이 새까만 머리 위에 꽂힌 것이 또한 극히 인상적으로 백합과 같은 청초한 느낌이었다. 이가 다름이 아니라 그 일솜씨와 용모가 평양성 중에 소문이 높아 어디든 고은 색시라면 모르는 이 없는 유명짜한 침모인 우리 칠석네였다. 나이를 따지자면 이미 사십 줄에 들었으나 겨우 삼십 남짓한 밖에 안 보여 마음씨로 보자면 아직 어린애 그대로였다. 그래 그런지 천하 장난꾼이요. 싸움꾼인 귀동이를 찾기 시작하면 마치 어린애처럼 겁이 새파랗게 올라 눈이 동그래져 찾아 헤매었다. 다른 사람이 볼 적에는 어지간히 병적이라고 할 만치 초조하였다.

"귀동아! 귀동아!"

또한 증세가 발동한 것이다. 하나 해산이와 고만이를 잃어본 그로서는 무리도 아니었다. 두 번 세 번 이렇게 불러보고 병신발을 잘잘 끌며 골목길을 빠져 나가기 시작이다. 그러자 차림차림 기생애들이 두서넛 대문 밖으로 달려 나오며 부른다.

"오만!"

"응."

"우리들이 찾아올게 어서 들어와 둘러 달라우요. 오늘 꼭 입어야 된다니깐."

"빨리 돌아와! 걱정말라구."

"걱정 말라군 또 해디올라구요……. 우리들이 찾아 온다는데. 귀동아야 귀동아!"

"돌풍구야!"

"돌풍구 귀동아!"

기생애들도 또한 해들거리며 골목 골목으로 흩어지기 시작하였다. 귀동이 찾아 놓기 전에 일감을 다시 손에 들기는 천만 틀린 일임을 너무도 잘 알기 때문이었다. 그러기에 좀 서두는 일감인 경우에는 기생애들이 과자라도 사들고 와서 귀동의 발목을 잡을 전술까지 쓸 것을 잊지 않았다. 유달리 옷맵시를 피워야 하는 기생애들로서는 칠석네의 일솜씨가 천하 일품인데야 무가내하한 일이었다. 깃모양일지 도련일지 소매선일지 매츳한 바느질일지 참으로 귀신 같은 솜씨였다. 그러므로 언제나 이 집을 기생애들이 들고 날치는 것이다. 하나 귀동이는 또 귀동이로 해들거리는 기생들을 천성 좋아하지 않아 과자만 받아 쥐면 틈만 노리다가 빠져나갔다.

학교라도 들어가면 좀 나을까하여 종로 보통학교에 일곱 살에 들여 넣었더니 장난패 싸움패만 더 늘어놓은 셈이 되었다.

"우리 애 못 봤소?"

만나는 사람마다 이렇게 물으며 나오는데 담배가게 마누라가 마주 오다가 웃는다.

"돌풍구를 또 찾어나오는게 왜 저래."

"여 어디 못 보섯소?"

"그눔 학교 뒤 홰나무에 새 잡느라고 올라가는 가 봅대."

"아이구 마니나!"

칠석네는 펄쩍뛰게 놀라 옆 골목으로 새어 들었다. 바로 이때 앞장을 서서 어린애들을 들고 쏜살처럼 달려오는 귀동이와 마주치게 되었다.

"야 귀동아! 어딜 또 가나?"

"집에!"

휙 지나치는데 겁들이 시퍼렇게 오른 몰골이다. 아닌게 아니라 그 뒤로 영감 하나가 빗자루를 들러 메고 씨근거리며 달려온다.

"이 자식들! 이 자식 뛰문 네가 어델 뛸테가!"

"아니 왜그럽네까?"

칠석네가 두 팔을 벌리고 앞을 막았다.

영감과 싸우고 돌아와 다시 재봉틀에 향한 칠석네는 눈물을 머금으며 기생애들과 종알종알 이야기였다.

"글쎄 그런 불측스런 뒤상 영감이 어데 있간. 유리알을 깨뜨렸기루서 상놈에 자식이니 벼락맞을 자식이니 차마 입에 담지 못할 욕지거리를 하며 잡기만 하면 정강머리를 꺽어논대나……"

"호호 오마니두! 성 나문야 무슨 소린들 못 하갔소 그런 걸 가지구다……"

"그런 거이 뭐야. 유리알 값을 몇 곱절이나 문대는데야 무슨 군 말 할 거이 있어. 그래 야! 너 뛰기는 왜 뛰더랬니?"

마루 위에서 둥글연에 살을 붙이던 귀동이는 고개를 들고 웃었다.

"내가 새 잡다 모르구 깨뜨렸는 줄 아니? 우정 깨뜨려서! 그놈의 영감 투전 부쳐 먹는 영감이다. 고모 너 모르디? 투전을 하기 고무총으로 우정 쏘아 깨뜨렸다며. 우정 깨뜨리구 뛰지 않을까!"

"아이구 에 잔말 말어. 그래두 잘한 것 같아서 그러니…… 어서 물 떠다 세수나 좀 해라! 아이구 저 얼굴 봐."

"내 떠다줄까?"

하고 기생애 하나가 마루로 나서려니까 귀동이는 마루 아래로 넌지시 내려서더니 두 주먹을 부르쥐고 앞가슴을 내밀었다.

"너 죽어불란!"

그 바람에 모두 캐들캐들 웃어대었다. 맑은 눈을 햇득하니 치뜨고 아랫입술을 문 때문에 얼룩광대의 얼굴이 귀엽기도 하고 우습기도 하였다. 그러나 이 얼굴이 동무들 간에는 호랑이처럼 공포의 선풍을 일으키는 얼굴이었다. 돌풍구라는 이름만으로도 모두 비슬비슬 꽁무니를 빼고 이런 성난 얼굴만 대하면 모두 바들바들 치를 떨었다.

대갈노를 하며 못나게 구는 저보다 큰놈들도 떡치듯 하고 힘이 모질어 혹시 경을 치는 경우도 있지만 며칠을 옭아두고 갈범처럼 달겨들어 종내는 꺽어뉘고야 만다. 말하자면 약한패를 도와주는 정의파였다. 그러므로 어린애 약한애들에는 인기가 대단하였다. 하나 비슬비슬 경을 치던 애도 돌풍구가 나서서 판을 친 뒤에는 저도 불따구니를 두어 서너 번 쥐여박힐 것을 각오해야만 되었다.

"이 자식 왜 경만치구 있어? 그걸 돌맹이루 대가리라두 못 까?"

그러니 무쇠풍구 용왕이 죽기 전에 지어준 돌풍구라는 이름이 참말루 꼭 들어맞는 존재였다. 이에 반하여 마음이 조용한 칠석네의 고심초사는 또한 말할 나위 없었다. 용왕 일족의 비극의 원인을 첫째는 바다로 둘째는 용왕에서 흐르는 사나운 결패로 아는 그였다. 그러기에 바다를 저주하며 도망하듯이 이리로 들어와 오직 하나의 용왕의 혈육이라고 할 귀동이를 비닭이같이 고이 키워내어 보려는 것이 아니었든가. 하나 기대는 아주 배반되었다.

"재는 나가지 마라 마라 하는 강물에는 잘 나가면서 세수물은 왜 그렇게 질색인지 모르겠어. 땜쟁이 영감처럼 새깜해 가지구 원!"

칠석네는 사랑에 못 이기는 듯 웃음을 띤 눈으로 귀동이를 내려다 보았다.

"아 그럼 그만 두려무나. 죽기보다두 싫다는걸……."

그제야 귀동이도 적이 마음이 풀린 듯이 마루 위에 다시 걸터 앉는다. 기생애들은 이것을 보고 또한 해들해들 웃으며 손벽을 쳤다. 하나 칠석네의 한탄은 결코 거짓이 아니었다. 여름철이면 언제나 대동강에 나가 묻혀 있으니 물을 무서워하는 칠석네로서는 일순간이라도 마음이 불안치 않을 리 없었다. 아침부터 찾아다니노라고 일감은 손에 쥐여볼 경황도 없을 지경이었다. 바로 맞들리면 너무도 반가워 눈물까지 흘리며 좋아하는 고모의 모양이 어린 맘에도 애연한지 귀동이는 슬그머니 따라 들어왔다.

"나 인제 안 나가! 응 고모야 울지 말라우."

귀동이 역시 맘으로는 칠석네를 여간 사랑치 않는 모양이었다. 그리고 그 순간마다 진심으로 굳게 맹세하였다. 하나 이 맹세는 겨우 하루도 가지 못하였다. 선창가에 방을 얻어 살던 칠석네는 강에서 멀찌감치 여기로 이사를 온 터이다.

"물이야 오마니가 더 질색이면서……."

기생애가 생글거리며 송화를 먹였다.

"이름은 돌풍구라도 강에서는 물오리던데요. 헤엄이나 칠줄 모른대면 몰라두 물오리가 물에서 실수할까 머……."

"애네들 그런 소리 말아!"

칠석네는 겁기에 질린 얼굴을 치켜들며 부르짖었다. 재봉틀 바퀴도 돌기를 멈추었다. 재부랑거리기를 좋아하는 기생애의 계교가 바루 들어 맞었다. 칠석네는 사색이다.

"호호호 호호호. 오마니 왜 그러우? 언제가두 순사가 오니깐 갈치 떴다 갈치 떴다하며 강에서 놀던 애들이 입성을 구겨 들구 모두 달어나는데 한 애는 머리 위에 입성 꾸러미를 올려놓고 헤엄쳐서 강을 건너 가거든요. 순사두 할 수 없는지 벌죽벌죽 웃으며 보기만 합데다. 글쎄 그 애가 누군 줄 알아요. 오마니 거이 귀동이거든…… 돌풍구거든……."

목을 간들거리며 마지막 말을 노래하듯 신이 나서 재잘거린다. 칠석네의 눈에는 놀라움과 슬픔의 눈물이 핑 돌았다. 애원과 원망의 눈으로 귀동의 얼굴을 물끄러미 바라보았다. 귀동이 역시 어쩔 줄을 모르는 슬픈 얼굴이다. 고개를 떨어뜨렸다. 그리고 고개를 떨어뜨린 채 더듬더듬 칠석네 옆으로 다가오더니 그의 손목을 잡았다.

"고모 나 잘못했어. 이젠 안 갈게! 응?"

칠석네는 갑자기 걷잡지 못하여 울음을 터치며 귀동이를 끌어안고 오들오들 떠는 것이다. 사랑하는 귀동이가 이만치나 순진하고 또 이만치나 다정스레 저를 아끼는가 생각하면 모든 것을 잊어버리고 다만 감격에 사무치는 터였다. 아직 지각이 없는 여덟 살의 어린애와 맹세 뉘우침이 하루도 못 감이 또한 슬플 따름이었다. 서로 아끼고 서로 사랑하고 서로 믿고 고해를 싸워나가는 다문 두 식구였다. 하나 조상에서 받은 끓는 피의 술렁거림과 푸른 강물의 유혹이 순간적으로 이 소년의 자제심을 엎어놓는 것을 어찌하랴. 귀동이는 첫째는 날파람(평양 독특의 편싸움)을 좋아하고 둘째는 강물에 뛰어들어 놀기를 좋아하였다. 바다를 다시 없이 저주하는 칠석네 앞에서 입 밖에 내지는 않으나 실인즉 그는 주란섬의 옛 생활을 무한히 그리는 것이다. 무엇보다도 푸른 바다— 안개긴 바다— 넓은 바다!

이 슬프고도 아름다운 정경들을 앞에 두고 보매 기생애들은 속절없이 마음이 비감하여졌다. 사실은 병적이라고 할 만치 강물을 무서워하는 칠석네가 그들에게 하나의 수수께끼이기는 하다. 바다의 외로운 섬에서 살았다는 그들이 아닌가. 하기는 칠석네는 간단히 이 말 외에는 입 밖에 내지를 않는다. 그러나 필경 무슨 깊은 속절이 있으려니 하였다. 하나 가정적으로 불행하여 일찍이 따뜻한 사랑을 모르고 길러나 대개는 소위 기생의 미소에 붙들려 고역을 치는 그들로서는 이 같은 정경 앞에 서게 되면 무조건으로 눈물이 흘렀다. 자기네들 가슴 속에도 이같이 따뜻하고 애끓는 육친의 사랑을 더듬는 손길이 어물거려 일순간 가슴이 미여져 왔다. 그러나 그중 나이 지긋한 기생 하나이 귀동이를 떼어 놓으며 어색한 자리를 다시 꾸며 놓았다.

"이년은 쓸데없는 소리하군 해서 흠이더라. 우리 귀동이 착해서 다시야 고모님의 속을 태울라구 오마니 어서 기계나 돌려주소. 내 부채 부채 드릴게…… 애 너두 쓸데없는 소리한 죄루 부채나 좀 부쳐라……."

"호호 나는 죄값으루 돌풍구 부쳐줄까?"

"이애!"

한 기생이 죽 질렀다. 돌풍구라는 별명이 또한 칠석네에게는 질색인 것이다. 질색일 것이 돌풍구라면 다난(多難)하던 아버지 무쇠풍구의 운명을 연상케 하며 또 시제로는 땅바위골 날파람패의 소두목으로 그 이름이 통용되기 때문이었다.

무서운 바다를 멀리 피하여 귀동이를 고이 길러보겠다는 칠석네의 희망은 이에 완전히 배반되고 말았다. 낮에는 강에 나가 살고 저녁에는 날파람이었다. 날파람은 이를테면 때로 왔다. 도리어 얻어 붙인 혹인지도 모른다. 하여간 속담말로 종자는 면치 못하는 법이니 할 수 없는 일이라고 깨끗이 단념치를 못하는 칠석네, 역시 가련한 여자였다. 또 하나 이루지 못한 염원은 아직도 고만이를 찾지 못한 점이다. 고만이가 주란섬을 떠난 지는 어언간 십 년 칠석네만해도 벌써 삼 년째였다. 처음에 이리로 들어올 제 고만이를 찾을 것이 또한 하나의 큰 희망이었었다. 아무리 넓은 평양 개명이기루서 그래두 발을 붙이고 차츰차츰 수소문하여 찾아 나간다면 못 찾을 리 있으랴 하였다. 하나 그 노력이 아직까지 성공치 못한 것이다.

평양에 맨몸으로 들어온 시초에는 아무 데도 머물 곳이 없어 침모살이를 얼마동안 하여 보았다. 그러나 한 달이 못 가서 칠석네는 쫓겨나군 하였다. 그것은 귀동이가 비위 틀리면 주인집 애들을 떡치듯 두들겨 패기 때문이었다. 그렇치 않아도 어린애가 달린 침모라면 귀찮아 하여 왠만한 집에서는 받자니를 하지 않는데 주인애를 몰라보고 어린애 놈이 무엄(그들은 그렇게 생각한다)을 저지르니 좋아할 리 만무하였다. 사실인 즉 이유없이 못되게 구는 것도 아니었다. 조금이라도 침모네 애라고 경멸을 하려들면 벼락이었다. 어떤 집에서는 그래도 칠석네의 마음씨와 일솜씨를 아끼고 귀동의 협기와 결패를 장하게도 여겨 아까워도 하였지만 대개는 눈살을 찌푸리고 욕지거리를 퍼부었다.

"원 저런 탕두머리 같은 놈의 새끼 봤나. 애 이놈의 새끼야, 너하구 이 애하구 같겠니?"

너무도 분한 마음에 칠석네는 몸을 바들바들 떨었다.

"그럴래문 어서 나가거라. 보퉁이 지고 당장에 나가거라. 썩 못 나가겠니?"

그러면 귀동이는 서슴지 않고 보퉁이 채근을 하였다. 칠석네는 눈물이 글썽하여 귀동의 뒤를 따라 나섰다. 이것을 보고야 귀동이는 비로소 마음이 언짢아 고개를 기웃거렸다.

"고모 나 이젠 쌈하지 말란?"

귀엽기도 하고 엉뚱하기도 하여 칠석네는 분하고 슬픈 마음이 얼음 녹 듯 쓰려져 생긋이 웃어보였다. 그러면 또 귀동이는 대번에 기뻐하여

"쌈하문 나쁜애지야! 나 이젠 쌈 안 할래."

그리고 무엇이 좋은지 어깨를 찌그덕거리며 손벽을 친다.

"좋겠네……. 좋겠네 아— 좋겠네……."

하나 침모 소개집을 찾아가는 동안이 머지않아 또 골목애들과 싸움이 었다.

공연히 손을 거는 것은 아니로되 저쪽에서 지분거리면 평양말로 대뜸 뻑하였다. 그러기에 혼자 나가 싸우다가는 골목패들에 얼씬을 못하도록 모두 매를 맞고 들어오는 적도 한두 번이 아니었다. 언젠가 주인집 식구 들이 죄다 온천에를 가고 빈집을 지키게 되었을 때 하루밤 칠석네는 눈 물을 흘리며 타이른 적이 있었다.

"내가 너를 데리구 여길 들어올 때부텀은 너 하나 훌륭한 사람 만들어 보려는 생각 때문이 아닌가. 해산이 삼촌까지 이제 돌아올 사람이 못되는 모양이니 내가 더욱 결심을 해야지? 나는 네가 싸움을 할 적마다 가슴이 저려오더구나. 귀동아 내 마음을 왜 그렇게두 몰라주니?"

칠석네의 눈물어린 얼굴을 바라볼 제 귀동의 마음은 대단히 서글펐다.

"고모 내가 모르는 줄 알다. 알어 있어."

"그럼 알다마다."

"귀동이는 보통학교 나오구 중학 졸업하구 그 담엔 대학가지야? 뽈모 자 쓰구……."

"그 담엔?"

미소를 띤 칠석네의 얼굴은 꿈꾸는 듯이 아름다워진다. 몸이 가루가 될 지언정 귀동이를 대학까지 공부 시키고야 만다는 것이 그의 유일한 즐거 운 꿈이었다. 이런 크나큰 꿈을 의지하기에 칠석네는 모든 고난을 싸워나

갈 용기도 있는 것이다.

"그 담엔…… 대장!"

"아니."

초여름 어떤 날.

부엌에서 김치를 담그고 있
는데

"말씀 좀 물어봅시다."
하며 대문으로 들어서는 사내
가 있었다.

"에, 무슨 말씀이요."
하고 부엌에서 일어서던 칠석네는 너무도 놀라 입을 딱 벌렸다.

"아이구!"

천만 의외로 차돌이었다. 회색 물 들인 본목천 양복의 차돌이가 해묵은
맥고를 벗어들고 벙글벙글 웃고 있는 것이다. 실로 사 년 동안에 궁하여
찾으려고 애써 온 칠석네였다. 하기는 칠석네만 찾는다면 고만이도 자연
만날 수 있으리라는 은밀한 기대를 가진 차돌이었다. 나이를 꼽아보니 귀
동이도 일곱 살이라 학교에 혹시나 붙지 않았을까 하여 평양서 교원생활
을 하는 중학 동창에게 각 학교로 알아보아 달라는 의뢰를 하였었다. 그
러자 바로 어제 배로 통지가 왔으므로 토요일임을 이용하여 부랴부랴 달
려온 것이었다. 그러나 방안으로 들어와 마주 앉으며 쌓이고 쌓인 이야기
를 무슨 이야기로부터 시작해야 좋을지 갈피를 잡을 수가 없었다. 칠석네
는 눈물을 머금을 뿐이었다.

"학교애들 단련이 만만치 않은지 자네도 늙었네 그려……."

"단련이야 무슨 단련이야요. 저 좋아 하는 일인걸……."

차돌이는 머리를 긁적거리며 웃었다.

"제 나이두 서른이니 소금물에 젖은 바닷놈이라 늙어뵐 만두 하지요. 허허허…… 그래두 생각보다 아즈마니는 늙지를 않는데요."

"늙지를 않다니? 마음만은 벌써 꼬부랑 할미일세. 그래 자네는 아직두 장가를……."

"……."

차돌이는 대답이 없이 쓸쓸한 웃음을 지었다. 공연히 그의 가슴의 상처만 건들인 것이다. 아직도 결혼하지를 않고 오로지 고만이만을 사모하는 마음으로 외로이 지내는 차돌이었다. 허용치 못할 깊은 감개 속에 차돌의 얼굴을 힘없이 바라보는 그의 눈에 눈물이 그득하였다. 고만의 이야기를 끄집어 낼 건덕지도 없으며 무엇이라고 위로할 말도 또한 없는 것이다. 외면을 하고 살며시 눈물을 씻었다. 그리고 칠석네는 떠난 지 사 년 동안의 주란섬 일을 더듬더듬 묻기 시작하였다. 늙은 사람들의 일 젊은이들의 소식 학교의 이야기 바다 농사의 형편…… 하나 차돌이가 사 년 동안의 칠석네 일을 물을 때 한숨을 쉬었다.

"그까짓거 다 이야기해 무엇하겠노. 그래두 이제는 좀 자리가 잡혀 귀동의 학비나 벌어쓰네. 섬을 공연히 뛰쳐 나온 거 같네. 당초에 떠나기는 물이 싫어서 떠나온 게 아니와."

"……."

"나는 그 애 때문에 애메워 죽겠어. 학교를 갔다는 바루 돌아오지를 않고 어디서 싸움만 하는지 턱하면 콧등을 터지구 돌아 오네거레. 요즘은 또 강물에 나가 노는 게야. 오늘두…… 아이구 정말 나간 게

네……" 하더니 새파랗게 얼굴이 질리며 시제로 찾으려 나가려는 듯이 일
어나려한다. 또한 발작증인 것이다.

"허허허……."

차돌이는 너털웃음을 터졌다.

"아즈마니두…… 걱정을 사서 하십네다 그레."

"아니야 또 강에 나간 게야……."

하고 일어서서 치마 고름을 졸라맨다.

"그럼 저두 나갑세다……."

"아니 자네는 곤할테니 좀 누워있거나. 난 싸움질과 강물이 질색이야.
내 잡아가지구 들어올테니 자네라두 좀 단단히 일러주게……. 응, 마츰
잘 왔네."

"원 아즈마니두. …… 그놈이 어느 분의 손주웨니까 생각을 해보시소
고레."

차돌이도 마루로 따라 나오며

"타고난 성품이야 어떡하나요."

하는데 귀동이가 마침 가방을 메고 들어섰다.

고무신을 끌며 나오는 칠석네를 보고

"고모 어데 가니?"

"어디가긴 어딜 가! 너 찾으러 나가댔다. 너 또 강에 나갔드랬구나?"

칠석네가 가방을 받어 들며 물으니까

"아니야!"

"그럼?"

마침내 귀동이는 뻣대지 못하고 밤알처럼 반득반득하는 얼굴에 하얀
웃음을 띄었다. 그리고 옆재기에서 양말을 끄집어내어 눈앞에 흔들며

"나 양말 씻어가지구 왔다요ー"

꾸짖을래야 꾸짖을 수 없는 귀여움에 찬 소년이었다. 옆에서 차돌이는 미소를 품은 채 이 소년의 얼굴에 존경하는 용왕어른의 모습을 그리었다.

"누귀 너더러 그런 것 씻어오래더니?"

"깨끗하니깐!"

"잔말말구 이 선생님 보구 인사나 드려라!"

칠석네도 미소를 참지 못하는 듯하였다.

"내가 늘 말하던 주란섬 차돌이 선생님이루다."

귀동이는 모자를 벗고 깍듯이 인사를 하였다. 그리고 빤히 쳐다보며 빙긋이 웃음을 짓는다. 차돌이는 천만무량의 감개로 고개를 끄덕끄덕 하였다.

"돌풍구!"

저두 모르게 혼자소리로 이렇게 중얼거렸다. 무쇠풍구 용왕어른의 소년 시절을 그대로 상상시키는 듯한 귀동의 자태가 반갑기 한량없었다.

"어서 어서 데리구 들어가 애 좀 기갈해 주게. 너 이 선생님 말씀 잘 들어야 된다. …… 난 저녁상을 차려야……."

"선생님 나 기갈할러완?"

귀동이는 방안에 들어오자 선손을 쳐 예방선을 둘렀다.

"아니."

차돌이는 어이없어 웃었다.

"내말 좀 들어……. 나두 섬에 따라갈래."

귀에 대고 속삭이었다. 차돌이는 놀라 고개를 흔들었다.

"방학때나……."

"고모가 못 간대! 가보구 싶어 죽겠는데."

"……."

"거기두 학교 있지 않아? 나 선생님한테 배울까 부다."

"그게 학교라니…… 오늘 너의 학교를 가보았다만 학교는 정말 그게 학교이더라. 교사두 훌륭하고 선생님두 많고 운동 마당두 크구…… 우리 섬 학교야 그까짓 조그만 생철집. 섬 애들이 너를 얼마나 부러워하는 줄 아니?"

차돌이는 칠석네를 위하여 이런 소리로 견제하였다. 그러자 어린 귀동이는 학교 자랑이 하고 싶어졌다.

"우리 학교엔 로꾸보꾸가 다 있다. 풋볼두 있구……."

"저런 너두 그래 할 줄 아니?"

"하지 않쿠 내가 우리 반에서 이거야 이거!"

엄지손가락을 내밀었다.

"공부두 이거야 이거!"

사실로 귀동이는 천성이 총명하여 책이라고 별로 들여다보는 길이 없으나 그래도 학교 성적이 또한 싸움에 못지않게 으뜸이었다. 차돌이가 학교로 귀동이네 주소를 물으러 갔을 제 담임선생이 하던 말도 그럴 듯하였다.

귀동이가 저녁을 먹고 푸시시 잠이 든 뒤에 차돌이는 그 이야기를 전하였다.

"그래 퇴학 주겠다는 말이나 없던가?"

"퇴학이라니요……. 하긴 너무두 싸움이 심하길래 처음에는 벌도 많이 주어 보았답디다만 차츰 싸움한 동기를 살펴보았더니 꾸짖을 수가 없더래요. 다리 저는 애를 몹시 큰 애들이 놀려주며 들볶는다구 매일같이 때려부시는데 한번은 변호사네 애를 받아 넘겨 생니를 부러뜨려 큰 문제까지 되었드랍니다. 주의를 주려고 아즈마니를 불렀더니 다리를 절며 들어오시는 것을 보고 아무 말도 못했드래요."

"저런 망할 놈 남의 생니를 부러치다니?"

"그런데 다음날 귀동이가 그 애 집에 편지를 보냈더래요."

"편지는 무슨 염치에……."

"허허 그놈 엉뚱한데다 잘못 되었다는 사과 끝에 절름발이 이야기를 다시 안 하면 절름발이 된 이빨이 진작 났는다구 썼드래나요. 사과의 편지가 아니라 협박장이라구. 그 애 아버지가 이따위 놈은 퇴학을 주어야 된다고 노발대발 야단이었는데 어머니가 퍽 사정 많은 사람으로 아주머니가 다리 병신이란 말을 듣고는 외려 측은히 생각하여 귀동의 잔등을 얼루만지더랍데다."

"나는 그런 내용 감쪽같이 몰랐네."

"그 외의 싸움도 모두 원인에 있어서 귀동이에 동정할 만한대요. 선생이 퍽 훌륭한 이 입데다. 그래 요즘은 아즈마니를 일체 불러오지 않는 대더군요."

"요즘은 좀 싸움이 뜸했나 했더니 그런 사정이 드랬구만……."

"제가 아즈만네 역사를 쭉 내려 엮었더니 선생이 퍽 감동하여 아무쪼록 훌륭한 애 만들어보자구 합데다. 귀동의 제말맛다나 공부두 또한 월등하데요."

"공부가?"

"하나를 배워주면 열을 아는 셈인가 봅니다.

그놈이 아마 해산이 삼촌을 닮았는가 바요."

"여보시 그런 소리말게 해산이를 닮아서야 되겠나 한데 청국인지 중국인지 어떻게 되어 가는지 모르나? 필경 해산이는 그저 죽은 게지?"

차돌이는 고개를 떨어뜨렸다.

"글쎄요……. 그 뒤에는 편지가 뚝 끊어지고 말았으니……."

"왜란 말이노. 왜 돌아오지 않고 죽는단 말이노. ……그래 청국은 해산이가 바래던 것처럼 국내 통일이나 되었는가? 그냥 그 꼴인가?"

"그냥 그 꼴이 아니라 차츰 더 나빠만 가는 모양이웨다. 장개석이가 그렇게 태도를 표변하고서야 국내 통일을 이룰 수가 있나요 작년 칠월에 국민혁명군이 봉천군을 쳐 물리고 북경에 입성하였을 때야 외면으로는 제법 통일된 듯하였지요 그러나 속살로는 외려 전보다 집안싸움이 더 심해진 셈입니다. 신문을 보자면 금년 정월에 벌써 광서 군벌이 장개석의 남경정부에 반기를 들었지요 차츰 이 귓대가 들썩 저 귓대가 들썩 하기 시작합니다."

"저런 고약한 놈들! 공연히 우리 해산이만 죽었구만……."

"해산이가 어떻게 되었는지 말을 앞세워서야 되겠소만 만약에 죽었다 한들 해산의 피야 헛되겠소? 그러나 중국의 되어가는 폼이 시제로는 해산의 뜻 두었던 곳과 정반대로 되어가는 가봐요. 영 미국놈들이 흉하기 짝이 없지요. 지금까지 중국혁명이 영미제국주의 구축을 부르짖으며 조수처럼 휩쓸렸는데 그놈들이 장개석이 패를 어떻게 삶아 놓았는지 슬쩍 배일(排日)로 뒤집히고 맙네다 그래……."

"세월이 왜 이렇게 분분하노."

"글세 말이외다. 우직한 중국사람들이 영미국의 충동에 넘었지오 중국의 적이 우리 일본이라구 지금 막 배일운동을 일으키고 야단이웨다. 그러다는 필경 우리 동양 천지에 큰일이 일어나구야 말 것 같아요……."

"난나는 세월에 남은 벼슬이나 한 대지만……."

칠석네는 고개를 숙이며 싱긋이 웃었다. 지나가는 말처럼

"자네는 장가라도 들지……."

"차차 들지요. 머이 그렇게 바빠서요"

차돌이는 그제없이 웃어넘기려 한다.

"바쁘지 않다니…… 자네 나이 삼십이니 옛적이면 아들 장가 보내기 꼭 알맞을 나이겠네."

"허허 저는 개명해서 조혼 반대합니다."

"별소리를 다 하네. 삼십에 조혼이외?"

이때에 별안간 차돌이는 맑은 눈에 유난히 광채를 띠며 다가앉았다.

"아즈마니!"

"……."

"아직까지 고만이를 못 만났어요?"

칠석네는 측은한 얼굴로 고개를 저으며

"그러기에 내가 섬을 공연히 떠나왔다는 이야기일세. 이 귀동이를 남 같이 어질고 착한 애로 길러내려던 첫째의 희망이 깨어졌으며 둘째로 고만이를 찾으려던 희망이 아직껏 애쓴 보람이 없기에 말이지."

"대체로 어떻게 되었을까요."

"내 짐작에는 고만이가 평양에 있지를 않는 것 같아…… 이 사 년 동안 수소문 안 한 곳이 없을 만치 만나는 사람보구마다 일감 가지고 찾아오는 사람보구마다 탐지하여 보았으나 종시 단서를 못 잡겠구만. 의심스러워 뵈는 데는 곧 달려가 보기도 하였지……."

"……."

차돌이는 고개를 떨어뜨리고 잠잠하였다. 그래도 칠석네를 만난다면 고만의 소식을 알리라 하는 기대가 그에 있어 하염없는 위로였던 것이다. 칠석네도 애끓는 마음에 눈물지었다.

"사람의 팔자라는 것은 세상에 나올 제부터 타구나는 것이라 인력으로

야 어떻게 할 수 있어야지……. 여보게 차돌이 자네두 마음을 돌리게. 고만이가 어디 있기루서 자네를 잊기야 하겠나만은 아무래두 남이 알아보게 살지는 못하는 게야. 그러기 아직두 안 나서지 말을 앞세우는 것 같네만은…….”

차돌이는 슬픔을 못이기는 듯이 머리를 흔들었다.

“아니에요 제 생각에는 고만이가 상해루 간 것 같아요.”

“상해루?”

불길한 예감을 물리치려고 이렇게라도 믿으려는 차돌이 애처로운 마음이 더욱 가긍하였다.

“글세.”

“그렇다면 상해에서 어찌되었건 고만이루서야 한이 없겠지으만…….”

차돌의 말소리는 떨렸다.

“그렇지 않고 아즈마니가 짐작하시는 바와 같이 조선 안에서 불행한 몸이 되어있다면 저루서 속죄할 길이 없을 것 같습니다.”

“속죄라니 자네에 무슨 죄가 있습네…….”

“죄가 없다니요. 고만이를 섬 안에 못 있게 한 것이 누구오니까. 고만의 불행이 — 이렇게 생각하고 싶지는 않으나 — 그의 불행이 뉘 때문입니까?”

“나보구 그러더니 자네가 정말 걱정을 사서 하네 그려. 이탓 저탓 하여 고만의 제 탓이 아니구 뉘 탓이겠노. 그렇게 안타까이 마음을 먹지말구 활협하니 생각하게나. 신명에 해롭네.”

“아즈마니.”

얼굴을 번쩍 쳐드는데 두 눈에 눈물이 어리어졌다.

“사실은 아직두 고만이를 못 잊겠어요! 고만이 없이는 못 살겠어요. 차라리 어떻게 되었는지를 안다면 단념두 할 길이 있겠지만--”

진정의 고백이었다.

"대장부의 마음이 그래서 무엇에 쓰겠노"

칠석네는 언짢은 마음을 억지로 참으려고 이렇게 핀잔하였다.

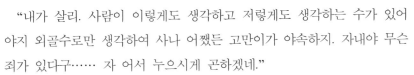

"어서 누으시게."

자리를 펴주며

"내가 살리. 사람이 이렇게도 생각하고 저렇게도 생각하는 수가 있어야지 외골수로만 생각하여 사나 어쨌든 고만이가 야속하지. 자내야 무슨 죄가 있다구…… 자 어서 누으시게 곤하겠네."

어린애 달래듯 하였다. 하나 말소리는 목에 걸려 울음이 반이었다.

그러나 이튿날 아침 차돌이는 섬으로 돌아가면서 그 체 없는 기색으로 인사하였다.

"이렇게 와서 뵙구 가니 기쁘외다. 무엇보다두 혈혈단신 훌륭히 지내실 뿐더러 귀동이가 씩씩하게 자라나 학교에까지 다니는 것을 보고 가니……."

"모두 자네나 그 섬사람들의 염려해주는 덕일줄 아네. 언제나 또 오게 되겠나?"

"학용품 사러 이따금식 남포에 나오니까 여기까지 이왕이면 뻗어 나오군 하겠습니다. 귀동이 너 고모님 말씀 잘 순종해야 된다. 애 태우시면 안 된다."

귀동이는 차돌의 손을 붙잡고 매어달릴 뿐이다.

"좀 더 놀다가요. 좀 더 놀다……."

"차시간이 되어 그런다. 나두 학교 선생인데 결석을 하든지 지각을 하든지 해서야 되겠니? 요다음 올 제 내 뭘 가지구 올까?"

"소라 나팔! 뚜뚜뚜! 부는 거."

"응. 그럼 너 고모님 말씀 잘 순종하겠니?"

"난 잘 들어. 고모가 내말 안 듣구 자꾸 울군하지며……."

"애 청승맞은 소리 말어라!" 단심인 줄만 알고

"단심이가! ……아이구 애 월선이 형님이야!"

하는 소리에 모두들 따라나섰다.

"형님 왠일이요? 형님이 다 여기오실 줄이야!"

"왜? 나는 못오는 데가. 여길 찾누라구 얼마 애쓴지 모른다."

"형님 바느질 솜씨 내기하러 오셨소?"

"별소리를 다하누나. 배우러 온다……."

월선이라는 기생이 마루 앞에 와서 파라솔을 접으며 땀을 훔치려는데 고개를 돌리고 내다보는 칠석네의 얼굴과 마주친 순간이었다.

월선

월선이는 눈을 흡뜨고 소스라쳤다. 칠석네는 손에 쥐었던 가위를 털썩 떨어뜨리며 일어났다. 기생 애들은 새에 끼어 어리둥절하여 저핏저핏하였다.

월선의 얼굴은 백짓장이었다. 하나 이것은 불과 일순간의 일이었다.

"아! 고만아!"

하고 칠석네가 뛰어 나오기 무섭게 월선이는 놀란 토끼처럼 재빨리 대문 밖으로 달아나기 시작하였다. 이것도 불과 일순간의 일이었다.

"고만아!"

"고만아!"

부르짖으며 신도 바로 못 신고 칠석네는 뒤따라 나갔다. 하나 월선이는 어느새 어디로인지 벌써 그림자를 감춘 뒤였다. 이 골목 저 골목 찾아 헤매이다 들어온 칠석네는 흡사 실성한 사람 같았다. 들어오는 길로 기생 애들에게 매어달렸다.

"이자 그 애 이름이 뭐이야? 그 애 이름이?"

"오마니 아십네까? 월선이야요!"

"월선이! 월선이!"

칠석네가 너무도 허급스레 구는 바람에 기생 애들은 눈이 동그래서

"아니 왜 그러십네까? 왜 그러세요?"

"월선네 집을 대다고! 월선네 집을!"

"좀 알구나 봅세다레!"

칠석네는 대답도 않고 분주히 보선을 신더니 치마를 갈아입고 앞장을 서서 기생 애들의 손을 끌고 나갔다.

사창장 마당뒤 ××관이라는 불고기 집 옆으로 끼인 막다른 골목집이 월선네 집이었다. 기생애들이 면바로 가르쳐주고 사라지자 칠석네는 달려들어 대문을 왈랑왈랑 흔들었다. 곱실한 어린 몽학기생이 대문을 반만큼 열고 의아스럽게 내다본다. 그러나 그는 두말없이 안으로 뛰어들어 월선의 방을 찾았다. 월선의 방은 바로 기역자로 꺽인 동향이 진 방이었다.

마루문을 드르릉 열고 방안으로 들어섰다. 아랫목에 이불로 얼굴까지 들쓰고 누운 월선이가 갑자기 소리를 내며 흐들겨 운다. 칠석네도 그 이불 위에 쓰러지며 느껴 울었다.

월선이가 일어나자 이번은 서로 붙들고 통곡이었다.

"아! 내가 왜 강으루 바로 안 나갔던고!"

월선이는 몸부림을 쳤다.

"고만아 이게 웬일이냐!"

칠석네도 슬픔이 복받쳐 저도 모르게 진심의 소리를 부르짖었다.

"아무 말도 말어요. 아무 말두 말어요…….

저보다두…… 칠석 형님을 이렇게 만나게 될 줄이…….”

"꿈이루다 이게 꿈이 아니구 무에겠니? 이렇게 될 놈의 법이 어디 있겠니?"

큰방에서 얼음에 채운 수박을 씨름하듯이 붙들고 파먹던 양어머니 노씨는 난데없는 울음소리에 어그적 버그적 부엌으로 나와 샛문 틈에 귀를 기대고 있었다. 이 집에서 길러난 몽학기생 두 애도 영문을 모르므로 가슴을 달락시며 그의 등 뒤에 숨을 죽이고 있었다.

"아― 형님! 형님!"

"응······."

"왜 찾아 왔어요! 왜 왔어요!"

(옳지)

하고 노씨는 그제야 벌쩍 문을 열어 제꼈다.

"필경 무슨 곡절이 있거니 하였더니 네가 이럴라구 이불을 들쓰고서
지랄이였구나! 너는 권번서 아까부터 인력거 보내오는 것두 모르니? 네가
어드러자구 그러니?"

이렇게 한바탕 엮어내리더니 이번은 칠석네를 향하였다.

"아니 당신은 누귀관데 생소한 집에 와서 이 야단이요!"

"좀 들어가 있어요! 왜 나와 성화야!"

월선이가 악이 바쳐 부르짖었다.

"요런 앙큼한 년 봤나. 네가 정말 주릿대 방망이에 학춤 치우는 걸 볼
래는 게로구나!"

"죽일래면 죽여봐!"

"야 거정 숱해두 무섭구나!
어디 두고 보자!"

하더니 샛문을 쾅하니 닫고
돌아서다가 몽학애들을 보고
공연히 성을 내어 고함을 빽
질렀다.

"이놈의 엠나이 새끼들 머
할러 와셌니!"

몽학애들은 까치 날듯 달어났다. 노씨는 당장에 무슨 큰 결단이라도 내
일 듯싶게 제 방으로 돌아오기는 하였으나 펄쩍 주저앉아 저 입만 오무

작오무작 거린다. 월선의 앞에서는 이 노파도 별 도리가 없는 것이다. 평양서 기생의 양어머니치고 노씨라면 모를 이 없을 만치 수단도 좋고 입심도 좋고 감때도 사나운 노파였다. 이 노씨의 손때만 먹으면 웬만한 애는 모두 일류 기생으로 출세하였다. 그것도 그들이 이 노씨의 수단과 솜씨와 지휘 밑에 몸을 맡기고 꼭두각시처럼 놀아나기 때문이었다.

하나 월선이 만은 너무도 지조가 견고하여 이 노씨로서도 휘어 잡으려다 못해 종내 휘어잡지를 못하였다. 인물일지 가무음곡일지 서화일지 어느 점으로 보나 이를 당할만한 기생이 다시없는 당대 일등 명기로 노씨 일대의 자랑임에는 틀림없었다. 그러나 오직 그의 주머니 속에 돈이 붙지를 않아 탈이었다. 참으로 월선이는 이상야릇한 수수께끼의 기생이다.

그 시절의 명기라면 인물 곱고 허우대 좋고 술 잘 먹고 소리 잘하는 박은홍이, 새서방 열 명이 한 좌석이라도 서로 속아 넘어 열손가락에 놀아나게끔 꾸며댄다는 솜씨 비상한 이산월이, 서도 잡가 더욱이 다리굿에 이름 높은 명창이기는 하나 천성이 다정다한하여 정분날래기 경황이 없어 흠인 오경심이, 그리고는 아랫거리에 잘 불리는 기생으로 노은홍, 김월홍, 장련홍, 김운홍. 노래 잘 불러 소위 유행가수로 출세케 되는 선우일선, 왕수복, 최명주. 별반 재치는 없으나 인물을 파는 이북학 조선녀 장수복…… 대체로 이러하였다.

그러나 기생다운 기생이라면 역시 첫 손가락에 월선이를 꼽지 않을 수 없다. 인물이 단아하고 태도가 청초하여 흡사 한 떨기의 수선화였다. 그러면서도 가무는 물론이요 서화도 제법 잘 치고 해금 단소 양금에 이르기까지 천하일품이었다. 수많은 활량패 한다한 오입장이는 말할 것 없고 가히 점잖은 축들도 이 월선이에는 간담이 녹아났다. 그러나 이상한 것은 월선의 마음을 사로잡는 사내가 하나도 나서지 못하는 것이다.

기생치고 기둥서방이 없으며 정분이 한두 번 나지 않은 기생이 어디 있으랴만은 월선이는 나이 벌써 스물다섯이로되 청초히 피어있는 한떨기 수선화 그대로였다. 누구 하나 감히 그 꽃을 꺽지 못하였다. 어떤 세력 좋은 부자 영감이 월선이를 단 한번 보고 미치어 툇마루에서 하룻밤 재워만 준대도 천만 냥 돈을 실어다 놓겠다고 애걸복걸 하였으나 무가내 하였다는 소문이 하나의 전설까지 되었다. 선물은 산같이 들어와 쌓이고 사랑을 호소하는 글발은 아침저녁으로 무수히 떨어졌다. 그러나 월선이는 언제나 청풍명월로 받자를 하지 않았기에 양어머니 노씨와의 갈등이 일지 않을 리 없었다. 하나 노씨도 도저히 그의 마음을 굽힐 수가 없는 것이다.

월선이가 눈을 스르르 내리 감고 즐겨 부르는 배따라기를 슬피 부를 때 뭇사내들은 뜻없이 비감하여 지어 무엇인가 가슴에 집히는 곳이 있는 듯하였다.

"네가 과연 팔도의 명기루다. 어느 한 놈이 차지할 기생이 아니루다."

간장을 녹이는 활량패들도 나중에는 제 입으로 이런 말을 하며 뉘우쳤다. 어쩐 일인지 월선이는 바다의 노래를 좋아하였다. 슬플 때면 배따라기 기쁠 때면 봉죽타령 점잖은 좌석에서는 누가 지은 시조인지는 모르나 늘 이런 노래를 불렀다.

바다일까하니 하늘이요 하늘일까하니 바다이라.
그의 맘일까하니 이에 마음이요 이에 마음일까하니 그의 마음이라

이때에 유난히 달은 밝고 바다는 가없이 먼데 월선이는 파도치는 모래가를 헤매는 듯 한없이 구슬퍼 보였다. 손님들은 누구나 이 월선이에 무슨 깊은 곡절, 남이 알 수 없는 슬픔이 있음을 짐작하였다. 그러나 월선이는 그 일을 입 밖에 내어 본 적이 없었다.

그 시절엔 친 부모나 양어머니 모르게 정분이 나면 기생노릇 다시 안 한다고 가위로 머리를 자르고 정든 사내와 달아나는 것이 유행이었다. 이 법을 시작해 내기는 명기 박은홍이언만 박은홍이부터 몇  달이 못 가서 자른 머리 날래 길지를 않아 성화였다. 너두 나두 기생이 다시 되어나와 자른 머리 감추노라고 가진 애를 쓰는 것이다.

물론 그중에는 아주 여염집 부녀나 진배없이 된 이도 많았으며 개중에는 사내의 반심에 물에 빠져 죽은 이도 한 둘이 아니었다.

"월선아 너두 어디 머리나 한번 잘라보렴."

이렇게 농을 부치는 손님들도 있었다.

"자른 머리는 나를 주게나……."

"호호 누구 또 물에 빠져 죽는 것을 보실라우?"

월선이는 미소로써 받어 넘기었다. 그러면 손님들은 손뼉을 치며 너털웃음을 터친다.

"너와라면 지옥엔들 못가겠니? 그때 되면 같이 죽읍세게나!"

"호호 호호……."

이렇게 웃어버리고 말기는 하나 때로는 에라 죽고 말자하는 생각이 문뜩하니 떠오르기도 하였다. 더욱이 여름날 놀이배에나 몸을 실었을 제는 그런 순간적 충동이 한두번이 아니었다. 달이 잠긴 검푸른 물을 저어 오르노라면 반월도의 백사장이 무심히 보이지를 않았다. 청류벽의 검은 병풍이 또한 주란섬은 모래터의 뒷벼랑으로 변해 보인다. 버들숲이 우거진 능라도 밑 백은탄 여울물이 출렁일 때 뜻없이 가슴이 두군거렸다. 물속에 달빛이 산산히 부서져 눈앞은 가물거렸다.

장고소리에 맞춰 춤추며 노래하노라고 떠들썩하는 배들도 흩어져 하나둘씩 선창으로 돌아가고 주렁주렁 달렸던 휘황한 초롱불도 하나둘 꺼져 손님들도 술놀음에 시진하여 쓰러진 뒤면 월선이는 혼자 시름없이 난간에 몸을 기대고 수심가나 배따라기의 콧노래를 불렀다.

> 강산일하에 재봉춘이요
> 님은 일거에 정불래라
> 생각할수록 님의 생각이
> 저절루 나누나
> 강상에 둥둥 뜬 저 배야
> 거기 잠깐 닻주고 배 머물러라
> 님에게 한마디 소식을
> 전코저 하노라

이렇게 수심가를 부르다가는 쓰러져 흐득흐득 느껴 울기도 하였다.
(해산씨! 해산씨!)
남몰래 가슴속으로 이렇게 부르짖었다.
(왜 저를 버리서요? 해산씨!)
혹은 울창한 마음에 시름없이 흘러나오는 배따라기 소리. 슬픈 이 소리 속에 또한 주란섬을 한탄으로 그린 적이 그 몇 번이었던고? 해일(海溢)에 흩어져 버린 부모 형제며 사랑하는 해산이와 정에 넘친 섬사람들을 눈물로 추억한 적이 그 몇 번이었던고?

> 이럭저럭 행선하여 나가다가 좌우에 산천을 바라보니 운무는 자욱하여
> 동서 사방을 알수 없구나 영감님아 쇠노하 보아라 평양의 대동강이 어디
> 로 붙었나. 에- 지화자 좋다-

그러나 이 노래를 부른 제 마음조차 걷잡을 길 없이 슬퍼져 때로는 더듬더듬 단소를 잡아들었다. 긴 살눈썹이 스르르 내리 깔리며 약간 위로 말린 듯한 엷은 입술에 단소가 닿는 듯 마는 듯 벌써 구슬픈 곡조가 흘러나온다. 달도 슬픔을 못 이기는 듯 구름으로 낯을 가리며 밤안개 속에 평양성중은 침침히 묻혀 버리며 물결은 배 밑에 오열하듯이 철썩일 따름. 하나 단소 곡조는 흡사 배따라기 소리 그대로 때로는 연파만리 수로창파에 조각배가 불려들 가듯. 때로는 광풍벽력이 진동하는 듯. 이러자 뱃쌈은 갈라지고 용전이 끊어져 돛대는 부러지며 선인들은…… 이…… 드디어 월선이는 참경을 못내 보내는 듯 두 손에 얼굴을 파묻고 오열하였다.

"아버지!"

"어머니!"

"아— 해산씨! 해산씨!"

이럴 즈음이면 반드시 영감 뱃사공이 다가와서 월선이를 달래며 위로할 것을 잊지 않았다. 월선의 눈앞에는 물거품 속에 허덕이는 아버지와 어머니의 환영이 보이는 것이다. 귀속에는 단소 소리 멀어지고 그들이 부르짖는 환청이 들리는 것이다.

"고만아!"

"고만아!"

부르짖는 이 소리 속에 꿈결처럼 들려오는 감미스런 해산의 속삭임.

"고만아 이리온!"

"아! 해산씨에요? 어서 제 손을 붙들어 주세요……."

월선이도 이렇게 속삭이며 두 손을 벌리고 몽유병 환자처럼 공간을 더 듬었다.

"해산씨! 해산씨!"

"고만아 이리 온! 해산이가 다시 너를 찾아왔다! 아름다운 달밤이 아니냐. 이리 온! 바다의 은모래터로 나가자……. 이리 온!"

"네…… 당신이에요? 네…… 당신이라면……."

이러한 환각에 사로잡혀 언젠가 한번 여울물에 빠진 적이 있었던 것이다. 그러므로 월선이를 싣고 나가면 뱃사공의 마음은 언제나 불안하였다.

이 일이 있은 뒤부터 또한 평양 화류계에 있어 월선이는 한층 더 신비스러운 존재가 되고 말았다.

월선이는 달밤이면 운다.

월선이는 강물이면 뛰어든다.

월선이는 귀신과 연애한다.

이런 별별 소문이 다 나게 되었다. 하나 이러는 새 그의 인기는 더 높아만 갈 뿐이었다. 인물과 자태는 수선화처럼 언제나 깨끗하고 아름다우며 소리를 하면 다시없이 구슬프고 춤을 추면 학이 노니는 듯 무슨 말이나 대답을 대신하여 입가에 짓는 미소는 또한 고혹적이었다. 하나 남몰래 님 향한 일편단심은 아무도 굽힐 길이 없었다.

그 해산이로부터 삼 년 전에 섬으로 편지가 날아왔었다는 소식을 들었을 때 그의 놀라움이란 이루 형용할 수 없었다.

그리고 편지 사연을 통하여 해산의 자초지종을 들으매 간담이 녹아서 오고 사지가 떨렸다. 더욱이 해산의 글월 속에 들어 있었다는 제게 보낸 편지를 받아 들었을 때는 이것이 꿈이 아닌가 싶게 가슴이 설레이며 손이 바르르 떨렸다. 칠석네 역시 이 편지 내용을 보기는 이번이 처음이었다.

월선이는 목이 메인 소리로 읽기 시작이다. 사연은 간단하였다. 도저히 살아 돌아갈 놈이 아니니 어린 시절의 하염없는 꿈은 꿈으로 돌리고 자기를 기다리지 말고서 새로운 행복의 길을 어서 찾아 가라는 것이다.

월선이는 편지를 안고 다시금 흑흑 느껴 울었다. 사실로 지금까지는 옛 꿈과 옛 추억을 더듬어 속마음으로 사모하고 의지하던 안개와 같이 먼 존재의 해산이었다. 그러던 것이 이 편지를 받고 나니 해산의 그림자가 생생한 광채를 띠고 그의 눈앞에 클로즈업되었다. 편지의 내용인 즉 둘이 거리를 멀리 지으려 하였으나 해산의 그림자는 도리어 눈앞에 거암처럼 우뚝 솟아올랐다. 온몸을 피로 물들인 처참한 그림자였다. 하나 십자가의 예수보다도 더 우러러 보였다. 더 마음이 아팠다.

(아직도 살아계실지 모른다. 야속한 생각 남으러운 생각은 터럭만치도 일지 않았다. 아니 살아 계시고 말고……)

이렇게 생각하니 가슴이 타오를 뿐이었다. 사랑의 불길에 뼈까지 타버릴 듯한 행복감이 전기처럼 혈관 속을 흘러내렸다.

하나 그것은 다만 일순간이었다. 자기의 버린 몸을 자각하게 되자 해산의 그림자는 다시금 안개와 같이 멀어지었다.

월선이는 그의 발밑에 매어달리려는 듯 엎어지며 갑자기 통곡을 하였다.

칠석네도 다시 따라 울었다.

생각하자면 얼마나 장하고도 거룩한 해산이랴. 피끓는 남아로서 천하를 바로잡겠다는 일념 아래 외방의 광야에 목숨까지 바치려는 것이 아닌가. 저와 같은 해산의 포부와 경륜을 감히 엿볼 수도 없는 일개 여아에  지나지 않는다. 그리고 저와 같은 일개 여아에 대한 추억이 혈풍성우 아래 헤매이는 오늘의 해산이에 어떠한 존재이유가 있으랴. 오히려 아직까지 저를 잊어주지 않았다는 것만도 한없이 고마웠다. 큰 감격이었다. 돌이켜 생각하면 저야말로 해산의 발밑에도 감히 꿇어 엎드릴 수 없는 천한 계집이었다.

여자로서의 훌륭한 모범이 바로 제 옆에 있는 것이다. 악의 악식으로 제 살림을 수립하였을 뿐더러 다만 하나 조카애의 장래에 모든 희망을 걸고 가진 고난을 이겨나가는 칠석네의 태도는 또한 얼마나 장하고도 거룩한 일인가.

이렇게 생각하니 일분일초도 몸 둘 곳이 없었다. 그것이 뼈아프게 슬픈 것이다.

딴은 월선이로서도 결코 원하여 된 기생살이는 아니었다. 십 년 전 열다섯 살의 어린 몸으로 출분하여 들어올 때 역시 같은 배로 따라 들어온 생선 거간이 흉한 사내였던 것이다. 칠석네 앞에 이때의 사정을 고백할 때 월선이는 느껴 울기를 마지 않았다.

"형네 부처가 평양 와 있다는 것은 공연한 핑계였시오……."

"우리들은 나중에야 속은 줄 알았단다."

"상해를 가려구 상해를 가려구 떠난 것이에요……."

"역시 상해를?"

"해산이가 가는 데를 내가 왜 못 가랴하였겠어요. ……그러나 배에서 내려서부터 생선 거간 녀석이 자꾸 줄줄 따라와요. 무슨 생각으루 나왔느냐구 귀찮게 물으면서 아이 보개루 가든지 식모루 들어가든지 공장엘 가든지 이야기만 하면 제가 당장에 주선하여 준대나요. 그러기에 아니꼬워 나는 상해를 갈런다구 뽐내였지요."

"……."

"그 녀석이 처음엔 눈이 둥그래지더니 슬쩍 돌려 꾸미는데 제가 철이 없어 여기에 넘었어요. 손뼉을 철썩 치더니 그렇다면 수가 있다 어서 가보자 하기에 어딜가요 하니까 나만 따라오너라. 상해에 가서 크게 장사하는 사람이 요새 온다구 그러더랬는데 어디 왔나 가보자. 글 사람의 누이네가 바로 이 근처에 사느니라. 상해를 네가 혼자서야 가겠니? 생소한 데를 거기가 어디라구. 네가 정 되놈들 무서운 줄을 모르는 게로구나. 너희들 같은 계집애들은 홀깍하면 팔아먹는다…… 이러면서 데리구 온 곳이 여기야요. 정말 팔아먹기는 그 녀석이, 저를 이집에 홀깍 팔아먹었지요……."

"네가 지각이 없지……."

"말해서요…… 솔깃하니 돌리며 마침 잘 되었나보다 하고 쫄래쫄래 따라오기가 잘못이지요. 따라왔더니 아까 그 노파가 또 그럴듯하니 이야기하는데 한 보름 있으면 올 모양이니 그동안 잔 심부름이라두 하면서 지내라고 노상 끔찍스레 그래요. 요렁고럼 계교에 넘어……."

말을 채 마치지 못하고 월선이는 또 울음이었다.

이날부터 그는 자리하고 누은 채 며칠 동안을 울며 지내었다. 노파가 아무리 못살게 굴어도 마이동풍이었다. 식모가 아무리 맛난 음식을 권하여도 술을 들지 않았다. 아래 딸린 몽학애들이 아무리 울며 위로하여도 귀에 담지 않았다.

나흘만에는 제 바람에 배시시 일어나 요리집에 다시 불려나가기 시작하였다. 그러나 며칠 동안을 듬뿍 술이 취하여 정신없는 몸으로 실려 돌아오군 하였다. 전에 없는 일이었다.

연석에만 나가지 않는다면 여염집 부인이나 매일반인 월선이었다. 아침 낮으로 부엌일 돌보고 낮에는 어린기생 애들 데리고 바느질에나 재미를 본다. 일솜씨 또한 비상하니 월선이가 칠석네 집에 일감 가

지고 들어섰을 때 기생애들이 바느질 솜씨 내기하려 왔느냐는 것도 무리없는 말이다.

바깥에 나간댓자 또한 기생 티는 터럭만치도 없었다. 그러므로 거리사람들은 모두 기생된 것이 아까운 애라고 공론하며 동무들 아무도 월선이가 왜 아직두 살림을 안 들어가는가 속절을 몰라 하였다. 몸가짐 마음씨 모두가 가히 모범이 될 만한 여자인 것이다. 하나 이 며칠 동안에 월선이는 놀랄만치 변하였다. 어떠한 정신적 충격이 있었는지 자포자기나 진배없는 태도였다.

"형님, 왜 그래요 형님!"

어린 기생애들이 근심스레 물어도 쓸쓸히 웃을 뿐이었다.

"진지 좀 뜨라구요."

식모가 아무리 권하여도 대답이 없었다.

"망할년 누구 망하는 걸 볼라구 매일 턴살이가."

노씨가 야단법석이어도 끙 소리 한번 지르지 않았다.

무슨 깊은 결심이 있는 듯하였다. 딴은 월선이도 아무리 생각하나 이제는 죽을 도리밖에 없을 것 같았다. 죽자하니 청춘이 아깝다기보다도 고만이로서 죽지 못하고 월선이로서 죽게 된 몸이 슬펐다.

(칠석네 형님이라도 한번 다시 본 뒤에……)

이렇게 생각하니 일분일초도 견딜 수 없이 보구싶어 대문 밖으로 나섰다. 두 어린 몽학애는 불안한 마음에 그의 뒤를 따랐다. 월선이는 전차길을 건너서더니 땅바위골 등세기로 올라간다. 의아스런 생각으로 주춤주춤 따라 가보니 유별짜한 내재봉방 고은 색시네 집으로 들어간다. 칠석네는 행용 고은 색시 고은 침모로 알려진 이름난 침모로 더욱이 기생 동리에 인기가 높은 탓으로 몽학애들도 전부터 이 집을 알고 있었다. 그리고 저번에 찾아온 것이 고은 색시임을 얼굴까지 알고 있는 터였다.

"애 가기나 하자 애."

기다리다 못해 금선이가 봉선의 손을 끌어당겼다.

"월선이 형님과 형젠게야 아마 우리 형님이 집을 몰래 나왔든가 부디 그랬다가 몇십 년만에 만났나봐……."

"글세 그런 것 싶기도 해. 그래두 뭐 이왕 형제끼리 만났으면 글간? 그렇다면 형님두 마음을 돌리구 기쁜 낮이 있을텐데 형님 신색이 요즘은 더 말이 아닌데 머……."

"두구보자 뉘 말이 맞나…… 어서 가기나 하자 애."

정말루 금선의 말이 들어맞게 되었다. 저녁에 돌아온 월선이는 씻은 듯이 다른 월선이었다. 옛날의 월선이보다도 얼굴에 화기가 떠도는 듯하였다. 인력거가 오니까 서슴지 않고 치장을 마치더니 권번으로 나갔다.

노씨는 대체 어찌된 영문인지 갈피를 못 잡으나 속맘으로는 적이 안심하면서도

"×할년 요즘은 꼭 십 년 묵은 여우(여호)래니깐…… 저년의 속정이야 뉘 알 수가 있어야지……."

하며 쯧쯧쯧 입을 다시었다. 이튿날은 아침부터 부수를 떨더니 밥술을 뜨는 둥 마는 둥 어디로 나가버렸다. 나가는가부다 하였더니 이번은 보퉁이 한 묶음 일감을 싸들고 들어와서 재봉틀에 향하였다.

월선이는 새로운 삶의 길을 발견한 것이다. 칠석네와 같이 일생을 귀동이 위해 받치고져 결심한 것이다. 귀동이를 본 순간 이 결심이 확립되었다. 그것이 감흥이 없는 사랑이나마 영원이 살라는 오직 하나의 길이라고 생각한 터이다.

귀동이를 보며 사랑하는 해산이를 만난 듯하였다.

이날부터 월선에게는 새로운 생애가 시작되었다. 낮에는 칠석네의 일감을 도우며 밤에는 기생일로 생기는 수입을 귀동의 학자를 위하여 따로 모아두기 시작하였다. 귀동이 역시 첫날부터 월선이를 따랐다. 무엇보다도 월선이는 여기에 새 행복을 느낀 것이다.

하기야 월선이 아니 고만이가 해산이와 헤어지기도 그의 나이 바로 귀동의 낮세 때가 아니었던가. 그러므로 귀동이를 첫 번 볼 제부터 가슴이 서물거렸다.

"아이구 어드라문 귀동이가 용왕어른을 그렇게도 닮았갔소!"

하고 월선이가 차마 해산의 이야기는 못 꺼내나마 이렇게 에둘러 감탄하였을 때 칠석네는 눈을 내리깔며 한숨을 쉬었다.

"해산이는 안 닮았다구?"

속절없이 월선이는 얼굴이 발개졌다.

"노는 형이 하는 푼수가 꼭 해산이래니까."

불쌍한 운명의 두 여자는 이때에 한결같이 옛 추억 속에 잠기는 것이다. 한없이 해산이를 그리기는 하되 옛날의 어린 해산이를 오늘의 귀동이를 통해서나 그려볼 수밖에 없이 기억이 까마득한 그들이었다. 단지 해산의 그 슬프고도 장하고 아름다운 몇 줄의 글월뿐이었다. 월선이는 그 편지를 가슴속 깊이 간직하였었다. 언제나 기억 속에 들추어 가슴을 설레이며 소리도 못 내고 울음 속에 젖는 것이다.

"사랑하는 고만이요. 달도 언제나 둥글지 못하고 저녁노을 아름다운 구름도 바람결에 흩어지는 세상이 아니뇨."

그의 편지는 허두부터 이렇게 슬펐었다.

"그대와 어린 시절 감미로이 즐기던 것도 어언간 십오 년 전의 일 하염없는 옛날의 꿈길인가 하오. 그러나 당신과 더불어 신이라도 부러울 행복 속에 하늘 아래 사람의 몸으로 우리의 더함이 없을 듯한 즐거움에 찬 그 몇 해 동안이 아니었더뇨. 오늘의 해산이는 이 즐거운 옛꿈을 가슴 속에 안은 채 영영 당신의 두 팔에 안길 길이 없음이 슬플 따름이외다. 이 세상은 우리들의 향연을 허락지 못하는가 보오. 그러나 사랑하는 내 꽃이요! 당신에 대하여는 길고 오랜 행복과 축복에 찬 아름다운 새 출발이 있기만 기도하오. 설움 속에 몸을 그릇됨이 없이 새로운 태양을 찾아 봄볕 도타운 하늘 아래 다시 새로운 취지를 펴오사…… 또한 그것이 해산의 무덤 속에 속삭이는 당신의 최대의 사랑인줄 아노이다……."

천군만마의 전진 속을 달리는 용사의 마음도 이 편지를 내려쓸 때에는 어지간히 구슬픈 심회였던가 싶었다. 그리고 구구절절 속에 해산이가 이 몸을 얼마나 못 잊어 하였가를 어렴풋이 짐작할 수 있는 듯하였다. 월선이는 언제나 무뚝하니 이 편지 사연이 생각나서 마음속으로 읽으며 슬퍼하는 것이다.

(그이도 역시 나를 잊지 못한가봐…… 나는 오늘 죽어도 좋은 년이야)

이런 체념이 또한 귀동이를 위하여 오로지 정성을 하겠다는 생각에 더 용기를 펴 주었다. 귀동이야말로 사랑하는 사람 일족에 단 하나 남은 후예인 것이다. 더욱이 사랑하는 사람을 그려내인 듯한 그의 생김 생김에야…….

그러므로 월선이는 칠석네와 마주 앉아 일을 하며 송알송알 지낸 일을 이야기 할 제 다시없이 슬프면서도 행복스러웠다. 의연히 바깥에 나가 장난치며 싸움질하여 애태우는 귀동이 때문에 걱정을 할 때에도 걱정하다 못해 둘이서 따라나 찾아다닐 때도 다시없이 즐거웠다. 더욱이 귀동의 손을 이끌고 돌아오기나 할 때는 천하에 부러울 것 없이 장해보였다.

아침 이슬에 젖은 수선화 모양으로 월선이는 더욱 아름다워졌다.

이러고 보니 칠석네와 월선이는 서로 동정하고 위로하며 지내는 정다운 사이가 되었다. 하나 칠석네는 두간두간 찾아오곤 하는 차돌의 이야기는 차마 꺼내지를 못하고 있었다. 귀동의 입으로 이 사실을 알게 되었을 때 월선이는 얼굴이 화끈 달아올랐다.

어떤 토요일 칠석네와 귀동이 이렇게 셋이서 점심상을 받아올 때 귀동이가 젓가락으로 상머리를 두들기며

"차돌이 선생 오늘이나 올래나? 왜 안 오나?"

"애 어서 푹푹 떠먹기나 해!"

칠석네는 좀 당황해서 얼른 이렇게 말을 막았었다. 실은 칠석네 자신 차돌이가 오늘이라도 이 자리에 들어서면 어쩌나 하고 심중은 적이 불안하였던 참이다. 이럭저럭 세 번이나 찾아온 차돌이게도 아직까지 월선의 이야기를 쏟아놓지 못하고 있었다. 옛날의 정이 도타운 순결무애한 그들이니 아니 그러기에 더욱 머지를 따기가 어려웠다. 더구나 고만에 대한 아름다운 꿈을 못내 잊어하는 차돌인데 고만이는 오늘에 있어 천비 월선이가 아닌가 이 일을 알게 된다면 차돌의 설움과 놀람이 또한 어떠하랴.

하나 칠석네는 그냥 이 일을 감추고만 지낼 수 없이 되었음을 깨달았다.

"하기는 차돌이가 요새 우리집을 알고 찾아오군 한담네……."

"……."

무거운 침묵이 흘렀다.

"너 상기 모르댄? 우리 차돌이 선생?"

귀동이가 의아스레 물었다.

"아즈만 보구 너라니!"

"음 정말 아즈만…… 내 소라나팔두 차돌이 선생이 갖다준거디!"

"그래……."

모기만한 소리로 말을 받는 월선이었다.

"그럼!"

귀동이는 밥상에서 떨어져 나팔을 찾으려 뜰로 나갔다.

"언제나 한번 토진간담 해야 하면서도 외려 모르고 지내는 편이 낫지 하고 여태까지 참고 왔네……."

"지금도 섬에 계시나요?"

"그래, 그 사람이야. 섬에서 학교와 함께 죽을 사람이지. 학교에 몸을 받친 뒤부터는 남보기에는 태평강산일세. 학교를 제 집으로 알구 학생애들을 제 자식으로 삼어 만나면 애들 이야기만 한답네 노총각으로 일평생 늙을는지 장가들라고 하면 또 질색이야……."

"……."

월선이는 뜻없이 가슴이 벅차올랐다.

"그래도 맨 처음 찾아왔을 때 주저주저하니 묻는 말이 역시 임자 소식일세."

"……."

"진정의 고백을 하는데 아직두 임자를 못잊누래. 더구나 임자가 귀히 되었으면 모르거니와 만약에 불쌍한 몸으로 있다면 저투서 속죄할 곳이 없느라고 마음 아퍼함이 여간 아닌데……."

"에그마니 무슨 말씀을……."

"임자를 섬에 못 있게 한 장본인 저라는 말이지 그 말을 들을 제 나두 뼈 아프게 울었네. 자네를 이렇게 만들기야 내가 아니구 누구겠나……."

"모두 다 제 팔자지요. 제가 지각이 없어 이렇게 되었지요."

월선이는 돌아 앉으며 치마고름으로 눈물을 닦았다.

"선생님두 위임이 예사 인물이 아니신데 저 같은 년의 일을……."

"나두 이런 말을 할까말까 주저주저 하던 터일테만……."

"선생님두 제 일 아시나요?"

"아직 말을 못했네……."

"형님."

"왜?"

<hr/>

"저― 어 제 일은 말씀 말아요."

"그러니 그것두 하루 이틀이지."

"당분간이라두……."

"글쎄."

"저를 무엇으로 알겠어요. 하긴 나 같은 년은 백번 죽어두 싼 년이야."

월선이는 한숨을 내지었다. 해산에 대함이 애끓는 사랑이라면 차돌에 대함은 정성의 흠모였다. 겨울새벽의 꿈결에나 여름저녁의 시름 속에 불쌍한 차돌의 일이 불현듯이 생각이 나 마음을 괴롭힌 적도 한두번이 아닌 그였다. 부드러운 얼굴 열정적인 어조 호수처럼 빛나던 눈. ……매몰지게 섬까지 떠날 그 용기가 있으면서 어째 그이와 칠석네 형님이 잘 이해하도록 제 마음을 솔직히 펴놓치 못하였던고 제 발등을 제가 찍어도 분수가 있지. 이제 와서 이 몸이 이 꼴된 줄 안다면 얼마나 고약스레일까…….

"그런 소리 마슈. 어서 내 말대로 그 집에서 나와 다시 모여 살기나 합세."

"것두 글쎄……."

"왜?"

칠석네가 고개를 들고 빤히 쳐다보니 월선의 긴 실눈썹에 눈물이 어리었다.

칠석네도 덩달아 마음이 언짢아졌다. 월선이는 묵묵히 대답이 없다가

"제가 이렇게 되었을 줄 대강 짐작을 하나요?"

"그렇게 생각하고 싶지가 않은지 필경 상해에 간게라구 합데."

"상해요? 하긴 마음 상해, 사람 상해, 상해야 상해지……."

월선이는 자조적으로 쓸쓸히 웃었다.

"그럼 쉽게 되기야 임자 하나 쉽게 되었지. 부모 동생 다 이별하고 해산이 마저 돌아오지 않으니 오죽하리……. 차돌이는 그저 중이나 다름없는 생활이야. 그러기에 저번두 말인망정 학교 하나면 만족이래면서 도화지니 습자지만 한보따리 사들구 와서 눅게 샀누라구. 방글방글 거립네만, 왜 그런지 불쌍만 해뵈인데니까."

"옛적이나 다름없으시지요?"

"촌선생엔 맞춤감이라구 저두 그럽네. 지까다비 신구 해묵은 핵교 아니면 농립 쓰구서 활개 저으며 들어오군 합답대."

월선이도 칠석네에 따라 웃었다. 예사 공론처럼 퍼놓은 말에 따라 웃기는 하나 차돌에 대한 죄스러운 생각에 가슴이 쓰리고 아픔이 한량 없었다.

"얼굴이야 눈썹하나 찌그리제스리 학생 때 그대루지만 기름도 안 바른 머리를 제대로 하아칼라는 했답데."

하면서 칠석네는 살금히 월선의 기색을 엿보았다. 총각으로 늙으려는 차돌의 외로움과 화류계에 몸을 떨어뜨린 월선의 설움을 차마 정시치 못하여 이제라도 바로 잡을 길이 없을까하고 궁리하는 마음이 없지 않은 칠석네였다. 월선의 일을 생각할 때마다 칠석네는 옛날 주란섬에 살 제 서로 얼마나 즐거히 행복스레 지냈던가를 회상하여 슬퍼지는 것이다. 그리고 시름없는 월선이를 눈 앞에 대하면 가슴속이 뜨거워지는 것을 느꼈다.

"사실은 나두 임자의 지금 생각이 결코 옳다구는 생각지 않네…… 좀 새삼스러운 것 같지만…….”

칠석네는 상을 물려놓고 다가 앉으며 주저하던 이야기를 용감히 꺼내었다.

"오늘은 좀 차근차근 임자와 이야기해 봅세나.”

"무슨 말씀이요?”

월선이는 놀란 듯이 얼굴을 처들기는 하나 가슴은 뜨끔하였다.

"무슨 말이라니? 임자의 딱한 사정말이지”

"나 같은 년이야 이렇게 사는 것이 제격이지요. 딱하긴 뭐이 딱해요.”

"무슨 말을 그렇게 하노.”

칠석네는 노여운 듯이 핀잔주었다.

"…….”

"사람이 그렇게 무정해서야 되겠나 임자두 불쌍한 사람이지만 차돌에 대한 미안한 생각으루라두…….”

아차 말실수로다 하는 생각이 들기가 무섭게 월선의 얼굴이 파들파들 떨림을 보았다.

"미안하대면 그래 제가 이 몸으루 어떻게 해야 된단 말씀이에요?”

월선의 음성 또한 떨렸다.

"아무 말씀두 말어요. 왜 저보구 못살게 굴어요!”

"아니 그렇게 생각할 것이 아니라 내야 둘이 다 잘 되는 것을 보구 싶어하는 말일세.”

"제가 이제 잘 되구 말구 할 여부가 있는 몸이요? 돌구 돌구 돌아먹은 년이…….”

이렇게 쏘아 부치다가 별안간 호호호 자즈러지게 웃었다. 놀래 처다보니 월선의 눈에서 눈물이 쑥쑥 쏟아졌다.

"호호호 형님두 참 기생이 어드런건지 모르십니다레. 십 년 동안 아양을 떨며 뭇사내들을 갉아온 월선이를 옛적 고만이루만 아시니 딱하지 않으우."

"……."

"술 마시구 담배 먹구 춤 추구 이러는 년이― 제가 화냥년이 아니요? 이년이 이제부터 잘 되면 얼마나 잘 되겠소. 바로 되기는 콧집이 앵도라진걸요. 호호호호호호."

절망적인 자조감에 월선이는 이미 이성을 잃었었다. 가는 허리를 바드득 바드득 쥐여짜며 안절부절 못하였다. 흥분되면 할 소리 못할 소리도 분간치를 못하는 그였다.

"아까두 저를 보구 기생살이 그만두랬지요? 왜 그만둬요? 깨가 쏟아지게 재미나는 걸……."

사실로 기생을 그만둘 생각이 없는 월선이였으나 이런 말법으로 제 의사를 표시하게 될 줄은 자기도 몰랐었다. 귀동이를 크게 공부시키려면 이왕 이렇게 된 바에는 기생 노릇이나 그냥 함이 학자보탬을 하는 데도 나을 듯싶은 데서 이와 같은 결심이 생긴 것이다.

칠석네는 슬프기 바이 없었다.

"나두 어떻게 해야만 된다는 생각으로 하는 말이 아니라…… 임자쯤해서는 차돌이를 보아서라두 생각을 돌리고 화류계에서 몸을 뽑는 것이 옳은 일이라구 생각되기에 말일세."

당연한 이 말에 아니 너무도 당연한 말이기 때문에 더욱이 월선이는 안타까워지어 그만 전후 생각을 못하게 되었다. 이때에 터덜터덜 문안으로 들어서던 사나이의 지까다비발이 놀란 듯이 대문 안에 멈추서더니 다음 순간 조상처럼 뻣뻣히 굳어져 버렸다. 농립의 차돌이었다. 방안에 사람은 보이지 않으나 심상치 않은 부르짖음이 들렸다.

"웬간함이에요! 왜 못살게 굴어요!"

"그만둡세. 임자가 제 정신이 아닌가부에."

"여펜네는 사흘을 안 때리면 여우가 된다는데 내가 제 몸 난 양으루 굴기가 적지 않게 십 년이라우. ……내 몸둥 속에 청너구리, 여우, 독사뱀이 열 마리 씩 넘어 들어있는 줄 모릅네다레. 나를 어드런 년으루 알구 그래요?"

하더니 치마로 얼굴을 싸고 그 자리에 엎어졌다.

칠석네는 눈물이 비 오듯 하였다. 월선이가 이렇게까지 굴 줄은 천만 뜻밖에 일이었던 만치 가슴에 받는 상처는 말할 수 없이 커졌다.

"십년 묵은 환자(還子)라두 지구 들어가면 그만이라는 말마따나 임자가 맘을 돌려가지고 섬으루 다시 들어가길 바래여 해보려던 말이네만……."

칠석네 역시 치마로 얼굴을 가리며 이렇게 혼자 소리로 슬퍼하는데 갑자기 월선의 울음소리가 터져나왔다. 그리고 그의 얼굴이 털썩 칠석네의 무릎위에 떨어지며 몸부림을 치기 시작하는 것이다.

"형님 이년이 이렇게 불쌍한 년이라우!"

월선이가 사무치는 울음소리로 이렇게 부르짖었다.

이 한마디에 전류가 흐르듯 전신이 찌르르 하였다. 칠석네는 모든 것을 이해할 수 있었다. 제말대로 월선이가 얼마나 가엾고 애처로운 여자인지 도리어 측은지심이 치밀어 올랐다. 역시 월선의 설움은 해산에 대한 못 이루는 사랑도 사랑이려니와 제 몸을 돌아보아 차돌에 대한 죄스러움에 몸 둘 곳 없어진 것이었다. 이에 월선이는 이성을 잃었었다. 칠석네도 월선의 몸둥을 얼싸안고 울음을 터뜨렸다. 하나 누구보다도 마음에 크나큰 충격을 받기는 차돌이었다. 그의 얼굴은 푸들푸들 떨렸다. 이윽하여 눈물을 거두고 월선이는

"형님 용서하시오. 그리구 제발 그 선생님 말씀을 꺼내지 말어주시오. 저야 그의 곁에서지도 못할 만치 천한 계집이 아니에요?"

칠석네도 행여나 하고 건너어보던 이야기이기는 하나 처음부터 촌선생 차돌이와 평양 명기 월선이와의 짝이 외면상 어울리지 않음을 모르는 바도 아니었다.

"그래두 내 눈엔 임자는 월선이가 아니구 고만이야."

이렇게 칠석네는 미소를 품으며 말하였다.

(월선이? 아무런들 그럴 리가 있나?)

차돌이는 혼자소리로 중얼거리더니 저두 모르게 어느 새에 마루 위에로 올라섰다. 놀라어 고개를 돌린 칠석네는 무심결에 월선의 무릎을 쳐밀고 일어서며 부르짖었다.

"아이고 왔나!"

엉겁결에 월선이도 일어섰다. 월선이와 눈이 마주친 순간 차돌의 눈에 번개가 이는 듯하였다. 월선이는 새하여졌던 얼굴이 홍당무로 변하였다. 전신의 피가 역류하는 듯하였다.

"왜들 그렇게 질겁스레 놀라나? 월선이라네……."

하다가 칠석네야말로 질겁스레 얼른 말끝을 얼버무리고

"고만이야! 고만이!"

처음부터 차돌이는 눈물의 말소리 임자가 고만이인줄 짐작하였었다. 그리고 다음에는 월선이 하는 이름에 가슴이 선뜩하였다. 이제 첫눈에 그것

이 틀림없이 고만이인 줄을 알았다. 옛날 모습 그대로였다. 하나 다음 순간에는 너무 놀라움과 막중함에 얼빠진 사나이처럼 빤히 쳐다보기만 하였다.

월선이는 푹 고개를 숙였다. 칠석네는 객쩍은 이 자리를 꾸미느라고 지어먹고 캐들캐들 웃으며

"전선대야 머이야? 서로 전보치는 모양인가!"

(월선이…… 월선이……)

차돌이는 마음속에 다시금 두어번 뇌어 보았다.

(혹시 기생이나 된 것이 아닌가…….)

이렇게 불현듯이 짐작되기는 하나 황홀한 아름다움에 제 존재가 너무도 초라해 보였다. 고만 앞에 나서니 옛과 달리 새로이 어마어마한 감이 들었다.

흰 저고리에 옥색치마 떨어뜨린 백옥 같은 얼굴, 내리 뜬 눈의 긴 실눈썹.

– 불과 이분가량 새의 일이었다. 그 옥색치마를 한손으로 여미더니 얼굴을 푹 숙인 채 윗문으로 살금히 빠져 나간다.

"여보게!"

칠석네가 따라나섰을 때는 어느 새에 월선이는 흰 고무신을 끌고 쏜살처럼 대문 밖으로 나가는 것이다. 대문을 열면서 하얀 헝겊으로 눈물을 훔치며 달아나는 것이 차돌의 눈에는 꿈결 속처럼 보였다.

참으로 차돌에게는 모든 것이 꿈결 속이나 진배 없었다. 칠석네가 다시 들어오며 쳐다보니 차돌의 눈에도 눈물이 글썽하였었다. 칠석네도 무엇이라고 할 말이 없었다.

"앉읍시단."

겨우 한마디 하였다. 하나 차돌이는 뻣뻣이 굳어진 채 말이 없었다.

날파람

그 뒤로 월선이는 토요일 일요일 축제일은 칠석네 집을 찾지 않았다. 이런 날이 거듭하여 한달 두달 지내는 새에 어느덧 삼 년이라는 세월이 흘렀으니 귀동이도 열두 살의 한창 장난칠 나이가 되었다.

이제는 본격적 날파람꾼이었다. 날파람이라면 편싸움. 편싸움이라면 역시 평양을 연상케 된다.

"셋가라! 셋가라!"

"셋가라! 셋가라!"

하며 해가 기울어진 초저녁부터 밤 깊이까지 큰 길가에 두패가 서로 어울려 혹은 달빛아래 혹은 별들의 관전 밑에 혹은 캄캄한 어둠 속에 눈보라치듯 격류가 바위에 부딪히듯 학 떼가 싸움하듯 한 팔을 치겨들고 한 다리는 허공을 차려는 듯 퉁퉁 떠나가며 치고 받고 부서지는 장관이란 누구나 못내 잊는 터이다.

날파람 이것은 역시 옛날의 평양에 없지 못한 명물의 하나였다.

새방성패 가마꼴패 문수봉패 상수구패 이앗다리패 너른마당패 충성패 외성패 항나무골패 석수당골패…… 이렇게 들어보자면 끝이 없으리만치 여러 패가 노니여 접전을 하는 것이다. 크고 작고 간에 한 고장에 한 패씩은 반드시 웅거하였다.

귀동이는 그다지 세인 패는 못되나 석수당 골패의 "겟세기"대장이었다.

날파람이 붙는 시초는 패두의 어린애들이 짓는다. 딴패의 지나가는 애들 이쪽 애들이 선손 걸어 쫓으면 그 뒤에 차츰 큰 놈들이 나서서 힘으로 시비를 가리게 되며 나중에는 대장까지 출동하여 최고조에 이른다. 귀동이는 열 살 안짝에 이미 "솔솔이패"대장이었다. 날파람의 시초를 거는 전초전의 어린네 대장이란 말이다. 그러다 대장에 귀염을 받아 열두 살에 벌써 "겟세기"대장이 되었다. 지금의 유행어로 말하면 "게리라" 전 대장인 셈이다. 곁에 섰다가 들이친다는 의미의 곁세기를 방언으로 "겟세기"라고 하는지 혹은 께쎄기를 친다는 말을 "겟세기"라고 하는지는 분간할 수 없지만 하여간 곁에 숨어 있다가 저의 편이 소위 전략적 후퇴를 할 적에 진격하여 나가는 적군 속에 슬쩍 뛰어들어 대장이나 중대장쯤을 뒤로 겨누고 꺾어 뉘여 전국을 일변게하는 것이 그의 임무였다.

날쌔고 침착하고 용감한 귀동에게는 맞춤이었다. 대장에 부딪치기에는 아직 나이 어려 힘이 부족은 하나 뒤로 가서 삿체기를 들어메치든가 다리를 걸어 엎어놓턴가 하여 교묘한 꾀로 앙큼스레 전과를 올렸다. 겟세기 돌풍구가 나온다 하면 무슨 계교에 넘을지 몰라 적군의 대장급도 가슴이 쌀쌀하였다.

날파람이 백열화하야 최고조에 이르면 철편소리가 철석철석거리고 휘두르는 자전거 사슬이 서로 얼기설기 걸리어 팽팽거리고 서로 이맛대기 부딪쳐 와짓근짓근하고 둥둥 떠나가며 내붙치는 손길이 철악철악 아우성 소리와 으르릉치는 소리 또한 거리를 뒤흔들었다.

이렇게 되면 순사들도 나왔다가는 뒤손을 짓고 구경만 하게 되었다. 하나 찾으러 나온 부모들의 이름을 외치는 소리 중에

"귀동아!"

"귀동아!"

하고 절규하는 칠석네의 목소리는 일층 쇠되고 비통하였다. 와짓근짓근할

때는 울음을 터치며 미친 듯이 펄펄 날뛰었다.

"아이구 이놈의 망종아!"

"죽갔구나! 죽갔어!"

저녁때만 되면 신이란 신을 모두 감추고 문단속도 엄충히 하누래지만 어느 틈에 빠져나가군 한다. 놀라어 신을 찾어 보면 헤어진 여자 고무신이라도 한 켤레는 반드시 없었다. 뛰쳐나가면 또한 반드시 연광정 위쪽에 날파람이 벌어져 있었다.

주로 이앗다리패와 이 연광정 앞에서 부딪치는 것이다.

이리하여 돌풍구 귀동의 날파람은 차츰 더 심해만 갈 뿐이다.

학교서 돌아와 잠시 책상에 붙어 있다가는 저녁만 먹고 나면 안절부절을 못하였다. 들락날락 똥마려운 고양이 날치듯 하다가 어느새에 또 빠져나가는 것이다.

어떤 봄날밤이었다.

그때도 칠석네는 귀동이를 조용히 불러앉히고 여러 가지로 타이른 뒤에

"네가 정 이 버릇을 못 놓겠거든 내가 어디루 가구 말겠다."

고 엄포하였다.

"어디루?"

귀동이는 가슴이 따끔한 모양이다.

"가기꺼정할 게 있니. 죽구말지……."

"정말?"

소년은 눈이 둥그래졌다.

"너하나 믿구 살던 세상 네가 이렇게까지 나를 몰라주는 데야 내가 무슨 재미루 살겠니?"

"데ー타 허튼 소리!"

"두구보렴. 오늘이라두 나가보지."

"그럼 정말 나가볼까부다."

일어서며 이렇게 히들거린다. 혁대를 고쳐 묶더니 신 어데간? 하며 찾는 푼수가 정말 나가려는 모양이다. 보통일이라면 배짱도 부려볼 처지이지만 칠석네는 겁만 앞세어 허리동아리를 부둥켜 쥐었다.

"네가 정 나 죽는 걸 볼래는 게로구나!"

그러니까 엉뚱스런 귀동이도 또한 칠석네를 얼싸안으며 단숨에 몰아치는 말이

"고모 내 이번은 정말인데 오늘꺼정하구 말래! 오늘은 꼭 나가야 되는 날이야! 내가 안 나가문 우리패는 큰 결단나!"

하더니 옛다 간다봐라하고 칠석네의 구두를 뺏어 신고 달아난다. 달아나며 부르짖었다.

"고모 죽지 말라! 죽지 말라우!"

칠석네는 손맥이 탁 풀렸다.

(저런 놈의 녀석! 네가 정말 오늘 밤 하루라두 없어서 제가 찾느라구 애를 써보야 정신이 들래는 게다.)

이렇게 생각하고 곧 신을 찾아 신고서 문을 잠그고 나섰다. 하나 어디로 갈고 하고 망설거리는 발이 역시 저절로 연광정 쪽으로 향하였다. 사실로 그날 밤도 거기에 날파람이 벌어졌었다. 그리고 어느 날보다도 큰 판이었다. 번쩍번쩍거리며 아우성이 들끓었다. 가슴이 달락어리지만 오늘은 기어코 찾어 다니지를 않으리라고 가슴 속에 맹세하며 구경군패에 숨어들었다. 구경꾼들의 수군수군거리는 소리가 오늘 밤이야 말로 웃거리와

아랫거리의 대결전이라는 것이다.

그 소리를 들으니 전신에 소름이 끼쳤다. 그때에 귀동이가 가담한 웃거리패가 쫓겨가기를 시작하였다. 그러자 갑자기 등 뒤에 새근거리는 숨소리가 이상하여 흘깃 돌아서는데 치마 뒤에 붙었던 어린애 하나가 작대기를 들고 표범처럼 뛰어나가는 것이 얼핏 보였다. 앗! 귀동아! 하는 소리가 목구멍까지 터져나오는 것을 손으로 입을 막고 옆쪽으로 따라 올라갔다. 하나 홍수처럼 몰려올라가는 패속에 귀동이를 찾아볼 도리는 없었다.

저의 편이 후퇴할 적에 귀동이가 슬쩍 구경군 패 속에 숨어 들었던 것이다.

자전거 사슬을 휘두르며 비호처럼 쳐나가는 적군의 대장을 귀동이는 대단히도 노리었었다. 귀동의 무기는 조그만 작대기 하나. 뒤에 바싹 달렸다. 셋가라! 셋가라! 그때였다. 대장이 옆쪽으로 둥둥 떠나가는 틈을 놓치지 않았다. 뒷 따라 나가며 얼핏 다리새에 작대기를 드리밀고 지키었다. 계교는 들어 맞었다. 모두발로 떠든 대장이 픽 하고 공중거리로 떨어졌다. 귀동이는 한다리로 내려쪅었다. 꺽어뉘었으면 작대기를 공중에 투치기로 암호가 되었었다. 그것을 보고는 갑자기 역습을 하여 대장을 사로잡으려는 계책이었다.

하나 대장은 작대기를 깔고 뒹굴었다. 아차하고 귀동이가 그것을 뽑아 올리려는 순간이었다.

"겼세기 돌풍구 잡었다!"
하고 부르짖는 소리와 같이 어떤 자의 모진 발이 귀동의 등덜미를 세차게 걷어찼다. 그 바람에 어린 귀동이는 말싹하니 쓰러졌다. 그러자 돌풍구 죽여라! 죽여라 하며 뭇사내들

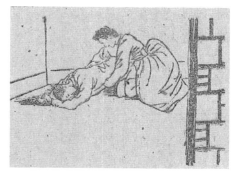

이 그 위로 승냥이떼처럼 덤벼 들었다.

절구통 같은 발로 한번씩만 내리찍혔든들 문제없이 죽고야 말았을 것이다. 하나 귀동이는 어린 강아치처럼 살살 발밑을 새어나와 컴컴한 구석 빈 구루마 아래로 기어 들었다. 넓적다리를 몹시 짓밟혀 쑤시고 아픔이 견딜 수 없으나 눈알을 대룩거리며 숨소리만 새근거릴 뿐이었다.

적군은 빈탕을 가지고 서로 저의들끼리 오구당치듯 마주치며 짓밟으며 걸어차며 야단이었다.

이것을 보고 귀동이네패는 돌풍구가 붙들린 줄 알고 대장의 명령일하 단연 역습으로 올랐다.

이리하여 대접전이 일어나 대장과 대장이 서로 부딪치게 되니 노호와 아우성 치고 받고 차는 소리에 아연 아비규환의 수라장이 되고 말았다. 그리고 드디어 아랫거리패는 적군의 돌격에 차차 움츠러들었다.

무서운 이 광경에 칠석네는 비들비들 떨면서도 입을 악물고 종시 귀동의 이름은 부르지 않았다.

(죽지만 말어라. 죽지만 말구 돌어가보렴. 이번은 네가 날 찾을 차리루다. 툭툭히 애를 써봐야 너두 좀 철이 들지…….)

이윽고 밤이 깊어지면서 아랫패의 후퇴로 웃거리패가 종내 동피루 선 참쯤까지 진격을 하게 되니 그만 날파람도 흐지부지하여졌다.

귀동이는 적군이 몰려가자 구루마 밑으로부터 간신히 기어나와 동무들에 발견되었다. 엎퍼질 때 코가 깨져 전신이 피투성인데다 다리를 사정없이 내려찍혀 운신까지 못하였다. 동무들은 놀라어 귀동이를 떠메고 골목길을 걸어 석수당골 막바지로 올라갔다. 겨우 그의 집을 찾아 대문 앞에 이르자 그들은 귀동이를 내려놓고 왈랑왈랑 대문을 몇 번인가 흔들고는 모두 달아나빼었다. 칠석네 손에 붙들릴까 겁이 시퍼렇게 나서.

칠석네가 돌아오기는 겨우 반시간쯤 되어서일까 처음에는 멀찌감치서 눈치를 살피려하였다. 나즈막이 달이 떴었다. 히줄그레한 달빛아래 멀리 바라보니 대문에 조고만 몸둥이 매어달려 대문을 두들기는 것처럼 보였다.

(옳지 이제야 내가 좀 혼이 나는게루구나.) 하며 길 옆으로 붙어서 주춤주춤 올라가누라니 좀 이상한 느낌이 들었다.

(왠일일까?)

가슴이 공연히 설레어 장달음으로 달려갔다. 달려와보니 틀림없이 귀동인데 쓰러진 채 움직이기는 고사하고 얼굴을 구겨 박은 채 까딱도 않는다. 칠석네는 실망하였다. 큰일이 나서 찾아다닐 줄 알았는데 대문 앞에서 호곤이 잠이 들지 않았는가. 잠이 든 줄 알았다. 그렇게 생각하니 또 어쩐지 가엾기도 하였다.

(내가 몹쓸년이지…….)

하나 좀 애먹일 생각도 들어 쇠를 살금히 열고 소리 날세라 문을 열고 들어서면서 흘깃 돌아보니 흰샤쓰 앞쪽에 거무스레한 피가 비쳐 뵈었다. 쓰러진 채 정신을 잃고 말았던 것이다. 칠석네는 무엇이라 비명을 지르며 달려들었다. 매어달려 흔들었다. 간신히 끙 하고 소리 한번 지를 뿐이었다. 칠석네는 귀동이를 껴안고 들어갔다. 부르짖었다.

"야 귀동아! 내루다! 정신채려 봐! 정신채려!"

귀동이는 대답이 없었다. 어쩔줄을 몰라 울며불며 날치었다. 흔들어 보기도 하고 귀에 대고 부르짖어도 보고 껴안은 채 몸부림을 치기도 하였다. ─ 옳지 하고 생각이 나 대야에 찬물을 떠다가 꼭대기로부터 껴 얹으니. 그제야 벌떡 정신이 들었다. 아직 날파람에 취했던 탓일까 첫마디 묻는 말이

"우리패 이겟나?"

칠석네는 모든 것 잊어버리고 다만 기꺼움에 부둥켜 안으며 부르짖었다.

"으 이겟다! 이겟서!"

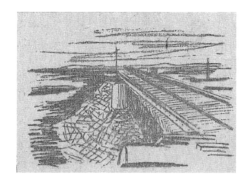

어린 귀동의 이 마음인 즉 칠석네로서는 가히 이해하기 어려운 가히 엿볼 수도 없는 신비스런 세계였다.

부상당한 다리를 치료 받노라고 귀동이는 한동안 날파람은커녕 학교에도 못나가게 되었다.

하나 동아의 일각이 조선 땅 평양의 밤거리에 날파람이 번성한 이때 세계의 풍운도 결코 안온치가 않았다.

만주 봉천시 근교 유조구에서 중국병에 의하여 만철선로 폭파사건이 일어난 것이 소화 육년 구월이니 그것도 벌써 삼 년 전의 일이다. 이 사건을 계기로 지금까지 은인자중하던 우리 일본군대는 드디어 결연히 일어섰다. 행동을 개시하자 질풍처럼 몰려들어 봉천군벌 장학량을 몰아내고 그 해 안으로 만주의 대부분을 평정케 되었다. 금주(錦州)에 의거하여 최후의 저항을 꾀하던 장학량을 구축하기는 이듬해 정월 그리고 삼월에는 만주국이 건설되어 청조 멸망 이래 칩거하던 선농황제가 만주 인민의 여망을 지고 집정에 취임하였다. 그 이듬해 다시 말하면 작년에는 집정이 황제의 자리에 오르게 되어 이에 신흥 만주국이 건설된 것이다. ─ 이것이 이르는 바 만주사변이다.

그 당시에는 아직 일반 사람들은 이 사건의 심각한 의의를 인식치 못하였으나 이 만주사변이야말로 실로 신세계 신질서 건설의 제 일성이요 또한 오늘날 벌어진 제 이차 세계대전의 발단이었던 것이다.

유조구 사건은 중국병의 음모로부터 일어난 보잘 것 없는 조고만 사건에 불과하다. 그리고 이것은 만주사변의 도화선은 되었을망정 결코 만주사변의 원인은 아니었다. 만주사변의 깊은 원인은 일언이폐지하자면 묵은 질서가 무너지면서 불가불 새 질서가 필요하게끔 된 곳에 뿌리박혀 있는 것이다. 중국 내부의 사정으로 보나 세계 정세의 발전으로 보나 다 같이 묵은 질서 = 영미의 세계지배를 근간으로 하는 질서와 충돌하여 이것을 깨뜨리고 나가지 않으면 안 될 곳에까지 사태가 급박하였던 것이다.

만약에 우리나라의 목적이 중국의 반일행동을 탄압하고 만주에 있는 기득권리를 확보만 하려던 것이라면 그렇게 대규모의 군사 행동을 일으킬 필요는 없었을 것이다. 세계의 정세로 보아 우리 일본은 만주땅을 우리의 확호불발한 거점으로 할 필요를 절실히 느꼈다. 왜 그러냐하면 중국의 정권을 잡은 국민정부가 영미국의 충동을 듣고 반일정책을 강행하기 때문에 영미의 세력이 지나 진출을 다시 시작한 까닭이었다.

만약에 그냥 둔다면 중국 대지는 머지않아 영미의 완전한 식민지로 화하여 마침내는 우리 일본의 자존자립도 위태케 될 지경이었다. 그러므로 만주 사변은 외견상 일중간의 충돌과도 같지만 실인 즉 영미의 세계지배에 대한 일본의 최초의 반격이었다.

물론 우리 일본은 오가와(大川周明) 박사의 말을 빌릴 필요도 없이 "아세아의 운명에 대하여 가장 먼저 눈을 뜨고 가장 큰 희생을 바치고 온 사실은 누구나 다 명심하여야만 될 것이다."

그러므로 영미는 만주사변이야말로 서양의 퇴각을 명하는 아세아의 절규인 것을 깨닫게 되었다. 그들은 눈을 부라리며 몸서리를 쳤다.

그러나 영미가 억누르기에는 벌써 우리 일본이 너무나 강대해진 뒤였다. 영미가 이왕에 우리 일본을 압박하기는 금력과 해군력을 내세우기 때문이었다. 하나 이 무기는 두 가지 다 이미 일본에 대하여 위력을 잃

고 말았다. 대일무역을 중지하자니 지나 무역도 어려워질 것이라 때마침 세계를 휩쓸은 경제공황으로 영미의 자본가들이 경제 단교의 과격한 수단을 찬성할 리 만무하였다. 또 하나 해군력의 우세를 내세우자니 세계 경제가 이것을 허락치 않았다. 그들의 숙적인 독일이 "나치스"의 지도 밑에 얕볼 수 없는 은연한 세력을 가지고 일어설 기회만 노리고 있었기 때문이다.

그러므로 그들은 속만 박박 달 뿐이지 별반 신통한 계교가 없었다. 중국을 충동질하는 길밖에 없었다.

이리하여 우리 일본은 만주사변을 빛나는 승리로서 해결케 되었다. 그러나 영미의 앞잡이 노름을 그만두고 참으로 아세아의 전위가 되려고 결의한 일본의 참뜻을 중국이 오해만 하여 오늘의 불행을 그냥 계속케한다는 것을 참으로 슬픈 일이 아닐 수 없다.

대저 아편전쟁 이래로 중국의 민족운동은 항상 서양제국주의 배척을 목적으로 삼어 오지 않았던가. 광동의 평영단(平英團)사건 "알로"호 사건 태평천국이란 의화단 사건 — 이런 모든 것이 다 서양에 대한 중국의 맹목적 반항이었다. 청말의 혁명파의 폭동과 북벌싸움 그리고 중화민국 성립 후의 국권 회복 운동 — 이것이 또한 모두 다 서양제국주의 타도에 그 근본이 있었다.

하나 만주사변 이후 중국의 민족운동은 그 성격을 돌변하여 서양의 등을 믿고 우리 일본에 대들게 되었다. 물론 우리의 돌풍구 귀동의 알 바 못 되는 심각한 동아의 새 정세였다. 드디어 재작년 정월에는 전화가 상해까지 뛰었다. 무슨 영문인지는 모르나 귀동이는 전쟁이라니 통쾌하였다. 학교에서는 공부 시간에 전쟁 이야기만 조른다. 용감한 이야기를 들은 날은 한결 날파람이 잘 되었다. 더구나 폭탄 삼용사의 이야기에는 가슴의 피가 울렁거렸다.

"나는 폭탄 삼용사야 이래뵈두……."

귀동이는 노 가슴을 치며 이렇게 뽐내었다. 겻세기를 섰다가 혼이 난 것도 폭탄 삼용사를 자처하여 작대기를 폭탄통 삼아 무모스레 덤벼들었던 때문이다.

그날 밤 칠석네가 귀동의 피어난 기품에 눈물까지 흘리며

"오, 이겠단다. 이겟서!"

하였을 때도 귀동이는 자못 만족한 듯이 빙그레 웃더니 괴로운 목소리 나마

"내가 폭탄 삼용사야."

"그럼, 그렇구 말구. 그렇구 말구."

무슨 곡절인지는 모르면서도 칠석네는 고개를 끄덕였다.

"어디 또 다친 데난 없니?"

피묻은 얼굴을 닦아주며 물으니

"나는 전사야……."

"그런 끔찍한 소리 마라."

펄쩍 뛰니까

"내가 잡혔댔스니간."

"아니 그래 네가 잽혔드랬어?"

"그럼."

그리고는 엄살이 아니라 사실상의 아픈 소리를 내놓고 지르게 되었다.

"아이구 다리야? 아이구……."

"다리?"

"아고고…… 아파 다치지 말라우!"

정말로 다리는 뼈가 부서질 뻔하게 심히 다쳤었다.

이러고 보니 소학교 시절의 귀동이는 학생 귀동이라기보다도 날파람의 돌풍구였다. 그러니 동무들에도 자연 모범학생은 볼 수 없고 거진 반 칠석네가 싫어하는 장난꾸러기나 "깽까도리"패였다. 하나 모두가 결패있는 치들로 애로써는 순진하고 무한히 우애가 깊었다.

폭탄삼용사의 말이 났으니 말이지 귀동이네 웃거리 날파람패 애도 삼총사가 있었으니 이 셋이 다 귀동이와 단짝이었다. 귀동이보다 한 학년 웃반인 별명 감판이 김진오, 또 하나는 반은 다르나 같은 학년의 별명 오토바이 박치룡.

김진오는 감판(얼굴)이 사납다는 말이 지당하게끔 얼굴에 흠 안 진 곳이 하나도 없다시피 험상굳은데 그 위에 서슬 푸른 칼처럼 두 눈이 번득이었다. 면판을 편 손으로 매몰스럽게 내부치는 것이 그의 장기로 이 기술을 행용 감판을 부친다고도 한다. 김진오의 감판이 한 대만 붙으면 왠만한 축은 정신이 아찔하여 코피를 내쏟으며 뒤로 떴다 쾅 하였다. ―이래 겸사 겸사로 감판이라는 별명이 붙었었다. 학교 성적은 중가량.

오토바이 박치룡은 역시 별명 그대로였다. 무 찍은 듯이 작다란 몸둥이에 어깨는 벌어지고 가슴팩이는 짝 바라져 누가 보나 허 그놈 여무지다고 혀를 찰 만큼 체격이 좋았다. 게다가 평양 사투리로 부살이었다. 날파람에 들이쳐 나가기 시작하면 어느새 윙 하니 떠나가다는 벼락치듯 쳐부셨다. 중패로는 선봉대장이나 학교성적은 언제나 뒤쳐졌다. 그래도 성적까지 월등하기는 귀동이 하나뿐이다.

웃거리패는 감판이 오토바이 돌풍구 이렇게 삼총사가 나서기만 하면 그만이었다. 겟세기 귀동이가 붙들려 죽을 경을 칠 적에 진작 알고 역습하여 나온 것도 역시 그들의 힘이었다. 떠메고 대문 앞에까지 온 것도 역시 그들이었다.

그러나 두고두고 기대려도 귀동이가 학교에 나오지 않고 날파람터에도 나서지를 않아 감판이와 오토바이는 슬그머니 걱정이 되었다.

학교서 돌아오는 길에 가끔 대문 틈으로 몰래 들여다보나 처음에는 귀동의 얼굴조차 엿볼 수 없었다. 그러다가 두어 주일쯤 지나서는 문을 열어제친 방안에서 칠석네의 부축으로 걸음걸이 연습하는 것을 발견하고 놀라웠다. 한 달 가까이 되니 파리한 얼굴이 마루위에 나타나 그래도 가슴을 내리쓸었다. 어정어정 수돗가로 나오는 것을 보고 오토바이가 문틈으로 소리를 죽여 속삭였다.

"귀동아 나야 치룡이. 감판이와 같이 왔어⋯⋯."

귀동이는 대야에 물을 떠가지고 뜰에 물을 부리는 척하며 주춤주춤 다가오더니 숨죽인 소리로

"월요일부터 나두 나갈래⋯⋯ 학교."

"응⋯⋯ 난 너 병신된 줄 알았데이⋯⋯."

감판의 희한스런 소리였다.

"씨! 내가?⋯⋯ 어서 가기나 해라애⋯⋯."

"곡 오라잉!"

칠석네가 무서워 그들은 문안차로 들어서지는 못하고 그날도 달어나듯이 총총히 사라졌다. 사실은 오늘 화요일에 다시 아랫거리패와 큰 판치기를 걸은 뒤라 그들은 겟세기 대장 돌풍구가 못 나와 속이 달았었다.

언명대로 귀동이는 칠석네와 같이 월요일 학교에 나타났다. 학교에 데리고 가면서도 칠석네는 만단으로 타이르며 다시는 날파람 안 하기로 다짐을 받고자 하였다.

귀동의 일이라 이후에 또 어떤 일이 있을지 결코 안심이 되지 않았기

때문이다.

사실 그날 교실로부터 나오면서 오토바이한테 귓속말로 듣게 된 첫말이 이러하였다.

"내일 큰판 한다. 너두 나오간……."

귀동이는 서슴지 않고 대답하였다.

"그럼 나가지 않고."

오토바이는 벌추락 웃었다.

"히— 오래간만에 삼용사가 소로우 하누나!"

대판 날파람을 뜨기로 된 날 체조시간에 귀동이네와 치룡이네가 합반하여 운동장에 나와 체조를 하고 있는데 난데없는 비행기가 한 대 나타나 교사 위를 우르렁시며 떠돌았다. 늘상 비행기를 눈여겨 보며 자라난 그들이라 그들의 눈에 좀 이양의 감이 들었다. 병든 잠자리 같은 모양일지 시원치 못한 폭음일지 지금까지 눈여겨 보던 멋진 비행기보다 훨씬 초라한 구식 비행기였다. 하나 이 평양거리와 무슨 특별한 인연이라도 있는 듯이 저공으로 빙빙 떠돌며 수건을 내 흔드는 것이다.

선생도 "야스멧!"을 하고 생도들과 같이 한참동안 올려다보며 마구 손을 흔들었다. 비행기가 서쪽을 향하여 교사 뒤로 사라지자 그제는 호각을 삑! 내불더니

"기오쓰겟!"

호령을 질렀다. 그리고 한번 생도들을 쭉 훑어 보더니

"너희들 중에 이 작은 비행기 아는 사람 손 들어!"

"하잇!"

하며 겨우 한 놈이 손을 드는데 보니 오토바이 박치룡이었다. 치룡이는 비행기를 좋아하여 그림잡지로부터 비행기에 대한 지식을 많이 받아들이고 있었다.

"살무손식 비행기올씨다."

"옳지. 살무손식. 벌써 옛날 사들인 비행기라 아주 쓰지 못할 것이루다. 운전하기도 힘들고 고장도 나기 쉬운─ 그러나 이제 멋지게 그놈을 타고 떠돌던 것이 누구인지 아는 사람!"

생도들은 서로 힐끔힐끔 얼굴만 바라보며 한놈도 손을 들지 못하였다.

"바카! 걸 모른단 말이야 이 작은 비행사루 말하면 우리 반도가 낳은 명비행사 안창남씨의 뒤를 잇고 남을 훌륭한 또 하나의 일등 비행사로다. 동경으로부터 고토 방문 비행을 온 것이야. 으흠 이제 이 학교 위를 우정 빙빙, 돌며 수건을 흔들어 준 것은 너희들두 커서는 이담에 훌륭한 비행사들이 되어 나라에 일 대사가 있을 때 목숨을 바치고 나서라는 뜻이로다! 알었지?"

"하잇!"

생도들은 일제이 우렁찬 소리로 대답하였다.

"그럼 나두 커서는 비행사가 되어 보겠다는 사람은?"

생도들은 소년다운 호기심과 아름다운 꿈으로 일제히 손을 들었다. 체조 선생은 자못 만족한 듯이 빙긋이 웃으며 쭉 훑어 보다가 귀동이에 눈길이 가자 얼굴이 굳어졌다. 오직 귀동이만이 손을 들지 않은 것이 선생에게는 적지 않은 놀라움이었다. 성품으로 보아 정말 비행사가 되지 말래도 싫어함즉한 귀동이기 때문이다.

"신귀동이는?"

"하잇! 저는 군함을 타렵니다."

"군함을? 으흠 해군이 된단 말이지? 물론 것두 좋지. 나라를 위해서는 군함을 타도 좋고 기관총수가 되어도 좋고 탱크병이 되어도 좋다. 그러나……:"

좀 목소리를 떨어뜨렸다.

"으흠 그러나 아직 우리 반도인으로는 군인이 될 수 없으니 비행기라도 배우라는 말이로다."

사실 귀동이는 군함을 그리고 있었다. 그의 생각에는 훌륭한 (삼촌) 해산이가 필경 어디 큰 기선의 선장쯤 되어 망망무제한 바다를 거침없이 항해하고 있음즉 하였다. 첫째는 군함을 타고 전쟁해 볼 꿈이요. 둘째는 바다로 다니노라면 삼촌을 만날 수도 있을 터이라 불쌍한 고모와 애처로운 월선이한테 단 한번이라도 데려다 주고 싶어서였다.

하나 해산이는 선장이 아니었다. 비행사였다. 실로 해산이가 고토 방문 비행을 온 것이다.

뜰에 나와 빨래하던 손을 멈추고 "비행기 소리 원 요란두 하다."고 중얼거리며 멀거니 쳐다본 칠석네도 길가에 멈추 서서 성안 사람들과 같이 유심히 올려다 본 월선이도 그것이 해산이 일 줄은 꿈에도 생각지 못하였다.

이날 서쪽으로 사라진 이상한 그 비행기는 얼마 안 되어 별안간 주란 섬 위에 나타나 저공 비행으로 섬 안을 뒤끓게 하였다. 섬 사람들은 놀라어 모두 따라 나와 하늘을 쳐다보며 다 무슨 영문인지 어리둥절하였다. 차돌이도 너무 비행기 소리가 소란스러우며 심상치 않음에 놀라어 생도들을 데리고 운동장으로 쏟아져 나왔다.

이따금씩 비행기라고 하늘 높이 바라보기는 하였으나 이처럼 조그마한 섬을 일부러 찾아와서 마치 무슨 호소라도 하려는 듯이 보이는 데는 누구하나 아니 놀랠 사람이 없었다.

섬 등성이에 아주 부디칠 듯한 초저공으로 획 지나치는가 하면 빙그르 돌아서 폭음 소리 요란히 또 다시 내려 오군 한다. 그럴 때마다 섬 사람들은 머리 위에 다가들어 오는 것 같은 공포감에 에구머니! 부르짖으며 움쳐들었다. 하나 비행사는 얼굴을 내어 밀고 열심히 손을 흔들어 뵈었다. 그러면 차돌이와 생도들은 마주 손을 흔들며 환호성을 쳤다.

(기계 고장이 나서 섬에 불시착을 하려나?)

하고 처음에는 이렇게 의심도 하여보았다.

(옳아 홍수에 쌔인 피해상태를 알아보려구 온가보다)

차돌이는 이렇게도 생각해보았다. 사실 큰 장마비에 대동강이 예년에 없는 대범람이었었다. 떠내려 오는 지붕 재목 도야지 소 이런 것이 남포 바다에 꽉 들어차다시피 되었었다. 그래 고든목과 석복의 지휘 밑에 젊은 뱃군들은 총동원으로 재목과 가축을 건지기에 분주하였다. 하나 차돌이는 이어 고개를 흔들었다.

(그렇지도 않은가봐!)

몇 번이나 이러기를 반복하더니 비행기가 다시 쏜살처럼 내려오며 무엇인가 떨어뜨리는 것이 얼핏얼핏 보였다. 희멀그레 한 것이 등성이에 서너 묶음 떨어지는 것이다. 차돌이는 등성이로 달음질쳐 올라갔다. 생도와 섬사람들도 우르르 뒤를 따라 올랐다.

들고 보니 글발에 만고영웅 사형제 영전에 받치노라고 쓴 꽃다발이 넷. 차돌이는 뻣뻣이 굳어졌다. 꽃다발을 든 손은 와들와들 떨렸다. 그는 별안간 하늘을 다시 쳐다보며 감격에 사무치는 울음소리로 부르짖었다.

"해산이! 해산이!"

"뭣이? 해산이라니?"

"해산이! 해산이 만세!"

섬사람들은 남녀노소를 막론하고 너무도 뜻하지 않았던 놀라움과 감격에 발을 동동구르며 같이 부르짖었다.

"해산이 만세!"

그러자 비행기는 다시 한번 우루루 내려오는데 해산의 반신이 솟아오르며 손을 내어 젔다. 그럴사라 하여 그런지 빤히 쳐다보는 해산의 얼굴에 미소가 담긴 듯하였다. 섬사람들은 마치 미친 사람들처럼 환호성을 쳤다.

비행기는 차츰 높이 오르며 동쪽 남포를 향하여 사라지기 시작하였다.

몇 분이 못되어 비행기는 다시 평양 상공에 나타났다. 화장품을 몇 개 사들고 돌아오던 월선이가 다시 한번 길가에 멈추서서 쳐다보고 집으로 돌아오니 몽학애 금선이가 나서매 명월관에 예약이 걸렸다고 전한다.

"어떤 손님이라든?"

"형님 안다고 떠들던 이상한 비행기 보셨지요? 고토방문 온 비행기라고"

"으! 그럼 조선사람이 탄겐가?"

"글쎄, 그렇대요. 그분 환영회래."

"조선 사람이 비행기를 다 타구 아― 괜찮구나."

월선이는 벙긋이 웃었다.

사실 월선이에게는 "아― 괜찮구나" 하는 정도의 놀라움에 지나지 않았다.

"형님 나두 비행사 한번 봤으면 좋겠네."

"또 몹쓸 앙탈. 내 실컷 보구 와서 이야기 해줄라군."

월선이가 인력거에 몸을 실고 떠나기는 제시간보다 좀 늦어 여덟시 가량 되어서였다. 지금은 타버리고 없어진 명월관이 그 시절엔 연광정 위쪽 강변에 대동강 물길을 굽어보며 추녀가 날개되어 날어오르는 듯한 자태로 누워있었다.

커다란 벽돌 삼층 누옥 밑을 돌아 강변 샛길 어름에 나오니 벌써 중패의 날파람이 시작되어 북적거리고 있었다. 비스듬히 아래쪽으로 길을 건너서면 명월관이나 웃거리패가 쫓겨들어와 바로 그 앞에 판이 벌어져 좀처럼 인력거가 건너설 수 없었다.

차부 옆에서 어름어름 하였다.

(설마 오늘이야 귀동이는 나오지 않았겠지)

하며 어둠 속에 눈보라치듯하는 날파람을 내다보고 있는데

"귀동아! 귀동아!"

이렇게 칠석네의 찾아 헤매는 소리가 별안간 가까이서 들렸다.

"에그머니!"

놀라어 월선이는 인력거에서 내려 소리나는 쪽으로 달려가고자 하였다. 하나 이때는 벌써 웃거리패가 아연 공세로 아우성을 치며 몰려나가기 시작하여 지향을 잡을 수가 없었다.

"가자! 가자! 가자!"

"가자! 가자!"

칠석네는 길 옆으로 붙어서 따라 내려가며 귀동의 이름을 불렀다. 하나 그 부르짖음만 허공에 야무지게 헤메일 뿐 어둠속에 귀동의 그림자는 보이지 않았다. 월선이는 길 건너 쪽으로 넘어서서 주춤주춤 따라 내려가는데 얼마쯤 가서 쫓기는 아랫패의 중대장쯤 되는 축들이 넌지시 돌아서며 양팔을 떡 벌리고

"셋가라!"

소리가 나기 무섭게 비호처럼 날아든다. 역습인 터이다. 웃거리패에서도 한 놈이 떡 나가 마주 정면으로 부딪쳤다. 오토바이였다. 뒷 따라 저쪽으로 독수리처럼 날아가는 놈은 분명히 감판이었다. 이에 일대 백병전이 일어났다. 귀동의 그림자는 종시 보이지 않았다.

(아무럼 오늘이야 나왔으리 형님두…… 원 너무 걱정이 앞서서……)

월선이는 기가 질려 뒷걸음질을 쳐서 들어섰다.

얼굴 치장도 고치는 둥 마는 둥 총총 걸음으로 이 층 연회실에 나타나니 모두 소리를 지르며 환영이다. 마루에서 머리를 조아 일동에게 인사를 하고 말석 한 구석으로 파고들며서 살금히 훑어보니 연회는 격식을 다 찾은 뒤로 술이 모두 거나한 폼이 아마 지금이 한창인 모양이었다. 언론 관계 사람을 비롯하여 민간 각계의 유지를 망라한 근래에 드문 대연회였다. 기생들도 조촐한 패들이 거진 총출동으로 소리도 나오며 새 장고 소리도 나오기 시작이다.

"어느 분이나요?"

후래삼배라고 술을 한사코 권하는 ××공장 주인 영감의 잔을 살짝 받어 놓으며 이렇게 딴전을 부쳤다.

"맞혀보아 마치면 잔은 안 내두 좋기루 하디만…… 못 맞히면 또 석잔이루다……."

"오, 그럼 내가 맞칠게 봐요"

사실 사람이 너무 많이 늘어앉아 물을 사람도 더러 있을 뿐 아니라 어디가 주빈석인지도 분간치 못하게끔 되었었다. 중앙석을 차례차례 한사람씩 물색하면서

(저 냥반은 ××회장)

(고담에 체육회 이사)

(그리고 고댐은……)

이렇게 속맘으로 다지고 나가다가 무뚝뚝한 어떤 청년의 프로필에 눈이 막혔다.

(어머 저분이!)

월선이는 사뭇 놀랬었다. 가슴의 피가 술렁거렸다. 옆사람과 무엇인지 대화 중인 청년의 얼굴은 이쪽을 향하지는 않았다. 하나 넓은 이마 빛나는 커다란 눈 두드러진 관골 늘씬한 체격…… 천만에 그럴 리 있으랴. 내 눈이 홀린게지…… 하나 그 얼굴이 이쪽을 향할까 무서워졌다. 그러면서도 뚫어지게 바라보았다. 아무래도 이상하였다. 헤어진 지는 까마득하니 이십 년. 하나 아무래도 이상하였다. 큰 길로부터는 차츰 백열화하여지는 날파람꾼들의 아우성 소리와 뒤끓는 소리가 연회석의 공기까지 뒤흔들었다.

“가자! 가자!”

“셋가라! 셋가라!”

“죽여라! 죽여라!”

“와─”

“와─”

치고받고 차고 갈기는 소리. 이런 소란이 섯바뀌어 월선의 가슴은 더욱 술렁거렸다. 아무래도 이상하였다. 마루가 꺼지며 그 속으로 천길만길 떨어지는 것 같았다. 또 천길만길 몸둥이 떠오르는 것 같기도 하였다. ─××공장 주인 영감은 뜻하지 않은 월선의 이런 태도에 어리둥절하였다.

“아니 임자가 정말 첫눈에 녹은 모양일세거려…….”

보통때라면

"호호호 영감님, 바루 제가 마쳇디요. 그럼 제 대신 이 잔을 받으세야 합니다."

하고 받아넘길 것이나 놀란 고양이처럼 꼼짝도 못하였다. 청년의 얼굴이 이리 향하는 듯하매 도리어 폭삭 얼굴을 숙였다. 얼떨김에 술잔까지 잡았다. 이때에 누가 무슨 말을 하였는지 연석이 떠나가게 웃음판이 되었다. 월선이는 마치 온 좌석이 저를 조소하는 듯하였다. 하나 얼굴을 숙인 채 살짝 곁눈으로 한번 살펴보았다.

그 순간 월선이는 온몸에 전격을 버렸다.

틀림없었다.

잔을 든 손이 바들바들 떨렸다. 술이 치마 위에 떨어졌다. 그나마 고깔에 구 군복으로 분장을 갖춘 기생패가 들어와 만찬의 시선이 그리로 쏠렸기에 월선의 황망스런 태도가 주목되지 않았다. 사회자가 일어나 간단한 인사가 있었다.

"옛날의 혁혁한 중국의 혁명 전사요. 오늘의 우리 명 비행사인 신해산 씨의 무용을 예찬키 위하여 이제부터 검춤이 시작됩니다."

검춤이 시작되었다. …… 이제는 틀림없고나 아― 그리운 해산씨를 이런 좌석에서 다시 보게 될 줄이야……. 월선이는 사실로 어찌할 바를 몰랐다.

(아! 눈앞에 보면서도 달려들어 붙잡지 못하는 가긍한 이 신세)

(어서 어서 칠석네 형님이라도 가르쳐 드려야…….)

(어서 귀동이를 데려와야…….)

하나 검춤이 끝나는 동안까지 월선이는 꼼짝도 못하였다. 아무 소리도 귀에 들리지 않았다. 눈앞에 무엇 하나 보이지 않았다. 제 설움, 제 기쁨 제 감격, 제 안타까움에 그만 소리라도 내어 흐느껴 울고 싶었다. 그의 무릎을 안고 이년을 죽여 달라고 목이 터지게 통곡을 할 용기라도 있다면. ……월선이는 몸을 떨기만 하였다.

어느새 검춤이 끝났다. 다시 사회자가 일어났다.

"다음은 우리 평양의 명기 월선양이 신비행사를 위하여 탈춤으로 한 많은 향수를 위로하여 들이겠습니다."

벌써부터 좌석은 환호성과 박수소리로 끓어올랐다. 기생애들은 달려와서 고깔을 씌우며 장옷을 걸쳐준다. 월선이는 고개를 숙인 채 일어났다. 눈물이 하염없이 쏟아졌다.

백수한산에 신불도
덩더끼 덩더끼……

장고소리가 시작하니 마루 바닥에 굽히었던 월선의 장옷 긴 소매가 너훌너훌 멋지게 움직이기 시작하였다. 배따라기 노래도 좋지만 탈춤이 또한 유명한 월선이었다. 그리고 오늘밤의 탈춤은 아무의 눈에도 특별히 우람차고 아름다운 감이 있었다.

드디어 앉은 춤의 몸통이 서서히 일어나며 날씬한 어깨바라지로 긴 소매를 이리 떨쳤다는 쿵 소리에 저리 튀치꾼 할 제 만좌의 손은 모두 황홀경으로 빠져들기 시작이다.

못내 쳐드는 백옥 같은 얼굴, 내리 깔은 긴 살눈썹 불빛에 빛나는 뺨, 곱게 담은 입자국…… 매칫한 몸둥이…… 더욱이 최고조에 일은 날파람꾼들의 아우성과 소란성이 월선의 가슴을 벅차 올리는 탈춤을 일층 무아경에 이끄는 듯하였다.

"셋가라! 셋가라!"

"와! 와!"

이 소리가 연석을 뒤흔들 제마다 월선이는 벌써 춤추는 선녀가 아니요 실성한 선녀처럼 전에 없이 날뛰었다. 손님들은 땀을 끌어 쥐었다. 어느새 신해산의 몸둥이는 엉거주춤 일어났었다. 완연히 무엇에 기가 질린 기색이었다. 월선의 눈가 위에는 눈물이 보였다. 핑핑 돌 때마다 눈물이 흘려졌다.

×× 어느 간부는 필시 이 신비행사가 월선의 춤에 감동한 줄만 알고 귓속말처럼 중얼거렸다.

"소리 잘하고 춤 잘 추고 해금도 잘하며 선화도 제법 잘 치는 유명한……."

"이름은?"

"월선이……."

"고향은?"

"소종래는 한번두 밝힌 적이 없으나 바다의 노래를 하두 잘하매……."

"바다의 노래…… 라니?"

"배따라기…… 깊은 곡절 남 모를 설움이 있는지 언제나 희색은 없으나 용색이며 재주며 지조가……."

이때에 실로 뜻하지 않은 일이 일어났다. 신비행사가 황망히 일어선 것이다. 손들은 어리둥절하였다. 하나 이와 한 순간에 월선이 또한 앗 하는 새에 몸을 가누지 못하고 춤옷에 쌔힌 채 정신을 잃고 쓰러진 것이다. 기생들과 사내 서넛이 놀래 달려들었다.

하나 더욱 놀랠 일은 신비행사가 그리로 달려와 월선의 몸둥이를 끌어안았다. 와들와들 몸을 떨더니 갑자기 사내 울음을 터쳤다.

"고만이! 고만이!"

연석에 끼었듯 오박사가 다가앉으며 만류하였다.

"조용하십시오."

아래거리에서는 날파람꾼의 아우성과 군호가 더욱 더욱 끓어올랐다.

"죽여라! 죽여라!"

그리고 어떤 여인의 단말마적인 부르짖음도 들렸다.

"귀동아! 귀동아!"

이 모양으로 연석은 흐지부지 하게되어 월선의 몸은 머지않아 오박사의 병원으로 실려갔다. 신비행사도 대강 인사 치하를 하고는 황망히 병원으로 향하였다.

현관 앞을 나서니 날파람은 일대 격전으로 혼탕이었다. 옆으로 대드는 놈 앞으로 내 받는 놈, 길반식 뛰는 놈, 넘어지는 놈, 엎어지는 놈.

이 가운데 뚫고 나가게 되니 여러번 머뭇거리게 되었다. 신비행사는 다만 가슴이 벅차 올랐다. 어찌할 바를 몰랐다. 하나 이때에 표범처럼 날세게 날어들어 앞에 놈을 냉큼 모듬발로 꺼꾸러치는 조그만 놈의 용감한 솜씨가 그의 눈에 불을 일게 하였다. 그 다음으로 다시 가로 뛰며 옆으로부터 달려드는 놈의 가슴패기를 받어넘겼다.

하나 엣키하는 새에 그놈도 뒤로부터 내리치는 놈의 철편에 이마가 터지며 쓰려졌다. 그러자 대장격 되는 놈이 풍우처럼 몰아치며 달려나오더니 얼른 담배를 터져서 상처에다 붙여준다. 하니까 그 애도 얼른 끈을 풀어 이마에 가루 등처매고 또다시 양팔을 벌리며 떠나간다.

"셋가라!"

"돌풍구 나간다. 셋가라!"

신비행사는 그 용맹을 무심결에 감탄하며 빠져나갔다.

(이름도 좋군 돌풍구)

선친 무쇠풍구의 별호를 추억한 것이다.

큰 길가의 병원으로 들어설 때 귀동아! 귀동아! 부르짖는 어떤 여자의 야무진 소리도 귀결에 들렸으나 물론 귀에 담기지 않았다.

이날 밤 집에 돌아온 칠석네는 귀동의 상처를 보고도 놀란 경황이 없었다. 날파람이 오밤중에 끝나자 앞서거니 뒤서거니 들어서기가 무섭게 요란히 대문을 뚜들기며

"아즈마니 아즈마니!"

부르짖는 소리가 들렸다.

"아니 밤중에 웬일이노? 차돌이 와?"

칠석네가 뛰쳐나갔다.

"예 나웨다."

황망스레 뛰어들며 차돌이는 눈을 번쩍이었다.

"무슨 소식 못 들으셨소?"

"무슨 소식?"

"해산의 소식말이웨다."

"머이? 해산의?"

칠석네는 다그쳐 물었다.

"아니 그래 여기는 해산이 탄 비행기가 안 왔더랬소?"

"해산이가?"

"예, 해산의 비행기가 섬에두 왔습네. 용왕님 무덤에 꽃다발을 던지기에 알았지요! 그래 홍수로 배 내왕이 없지만 부랴부랴 용강땅에 배를 돌아가지구 뛰쳐왔습니다. 필경 오늘밤은 평양서 묵을거웨다."

"그래? 여보게 어떻게 좀 만나게 해주게."

"내 나가 신문사에 전화해 보리다. 이것 좀 읽어 보소. 남포서 구해 읽으며 왔시오."

하며 신문을 던지고 다시 선달음으로 뛰어나갔다.

나비와 거북선

"고모 정말이야? 아까 떠들던 비행기가 삼촌 탄거래나?"

머리를 붕대로 칭칭 감은 귀동이가 벌떡 일어나 앉았다. 칠석네 역시 희한한 소리로

"오냐아 그렇테누나, 그렇테!"

막 눈물이 쑥쑥 쏟아졌다.

"고모 그럼 나두 만날래!"

"만나기만 하겠니!"

안정을 못하고 마루와 방안 새를 들락날락하다가

"오! 정 이 신문을 보랬디. 어서 좀 읽어 봐야! 야 내 안경, 안경 못 봤니?"

밤 깊이까지 어두운 전등 밑에서 잔 바느질을 몹시 하였기 때문에 칠석네는 벌써부터 시력이 쇠퇴하여 신문의 잔 글자는 안경을 쓰고서야 읽을 수 있었다.

"고모 그럼 내가 봐!"

귀동이가 신문을 얼른 빼서 들었다.

"오냐, 그럼 네가 밝은 눈으로 읽어다고."

하며 칠석네는 전기줄을 끌어내렸다.

신문 묶음을 헤치고 그중 한 장을 펼쳐드니까 제 삼면 옆구리에 신비행사의 수기라고 쓴 큰 활자가 눈에 띄었다.

"오! 여기 있어 여기…… 제5회라구 썼네. 1회가 어느 장인가……."

"잽힌대루 읽으렴. 어서 거기서부터라두 읽어내려라……."

귀동이는 목청을 가다듬고 소리를 높여 천천히 낭독하기 시작이다.

"……이리하여 마침내 나는 평양으로 들어왔다는 누님과 조카아이며 어린시절의 동무는 만나지도 못하고 동경을 향하여 그만 떠나게 되었다. 무엇보다도 하루 바삐 안창남 비행사의 뒤를 따라 나도 비행사가 되어 머지않아 일어서야만 될 아세아의 부르짖음에 응하여 날개를 펴고 내달리고 싶었기 때문이다. 이제부터의 전장에는 단연 비행기가 제일이라는 것을 북벌혁명전에서 절실히 깨달은 나였다. 그리고 중국의 혁명통일도 비행기의 힘이면 이제라도 대번에 이룰 수 있다고 생각되었다. 중국의 혁명을 위하여 목숨을 바친 우리 동포의 여러 혼백을 생각한다면 또 그리고 이 충실한 부하에까지 호령을 내려쳐 총뿌리를 돌려대는 장개석을 생각한다면 원통지심에 어찌 생사를 모르는 가족을 위하여 날마다 그냥 평양거리만 싸돌고 있을 수가 있었으랴. 그렇다고 또 버젓이 그들을 만나볼 수 있는 몸이었던가. 나는 이에 드디어 결심을 굳게 하고 생소한 동경을 향하여 떠났다. 어서 비행사가 되자. 비행기의 조종술을 배우고 나면 어서 다시 중국으로 달려갈 생각뿐이었다. 왜 그러냐하면 그때의 중국은 장개석의 진출 때문에 도리어 더 물이 흐려져 잡고기가 넘나드는 통탄할 사태였기 때문이다. 중국이 통일되지 않는 한 우리 아세아는 영미제국주의 흙발에 짓밟히지 않을래야 않을 도리가 없는 것이다."

해산의 수기는 그냥 계속되었다.

"하나 백판 알지도 못하며 말조차 통하지 못하는 어머어마한 동경땅에 보따리 하나도 없이 떨어졌으니 대체 무슨 계교로 비행기 공부를 한단

말이냐. 사실 어린놈으로 상해 땅에 떨어졌을 적보다도 더 앞이 캄캄하였다. 그때는 그래도 거지노름으로 거리를 헤메일 수도 있었다. 하나 이제 와서는 나이 삼십에 쪽박을 들고 다닐 염치도 용기도 없는 터 아닌가. 나는 동경역 현관에 웅크리고 앉아 때마침 퍼붓는 소낙비만 시름없이 내다보며 캄캄한 전도를 한탄하였다. 할 수 없다. 이제는 노동벌이라도 하면서 형편을 살펴보기로 하자. 하나 일터가 어데냐? 이때에 무엇이라고 떠지껄하니 고아대는 조선말 소리가 귀결에 들렸다. 일어서며 돌아보니 분명히 조선 얼굴이었다. 다가서서 사정을 말하니 한 사내가

"니, 힘꼴이나 쓰는교?"

경상도 친구인 모양이었다. 힘내기 일이라면 두세 명쯤 일은 염려 없다고 팔뚝을 빼어 보였더니 그렇다면 같이 가보자고 한다. 끌려간 곳이 저 유명한 시바우라 오키나카시 석탄 짐 푸는 일터였다. 이 일대는 말하자면 조선 사람의 천지. 한약국이 없을까 설렁탕집이 없으랴 소발통 장사가 없으랴 막걸리 장사가 없으랴……. 일이라곤 새벽 세시에 쪽선을 타고 나가 바다 가운데 정박한 기선에 올라 해질 무렵까지 석탄 짐을 푸는 터이다. 힘든 일로서 일본 제일이라느니만치 임금은 괜찮았다. 이것이 무엇보다도 고마웠다. 함바에서 기거하며 근근절약 저금을 하였다.

달포새에 돈 백 원이나 모였다. 그래 여기저기 수소문하여 후까가와(深川)에 민간 비행학교가 있다는 말을 듣고 터불터불 찾아갔다.

하나 놀라지마라. 한시간의 실습비가 실로 사십 원 이 소리에 정신이 아찔하였다. 절망이었다. 나는 이때처럼 내 몸이 군인 못 됨을 슬퍼한 적이 없었다. 육군에는 육군 비행기 해군에는 해군 비행기가 수없이 많아 푸른 하늘을 떠돌지 않는가.

하늘을 우러러 보며 한숨을 쉬고 고개를 땅에 떨어뜨리고는 눈물을 흘렸다. 할 일 없이 전차에 올라 실어다 주는 곳까지 몸을 맡겼다. 내 이곳

에 무슨 일로 왔던고. - 내린 곳이 와세다.

하나 여기서 나는 천만 의외의 놀랄 일을 당하였다. 행길가에서 실로 범군을 만난 터이다. 첫눈에 알아보고 얼싸안았을 때 그는 얼른 나를 알아보지 못하였다. 그만치 내 차림차림이 어지러웠었다.

"원생이, 원생이!"

중국말의 외침을 듣고야 범군도 기성을 질렀다. 그야말로 상해 시절의 학우는 북벌 당시의 전우는 장개석의 구데타 적 나를 살펴준 생명의 은인이 아니었든가."

칠석네는 다음 장을 얼른 집어 주었다.

"그 댐 장이 이건가보다. 어서 내처 읽어라!"

귀동이는 다시 목청을 가다듬고 칠석네는 숨을 돌렸다.

(얼마나 놀랬을고……)

범원생의 이야기는 상해서 온 해산의 편지로부터 충분히 알고 있었다. 무엇보다도 놀랍기는 해산이가 벌써 전에도 한번 저 이들을 찾아 이 평양에 왔었다는 점이었다. 다시는 못 만났줄 알고 있을 해산이를 찾아 만날 생각을 하니 가슴이 방맹이질하였다.

"어서 읽어라. 어서 빨리 읽어."

이에 제6회분의 낭독이다.

"범군과 나와는 골목 어느 으슥한 찻집으로 들어가 마주앉았다. 아직도 살아남어 다시 만나게 되었음을 한편으로 기뻐하고 또 한편으로 서러워하였다. 지금은 유일 유학생으로 와세다대학 연구실에 적을 두고 일본의 명치유신사를 연구하고 있는 그였다. 오로지 불타는 애국지정으로 연약한 몸에 총칼을 지니고 전야를 치구(馳驅)하던 그였으나 북벌완성 뒤의 되어가는 품에 그 역시 대단한 실망과 환멸을 느낀 것이다. 왜 언제나 구태의연히 내란을 끊지 못하는 이 나라이냐? 왜 명치유신기의 일본처럼 새 걸음을 내디디지 못하느냐? 이런 점을 국외에 나와 더욱이 선진국 일본에 와서 틈틈이 캐어 보고져 떠나온 것이다. 그러므로 일중관계가 극도로 악화하여 마침내는 만주사변까지 돌발하매 중국유학생들이 모두 총총히 귀국하였을 때도 불구하고 군만은 아직도 이 땅에 머물러 일본의 진의를 이해하고져 하였다. 어찌 애국지정이 남만 못한 그이랴. 어찌 국난에 목숨을 바칠줄 모를 그이랴, 단지 보다 더 크게 나라를 사랑하고져 하며 보다 더 큰 죽음을 하고져 하였다. 원생은 저윽히 친애의 정에 넘친 미소를 입가에 띄우며 이렇게 물었다.

"그래 자네는 대체 무슨 일로 여길 왔나?"

"비행기 공부를 하려고 오기는 왔네만은……"

내 대답이 자연 쓸쓸하였다. 그는 눈을 둥그렇게 떴다."

해산의 수기에 의하면 뜻하지 않은 범원생의 원조로 비행기공부에 착수하게 되었다. 원생이 역시 가난한 유학생에 지나지 않았다. 하나 여러 동포 학생들이 일본을 떠나며 홀로 이곳에 남으려는 원생의

비장한 뜻을 격려하는 의미로 모아주고 간 돈이 또한 퍼그나마였다. 그리고 그는 이 돈을 아낌없이 해산의 큰 뜻을 살리는 데 쓰려하였다.

"자네가 나를 두 번째 살려주네 그레."

해산이가 감격의 눈물을 흘리며

"말 말게, 자네는 우리 중국의 은인이야. 나라의 은혜를 이 개인이 어떻게 갚겠는가."

원생이도 감개무량한 모양이었다.

해산이가 드디어 대망을 이루고저 달려간 곳은 지바(千葉)현 후나바시(船橋)에 있는 제일항공학교였다. 물론 처음부터 명석한 두뇌와 침착하고도 담대한 성품과 건장 민첩한 몸이 동료들의 류가 아니었다. 학술에도 뛰어났지만 더욱이 동승비행 3개월간의 성적과 진도에는 누구나 다 같이 놀래었다.

실로 천재적 비행가의 소질이라고 교관들도 혀를 차며 탄복하였다. 해산의 격려차로 원생이도 한달에 두세 차례씩은 찾아왔다. 단독비행 일 년 만에 나타낸 기술은 마침내 해산의 천재를 어김없이 증명하였다.

이리하여 일 년 반 대번에 이등시험에 통과하였다. 이때에 학교에 출장 나온 시험관들도 장내비행과 야외비행에 뚜렷이 나타내는 신기에 감탄하여 무시험으로 반년 뒤에 일등비행사의 면허장까지 수여하였다. 이와 동시에 그는 이 학교에 눌러앉아 교관이 되었다.

하나 이 이삼 년 새에 중국의 정세는 실로 의외의 방향으로 기울기 시작하였다. 중국에 대한 영국의 준동도 차츰 더 노골화할 뿐더러 중국의 공산당까지 내전의 정지와 항일 민족 전선의 수립을 주장하게 되어 머지 않아 국공합작으로 일중관계는 전장에까지 돌입할 형세였다. 어찌 된 일인지 원생이도 말 한마디 없이 일본에서 자취를 감추고 말았다. 해산이는 뜻없이 마음이 서운하였다.

이번에 고향에라도 한번 가보아야지 영 그 기회가 없을 것 같았다.

이래 그는 향토 방문 비행을 단행한 것이다. 여기까지 거진 읽게 되었을 때 차돌이가 풀끼 없이 들어섰다.

"어떻게 알아봤나?"

칠석네가 허급스레 묻는 말에

"글세 여관 이름은 알았지만 상기도 안 들어왔뎁네래……."

"아니 지금이 몇 시기에 상기도?"

"글세 말이지요."

맥없이 마루에 걸쳐 앉았다.

"내일 새벽에나 또 알아봅세다—"

"웬일인가?"

주저주저 끝에 차돌이는 이렇게 말하였다.

"내일 새벽 고만이한테도 해산이 왔다구나 알리는 것이 좋을 것 가세다."

"글쎄…… 그래."

이 말을 듣고 나니 초조한 맘에 월선이라도 불러오려고 신을 신고 나서려는데 아닌 밤중의 대문을 두드리는 소리가 들렸다.

"거 누구가……."

"저 봉선이야요. 저 월선이 형님이…… 월선이 형님이……!"

숨이 턱에 닿은 목소리였다.

"빨리 가시자우요. 월선이 형님이 입원해시오!"

"아니 입원을 하다니!?"

봉선이는 칠석네의 손을 붙잡고 다짜고짜로 끌고 나갔다. 차돌이와 귀동이도 허둥지둥 뒤를 따라 나섰다. 캄캄한 밤길을 저핏저핏 병원으로 달려갔다. 달려가며 분주스레 주고받는 문답으로 공교스레도 월선이가 해산의 환영회에 불려나가 기절한 일이며 해산이 자신이 병실에 남아 간호하고 있다는 사실까지 알 수 있었다. 봉선의 말에 의하면 월선의 용태는 심히 위태한 모양이었다.

발이 땅에 닿는 둥 마는 둥 쏜살처럼 병원에까지 이르러 문을 열고 들어섰다. 금선이가 방문을 열고 복도로 살며시 나오며 조용히 하라고 손을 내어젖는다. 눈물로 적신 얼굴이었다.

"좀 어떠니?"

"……."

금선이는 울기만 한다.

그러자 간호부를 뒤에 달고서 오박사도 방으로부터 나오며 그들에 주의를 주었다.

"안정이 필요합니다. 조용하셔야 됩니다."

거듭 놀라인 칠석네 일행은 긴장한 맘으로 조심조심 방안에 들어섰다. 방안은 어두컴컴하였다.

침대에는 월선의 검은 머리만이 보이었다. 속에 온몸이 폭삭 녹아 없어진 듯이 한웅큼만 하였다. 그리고 침대 옆에 교의에는 어떤 사내가 돌아앉아 침대 위에 머리를 박고 울고 있었다. 해산임에 틀림없을 것이다. 해산이와 월선이는 아직 그들이 들어선 줄을 의식치 못하는 모양이었다. 침대로부터는 몽롱한 의식 속을 헤매며 혼자 중얼대는 월선의 말소리가 꿈결처럼 들린다. 몽롱한 의식이라기보다도 아직 반실성의 상태였다. 다시 목소리는 평상시와 다름없이 구슬같이 맑으며 노래하듯 명랑하였다. 다만 이불깃을 한사코 쥐어 뜯는 너무도 흰 손이 눈물을 자아내었다.

"네- 네 그렇지요. 나야 고얀년이지요. 머 해산이를 보아서라두 내가 이래 될 년이에요? 그이가 시방 중국에서 칼과 총을 메구 싸움판에서 고생을 하신다는데, 호호, 이년은 놀이판에서 춤이나 추구 노래나 팔구 한다우…… 하긴 아마 우리 귀동이가 해산이를 닮은가봐! 이래뵈두 우리 해산이는 조선 일등가는 훌륭한 양반이라우. 흥 왜 이래- 한데…… 그이가 왜 한번도 찾아오지 않을까…… 그이가 나를 잊어버릴 그런 무정한 분인 줄 알어? 아이구 아이구 숨이 차라. 어서 물이나 좀 주어요 물……!
내가 정 주착없는 년이로군. 내야 이전 칠석네 아즈만과 같이 귀동이 하
나 바래구 살아야지 않아. 호호 우리 귀동이가 또 어떠한 애라구? 조곰해
두 평양서는 날파람에 판을 치거든……."

보다못해 칠석네가 달려가서
월선의 손을 끌어 잡았다.

"맘을 안돈하라구. 여보시……."

이 소리에 놀라어 해산이가 얼
굴을 들고 돌아보았다. 해산이도
칠석네도 마주 일어섰다. 일순간
해산의 얼굴에 경해(驚骸)의 빛이

번개처럼 스쳐갔다. 칠석네는 조상처럼 굳어져 말 한마디 못하며 쭈르르
눈물만 흘렸다. 비 오듯 하는 눈물을 훔치지도 못하였다. 이윽하여 떨리
는 손을 들어 허버적이며 해산의 머리로부터 더듬더듬 쓰다듬어 내려 넥
타이 깃을 만적이며 어깨를 더듬기 시작이다.

해산이 역시 벙어리처럼 말 한마디 못하며 가슴만 시근거렸다. 덧없이
눈물만이 흘렸다. 월선의 중얼거리는 소리는 무엇이라고 그냥 계속되었다.

차돌이도 귀동의 손을 이끌고 해산의 앞에 나섰다. 해산이는 첫눈에 차
돌이도 알아보았다. 덥석 손을 끌어 쥐었다. 귀동이도 알아보았다. 허리를
굽히고 뺨을 부비었다. 하나 이 몇 순간 그들은 전혀 판토마임을 연출함
에 지내지 않았다. 제 몸을 걷잡지 못하여 칠석네는 그만 월선의 몸에 얼
굴을 박고 몸부림을 치며 부르짖었다.

"여보시 해산이가 오질 않았나? 왜 그러노? 정신을 차리라구! 임자가
몇십 년 동안 두구두구 기다리던 해산이가 오질 않았나?"

차돌이가 칠석네의 몸을 부축하여 일으켜 세웠다.

"말씀 말아요. 내가 이래뵈두 제 총기는 다 있는 사람이라우. 해산이가 오시다니? 흥 나를 미친 사람으로 아는가부네……."

월선이는 얼굴을 설레설레 저으며 자조의 웃음을 지었다.

"어서 우리 돌풍구나…… 호호…… 좀 들어볼라우 우리 시아부님 성함이 무쇠풍구신데 돌풍구는 우리 시조카 귀동의 이름이라우……."

귀동이를 이끌어 칠석네가 손을 마주 잡아 주었다.

"그래 귀동이두 여기 왔네!"

"나! 나 왔어!"

귀동이 연신 울먹울먹 하였다. 월선이는 귀동의 손을 잡아들고 스락스락 손가락을 만적이면서

"호호 정말 우리 귀동의 손인가부네. 참 어쩌문 우리 귀동의 손이 이렇게 고아! 어렸을 적 그 양반의 손이 꼭 이랬지. 그 양반이 큰일하는 그 양반이 공연히 여기를 올까. 하기는 우리 귀동이 고모가 정말 쉽지 않은 어른이라우 손에 피가 나게 삯일을 하시면서 뼈가 가루되어두 귀동이만은 꼭 대학 공부까지 시킨대누만…… 좀 보라우요. 어드렀나? 열녀비 효부비는 있대지만 우리 그런 분은 무슨 비석해 세워 줄래는지 모르가서? 그래두 난 정 야단났네…… 차돌이 선생을 면바로 못 보가시오. 에구 그이가 뵈면 또 어르카라우? 나 같은 년은 거저 죽으야돼…… 내가 정말 오늘은 죽을내는가바……

하기는 이년이 특별하지. 우리 주란섬 사람은 다 좋은 사람들만이라우 흥 허수럼히 볼 사람들이 못 된다우…… 머이요…… 봉죽타령을 하라구요? 나를 화냥년만치나 아는가보네. 그랜 그렇다면 또 하지요. 머 섬색시 소리 못할까……."

이렇더니 바득바득 웃음을 지으며 콧노래를 부르기 시작하였다. 봉죽을 질렀단다. 질렀단다. 오만 칠천 냥 보 봉죽 질렀다누나 지화자 좋다 에―

어그야 저 지화자 좋다…….

하나 노래를 채 못 마치고 월선이는 갑자기 놀란 듯이 움츠라 들며 해산의 얼굴을 뚫어지게 쳐다보았다.

"해산이야. 임자가 기다리던 해산이."

이렇게 칠석네가 부르짖었으나 월선이는 의식이 아직도 혼미한 모양으로 고개를 돌리며

"아니 아니야……! 내 눈이 홀렸으면 홀렸지. 그이가 오실리 있다구…… 오신댄들 나 같은 고얀년을 만나주기나 하리? 차라리 뵈지 않는게 좋아. 고운 꿈을 가슴 속에 고이고이 혼자서 간직하고 있는 동안이 그래두 행복이야."

딴은 월선이도 이 말에 눈물을 머금었다. 해산의 비통한 얼굴에는 고뇌의 빛이 서려있다. 월선의 손을 잡고 그는 무엇이라 이야기하고저 하였으나 목이 메어 말문이 막혔다. 다만 입가죽이 실룩실룩 경련을 일으켰다. 하염없는 어린 시절의 꿈으로 고향을 떠나 소년다운 열정으로 청년의 기개로 오랜 풍상을 이향에서 겪는 동안 사랑하는 사람들에는 이렇게도 혹독한 운명의 시달림이 있었던가?

고만의 설움, 칠석네 누님의 외로움, 차돌의 고민…….

이제사 대변에 깨닫게 된 그였다. 지난 일을 돌이켜 생각하니 외로운 그들을 설움과 고난 속에 버려두기에는 너무도 오산(誤算)이 많은 부끄러운 반생이었다. 그렇다고 이제부터라도 그들을 정신적으로나마 북돋아 줄만한 처지도 못되었다. 월선의 일편단심이 너무도 애초로웠다. 누님의 지성이 너무도 가슴에 사무쳤다. 차돌의 성애(聖愛)는 너무도 눈물겨웠다. 이제부터라도 이 몸이 정신을 번쩍 차리고 동아 대세를 위하여 나라를 위하여 큰 죽음을 해야만 되겠다는 결심이 무럭무럭 일어나는 것이다 그러자 이 자리가 너무도 송구스러웠다. 바늘방석 위에 앉은 것만 같았다.

뿐만 아니라 이미 그는 처자가 있는 몸이다. 항공학교 은사의 권고로 동경서 삼 년 전에 장가들어 딸자식까지 하나둔 그였다.

"난 정 우서…… 죽갔네."

월선이는 별안간 캐들캐들 웃기 시작하였다.

"날 보구 첩으로 들어오래는 영감이 다 있대니깐. 차돌 선생의 정성까지 모르구 날치는 이년이 남의 첩살림질 하겠다? 흥 내가 요대루 죽을 줄 알어? 나는 이래뵈두 나대로 힘이 있다우. 제 총기가 빤한 년이라우. 칠석네 아즈만! 아즈만! 아니 당신은 아니야요. 우리 칠석네 아즈만이 어디갔소? 귀둥이 먼 곳에로 대학 공부 보내구는 주란섬에 또 다시 가서 삽세다 예?"

칠석네가 달래려드니까

"흥 저보구 그러는 줄 아네. 아니 그래두 아즈만 그래두 나 같은 년은 섬에서 넣지 않는다구 그러문 어카노. 차돌이 선생 선생님은 또 어디가셨어? 호호 내가 정 미친년이로군. 차돌이 선생이 오실테야. ……아이구 참 반가워라. 오마니 어르케 오십네까……."

더욱 의식이 산란하여지는 모양이었다.

"오마니 나 죽가시오!"

간호부가 소리 없이 들어와 진정제의 주사를 놓았다. 몇 분간 그래도 군소리가 계속되더니 풀깃 잠이 드는 모양이다.

차돌의 묻는 말에 생명에는 별조가 없으리라는 박사의 말을 전하고 간호부가 다시 문밖으로 사라졌다.

잠이 드는 것을 보고는 모두들 복도로 나와 줄래줄래 응접실로 들어갔다. 칠석네는 해산의 어깨에 매어달려 울기만 하였다. 해산이 역시 머리를 숙인 채 눈물만 뚝뚝 흘렸다. 가슴 속이 벅차올라 목이  매여 말이 나오지 않았다. 아니 할 말조차 없는 터이다. 이윽하여 그는 일어서더니 차돌의 손을 힘있게 끌어잡았다.

"고만이를 부탁하네!"

쭈르르 눈물이 뺨으로 흘러내렸다.

"자네가 섬에 남아 사학기관에 종사한다는 것도 자네가 오기 전에 고만의 조리없는 말을 통해서나마 알아들었네. 오직 감격의 눈물을 흘릴 따름이네. 그리고 어떻게 생각하는지 모르나 자네만은 고만의 옆을 떠나지 말아야 하네. 해산의 신신부탁일세. 뜻하지 않은 나를 갑자기 만난 정신적 충동으로 저 모양이나…… 다시 제정신이 들면은 자네를 찾을 줄 아네……."

차돌의 눈에도 눈물이 그득하였다.

"거듭 고만이를 부탁하네……. 그리고 불쌍한 이 누이님과 철없는 귀동이도 돌보아주게. 그럼 누님 안녕히……."

말을 채 못하였다. 칠석네는 놀라어 얼굴을 쳐들었다.

"어제 전보로 군명을 받았습니다. 날이 밝았으나 시제로 떠나야……."

"떠나다니 어디로?"

"먼즘 동경으로 돌아가봐야 알겠습니다." 또다시 차돌이와 힘있게 손을 흔들었다.

"이번에야말로 나도 선친의 유지와 섬사람들의 은혜에 보답할 버젓한 큰 죽음을 할 것 같네. 나를 믿어주게. ……그리고 내가 채 못하는 일은 우리 귀동이가 대신하여 주겠지……?"

빙긋이 웃어뵈였다. 귀동이는 무슨 의미일지는 모르나 지긋이 입술을 깨물고 고개를 간득하였다.

"어제밤 날파람 솜씨를 보니 참 용감하더구나. 별호가 돌풍구라구……?"

다시 한번 빙긋이 웃더니 칠석네 쪽을 향하여

"누이님…… 제일은 꿈처럼 잊어주십시오……."

가련한 칠석네는 탁자에 얼굴을 묻고 흑흑 느껴 울기 시작하였다. 이때에 문밖에 자동차 와 닿는 소리가 나더니 경적이 뿡뿡 두세 번 들려온다. 모두들 망연자실한 가운데 해산의 그림자는 안개처럼 응접실로부터 사라졌다. 문밖까지 따라가니 자동차는 해산의 미소를 남기고 소리없이 새벽 거리를 질주하기 시작하였다. 한 시간쯤 뒤에 폭음을 듣고 병원 옥상으로 올라와 칠석네 일행은 해산의 비행기를 손을 흔들며 환송하였다. 새벽 노을 휘황한 빛이 장막처럼 빗긴 동쪽 하늘로부터 폭음소리도 우람차게 어제 본 그 비행기가 병원 위로 달려오더니 수리개처럼 한바퀴 획 돌기 시작하였다. 듬뿍 실은 아침햇발을 퍼부으며 꽃구름의 하늘을 떠도는 모양은 흡사 꽃나비였다.

모두들 눈물을 머금으며 손을 흔들었다. 해산이도 마주 손을 흔들어 정든 사람들에 대답하였다. 그리고는 남쪽으로 향을 잡아 꽃구름 새로 차츰차츰 사라지기 시작이다.

"금나비!"

"꽃나비!"

귀동이는 혼자 이렇게 중얼거렸다. 그의 맑은 눈은 이마에 더욱 유난스레 빛나는 것이었다.

삼촌이 비행기를 타고 왔다가 뒤부터 귀동의 생활에는 큰 혁명이 일어났다.

물론 동아의 정국도 악화의 일로를 밝기 시작이었다. 체조 선생인 시간마다 중국과 영미국의 태도를 분개의 어조로 비난하였다. 학도들은 눈알을 대록대록 굴리며 이렇게 종알거렸다.

"그깟 놈 대포로 짓부시지!"

체조선생의 말에 의하면 우리나라는 중국과 되도록 싸움을 하지 않으려고 친목의 길을 여러 가지로 개척하고 있는데 외려 중국이 북지에서 쩍하면 발포이다. 친일요인의 암살사건도 뒤를 끊지 않아 성망이 장개석을 능가한다는 왕정위까지 그의 친일정책 때문에 흉탄을 받았다. 국민정부서 은국유령(銀國有令)을 발표하자 북지(北支) 제 성은 이에 반대하여 자치 운동을 일으켰다. 드디어 하북성 동북변에 기동(冀東) 자치정부가 성립되매 국민정부는 이 자치운동은 일본의 음모에서 생긴 일이라고 선전키 시작하였다. 영국의 외상과 미국의 국무장관은 복지의 사변이 이대로 발전한다면 결코 무관심일 수 없다는 성명으로 또한 은연히 협박이었다.

"그러니 참다 못하야 우리 일본도 또다시 전쟁을 하게 될지 모른다!"

체조선생이 이렇게 결론하였다. 귀동이는

(옳치 삼촌이 그쪽으로 간 게로구나!)

하였다. 사실 동경서 모 방면으로 떠난다는 편지와 같이 학비 보탬하라는 돈 오백 원이 온 뒤부터는 일체 소식이 없었다. 칠석네는 신문이 배달될 때마다 귀동이 보고 물었다.

"야 어디서 전쟁이나 나지 않았니?"

(나두 정신을 차려야…… 삼촌이 제가 채 못다하는 일은 나더러 하랫지. 내가 적어두 신비행사의 조카인데.)

생각만하여도 어깨가 으쓱거렸다. 아주 날파람을 끊지는 않았으되 고모를 애태우는 일이 훨씬 줄어졌다. 밤에도 나가지 않고 공부에 잠심하는 날이 많아졌다. 그러니 성적도 뛰어 육학년에 오를 제는 수석이었다. 칠석네의 기쁨은 한량없었다.

이날 늦은 봄 어떤 날 진남포 바다에 군함 견학 갔다 온 뒤부터는 군대 들을 결심이 일층 굳어졌다.

(기어쿠 해군이 되겠다!)

부두 앞바다에 대소군함의 위용이 눈에 띄었을 때 귀동이는 혼자 탄성을 질렀다.

"야! 멋있다!"

쫑선을 타고 접근하여 대망의 군함 위에 오르니 마치 해병이나 된 것처럼 가슴의 피가 서멀거렸다. 해병들 쓰리도꾜(釣床)을 보자 벌써부터 해병의 꿈을 그 속에 실렸다.

"넌 왜 해병이 안 될래니?"

갑판 위에서 귀동이는 오토바이 박치룡의 손을 잡았다.

"될래문 되니?"

이 소리에 귀동의 꿈은 여지없이 짓밟혔다. 박치룡은 외잣 성이 난 소리로

"난 비행기나 타가서!"

귀동의 말소리는 구슬펐다.

"우리가 크면 군함두 타게 될지 알거머가?"

조선에 해군 지원병제 실시가 발표되었을 때 그날로 지원하여나간 귀동의 태도인 즉 미루어 생각할 제 극히 당연한 터이다.

(우리 삼촌은 나비야. 나는 거북선이야 군함이야.)

바닷물을 물끄러미 굽어보며 이렇게 중얼거렸다.

이듬해 봄에 귀동이는 동무 오토바이와 같이 무난히 공립 고보 이중에 입학되었다. 백선 두 줄에 높을 고 자 모표 달린 모자를 씌워 내보낼 때처럼

칠석네의 기쁜 일은 없었다. 이날의 입학식에는 차돌이와 고만이도 참여하였다.

퇴원한 뒤부터 고만이는 화류계에서 몸을 뽑고 한 달 동안을 칠석네와 같이 지내다가 차돌이 따라 섬을 도로 돌아갔었다. 그들 부부도 무난히 행복스러워 보였다. 귀동의 입학을 보러 이번도 사이좋게 같이 들어온 터이다. 이것이 또한 칠석네에는 눈물이 나리만치 기뻤다. 고만이는 벌써 숫숨하고 건강한 바다의 부인체가 완연하였다.

칠석네는 교문가의 잔디밭에 앉아 만수대 위에 즐펀히 앉은 웅장한 이중 교사를 우러러보며 적이 감개무량한 듯 눈물에 젖는 것이다. 고만이 역시 감개무량이었다.

"귀동이가 저런 학교를 다 다니게 되다니 생각하두새 정말 꿈같에요⋯⋯."

"글쎄 말이지, 이제는 제가 총기를 채리니 얼마나 고마우아. 이 학교가 저 주마다 붙는 학교가 됩나. 우리 조선서 둘치로 오랜 좋은 학교래면서⋯⋯."

차돌이도 자기의 모교인만치 벙글거리며 좋아하였다. 사실로 평양고보라면 전통에 있어 기개에 있어 학생의 질에 있어 학교의 내용에 있어 전선서 둘째 가래도 싫어할 만치 이름있는 학교였다.

"아무래껀 시름을 놔시오. 이제는 아즈만이나 편안하셔서 나중에 귀히

되는건 보서야겠습니다."

하는 차돌의 말에

"내야 멜하리…… 나도 이번 여름에난 그 애 데리구 한번 섬에 가겠습네……."

"정말 오시라우요. 우리 살림두 와보실겸……."

고만이가 차돌이를 돌아보며 해죽이 웃었다.

"섬 사람들두 만나봐야지요. 얼마나 기뻐들 하는지 몰라요"

이때 귀동이와 치룡이는 학교 뒷산에 올라 추청각(秋磧閣) 걸상에 나란히 앉아 있었다. 보통벌을 일모에 전망하고 조고만 정자로 아름다운 풍경이 봄 아지랑이 속에 가물거리고 있었다. 귀동이는 한참동안 잠잠히 깊은 감개 속에 젖는 모양이었다.

"저 서장대 밑에서 우리 삼촌이 일청전쟁 때 전사했단다. 해성이란 삼촌이……."

"……."

"그리고 저기 비석이 뵈지. 만수대 둔덩에?"

"그 골재기에서 우리 하루반 동무 미륵이란 장수두 그때 싸움에 전사하구."

"너인 정말 전쟁 집안이구나."

"아니 전쟁 집안이 아니구 바닷사람이야. 바다에서 났으면 바다에서 죽어야 되지 않간?"

귀동의 입에 미소가 빛난다.

"그래 돌풍구, 넌 해군 될래누나?"

"될래문 되는 줄 아늬?"

이번은 귀동이가 왓자 성을 냈다.

"난 고등상선 학교 갈래. 거기 출신은 전쟁 때는 해군이 된대더라."

"그 학교갈란?"

"응."

귀동의 눈이 반짝이며 치룡의 등을 등으로 떠밀었다.

"오토바이 넌?"

"나는……."

치룡이도 등으로 귀동이를 떠밀며

"난 비행기!"

"나비가? 난 거북선이다."

때마침 입학식 시작을 알리는 종소리가 땡땡 울리기 시작하였다. 둘이는 일어나서 하나는 비행기처럼 하나는 군함처럼 모두 교정으로 장달음을 놓았다.

풍운

귀동의 입학초에 해산이로부터 고대하던 편지가 날아왔다. 모시 모월의(북지 모 방면) 소인이 찍혔었다.

"이거봐 내 말이 맞지 않나. 삼촌이 북지에 가 있다."

편지 사연은 동아의 풍문이 거칠어 군인은 아니로되 자기도 부르심을 받잡고 어떤 중요한 임무에 종사코 있노라 하였다. 그리고는 칠석네를 위로하는 말과 차돌이와 고만에게 각별한 안부를 전해달라는 부탁이 씌여 있는 외 대체로 귀동이를 격려하는 내용이었다.

하나 동아의 천지에는 시커먼 구름이 겹겹이 패어 들더니 드디어 모진 풍우가 몰아치게 되었다. 칠월 칠일의 북경 서교(西郊) 노구교 사건을 계기로 하는 이르는 바 지나사변이 이것이다. 북경 주변에서 조고만 충돌이 거듭된 뒤에 일본주둔군은 드디어 진격을 결의하였다. 일단 결의하고보니 파죽지세였다. 황군은 적군을 쳐부수며 경한선을 따라 쏜살처럼 남하하였다. 그리고 일대는 서쪽으로 산서성에 향하며 또다른 일대는 남구의 준험을 넘어 멀리 내몽고로 진출하였다. 한 달 후에는 불똥이 튀어 상해도 전장으로 화하여 일중 양군은 격투 삼 개월에 이르렀다.

요란한 방울소리 울리며 호외가 날아들어 올 제마다 귀동이는 깡충거렸다.

"우리 삼촌이 이번에야 장개석에 원수를 갚는구나!"

칠석네는 가슴이 오수수하였다. 차돌네 부부는 신문을 펴들면 언제나 해산의 무운장구를 빌었다.

"해산이야 비행사는 비행사지만 군인이 못되니까 기껏 연락비행이나 할거야."

차돌의 말에 고만이는 고개를 떨어뜨렸다.

"글쎄요……."

지나사변이 폭발한 지 반달만에 군사우편이 한 장 날아왔다. 잔글씨로 갈겨 쓴 해산의 엽서였다. 중국땅에서 죽으려던 소원을 이번에야 이룰 것 같다는 비장한 내용이다. 여름 방학이 되었으나 귀동이도 칠석네도 주란 섬에 나들이 갈 생각은 엄두 못 내었다. 아침저녁으로 전과보도에만 라디오와 신문을 통하여 열중하였다. 드디어 이해 십일월에는 상해로부터 패주하는 적을 추격하여 수도 남경에 육박하였다. 하나 일본군은 남경을 안전에 두고도 입성하기를 우려하였다. 장개석에 최후로 반성의 기회를 주고저 함이었다. 하나 장개석은 반성치 않았다. 남경을 탈출하여 수부를 한구와 중경에 분할 이전하고 항전태세의 정비에 광분하였다. 이에 근위내각은 국민정부를 상대로 하지 않는다는 성명을 발하며 일본의 취지를 이해하여 일본과 제휴하려는 신정권의 탄생을 대망하는 의사를 밝히는 동시에 비로소 대규모의 적극적 군사행동을 결의하게 되었다.

"나두 군인이라면 나두 군인이라면……."

중학 이년생의 귀동이는 이를 보드득 보드득 갈았다.

"삼촌의 원수를 대신 갚는 걸!"

해산이가 직접 폭탄을 싣고 중경으로 날아갈 수 없는 몸인 것을 분하게 여기기 때문이었다.

하나 일본의 진의를 알게되자 항전 진영에도 분열이 생겼다. 화평건국을 주장하는 왕정위의 남경정부가 성립되었다.

"종내 원수를 못 갚구 만단 말이야!"

소년다운 귀동의 한탄이었다. 하나 전쟁은 그냥 계속되었다.

처음부터 싸움의 상대가 못 되었다. 부딪칠 때마다 패배였다. 개전 일

년여에 벌써 일본의 점령 지역은 북·중·남지에 긍하여 일본 본토의 수배나 되는 면적이었다.

하나 연전연패로 막대한 군사와 무기를 잃고 중요 도시의 구할까지를 점령을 당하고 서도 그냥 장개석 정권이 대일항전을 계속할 수 있는 이유는 대체 어디 있는가.

중국 민중이 오랫동안의 항일 교육 밑에 일본의 전의를 이해할 이 없이 장개석의 아래 집결한 것은 확실히 사변 장기화의 중요한 원인의 하나였다. 오히려 장개석이도 민중의 치열한 항일의식에 압박을 받아 항전치 않을 수 없음이 진상이기도 하였다.

둘째로는 중국의 지역이 광대할 뿐더러 아직도 자본주의 혁명을 지내지 못하여 각 지방이 각각 자급(自給性)을 가진 것도 중국의 붕괴를 면케 한 유력한 원인이었다.

하나 무엇보다도 중대한 원인은 영미제국의 장개석 원조였다. 국내에 전혀 군수공업을 갖지 못한 중국이 어쨌건 다년동안 일본과 싸워 볼 수 있는 것은 영미제국의 원조 때문이었다. 첫째 영국은 중국에 차관을 공여하고 무기를 공급하며 법폐(法幣) 가치의 유지에 힘을 썼다. 심지어는 향항(香港)항이 원장(援蔣) 무기의 창고로서의 역할까지 하였다. 소년 귀동의 맘에도 이상한 충격이 있었다.

"저놈들이 왜 지랄이야."

귀동이한테 해산의 편지는 끊임없이 날아왔다. 참말 적은 서양이다. 동아를 위하여 어차피 그들과도 싸워야 된다는 문구가 가슴속에 깊이 파고 들었다. 그제야 귀동이는 고개를 끄덕끄덕 하였다.

영국에 비하여 미국의 태도는 한층 더 폭만(暴慢)하였다. 소화 십사년 구월 귀동의 삼학년 이학기 초에 드디어 구라파에서 독일이 일어났다. 때문에 영국의 태도는 현저히 완화되었으나 미국만은 결코 후퇴치 않았다. 영국이 후퇴함에 따라 미국은 도리어 진출하였다. 루르벨트는 일본을 비난하여 여러 가지로 주장이다.

"저놈들이 우리 중국을 맘대루 못해서……."

귀동이는 주먹을 불끈 쥐었다.

이듬해 가을 일본이 독이(獨伊) 양국과 군사동맹을 맺자 미국은 아연 도전적으로 나와 일본이 화평정부와 조약을 체결하는 날따라 밉살스레도 원장 차관을 발표하더니 드디어는 자산 동결까지 단행하였다. 사신 동결은 경제단교요, 경제단교는 선전포고나 진배없는 것이다.

이에 우리들은 진실로 동아의 평화를 수립하자면 영미의 동아 제패의 야망을 쳐부시지 않는 한 도저히 이룰 수 없는 일임을 절실히 깨닫게 되었다. 지나사변은 중국과의 전쟁이 아니었다. 영미와의 다툼이었다. 그들의 세력을 처 몰아 내지 않는 한 우리는 영원히 그들의 노예가 아닐 수 없었다.

이것은 비단 소년 귀동의 자각만이 아니었다. 일억 동포는 하나 같이 가슴 속에 외치었다.

"우리의 동아다!"

그동안의 귀동의 정신적 생장에 관하여는 구구히 늘어놓지 않으려 한다. 남달리 기운 차고 용감한 소년임에는 틀림 없었다. 아마 그의 그림자는 해질 무렵까지 도서실에 백여

책을 펼쳐 놓고 언제나 깊은 감개 속에 젖곤 하는 것을 선생과 학우들이 발견할 수 있었다.

특출한 재주로 공부에도 뚜렷히 부각을 나타내었다. 더욱이 수학에 천재였다. 삼학년 때에 벌써 유도 초단에 검도 삼급의 명자이기도 하였다.

학우들의 외경을 한 몸에 지닌 존재다. 하나 언제나 침묵의 소년이었다. 수벅수벅 저 할 공부를 하고 나면 도서실로 들어가거나 혼자 뒷산을 거닐기를 좋아하였다.

"개가 심상치 않아……."

칠석네는 혼자서 염려하였다. 이 경향은 삼학년 때부터 더 심해지는 듯하였다. 어떻다고 흠 잡을 데는 없으나 결코 모범생은 못되었다. 모범생이 되기에는 학과 이외의 책을 너무나 좋아하며 급장이 되기에는 정의감이 너무도 세었다.

이 정의감 때문에 선생들에게까지 오해를 사는 경우도 없지 않았다. 삼학년 초에 오토바이 박치룡이가 뜻하지 않은 일로 퇴학을 당하였다. 피해망상증의 성미 고약한 박쥐라는 선생 때문이었다. 점심시간에 치룡이가 좋아하는 비행기를 칠판에 그리며 신이 나서 떠벌리고 있는데 난데없이 박쥐선생이 들어섰다. 초창기의 리리엔탈식 글라이더 쥐시가 흡사 박쥐날개 모양이라 탈이었다.

박쥐선생은 새까만 코밑 수염을 호글호글 떨며 새까만 찌르렁 눈을 깜빡거리며 이 그림을 노려보더니 드디어 치룡의 등덜미를 붙잡아 끌고 내려갔다. 오토바이는 이후 다시 학교에 돌아오지 못하였다.

다음날 박쥐선생 시간이었다. 교단 위에서 한 손에 영어책을 치켜들고 기침을 하면서

"양그맨 아호이 체어……."

이렇게 목청을 뽑으려는데 갑자기 교탁 서랍 속에서 자명종소리가 요

란히 울렸다. 모두들 어리둥절하였다. 선생이 한참동안 고개를 갸웃둥 하고 눈을 깜빡거리다가 얼굴색이 파래지며 교탁으로 다가섰다. 생도들은 목에 침을 삼켰다. 누구의 짓인지 하나도 아는 이 없었다.

드디어 선생이 서랍을 잡아 당겼다. 하나 잡아당긴 순간 선생은 화닥 놀라어 뒤로 자빠지면서 칠판에 뒷통수를 부딪쳤다.

이 서랍 속에서 박쥐란 놈이 두 마리나 날라 나와 방안을 펄럭펄럭 날기 시작하였다. 이 담벽 저 담벽 막 부딪치다가 도루 칠판을 향하여 돌격이었다. 그럴 때마다 선생은 비명을 지르며 움츠러 들었다. 생도들은 모두 일어서서 잡아보려고 대소동이었다.

이윽하여 선생은 정신을 가다듬고 벽력처럼 호령을 내렸다.

"어떤 놈의 짓이냐?"

"응? 이놈들!"

이때에 뒷줄의 귀동이가 손을 들고 유유히 일어섰다. 생도들은 어안이 벙벙하였다.

"네가…… 네가?"

"네 정말 박쥐가 어떤 것인가를 가르켜 드리려고……."

귀동의 대답은 태연자약하였다. 이래 귀동이도 정학처분을 받았다. 일례를 들자면 이러한 귀동이었다.

침중한 태도와 엉뚱스러움 결패 있는 기개 이런 것이 차츰 용왕을 닮아가는 폼이 장래의 불안을 예감케 하여 칠석네에는 어지간히 근심이었다.

하나 귀동의 가슴속 깊이 깃들인 남모를 기원을 칠석네

라고 알아볼 리 만무하였다. 해산이 삼촌이 중지 전선에서 연락 비행 중에 부상을 당하여 이즈(伊頭) 수선사(修善寺) 육군 병원에 입원 치료 중인 것을 알게 된 삼학년 초 이후부터 귀동의 성격이 딴판으로 달라졌다. 해산이로부터 학교로 온 이와같은 사연의 편지를 귀동이는 혼자만 알고 울었다. 격려의 편지를 끊임없이 보내며 하루바삐 다시 일어나기만 빌었다. 사고 때문에 불시착을 하다가 불 속에 들어 왼팔을 잃었다. 완치만 된다면 하늘을 날기에는 조금도 지장이 없는 몸이라 머지않아 다시 부르심을 받을 날을 고대한다고 하였다.

편지 안 온다고 걱정할 때마다 귀동이는 학교로 이런 편지가 왔다고 안심되도록 거짓을 꾸며 읽어 주었다. 하나 속맘으로는 언제나 마음을 다졌다.

"삼촌의 뒤를 따라야!"

오토바이 치룡이까지 잃고 나니 귀동이는 더욱 달라졌다.

침묵

이것이 그의 생활신조가 되었다.

그러나 학교를 쫓겨 나온 치룡이는 명랑한 미소를 지으며 동경을 향하여 떠났다. 귀동이를 비롯하여 동무들도 정거장으로 나가 기운차게 보내었다. 언제나 꿈에도 못 잊는 비행기 공부를 하려고 떠나는 것이다.

"진짜 박쥐 날개달구 날라올 때 보라잉. 그때 또 만나자."

치룡의 작별의 말은 이러하였다.

"동경 이래 우리 삼촌 있는데 꼭 만나보구 편지해야 된다."

귀동의 이 말에 치룡이는 손을 흔들어 보였다. "신바이 스루나 너의 삼촌보구 비행학교에 소개해 달랠터인데……."

귀동이는 외려 부러울 지경이었다.

"야! 군함 타는 학교가 있다면."

왠만하면은 귀동이도 동경으로 따라가고 싶었다. 하나 첫째, 고모를 홀로 버리고 갈 생각이 안 되었으며 둘째로 동경 유학까지 갈 집안형편이 못되는 것이 슬펐다.

그래 귀동이는 집에 돌아와 고모보고 이렇게 말하였다.

"고모, 이번 방학에는 섬에 꼭 가요."

"오 그러자."

"그까짓것 우리두 섬에 가서 살구말지."

"에 그런 소리 말아라".

"차돌이 선생과 고만이 아즈만두 계신데……."

"네가 그렇게 뜻이 적어서 되겠니?"

"뜻이 너무 크구 넓어서 걱정이지 뭐."

"그렇다면 괜찮다. 남자가 그래야지."

"바다야! 내 뜻이."

"머이?"

칠석네는 눈이 둥그래졌다.

"아니 바다처럼 내 뜻이 크고 넓단 말이야……."

그해 여름 귀동이는 실로 십 년만에 칠석네와 같이 주란섬에 돌아와 여름방학을 즐겨 지내었다. 섬사람들은 돌아온 탕자를 맞이한 듯이 대환영이었다. 서로 돌려가며 조반을 짓느니 저녁 놀이에 초대를 하느니 마치 동리 잔치나 계속되는 듯하였다.

이미 옛사람들은 간 지 오래다. 섬 사람들의 따뜻한 정서는 옛보다도

더 도타웠다.

섬 부인네들은 칠석네를 붙들고 옛날이야기를 들려주며 눈물을 머금었다. 끌끌한 귀동의 태도에 섬사람들은 용왕과 해성이를 다시금 그리워하며 처녀애들은 울 밑에서 남몰래 가슴을 애태우며 엿보았다.

귀동이네 두 가족을 맞이한 차돌네 부부의 행복이란 이루 말할 수 없었다.

학교도 흰 담에 붉은 기와의 아담한 자태로 아름다운 섬을 장식하며 어린애들은 학교 뜰에 모여서 흰 갈매기처럼 뛰놀았다.

그리고 얼마나 화려한 바다의 풍경이랴. 의구한 산천이란 말이 헛말이 아니라 북방에 연대산 줄기는 먼 바닷가에 춤을 추며 서쪽 망망한 바다로부터는 덕섬이 그림처럼 솟아오르고 남으로 동쪽을 향하여 이럼 석도 치초도 잔받치가 연긍한 가운데 하늘을 날고서 용두산은 머리를 들었다. 천하의 영산, 구월산은 저 멀리 안갯속에 잠겨 경건한 기도를 올리고 있는 것이다. 귀동이는 처음 몇 일 동안은 어린 시절의 기억을 더듬으며 꼭두바위로 올라 이곳에서 떨어져 병신이 된 고모를 위하여 눈물도 흘리고 가마귀엄에 허리를 펴고 누워 푸른 하늘에 공상도 그려보았다. 감루봉에 앉아서는 아름다운 바다 위에 한 많은 꿈을 달리기도 하였다. 낭떠러지 아래쪽 모래터에서 해수욕을 즐기면서 바다로 나갈 결심도 다시금 굳게 하였다.

몇 일 뒤 부터는 섬 사람들과 같이 배를 타고 바다로 나갔다. 밤에 돌아오면 귀동의 귀향을 이용하여 새로 시작된 야학에 나가 차돌이와 같이 부녀자들을 가르치는 데 대단한 기쁨을 얻었다.

섬에 돌아온 칠석네는 역시 옛날의 섬색시였다. 본당 서낭당에 올라 귀동이 잘되기를 세천할머니에게 극진히 기도하며 섬에 나온 동안에 물로 인한 실수도 없이 해주십사고 서낭께 빌었다.

차돌이와 귀동이는 야학을 끝내면 섬 둔덩을 거닐며 무슨 이야기인지 밤이 깊도록 열심히 토론하는 것이다.

"여보게, 그 애 무슨 별다른 소리나 없던가?"

"별다른 소리 있을 리 있나요."

칠석네가 근실스레 묻는 말에 차돌이는 언제나 천연히 이렇게 말하였다.

"글세 어드르타구 집이 말할 수는 없어두 참 수상스러울 때가 있군해……. 왜 당초에 말이 없겠노?"

"어느 분의 손주웨니까 아즈마님두……."

하나 차돌이는 귀동이가 장차 바다로 진출하려는 결심이 반석 같음을 알고 있는 터이다. 더구나 귀동의 결심은 이 여름방학동안에 다시금 바다의 장쾌함과 아름다움에 접하여 한층 더 굳어진 모양이었다.

"고등상선학교에 갈래요. 관비기 때문에 학비두 염려없대요. 단지 고모님을 혼자두구 떠날 일이……."

귀동의 걱정이란 이것뿐이었다.

"고모님이야 우리들이 섬으로 모셔올 수도 있지. 하나 고모님 말씀대로 의사공부해가지구 이 외로운 섬으로 나와 일하는 것도 좋아뵈누만 학비야 섬의 식산계 돈으로도 되지 않겠나."

"지금은 사람보다두 먼저 천지를 고칠 때야요."

차돌의 대답은 이렇게 확고하였다.

"해산이한테서 편지는 자주 온대지?"

차돌이는 슬며시 말머리를 돌리려 하였다. 그들은 개우물가 아카시아 나무 아래에 나란히 앉았다. 달빛이 바다에 잠긴 안개 깊은 밤이었다. 귀

동이네는 내일 아침 배로 떠나게 되어 있었다.

"예……. 오기는 늘 와요……."

귀동이는 잠깐 말뜻을 얼버무리고

"저는 아무래도 삼촌의 뒤를 따라야겠시오."

"하기야 장한 마음이지. 조부 어른의 유지를 계승하며 삼촌의 산 교훈을 본받는 길이 아니겠나. 군이 그러한 뜻인데야 우리들도 맘으로나마 군의 성공을 빌겠네. 마는 고모님이 아시면……."

"글쎄 저두 그거이 걱정이지만 해산이 삼촌이 지금……."

하고 말을 딱 끊었다.

"그래 지금 어쨌단 말인가?"

차돌이는 의아스레 얼굴을 돌렸다. 귀동이는 고개를 떨어뜨리며

"사실은 지금 내지 육군 병원에서 치료 중이야요."

"아니 그럼……?"

"불 속에 들어 왼팔을 잃었었데요. 재기의 날을 고대하누라지만 이제는 제가 아무래두 대신 나서야지 않겠서요?"

"……."

"이런 이야기 고모님보구는 마시라요. 지금까지 속여와서요. 그리구 선생님……."

"응."

"제말 듣고 놀라시지 않지요?"

"무슨 말?"

"고만이 아지만 보구두 글지 않지요."

차돌이는 불안 가운데 끄덕이었다.

"제 동무가 이번 학교를 퇴학 맞구 동경에 비행기 공부차로 떠났는데 가는 길에 해산이 삼촌을 찾았드래요. 해산이 삼촌이 아직두 독신인 줄

아세요?"

"……."

"삼촌이 선생 노릇하던 비행학교에 그 애를 소개해 주면서 삼촌이 전쟁에 나가기전까지 계시던 하숙집에도 편지 써 주더래요. 그래 거기 누하며 학교에 다닌대요. 여태까지 하숙생활을 했더래니 독신이기 그렇지요."

"……."

해산이가 떠난 뒤에 고만의 입원실 탁자 서랍 속에서 편지 두통이 나타났다. 하나는 칠석네에 하나는 차돌에게 주는 간단한 편지였다. 이미 저는 비행학교 교사의 권고로 내지인 여자와 결혼하여 딸자식까지 얻은 형편이라 고만에 대하여 차돌에게 만만부탁이라고 씌여있었다. 이제 귀동이로부터 이런 말을 듣고 보니 차돌의 놀라움은 이루 형용할 수 없었다.

(아! 그랬던가. 그랬던가.)

"이 일은 선생님만 알구 계시라우요. 그러나 선생님 불쌍한 고만이 아즈만을 위해서는 삼촌두 그럴 수밖에 없지 않았어요."

하더니 귀동이는 슬며시 일어났다.

차돌이는 실성한 사람처럼 멍하니 귀동의 그림자만 바라보았다. 그 눈에 눈물이 글썽하였다. 이윽하여 짐짓 놀란 듯이 부르짖었다.

"귀동이."

"네."

"……."

차돌이도 일어섰으니 다시 말문이 막혔다. 귀동이는 돌아서서 한참동안 차돌의 얼굴을 쳐다보았다. 소년의 눈에도 뜻없이 눈물이 괴었다.

"삼촌도 선생님을 존경한대요."

귀동이는 위로하듯이 이렇게 중얼거렸다.

"선생님 혼자서만 꼭 알구 계시라우요. 그리구 저는 외로운 삼촌을 위해서라도 그 뒤를 따를래요."

귀동이가 미영양국에 대한 선전의 대조를 배승하기는 오학년 겨울 아직도 지설리는 기억이…… 십이월 팔일 그해 봄부터 일 년 동안 우리나라는 끝끝내 은인자중하여 교만 무례한 미국과의 교섭을 단념치 않았다. 이는 오로지 세계의 평화를 기원하기 때문이었으나 소년 귀동이가 볼 제는 정부의 태도가 너무도 양보적으로 생각되어 혼자 푸르럭지었다.

하나 그날의 새벽하늘은 유달리 맑았었다. 바람도 유달리 맑았다. 이하늘 이 공간을 청천의 벽력처럼 선전대조의 라디오 방송소리가 뒤흔들게 되었다. 이 소리를 들었을 때 귀동이는 커다란 전격에 숨이 막힐 듯하였다.

다음에는 사지가 떨리며 가슴의 피가 출렁거렸다. 뜻없이 눈물이 푹푹 쏟아졌다.

"고모 전쟁이야! 전쟁!"

귀동이는 칠석네의 몸둥이를 얼싸 안으며 부르짖었다.

"전쟁이라니?"

"종내 서양놈들과 맞드리지요!"

"그럼 우리 해산이는……."

"해산이 삼촌두 기뻐 춤춘테야요! 용왕 할아버지! 전쟁이에요!"

귀동이는 미친애처럼 날뛰었다.

"전쟁이에요! 할아버지가 전쟁이에요! 할아버지가 미워하셨다는 서양

놈들과 이번에야 정통으로 부딪쳐시요!'"

사실로 용왕의 영혼도 푸른 검을 들고 무덤 속으로부터 뛰어나올 법한 일이었다. 주란섬 사형제 무덤으로부터 미륵이 복선이 석복이도 따라 일어날 법한 일이었다. 미영격쇄를 결의하고 일어나니 일본군의 진격은 실로 급속 격류가 치밀듯이 광망 일만리의 대전장이 휩쓸기 시작하였다.

먼저 십이월 팔일 새벽 해군 항공부대와 특수 잠행정은 태평양 상 멀리 하와이에 출격하여 진주만에 집결한 미국 태평양 함대를 순식간에 쳐부수고 일 양일 뒤에는 불인(佛印)에 진주한 해군 항공대가 구름처럼 출동하여 영국전함 프린스 오프 켈스와 레팔스을 말레이 해상에서 격침하였다.

또 이날 남방에 파견되었던 육군은 타이 말레이 국경을 넘어 조수처럼 진격을 개시하고 다른 일부는 미국의 동양의 아경인 비율빈에 상륙작전을 감행하고 남지나에 있던 또 다른 일군은 영국의 동양 침략기지이던 향항(香港)에 공격을 개시하였다. 이리하여 개전 반년에 일본은 대동아 수백만 킬로의 지역을 점령하고 미영세력을 모조리 쳐몰아내고 말았다. 전과의 엄청남과 작전의 훌륭함은 적 미영의 군사전문가들까지도 세계전사상 미증유의 일이라고 경탄케 하였다. 아니 우리 국민 자신까지 물밀 듯 밀리는 첩보에 어리둥절할 지경이었다.

처음에 일본이 미영에 선전하였을 때 동아의 제 민족 중에는 일본의 승리로 염려히 생각하는 경향도 없지 않았다.

그러자 그들의 예측은 전혀 들어맞지 않았다. 아세아 대륙에서 쫓겨난 것은 일본이 아니라 미영이었다. 남태평양의 요점을 점령하고 그 자원을 확보한 것은 미영이 아니라 일본이었다.

일찍이 이십세기 초두에 동아의 제 민족은 일본이 강대한 로국을 쳐부심을 보고 분연히 일어났다. 서양인이 이르는 바 아세아의 각성이었다. 하나 이번에야말로 참말의 아세아의 각성이었다. 각성한 아세아는 일본의 지도 밑에 총진군을 개시하였다.

조선천지에도 나팔소리가 요란히 울렸다.

"청년들아— 나오너라!"

"소년들아 나오라!"

이듬해 가을이었다. 가을도 어지간히 짙어가는 어떤 날 아침. 평양역 플랫홈은 대혼잡을 이루었다. 남포차가 연착되어 만포선차와 거진 일시에 들이닿아 내리는 떼무리와 오르는 사람떼가 구름처럼 밀리는 중에 또 다른 홈에 부산행 급행차가 돌입해 온 것이다. 역원들은 브릿지 어구에 서서 떼무리의 정리를 하느라고 갈팡질팡 야단이었다. 머리위에 얹은 자루 가방 보퉁이의 행렬. 이런 것이 부릿지가 미여지게 한편으로는 오르고 한편으론 쏟아져 내려온다. 하나 역원들의 제지와 사람떼를 떠밀치며 구름다리를 부리나게 뛰어 올라가는 일행이 있었다. 도회생활의 훈련을 못 받았음직한 무명옷에 미투리 신은 우악스런 사내들의 일행인데 덤벼들 만치 마음이 바쁜 모양이었다. 그 뒤를 수수한 행색의 여자와 국방복 입은 사내들도 서너너덧 황망히 달려 올라가더니 어느 새에 이번은 급행차 홈으로 미끄러지듯이 뛰어내렸다. 주란섬 패였다. 바닷바람에 얼굴이 꺼멓게 타오르고 미투리에 박힌 조개껍질이 번쩍이는 주란섬 패였다. 금시 떠나려는 기차에 여자들이 질겁하여 붙어 오르고 그 뒤로 국방복 입은 사내들이 질겁하여 연달아 올랐다. 오르자마자 기차는 움직이기 시작이다. 섬사람 패는 조수 밀리듯 밀리며 우렁차게 만세성을 부른다.

"귀동이 만세!"

"만세!"

"귀동이 만세!"

데크에 올라서서 경례를 하는 귀동의 미소는 꽃보다도 아름다웠다. 얼굴은 장미보다도 붉었다. 그 뒤에 솟은 듯이 선 차돌의 얼굴에는 감개무량의 빛이 서리었다. 칠석네 고만의 눈에도 눈물이 맺혔다. 섬사람들은 한참동안 만세를 부르며 달려가는 기차의 뒤를 쫓았다.

반도에도 징병제와 같이 해군 지원병제가 실시되자 분연히 지원한 귀동이가 이제 숙원을 이루어 진해로 향하는 것이다. 칠석네와 차돌네 부부는 진해의 입소식에까지 참석코저 귀동의 장행에 따라 나섰다. 섬사람들은 어젯밤 배로 귀동이를 환송하려고 남포로 나온 김에 내쳐 평양까지 들어온 터이다.

징병제 실시의 필지성(必至性)을 깨달은 귀동이는 이중(二中)을 졸업하자 고모와 같이 섬으로 돌아왔다. 웃학교 가기를 왜 단념하느냐, 너 하나 대학공부 시켜보려고 애써온 내가 아니냐고 칠석네는 야단을 쳤다.

"내가 외로울까봐 그러느냐. 그렇다면 나 혼자 섬에나 갈라꾼."

만단으로 격려하여도 귀동이는 머리를 저을 뿐이었다. 처음에는 차돌이도 어리둥절하였다.

"웬일인가?"

칠석네와 같이 섬으로 돌아왔을 때 차돌이는 놀라 반문하였다.

"어서 떠나야 고등상선 학교 시험을 보지 않나?"

"단념해시오."

귀동이는 미소로 대답하였다.

"저두 아마 내년쯤은 총을 들고 나가게 될 것 같아요. 조선이라구 징병제가 실시되지 않겠소. 나가면 살아 돌아오기를 바라지 않겠으니 그동안에나마 섬사람들을 위해 선생님처럼 남을 섬기는 생활을 해보아야지요."

차돌이와 같이 주란의숙(義塾)에서 일보기를 청하였다.

아닌 게 아니라 귀동이가 섬으로 돌아와 학교일을 보게 된 지 불과 일 년 만에 징병제도 실시의 발표가 있었다. 이어서 십팔년 팔월에 해군지원병 제도도 실시되었다.

귀동이는 서슴치 않고 대망의 해군을 지원하였다.

사실은 대동아의 결전은 날로 심각해지는 것이다. 미영은 전쟁의 최초 단계에 있어 참패를 보기는 했으나 반년 만에 그들은 진용을 가다듬고 총반공을 외치며 비행기, 전차 군함을 구름처럼 몰아가지고 필사의 반격을 꾀하였다. 이에 우리 육해군은 청년들아 나오라! 소년들아 나오라! 부르짖으며 필승의 태세를 갖추는 동시에 드디어는 학도 동원령까지 내리게 되었다. 학도들도 펜 대신 총을 들고 용약 제일선에 출전하여 미영격멸전에 우렁찬 총진군이다.

뿐더러 조선서도 뜨거운 정열을 싸우는 동아에 받치고자 혹은 항공병, 혹은 전차병, 혹은 통신병으로 총궐기하였다. 귀동이를 더욱 감격게 한 것은 동경의 오토바이 박치룡으로부터 드디어 소년 항공병으로 채용되었다는 장쾌한 소식을 받아들었을 때였다.

"나도 나간다. 해군으로."

귀동이는 그날로 동경에 전보를 쳤다.

하나 단 하나의 신씨네 핏줄기엔 귀동이를(해산이는 이미 죽은 목숨으로 알았다) 전쟁마당으로 더욱이 소리만 들어도 질겁하는 거치른 바다로 내보내게 된 칠석네의 가슴속은 파도처럼 설래었다.

"해군지원을 했습네다."고 남포로 나갔다 돌아온 귀동이로부터 이 말을

들었을 때, 칠석네는 정신을 잃고 쓰러질 지경이었다. 그 당시의 칠석네로
서는 무리도 없는 일이었다. 오로지 귀동이를 믿고 살아온 그였으며 장차
의 모든 희망도 이 소년에 걸어 신씨네 집안이 그로 하여금 중흥(中興)되는
날을 보려는 것이 그의 유일한 즐거움이었다.

"네가 정말 가려는구나."

칠석네는 넘쳐 흐르는 눈물을 억제치 못하였다. 차돌이와 고만이도 눈
물로 격려하였다.

"네가 정 그렇다면 용왕 할아버지에 제사나 드리구 떠나야지……."

귀동의 장정을 고하는 이 제사에는 섬사람들이 모두 따라나서 형제영
웅의 가호(加護)와 귀동의 무운장구를 지성껏 빌었다.

"나라가 부르신다면."

칠석네도 마침내는 기운을 얻었다. 이리하여 오늘 섬사람의 환송 속에
떠난 것이다. 부산행 급행열차는 승객을 듬뿍 싣고서 맑게 개인 가을 하
늘에 기적 소리 요란히 남으로 남으로 막진한다. 역시 내보내기로 마음에
단단히 작성한 칠석네였으나 차츰차츰 멀리 떠나오게되매 귀동이를 이렇
게 먼 곳에 혼자 두고 가게 되다니 생각하매 어쩐지 다시금 마음이 시리
며 새삼스레 석별의 감을 금치 못하게 되는 것이다. 하나 급행차가 머무
는 곳마다 환송의 노래 소리와 만세성이 우렁차게 터지며 씩씩한 젊은
사내들 국기를 등에 걸머지고 오르는 것이 뵈었다. 결코 귀동 혼자만이
아니로다 생각하니 그래도 좀 위로도 받게 되었다.

"네 동무가 또 타누나."

"이번은 셋이나 타누나."

하면서 섬사람들이 준 능금을 깍아 주기도 하며

"물 안 먹을란."

"점심을 먹으렴."

"아니 난 싫다. 이건 네나 먹어!" 하며 잉어 조림이니 계란이니 한사코 먹이려 하였다.

귀동이는 미소를 지으며 필요 이상으로 순순히 받아먹었다. 고만이도 한사코 자리를 내어주며 권하였다.

"좀 누으라구. 곤할텐데……."

차돌이는 혼자 벙글벙글 웃기만 하였다.

"군함 속은 잠자리가 좁다는데 이제부터 격난을 해야지……."

10월 1일 이른 아침 해양 남아의 이글이글 타오르는 정열을 그득이 실은 열차가 진해 경화역을 향하여 막진해 들어온다. 역두에는 바닷바람에 펄펄 나부끼는 해군기를 선두로 훈련소장 이하 관계자며 군관민 다수가 정성스레 마중 나와 있다. 이윽고 우람차게 지축(地軸)을 울리며 열차가 머무르니 각 열차에서 쏟아져 나오는 젊은이들의 씩씩한 얼굴! 얼굴! 얼굴! 설레이는 가슴을 안고 여기까지 따라온 부형모매들의 떼무리! 떼무리! 전선 각지는 물론 멀리 만주와 내지로부터 이날 있기를 손꼽아 기다리다 달려온 젊은이들이었다. 누구보다도 먼저 바다의 싸움터에 사랑하는 자식이나 동생을 보내고자 농촌에서 혹은 산골에서 섬에서 멀리 따라 나온 부형모매들이었다. 혹은 가방을 들고 혹은 버들고리를 메고 혹은 보통이를 지고서 가슴의 고동을 억제치 못하는 양으로 역두에 파도를 치는 젊은이들. 중학을 갔다온 소년이 있나하면 공장의 일꾼인 듯한 청년, 국민복을 입은 사내 그러나 복장은 가지가지로되 한결같이 정기 있는 눈에 굳은 결의의 빛이 서리었다. 이들을 둘러싸고 또한 부형의 중절모니 갓이니 둥글모가 파동을 치며 모매의 치마자락도 바람을 안고 너훌거린다.

이 틈에 귀동의 일행도 끼어서 각 도별로 훈련소를 향하여 행진하였다. 산기의 알뜰하고 맑음이 주란섬보다 못지 않으며 바다도 남포바다보다 더 아름다운 운치였다. 오 ─ 꿈에 그리던 수병복의 군인이 대오를 지어 오는 것이 보인다. 훈련소가 보인다. 연병장이 보인다.

"더거야? 더거이?"

칠석네는 고만의 손을 잡으며 감격의 눈물을 지었다. 정문에 다달았다. 해군 지원병 훈련소라고 먹빛도 새로운 우람찬 글씨. 이 문을 누구보다 더 먼저 들어가는 젊은이들의 감격이여 ─ 그들은 기약지 않고 정문 앞에서 모두 어깨를 제끼고 보무 당당히 행진하여 들어갔다.

"귀동아 이제는 다 왔구나. 선생말을 잘 들어야한다. 응?"

칠석네는 어린애 타이르듯 하였다.

"네가 어렸을 적 나보구 송화시키듯 하지 말아!"

귀동이는 미소를 지으며 끄덕끄덕하였다.

"정말 날파람 본때는 전쟁 나가서나 내시단."

차돌이도 은근히 충고를 하였다. 고만이는 소리를 내어 키들거렸다. 정문을 들어서서 지원병들만이 따로 정렬하여 훈련소장의 엄격한 훈시를 받고 있을 때도 칠석네는 연신 차돌이와 고만이 더러 이야기를 건넸다.

"무어라고 그러노?"

"오라 이 시간부터 해군이라구…… 저 애가 원 바루 해내기나 할가?"

"글쎄 체격일지 인품일지 우리 귀동이가 제일 난거 것해 뵈지?"

더욱 훈련소장의 훈시가 끝나자 이번은 다시 일동이 분대로 놓이어 병조장(兵曹長) 혹은 상등병의 인솔로 동쪽과 서쪽으로 갈려 임시숙소로 향하게 되었다. 그러자 부형모매의 진영은 아연 파도가 흩어지듯 소연하여졌다.

"들어가구 말래누나?"

칠석네가 황망히 달려가려하자 차돌이는 "다시 나온대요." 하고 부르짖으며 붙들었다.

이때이다. 폭음소리도 우렁차게 남쪽으로부터 해군항공대 ○○기의 편대가 구름 한점 없는 창공을 달려온다.

놀란 듯이 이것을 쳐다보는 순간 칠석네는 조상(彫像)처럼 굳어졌다.

(아— 정말 하늘에는 해산이가 있지!)

차돌이 고만이 귀동의 눈에도 눈물이 어리었다.

쯧쯧 멈추어서 울어보려는 귀동이는 마음속으로 부르짖었다.

"삼촌! 내가 기어코 삼촌의 뒤를 따라시오!"

"오토바이 치룡아, 나두 나왔다. 응?"

장하게 바이없는 기쁨의 눈물이었다. 하나 차돌의 눈물은 얼기설기 무량한 감개 속에 흘러내렸다.

(해산이 자네는 오늘의 일을 아는가 들으는가? 고만이는 종내 자네를 따르지 못하였으나 자네의 뒤를 따르는 소년의 무리는 대단할세나 거래…….)

고만이는 오직 경건한 기도를 올리는 마음이었다.

(여러분의 무운장구를 비옵니다. 비옵니다.)

대동아 전쟁 직후에 남지나에 출동하여 근무에 종사한다는 편지가 있고는 아직도 영 소식이 없는 해산이었다. 이 해산이가 최근에 진해경비부 군속을 배명하여 돌아와 초계(哨戒)비행에 활약하고 있을 줄 뉘 알았으랴.

오늘의 성전(聖戰)에 창공으로부터 말없는 축복을 던지는 날개의 편대 속에 실로 그의 비행기도 끼어 있었다. 하나의 기적임에 틀림없었다.

해산이는 축하비행을 마치고 비행장에 내리자 옷도 갈아입을 새 없이 오토바이를 몰아 훈련소로 향하였다. 제 몸은 군인이 못 되는 한이 있었으되 이제는 훌륭한 군의 일원이 되어 칠대양을 타고 넘을 굳은 결의로 달려온 후배들을 만날 생각을 하니 가슴이 울렁거렸다. 설마 그들 가운데 귀동이가 있으리라고는 그 역시 꿈에도 생각지 못하였다.

훈련소 정문을 뚫고 들어와 해산이가 넌지시 내렸을 제는 지원병들이 벌써 깨끗한 해군수업복(修業服)으로 갈아입고 부형 몸에 싸여 여기저기에 감격적인 장면을 보이고 있었다.

그들의 대견스러운 무쇠골격 씩씩하고도 다부진 몸둥이 기쁨에 넘쳐흐르는 얼굴 한편에서는 지원병을 에워싸고 들산하게 고아대며 한쪽에서는 지원병이 벌써 해병이나 된 것처럼 기척을 하고 해군식 경례를 하고 있다. 그런가 하면 한구석에서는 지원병을 둘러싸고 앉아 손뼉을 치며 희한스레 떠들어댄다. 이런 모양을 깊은 감개에 젖은 얼굴로 살펴보며 뚜벅뚜벅 돌아다니는 해산이는 한곳에 이르자 감전한 사람처럼 우뚝 멈춰 섰다. 고만의 뒷모양에 놀란 터이다. 이때에 차돌이가 무엇이라 부르짖으며 뛰쳐 나왔다. 다음으로 귀동이가 뛰어 나오고 다음으로 고만이가 획 돌아선 순간 몇 걸음 전격을 받아 소스라쳤다.

칠석네가 뛰쳐나오자 해산이는 다가서며 경례를 부치었다.

"웬일이냐? 이게!"

칠석네는 너무도 놀라서 간신히 물었다.

"이게 웬일이냐?"

해산이야말로 경풍 든 사람처럼 놀랐다.

"누님, 귀동이가 귀동이가 정말 나왔구나."

귀동의 경례를 받으며 부르짖었다.

"내가 여기 있었구나 해산아. 이 철부지 애 잘 돌보아라. 응?"

차돌이는 해산의 손을 끌어 쥐고 있었다.

"여보게 고만이. 여게 아무 말이라도 한마디 하여 주게."

고만이의 눈에는 눈물이 괴었다.

"자네한데 미안하이."

"무엇이?"

"아 네 아내 네 자식을 내게 보내주렴. 귀동이까지 내보낼 생각도 해주렴."

칠석네의 진심의 하소였다. 차돌이는 못내 참아 얼굴을 돌렸다.

"제 아내 제 자식은 제가 늘 데리구 다닙니다……."

해산이는 미소를 지었다.

"비행기가 제 아내올시다 누님. 폭탄이 제자식이 올시다. 그리고 누님 귀동이의 아내는 오늘부터 군함이야요. 안심하세요."

어디선가 유량한 나팔소리가 들렸다.

노마만리*

제1부 탈출기

1. 복마전의 북경반점

제국주의 일본의 금면류관 위에 해가 저물어가는 1945년 3월[1]의 북경.

동양 사람으로는, 더구나 조선 사람의 신분으로는 발을 들여놓기조차 어려웠다는 호사로운 북경반점이 마치 조선인 합숙소처럼 되어 있었다.

화중·화북의 여러 도시와 오지로부터 안전지대라고 찾아 몰려온 사람들로 들끓고 있는 것이다.

만약에 패전한다면 일본 제국주의와 운명을 같이해야 할, 옆채기(호주머니)에 피 묻은 돈이 수두룩한 사람들뿐이다.

그중에는 미어지게 배가 부른 아편장수도 있고 칠피 구두를 신고 삐거

---

* 「노마만리」의 저본으로는 『민성』에 연재했던 초기 2회 연재분 「연안망명기-종이소동」(1946.1), 「연안망명기-산채담(2)」(1946.2), 후기 7회 연재분 <駑馬万里--延安亡命記①-⑦>(1946.3-4, 6, 11, 1947.2-3, 7) 및 단행본인 『노마만리』(양서각良書閣[평양], 1947.10)및 단행본을 재수록한 『김사량선집』(국립출판사, 1955.6)이 있다. 다만 단행본에는 「탈출노상기」, 「산채생활기」, 「귀국일록」 중에서 「탈출노상기」만이 담겨 있다. 여기에 수록된 「노마만리」는 1947년 단행본을 토대로 1955년에 다시 출판한 『김사량선집』의 「노마만리」를 저본으로 삼아 앞에 넣고, 『민성』에 연재된 것을 이어서 싣는 형식을 취했다.
1) 3월은 5월의 오식이다. 해방직후 『민성』 연재본에는 5월로 되어 있다. 김사량은 5월 9일 평양을 출발하였다.

덕거리는 갈보장수도 있으며 혹은 화북권으로 환전하러 온 소왈(이른바)사업가, 다시 말하면 송금 브로커—그리고는 대동아성 촉탁이니 군 촉탁, 총독부 촉탁이라는 명색 모를 사내와 이 밖에도 헌병대니 사령부의 밀정 등등 별의별 종류의 인간이 다 들고 날치는 것이었다.

상해를 중심으로 악랄한 수완을 휘두르고 있다는 헌병대의 어떤 밀정은 새로 백오십만 원인가 주고 사들인 자동차에 기생을 싣고 어디론가 드라이브차로 떠나며, 동경을 무대로 활약했다는 전 헌병 보조원은 3층에 일본 계집을 데리고 살면서 4층에 새로이 얻어둔 카페걸이 못 미더워 허정거리며 오르내리고(이 사내는 해방되어 나오며 우리 의용군이 산해관서 체포하였다), 서주서 돌아온 잡곡장수는 소위 신여성을 첩으로 얻어 데리고 조용한 육국반점으로 옮아가며, 남경서 왔다는 무슨 회장인가는 급전직하로 떨어져가는 돈값을 걷잡을 길이 없어 시계니 보석이니 알지도 못하는 골동품을 사들이기에 분주하며 그 외에도 돈을 뿌리려 요릿집으로 나가는 패거리, 회의(도박)차로 밀려나가는 패거리, 그리고 이 방에서도 수군수군 로비나 복도에서 모여 서서 숙덕거린다.

뿐만 아니라 조선인 총영사 격이라는 영사관 끄나풀은 아침 낮으로 드나들며 자칭 대정객연 호화로운 연회를 베풀고 있으며 어느 박스에서는 충실한 애국적 일본주의자가 미군의 공세에 대하여 이를 갈며 떠벌리고 무슨 문화 단체의 이름을 팔아 모은 기부금으로 어떤 문필 정치가는 신새벽부터 취해 돌며 새로 들이닿은 여장수들은 여기저기서 주워얻은 돈으로 파리의 화장품을 사들이기에 골몰이다.

여기에 새로 조선서 ××악단이라는 군 위문 패거리가 당도하고 또 앞서 장가구로 공연하러 나갔다던 ××가극단 일행까지 쓸어 들어오니 정녕 정신을 차릴 도리가 없었다.

그러나 고지지한 주제에 진기름으로 머리를 마늘쪽처럼 갈라붙인 예술가씨와 거지 행색의 음악가양들이언만 무슨 재주에서인지 한 번 나갔다 돌아올 제는 구두가 새것이 되고, 두 번째 나갔다 올 제는 옷차림이 달라지며, 세 번 만에는 향수 내가 코를 찌르게쯤 되니 그야말로 눈알이 빙글빙글 돌 지경이다.

이와 같은 북경반점의 236호, 이것이 내 방이었다. 아니 그것도 숙객이 폭주하기 때문에 방 한 칸이 독차지 못 되어 내가 생면부지의 K씨 방으로 굴러들어오게 된 것이다. 생면부지라고는 하나 실인즉 며칠 전 남경으로 내려가는 길에 들러서 이삼일 유하는 동안 로비에서 여러 번 대하던 얼굴이며, K는 K대로 나를 누구인지 알고 있었다는 것이었다. 하여간 새로 인사를 마치고 방 안에서 석찬을 같이 하며 맥주가 거나하게 떠오르게 되자 지내온 과거의 편영을 이야기하는데 그 내용의 허황함이 역시 이 반점 초야부터가 아라비안 나이트라는 느낌이 크다.

화중에서 잡곡장사를 하여 얼마간 돈을 모아가지고 올라와 사 개월 동안이나 이 반점에 유하면서 거처할 집을 구하고 있다는 것이다. 그러나 한 번도 집을 구하러 나가는 길은 볼 수 없고 다만 무슨 심사라도 편치 않은 일이 있는지 아침부터 밤까지 두꺼비처럼 웅크리고 앉아서 애매한 맥주 대배로 벌컥벌컥 들이켜는 터이다.

K 자신의 호언에 의한다면 언젠가 신문지상에도 보도된 법하지만 7·7(중일) 사변의 하나의 도화선이 되었다고도 할 수 있는 천진시 정부 점령 사건을 일으킨 장본인의 하나였다. 혹은 터무니없는 거짓말인지도 모른다.

이 중국 천지에는 이런 대언장어파가 하도 많으니―혹은 정말인지도 모른다. 어떻게 보면 일수 그럼직도 하여 보이는 인품이었다.

어쨌든 이런 사람과 한방에서 침식을 같이하게 되었으니 역시 중국이로구나 하는 느낌도 느낌이려니와 아이러니도 어지간하다. 그러나 이 사내 덕분에 나는 이 북경반점에 드나드는 사람과 숙객들에 대하여 비교적 정확한 판단과 분별을 가지게 된 것은 천만다행이었다.

"내야 일이 그렇게 거창스레 될 줄이야 알았소……."

K는 거쉰 목소리로 이렇게 이야기하며 껄껄거렸다. 자랑도 아니요 뉘우침도 아닌 수호전 식의 낭인을 자처하면서의 술회였다.

비록 과문이나마 이 천진시 정부 점령 사건이란 아마 조선인 죄악사에서는 커다란 페이지를 차지할 일의 하나일 것 같다. 유명한 V라는 사내가 그 당시 중국 침략 정책에 적극주의를 쓰던 일본 관동군으로부터 밀파되어 천진에 들어와 부랑인, 양차(자동차)꾼, 거지, 이런 것들을 약 이백 명 모아놓고서 만두로 배불린 뒤에 총을 한 자루씩 메워가지고 시정부를 갑자기 들이쳐 점령한 것이었다.

그리고 이 V선생은 제법 시정부 주석의 의자에 걸터앉아서 일본인 기자단과 회견이랍시었다.

K는 참모장 격이었다고 한다. 이렇게 영문은 모르고 진짜 주석이 제 방으로 찾아 들어와 보니 웬 모를 녀석이 제 자리에 앉아서 노상 성명을 발표하고 있어 눈이 휘둥그레었다. 가(假)주석 V는 그의 귓바퀴를 잡아쥐고 몇 걸음 끌고 나가다가 꽁무리를 걷어차 내어쫓고 말았다.

그러나 북지 파견군의 사전 양해를 얻어두지 못하였기 때문에 이 일을 알고 일군들이 총을 메고 쏟아져 오는 바람에 성명서를 읽다 말고 뒷문으로 빠져 화물차로 삼십육계를 놓게 되었다. 그리고 그 달음으로 통주까지 달려가서 절간을 한 채 점령하고 새로 정부를 차려놓았으니 그 이름이 가로되 화북 농민 자치정부라는 것이다.

일이 이렇게 되고 보니 북경, 천진 등지에서 민중이 연일연야 대시위운동을 일으키며 한간대적 왕 모를 잡아죽이라고 소리 높이 외친다.

이 협잡정부 주석 왕 ×인즉 두말할 것 없이 바로 V 그자이며 이를 토벌한다는 일이 소위 통주사변을 이루어 이것을 구실로 일본군의 진격을 보게 된 것이었다.

"그때의 내 계획인즉슨 한 대는 시정부를 점령하고 한 대는 은행을 습격하여 몇백만 원 검쳐쥐었다가 군세 부득이 달아나게 되면 하다못해 저 감숙성까지라두 달아나 거길 근거지루 중국 천지에 호령을 하자는 것이었는데…… 그렇게 되었다면 요즘 좀 좋소?"

생각하두새 부아가 떠오르는지 대배를 들어 한입에 들이켜더니 내 얼굴을 쳐다보며 조그만 눈을 찌기득한다. 나는 더욱더 어처구니가 없어졌다.

"왜 못하였소?"

"V 대장이 그건 캥그(갱)와 같다는구먼……. 놈의 나라 시정부치는 짓은 캥그가 아닌데……."

하면서 K는 또다시 껄걸 웃어대었다.

이 북경반점을 복마전이라면 나는 정녕 마왕의 방으로 굴러들어온 듯하였다. 혹시 내가 이 사내에게 은연히 감시를 받고 있지나 않은가 하는 생각이 불현 듯 머리를 들기도 한다. 경각성이 너무도 단단하기 때문이었다.

이때에 노크 소리가 들리면서 쑥 들어서는 그림자를 보니 먼젓번 들렀을 때에 인사한 기억이 있는, 화중에서 백화점인가 한다는 사내였다. 그는 들어서며 나를 보더니

"아, 오셨구먼요! 이렇게 돌아오시는데 멀 안 오실 게라구들……."

혼잣소리같이 놀라는 말투였다.

가슴이 덜렁하였다. 남경에 내려간다고는 하지만 필경 어디로든지 도중에서 빠져 새리라는 물론이 돌고 있지나 않았는가 하는 생각에 불안한 기분이 엄습하였다.

그 사내가 나간 뒤에 K더러 슬며시 물어보니까 그는 이렇게 말하는 것이었다.

"머 해먹는 자인지 글쎄 알 수가 있소."

피해망상인지는 모르나 등줄기가 쭈뼛하였다.

사실로 나는 서주와 남경서 보기 좋게 실패하고 올라온 길이었다.

남경의 P군과 대강 한 약속이 있었으나 퍽 오래전의 일이기 때문에 불안한 끝도 없지는 않았다.

그러나 군이 내가 오기를 기다리다 못해 먼저 떠났다면 되돌아 올라오며 서주에 들르리라 하였다. 하나 남경에 닿아 P군이 근무하고 있는 상행(商行)으로 전화를 걸었더니 매우 대답이 의심스러운 것이 세세한 것을 알려거든 찾아오라는 것이었다. 그래 양차로 달려가 주인(조선인)을 만나 물어보니 P군 이하 칠팔 명의 젊은이들이 갑자기 거취불명이라고 한다. 그것이 겨우 십여 일 전의 일이었다. 여기서 나의 오작교가 끊어지고 말았다. 연 사흘 동안 헌병대와 영경(領警)이 총출동으로 수색망을 쳤으나 종적이 묘연할뿐더러 서주에 있던 S군이 이하 삼사 명도 같이 없어진 듯하다는 말에 거듭 놀라게 되었다. 이 S군으로 말하면 저번 귀국하여 P군고 같이 나를 집으로 찾아왔을 때 내가 도중(渡中)하게 된다면 서로 행동을 같이하기로 약소하였던 사이이기 때문이다.

눈앞이 캄캄하였다.

도착한 날부터 밤마다 새벽마다 요란히 울리는 공습경보에 애꿎게 신경쇠약만 걸릴 지경이었다. 이왕 내친 김에 차라리 상해로 내려가 볼까 하는 생각도 없지 않았다.

정치공작의 중심지이니만큼 무슨 좋은 길이 열림직도 하다는 막연한 기대에서이다. 아닌 게 아니라 지난해 도중하였을 때 7월 한 달 상해에서 지나는 동안에 중경측의 공작원이라고 칭하는 청년에게 호텔로 방문을 받은 일이 있었다. 그러나 상해라는 도시가 도시요 또 백귀암행의 시절이니만치 이 청년이 일경의 끄나풀이나 아닌가하는 의심이 들지 않는 바도 아니지만 그래도 내 딴에는 나대로의 조그마한 신념이 있었던 것이다.

그것은 조선의 독립이 조선을 떠나서 있을 수 없으며 조선 민족의 해방이 그 국토를 떠나서 있을 수 없느니만치 왕성한 해외의 혁명 역량에 호응할 역량이 국내에도 이룩되어야 할 것이다. 그러자면 국내에서 배겨나지 못하게 되어 망명하는 이는 별문제로 하고 나와 같이 국내에 발을 디디고 살 수 있는 사람이 일부러 망명한다는 것은 하나의 도피요 안일을 찾는 길이라고 생각하였다. 더구나 제일선에서 총이라도 싸우는 곳이면 또 모르려니와 몇천 리 산 넘어 물 건너 대후방의 중경으로 들어간다는 것은 보다 더 비겁한 도피라고 생각하였던 것이다.

무엇보다 중경이란 곳에 매력이 없었던 것도 사실이다. 이야말로 구도자의 성지가 아니요 반동의 거지인 아시아의 마드리드인 것이다.

구가와 민족의 신성한 이익을 배반하여 투항과 퇴각의 일로로 만리 오지에 도망해 들어가 내선의 흉계를 꾸미기에 영일이 없는 반동 정부의 수도. 이런 정부의 뒤를 청녀처럼 따라다니며 장개석의 테러단으로 유명한 남의사(藍衣社)와 CC단이 던져주는 푼전으로 목을 축여가는 행랑살이 임시정부 선생들의 독립운동 영업집에 찾아 들어가기에는 너무도 산판에 어두웠다. 일껏 배워야 장개석의 매국 흥정이며 독재간계(獨裁奸計)와 테러 행사일 터이니 가소로운 일이 아닐 수 없는 것이다.

실상 듣누리없이 재중경 임시정부 내의 파쟁과 자리싸움이 귀결에 들려오고 하였다.

하나 이런 인식을 다시금 새롭히면서 돌아와 보니 때는 나날이 정세가 급박해지어 붓대를 꺾고 학교 일에나 묻혀 있을 수도 없게끔 되었다.

더욱이 비좁은 평양에 거주한다는 사실이 문단인으로 보아 미미한 존재이나마 그냥 방임하고자 하지 않았다. 게다가 중국에서 돌아온 뒤부터는 일경의 주목과 내사(內査) 감시가 일층 더 심해진 것이다. 학도병으로 내몰리어 서주 근방에 나갔던 조카가 나를 만나본 지 몇 날 안 되어 탈주한 사실이며 숙현(宿縣)에서의 헌병대 놀음 그리고 상해에서의 일 개월, 이런 일 저런 일이 모두 놈들의 의심을 사기에 꼭 알맞았던 것이다. 하루는 중학 시절의 스트라이크를 팔아먹던 동창 녀석이 서울로부터 독립운동을 하자고 내려왔다. 알고 보니 경무국의 끄나풀이었다. 또 한 번은 명색 모를 사내가 공산주의인가 하자고ー이것은 헌병대의 앞잡이었다. 이런 형편이니 시시각각으로 조여드는 신변의 위험을 느끼지 않을 수 없이 되었다. 출국의 결심이 여기서 다시 생기게 된 것이다. 이 불안한 환경으로부터 빠져나가 어떻게든지 중국 땅에 다시 건너서서 연안으로 새어들어가 싸움의 길에 나서리라……. 냉엄한 자아비판을 하자면 역시 무서운 현실에서 도망하자는 것이 최초의 동기였는지도 모른다.

이리하여 떠나온 길이 남경까지 내려와서 오도 가도 못하게 된 것이다.

여기까지 온 이상 상해로나 가면 무슨 좋은 수가 생겨도 생기리라……. 그러나 실제 문제로 상해까지 가서 여러 날 묵어야 된다면 적지 않은 숙비를 어떻게 조달하느냐는 난제가 앞을 가로막았다. 하기는 불의의 경우에 이용하려고 홍삼 한 근에 시계도 두어 개 가지고 다니지만 그렇게 벌써부터 처분해서야 앞길이 매우 불안스럽다.

어리석은 생각에 지리적 관계로 상해에서는 연안과의 연락이 대단히 힘들리라는 추측도 들게 되었다. 그래 삼등차의 통로에 꿇어앉아 건들먹거리며 다시 올라오기 시작하였다.

서주에서 하차하여 알아본 결과 S군의 실종(失踪)을 또한 확인하게 되었다.

이튿날 새벽녘 천진에 닿는 참으로 이번은 일본 조계에 있는 우인 이박사의 병원으로 찾아 들어갔다. 나의 중학 동창으로 친족의 의업을 도와주면서 조선학 연구에 종사하고 있는 온공독실(溫恭篤實)한 호학이다. 지난해 도중하였을 때도 이 병원에 찾아와 한방에서 여러 날을 같이 지내며 심정을 토로한 적이 있었다.

소년 시절로부터 깊은 우정이 서리어 있는 사이라 이심전심(以心傳心)이었던지 내가 쓱 들어서니까 어떤 예감이 짚이는 모양으로 얼굴빛이 달라진다.

나는 그의 2층 방으로 인도되었다.

이 군은 내 결심이 굳음을 알고 이날 밤부터 나의 떠날 길에 대하여 여러 가지로 머리를 앓게 되었다. 그러나 진찰실과 서재 속에만 묻혀 있는 그에게 좋은 길이 있을 리 만무하였다. 연안으로는 북경방면에서 떠나는 이가 많다는 소문이 들린다고 하면서 그것도 자칫하면 횡행하는 가공작원(밀정)의 그물에 걸리기가 쉬운 모양이라고 염려한다. 여기서도 나는 일상 하던 버릇으로 지도를 펴놓고 궁리하였다. 연안이 그중 가까워 보이는 차참(車站)을 짚어가면서 동포선(同浦線)이라면…… 태원(太原)에라도 믿을 만한 이가 있다면…… 북경서 그냥 산을 넘어 들어간다면…….

굳이 연안 방면으로 들어가고자 하는 이유는 여기에 새삼스러이 까놓을 필요조차 없을 것이다.

이 중국 땅에는 새로운 태양이 섬감녕변구에 떠올라 광대한 구역을 밝히기 시작한 지 이미 오래다. 장개석의 독재를 반대하고 그 내전 정책을 뚜들기며 혁명의 깃발을 높이 들고 적에게 무장 항전을 거행하면서 인민의 정부를 조직하여 농민을 해방하고 대중을 도탄 속에서 건져내고 있다.

이네들과 같이 우리 조선의 우수한 혁명가와 애국 청년들도 또한 총칼을 들고 싸우고 있는 것이다.

우리 조국의 깃발이 해방 구역의 산채에마다 퍼득이고 있다. 생각만 하여도 가슴 속이 뒤설레는 일이다.

조국을 찾으려 싸우는 이 전쟁마당에 연약한 몸을 던짐으로써 새로운 성장을 얻어 나라의 조그마한 초석이라도 되고자 함이었다.

둘째로 해방 구역 내의 중국 농민의 생활이며 인민 군대의 형편이며 신민주주의 문화의 건설 면도 두루두루 관찰하여 나중에 돌아가는 날이 있다면 건국의 진향에 조금이라도 이바지함이 있으려는 것이다.

그리고 또 하나의 낭망으로는 이국 산지에서 조국의 광복을 위하여 적들과 싸워나가는 둥지들의 일을 기록하는 일에 작가로서의 의무와 정열을 느낀 것이다.

마침내 나는 다시 북경으로 올라가 보리라 하였다. 떠날 때 이 군은 옆채기에 만 원 돈을 찔러주며 모쪼록 성공하여 일로 평안하기만 축원한다고 하였다.

이리하여 호혈(虎穴)로 들어오는 마음으로 북경반점에 륙색을 부려놓은 것이다.

그러나 그야말로 천행으로 여기에 온 지 사흘째 되는 날 저녁에 비밀 공작원의 손길이 나에게 뻗치게 되었다. 아침부터 비가 부슬부슬 내리고 있었다. 궂은 비가 하루 종일 오기 때문에 모든 박스가 거의 만석이었다. 더구나 이날 밤부터 호텔 지층 대홀에서 열리는 ××악단의 공연을 보려고 북경 시내의 조선 사람이 물밀 듯이 몰려들기 시작하였다. 그중 흔한 국민복을 비롯하여 양복, 중국옷, 심지어는 일본 유카다까지 튀어들며 부녀자는 너나없이 이방(異邦)의 간고한 살림살이에 부대끼어 얼굴이 싯누런 할머니, 어린애를 둘러업은 아주머니, 양장이 어울리지 않는 창기(娼妓)들이며 호화로운 옷차림의 매소부(賣笑婦)…… 모두 들어오며 떠들썩하니 고아댄다.

"북경반점 생긴 이래 어린 고약한 내빈들은 처음일걸!"

옆에서 한 사내가 히히덕거린다.

나는 뒤적이던 책을 덮어놓고 멀거니 이들의 광경을 바라보며 혼자 암연해지는 것이었다.

이때에 난데없이 굴뚝처럼 키가 큰 사내 하나가 입에 문 파이프로 연기를 내뿜으며 듬석듬석 중앙으로 다가와 끙 하더니 안락의자에 걸터앉는다. 그러자 주위에 둘러앉았던 촉탁이니 사업가(?)니 밀정패들이 일어나 가까이 가서 공손히 인사를 한다. 아마 상당히 세도라도 쓰는 인물인 모양이었다.

좋은 국민복지로 물큰하게 내려씌운 모양이며 번지러운 구두, 아편 바자로서는 너무 위엄기가 서리어들고 흔한 촉탁감으로선 지나치게 파격이며 사업가로선 저으기 교격(驕激)해 보여 이게 무슨 종류의 인간일까고 이월없는 호기심으로 유심히 훑어보게 된다. 이때에 동숙(同宿)의 K가 어정어정 내려오기에 누구냐고 눈짓으로 물으니까 저 사람이 바로 일전 말하던 천진시 정부 점령 사건의 주인공 V라고 한다. V라고 하면 이런 전력이 있을 줄을 알기는 여기 와서 처음이나 하도 신문에 훤전(喧傳)되던 이름이라 기억에도 새로운 존재였다. 한때는 일본 화족의 영양(令孃)과 결혼한다고 떠들더니 몇 날 안 되어 평양 명기(名妓)와 또다시 조선호텔에서 결혼식을 올렸다는 신문이 있었다.

수년 전에 내가 일본의 어떤 주간지에 기생을 주제로 하여 그적거린 소설이 바로 이 명기 부인의 일이라고 오해되어 가정불화가 일 뻔하였다는 풍설까지 들은 적이 있어 혼자 몰래 쓴웃음을 짓게 되었다.

"그럼 대단한 역사적 인물이구려…… 저분이."

K는 껄껄거리며

"적어도 한때는 화북 농민 자치정부의 주석이니까……."

이때에 회색 헬멧을 쓴 셔츠 바람의 Y씨가 곰처럼 둥기적거리며 기린처럼 사방을 굴어보면서 뚜벅뚜벅 들어온다. 들어오며 손에 든 살부채를 연신 흔들어 보이며 이리저리 인사를 하는 것이다. 모름지기 나는 북경의 거인들과 한자리에 만나게 되는 모양이었다.

2. 회색 헬멧

이 Y 거인[2]은 전문학교 시절 명스포츠맨으로 이름을 날리다가 신문사 생활을 거쳐 북경에 들어온 지 이미 칠팔 년이 되는 이였다.

지난해 상해로 내려갔을 때 어떤 우인으로부터 소개장을 받기도 하였으나 북경 과차(過次)에 시일이 없어 만나지 못하였었다. 그러나 국내에서도 이모저모 여러 가지로 이야기를 들어 그의 인품이며 자성(資性)에 대하여 대강한 예비지식이 없지 않았다. 거대한 몸뚱이에 비해 대단히 부드럽고도 상냥스런 사람으로 이번이 겨우 두 번째의 상봉이었으나 십년지기처럼 악수를 하며 서로 농담까지 할 수 있었다.

Y 거인은 내 옆자리에 듬직이 그 위대한 엉덩이를 묻으며 살부채를 펼쳐들더니

"언제 올라왔소? 최대 급행이구려. 그래, 곧 귀국하시려오?"

"보아야 알겠습니다. 다문 며칠이라도 더 있어보렵니다."

"왜 무슨 좋은 일이 있소?"

"글쎄요."

하며 마주 웃었다. 이때에 홀에서 음악회가 시작되는 모양으로 박장(拍掌) 소리와 같이 현악 소리가 들려온다. 그래 우리들도 일어나 그리로 밀려가게 되었다.

---

2) 이영선을 가리킨다. 그는 건국동맹의 일원으로 여운형과 연안 독립동맹 사이의 연락을 맡았다.

"그럼 나는 M네 집에 가서……."

굴뚝같이 기다란 자치정부 주석 V는 긴 몸뚱이를 일으키며 중얼거렸다.

"독립운동 이야기나 들을까!"

천연스레 이런 소리를 하는, 또 좋이 그럼직도 한 그였다. 요즈음 와서는 이 역사적 인물이 떡 먹듯이 독립운동을 차려놓기 시작한 것일까?

사실 1945년이란 시기의 조선은 참으로 형형색색의 인간을 창조하고 있었다. 아마도 모르기는 모르되 이 북경 천지에도 얼핏 보기에는 범놀음을 하는 범가죽을 쓴 개들이 많을 것이다.

나중에 알고 보니 V가 독립 운동 이야기를 들으려 찾아간다는 M도 또한 특무기관의 뒷문으로 드나들던 사내로, 현재는 남조선서 어떤 테러당의 두목으로 행세 중이다.

홀 입구로 가까이 다가가니 사람 떼가 들이밀어 어지간히 혼잡하다. 그래 나는 나중에 보아 들어가기로 하고 창가의 조용한 티 박스를 점령하고 앉아 담배를 피워 물었다. 여기에 곰처럼 기린처럼 크고 긴 Y 거인이 또다시 나타나더니 마주 앉으며 부채로 활활 바람을 일으킨다.

"작년에 오셨을 제 꼭 만나려 하였더니……."

"그땐 여기서 하룻밤밖에 수지 않았으니까."

"이번은 매우 결심이 단단한 모양이구려?"

"글쎄요. 중국을 좀 더 공부해 볼 생각이 있어 어쩌면 이 북경에 눌러 않을지도 모르겠소……."

"허허, 이 중국 대지에서 옥쇄하고 싶으신 모양이군……."

하더니 부채를 도로 접으며 빙긋이 웃는다.

"그럼 형은 북경을 사수하실 생각이오? 가족이라도 어서 귀국시켜 두시오."

"쉬ー."

"······."

"불온(不穩)하오, 불온하오······. 그러나 형 같은 이야, 이왕이면······."

말끝을 슬쩍 돌리며 헬멧을 벗어놓는다.

"이왕이면 어쩌란 말이오?"

"······가보시지."

삽시에 가슴이 뜨끔하였다.

"어디루?"

"글쎄······."

일순간 두 눈이 마주치며 불꽃이 튀는 듯하였다. 그러나 나는 슬며시 웃어넘기려 하였다.

"역시 북경이 고약은 하구려. 당신두 그렇게 되었소? 나 같은 선량한 신민까지 떠보아야 할 모양이오?"

"무엇이오?"

"······왜 별 직업이 다 있다드군요······."

"특무 말요?"

끄덕이니까 그는 너털웃음 터뜨리다가 갑자기 부채를 펼쳐 제잔등을 뚜들기며

"어떻소? 이내 듬쑥한 잔등을 믿어보구려."

"그럼 그 잔등에 업혀볼까요."

하니까 헬멧을 올려놓으며 Y 거인이 일어난다. 나도 일어났다.

"언제 떠나기로······?"

"나는 내일이라도 좋소."

"그럼 내일 새벽 연락하시오. 전화번호는 4, ××××."

"이목이 번다하니 먼저 실례합니다······."

하며 다시 부채를 펴들고 훨훨 부치면서 예와 같이 사위를 위압하며

밖으로 사라졌다. 불과 이삼 분 새의 일이었다. 마치 꿈속의 일처럼 한참 동안 나는 멍하니 서 있었다.

북경서 사업가로서도 비교적 탐탁한 존재라는 이 Y 거인이 과감스레도 지하공작을 하고 있구나 하는 새삼스러운 놀람도 놀람이지만 이렇게 수월히 단시간에 연락이 될 줄을 꿈에도 예기하지 못하였던 것이다. 그러나 혹시 내가 넘도 경솔히 믿고 들어붙지나 않았나 하는 의구(疑懼)의 마음이 금시로 꼬리를 저으며 일어난다. 하나 이미 운명은 결정된 것이다. 소기 (所期)의 곳으로 가게 되든지 혹은 헌병대로 끌려가게 되든지……. 천진서 이 군의 주의 주던 이야기가 주문(呪文)처럼 들려온다. 하여간 운명에 맡길 수밖에 없는 일이었다. 방으로 올라와 여간한 짐을 정리하고 나서 침상 위에 드러누웠다. 짧은 밤이 깊어도 잠이 오지 않았다. 이날 밤 K는 돌아올 줄 몰랐다.

이튿날 새벽 전화로 연락되었다.

동안시장(東安市場) 안 어느 조그마한 중국 음식점에서 다시 만나기까지 안심이 안 되는 초조한 하룻밤이었다.

닷 냥쭝 가량의 고량주를 나누며 출발을 하루 연기하여 내일모레, 갈 수 있는 데까지는 기차로, 만날 장소는 차참의 1, 2등 대합실, 떠날 시간은 내일 하오 한시에 다시 여기서 만나 작정하기로 하고 총총히 헤어졌다.

공작상 여러 가지로 비밀도 있을 걸이라 나는 다사스레 묻지도 못하였으며 Y 거인도 필요 이상의 말을 하려고 하지 않았다.

"어쨌든 동맹 본부로 직행하도록 할 터이니……."

"복장은?"

"입은 채로 가시오. 오늘 떠나는 일행이 있지만 두어 달 걸려야 될 게요. 형은 건강이 좋지 못해 보이니……."

"기차가 위험하지는 않겠소?"

고개를 설레설레 저으며 힘있게 단언한다.

"절대로……."

"그럼 내일 다시 만납시다."

악수하고 헤어지기까지 주고받은 이야기라고는 이것이 거의 전부였다. 틀림없는 이로 믿어지기는 하나 소상한 이야기를 들을 수 없어 역시 한 끝으로는 마음이 불안하였다. 그러나 반점으로 돌아와서는 아는 사람을 만나면 나는 모레쯤 상해로 가볼 생각이라고 미리 이야기해 두었다. 그리고 입고 온 양복이 아무래도 목적지에 가서는 불편스러울 모양이라 다시 거리로 나와 몇천 원 주고 튼튼해 보이는 작업복 한 벌을 사들이고 남은 돈으로는 어린애들에게 보낼 장난감을 고르기 시작하였다.

육국반점에 묵고 있는 시인 R 여사[3]를 만났더니 돌아가는 길에 평양에 하차하여 전해주겠다는 고마운 말이 있었기 때문이다. 어쩌면 어린애들에 대한 마지막 선물이 될지도 모르겠다는 생각에 정성스레 물품을 고르고 또 고르며 한 가지라도 더 많이 사 보내고 싶어 하루 종일 쏘다녔다. 하나 일 년 전보다 열 배 이상의 엄청난 물자이기 때문에 눈에 걸리는 것은 하나도 살 수 없었다.

다음날 오후 한시에 우리는 다시 그 음식점 그 자리에서 만나게 되었다. 여기서 내일 만날 시간이 약속되었다. 오전 아홉시 반 1, 2등 대합실에서―.

이른바 최후의 점심을 나눈 뒤에 헤어져 나오노라니까 Y 거인이 허둥지둥 뒤따라오며 나를 불러세운다.

---

3) 시인 노천명을 가리킨다. 김사량은 노천명과 함께 국민총력조선영맹 병사후원부 파견으로 재지(在支) 반도 출신 학병을 위문하기 위해 북경으로 갔다(『매일신보』 1945년 5월 15일자 참조).

"주머니에 있는 돈이 이뿐이오."

하며 지전 뭉치를 덥석 쥐여주는 것이다.

"한 오천 원 됩니다. 어린애들에게 구두라도 사 보내시오."

다시 악수를 하고 돌아설 때 왜 그런지 눈물이 핑 돌았다.

사람들의 물결 위를 회색 헬멧이 둥실둥실 떠가며 사라진다. 이윽하여 나는 시장 안으로 들어가 어린애들의 탐스러운 가죽 구두 두 켤레를 사 들고 돌아왔다.

메고 갈 류색의 짐을 덜어 고향에 보낼 헌 옷 꾸럼지를 만들고 이 속에 어린애들의 물건을 차곡차곡 넣어 묶어놓았다. 공교로이 다음날 아침 일곱시 차로 R 여사가 귀국하기로 되어 일이 더욱 순편스러웠다.

그날 밤 나는 어머니와 아내에게 무량한 감개 속에 몇 장의 편지를 쓰게 되었다. 떠날 때의 암호대로 '여불비(餘不備)'라고 상서하여 드디어 떠나게 된 사정을 알게 한 것이다. 그리고 떠나는 날짜와 시간도 내박았다. '여불비'라고 쓴 편지가 마지막 편지인 줄 알도록 아내에게 이르고 떠난 것이었다.

이날 새벽 일찌감치 일어나 R 여사에게 집으로 보내는 짐을 부탁할 겸 전송차로 차참에 나가려고 부스럭대는데 동방(同房)의 K가 눈을 부비고 일어나 고약스런 꿈을 꾸었노라고 중얼거린다.

"무슨 꿈이오?"

하고 돌아보며 물으니까

"역시 분명히 이 반점인데 지붕 위로부터 뱀이란 놈이 슬슬 기며 내려오기에 놀래어 쳐다보도 있누라니까 얼마쯤 내려와서는 그놈이 사람이 되드란 말이오. 꿈에 뱀을 보면 하나두 바루 되는 일이 없다는데……."

나는 어쩐지 마음이 언짢았다. 나중에라도 내가 항전 진영으로 탈출한 일이 드러나 이 자칭 풍운아를 곤경에 빠치지 않을까 하는 가책지심(苛責

之心)도 없지 않았다. 하나 무가내한 일이다. 무엇보다도 이 우중충하니 솟아선 복마전의 북경반점으로부터 쥐도 새도 모르게 빠져나오게 된 일이 한량없이 유쾌할 뿐이었다.

고도(古都)의 새벽 거리는 안개 속에 휘감기어 고요할 대로 고요하였다. 양차꾼들이 길가의 노점 앞에 웅크리고 앉아 콩죽을 훌쩍훌쩍 들이켜고 있었다.

양차를 몰고 차참으로 달려나오니 바로 발차 종이 울리고 있었다. 기차가 움직이기 시작하였을 때 나는 R 여사에게 짐을 맡기고 따라가며 귓속말로 이렇게 부탁하였다.

"나도 오늘 차로 남쪽으로 떠나오마는 우리 집에 들르시거든 아무런 일이 있어도 놀라지 말도록…… 그리고 오늘 나도 떠나더라고 일러주시오."

R 여사는 눈을 깜작거리며

"되도록 빨리 귀국하세요."

기차는 차츰 속력이 빨라지었다. 나는 구보로 따라가며 부르짖었다.

"이 편지도 꼭 전해주시오. 믿습니다."

전날의 약속대로 아홉시 반에 1, 2등 대합실로 들어와 한가운데 서 있는 기둥을 기대고 앉았노라니 정각에 시꺼먼 제복에 화북 교통국의 모자를 쓴 이가 나타나 눈짓을 하며 돌아선다. 볕에 그을린 얼굴이 무뚝뚝하며 몸뚱어리가 둥실둥실하여 중국 사람같이 보이는 청년이었다. 따라나서서 그로부터 차표를 받아들고 안내대로 사람 떼를 헤치고 나가 평한로(平漢路) 폼에서 남방행 열차 위에 몸을 실었다. 나무도시락 세 개와 담배 '전문(前門)' 다섯 갑 사서 들려주며,

"거의 도착하게쯤 되면 인사하는 이가 있을 터이니 그 뒤를 따르시오."

이렇게 일러준다.

"서로 모르는 것이 좋으니까……."

나는 웃으며 끄덕이었다.

"고맙습니다."

"우리도 머지않아 걷어메고 들어갈지도 모르겠소."

"거기서 만나게 된다면 더욱 반갑겠습니다. Y 선생에게 말씀 잘 해주시오!"

"건강에 부디 조심하서야압니다."

드디어 발차를 알리는 종소리가 요란히 울리기 시작하였다. 뜨거운 악수를 교환하고 나는 스텝에 올라섰다.

'북경이여, 잘 있거라!'

3. 공습받는 평한로

첫새벽부터 일어나 분주히 서두른 끝이 차 안에 널찍이 자리를 잡고 나니 한꺼번에 피곤이 스며드는 듯하였다.

이렇게 수월히 연락이 되어 지긋지긋하고도 무서운 북경을 떠나 목적지로 향하게 되매 마음이 푹 놓인 것이다.

하늘을 맑게 개고 전원을 푸르렀다.

차 안에서는 권총을 둘러멘 일본 헌병이 일일이 조사를 게을리 않고, 보총을 메고 경계하는 중국인 숭경원(乘警員)도 번차례로 오고간다. 그러나 이상하게도 불안스런 긴장한 느낌이 없이 마음은 거울같이 침착하였다.

세상에 이렇게도 쾌적하고 행복스러울 여행이 없을 듯하였다. 북으로 북으로 혹은 남으로 남으로 이 중국 대륙을 달리는 기차 속에서 아득히 먼 지평선을 바라보며 때로는 가치가 설 적마다 스텝에 내려서서 얼마나 혼자 몰래 애타는 가슴을 쓰다듬었던 것일까? 저 마을로 찾아 들어간다면, 저 언덕을 넘는다면, 저 산밑을 돌아선다면 혹이나 맞아주는 이가 있지 않을까 하는 두서없는 희망에 젖으며……. 그러나 지금은 흘러 다니는 뜬 몸이 아니다. 영등처럼 밝은 불이 내 앞길을 비추어주고 있는 것이다. 이 기쁜 소식을 또한 동으로 내 나라를 향하여 질주하고 있는 열차가 좋은 기별 오기를 이제나저제나 하고 기다리고 있을 아내의 치마 위에 던지고 갈 것이었다.

R 여사가 영문은 모르나 탈출의 결행을 알리는 편지를 반드시 전달해 줄 것이다.

─역두에 나오셔서 서글픈 표정을 지으시던 칠순 노모의 얼굴이 눈앞에 떠오른다.

내가 살아서 돌아와 다시 만날 때까지는 결코 눈을 감지 않으련다고 용히도 말씀하셨다. 그러나 여불비(餘不備)의 암호로 작별지은 편지가 어머니 앞에 올리는 글자 그대로의 마지막 상서나 되지 않을지? 어머니시여, 부디 안녕하셔서 기다리시라! 어린애들의 생각이 일어난다. 철모르는 사내놈은 아버지가 돌아올 때 기차를 사다주마는 말에 좋아라고 해들거리며 날치고 있었다.

이놈은 그래도 떠날 제 역두에서 다시 한 번 안아보았으나 제 어머니의 가슴에 호곤히 파묻혀 새근거리던 계집애를 다시 한 번 쓰다듬지 못하였음이 새삼스레 애연해진다.

수첩 갈피에 들어 있는 어린애들의 사진을 집어들고서 베레모를 쓰고 담에 기대어 해죽이 웃고 있는 큰놈에게 나도 미소로 갔다 올게 하였다. 그리고는 아침에 여장을 꾸리며 손을 멈추고 큰 애와 계집애에게 색연필을 주어 그적거리게 한 수첩 속을 펼쳐보며 마음의 손길로 다시금 어린애들을 어루만지었다. 다섯 살 먹은 큰놈은 아버지라고 제법 허수아비같이 사람을 그려놓고 기차 타고 갔다 올 제 사과와 총을 사오라고 홍필(紅

筆)로 총을 그리고[4] 녹필(綠筆)로 사과를 그려놓았음이 한없는 미소를 자아낸다.

어린 계집애는 영문 모르고 쭈쭈쭈 하며 난필로 부작을 그리듯 하였다. 그러나 이 그림이 이후부터 나에게 끝없는 위안을 주는 동시에 매양 용기를 북돋우어줄 것이다…….

동무들에게도 이렇게 행복스레 들어가는 길임을 알리고 싶은 일이었다. 떠날 때 어떤 동무는 건강에 조심하라고 약봉지를 내다 주었으며 어떤 친구는 벙어리가 되지 말라고 중국어 회화책을 빌려주었고 또 어떤 이는 중국에 가면 그런 문명구가 필요 없으리라면서 내 점화기(라이터)를 접수하는 대신에 마도로스 파이프를 내놓았다.

골동품을 좋아하는 한 동무는 옛날 장도를 개찰이 시작되었을 때 호주머니에 넣어주며 "호신용으로!" 하면서 웃었다. 이때의 일이 바로 어제의 일처럼 눈앞에 얼른거리는 것이다.

누구 하나 종내 자네가 떠나는구나고 묻지도 않으며 나 역시 머지(먼저) 한마디 따지도 않았으나 서로 마음의 영창(映窓)으로 통하고 있는 동무들.

아직도 그 동무들의 손길로부터 흘러들어온 피의 온기가 내 혈맥 속을 달리고 있는 듯하였다. 동무들이여, 나의 행복된 이 출발을 축복하여다고.

걸상에 비스듬히 앉아 창가에 흐르는 전원 풍경을 더듬어 보내며 이렇게 깊은 회상에 젖어 있을 때 헌병 일행이 다가와 아래위를 훑어보며 어디를 가느냐고 묻는다. 차표를 꺼내어 보이니 무엇 대문에 가는 길이냐고 다우쳐 질문이다. 미리 생각해 두었던 대로 창덕성(彰德城)에 주둔해 있는 상등병 조카를 위문차로 찾아간다고 하여 간단히 넘기었다. 위문 간다는 말이 매우 기특해 보이는 모양으로

"무섭지 않은가, 매일처럼 폭격이 있는데?"

---

4) 『민성』 연재본에는 총을 사오라는 말이 없고, 기차를 그리는 것으로 되어 있다.

"무얼."

나는 웃어보였다.

그러나 놈들이 이렇게 이 잡듯이 조사하며 나간다면 나를 데리고 들어가는 공작원이 위험치나 않을까 하는 생각이 불현듯 일어나 불안스럽다. 그렇다고 멋없이 서서 둘러볼 수도 없는 일이었다. 일부러 나는 기지개를 펴고 나서 신문을 펴들었다. 이 실내에 앉아 있는 것일까? 혹은 다른 차실에 있으면서 이미 무사히 조사를 넘긴 것일까?

가자! 어서 무사히 가자!

기차는 쉬지 않고 일로 남하이다.

그러나 예정대로 오후 다섯시 전에 정현(定縣)까지는 대었으나 이 차참에 정차한 뒤에는 까마귀 고기를 먹었는지 움직일 줄을 모른다. 하차하여 서성거리는 사람들 틈에 끼여 폼을 거닐어본다. 오늘 아침녘 P51의 폭격을 받아 끊어진 전방의 교량이 밤중에야 복구되어 개통하게 되리라는 것이다.

듣는 말에 석가장차참(石家莊車站)이 얼마 전에 형지 없이 파괴된 것을 필두로 매일 두세 차례씩 강습(强襲)을 받아 몹시 앞길이 위험하다고 하더니 우리도 폭격권 내로 어지간히 가까이 들어온 셈이었다.

공습에 비교적 안전하다고 할 밤 시간을 여기서 이렇게 머물게 되어 큰일이라고 일인(日人)들이 모여 서서 걱정하고 있었다. 나 역시 걱정스러웠다.

지평선까지 연달린 광야로만 연상되는 중국 대륙이 이 근방에서는 지세를 되우 달리하고 있다.

멀리 서남방으로 오대산 줄기를 받아 아성(牙城)처럼 연긍(連亘)한 태항산계(太行山系)가 연보라색의 안개 속에 가만히 잠긴 채 보이지 않는 손길로 짙어가는 어둠의 장막을 산과 들 위에 펼치고 있었다. 보잘것없는 조그마한 성시(城市)인 탓도 있겠지만 주민들의 살림이 대단히 구차스런 모양으로 보꾸러미를 끼고 어린애들을 데리고 무어라 주절거리며 차에 기어오르는 중국인들의 행색이 대체로 말이 아니었다.

밤에는 차에 불도 켜지 않았다.

예정보다 앞서 밤 열시 반에 발차.

두어 정거장 지나자 자리가 듬성듬성 비기에 누울 자리를 찾아 옮아 앉는다는 것이 눈알이 어글어글하고 콧수염 밑에 의지적인 입을 굳게 다문 어떤 청년과 마주 앉게 되었다.

앉은 참 아뿔싸 하는 생각이 일었다. 두드러진 관골이며 번듯한 얼굴로 보아 첫눈에 조선 사람인 것을 알 수 있었다. 보아하니 삼십 전후, 나를 보더니 외면을 하며 조그마한 천 가방을 베고 드러눕는다. 이 차 안에서 처음으로 발견한 조선 사람이다. 혹시 이 청년이 나를 데리고 들어가는 공작원이나 아닐까 하는 생각이 새삼스러워 겸연쩍었다.

그러나 다시 다른 자리로 옮아 앉기도 멋쩍은 일이어서 나 역시 그 자리에 누워버리기도 한다. 얼마쯤 가다가 눈을 떠보니 이 사내는 온데간데 없이 사라진 뒤였다. 대단히 졸리던 참이라 아랑곳없이 나는 돌아누워 또다시 호곤히 잠이 들어버렸다.

오밤중에 승객들이 떠들썩거리는 바람에 놀라 일어나 어디냐고 물으니 석가장이라고 한다. 모두 기차를 바꾸어 타느라고 법석 끓고 있었다.

허둥거리며 짐을 메고 내려가 불을 켜고 기다리는 기차 속으로 올라갔다. 이등차가 한 칸밖에 없어서 대혼란을 이루어 자리를 못잡고 비좁은 통로에 서 있노라니 청년 하나이 나타나 내 륙색을 돌러메며

"저기 자리를 잡았습니다."

하며 사람들을 헤치고 나간다.

잠꾸러기의 부주의 때문에 이 청년의 마음을 매우 졸이개 했을 모양이었다. 무안하기 바이없었다.

'이 사내로구나.'

듬쓱한 어깻죽지가 믿음직하였다. 뒤로 따라가 내어주는 자리에 앉고 보니 바로 앞자리에 아까 그 콧수염을 단 청년이 웅크리고 앉아서 가벼운 미소를 짓는다.

"어서 한잠씩 눈을 붙이시오!"

하더니 젊은 청년은 어디론가 다시 자취를 감추었다.

차 속은 피난민 차처럼 대단히 무덥고 빽빽하였다.

아침과 저녁으로 두 차례나 겪었다는 폭격 소동을 여기저기 모여앉아 수군거리고 있었다. 이 차참에서 새로 올라탄 패거리였다.

남으로 남으로 신경질적인 기적을 내지르며 밤을 새워 일로 맥진하던 기차가 이튿날 아침 벌 가운데서 잡가지 덜컹하며 정차하여 모두 앞으로 쏠린다. 의지할 데 하나 없는 스산한 벌가였다. 삽시에 불안한 공기가 떠돌았다.

이때에 멀리서 "비행기 온다! 비행기 온다!(飛機來! 飛機來!)" 하고 부르짖는 소리가 들리더니 차동(車僮)이 뛰어오며 바삐 내리라고 소리를 지른다. 승객은 일시에 비명을 지르며 일어서서 서로 밀치며 앞서거니 뒤서거니 차에서 내리뛰어 말거미 떼처럼 좌우로 달아나기 시작하였다. 삼등차에서와 화물차로부터도 중국인들이 울며불며 떠들며 쏟아져 내려온다.

보퉁이를 진 사내, 다렝이를 든 부인, 뾰족발의 노파, 어린애, 쿠리(苦力). 벌가는 허겁지겁 흩어지는 사람 때로 한참 동안 어수선하다. 혹은 크리크로, 혹은 밭도랑 밑으로, 혹은 우먹다리를 찾아 은신한다. 부리나케 차에서 뛰쳐 내려온 나는 젊은 공작원의 지휘대로 그의 뒤를 따라 이백 미터쯤 떨어져 있는 부락으로 달려가 웅덩이 속에 몸을 숨겼다. 시계를 보니 여덟시 반.

급기야 맑은 하늘을 술렁술렁 끓이는 귀에 선 금속음이 들려오기 시작하였다. 우리는 웅덩이 속에서 하늘을 쳐다보았다.

"P51의 폭음입니다. 저 구름 새를 보시오."

아닌게아니라 흰 구름 새로부터 새하얀 비행기 하나가 아침 햇살을 받아 반짝거리며 나타나 — 고도는 삼천5) 가량 — 바로 우리 머리 우에서 급강하로 쏜살처럼 내려오며 휘 — ㄱ 전회를 하려는가 하였더니 요란한 기총소사의 총탄성이 터져나온다.

드드드드……. 이윽하여 머리를 들고 보니 비행기는 북쪽으로 향하여 지체 없이 유유히 달아나고 있었다.

공작원과 따로 떨어져 기차 쪽으로 가까이 갔더니 은폐 장치인 높은 토벽 새에 기관차가 대가리를 처박고도 꼭대기와 옆구리에 수없이 명중탄을 받고 헛김을 불며 시글거리고 있었다.

"화부가 죽었다."

"노파 한 명이 부상하였다."

고 선로 건너편에서 수선거린다.

이때에 비행기가 재차 내습이라는 고함 소리다.

또다시 허둥지둥 달아나면서 쳐다보니 이번은 아득한 상공에서 둥금히 원을 그리며 지상을 휘돌아보고는 성공을 확인한 모양인지 다시 북쪽으로 향을 바꾸어 유유히 사라지었다.

중국 대의(大衣)를 입은 젊은 일인들이 밭고랑에 늘어서서 우러러보며 이렇게 이야기하고 있었다.

"고맛다 야쓰다나(참 헌신하군)."

우리도 속으로 '고맛다 야쓰다나' 하였다. 앞으로 기관차가 오기를 기다려서야 떠나게 된다고 하니…….

"저것들이……."

---

5) 『민성』 연재본에는 '오천'으로 되어 있다.

젊은 공작원은 그 일인들을 터가리로 가리킨다.

"새로 생긴 특설부대 놈들입니다. 이를테면 특무공작을 주로 하는 결사대지요."

"……."

"저놈들을 조심하시오."

부락에서는 촌민들이 살 수가 났다고 계란을 들고 나온다. 묵 장수가 나온다. 낙화생장수, 담배장수, 물장수, 먹을 것이라면 모두 들고 나온다.

간밤에 잠이 설었던 탓으로 나는 벌가의 잔디밭 위에 네활개를 펴고 누워 한잠을 늘어지게 자고 났다.

이럭저럭 기다린다는 것이 거의 일곱 시간이 지나서 오후 세시에야 기적이 울린다.

얼마 안 되어 순덕6)참(順德站)으로, 거기 도착하기는 네 시 십오 분. 생각지도 않고 있는데 먼바다로 앉아 있던 젊은 공작원이 짐을 메고 일어나며 눈짓을 하기에 따라나서니까 품으로 내려서며

"따로따로 나갑시다."

한다. 가슴이 두근거린다.

창덕7)까지 차표를 끊은 것이 본시부터 일종의 트릭이었는지 혹은 도중의 조난으로 갑자기 예정을 바꾸었는지 모를 일이었다.

표를 받는 사내 옆에 칼 꽂은 총을 든 헌병이 서 있고 요소요소에 위병들이 늘어서서 자못 삼엄한 경계였다.

제일 먼저 나가기는 나…… 무사.

힐끗 돌아보니 수염 청년…… 무사. 다음엔 뒤돌아보지도 못하였다.

그냥 널따란 마당 한옆을 끼고 앞은 선 채 곧바로 골목길로 향한다.

---

6) 현재는 형대(邢臺)이다.
7) 현재는 안양(安陽)이다.

광장 한복판에 중국복을 입은, 첫눈에 알아볼 수 있는 일인이 그림자처럼 서서 나오는 사람들을 멀리 보살피는 눈치였다.

날카로운 이 사내의 눈초리까지 무사히 넘기고 골목 안으로 들어서며 돌아보니 수염 청년, 공작원, 이런 순서로 적당히 간격을 두고 중국인들 틈에 끼여 이리로 오고 있었다.

온몸에 땀이 흥건하였다.

4. 봉쇄선 백오십 리

순조로이 온다면 밤중에 도착할 예정이었다.

이것이 거듭되는 사고로 인하여 백주에 도착했기 때문에 나중에 알고 보니 공작원이 심중 저으기 불안을 느꼈던 모양이다.

이곳에 일본 부대가 주둔해 있으며 또 가는 길나들이에 일본 경비대의 토치카가 널려 있다는 사실을 나는 여기에 도착하여 비로소 알게 되었다.

우리는 어떤 으슥한 음식점에 짐을 부려놓았다. 이 성시가 바로 평원 한복판에 자리잡고 태항산험에 대비하고 있는 일군 봉쇄선의 요점이었다.

"마음을 단단히 가지고 맛없어도 많이 들어두시오."

불안하고 초조로운 마음이 가슴속을 설레어 가뜩이나 맛스러운 소면(素麪) 맛이 쓰디써 젓가락에 걸리지도 않았다. 수염을 단 사내는 미소를 지으며

"아마 여기서부터 북경 요리와도 결별인 모양이죠?"

그 커다란 입에서 나온 처음 듣는 이야기였다. 역시 소면 맛이 좋지 않다는 말일 것이다.

나도 빙긋이 웃었다. 그러나 아직도 우리는 서로 인사하기를 주저하였다. 공작원이 소개코자 하지 않기 때문에.

공작원은 시계를 들여다보며 잠시 동안 무엇인가 궁리하는 듯하더니

가방 속에서 중국신을 꺼내면서

"떠날 준비를 차리지요."

수염을 단 청년도 운동화로 바꾸어 신는데 나만은 도무지 준비가 없는 터이라 다만 시골 성시와 노상에서 유난히 눈에 띌 듯싶은 헬멧을 륙색에 집어넣으니까 공작원이

"좋소. 좋소."

끄덕이더니

"그럼 내 한 바퀴 돌고 오리다."

하며 나간다.

수염을 단 사내는 피차 인사도 없이 나와 마주 앉았기가 겸연쩍은 모양으로 주인한테 물을 달래어 손을 씻으며 무엇인가 이야기를 주고받는다. 모르는 소견에도 유창한 중국말이다.

남몰래 좀체로 궁금하였다. 역시 동행의 공작원이라고 하기에는 원 공작원과 그리 친밀해 보이지 않는다. 나같이 새로 들어가는 사람일까? 그렇다고 하기에는 언제나 거리낌이 없는 너무도 태연자약한 태도였다. 좀 있어 공작원이 양차 세 대를 몰고 와서 바삐 오르라고 하며

"섣불리 어두워지기를 기다리다가는 실수할지도 모르니 봉쇄선을 백주에 넘기로 합니다. 앞뒤를 잘 살피도록 하시오. 선생은 가운데ㅡ."

지시에 따라 나를 태운 양차는 공작원 뒤에 달리고 내 뒤를 수염단 청년의 차가 따르게 되었다.

모르는 말짐작에도 올라탈 때에 일본 군대로 가라는 분부인 것 같았다. 그 앞을 지나가야만 되는 것일까?

햇볕이 내리쬐고 먼지가 풀씬풀씬 이는 누추한 거리를 양차가 줄을 지어 내달린다. 앞에서 공작원이 휘장을 늘인다. 나도 눈치를 보아 휘장을 늘이었다. 그러자 총검을 든 군병이 그득히 실린 일군 트럭이 먼지를 일

으키며 휙 지나간다.

거리를 거의 뚫고 나가려 할 즈음 개란 놈이 요란히 짖으며 따라오는 것이 섬찍하여 단장을 휘두르며 칠 것처럼 위협하였다. 개는 놀라 물러서 더니 다음부터는 뒤차를 따라오며 소란스레 짖는다. 미릅나무가 대여섯 높이 서 있는 크리크 옆에서 까마귀 떼가 까욱까욱거리며 날아난다.

불그스레한 성벽이 크리크에 묵중한 그림자를 띄우고 있었다.

갑자기 앞차가 서는 바람에 뒤를 따르던 우리들의 차도 멈추었다. 차부와 공작원 사이에 무엇이라고 어지자지 승강이가 일어났다.

길이 두 갈래로 찢기어 한 갈래는 내리받이로 잡초가 무성한 흙 언덕 새로 굽어들었다. 이 두 길 어름에 두서넛 인가가 있으며 그 앞에서 중국 남녀가 유과(油果), 만두 등을 팔고 있었다. 이 사람들이 멀거니 쳐다보며 말다툼의 내용에 귀를 기울이는 것도 싫었다.

차부가 일본 군대는 이리 가야 된다거니 공작원은 갑자기 이리로 가볼 일이 생겼다거니 그렇다면 처음 약속과 달라 못 가겠다거니 가자거니 승강이하다가 결국은 돈을 많이 낼 테니 가자는 바람에 타협이 되어 우리 일행은 흙언덕의 협로로 내려섰다. 양쪽 흙언덕이 높아 눈에 띄지 않을 것이 매우 고마웠다.

더북더북한 먼지가 뽀얗게 일어 우리를 휩싸주어 한결 안심이 된다. 이런 길이 가도 가도 끝없이 연달렸으며 지나가는 사람 하나 없음이 또한 고마웠다. 차부들이 비틀거리는 차체를 끄느라고 연신 수건으로 땀을 훔치며 헐떡거린다. 우리들은 피차 덤덤히 말이 없었다. 그래도 수염을 단 사내는 무료를 끄려는 듯이 이따금 무엇이라고 이야기를 붙이나 차부는 숨이 턱에 닿아 외마디 소리로 몇 번인가 대답하고는 무거운 침묵만이 이 언덕 샛길을 내달린다. 그 대신 바람 한 점 새어들지 못하고 백양 아래 대지는 달아올라 마치 불잿더미 속을 더듬는 듯하는 먼지 속이었다.

숨이 턱턱 막혔다.

한 이십 분 가량 내달린 뒤일까. 앞차가 좁은 길을 가로막으며 멈춰 서더니 공작원이 내려서 잠시 기다리라는 시늉을 한다. 그러더니 그는 마치 척후병처럼 슬금슬금 언덕으로 기어 올라갔다가 한참만에 내려오면서 다시 차부에게 분부하였다.

"자!(罷!)"

얼마 안 되어 한 굽이를 돌아서더니 맑은 하늘이 훤하니 내다보이는 언덕길로 올라섰다.

평한로의 번들번들한 레일이 두 줄기 눈앞을 가로 달리고 있다. 어쩐지 마음이 선뜻하였다. 공작원이 이 철로의 경계 상황을 몰래 정찰한 모양이다.

"빨리 가자!(快去罷!)"

소리가 앞차에서 연신 일어난다. 거침없이 철로를 넘어섰다.

다음부터 우리는 푸른 전원을 달리게 되었다. 들판에는 농부들이 널려서 김을 매며 어린애들은 밭고랑을 지척거리고 늪가에서는 밭에 물을 대느라고 사내들이 모여 서서 벅적거린다. 오래도록 비가 오지 않은 모양으로 푸릿푸릿한 곡초 밑에서 흙먼지가 보슬보슬 일었다.

우리들의 앞에는 멀리 서남방을 향하여 태항산 줄기가 검극(劍戟)을 두른 듯이 아아한 산진을 치고 있었다. 그 위에는 양모를 펼쳐놓은 듯한 흰 구름이 뭉켜들고 그 변두리를 석양이 오렌지색으로 물들이며 부채처럼 광선을 펼치고 있었다.

이따금 우리들의 차는 조그마한 부락의 뒷길을 홀금홀금 돌아보며 내달린다. 길가 나무 그늘에 앉아서 놀던 애들이 소리치며 뒤따라오기도 하고 촌 부녀들이 놀라서 대문 안으로 들어서기도 한다.

이렇게 거칠매없이 내달려 다시는 더 갈 수 없다는 데까지 이르러 양차를 돌려보내고 나서 우리는 공작원이 서두는 바람에 달리다시피 빠른 걸음걸이로 앞길을 재촉하게 되었다.

"저 마을까지 오십 리만 갑시다!"

가없이 먼 산줄기 밑에 마치 둥지를 틀고 앉은 산새처럼 조그만 마을이 숲 속에 잠겨 가물거린다.

짊어진 류색의 바랑줄이 어깻죽지에 늘어지어 걸음발이 허전허전하였다. 두서너 마을을 스치어 지나갔으나 물 한 모금 얻어먹자는 말도 못했으며 산봉도 그런 눈치 하나 보이지 않았다. 간단한 생각에 저 마을에는 행복이 사시거니 저 마을까지만 가면 그래도 마음놓고 다리를 펼 수 있으려니만 생각하였다. 가다가다 오아시스처럼 그늘진 곳이 있었으나 숨을 태일 생각도 못하였다. 마치 누가 뒤를 쫓기나 하는 것처럼.

그리고 저 마을이 이리 떼에 쫓겨가듯 하는 우리를 두 팔로 안아 맞이해 줄 어버이라도 되는 것처럼—.

본디 이런 길을 떠난다면 나는 이 중국 땅에 학병으로 끌려나왔던 A군과 동행이 되고자 원하였었다.

용의주도한 인도자를 따라나선 길도 이렇게 무시무시하거든 오밤중에 병영을 탈출한 그의 가슴속은 얼마나 뛰놀았으랴…… 놈들에게 붙잡히지 않고 바로 들어갔을까? 내가 찾아가는 곳에서 행여나 맞아준다면 그 얼마나 감격적인 일일까?

지난해 여름 나는 상해까지 내려가는 길에 서주에서 하차하여 그를 찾은 적이 있었다. 기미년 만세 소동에 남편을 잃은 누님의 외딸사위가 바로 그였다. 서주에서 백여 리 떨어진 벌가에 조그마한 촌성(村城)이 7월 염천에 타오를 듯이 무더웠다. 이 감옥처럼 높은 석벽으로 둘러싸인 성중에서 A군은 나를 발견하자 껴안으며 어쩔 줄을 몰라하였다.

협구(夾溝)라는 철로 연선의 경비대로 성문을 굳게 닫아버리면 이 조그마한 촌성이 글자 그대로의 감옥이었다. 병영을 넘어야 하며 또 성문을 넘어야 하니 이중의 성벽으로 탈출할 가망이 전혀 없다고 군은 한탄하였다. 피해보려다 못해 못 피하고 끌려나오게 되었을 때 군은 화북에 가거든 용감히 기회를 포착하여 탈주를 결행할 테라고 벼르며 떠난 길이었으나 군에게는 이렇게 조건이 매우 불리하였었다.

"얼마 안 되어 부대 편성이 달라지면서 저도 자리를 옮아 앉게 될 겝니다. 그때에 기회를 엿보아서……."

군은 이렇게 말하였었다.

"돌아오는 길에 한 번 더 들르겠네마는 정황을 잘 살피고서 하게!"

"염려 없어요. 여기서는 성밖에 나갈 수가 없으니 말이지……."

"감쪽같이 해야 하네!"

이렇게 이르고 떠났다. 성문 가에 장승처럼 서서 벌길을 정거장으로 향해 나가는 내 그림자를 멀리멀리 바래주며 손을 흔들던 군의 양자(樣姿)가 눈앞에 서물거린다. 그를 데리고 같이 떠나는 길이라면 얼마나 행복된 길일까? 나는 그의 용감성과 총명을 무척 사랑하였다.

이 A군의 일을 회상할 때 또 하나 잊혀지지 않는 일이 있는 것이다. 바로 그 길로 나는 상해로 내려가고자 한 터이었다. 그러나 나로서는 그대로 하마 직행할 수 없는 마음의 부담이 있었다.

다름이 아니라 평양을 떠날 때 J 부인이 A군 부인의 말을 들어 알고 역두로 달려나와 자기 남편도 같은 부대에서 그 근방에 있을 모양이니 찾아 만나달라고 애원이었다. 그러면서 양말, 수건, 셔츠, 이런 것을 전해 주었으면 하였다.

신혼 부인의 절절한 부탁이 애처로워 나 자신 쾌히 승낙하고 떠난 길이나 막상 와보니 중대별로 산지사방(散之四方)이었다. 하지만 A군으로부터 그의 낭군(郞君)이 몇 정거장 안 되는 숙현(宿縣)이란 곳에 있음을 알게 된 이상에는 찾아보지 않을 수 없었다. 그래 나는 해가 거밀거밀 질 무렵에 숙현참에 도착하여 거기서 약 반 시간 가량 걸어 부대로 그를 찾아가게 되었었다. 위병소의 뒷골방에서 서로 만나 손을 마주 부여잡았을 때 그의 얼굴이며 몸짓에는 무엇이라 형용하지 못할 감격과 흥분의 선풍이 휩싸여 돌고 있었다. 그것이 너무도 애브노멀하기 때문에 기이한 느낌이 없지 않을 정도였다. 두 손을 확 붙든 채 한참 동안 치를 떨더니 그의 섬세하고도 준민한 얼굴에 쭈르르 눈물이 흘러내렸다. 간신히 중얼거렸다.

"천만의외입니다. 의외입니다."

나는 찾아보게 된 자초지종(自初至終)을 조용히 이야기하였다.

J군은 심심히 감사의 뜻을 표하며 두 번 다시 내 손을 그러쥐었다. 우리 동포가 몇 명이냐고 물으니까 자기까지 넣어 네 명이라고 하기에 그렇다면 모두 얼굴이라도 보고 돌아가 그들의 집에 편지나마 한 장씩 내어주고 싶다고 하니까 웬일인지 그의 얼굴은 비창한 표정으로 굳어졌다. 눈자지에 다시금 불기(不期)한 눈물이 어리었다.

"만나시지 않아도……."

그는 이렇게 말하였다.

"이 담배와 과자를 우리 넷이서 같이 먹으며 주신 돈도 꼭 백 원씩 나눠서 쓸 터이니…… 어둡기 전에……."

"내 염려는 마시오."

"아니 만나시지 않는 게……."

이 말에 나는 고개를 쳐들고 그의 얼굴을 응시하며 혼자 뜻없이 고개를 끄덕끄덕하였다. 무엇이라 정체 모를 예감이 나의 가슴속에 스며드는 듯하였다. 저도 모를 말을 나는 이렇게 중얼거리었다.

"조심히들 하십시오."

"우리는 결코 죽지 않습니다……."

이 말에 나는 미소를 머금으며 다시금 굳은 악수를 하였다. 그러나 영문에서 헤어져 어둠이 내리덮이던 길가로 나섰을 때 나는 오한 만난 사람처럼 온몸이 와들와들 떨림을 느끼었다. 간신히 차참으로 돌아와 양차를 몰고 성내로 들어가 단 하나의 조그만 일인 여사(旅舍)에 투숙하였다. 기차가 없었기 때문이다.

하루 종일 굶다시피 하였지마는 저녁밥이 조금도 먹히지 않았다. 전등 밑에 책을 펴놓았으나 눈앞에 글자가 어른거릴 뿐이었다. 일기책을 펴놓았으나 글씨 한 줄 나가지 않았다. 불을 끄고 자리에 누웠으나 잠이 오지 않았다. 까닭 없이 불길한 맘이 키어 구둣발 소리만 나도 온몸에 소름이 끼치었다. 이렇게 전전반측(輾轉反側)하며 잠을 이루지 못하고 한시를 치는 시계 소리를 듣고 난 지 얼마 가량 뒤의 일일까…….

무시무시하도록 달이 밝은 밤이었다.

유리창 가에 거무스레한 그림자가 두셋이 나타나더니 덜컹 문 여는 소리와 함께 사내 둘이 유령처럼 들어섰다. 동시에 등불을 켜라는 일어 호령이다. 떨리는 몸을 가까스로 일으켜 전등 스위치를 돌렸더니 시뽀얀 불빛 아래 중국옷을 입은 일인 두 명의 권총부리가 바로 내 몸뚱이를 향하고 있었다. 하나 어쩐 일인지 권총 앞에 몸을 맡겼으나 응당 이런 일이 있을 줄로 미리 짐작한 것처럼 의외에도 나는 태연한 태도를 가질 수 있었다. 손을 들라고 외치더니 달려들어 한 사내는 내 몸뚱이를 뒤지고 나서 짐가방 밑까지 뒤지각질 훑어보고 털어보고 하며 또 한 사내는 준엄히 문초한다.

"부대에 갔던 일이 있느냐?"

"무슨 일로 갔었느냐?"

"누구누구와 만났느냐?"

"어디서 왔느냐?"

"어디 또 갈 모양이냐?"

이렇게 캐어묻고는 내일 아침 남경행할 예정을 연기해야겠다고 한다.

그럴 수 없다고 설명하면서 대체로 무슨 일이냐고 물으니 그 점은 대답할 수 없으나 내일 아침이면 자연 알게 되리라고 하며 신분증명서를 꺼내 보인다. 예상대로 헌병들이었다. 무릎마디가 사르르 떨렸다. 사이드카에 실려 밤중으로 헌병대에 끌려가게 되었다.

병대가 출동하여 길목마다 삼엄하게 경계 중이며 검은 그림자들이 또한 이 골목 저 골목 새로 밀려다니고 있었다.

아무래도 병영 안에서 무슨 큰일이 벌어진 모양이었다. J군의 심상치 않던 기색이 유별하게 기억 속에 되살아오른다.

밤이 맞도록 성안이 술렁거렸다. 여기저기서 호각 소리가 일어난다. 새벽녘에야 대장이 나타나 취조를 시작하였다. 시재로 단서를 잡고자 하는 초조한 태도로 마구 강박이다.

일체 부인으로 시종할밖에 없었다. 심중이 좋지 않은 모양으로 어성이 높아질 즈음 부대의 부관이 승마로 달려나왔다. 만나고 보니 동경서 같은 집에 하숙하고 있던 낯이 익은 사내로 나를 '킨상'으로만 알지 이름은 알지 못했던 모양이라 바로 당신이었더냐고 눈이 둥그레진다. 나는 도리어 가슴이 내려앉았다. 유치장으로 끌려 다니던 시절의 일이어서 생소한 이보다 더 불리할 것이기 때문에. 하나 그는 나를 알아보자 다짜고짜로 이런 소리를 하였다.

"킨상, 왜 네 명을 다 만나보지 않았소?"

어리둥절할 노릇이었다.

"대체 무슨 일이기에?"

"무슨 일이라니. 도망쳤습니다."

"도망을 쳐? 누가?"

"J군 혼자 남고 세 명이 몽땅……."

이미 진상은 뻔한 일이었다. 무슨 운명의 악희인지 J군 이하 네 명의 조선인 학도병이 탈주하기로 작정지었던 바로 그날 저녁 공교로이도 내가 찾아 들어간 것이 분명하다. J군을 형용 못할 감격과 당황 속에 휩쓸 어떻게 된 것도 모름지기 무리가 아니었다. 조금이라도 내게 누책이 덜 미치게 하고자 다른 여러 동무들을 못 만나게 한 것도 미루어 수긍되는 일이었다. 뿐만 아니라 J군이 나를 위하여 혼자 남은 것이다. 실로 이 때문에 무서운 오해가 풀리게는 되었으나 동무들만을 떠나보내는 그의 심사는 어떠하였을까……

기차가 들이닿아 차 속에 몸을 싣고 앉으니 하염없이 눈물이 흘러내렸다. 자꾸자꾸 눈물이 흘러내렸다. 필경 밤 열한시나 열두시에 탈출한 것으로 친대도 날이 밝도록 아직까지 붙들리지 않은 모양이니 이미 성공이나 다름없을 것이다. 다시없는 좋은 기회를 나 때문에 놓친 것이 아니고 무엇이랴?

자기 일신의 운명을 걸어놓고 남을 위하여 희생하게 된 그의 심정이 가슴속에 사무치도록 눈물겨웠다.

거의 한 달 뒤에 상해로부터 돌아오는 길에 다시금 서주에 들르게 되었다.

J군을 다시 병영으로 찾아 만나볼 용기는 좀체로 없었으나 협구(夾溝)경비대에 있는 A군의 종적이 마음에 거리끼어 그 뒤의 확실한 일을 알고서 돌아가고자 한 것이다. 서주에 내려서 알아보니 A군이 바로 숙현부대로 이동되어 있었다. J군이 남아 있는 부대, 사단(事端)이 벌어졌던 부대─.

감히 찾아볼 엄두도 나지 않았다. 하나 어떻게 생각하면 J군을 다시 찾아 만나야 할 의무도 느끼는 듯하였다. 그래 이틀 동안을 두고 주저주저 하던 끝에 마침내 용기를 내어 포구(浦口)행 차에 오르려고 차참으로 나갔다. 그날따라 대단히 무더운 날이었다.

승객들이 모두 폼에 내려서서 발차하기만 기다리고 있었다. 한 손에 사이다병 대여섯을 묶어 들고 한 손에 과자 봉지를 들고서 차로 오르려는 순간이었다. 셔츠 바람으로 내려서는 숙현부대의 부관과 스텝에서 우연히 마주치게 되었다. 나를 알아보자 삽시에 얼굴이 찔리는 듯하였다.

"어디를?"

"바로 당신의 부대로 가는 길입니다. 내 조카가……."

"누구인데?"

"A 상등병……."

"달아난 줄 모르오?"

의아스런 눈초리였다. 가슴속에서 심장이 뛰어나올 듯하였다.

"아니, 무엇이오?"

"사오 일 전에 두 녀석이……."

나는 작별 인사도 하는 둥 마는 둥 마치 무슨 죄라도 지은 사람처럼 허급스레 달려나와 그날 밤차로 총총히 귀국의 도상에 오른 것이다.

둘이서의 탈출! J군과 같이 결행한 것이나 아닐까? 그렇다면 얼마나 고마운 일이랴! 나 개인의 책임도 한결 가벼워질 듯하였다.

일 년이 넘도록 그 뒤의 그들의 소식은 영 까마득하였다. 하나 이 A군의 일과 헌병대의 일이 귀국한 뒤의 나를 무척 괴롭게 만들었던 것만은 사실이었다.

"바루 가기는 갔을까?"

들리는 말에 의하면 한 부대에 있던 학도병 형제가 손에 손을 마주 잡고 탈주를 하다가 형은 총에 맞아 쓰러지고 동생은 붙들렸다는 등 누구는 전장에서 수류탄을 안고 자살하였다는 등 뛰다가 부락에서 한간(漢奸)에 유인되어 체포되었다는 등 소름이 끼치는 소리뿐이다.

이네들이 피눈물을 머금으며 왜놈들의 총칼에 몰리어나가던 정경이 바로 어제의 일같이 눈앞에 선하다. 그리고 슬기로운 이 자제들을 일제의 사형장으로 내보내며 가슴을 치던 뼈저린 심정이 다시금 가슴속에 새로워진다.

왜놈의 침략전쟁을 위하여 피를 흘릴 리 없다고 떼를 지어 깊은 산속으로 도망하던 사나이, 남몰래 국경을 넘어 북으로 떠나던 사나이…… 반대하던 끝에 검속되어 강제노역장으로 끌려나간 사나이, 묵묵히 잡혀 들어가 군대 안에서 폭동을 계획하다가 군사재판에 넘어간 사나이…… 그리고는 총 쏘는 법, 칼 쓰는 법을 배워가지고 병영을 뛰어넘어 용감히 항일 진지로 달아난 우리의 청년 학도들…… 이네들만이 아니었다.

벌써부터 수천만의 사랑하는 청년들이 소왈 지원병 명색으로 혹은 강제소집으로 놈들의 총알받이로 붙들려나간 것이다.

어떤 사나이는 밭머리에서, 혹은 부대를 파던 몸으로, 어떤 사나이는 신음 중의 병상에서, 탄갱 속에서, 공장 안에서 어디로 가는지도 모르고 끌려나갔다.

동네 사람은 울며 이를 갈았고 어버이는 부여잡고 매달려 울다가 발길로 걷어채고 친지들은 뽑아돌려 숨기려다가 놈들의 모진 채찍 밑에 쓰러지고 하였다.

이렇게 끌려나가는 광경을 바라보며 피에 젖은 혀를 날름날름 내두르며 미소를 짓던 일경의 앞잡이와 친일배들! 그러나 이네들은 결코 도살장으로 묵묵히 끌려나가는 축우의 떼무리에 그치지 않았던 것이다.

우리 민족의 젊은 주인공들을 사지로 내보내는 가슴아픔이 여간 아니었으나 그들에게 우리들의 기대하는 바도 또한 적지 않았었다.

이네들은 정녕 우리들의 기대를 저버리지 않았다. 포악한 일본 군대 안에서 업수임을 받고 불의의 전지에서 아까운 피를 흘리는 가운데 나라 없는 설움을 더욱이 뼈아프게 느꼈을 것이다.

싸움의 옳고 그름을 판연히 깨달았을 것이다.

마침내 원쑤를 향하여 열 명 스무 명씩 이렇게 일어나 싸움의 칼을 들기 시작하였다.

이런 의미로 볼 때에 이 화북 전야로 끌려나온 이는 그래도 보다 더 행복스러웠다고 할 것이다. 맞아들일 우리의 진영이 가까이 있으니.

"이 길을 같이 걸어 들어간다면 얼마나 행복스러울까?"

이런 두서없는 회상과 감개에 젖으며 조여 걷고 있을 때 갑자기 뒤에서 수염을 단 청년이 소리를 지른다.

"자전차 두 대가 뒤를 따라옵니다!"

뒤통수를 마치로 땅 하고 얻어맞은 것 같았다.

앞서가는 공작원에게 다급스레 전달하였다. 그도 놀라 돌아섰다. 아니나 다를까 뽀야니 먼지를 일으키며 두 대가 가물가물 달려온다. 그 뒤를 커다란 개까지 한 마리 시글거리며 따르고 있었다. 찬바람이 온 몸뚱이를 엄습하는 듯하였다.

큰길을 피하여 일부러 이리저리 샛길로 접어들어온 우리 일행의 뒤를 황황히 따라오는 것으로 보아 미상불 우리들에게 관련되는 일임에 틀림없었다. 이런 시골 농민치고는 자전차를 달릴 사람이 없을 법하였다. 실상 우리는 이날 기나긴 노상에서 자전차라고는 하나도 발견하지 못한 것이다.

'헌병?'

'위병?'

공작원을 돌아보았다. 돌미륵처럼 우뚝 솟아선 그의 적동색 얼굴 위에 근육이 경련을 일으키고 있었다.

"동무들 앉읍시다."

거쉰 목소리로 이렇게 한마디 중얼거렸다. 그 옆에 자리를 잡고 담배를 꺼내어 물었으나 흥분하여 성냥불이 바로 그어지지 앓았다.

공작원은 천천히 입을 열었다.

"이런 때 서툴게 뛰려다가는 실수하기가 쉽소. 아직까지 알려드리지 못했소마는 바루 저 마을에도 일군 경비대가 주둔해 있습니다. 아마 그놈들인지도 모르겠소."

가슴이 뚱하였다. 천하처럼 믿고 가는 곳에 바로 일군 경비대가 있다고 하니 얼마나 놀랄 일일까? 그는 우리들의 얼굴을 한번 흘깃 쳐다보더니 미소를 지으려고 했으나 입술이 푸들푸들 떨릴 뿐이었다.

"그러나 염려할 것 없습니다. 안정하십시오. 만약 저것들이 왜놈이라면 우리들은 일군 경비대에 물품 납입하러 찾아가는 길이라고 선수를 써야 할 게요."

"나는 장사꾼이라고는 할 수 없을 테니 옛날 동무인 여러분을 차중에서 우연히 만났다고 합시다."

"좋소."

공작원은 나의 제의에 동의하였다.

"나는 동패수매인(銅牌蒐買人), 동무는 재목상…… 겨레가 맞소. 그래 저것들이 정말 왜놈인 경우에는……."

"제가 먼저 말을 걸기로 하지요."

나의 발언에 공작원은 또다시 끄덕하였다. 이리하여 우리 일행은 담배를 피워 물고 도리어 그 자전차 일행의 도착을 기다리게 되었다.

개 짖는 소리가 요란스레 가까이 들릴 제는 자전차가 어지간히 다가온 모양이었다. 그러나 나는 악마의 사자들을 일부러 눈주어 바라보리만치는 대담하지 못하였다. 수염 단 청년은 네활개를 펴고 옆에 드러누워 풀잎만 물어뜯고 있었다. 이때에 갑자기 공작원이 중국말로 무엇이라고 외치며 일어났다.

십오륙 세밖에 되어 보이지 않는 소년과 이십 전후의 소년, 그리고 세퍼드. 그들이 자전차를 던지고 다가서자 공작원은 나이 어린 소년과 굳게 악수하였다.

본래부터 친밀한 교접(交接)이 있는 눈치였다.

소년은 담배를 한 대 받아서 앙상스레 붙여 물더니 공작원에게 무엇이라고 수군수군 이야기하였다. 공작원은 때때로 질문도 하고 끄덕이기도 한다.

"우리의 통신원이오. 앞길에 이상 없습니다. 동무, 자전차를 탈줄 아시오?"

피곤한 것으로 보아서는 마음에 없지도 않았으나 사양하였다. 나이 어린 소년은 자전차로 저만치 앞서가며 때때로 뒤돌아보면서 손짓으로 신호를 한다. 차차 선들선들 바람이 일며 전원은 보랏빛 안개에 잠기기 시작하였다. 땅거미가 질 무렵이었다.

이십 전후의 소년은 개를 데리고 자전차를 끌며 우리들의 뒤를 묵묵히 따라온다. 공작원이 앞서거니 뒤서거니 우리들을 인도해 가면서 이렇게 중얼거린다.

"멋쩍게 되었군요. 우리들의 뒤를 따르는 저애는 저 마을에 사는 조선 사람 금강상회의 사환(使喚)입니다. 주인 녀석은 동패장사를 하며 일군 경비대에 정보를 제공하여 왔지만 우리들의 끄나풀 노릇두 때때로 해줍니다. 우리 일행이 도착하리라는 통지를 받고 통신원이 정거장에 나와 기다리더랬는데 기차가 연착되어……. 망할 녀석 낮잠 자누라기에 도착된 줄도 몰랐다는군요……. 그래 퍼그마 뒤에야 알고 허겁지겁 따라오다가 순덕에 심부름 갔던 저 사환애와 도중에서 만나 할 수 없이 동행이 되었대나요."

"저애를 곧 돌려보내서는 안 되겠군요."

수염 단 청년이 내 얼굴을 돌아본다.

"전황이 일군에게 불리해지는 일방 팔로군과 우리들의 손길이 감자넝쿨처럼 자꾸 뻗쳐 들어오니까 금강상회 주인도 두 다리를 걸쳤지요. 요즘 와서는 우리에게 단단한 추파를 보냅니다. 생명, 재산이 아까워 좀처럼 밀고두 못하겠지만 만약을 염려하여 저 사환애는 안전 지대까지 데리구 들어갑시다."

밭도랑 밑을 저릿저릿 더듬어 나가 숲 사이를 꿰뚫은 뒤에 토성을 끼고 돌아 부락 안에 들어섰을 때는 이미 어득어득하였다. 통신원이 손을 들어 가리키는 대로 이 골목 저 골목 속으로 하나하나씩 숨어들었다. 가슴속이 두 방망이질을 한다.

일군의 토벌 침해가 얼마나 심했었는지 무너진 담, 떨어진 지붕, 총탄 자리, 불에 타 꺼멓게 죽은 나무, 너절하고도 스산한 마을이었다.

이따금 걸레처럼 말라빠진 개가 발밑을 달아나며 짖는다.

우리 일행은 골목 안 어떤 아늑한 집 속으로 새어들어갔다. 금강상회 사환애와 셰퍼드도 들어섰다. 얼마 안 되어 어떤 젊은 사내가 나타나 공작원과 악수를 하는데 보니 허리에 삐죽이 모젤(권총)이 보인다. 공작원의 소개로 그가 중국 공산당원으로 군공작을 하고 있음을 알 수 있었다.

사내는 주인 노부부를 서둘러 더운물을 끓여 먹인 뒤에 밀기와리 떡에 고추와 마늘즙의 석찬을 내놓는다. 촌가로서 이게 고작 잘 먹는 음식이란 말에 이 부근 농민들의 비참한 생활을 가히 추측할 수 있는 듯하였다.

벌써 해는 태항산계 속에 떨어져 밤이었다. 하나 우리는 일군 경비대가 경계의 철망을 펴고 있는 곳인만치 한시 한분도 머뭇거릴 수 없었다.

저녁이 끝날 무렵 어떤 중년 사내가 보꾸러미를 들고 들어왔다. 중국 헌 옷과 신발이었다. 우리가 복장을 갈아입으니까 주인 영감과 통신원이 우리들의 짐을 자루에 틀어박고 멜대의 양끝에 달아매었다.

"밝기 전으루 구십 리만 달립시다."

팔로 공작원과 통신원, 짐꾼으로 사환애와 주인 영감 그리고 우리 셋, 이렇게 일행 도합 일곱 명. 개도 달렸다.

일군 경비대에는 불빛이 모이었다. 이것을 오른쪽으로 이백 미터 가량 떨어져 발소리도 날세라 밭도랑길을 들어 두덩을 무사히 넘어섰다.

휴- 숨길을 돌리었다.

그믐이라 달도 없는 별바다 아래 전원은 고요히 잠겨 있었다. 담배도 엄금하여 피워 물지 못하고 말 한마디 없이 밭두덩길을 십 리쯤 단숨에 대어 어떤 무너진 성문을 뚫고 들어가니 멋없이 길게 뻗친 부락이었다. 길가에는 촌민들이 줄렁줄렁 나와 모여 앉아서 우리들의 행색을 의아쩍게 더듬어본다. 길모퉁이를 돌아설 때마다 어둠 속에서 누구냐고 고함을 치며 나서는 자가 있었다. 팔로 공작원이 무엇이라고 일러주어 말없이 통과된다.

사람들은 보이지 않으나 길가 여기저기에 담뱃불만이 번쩍거렸다. 어디선가는 호궁(胡弓) 소리도 들려온다. 우리들은 이 부락 끝의 어떤 대장간으로 들어가 그 뒤뜰 안에 들어섰다. 여기서 다시 중국 옷을 바꾸어 입고 짐꾼도 갈게 되었다.

수염 단 사내가 신열이 나면서 코피를 많이 쏟으며 대단히 괴로운 모양이다. 그러나 지체할 수 없는 일이었다.

팔로 공작원이 나가더니 어디선가 나귀를 한 마리 얻어가지고 돌아왔다. 그래 나귀에 동행을 싣고 다시 밤중길을 떠났다.

가도 가도 끝없이 멀고 먼 물웅덩이 하나 없는 강판이었다. 혹은 백사지, 혹은 돌작밭, 혹은 잡초밭을 신발도 끌지 못하며 서쪽으로 서쪽으로- 아직도 일군의 봉쇄선 내였다. 그러나 오밤중에도 길목에서는 촌민 조직으로 된 감시원이 누구냐고 소리를 지르곤 하였다. 갑자기 놀라기도 하곤 하나 한편 마음이 든든하였다.

소휴식 세 번. 산속에서는 부엉이가 울고 있었다.

언덕 밑을 지나갈 때 한번은 따웅 하고 총소리가 터졌다. 요란한 산울림을 일으킨다.

우리는 그 자리에 주저앉아 숨소리를 죽였다. 근방의 일군 토치카에서 터치는 소리라고 한다. 다시 사방은 괴괴하여졌다.

십여 분 뒤에 우리는 또다시 일정한 간격을 두고 행진을 시작하였다.

절대로 이야기하지 말 일, 꼭꼭 따라설 일, 만일의 경우에도 반드시 지휘 밑에 움직이라는 명령이 내렸다.

높은 산모퉁이마다 어둠 속에 우뚝우뚝 솟은 토치카 앞을 숨을 죽이고 조심히 통과하면서 모래언덕을 대상(隊商)처럼 횡단하여 마침내 저 유명한 태항산 밑으로 들어가게 되었다.

보행 구십 리, 그믐달이 뜨는 새벽 세시 십오분.

우리 일행은 숨을 태일 사이도 없이 나귀도 가다가 서고 개도 뒷걸음질치는 바위투성이의 좁은 길을 이리 꼬불 저리 구불 산등허리에 새둥지처럼 달린 조그마한 마을에 도착하였다. 공작원은 먼저 뛰쳐올라가 어떤 민가의 문을 두드리며 조선말로 동무들의 이름을 부른다.

"나 현(玄)×야 현×야……."

몇 마디 안짝에 안으로부터 환호성이 일어나더니 대여섯 명이 셔츠 바람으로 뛰쳐나왔다.

"이제야 오나?"

"북경서 오는 길인가?"

"다행일세, 다행이야."

우리들은 컴컴한 방 안으로 인도되어 등잔에 불을 켜고 나서 서로 인사를 교환하게 되었다. 이 자리에서 비로소 나는 수염 단 사내의 성이 백가임을 알았다. 나중에 알고 보니 국내 조직체로부터 파견되어 연락차로 들어가는 길이었다. 그는 빙글거리며 나와 악수하면서 제 이름을 처음으로 고백했으며, 공작원도 다시금 나의 무사 도착을 축복하여 주며 제 이름을 알렸다.

현×, 두 자 이름이었다.

이곳에 있는 동무들은 적구 — 우리들이 살던 곳을 이제부터는 이렇게 부르게 되었다 — 와의 연락공작과 물자교역의 일에 종사하고 있는 것이었다. 군사상으로 말하면 초소요, 정치상으로 말하면 연락참이라고 불리는 곳이다.

모두 젊고도 씩씩한 동무들이었다. 분주히 옷을 주워입으며 새벽밥을 짓겠다는 것을 굳이 사양하고 그냥 자리 위에 쓰러지듯이 드러누웠다. 졸리기보다도 곯아떨어지게시리 피곤하였던 것이다. 반가움에 겨워 그네들은 날이 밝도록 이야기를 주거니 받거니 그칠 줄을 모르는 듯하였다.

다음날 낮때까지 늘어지게 자고 나서 눈을 부비고 일어나니까 백 동무는 내가 문인답지 않게 관우처럼 코를 골더라고 웃으며 충혈된 눈을 섬석이었다. 현 동무는 바로 첫잠이 든 참이었다.

산동무들은 손수 가꾸어 닭알을 팔아 용돈을 쓰던 종지닭을 잡아 우리가 자는 사이에 밀체비를 만들어놓고 일어나기만 기다리고 있었다.

이때에 편복(便服) 위에 탄대(彈帶)를 두르고 총을 멘 한 동무가 뛰어들어오더니 현 동무를 발견하자 함성을 지르며 휩쓸어 안아 일으키고 한 손으로 잔등을 두들긴다.

"이놈아, 인제 왔어? 현 동무, 나야 박사루다! 보초루 나갔기 때문에 몰랐었네……. 에이구 이 자식이 이제야 왔구나!"

현 동무는 으……으…… 하며 그냥 잠꼬대를 하며 다시 자리에 쓰러진다.

여느 동무들은 쉬— 쉬— 하며 깨우지 말라고 꾸짖으며 자칭 박사 동무를 데리고 바깥으로 나갔다.

제2부 유격 지구

1. 초소의 피오네르

이날 밤 우리들은 무더운 방으로부터 사다리를 더듬어 지붕 위로 올라 갔다. 펑퍼짐하니 네모진 돌지붕이 한나절 폭양 아래 달아올라 온기가 아 직도 가시지 않았으나 바람이 선들거려 모기도 들어붙지 못한다. 이 지방 사람들은 저녁을 먹고 나서는 지붕 위로 올라와 담소함이 가장 가는 즐 거움이라고 한다. 흡사 발코니(노대) 올라와 앉아 있는 느낌이다. 호궁 소 리가 여기저기서 미어질 듯 애타는 듯 들려오고 골목길에서도 두런두런 말소리가 울려온다. 지붕 밑에는 호박꽃이 주렁주렁 달려서 입을 다물고 귀를 기울인다.

등뒤로 겹겹이 싸인 태항산계의 만학천봉은 밤안개 속에 묵화처럼 얼 른거리고 달도 없는 밤하늘은 창창히 맑아 별바다를 이루었다. 앞에는 우 리 일행이 자갈밭을 걸어온 하상이 이리저리 굽이쳐 감도는 황야이다. 이 따금씩 산 위로부터 밤새가 울며 들판을 건너 어둠 속으로 사라진다.

병마공총의 유격 생활에서도 못내 버리지 못하는 퉁소를 꺼내어 한 동무가 구슬프게 고향의 노래를 부르기 시작하였다. 귀여운 소년 동무로 어지간히 솜씨도 능란하였다. 동무들의 권에 못 이기는 듯 부끄러운 양 얼굴을 퉁소 위로 수그리고 불어댄다. 어글어글한 눈에 때로는 흐르듯 타 는 듯하며 곡조는 애원에 차다. 탄알을 총에 재는 일방 틈틈이 산전까지 일구는 멍이 진 굵직한 손가락이언만 더듬더듬 헤엄치듯 퉁소 위를 달리 는 양은 백어 같은 손길이 나분거림보다도 더 아름다워 보였다.

어쨌든 이방 산중(異邦山中) 젊은 장부들의 가슴을 제법 설레게 하는 것 이었다.

별바다도 한껏 먼 고국의 하늘을 바라보며 이 피오네르8)의 퉁소소리를 들을 때 나 역시 또한 변방 산채에 나온 병사의 하나이 된 듯 감개의 사무침이 무량하였다. 멀리 가까이 들려오는 호궁 소리가 이방인으로서의 향수를 일층 더 자아낸다. 젊은이 하나가 이에 맞추어 독특한 고음으로 찢어지듯이 노래를 부르는데 가끔가다 희한스레 떠들썩하니 고아대는 소리도 일어난다.

이런 가운데 동무들의 지나온 간고스런 혁명 생활과 불꽃이 튀는 듯한 전투 이야기가 두서없이 시작되었다. 티끌 하나의 사념이 없이 그야말로 임 향한 일편단심으로 오로지 나라를 찾고자 민족을 건지고자 물불을 헤아리지 않고 싸우며 흙을 끓여 마시고 풀을 뜯어먹은 이네들이다. 사랑하는 고향, 그리운 사람 모두 버리고 반격의 길을 떠나온 이래 언제 한번 따스한 잠자리를 얻어보았으랴! 맛 나는 음식에 참례하였으랴!

무엇보다도 내 조국을 찾자는 굳은 결심이 맛나는 양식이요, 불같이 타오르는 적개심이 몸에 지닌 아름다운 무장인 이네들.

전투 또 전투, 공작 또 공작, 생산 또 생산. 전투를 하면서도 부대를 파면서도 조밥에 산챗국을 뜨면서도 여윈 팔을 쓰다듬으며 언제나 조국의 장래를 축원하고 우리 민족의 행복을 빌어온 이네들이 아닌가?

김일성부대가 우리의 조국을 두루 비추는 태양계라면 이네들 수많은 빨치산은 정녕 이를 둘러싼 위성인 것이다. 그러나 이들은 어디에 그처럼 우람찬 의지와 용맹이 서리어 있으랴 하리만치 모두 수줍은 태도로 자랑삼아 길게 이야기하려고도 하지 않았다.

우리를 여기까지 마중 나온 태항분맹의 최 동무는 무연히 다음같이 말하였다. 매우 강직하면서도 부드러운 이였다. 이야기할 때마다 뼈덩니가 들먹이는 듯하다.

8) 소련공산주의 소년개척단. 여기서는 '용감한 소년'이라는 뜻.

"백두산의 장군 부대가 일제의 등시미에 심장에 이마빼기에 불을 터치고 있지 않소?……우리 의용군도 바로 그 하나의 초선입니다."

동무들은 말없이 끄덕인다. 그러나 나는 무량한 감개에 눈시울이 따가워짐을 의식하였다. 이제 와서 겨우 사내다울 수 있으려고 이대오를 찾아 만릿길 피로써 몸을 씻고자 떠나온 길이 아닌가.

공작원 현 동무는 그중 다정스레 지내는 소위 박사 동무에게 적구의 이야기를 들려주고 있었다. 중대한 임무를 별로 허물없이 이행한 뒤에 또다시 무사히 만나게 된 것이 매우 반갑고 고마운 모양으로 서로 쓰다듬고 어루만지듯 하는 정경이었다. 우리들은 북경 담배를 한 대씩 나누어 피우며 이런 이야기 저런 이야기에 밤 가는 줄을 몰랐다. 그들은 무엇보다도 국내의 일이 궁금한 모양이었다.

누구는 어떻게 되었느냐?

쌀금새는 얼마나 하느냐?

옷감이 없어 산중에서는 모두 벗고 산다니 정말이냐?

화폐는 얼마나 팽창되었느냐?

징병, 징용은? 보국대의 형편은?

떠날 때 무슨 꽃이 폈더냐?

아니 묻는 말이 거의 없으리만하다. 이쪽에서 아느니까 설명도하고 추측도 늘어놓으나 대개는 이네들이 벌써부터 번번이 들어 짐작하고 있는 일이었다. 다만 고향 이야기를 서로 뇌고 또 뇌고 싶은 심정에서인 모양이었다. 처음 는 소리나 나오면 모두 반색을 하며 눈알을 굴린다.

그러나 무엇보다도 그들은 국내 지하운동의 형편을 궁금히 여겨 소상히 알고자 하였다. 내게는 구체적으로 들려줄 만한 아무런 밑천도 없었다. 다만 태평양전쟁이 일어나면서 일본 파시스트들의 최후 발악과 백색 테러가 날로 혹독하여져 국내의 운동이 깊이 지하로 지하로 내려앉을 수밖에 없어졌음을 미루어 이야기 할 수 있었다. 하나 물가는 살인적으로 폭등하고 임금은 기아적이요, 수탈은 더욱 더욱 강하되어 전체 인민의 반일 감정이 극도로 첨예화한 것만은 사실이다. 더구나 징용이니 보국대로 노무를 강제로 출하여 농민들이 노예와 다름없이 붙들려나가 공장, 광산에서 회리채로 얻어맞으며 이에 또한 징병이니 학병 제도까지 더 덮치어 수많은 생명이 전장으로 내몰리게 되었다. 이리하여 깊은 산중에서는 탈주병과 기피자들이 떼를 지어 몰려다니며 국내 유격전의 전야를 이루고 있는 것이다.

이러니만치 국외에 있어서 무기를 들고 적에게 육박하는 반일 혁명군의 존재는 국내 동포에게 커다란 희망과 용기와 자신을 북돋우어주는 것이다. 그중에도 김일성부대는 백두산의 밀림을 뚫고 압록, 두만의 장강을 오르내리며 일본군의 후방을 교란하여 놈들의 가슴을 서늘케 하며 일방 국내 인민에게 더할 나위 없는 고무와 지도를 베풀고 있는 것이다. 동시에 천재적인 전략, 전술과 치밀하고도 주도한 조직력과 그리고 군중에의 헌신적인 복무로써 그 은위는 내외에 떨치고 있다.

"국경의 한복판이지……."

"후방 기지도 없지……."

역시 군인들의 보는 눈은 다르다.

그 역사의 오래기로, 환경과 조건의 가랄하기로 세계 일의 빨치산이 아닐 수 없을 것이다. 말하자면 동북은 반파쇼전쟁의 일대 활화산이요, 동변도의 밀림은 그 위대한 분화구이다.

더구나 이 불같은 만주 빨치산전투에 있어서 김일성부대를 비롯하여 조선 사람이 민족연합 통일전선을 영도하고 있는 것이다. 이 사실이 중국 인민에게도 커다란 감명을 주고 있는 모양이다.

"동북으로!"

조선의용군도 이런 구호를 내걸고 기둥을 거쳐 동북으로 나가 이 태양대에 배합되어 같이 싸우려 한 시기도 있었으나 요새는 가랄한 정세에 비추어 눌러앉아 항전 역량을 기르기에 주력 중이라고 한다.

이와 동시에 적구 속에 깊이깊이 손길을 펼치어 지하 조직을 공고히 하며 전투진을 지휘하기 위하여 전방 본부가 이 태항산중에 나와 있었다. 여러백 리 첩첩산중의 험로를 걸어 들어가면 우리 독립동맹과 의용군의 본진에 도착되리라고 한다. 이 말을 듣고 나니 구태여 연안까지 들어갈 필요를 느끼지 않게 되었다. 적들이 소위 대토벌전 감행 운운하여 여러 번 휩전되던 이 태항산계이다. 이 속에 정치·군사장의 우리 제일선 본부가 진출한 이상 비전(非戰)구역으로 들어가느니 모름지기 한 손에 펜을 쥐고 한 손에 검을 들고서 싸우리라 결심하였다. 다행히 우리 의용군에 종군만 할 수 있다면 정도에서 쓰러져 못 돌아가는 한이 있더라도 내 평생 영예로운 소망이 이루어지는 것이다.

아닌게아니라 한때는 일본 남방군에 종군하라는 위협을 받은 일도 없지 않았다. 태평양에 도적불을 지른 그 이튿날 새벽 놈들에게 붙들려 나역시 예방 구검수로 철창 신세를 지게 되었다. 비율빈(필리핀)이 떨어지면 석방하느니 신가파(싱가포르)가 점령되면 돌려보내느니 속여오다가 하루는 불러내어 남방군에 따라다니며 '황군'을 노래하고 전첩을 보도할 결심만 한다면 당장이라도 풀어놓으리라고 달래었다. 이에 응하지 않는대서 놈들은 뺨을 갈기고 얼굴에 침을 뱉었고 다시 감방으로 덜덜덜 끌고 들어갔다. 이제 이 원쑤들을 쳐부수려는 우리 의용군의 뒤를 따라나서게 될 것이니 얼마나 통쾌하고도 우람찬 일인가? 혼자 회심의 미소를 지었다. 어서 하루 바삐 들어가 이 동지들의 팔에 안기리라! 내일로라도 곧 떠나고 싶다는 의사를 말하니까

"건강은 자신있소?"

현 동무가 귀에 반기는 모양으로 돌아보며 되묻는다. 나는 웃으며 끄덕였다. 이리하여 날이 밝는 대로 백 동무를 남기고 먼저 떠나기로 작정되었다. 병고가 생긴다면 성한 사람만이라도 먼저 데리고 돌아오라는 지시가 있었으니 마침 잘 결심하였다고 최 동무도 좋아하며 내일 떠날 길이 바쁘니 어서 내려가 쉬자고 한다.

하기는 밤도 어지간히 이슥하여 짙은 어둠 속이었다. 중국인들의 호궁 소리도 파장머리인 듯 이따금 생각난 듯이 들려올 뿐이다. 노랫소리도 끊어졌다. 깊고도 무거운 침묵이 산기를 휩싸도는 것이었다. 동무들도 하나둘씩 잠자리에 들려고 내려가기 시작한다. 나는 이 초소의 한밤을 더욱 뜻깊이 즐기려는 듯이 엎딘 채 퉁소를 부는 소년 동무에게 한 곡조를 더 청하였다. 피오네르는 하얀 잇새를 드러내고 반짝이 웃으며

"그럼 내 우리 의용군의 추도가 들려줄까? 나는 이 노래가 제일 좋아…… 동무, 들어볼래요?"

하고 가만한 소리로 노래하듯이 들려주는 가사는 이러하였다.

> 모진 바람 몰라치는 길가에
> 못내 풀고 쓰러지는 그 원한
> 우리들이 갚아주기 맹세하네

곡조는 우둥우둥 비가 내리고 바람이 구슬피 울부짖는 양 가슴을 읊조리게 하는 가운데도 불같은 노여움과 설움을 뚫고 나가려는 힘찬 싸움에의 사무침이 있었다.

"누구의 노래요?"

"모릅니다."

"작곡은?"

"것두 모르죠. 어느 동무가 지었는지……. 좋아요? 동의하세요? 언젠가

동무를 잃었을 때 피에 젖은 시체를 걸머지고 걸음걸음 이 노래를 부르
며 나가누라니까 모두 엄숙한 가운데도 자꾸만 눈물이 나와서…… 제 솜
씨가 좋지 못해 기분이 나지 않지만…….”

“동무는 고향이 어디요?‘

하고 물으니까

“새로 들어오는 동무들은 궁금증에 자꾸 그런 말을 묻군 한다니까?……
여섯 살? 그러면 저와 같군요. 저두 여섯 살에 아버지를 잃었어요.”

“어디를 가셨는데?”

“아이참, 말실수했네. 저는 아주 잃어버렸단 말이에요.”

“우리 애도 그렇게 될지 뉘 알겠소.”

하며 웃으니까 그는 머리를 저으며

“아니, 염려 없어요. 그까짓 왜놈 자식들 몰아내기야 식은 밥 먹기
지……. 우리 아버지는 감옥에서 세상 떠났거던요. 오늘이 분명히 음력으
루 2월 그믐이죠?”

“글쎄요, 송구두(아직도) 달이 안 뜨는 걸 보니…….”

“내일이 바루 우리 아버지 돌아가신 날이에요…….”

“아버지가 그리운 게구려?”

소년 동무는 말없이 끄덕였다. 가벼운 웃음이 입언저리에 떠돌았다. 서
글피 추도가를 불러대던 심정도 바이 짐작할 수 있는 듯하다.

이윽하여 깊은 회상에 젖으며 조용히 이야기를 꺼내는 그의 모습에는
어떤 시인의 풍격이 풍겨돌았다. 나는 담배를 피워 물었다.

“글세 아버지 일이 어제오늘 별하게도 간절해지니 웬일일까요?……바
로 이렇게 달도 없는 고요한 밤이었어요. 감옥에서 시체가 되어 아버지가
돌아오신 게……. 그때 내 나이 여섯 살이니까 십일 년 전이로군……. 누
구나 다 제 부모는 좋다구 하나 우리 아버지는 특별히 좋은 분이었어

요……. 눈물이 많구 착하시구 그리면서두 용기가 있구……. 나를 데리구 노실 적엔 범놀이, 수박따기, 말놀이 다 해주며 어떤 때는 동리 애들을 죄 모아놓고 다리헤기, 원님내기까지 해주셨구면요……."

"아버지의 몇 살 적의 일이오? 돌아가신 게……."

"서른한 살……."

나보다는 연소하였군……. 혼자 이렇게 중얼거렸다.

이 동무가 이런 이야기를 펴놓을 때 나는 마디마디 내 이야기를 듣는 듯하여 저절로 신심이 굳어짐을 느끼었다. 앞으로 내 어린애도 이런 산중에서 나의 이야기를 이렇게 하는 날이 오지나 않을까? 아직도 십 년 세월 우리 젊은이들이 총대를 들고 이방 산채에서 원쑤와 싸워 피 흘리는 날이 계속된다면 얼마나 아픈 일이랴! 사랑하는 어버이를 먼 기억 속에 더듬어나가며 아름답게 장식하는 그의 술회처럼은 형용될 것이 아니지만 어쩐지 성격도 인품도 나와 비슷해 보이는 그의 아버지였다.

"이렇게 좋은 아버지면서도 공연히 혼자 성이 나시면, 더구나 내가 울기나 하는 날이면 갑자기 사람이 달라지듯이 저를 막 두들기고 하겠지요. 이리다가 저 자신두 그만 슬퍼지어 혼자 돌아서서 우시는군, 지금 생각하면 아버지는 나를 때리는 게 아니라 제 자신을 채찍질하던 것이었어요. 그러기 늘상 아버지는 이 애가 원 나를 닮어 마음이 약해서 ……이렇게 한탄하군 하셨지요."

"어쩌면 그렇게도 내 이야기를 들려주는 것 같소?"

"동무두……?"

의아스레 쳐다본다. 나는 가만히 쓴웃음을 지었다.

"사실 아버지는 마음이 약해서 옥내 투쟁에 못 이겨 한번 전향성명까지 하였더랍니다. 하시고 나서 며칠 안으로 다시 번복했기 때문에 더 심한 악형을 받어 지레 세상을 떠난 셈이죠……. 언젠가 어머니와 같이 감옥으로 면회를 가니까 아버지가 원님내기 이야기를 하시겠지……. 나두 이제 몇 해만 더 있으면 나가게 된다, 아버지 나가면 좋겠지 하시기에 끄덕이니까 어디 그럼 여기랑 집이랑 원님내기루 맞춰봐 하며 웃으시는군. 그래 우리 집은 어머니, 여기는 이 사람하고 옆에 칼을 차고 권총을 둘러맨 왜놈 간수를 손으로 가리키고 제발 어머니에게 맞아줍소사고 빌면서 한알뚱, 두알뚱, 삼재, 염재, 이렇게 부르며 나갔는데 분명히 어머니에게서 맞아 떨어져야 할 것이 어디서 어떻게 잘못되었는지 간수에게서 떨어지거던요. 그래 나는 그만 소리를 내어 으앙 울었어요. 어린 마음에두 가슴이 덜컹 내려앉았더니 종내……."

겸언쩍은 듯이 얼버무리며 잠시 말끝을 맺지 못하다가

"내 참 오늘 밤 새로 만나는 동무보구 왜 이런 소리를 할까?"

나 역시 이 어린 동무가 오늘밤은 유달리 구슬픈 향수와 추억의 포로가 된가시피 생각되었다. 고국의 티끌도 채 떨구지 못하고 들어온 나를 대하매 가분재기 옛날 일이, 아버지 일이, 고향 일이 간절해지는 것일까?

"우리 여기 있는 동부들 앞에서 이런 이야기를 하면 또…… 또……하며 웃어주어 입도 못 벌리는 걸요……. 아무래두 저 같은 건 훈련이 부족해서 센티멘털이 있는가 봐요……. 아닌게아니라 원님내기 점이 실패하여 가슴이 덜컹 내려앉았더니만 역시 신비적인 어떤 암시였던 것처럼……."

"센티멘털이 아니라 신비주의구려……."

동무는 마주 웃었다.

"글세 말이에요……. 불길한 예감이 들어 갑자기 엉엉 소리를 내어 우니까 간수가 아버지를 끌고 들어가겠지……. 이때부터지요, 내가 이런 생활을 하러 떠날 결심이 어렴풋이나마 생긴 것이……. 옳지, 우리 아버지를 늘 가두어두는 게 저 왜놈이요 우리 조선 사람을 늘 노리는 게 저 칼이요 총이로구나! 저놈의 총칼을 빼앗어 왜놈을 죽여야! 감옥에서 며칠 안 되어 아버지의 시체가 돌아와 웅크리고 그 앞에 앉았을 제 이 결심은 어린 가슴속에 불길처럼 더 커졌습니다……."

이때에 옆에 길게 누워 잠이 들었던 한 동무가 주섬주섬 일어나더니

"또 아버지 타령이야."

하며 선하품을 한다.

"자, 어서 내려가 잡시다. 밤이 깊은 모양이니……."

소년 동무는 머리를 긁적이며

"나는 좀더 있다 보초 교대루 나가야 하니까 동무들이나 내려가 편히 쉬어요……."

자리를 떨고 일어나 동무의 뒤를 따라 내려가 백 동무의 쉬는 방으로 들어갔다. 마침 호곤히 잠이 들어 숨소리만 높다. 나는 왜 그런지 가슴이 설렁거려 눈을 붙일 수 없었다. 방등에 불을 돋우고 어린애들의 사진을 꺼내어 들여다보니 나 자신을 의식하였다. 이 피오네르의 서글프고도 줄기찬 이야기가 눈앞에 여러 가지의 환영을 그려내어 나 역시 가벼운 센티멘털에 사로잡히는 것이었다.

이관 산촌의 밤은 고요히 깊어간다. 지붕 위에서는 퉁소 소리가 다시 처량히 울리기 시작하였다. 서러운 추억을 퉁소 소리에 싣고 홀로 이 한밤을 지새우려는 것일까?

2. 셰퍼드 소동

잠시 눈을 붙이는 둥 마는 둥 한 뒤에 새벽에 일어나 태항분맹 최 동무와 공작원 현 동무를 따라 떠나게 되었다. 백 동무는 사선을 넘어 동무들의 따뜻한 포옹에 몸을 맡긴 안도감에 병석에서 일어나 나의 출발을 마음 깊이 축복할 뿐이었다. 두고 가는 마음이 섭섭은 하나 동무들이 많

으니까 차도 보아 곧 뒤따라오게 될 것이다. 중국인 사정(使丁)을 한 명 불러 가지고 멜대에 짐을 달아매고 있노라니 한 노파가 비명을 지르며 달려와 의원 선생님 큰일났으니 어서 가자고 야단이다. 동무 하나가 약구 럭을 들더니 맞받아 뛰쳐나간다.

며칠 전 이 마을의 젊은 사내가 장을 보러 내려갔다가 일병에 붙들려 간 일이 있었는데 그 아내가 번듯하면 울화증에 정신을 잃고 나가넘어지 고 한다는 것이다. 우리 동무들이 달려가 캠퍼 주사를 놓아 숨을 돌리게 한 적이 한두 번이 아니었다. 본디 주사 한 대 놓아보지 못한 동무들이나 제법 의원 노릇을 하여 근방 산촌에 명성이 자자하다고 한다. 먼 산촌에 서까지 모시러 오게끔 되었다고 하니 어지간히 의원으로도 입신양명 중 인 모양이었다. 그중 익숙하여 박사의 별호까지 달린 동무의 말에 의하면 워낙 약이라고는 써보지 못한 사람들이어서 신통히도 잘 들어 주사는 단 대에 직효요, 약은 한두 봉지로 신효였다.

근거지에 완비된 우리 병원이 있다는 말을 듣고 나는 바랑짐을 풀어 영신환, 안약, 해열제, 주사약, 이런 것을 있는 대로 쏟아놓았다. 평양서부 터 준비해 온 것이었다. 이같이 행복되게 인도를 받지 못하고 부득이 혼 자서 지향없이 찾아 들어오게 된다면 기나긴 노정에서 이런 의약을 베풀 며 중국 촌민들의 호의를 얻고자 함이었다. 이 약과 약봉지, 용기 하나하 나에도 나의 꿈이 있었다. 한간이나 내통자의 수중에 빠졌을 때라도 가슴 앓이로 갑자기 뒤채는 그의 아내를 주사 한 대로 잠재움으로써 치하를 받 아 사지를 면하는 경우며, 어린애의 눈앓이를 고치고 안약을 베풀기 때문 에 안전한 길을 지시 받는 행복, 구질구질 고름이 흐르는 다리를 소독하고 약을 발라준 덕에 요기하게 되는 고마움…… 이런 일을 꿈꾸었음이다.

그러나 이제는 하나도 필요치 않았다. 동무들은 하도 기뻐서 약곽을 무 더기로 들고 이건 무슨 약이냐, 어떻게 쓰느냐, 식후냐 식전이냐, 주사는 도대체 약 뒤에 놓는 법이냐 연방 질문이었다. 큰일날 의원 선생님들이다. 한 동무는 그래도 박사의 명예에 부끄럽지 않게 의료 지식이 풍부하였다. 하나 영신환 봉지를 들고 이리 저리 뒤적 하더니

"이게 그 영신환이로군."

하며 끄덕인다.

"어째 박사님이 아직 영신환을 몰랐소?"

하며 웃으니까

"어려서 나왔기 때문에 말루만 들었지 보기는 이번이 처음이우다……."

하며 한 알 끄집어내어 질긴질긴 깨물더니

"됐군. 됐는데 이거면 인단 뜸떠 먹겠는데. 인단이 이런 산중에서는 만병통치랍니다. 인단두 은립은 안 되지요. 시뻘건 게 색두 제법 되었거든."

우리들이 산길에 오르게 되자 동무들은 멀리 산모퉁이까지 따라나와 수건을 흔들며 환송하였다. 산 위에서 부르짖는 소리가 들린다. 올려다보니 어젯밤 퉁소를 불던 소년 동무가 옆산 바위 위에 총을 들고 서 있었다. 우리는 가끔 멈춰 서서 손을 흔들어 보이며 길을 재촉하였다. 현 동무는 개를 데리고 앞섰으며 중국인 사정은 짐을 메고 뒤에 달렸다. 우리는 일체 편복이고 두 동무가 권총으로 경무장(輕武裝)이었다. 금강상회 셰퍼드 군은 완전히 우리들의 포로가 된 것이다. 근거지로 데리고 들어가 군용견을 만든다고 좋아하며 현 동무가 이 포로 호송의 임무를 맡은 터이다.

태항산길은 굽이치는 비탈길이다. 나무 한 그루 없는 산마루터기를 타고 넘으면 번번한 산봉우리가 앞 뒤 좌우에 빼곡이 들어차 빠져나가려야 빠져나갈 길조차 없어 보인다. 한 굽이 스쳐 돌면 또 새로운 산굽이 갈피갈피 앞을 막고 옆으로 다가선다. 때로는 깎아지른 길이 산봉우리를 기어오르기도 한다. 흡사 우리는 감자 더미 속을 두루 헤매는 개미 떼와 같기도 한다.

이렇게 첩첩산이라고는 하나 아름다운 벽암유석의 산취는 찾아보려도 볼 수 없는 스산한 산악 지대였다. 하늘은 높을 대로 높고 일광은 퍼질 대로 퍼지고 산운이 흩어져 남기도 사라지고 다만 멀쑥한 산악만이 싸이고 또 싸였다. 그중 높은 산을 넘으며 이것이 마천령이라고 일러주는데 조선 산처럼 그리 그악한 맛이 없다. 그런 느낌을 이야기하니까 원체 평원 대륙이어서 그런지 태산이라는 산도 몸소 올라보면 조선서 글 배울 때 상상하던 산에 비하여 어림도 없는 조그마한 산이라고 한다. 하여간 끝없는 산악의 연긍. 우리는 개미 떼처럼 이 산길을 오르고 내리기를 반복하다가 외나무 그늘만 찾으면 기어들어 숨을 태웠다. 깊은 골짜기 속에 떨어져도 샘터 하나 없고 바람 한 점 까딱도 않는다. 더위와 피로에 나는 좀체로 담배를 피워볼 기력도 나지 않았다. 셰퍼드 군도 혀를 뽑고 헐떡이며 사정은 연신 수건으로 비지땀을 훔친다. 그러나 두 동무의 걸음발은 슬렁슬렁 매우 홍그러웠다. 때때로 돌아보며

"쉬어갑시다."

한다. 마음을 놓아 그런지 한결 걸음발이 더디는 것을 스스로 느껴 부지런히 따라가며 비명을 삼가기도 한다. 하나 이렇게 너무도 깊은 산중에 우리만이 빠져들어 헤매거니 생각하니 무시무시하기도 하다. 누구 하나 지나가는 사람을 볼 수도 없고 개 짖는 소리 한마디들을 수 없다. 길가에 굴러떨어진 수레바퀴를 한 채 보았을 뿐이었다. 나무채는 비에 젖어 썩고 쇠바퀴는 녹이 슬었다. 일군이 토벌 들어왔다가 버리고 간 포차 바퀴일까?

이렇게 약 삼십여 리를 걸은 뒤에야 집이라고 산모퉁이에 오막살이 한 채를 발견하였다. 흙으로 담을 쌓고 지붕도 역시 흙으로 올린 무너져 가는 집이었다. 집 앞에 박우물이 있었다. 우물가를 호박넝쿨이 기고 있다. 여기서 우리는 낯을 씻고 발을 씻은 뒤에 점심 보재기를 끄르게 되었다.

끓인 물을 얻어먹으려고 찾아 들어가니 방 안 머리맡에서 꿀꿀거리며

돼지란 놈이 쳐다본다. 대답이 없다. 한참 만에야 나는 '캉' 위에 쪼들쪼들 늙은 노파가 꿰매던 신발을 든 채 움츠리고 내다보는 것을 알아볼 수 있었다. 이렇듯 방안은 어둡고 노파는 숨소리를 죽이고 있었다. 불의의 침입자에 놀란 것이다. 조그만 눈이 반딧불처럼 파란 시기와 공포의 빛을 발하고 있었다. 뒤따라온 최 동무가 웃으며 귀자(왜놈)가 아니니 안심하라고 일러주며 나를 돌아보더니

"헬멧을 벗어야 할까 부— 이제부터는 두간두간 인가가 있을 테니까."

이때에 꿀꿀거리던 돼지란 놈이 내 구두를 버쩍 물어뜯는다. 구두도 벗어야 할 모양이었다.

"할머니. 요새 왜놈 병정 지나간 일이 없는 가요?"

최 동무가 묻는다. 노파는 눈을 감더니

"달경 전일까, 원."

"어디루요?"

"도루 나가는 모양입데."

자리로 돌아오며 그럼 앞으로 가는 길에도 일군이 있을 모양이냐고 물으니까 현 동무는 두 손으로 열 손가락을 서로 엮어놓으며 바로 이렇게 피차의 군대가 교차되어 노리고 있다고 한다.

최 동무의 말을 듣자면 아마 달경 전에 어디 토치카의 일군 대오 하나가 또 걷어메고 본대를 찾아 빠져나간 모양이다.

헬멧을 볕을 가리기에 십상이었고 단장은 산길에 매우 의지가 되었으나 이 기회에 아주 도회풍을 숙청하기로 하였다. 사민들에게 공연한 의심을 살 필요가 없었다. 그래 헬멧의 흰 헝겊은 붕대용으로 풀어서 옆채기에 넣고 동무들의 본때로 수건을 머리에 두르고 단장은 노파네 집에 기부하였다.

"구두까지 갈아대면 제법 노백성이오 동무두……."

하며 현 동무가 웃었다.

헝겊을 벗긴 헬멧을 바가지로 삼아 목을 없은 뒤에 다시 길을 떠난다. 여기서 또한 산을 끼고 두루두루 감돌아 산등을 굽이굽이 넘어 또 삼십 리 가량 걸어가니 산밑에 손뼉만한 분지가 열리고 조그마한 동네가 깔려 있었다. 뉘엿뉘엿 해 질 무렵이었다. 산에서 내려서매 길도 좀 넓어지고 탄탄하며 어디서 오는지 나귀 바리들이 방울을 울리며 줄을 지어 몰려든다. 이 산지대에서는 나귀가 유일의 수송 기관인 것이다. 긴 채찍을 등에 꽂은 나귀 잔등에 넌지시 올라앉아 홍얼홍얼 노래를 부르며 석양을 안고 돌아가는 풍경은 퍽 멋지다.

이 행렬 사이를 뚫고 지나가노라면 나귀꾼들이 개를 보고 질겁하여 비명을 지른다. 나귀를 몰고 가는 한 영감은 셰퍼드 군이 갑자기 옆을 스쳐 지나가는 바람에 화닥닥 놀라 어프러지기까지 하였다. 우리가 웃으며 잡아 일으키니까 그는 낭구(승냥이)인 줄 알았노라고 저도 객적은 듯이 웃으며 옷을 툭툭 턴다. 나귀꾼들은 양구냐 일본구냐 묻는다. 동무들은 분명히 승냥이라구 말하며 껄껄거린다. 지나가는 사람들도 놀라 자리를 비키며 공포와 호기심에 물어본다. 마을을 들어서면서는 개를 보고 애들은 울며 달아나고 부녀자들은 질겁하여 문안으로 뛰쳐들어갔다. 그래 현 동무는 셰퍼드 군의 고삐를 바싹 다가쥘 필요가 있었다.

개 없는 시골도 있었던가, 모두 개를 처음 보아 무서워 그러는가 보다 했더니 실상은 승냥이 인 줄 알고 질겁해하는 눈치였다. 그만치 우리 셰퍼드 군이 크기도 하였다. 최 동무에게

"승냥이가 퍽 많은 모양이구려?"

물으니

"맨 승냥입니다. 전쟁놀음에 시체가 골짜기를 메워 늘기는 승냥이와 까마귀 떼뿐이지요. 전쟁도 있는데다 연해 흉년이 지고 보니 승냥이 떼무리의 피해가 상당하군요. 우리 병원에도 매일 두셋은 승냥이에 물린 부녀

자나 어린애들이 찾아옵니다……. 그러나 양구냐 일본구냐고 묻는 말에는 딴 의미로의 절실한 공포증이 없지 않지요."

일군이 소탕(토벌) 때문에 몰고 들어온 군용견에 무고한 백성들이 물리어 살을 뜯기고 뼈를 갈리고 목숨을 잃은 일이 비일비재였다.

민병 포로들을 나무에 끌어매고 주민을 모아다놓고 그 아버지, 어머니, 처자들이 보는 눈앞에서 피에 주린 군용견을 풀어놓아 물어뜯어 죽이게 한 몸서리치는 일도 수두룩하였다. 군중은 하마 눈을 뜨고 보지 못하여 돌아서서 두 손으로 얼굴을 감싸고 사지를 떨었다. 울지도 못하였다. 개는 그 셰퍼드 독특한 껑껑 소리를 내지르며 몰려들었다. 용기를 내어 구해보려고 뛰쳐나오는 자는 동류라고 하여 그 자리에서 쏘아 죽였다. 씨알머리를 없애고자 함이다. 울음소리를 터치는 부인네가 있으면, 보라 우리는 양민을 해하지 않고 이런 년이나 잡아간다고 붙들어다 씻을 수 없는 능욕을 주고 나서 환도로 목을 자르거나 총검으로 가슴패기를 찔렀다.

제국주의 일본군대는 이렇게 잔포스런 교수자들의 떼무리인 것이다. 하루바삐 이 지구 위에서 말살하지 않는 한 인류의 행복과 자유는 보장되지 못할 일이다. 그야말로 넷째 번의 봉인을 뗄 때에 보았다는 청황색의 말을 탄 자와 같은 족속이다.

"보건대 청황색의 말이 있는지라 이를 타는 자의 이름을 죽음이라 부르고 음부가 그 뒤를 따르도다……. 그들은 창과 주림과 죽음과 땅 위에 짐승으로써 사람을 죽이는 권세를 받았도다."

일군의 발길이 이른 곳에는 반듯이 죽음의 그림자가 뒤따르는 것이었다. 악마 일군의 참혹한 행동은 그들의 소위 삼정정책에 여실히 나타나고 있다. 소(燒), 살(殺), 창(槍)의 삼광- 중국인의 것이면 남김없이 불살라라, 중국인이면 남김없이 죽여라, 그리고 모든 것을 빼앗아 빈탕(光)을 만들어라, 이것이다.

이 동네 역시 황량하고도 쓸쓸함이 폐허나 다름없었다. 쪼들어빠진 얼굴, 뼈만 남은 팔죽지, 헐벗은 옷, 손에 들고 씹어먹는 모래 같은 겨떡, 들이켜는 희물그레한 겨죽…….

참으로 불행하다면 우리에 못지않이 역시 불행한 민족이었다. 항시 누와 누가 무엇 때문에 싸우는지 모를 군벌 싸움에 시달리고 앗기고 쓰러지다 못해 간악한 외적에게까지 짓밟히니……. 그러나 이미 오늘에 와서는 팔로군의 힘이 여기까지 내뻗치어 백성들은 다시 모여들어 쇠잔한 힘을 모두어 담을 쌓고 지붕을 올리고 가마솥을 걸게 되었다. 절망과 공포와 암흑 가운데 비틀거리며 찾아온 이네들은 무엇을 발견하였던가? 그것은 새로운 희망이었다. 고마움이었다. 빛이었다. 그야말로 인민을 위하여 복무하고 타협이 없이 적을 때려눕히려는 구성의 군대를 발견한 것이다. 아직까지 도움을 받아본 적이 없었고 거듭 일어나는 내전에 오래오래 울었으며 살육과 겁탈을 자행한 외적을 가장 미워하기 때문에 그들은 이 새로운 군대를 진심으로 환영케 된 것이다.

전쟁은 인민을 교육하였다. 이네들은 누가 진정 자기네를 도와주며 사랑하고, 진정 싸워야 할 것이 무엇이며 미워해야 할 것이 누구인지를 똑똑히 알게 되었다. 그리고 또한 이 전쟁을 이김이 없이는 진정 평화스레 행복되게 살 수 없음을 깨닫는 동시에 자기 자신들의 힘을 새로이 느끼고 발견하여 외적을 물리치고자 총을 들고일어나게 되었다. 이것이 곧 인민자위군이다. 이 인병의 수효가 실로 이백이십만 이상에 도달하는 것이다(중공 제7회 전국대표대회 석상의 보고).

찌그러진 성문에, 무너진 담벽에, 그리고 기둥마다에 씌어 있는 구호나 표어 속에 다시 일어나는 새 나라 인민의 경륜과 기개와 포부가 서리어 있다.

'견지항전'

'견지단결'

'반대투항'

'반대도퇴'

'인민의 의사에 배반된 전정을 그만두고 연합 정부를 세우라!', '내전 정책을 집어치우라!', '타도 일본 제국주의', '한간을 때려부수자!'

위대한 중공 영도의 따사로운 손길이 폐허 위에 새로운 씨를 뿌리고 꽃을 피우는 것이었다. 나는 이 산간 첫 동네에 발을 들여놓으면서 처음 보는 구호와 표어의 벽서를 읽어나가며 무량한 감개에 젖었다.

그러나 북은 두만강으로부터 남으로는 해남도에 이르기까지 무기를 거두어 달아나거나 총을 던지고 투항한 장개석의 국민군! 이들은 오늘날 외적과는 싸우려지 않고, 아니 심지어는 적군과 투항군과 통모 연합하여 총부리를 이 항전 지구에 향하고 있는 현상이 아닌가? 미국서 공급을 받은 전차와 대포와 기관포로 거대한 방렬(放列)을 짓고— 그 대신 팔로군은 피로써 적의 몸을 물들이고 흙발로 빼앗아 얻은 무기 외에는 정의와 진리와 애국심으로 무장되었을 뿐이다. 이제 와서는 현명한 인민들이 누가 가장 나라를 사랑하며 백성을 위하는가를 알게 되었다. 이에 인민의 역량은 요원의 불길처럼 확대되기 시작한 것이다.

항전 지대에서도 이 태항구로 말하면 토박하고 낙후한데다 적의 침공까지 가장 가혹했던 곳으로 유명하다. 그러나 이 부락에서 우리는 글소리를 들을 수 있었다. 학교가 생긴 것이다. 그리고 이미 여기에도 자위군이 조직되어 민병이 경비하고 있었다. 지붕 위에 모여 앉아 재잘거리던 어린 애들은 일어나 우리를 맞으며 노래를 부르고 있었다.

나귀꾼들을 따라 객줏집으로 찾아가며 무슨 노래냐고 물으니 <우리들은 반공의 주력군(我們是反攻的主力軍)>이라는 군가라고 한다. 우리의 행색이 어린애들의 민첩한 눈에 군인으로 단정된 모양이었다.

객줏집은 널찍한 몇 채의 마방과 지붕과 음식 가게로 이렇게 구성되어 있다. 나귀를 마방에 끌어매고 가게에서는 저녁을 먹고 지붕 위에서는 나그네의 꿈을 드리우는 것이다. 산길 칠십 리에 지쳐 식욕이 전혀 없어져 특별 맞춤의 면을 두어 젓가락 뜨는 둥 마는 둥 하고 나는 더운물만 벌컥벌컥 들이키었다.

처음에는 혼비백산하게 질겁하여 달아나던 마을 사람들이 남녀 노소 없이 우리 셰퍼드 군을 면회하려고 차차 점두에 모여들기 시작하였다. 여기서도 무슨 개냐고 다사스레 물으며 개가 컹컹거리면 모두 겁이 나서 흠실거린다. 총을 덜렁덜렁 맨 민병도 두세 명 나타나 멀찌가니 서서 우리들의 행색과 거동을 살피며 여러 가지로 묻는다. 그들 역시 셰퍼드 군이 무서운 모양이었다. 물지 않으니 염려 말라고 하여 비슬비슬 눈치를 다가오다가 개란 놈이 달겨들려니까 비명을 지르며 물러나 모두들 웃었다. 일군 앞잡이 금강상회의 개가 되어 총을 가진 중국인이면 송구두 적으로만 보이는 모양이었다.

어디서 오느냐? 어디로 가느냐? 증명서는 있느냐? 이런 질문이려니 하였더니 한참 동안 주고받는 말눈치와 동무들의 기색이 심상치 않았다. 무슨 일이냐고 물으니까 바로 우리가 떠나온 뒤 한 시간도 못 되어 연락참에서 소전투가 벌어졌다는 것이었다. 팔로 기마대로부터 들었다고 한다. 우리 동무 하나이 경상을 당하고 일병이 시체 둘을 버리고 달아났다는 말에

"누굴까?"

우리들은 서로 근심스레 마주 보았다. 퉁소 불던 소년 동무의 얼굴이 까닭 없이 번개처럼 눈앞을 스쳐 지나간다. 불행히도 역시 내 짐작이 맞았다. 우리들이 도착했다는 보고를 듣고 얼마 뒤에 팔로 정규병 한 명이 말을 몰고 달려오더니 우리들을 쓸어안으며 천만다행이라고 기뻐한다.

현 동무와는 구면인 모양으로 한참을 감격적인 이야기가 계속된다. 초소의 동무들이 우리 일행의 안위를 염려하기 때문에 기마대가 사방에 널려서 우리의 행방을 찾았다고 한다. 산중 포대에 있던 일병 일 소대가 야암을 이용하여 후퇴하던 길이었다. 우리 동무들이 있는 초소를 지날 때는 이미 해가 퍼지어 보기 좋게 보초 동무에게 발각되었다.

놈들이 허둥지둥 산밑으로 도망쳐 내려가 실상은 전투라고 할 만한 전투도 아니었다. 그러나 동무들은 필경 우리들이 산속에서 맞던 소년 동무가 교대하고 들어오려던 차에 발견했기 때문에 다행히 우리편은 두 동무가 동시에 발화할 수 있었다. 두 놈을 쏘고 고래고래 소리를 지르며 막 달려 내려가다가 미끄러지며 넘어져 부상하였다. 마을에 있던 동무들은 총성을 듣고 모두 달려나와 놈들의 뒤를 추격하였다. 그러나 놈들은 산험을 이용하여 탈토(脫兎)와 같이 이리저리 빠져 새기 시작했다. 부상이 어느 정도냐고 물으니 팔로 동무의 웃으며 하는 말이

"아 다리가 부러졌어도 고쳐낼 의원 선생님들인데 정갱이 좀 벗어진 것쯤이야……."

하여간 우리 일행도 신수가 매우 좋았었다. 좁은 산골짜기에서 만났더라면 필경 무사치는 못했을 것이다. 최 동무가 이 지방 산길에 익숙하기 때문에 일군의 토치카나 망대로 연결되는 길을 골로루 피하여 온 것이었다.

"앞으로도 일군의 포대가 서너 군데 있지만 원체 놈들이 요즘은 전의를 잃었기 때문에 꿈하기만 하면 무릎을 꿇고 살래살래 빌 지경입니다."

이렇게 현 동무가 일러주면서 안심하라고 한다.

밤이슬에 젖으며 지붕 위에서 자기가 불안하여 방이라고 찾아 들어가 보니 불도 없고 무더운데 냄새가 고약하다. 동무들의 권고대로 역시 지붕 위에 자리를 펴기로 하였다. 나귀꾼들이 옆 지붕 위에서 그득히 앉아 무어라고 떠들며 이야기한다. 이쪽 지붕 위도 그득하다. 때때로 부싯돌을

똑똑거린다. 우리들은 그래도 특별 대접으로 두 칸 지붕을 독차지하였다. 사정은 벌써부터 올라와 곯아떨어져 잠이 들고 있었다. 셰퍼드 군도 따라 올라와 꼬리를 저으며 휘휘 사방을 둘러본다.

최 동무가 연락참에서 얻어온 것이라면서 이불을 굳이 권하는 것이다. 사실은 최 동무 자신이 공작 나올 때에 언제나 짊어지고 다니는 이불이었다.

이날 밤도 구름 한점 없이 맑게 개어 별바다가 천장이다. 바람이 없어 모기가 성화스레 들어붙기 때문에 우리도 쑥을 피워놓았다. 자리에 누우며 퉁소 불던 소년 동무의 부상을 걱정하니까 염려 없다고 동무들은 스스로 위안 삼아 이야기한다. 오늘이 그의 아버지의 십일 주기였다. 옛 기억을 더듬으며 펴놓던 서글프고도 줄기찬 아버지의 이야기, 처량한 퉁소 소리, 하얀 잇새로 반짝이 웃음 짓던 얼굴…… 이런 것이 눈앞에 얼른거리고 머릿속에 되살아 오르는 듯 하였다. 본인은 아버지의 옥사 기념일에 적을 쏘았으니 필시 민족일 것이다.

"그 동무가 누구라구요, 불가사리입니다. 지금까지 몇 번 죽을 고비를 넘겼는지 모르지요……."

최 동무와 나란히 누워 나는 이 소년 동무에 대한 이야기를 듣게 되었다.

"언제 들어왔던가요?"

"1942년 가을이지요. 열네 살에 참가했습니다. 열네 살이라고는 하지만 아직 어려 열두어 살밖에 나보이지 않더군요. 북간도 태생으로 군관학교에 가려고 떠나오다가 전쟁판에 휩쓸리든 것을 신사군이 구호하여 보내왔습니다."

"어느 지방에서?"

"이 동무도 어린 마음에 왜놈과 싸우려면 중경에 가야겠거니 생각하고 떠났더군요. 그러나 이때는 벌써 장개석 정부가 중점을 외적에 두지 않고 내전에 두었을 때입니다. 말하자면 대일전쟁은 집어치우고 작적의 부담을 해방구(팔로 지역)에 떠지우고 일군을 시켜 해방구로 진공케 하면서 자기네는 옆집 불구경하듯 하는 판이지요……. 아니 도리어 자기네 군대로써 일군과 협력하여 해방구를 진격까지 합니다. 일군과 공동 전선을 취하여 완남 신사군 일만을 협공한 사실은 그 유명한 실례지요. 이렇게 혼란한 전장에 이 동무가 빠져들었던 것입니다. 중경을 찾아 들어가다가……바루 이때 우리는 전선에서 일군에게 유격전을 일으키고 있었습니다. 여기에 이 소년이 인도되어 들어와 우리는 눈물을 흘리며 기쁘게 맞이했지요. 이후부터 우리의 잔다르크가 되었습니다. 아무리 위험한 싸움에도 총을 메고 선두에 서서 나갑니다. 신기스레도 승전이 거듭됩니다. 중요한 통신 연락도 도맡다시피 합니다. 중국말이 아주 능란한데다 기지와 용기가 또한 비길 데 없는걸요……. 급하여 우리가 이 동무를 업고 달아난 적도 없지는 않지만……."

"퉁소는?"

"본시부터 좋아하던 모양입니다. 한창 바쁜 유격 시절에야 나뭇잎을 뜯어 불기도 하고 버들피리를 불기도 했지요. 우리는 이 피리소리에 많은 위안을 받았습니다. 그 피리에 대해서는 내게 아직도 잊혀지지 않는 생생한 기억이 하나 있군요……. 언젠가 왜놈 군대에게 연일연야 포위 공격을 받게 되어 뿔뿔이 빠져나가게 되었습니다. 그래 동무들을 모조리 잃었지요. 몹시 비가 쏟아지는 밤이었습니다. 어떤 민가로 기어들어가 허기진 배를 부둥켜쥐고 쓰러져 있노라니 어디선가 귀에 익은 피리 소리가 들려옵니다. 정신을 가다듬고 일어나보니 비는 이미 개고 씻은 듯이 맑은 하늘에 이지러진 달빛이 비끼었습니다. 소리나는 방향을 찾아 더듬더듬 기어가니까 조그만 그림자가 재빨리 담 뒤로 숨어버립니다. 분명 우리의 잔다르크인 줄 알았기 때문에 × 동무! 하고 소리를 죽여 부르니까 이 동무가 고양이처럼 얼굴을 들고 숨죽인 소리로 어디어디로 가라 동무들이 그리로 모이고 있다고 알려줍니다. 어쩌면 이때의 인상이 이렇게도 잊혀지지 않는지……."

별똥이 멀리 남쪽 하늘 밑으로 줄을 그으며 떨어진다.

3. 유격전의 일야

소리 없이 내리는 밤이슬이 젖어오기 때문에 기분이 매우 좋지 못하다. 더구나 대륙의 산지대여서 밤중에 기온이 철모르게 내려앉아 감기에 들리기 쉽다더니 그럴싸라 해서 그런지 신열도 좀 나는 듯하였다. 온밤을 뜬 눈으로 엎치락뒤치락하다가 새벽녘에야 겨우 잠이 들었으나 이번은 어수선한 꿈을 번거로이 꾸게 되었다. 산비탈 길에서 일병과 마주치는 무시무시한 장면, 산 위로 쫓아가며 터치는 동무들의 권총 소리, 풀섶 풀 속을 앞뒤로 푹푹 박혀드는 기관총탄, 멀리 가물가물 달려오는 의용군의 대오…….

어린애들의 얼굴이 새로운 광채를 띠고 나타난다. 애들이 꿈에 보이기는 이번이 처음이었다. 전란을 피하고자 새로 짐을 옮겨다 놓은 버드나무 우거진 장광도인 모양이다. 평양성 내로부터 삼십 리 물길을 굽이쳐 내려온 꿈과 물과 태양의 나라. 별장섬, 민바리섬, 두루섬, 두다니, 이렇게 하도 많은 섬들이 한 틀에 널린 다도하로 그림처럼 아름답고도 장쾌한 풍경이다. 초록 비단을 씌운 듯이 섬마다 낟알이 기름지고 강가에서는 소가 풀을 뜯으며 꼬리를 젓고 밭고랑을 타고 김을 매는 농부들의 노랫소리는 연연히 퍼져흐른다. 섬 사이로 흰 돛을 올린 풍선이 미끄러지듯이 바람을 뼁뼁히 안고 오가며 고깃배는 여기저기 떠돈다. 이 얻기 어려운 풍경을 사랑하여 연약한 몸을 이런 섬에서 보양하리라고 전부터 그리워하던 김이라 고국을 떠나며 늙으신 어머니와 처자를 이 장광도로 옮겨놓은 것이다.

개언덕에 큰애놈이 겨우 지척지척 거니는 어린 계집애를 데리고 서서 흰 돛을 기리키며 무엇이라고 종알거리며 좋아한다. 발밑에는 바로 만조된 물이 흐느적이고 있었다. 그렇게도 물조심하라고 신신당부하였더니 어린애들을 강가에 내보내었다고 질겁하여 이름을 부르며 달려가는 차에 개언덕이 무너지며 앗! 하는 새에 하얀 물거품이 뛰어올랐다. 오르는가 하였더니 펄펄 흰 눈이 휘날려 눈앞이 막막해진다. 신음 소리를 지르는데 동무들이 흔들어 깨운다.

놀라 일어나 앉으니까 어서 짐을 꾸리라면서 분주히 신동(들메끈)을 졸라매고 있었다.

"걱정이외다. 왜놈들이 오는 모양이오!"

시계를 보니 새벽 세시 십오분.

"꿈이 사납더니만……."

"아마 꿈이 맞는가 보지요."

하며 최 동무가 이불을 뚤뚤 말아 노끈으로 끌어매며 어서 내려가자고 한다. 난데없이 총성이 서너 방 요란히 울린다. 숨을 죽이고 사방을 휘휘 둘러보나 아직도 짙은 어둠 속으로 구름이 흐르는 하늘에 별이 몇 송송하다. 두 동무는 권총을 꺼내어 알탄을 재고 있었다. 길거리에서는 무엇이라고 수선거리는 말소리와 호령 소리, 발소리가 긴장을 아로새긴다. 중국인 사정은 사족을 펴지 못하고 벌벌 떨기만 한다.

이때에 군인 한 명이 우리 일행을 찾아 올라오며 과히 놀라지 말라고 한다. 오십 명 가량의 일병이 이십 리 밖의 산중을 출몰하다가 이곳을 향하여 떠나는 모양이라는 정보가 들어왔기 때문에 만일에 염려하여 피하게 하는 것이라고 한다.

문 밖으로 나가보니 총을 둘러멘 민병 오륙 명이 나귀를 끌어다 놓고 등대 중이었다. 우리 일행을 호위하여 안전한 곳으로 끌고 들어갈 사람들이었다. 두 동무가 염려하지 말라고 여러 가지로 사양하나 그들은 우리의 짐을 빼앗아 나귀 위에 실으며 상부의 명령이라고 한다. 군민의 따뜻한 호의와 동정이 뼛속에 스며든다. 중국인 사정을 돌려보내는 대신에 나귀가 짐을 싣고 우리의 뒤를 따르게 된 것이다.

거리에 나서니까 민병들이 이리저리 달려다니며 떠지껄이고 이 골목으로부터 보통이를 낀 난민들이 어린애를 이끌고 늙은이의 등을 밀며 앞서거니 뒤서거니 몰려나온다. 이 일행을 또한 민병들이 소리소리 지껄이며 끌고 간다. 울음소리, 비명, 함성, 검은 그림자, 흰 그림자, 그림자 그림자…… 이따금 유별히 굵직한 바리톤 목소리가 덤비지 말라, 떠들지 마라고 외친다. 어떤 홰나무 아래에서는 착검하고 정렬한 민병들에게 정규 군인이 명령을 전달하고 있었다. 별빛에 서리비낀 칼날이 번쩍거린다. 갑자기 질그릇이 떨어지며 깨어지는 소리가 일어나니까 모두 쉬— 소리를 지른다. 이 골목 저 골목으로 찾아들어 배치에 서려고 민병들이 사오 명씩 달려가기도 하였다.

최 동무는 나에게 귓속말로 노상에서 절대로 조선말을 하지 말며 담배도 피울 생각 말고 제 뒤를 따라서라고 한다. 민병들에게 호위를 받으며 군인의 인도대로 이 거리를 빠져나가 좁은 길을 택하여 산속으로 들어가기 시작하였다. 동구 밖에서는 요소에 마다 지뢰를 묻는 모양으로 민병들이 웅크리고 앉아 있었다. 셰퍼드 군 역시 긴장하여 짖을 생각도 않았다.

이슬에 젖은 풀밭 속을 황망히 내달리기 때문에 바짓가랭이가 젖어 다리에 철철 휘감긴다. 적이 발견되면 유격전을 일으키려고 여기저기에 매복하고 있던 민병들이 서라! 누구냐?고 갑자기 고함을 지르기도 한다. 때로는 큰 소리로 외치며 달려와 거기에는 지뢰를 묻었으니 이리 오라고 하며 언덕길로 혹은 산비탈로 끌고 가기도 하였다. 이런 데는 십여 명의 민병들이 사방에 널려 몸을 감추고 주위를 보살피고 있었다. 어떤 산에는 불이 달린 화승(쑥으로 꼬아 엮은 것)을 휘저어보이며 먼 곳에 신호를 보내고 있었다. 나귀도 심상치 않은 길임을 예감하는지 이끄는 대로 되똑거리며 부지런히 좇아온다. 동안이 떠 우리는 저으기 으슥한 산골짜기 속의 외딴집으로 찾아들게 되었다. 늙은이 부처가 놀라 나오며 또 어디서 전쟁이냐고 묻는다 팔로군으로 안 모양인지 한사코 들어오라고 권하나 우리는 마구간으로 기어들어가 지적을 펴고 앉았다. 물이라도 끓인다는 것을 불빛이 보여서는 안 된다고 군인이 말리었다. 우리들한테도 마음놓고 한잠씩 눈을 붙이라고 하나 그럴 마음의 여유가 없었다. 우리를 데리고 온 민병들은 이미 군인의 지시에 의하여 요소요소를 경비하고 있었다. 이십 리나 멀리서 들어온다는데 이렇듯 서둘 필요가 있느냐고 최 동무에게 물으니까 난처한 듯이 웃음을 지으며

"팔로군에서는 국제 동지의 일이라면 필요 이상으로 돌보아줍니다. 외려 이쪽에서 미안하리만치."

퍽 의젓한 군인이었다. 그의 말에 의하면 요즈음 일병이 출몰하는 이유는 깊이 들어와 있던 독립 포대나 경비대놈들이 철퇴하는 것을 엄호하려는 데 있었다. 따라서 출몰병보다도 이런 철퇴병을 어디서 만나게 될지 모르므로 만전을 기함과 같이 못하다는 것이다. 그러면서 서로 몸을 아끼 어두었다가 장차 동북땅에서 벌어질 결전기에 같이 진격하자고 하였다. 동북땅은 그의 부모형제가 살고 있는 곳이었다. 최 동무가 국내로부터 새로 들어오는 이라고 나를 소개하니까 손을 덥석 그러쥐며 길일성 장군을 아느냐고 묻는다. 그 막하의 빨치산일 줄로 지레 짐작한 모양이었다.

지금 김 장군은 어디 계시냐?

별다른 일은 없었느냐?

누구는 어떻게 되었고 누구누구는 아직도 건재하냐? 아마 김 장군 막하 장병들의 이름인가 싶다. 최 동무가 웃음을 지으며 나의 대답을 통역

하였다(김일성이란 성명 석 자를 조선 사람치고 모르는 이는 하나도 없다. 그 의미에서 한 말이다).

군인은 싱그레 웃는다. 하여간 이러한 이방 산중에서까지 우리들이 의지하고 존경하는 영웅의 이야기를 듣게 된다는 것은 저으기 기쁘고도 자랑스러운 일이었다. 9·18사변 이후 자기도 동변도에서 빨치산 생활을 하며 여러 번 김 장군 부대에 협력하여 행동을 같이 하였노라고 한다. 견뎌내다 못해 종내는 일병에게 부서져 쿠리(苦力)로 변장하고 이리로 들어온 것이다. 두 나라 유격대의 통일전선 밑에 장군을 따라다니며 싸우던 시절의 이야기를 신이 나게 늘어놓으며 장군을 사모해 마지않는다. 그가 있음으로 해서 밀림 속도 대낮같이 밝았고, 천년 적설의 산악 위도 햇살같이 따사롭고, 사무치는 원한이 대하에 잠겨 오열하는 거친 밤도 새벽을 기하였고, 그의 걸음발과 숨길이 미치는 곳마다 대지도 너울거리는 우리의 장군. 산악전에는 하늘을 나는 독수리요 밀림전에서는 호랑이였다. 몇 번이고 포위되었다가도 억척같은 용맹으로 철환을 돌파하여 만천의 토벌대를 번롱하고 온갖 회유책과 거만의 현상금도 무색케 하는 세기의 가장 가는 화제의 주인공 우리의 김 장군.

밤하늘의 별만이, 만고의 밀림만이, 시베리아 쓸어오는 눈보라만이 장군의 싸움을 알고 아픔을 느꼈고 하소를 들었고 기쁨을 누리고 설움을 울고 한 것이 아니다. 우리는 여기 달도 없는 이방의 산험 속에서도 이름 없는 한 중국 병사로부터 장군의 장절한 애국적 투쟁과 탁월한 지모와 초인적인 용감성에 대하여 찬미하는 소리를 들을 수 있는 행복을 가졌다.

다시없는 흠모와 존경의 마음으로 우리는 이 천재적 혁명가의 이야기를 묻고 또 물었다. 호쾌하고도 겸허하고 천진스러운 영웅성이며 월계관 위에 잠든 줄 모르는 그 투쟁력이며 인민에 대한 뜨거운 느낌과 줄기찬 사랑.

그 지대의 일에 비하면 이런 싸움은 떡 먹기보다 더 쉬운 일이라 면서 기지개를 펴고 일어난다.

"첫째, 우리에게는 수백만의 병사가 있고 군중이 있고 병기가 있지 않소? 없는 것은 오직 근심 뿐……."

하며 웃는다.

"그러나 김 장군에게 있는 것은 수백만의 적군뿐이요……."

"우리의 삼천만 인민이 그 뒤에 있죠!"

하니까

"옳소, 옳소."

군인은 통쾌하게 웃었다.

이때에 재 너머 골짜기 속에서 요란한 총성이 일어난다. 지뢰가 터지는 쿵쿵 소리도 연달아 들려온다. 민병들이 황망히 달려들어와 북쪽으로 이리 가량 떨어진 산골짜기 속에서 충돌 중이라고 보고하였다. 우리는 지시에 의하여 다시 행장을 수습해 가지고 이와 반대향으로 총총히 길을 떠나게 되었다. 매복 중이던 민병들이 정규군인의 지휘를 받아가며 걸핏걸핏 충돌 지점을 향하여 달려가고 있었다. 콩 볶듯 하는 기관총 소리도 들려온다. 일병의 반격일까? 동천에는 그믐달이 녹슨 낫을 던지고 있었다. 새벽녘에 뒤를 돌아 우리는 일병이 뚫고 지나간 부락으로 들어가게 되었다. 동구밖에 서 있는 보초들에게 물으니까 민병들이 삼면으로 포위를 하고 내모는 바람에 방화할 사이도 없었으나 무고한 난민을 세 명이나 죽이고 달아났다는 것이다. 그래 막 구름 떼처럼 몰려서 그 뒤를 따라 갔다고 하며 자기네도 기관총만 있었더라면 문제없었을 것이라고 매우 분해한다. 새벽 아지랑이 속에 휩싸인 부락 안은 쥐 죽은 듯이 고요하였다. 개 짖는 소리도 들리지 않았다. 피비린내를 맡았는지 우리의 셰퍼드란 놈이 몇 번인가 컹컹 짖어대어 애꿎은 나귀만 놀라게 한다. 죽음을 실은 청동색의 말(日兵)이 지나간 새로운 자취는 역연치 않으나 안개 속에서 떠오르기 시작한 부락은 밤이슬에 젖어 호젓이 땀을 흘린 듯하였다. 난민이 이따금 두셋씩 어슬렁어슬렁 돌아오고 있으나 도시 사람이 사는 마을 같아 보이지 않는다. 시들어 죽은 나뭇가지 위를 까마귀 떼가 까욱거리며 날고 있을 뿐이다.

흙담장이 아무렇게나 되는대로 우거 든 비좁은 골목길을 빠져나가노라니 어떤 집 문간 앞에 대여섯 살 되어 보이는 어린애 하나가 눈물 콧물 뒤범벅이 되어 느껴 울고 있었다. 중국 애들에 흔히 볼 수 있듯이 앞이마 위에 메추라기의 관처럼 머리털이 달린 귀염성스런 어린애였다. 가없이 깊고도 막막한 절망과 두려움 속에서 숨이 턱에 닿아 허덕거리기만 한다. 이 애를 둘러싸고 각가지로 달래며 물어보나 영문을 알 수가 없었다. 부근 집들을 조사하고 돌아온 민병의 보고는 가마솥까지 뽑아가지고 그림자 하나 없이 모조리 달아난 것으로 보아 이 골목 안의 어린애가 아닌 성싶다는 것이다. 서로 앞서거니 뒤서거니 아우성을 치며 피난을 하는 수라장 속에서 어버이를 잃은 것일까? 혹시 놈들에게 어머니라도 앗기고 우는 애가 아닐까?

군인은 민병 두 명을 시켜서 어린애를 민병 본부로 보내어 보호하도록 하였다. 버들가지가 실개천에 늘어진 우물가에 이르자 그는 우리에게 작별 인사의 악수를 청하였다. 우리는 심심한 호의를 충심으로 사의를 표하며 민병들과도 뜨거운 악수를 교환하였다. 무엇이고 하나쯤씩 기념품을 주고 싶었으나 가진 것이 없어 북경서 사 넣었던 담배를 한 갑씩 나누었다.

일병들이 산골짜기 속에서 포위지에 빠지어 거의 전원이 쓰러지고 나머지 몇 명이 포로 되었다는 보도에 접하기는 이 부락을 떠난 지 얼마 안 되어서였다. 분구 사령부로 보고하러 말을 달리고 가는 군인으로부터 듣고 알았다.

4. 학도병 S의 도망

우리는 이 유격전놀음에 무안현에 들어섰던 것을 다시 사하현 내로 되돌아 들어온 것이다.

조반은 가다가 먹기로 하고 (실상 부락이란 부락은 모두가 피난하여 먹을 만한 곳도 없었다) 그냥 우리는 새벽길을 나귀를 몰며 떠났다. 이왕이면 나귀 위에 올라타라고 하여 마음이 넘실거리기는 하나 몸을 단련해 두느라고 같이 보행키로 한다. 대낮에는 숨이 턱턱 막혀 길을 걸을 수 없기 때문에 해가 퍼지기 전에 되도록 많이 걸어두자는 것으로 말 엉덩이에 채찍질을 하며 중국 나귀꾼 식으로

"따 따 따따―."

역시 산길은 산길이지만 그래도 이미 험준한 산등세기를 넘은 뒤여서 길이 비교적 좋은 편이며 가다가다 민가도 찾아볼 수 있었다.

때로는 도중에 우거진 감나무 숲이며 호두나무 그늘 새를 지나가게도 되었다. 감나무와 호두나무 외에는 이렇다 할 나무 한 그루 없고 다만 단구를 이루어 층층이 널린 뙈약밭에 강냉이, 콩, 메밀 등속의 서곡이 산야를 장식한다. 호두나무는 담록색의 넓죽넓죽한 잎사귀며 허엽스레한 줄바른 밑동이 플라타너스와 흡사해 뵈어 더욱이 이국적이다. 이런 것이 뭉실뭉실 숲을 이루면서 연달린 풍경이 자못 맑고도 향기로운 인상을 주어 살풍경스러울 이 산지를 부드럽게 수놓는 것이었다. 이 일대는 호두와 대추의 명산지여서 대추로 술을 빚고 호두로 방등이 기름까지 짠다고 한다. 미루어 짐작할 수 있으리만치 거의 숲이 연달렸다.

이 숲 사이로 적토마를 타고 군모 위에 농립을 눌러쓴 군인이 노래를 부르며 지나가는 광경은 매우 흥취 있었다. 지나칠 때에는 반드시 무어라고 정답게 이야기를 걸지 않으면 농담이라도 붙인다. 어떤 군인은 말을

멈추고 서서 우리의 셰퍼드 군을 기부하라고 진심으로 조른다. 전선에 데리고 나가 써먹겠다는 것이다. 최 동무는 웃으며 설명하였다.

아직 이놈의 개가 의식을 개변치 못했기 때문에 전쟁마당에 나서면 도리어 일군을 위해 복무하던 버릇을 낼 것이니 우리는 동무에게 사나운 적을 동반시키지는 못하겠다고— 군인은 히득히득 웃었다.

"그러면 데리구 들어가 어서 혁명을 시키시오."

"그건 간단하오. 굶으며 고생하노라면 혁명구가 될 테니까."

얼마 가지 않아 이번은 내가 나귀 위에 오르게 되었다. 구두가 터져 발이 나오게 된 것이다. 말이라고 이름 붙는 것을 타보기는 이번이 처음이나 방정맞게 되똑거려 엉덩이가 편치 않고 마음이 불안하기 바이없다. 나귀의 몸뚱이가 나보다 작으니 산초 판사 그대로다. 이런 우리 일행이 길목이며 산모퉁이 혹은 동구 밖에 다다르면 반드시 부인이나 노인, 어린애들이 앉아 있다가 증명서를 내노라고 요구한다. 만약 이런 때에 어름어름하여 의심스레 보이면 곧 뒤로 연락하여 군인이 나타난다고 한다. 이리하여 간첩과 한간들의 침입을 방지하는 것이다. 또 이럼으로 보아 일군의 앞잡이와 장개석파의 파괴공작이 얼마나 적극적인가도 바이 짐작할 수 있는 듯하다.

들어가두새 나귀 바리가 떼무리를 지어 길을 막을 듯이 오가며 방울소리도 요란히 산기를 흔든다. 양털로 짠 부대에다 낟알을 싣고 혹은 면포를 지우고 장거리로 찾아가는 것이다. 우리는 이 나귀 바리들과 같이 어떤 조그마한 장거리에 도착하였다.

역시 이 장거리도 전화(戰禍)를 입어 형지 없이 파괴되었으나 마침 장날이어서 거리가 흥성흥성하였다. 길가의 음식점에서 조반을 먹은 뒤에 동무들은 응달에 지적을 깔고 늘어지게 잠이 들었다.

성폭력 나는 파리 성화에 잠이 들 수 없기에 차라리 더듬더듬 장마당

구경차로 나섰다. 긴 거리 양쪽에 노점이 늘어선 사이를 산사람들이 오르내리며 분요하게 떠들어댄다. 지저분하고 너절한 먼지투성이의 골목길이었다. 어디선지 땡그랑거리는 쇳소리, 동고 소리, 호궁소리도 들려온다. 잎담배, 가루담배, 궐련, 이런 담배 장수가 많다. 비누, 성냥, 손거울, 붓, 먹, 밀가루, 조, 강냉이, 천, 의복, 마구…… 과일은 살구, 복숭아, 능금, 참외, 수박, 호두 거의 없는 것이 없다. 그리고 약장수, 신기료, 땜장이, 이발사……모름지기 병구, 산골짜기의 모습이 여실하였다. 적지구에 삼분지 일도 안 되는 헐값으로 매매되며 화폐 가치는 또한 날로 오르고 있었다. 자작자작 의하여 모든 부족을 참고 이겨나가려는 정부의 시책 때문에 일본제품은 좀체로 발을 들여놓지 못하고 있으나 가다가다 찾아볼 수 있는 적지 구산에 칫솔, 만년필, 이런 것은 엄청나게 비싸다. 중국 장거리에서 흔히 볼 수 있는 옛말 장수 점쟁이 이런 것은 역시 눈에 띄지 않는다. 그대신 '타도 일본 제국주의'니 '반대 국민당 전정' 등의 구호가 집집마다 담벽에 기둥에 씌어 있다.

소담한 복숭아를 서너 알 사들고 돌아오는 길에 사람이 오구수수 모여서서 떠드는 곳을 기웃이 들여다보니 군복을 입은 단발 여병이 탁자 위에 올라서서 연설을 하고 있었다. 옥을 깨치는 듯 줄기차고도 아름다운 목소리가 청중에 심금을 울리고 있었다. 때때로 대담한 제스처를 써가며 부르짖는 얘기속에 연방 팔로군, 공산당, 모택동 선생, 주덕장군 이런 소리가 뛰어나온다. 정치연설이 아니면 시사해설인 모양이었다. 청중들은 가끔 끄덕거리기도 하고 박장도 울리며 떠나가게 폭소도 터뜨린다. 여병도 조그마한 눈을 지르 감으며 웃는다. 뒤에 섰던 눈꼽이 낀 얼금뱅이 영감이 다가와서 부채를 부쳐주니까 여병은 고맙다고 생긋이 웃어보인 뒤에 다시 몰아치는 소리로 연설을 계속하였다. 머리가 바람결에 나풀거리며 행금한 목덜미가 간들먹이는, 군복만 입지 않았다면 분명 여학생이다.

이런 광경을 바라보노라니 정말로 새로운 땅, 미지의 나라에 왔다는 느낌이 더욱 간절해진다. 그러면서도 새로운 정의의 세계에 연결되는 이 땅이요 새 시대의 올리닫는 역사와 결부되는 이 시간인 것이다. 각박하고도 빈곤하고 스산한 산지대이언만 작열하는 불빛이 엉키고 서리어드는 화산의 힘이 저류를 이루어 굼실거리고 있는 듯하였다.

한참 동안 절절한 감회 속에 우러러보다가 발을 돌려 돌아서 나오려는데 마주 지나치려던 청년 하나이 놀라는 표정을 지으며 멈춰 선다. 불기하고 나도 발을 멈추었다. 일순간 마주 보며 서로 먹먹하였다. 청년이 다가서며

"조선 사람 아니오?"

한다. 은근한 목소리였다.

나는 감격에 겨워 말없이 웃으며 손을 내밀었다. 꺼멓게 볕에 그을린 다부진 얼굴을 홍조로 물들이며 내 손을 부여잡은 채 놓을 줄을 모른다. 그의 뒤에 섰던 팔로 군인도 눈치를 채고서 내 손을 잡으며 반가이 무어라고 이야기한다. 청년도 나와 매한가지로 중국말이 좀처럼 통하지 못하는 모양이기에 그들을 이끌고 동무들이 쉬고 있는 집으로 돌아왔다.

청년은 대동 근방의 제일선으로 끌려나왔다가 해방구로 탈주하여 팔로 군에게 보호를 받으며 근거지로 찾아 들어가는 길이었다.

중국에 와서 전선에 나온 이래로 동포라고 처음 만나는데, 처음 만나는 동포가 전야의 꿈에도 그리던 혁명가 동무들이라면서 감개에 사무쳐 눈물이 글썽해진다. 우리도 그의 다행을 같이 기뻐하였다.

벌써 두 달포나 길 위에 서 있었다고 한다.

여기서 과일을 나누며 환담한 뒤에 이 청년을 최 동무가 책임지고 동행하기로 하여 팔로 군인은 안심하고 들어가게 되었다. 청년은 새로 배운 몇 마디 안 되는 중국말을 모조리 늘어놓으며 여태까지의 동행에게 감사

를 드린다. 군인과 작별하고 나서 청년은 두 달 동안 걸어오는 도중에 그들이 친절히 돌보아줄뿐더러 군구에서 양표도 떼어주고 매일 용돈까지 후히 지급해 주어 지금까지 처음으로 돈도 많이 써보았노라고 어린애처럼 떠들어댄다.

구두를 버리고 여기서 산신으로 갈아대어 완전한 중국 산골 사람이 되면서 나는 나귀를 새로 맞이한 청년에게 사양키로 하였다.

넓적다리를 부상당하여 절름거리는 품이 보행에 자못 거북한 모양이었다. 우리는 장거리를 돌아 서남쪽을 향하여 산길을 다시 터벅터벅 거닐기 시작하였다.

이 지방은 지층이 여러 갈피로 단구를 이루어 낟알밭이 층계층계 쌓여 올랐기 때문에 산길이라고는 하나 비단 방석 사이를 스쳐 도는 느낌이었다. 드높은 산허리에는 흰 산양이 구름처럼 떼무리를 지어 밀려다닌다. 양을 지키는 사냥개가 이따금 방울을 울리며 바위 위에 올라서서 우리 셰퍼드 군을 향하여 컹컹 짖어보고 하였다.

길가에는 역시 가도 가도 끝없이 호두나무, 감나무, 대추나무 이런 것이 늘어서서 숲을 이루고 있었다. 차차 산야 광경의 색조와 아름다움이 짙어 가는 듯하였다.

나귀 위에 올라탄 청년은 흐뭇한 행복 속에 머리를 까뜩거리며 전선에서 지내온 이야기를 조용히 펴놓기 시작한다.

이 청년 S군 역시 원쑤의 융의(戎衣)를 입고 총알받이로 끌려나온 학도병이었다. 충청북도 태생. 온유한 인품으로 학교에서는 모범생이요, 사회에서는 그야말로 선량한 백성이었노라고 한다. 수인들처럼 무장병에게 감시를 받으며 열차에 실리어 중국 관내로 들어와 이리저리 바꾸어 타고 갈아 온 뒤에 당도하여 보니 열하 땅 대동 근방이었다. 여기서 일 년마다 훈련을 받고 나서 기름대에 젖은 군복 위에 총검을 짊어지고 전선으로 배치되었다. 침침하고도 깊은 산중의 어떤 조그만 경비대였다. 조선인 사병은 도합 세 명으로, 그중에는 현재 도지사를 지내는 자의 영식 군도 섞여 있었다.

묻지 않아도 지사 선생 솔선수범의 표본으로 아들을 사지로 내보내었던 모양이다. 또 하나는 지원병 명색으로 붙들려 나온 일어도 잘 모르는 농촌 청년이었다. 그러나 영식 군은 산중 포대로 나오자부터 절망의 심연에 떨어졌다. 일이 이렇게 되리라고는 꿈에도 짐작치 못하였던 것이다. 실인즉 내어쫓은 본부인의 소생이어서 그리 탐탁히 여기지 않았다. 지사 선생은 신문에 이름을 내어 영진의 재료로나 삼기 위해 몰아내었을 뿐 일단 내보낸 뒤에는 도리어 눈앞에 보이지 않아 천만요행으로 아는 눈치였다. 이런 내용은 모르고 영식 군은 아버지가 떠날 때 내가 있고서야 너를 위험한 데로 보내겠느냐던 말만 하늘처럼 믿고 있었다. 그러다가 배치된다는 곳이 그것도 유분수련만 날마다 총소리가 들리는 전선 산중이고 보니…….

훈련기간만 지나면 자기는 후방 근무로 옮아간다고 노상 뻐기고 있었기 때문에 여느 동무는 밉살스럽게 보아 슬그머니 마음 한 귀퉁이로 고소하게 생각하였다. 그래 그들 사이에 야릇한 감정의 틈바퀴가 생기지 않을 수 없었다. 영식 군 외의 두 사병은 최전선에 배치된 것을 도리어 심중으로 고마워하고 있었다. 더구나 이왕의 선량한 신민이요 훌륭한 모범생인 S군은 일본 군대 안에서 온갖 박해와 모욕을 받는 동안에 고귀한 생명을 누구를 위해 무엇 때문에 바쳐야 옳은지를 똑똑히 가슴속에 새기게 된 것이다.

영식 군에게는 다만 군대 생활이 괴롭고 죽음이 무서울 뿐이었다. 그러나 S군은 파선한 사공에 머물지 않고 가없이 먼 수평선의 짙은 안개 속에 흰 돛을 찾아보려고 하였다. 이 흰 돛을 찾으려는 노력이 그로 하여금 괴로움과 모욕 속에 닦아온 무기를 어디에 살려야 할지를 절실히 알게 하였다. 그 총부리 향할 곳이 어디이며 그 칼을 들어 쳐부술 것이 무엇인지를……

더구나 동족의 지원병을 놈들이 노리갯감으로 여겨 치다루고 볶아대기 때문에 적개심이 더욱 불같이 일어나게 되었다. 워낙 순박하고도 어진 청년이었다. 이 지원병이 말귀를 못 알아듣고 머뭇거리기라도 하면 윗놈들이 들러붙어 따귀를 갈기고 꽁무니를 걷어차며 심지어는 모두 둘러싸고 조롱하며 요보니 센징이니 야단이었다.

그러다가 한번은 이 유순한 청년이 후기생에게까지 조롱을 당하매 울화가 터졌던지 주먹으로 후려갈긴 일이 있었다. 하니까 놈들은 독수리 떼처럼 달려들어 넘어뜨린 다음 내리밟아 초주검을 시켰다. 그러고도 부족하여 분대장놈은 연신 칼을 뽑겠다고 으르렁대어 S군이 제발 하고 겨우 제지한 것이다. 치가 와들와들 떨리며 눈물이 솟구어 올랐다. 그 뒤에 놈들은 이 청년을 방 안으로 끌고 들어가 천여 명이 모여 서서 일으켜 세우고 번갈아가며 발길로 차고 뺨따귀를 갈기고 연방 기착一의 호령을 질렀다. 인사불성이 되어 쓰러지면 또 잡아 일으키고 호령에 복종치 않는다고 또다시 난타 폭행을 하는 것이다. 정신이 혼미해지니까 그제는 끌어다가 빈방 안에 집어던지고 나서 열흘 동안 근신이라면서 군복을 벗기고 무장을 빼앗았다. 이렇게 되자부터 S군은 이 청년을 데리고 달아날 방법을 골똘히 연구하며 그 기회를 노리게 되었다. 그러나 같이 시달림을 받는 동족이언만 영식 군에게는 도저히 토진간담을 할 수가 없었다. 제게는 반드시 좋은 소식이 오려니, 자기의 배치가 달라지려니 하는 덧없는 희망에 살고 있는 것이다. 그러나 줄창 아버지에게 편지를 띄워도 회서에는 언제든지 홍대무변한 황은에 일사 보답하라는 말뿐이었다. 실망한 나머지 그는 비굴스레 일병에게라도 곱게 보이려고 별의별 짓을 다 하게 되었다. 노복처럼 양말도 빨아주고 밤에는 다리도 주물러주는 추태까지 연출한다. 그다뿐인가, S군으로부터 채신머리없다는 꾸지람을 들은 뒤에는 이것을 가슴에 얹어두고 외려 그의 동정을 살피어 웬만한 일이라도 고자질하려는 눈치였다.

이러면서도 영식 군의 불면증과 신경쇠약은 나날이 심해졌다. 하루는 차참 부근으로 연습하러 나갔다가 돌아오는 길에 순간적인 발작으로 군복을 벗어 던지고 기차에 뛰어오른 일이 있었다. 붙들려 들어가 반사지경으로 두들겨 맞고 본부대의 영창에 감금되었다. 이 소식을 알게 된 지사 선생은 만약 앞으로라도 아들의 탈주가 정작 실현된다면 자기에게까지 영향이 미칠까 두려워한 모양이다. 어떻게 교섭을 했는지 마침내 영식 군은 안전한 후방 지대로 옮아가게 되었다. 그러나 불행히도 때는 이미 늦어 그가 발광한 뒤였다.

이 일이 있은 지 며칠 뒤에 지원병 청년이 풀려나와 보초를 서게 된 어느 날 밤이었다. S는 밤중에 소리 없이 일어나 모두가 호곤히 잠든 것을 확인하게 되자 조심조심 자리에서 빠져나왔다. 제걱제걱 울리는 시계 소리만이 깨어 있을 뿐. 가슴이 두근거렸다. 그러나 여러 날 두고두고 계획했던 대로 우선 기둥시계로 가까이 다가가서 바늘을 두어 시간 뒤로 돌려놓았다. 그리고는 포대 밑으로 기어들어가 기관총의 안전장치를 비틀어 부속품을 빼놓고 탄알을 뽑아 주머니에 넣은 뒤 보총을 들고 밖으로 나왔다. 가슴을 조이는 몇 순간의 일이었다.

미리부터 방향과 시간을 짜두었기 때문에 보초를 섰던 지원병 동무는 한 걸음 앞서 철조망을 뚫고 나가 기다리고 있었다. 포대 위에서 망을 보는 감시초의 눈도 감쪽같이 피하여 어둠 속으로 사라졌다. 드나드는 한간들의 보고에 의하여 서남으로 사십 리가량 산을 넘어 비탈길을 내려가면 유격 지구에 조그만 부락이 있다는 것을 알고 있었다.

두어 시간 여유만 있으면 넉넉하다고 그들은 생각하였었다. 그래 시계를 돌려놓은 것이다. 하기는 한 시간 동안만 알려지지 않는대도 그 사이에 큰산을 넘어설 수 있음직하였다. 서로 어둠 속을 더듬으며 바위투성이의 험한 산길을 달리었다. 어프러지기도 하고 미츠러져 내려가기도 하였다. 나무뿌리를 부여잡고 서로 소리를 죽여 마주 부르며 끌어다니기도 하였다. 온몸이 땀에 젖으며 숨길은 가량없이 가쁘다.

그러나 삼십 분도 못 되어서였다. 어떻게 알아차렸는지 난데없이 요란히 울리는 경적이 고요한 산속을 뒤흔들기 시작하였다. 그들은 큰일이 나서 서로 붙들고 달음박질로 산길을 올랐다. 좀 있어 포대위로부터 조명광이 두 줄기 내비끼더니 서로 엇바뀌어 돌며 사방을 비치기 시작이다. 푸른빛 기둥이 스쳐 지나갈 때마다 그들은 풀숲속에 엎더지었다가 지나치면 또다시 어둠 속으로 달려 올라갔다.

푸른빛이 휘ㅡㄱ 스치고 지나갈 때 잔등에 서리 비낀 시퍼런 칼이 선뜻 내려덮디는 것 같았다. 경적 소리는 산중에 산울림을 일으키며 끊임없이 위ㅡㅇ 위ㅡㅇ 계속해 울린다. 뒤로 수색대가 따라오는 듯하였다. 두간 두간 무어라고 놈들이 서로 고함치며 신호하는 소리도 들려온다.

그러나 이런 소란 속에 S군네는 무사히 산을 넘었다. 사십 리는커녕 오십 리 육십 리 그냥 막 내달린 성싶었다. 새벽안개가 희물그레하니 젖빛으로 풍겨도는 산밑에 조그만 부락을 발견하고서야 언덕에 앉아 길게 큰 숨을 내쉬었다. 그리고 동쪽 하늘이 훤히 밝아오를 무렵 그들은 총 끝에 셔츠로 백기를 만들어 달고 부락으로 내려갔다.

촌장을 찾아 필담으로 도망해 온 이유를 말하고 있노라니 팔로 공작원이 나타나 그들을 흔연히 맞아주었다. 몇십 리 길을 걸어 분구 사령부로 찾아갔다. 거기서 고기를 다지어 만두를 빚어 술을 놓고 환영회까지 베풀어주었다. 여기서 사오 일 묵은 뒤에 우리의 근거지를 향해 전체(轉替)로 인도되어 들어오는 길이다. 한 동무는 도중에서 열병에 걸려 치료차로 떨어지게 되었다.

전장으로 내몰려 나온 동포 젊은이들의 뼈아픈 눈물의 투쟁!

부상은 어떻게 된 것이냐고 물으니

"부락에 내려오니까 농군들이 곡괭이니 부삽을 메고 밭으로 나가다가 몰려들어 우리를 포위하고 귀자 귀자 하며 떠들어대는 군요— 순종의 뜻을 표하기 위해 우리는 귀자가 아니라면서 총을 내어 맡겼지요. 그러니까 한 사내가 무어라고 떠벌리자 이 말을 신호로 늙은이 부인네 젊은이 할 것 없이 모두 아우성을 치며 달려들어 두들기 시작했습니다.……촌장이 달려오지 않았더라면……."

"해방된 지 얼마 안 된 부락이던 모양이오."

"팔로 군인두 그러더군요. 정치 교육이 아직 충분치 못한 탓으로 적개심만 발동되었던 게라구……경비대에서 나올 때 기관총으로 그저 그놈들을 모조리 몰살시키구 나올 것을…… 뛸 생각에만 골똘해서……."

저으기 분해한다.

"그만하기도 좀한 용기가 아니오."

"여기 들어와서야 의용군이 있는 줄 알았습니다마는 지원병으로 나왔던 그 동무는 언제든 그 경비대를 제 손으루 들부수어 복수를 하겠노라구 이를 갈구 있습니다."

"혹시 H 동무를 모르겠소?"

현 동무가 이렇게 물으니까 S는 자못 놀라는 기색을 짓는다.

"H. R 말입니까? 네, 그 동무 알구말구요. 제 친구입니다. 어떻게 아서요?"

"지금 우리 군정학교에 들어와 있습니다."

"엣? 들어왔어요? 죽지 않구?"

"죽기는……."

S는 어쩔 줄을 모르게 기뻐한다.

"그럼 그때에 같이 동무해 들어간 이는 없었던가요?"

"H 동무와 같이 줄을 타구 성벽을 넘기는 넘었으나 불행히 그 동무는 십자포화에 걸려서 희생되었다더군요……."

"그럼 역시…… 정소리였군……. H군네 일이 각 경비대로 통첩이 온 뒤부터 우리 조선 사람에 대한 감시와 단속이 아주 단단했습니다. 일거수 일투족을 유심히 살피었지요. 꼭 감옥이었습니다. H군네는 지푸라기를 주워서 새끼를 조금씩 꼬아 이어가지구 성벽을 타고 넘었다면서요……. 한 명은 뛰다가 맞아죽구 H군은 팔로에 잡혀서 눈깔을 뽑구 코를 떼인 뒤에 총살되었다고 놈들이 막 악선전을 하며 도망치다가는 모두 그렇게 된다고 엄포하였더랍니다. H군이 살아 들어갔군요."

"동무가 들어가면 H군 외에도 아마 알아볼 동무가 많을 거요……."

"도중에 뜻하지 않은 왜놈 상관을 한 놈 만나지 않았겠어요. 제가 훈련을 받던 시절의 소대장이었는데 토벌을 나가 여덟 명을 찌르고 명예의 전사를 한 검객이라구 바루 신문에까지 떠들썩했던 녀석입니다. 연안 가는 길이라나요. 저를 알아보더니 여— 자네도 들어오나 하겠지요."

모두 웃었다.

"하기는 이 녀석 비교적 사람은 좋았습니다. 포로가 되었느냐고 물으니까 아니 혁명하러 들어왔어!……."

또 한바탕 웃었다.

"밤낮 군인칙유를 잘못 외운다고 들볶던 녀석인데 이번은 저를 붙들고 여보게 대학생 이 구절을 좀 해석해 주게나 하며 뒤적이는 걸 보니 '일본 병사에게 고함'이라는 오카노 스스무 씨의 팸플릿이겠지요…… 연안서 발행된……."

"그래서……."

"그래 저는 이 자식아 일본 병정이 아니라 조선의용군이루다 하구 고함을 쳤지요. 하니까 아니 이제는 팔로군이나 조선의용군이나 일본인 해방연맹원이나 매한가지라나요."

"포로되어 들어온 중위니 대위 또래두 많소……. 우리 근거지 가까이에도 해방연맹 지부가 있으니까 이번은 중대장두 만나게 될지 모르지요."

"아, 하기는 중대장두 전사한 것으루 되어 있습니다."

유쾌한 노상이었다.

제3부 항일 근거지

1. 진격하는 팔로군

진일을 걸어 이날 저녁 우리 일행은 계곡으로 맑은 물이 돌돌 흐르는 어떤 아담한 산촌에 도착하였다. 태항산을 넘어 여기까지 오는 도중에 처음으로 발견하는 물줄기였다.

개아지가 토실히 불어오른 갯버들이 두 언덕에 줄줄이 가지를 늘이우고 물은 발이 시려울 만치 차가웠다. 여기서 티끌을 떨고 몸을 씻고 나니 그야말로 생명의 세탁을 한 것 같다. 먹음직한 청계수로 입가심을 못함이 다만 안타까울 뿐이다. 가지고 온 은가제로 소득을 하재도 신용 안 된다고 동무들이 웃으며 말린다. 중국 수토에 단련되지 않은 몸으로 먹어나지 않은 냉수를 마시는 것은 열병을 들이켜는 거나 마찬가지라면서.

이 태항 지구에는 명색 모를 악질의 풍토병이 언제나 번성하고 있었다. 아닌 게 아니라 노상에서 우리는 창백한 얼굴에 눈이 앙달궁하니 패어들고, 핏기 하나 없이 쪼들쪼들 말라빠진 병자들을 흔히 볼 수 있었다. 굴 속같이 컴컴한 방 안에 드러누워 신음 소리를 지르기도 하고 혹은 응달에 자리를 깔고 누워서 수숫대 같은 팔다리를 버둥거린다. 우리 군정 학교에 도 시방 이 풍토병 만연되어 숱한 학원(學員)들이 신고 중이라는 것이다.

아슬아슬 추워오다가는 몸뚱어리가 와들와들 떨리고 열이 사십 도까지 오르는 증상이 학질 비슷하였으나 도무지 '키니네'로는 듣지 않는다. 하 루에 한 차례씩 떨기 때문에 웬만한 몸이라도 견디어 내기 어려운데다 특효약이 없으므로 두세 달씩 병석에 누워 있기가 예사였다.

워낙 황량하고도 신산한 산중 살림이라 호박국도 마다하지 못할 형편 이니 어차피 영양 불량이 아닐 수 없다. 이것이 첫째가는 발병의 원인일 것이다. 게다가 조금이라도 백성의 부담을 덜기 위하여 자작자급의 구호 를 내걸고 부대까지 파는 생산 노동에 심신이 피로할대로 피로하였다. 이 것이 둘째가는 발병의 원인일 것이다. 이러한 몸으로 비나 축축이 맞든지 더위에 덜미어 냉수라도 벌걱벌걱 들이켜고 보면 영락없이 열기를 띠고 턱턱 쓰러진다.

그러니 의사는 의사대로 없는 약으로 고쳐보느라고 쩔쩔메고 취방에서 는 취방대로 없는 재료로 영양요법을 쓰느라고 갈팡질팡 야단이고 환자 는 환자대로 악을 받쳐 고비를 넘기느라고 그야말로 비장한 대병 투쟁을 전개하는 것이었다. 공작원은 적구에 나가 주사약을 몰래 사가지고 돌아 오며 성한 동무들은 틈을 내어 동막이로 고기를 잡아 입원실로 보낸다. 회복기에는 유달리 입맛이 당기기 때문에 부주의하여 조금만 과식하고 보면 또 악화되고 하였다.

이와 같은 설명을 듣고 나니 또 하나의 새로운 적을 신변에 의식하게 되었다. 주야로 기온의 차이가 너무 심하고 게다가 비도 제대로 오지 않 기 때문에 공기가 건조하여 자연적 조건이 되우 좋지 않은 편이다. 재작년 같은 해는 여름내 비 한 방울 떨어지지 않아 낟알이란 낟알이 모두 타 죽고 산과 들의 풀잎까지 말라죽는 그러한 대흉이었다고 한다. 그 시든 풀잎을 들과 산을 헤매어 거의 못 먹는 풀이 없이 모두 뜯어먹으며 가까스로 연명해 온 것이다.

"흔히 일백열두 가지 풀을 먹었다고 합니다."

"버들잎까지 먹으면서요?"

하고 물으니 버들잎까지가 아니라 그것은 상식이나 다름없다고 한다. 길을 가며 어쩌다가 농가에서 백성들이 훌훌 들이켜는 국물을 들여다보면 좁쌀을 띄운 허엽스레한 호박국물에 푸르스름한 이파리가 떠 있었다. 애버들잎을 이른 봄에 뜯어 우려서 쓴맛을 덜어두기었다가 이렇게 끼니마다 두어 먹는다. 그 시금털털한 냄새가 일종의 향료로 되는 모양이었다. 하기는 우리나라 버들과는 종류부터 다르다고 한다.

어쨌든 본시부터 이 산지대의 자연적 조건이 헤아릴 수 없이 각박한데다 해마다 외적의 침해까지 더 덮치어 산민의 생활이 말할 수 없이 황폐했음을 알 수 있는 것이다. 말이 났으니 말이지 이 산중에는 먹는다는 '츠'라는 말은 없고 '허'라는 마신다는 말이 있을 뿐이었다. 밥을 지어 먹는 것이 아니라 국물을 들이켜기 때문이다. 이 버들잎을 띄운 국그릇을 골목이나 행길 가에 들고 나와 열을 짓고 앉아서 이야기를 반찬거리로 삼아가며 훌훌 들이켜는 것이었다. 그러다가 지나가며 인사라도 하는 이가 있으면 국그릇을 들어보이며 "허바(같이 마십시다)!" 한다.

힘을 받을 만한 국거리가 들지 않았기 때문에 하루에 보통 네 번쯤 끓여 먹는 것이었다. 초토화한 근거지의 생활은 이럴 수밖에 없었다.

이날 저녁 우리는 객줏집에 짐을 부려놓고 조그마한 잔치를 벌이었다. 그러나 나는 아주 식욕이 감퇴되어 제대로 받아들일 수가 없었다. 친애하는 두 동무가 새 동무 S를 맞이한 기쁨을 같이하고자 특별채를 주문하고 얼량(二兩)술도 청하였다. 자그마치 두 냥쭝이면 거나해진다고 해서 동무들은 "얼량 생각 안 나오?" 이렇게 술을 얼량이라고 부르는 모양이다. 대추로 지은 술이라는데 매우 역하다.

"술까지 사는 바엔 육붙이도 좀 사보구려."

서로 못할 말이 없게끔 친해졌기 때문에 입맛을 다시니까 두 동무는 마주 보며 웃었다.

"8월달까지만 기다리시오. 소, 돼지라고는 왜놈들이 토벌와서 씨알머리도 없이 잡도리하여 이 산간에서 고기는 먹을래야 먹을 도리가 없는걸요. 풀냄새가 가시게 되면 산양들을 잡습니다. 근거지에 가서 물고기나 잡아 먹읍시다. 이런 팔따시만한 것들이 곧잘 잡히지요."

오래간만에 마시는 얼량술이 역하기는 하나 피곤한 몸에 호젓이 새려들었다.

우리는 셰퍼드 군을 객줏집에 매어두고 다시 계곡으로 나와 다릿목에 앉아 소풍을 하며 즐기게 되었다. 그러나 이방 사람이 왔다는 소문이 쭈루루 퍼지어 여기서도 동네 사람들이 모여들기 시작하였다. 이방 사람이라면 귀자(鬼子)요 귀자라면 지옥의 악마처럼 여기지마는 싱글싱글 웃기만 하는 우리들이 매우 이상스러운지 차차차차 가까이 다가와서 우리들이 이야기하는 조선말이야 담배 피우는 꼴 심지어는 기지개를 펴는 양까지 신기해하며 서로 옆구리를 찌르면서 키들거린다. 사내 하나이 어디 사람이냐고 물어 현 동무가 하늘에서 떨어졌다고 하니까 모두 데그르르 웃음을 터친다. 왜놈이 아니라 조선 동지라고 한 소년이 신이 나게 떠들어댄다. 그리고 조선 사람과 중국 사람은 한마음 한뜻이라는 시늉으로 두 손을 쥐어 흔들어보인다. 모두 고개를 주억주억하였다.

이러고 있을 즈음 군복을 입은 젊은 사내와 편복 차림의 여병 두 명이 찾아왔다. 여병은 주접없이 우리들의 손을 잡으며 티없는 웃음을 짓는다.

나부룩한 단발 머리가 바람결에 나풀거린다.

"동지들 메시메시 료(了)……."

우리도 마주 웃으며 인사하였다. 밥을 먹었느냐는 저녁 인사인 모양이다. 일군이 쳐들어온 서슬에 그들이 주워들은 메시(밥)와 가에루(돌아간다는 말을 안녕히의 인사로 아는 모양)의 두 마디가 유행되어 이들은 이 말을 이방 사람에게 노 사용해 보기를 즐겨하는 눈치였다. 이네들은 전방공작을 하던 의무병(醫務兵)들로서 본부로 돌아가는 길이라는데 평한로(平漢路) 절단의 새 지령 밑에 유격전이 아주 활발히 전개되기 시작했다고 한다. 우리가 타고 들어온 것이 바로 이 평한로이니 며칠만 더 어물어물하였더라면 불의의 봉변을 당했을는지도 모를 일이다. 팔로군의 금년도 작전 방향은 일군을 대성시로 몰아넣고 포위하여 그야말로 고성낙일을 만드는 데 있었다. 그래 각 요소에 널려 있던 일본 경비대와 포대병들은 견디어배기지 못하고 허둥지둥 철퇴하기 시작하였다고 한다.

"이놈들이 철퇴를 하면서도 함부루 민가에 불을 지르고 노략질을 하며 백성들을 죽이기 때문에 떠나기 전으루 경비대를 포위하는 문제가 섰습니다."

그들은 전선의 피비린 기억을 들추어내며 여러 가지로 새 소식을 알려준다. 철퇴 중의 일병에게 길목에서 매복전을 일으키고 하여 산간에는 군마와 병사의 시체가 너저분하였다. 포로도 전에 없이 많이 끌려들어오는 차였다. 아무리 생각하여도 알마치 잘 새어들어온 셈이다. 우리 초소의 동무들도 한숨 닿았다고 눈부시게 활약 중일 것이다. 퉁소 불던 피오네르, 박사 동무, 앓아누워 있는 백 동무의 일이 생각킨다.

우리들은 시냇가로 내려와 이네들과 같이 거닐게 되었다. 여벼들은 호두를 한줌씩 권하면서 우리들에게 노래를 청하였다. 조선의용군이라면 어디 가든지 선전공작에 있어서 가요와 무용, 연극 등으로 대인기이기 때문에 우리들도 필경 좋은 솜씨가 있으려니 하는 모양이었다. 현 동무와 S동무가 노래를 좋아하여 그래도 좀 면무식이나 하고 나서 이번은 우리가 여병들에게 노래를 청하였다.

봉싯거리는 입모습, 소담한 목덜미, 햇슴한 얼굴만이 겨우 알아보게끔 어둠이 짙어졌었다. 소리 없이 반딧불이 날고 있었다. 물 위에 흐느적거리는 잿버들가지를 휘어잡고서 여병들은 부끄러운 듯이 몇 번인가 비비 꼬며 사양하다가 갑자기 도드라지게 에헴 하고 기침을 하였다. 그러고는 웃음 감긴 목소리로 애교를 떨면서 새로 들어오는 조선 동지를 환영하며 아울러 의용군 동무들에게 축하를 드린다고 우스개로 일장 연설을 하고 나서 하나 둘 셋 하더니 합창을 시작하였다. 곡조가 제법인 도라지타령이다. 조선말의 발음도 여간 아니었다. 생글생글 웃으며 두어 절 합창를 하다가 종내 웃음소리를 걷잡지 못하고 서로 껴안고 캐들거린다. 우리를 놀라게 한 것이 매우 유쾌한 모양이었다. 의용군이 어느 지구엔가 선전공작 차로 나왔을 적에 며칠을 두고 배웠다는 것이다.

다음으로 부인단의 노래며 팔로행진곡, 군가, 이런 것도 여러 개 들려준다. 현 동무와 최 동무도 군가를 따라 불렀다. 조·중 두 나라 뜻을 같이 하는 군인들이 친선하며 즐기는 아름다운 장면이었다. S 동무가 말은 몰라도 몸짓 손짓을 섞어가며 우스운 노래를 곧잘 불러 여병들이 연신 가는허리를 부여쥐고 캐들거렸다. 아주 귀엽고도 명랑한 소녀들로 조금도 구김이 없이 천진스러워 새로운 세대의 중국 여성을 보는 듯하였다. 고향이 어디냐고 물으니까 하나는

"북경!"

하나는

"광동!"

북경서 여학생 시대에 전쟁을 만난 실눈의 여병은 전화에 몰려 후방으

로 이동해 들어가는 대학을 따라 전전하다가 연안으로 넘어갔었다. 광동서 온 여병은 방사 공장의 여공이었으나 전선으로 나가는 오빠를 따라 실전에 참가하였었다. 그 뒤에 연안에 들어가 새로운 공부를 하고 나서 다시 전선으로 공작을 받아가지고 나온 것이었다.

여병들은 문학 예술 방면에서도 대단한 취미가 있는 모양이었다. 최 동무를 사이에 두고 이들로부터 그동안 동정을 알 수 없던 중국 문인들의 일을 대강 알게 되었다. 정령(丁玲) 부인의 소설 이야기가 나와 『의외집(意外集)』인가 주워읽은 기억을 이야기하니까 좋아하며 현재 연안서 활약 중임을 알려 준다. 우수한 기법으로 동북 농민을 그리던 『(第三代)』의 소군(蕭軍)이며 입파(立波), 여진우(呂振羽), 이정(里丁), 오백소(吳伯蕭), 서군(舒群), 주이복(周而復), 애청(艾靑) 등 그 외의 여러 문학 예술가들도 연안 혹은 변구와 전선에서 공작 중이었다. 망명 십 년의 일본을 탈출하여 조국전쟁에 참가한 시인 곽말약은 아직도 중경에 머물러 인민 전선진을 이끌고 활동 중이나 『자야(子夜)』의 모순(矛盾)을 비롯하여 애무(愛撫), 사정(沙汀), 조우(曹禺), 전한(田漢) 등 대개의 작가는 계림, 성도 이런 곳에 모여서 중공 노선에 호응하여 건필을 휘두르고 있었다. 노신 이후의 중진 모순 선생의 회갑이 금년이라는 말을 듣고 그렇게 연로한 분이었던가 하였다.

더구나 모택동 선생이 문예강화를 발표한 뒤로는 작가의 입장이며 태도, 대상, 방법 문제 등이 대단히 밝아지고 구체화하여 작가들의 활동이 보다 더 정확하고도 적극적인 노선 위에서 더욱 활발히 진전되고 있는 모양이었다.

갑자기 소낙비가 쏟아지는 바람에 우리의 즐거움은 깨어지고 말았다. 돌아와 침침한 '캉(움막)' 위에 드러누우니 빈대, 벼룩, 모기가 물어 성화에 눈을 붙일 도리가 없다. 무너진 담벽 새로는 빗방울이 부서져 들어와 이불자락을 적신다. 그러나 세 동무는 이따금씩 정갱이를 긁적거릴 뿐 태평세월이었다. 나는 등불의 심지를 돋우고 밤이 깊도록 밀려오던 일기를 정리하였다.

밤중에 수런수런 떠드는 인기척이 나며 군마들의 울부짖는 소리가 들려 잠이 깨었다. 셰퍼드 군이 대경실색하여 요란히 짖기 시작하였다. 비는 이미 씻은 듯이 개었었다. 하늘에는 쏟아지게 별이 총총하였다. 군대가 들어온 것이다. 퍼런 군복의 허리동이를 널찍한 혁대로 질끈 동이고 잔등에는 배보(背褓)와 건양대를 짊어지고 보총을 지닌 행색들이 전선으로 나가는 부대인 모양이었다.

모두 문짝 같은 것을 떠다가 마당귀에 뉘어놓고서 배보를 끄르는 등 신들메를 푸는 등 야영 준비가 매우 부산하였다. 등잔불을 들고 왔다갔다 하며 서로 수선거리기도 한다. 이윽하여 몇 명이 우리 방을 기웃이 들여다본다. 그들 역시 셰퍼드 군이 짖는 소리에 놀란 것이다. 이런 군견을 끌고 다니는 우리들이 정말 의용군에 틀림없는지가 의심쩍은 모양이었다. 최 동무가 일어나 들어와 같이 쉬자고 하니까 깨워 일으켜 미안하달 뿐 뒷손을 치며 굳이 사양하였다. 뜰 안은 또다시 조용해졌다. 새벽녘에 어렴풋이 잠이 들었다가 느직이 깨어보니 군대는 이미 어디로인지 떠나고 없었다.

부득이 부락이나 민가에서 숙영하게 되면 이네들은 조금이라도 백성들의 폐를 덜기 위하여 문 밖이나 혹은 대문간 봉당 같은 곳에 잠자리를 만들고 아예 방 안을 침범하려고 하지 않았다. 아침에 일어나면 어지럽힌 마당을 쓸어주고 물을 길어다 주고 가지고 온 양식이 모자라면 양표를 떼어주고서 쌀과 바꾸어 밥을 지어 먹는다고 한다. 나라를 위해 목숨을 내건 이네들이 이렇게까지 돌보아주고 아끼니 인민이 이 군대를 아니 따르고 아니 받들 이유가 없을 것이었다. 아니 그들 자신이 인민인 것이다.

이 부락을 떠나 또다시 보행을 시작한 우리는 길가에서 전방으로, 전선으로 진군하는 군대와 여러 번 마주치게 되었다. 새로운 진격령 밑에 모두 전방으로, 전방으로ㅡ.

선두에는 첨병을 세우고 주력대 앞에는 선전대인 모양으로 여병들이 섞여서 군가를 높이 부르며 행진한다. 전대(全隊)의 사병 모두 그들을 따라 화창한다. 기관총 야포, 산포, 탄약 상자 이런 것을 실은 노새와 나귀, 말들도 뒤에 연달렸다. 어디 연습이라도 나가는 군대처럼 행진은 매우 흥성거리며 즐거워 보인다. 복장과 감발은 모두 무명천에 흙물을 들이거나 풀물을 올린 것으로 신발은 두꺼운 천을 겹겹이 붙이어 삼농이로 총총히 당친 산신이었다. 네모로 갈피어 우물 정자로 끌어맨 홑이불을 하나씩 잔등에 걸머지고 혁대에는 양철로 만든 식기가 매어달려 덜렁거린다. 꽁무니에는 나무로 쥘손이 달린 황색 폭약의 수류탄을 두세 자루씩 찔렀다. 보총은 모두 일병이 쓰는 38식이었다. 독재주의의 박해와 학살, 고난 속에서 어언간 이십오 개 성상을 굽힘이 없이 뻗어내려오며 이만오천 리 피로 물들인 장정의 역사를 지녀 그 의기와 정열도 새로운 이네들의 군기는 외적을 물리치러 나가는 길에 있어서 화락한 가운데도 숙연한 인상을 주는 것이었다.

그들이 부르는 노래에도 있는 바와 같이 이야말로 조국의 대지를 두 발로 디디고 등에는 민족의 회망을 지니고서 앞으로 앞으로 태양을 향하여 전진하며 쉴 줄을 모르는 민중 자신의 무장인 것이다. 나라를 아끼고 평화를 사랑하는 노동자, 농민, 지식인으로 이루어진 인민의 전위대. 중국 인민이 외적의 침략을 받고 있는 한, 봉건의 쇠사슬이 풀리지 않는 한, 제국주의의 착취가 없어지지 않는 한, 장개석의 독재가 무너지는 날까지 끊임없이 일어나고 또 일어나고 단결하여 영원히 저항하며 진격할 인민의 군대였다. 외적을 국경 밖으로 몰아내고 안으로는 반동 세력을 두들기고 자유의 깃발을 태산 위에 휘날리기 위해 원야를 휘몰아치고 새외(塞外)의

산강(山崗)으로 승리를 향하여 전진하는 팔로군―.

우리는 발길을 멈추고 중국 백성들과 같이 두 손을 흔들어 환호하며 그들의 무운을 축복하는 것이었다. 이 팔로군이 있는 한 이 나라와 인민의 역사는 미더운 걸음으로 전진하여 민주주의의 승리는 동아의 큰 덩어리 대지 위에 또한 확고부동하게 될 것이다. 우리도 같이 만세를 불렀다.

중국공산당의 위대한 영도자 모택동 선생 만세!
인민의 군대 팔로군 만세!

그리고 또 같이 구호를 외쳤다.

타도 일본 제국주의!
타도 일본 제국주의!

2. 배장수 노파의 설움

어떤 산모퉁이를 지나면서는 군인들이 백여 명이나 산골짜기 속에 흩어지어 곡괭이질을 하며 떠드는 광경을 바라볼 수 있었다. 농부들처럼 농립을 쓴 이가 많았다. 어떤 사내는 수건으로 머리를 질끈 동이고 흙을 쳐내면서 노래를 부른다. 금년도 한재의 징조가 보이기 때문에 분구사령부(分區司令部)에선 산등세기와 골짜기 속을 샅샅이 뒤지고 조사하여 물줄기를 찾아 물곬을 파고 돌리고 모두어서 밭에 물을 대도록 군대에 지령을 내린 것이라고 한다.

황진이 더북더북 고이는 밭머리에 서서 한숨만 짓던 농부들은 이렇게 군대의 도움을 받아 수리(水利)의 기쁨까지 얻는 것이었다. 동원된 인민군대의 노력 조직이 대자연의 폭위에 거센 투쟁을 전개하고 있었다. 밤비에 고인 도랑물을 쳐내려보내는 모양이었다. 추기(秋期)에는 이 군대들이 또한 가을걷이를 도와주는 것이다.

이 산골짜기를 지나서 얼마쯤 가노라니까 바른쪽으로 멀리 산등세기 위에 거무스레한 포대가 보인다. 일군 경비대가 얼마 전까지 남아 있다가 밤중에 부랴부랴 걷어메고 달아나다가 전멸되었다고 한다. 투둘투둘 험한 산길을 걸어 들어가 바로 이 등세기 밑을 스치면서 언덕을 넘게 되었다. 올려다보니 이 길목을 노리고 앉은 포대는 돌담도 거의 무너져 잔해만이 남아 있는 셈이었다. 키관총을 걸어놓고 행인을 사격하고 때로는 마을에 내려와 행패를 하기로 유명한 마(魔)의 포대였다. 번듯하면 잡아다가 사다듬이를 하고 가축이며 과일이며 날알을 약탈해 가고 심지어는 밭으로 기어내려와 일하는 부녀자를 덮치고 하였다.

아직 팔로군의 손이 용의주도하게 미치지 못했을 즈음의 일이다. 일군에게 투항하여 그 앞잡이가 되어 있는 소왈 화평군도 몰려나와서는 거드럭거리며 일병에 못지않게 약탈과 총살을 능사로 하였다.

하루는 일병이 부락으로 내려와 불쌍한 계란장수 계집애를 붙들어갔다. 온 동네 사람들에게 귀염을 받는 마음씨 곱고 일 잘하는 계집애였다. 마침내는 참고 참아오던 동네 사람들이 격앙하여 연장을 메고 소리소리 지르며 몰려가서 이 포대를 포위하였다. 돌을 던지고 발을 구르며 내놓으라고 아우성을 쳤다. 하나 일병의 대답은 기관총의 세례였었다. 그리고 이렇게 촌민들이 기세를 올릴진대는 필경 팔로 공작원이 들어와 선동한 것이래서 총을 들고 부락으로 몰려 내려와 그중 똑똑해 보이는 청년 네 명을 묶어갔다.

몸서리치는 고문과 악형을 다한 뒤에 드디어는 장거리에 군중을 모아놓고 본때를 보여야갔다고 총살을 하기로 하였다. 청년들이 십자 형틀에 높이 매어달렸다. 콧수염을 단 촌장 한간(漢奸)놈은 일병대장의 선언을 통역하여 대일본 군대에 항거하는 놈의 운명은 이렇게 추풍낙엽이 될 뿐이라고 하였다. 불쌍한 촌민들은 치를 떨며 숨도 크게 쉬지 못하였다. 여기저기서 가족과 친지들의 오열 소리가 들릴 뿐. 무시무시하게도 긴장된 순간이 1분 2분 3분……. 일병 총수들은 군중 앞으로 다가와 배치에 서게 되었다. 이때에 어이된 일일지 갑자기 군중이 부글부글 끓기 시작한 것이다. 이 구석 저 구석에서 무어라고 외치는 소리가 들린다. 팔로 공작원들이 깜쪽같이 기어들어온 것이다. 선동하고 고무하는 놀음에 드디어 군중은 일어났다. 삽시에 풍우가 몰아치고 번갯불이 이는 듯하였다. 총수와 한간놈은 어리둥절할 사이도 없었다. 군중이 구름 떼처럼 몰려들어 무기를 빼앗으며 치고 받고 차고 지르밟는 수라장이 벌어진 것이다. 어떤 놈은 빠져나가고 어떤 놈은 뼈다귀도 추지 못하고 어떤 놈은 할딱거리며 달아나기 차부였다. 한간은 목덜민지 다리매니 허리춤 할 것 없이 여러 손에 끌어잡혀 뒹굴기 시작하였다. 포대 안의 일병들은 이 광경을 바라보고 기관총을 들고 나와 강도들을 구출하기에 전력을 다하였다.

이날 밤 팔로군이 출동하여 포대를 둘러싸고 항복을 요구한 것이다. 이에는 군중들까지 손에 손에 연장을 들고 나서서 협력하였다. 전화선은 이미 절단되어 통신이 두절되었으며 탄약과 식량에는 한정이 있었다. 할 수 없이 놈들은 캄캄한 밤을 이용하여 한쪽으로 혈로를 뚫으며 퇴각하려다가 섬멸을 당한 것이다―.

이러한 내력을 가진 포대의 이야기를 들으며 산길을 더듬고 있을 때 백발의 쪼들쪼들 늙은 할머니가 다룽(바구니)을 들고 길목으로 나서더러니 배를 사라고 양거 우쾌첸(五塊錢) 우쾌첸 하며 따라온다. 때아닌 배장수가 웬일인가고 가까이 가보니 빈 다룽이었다. 놀라서 쳐다보았다. 노파는 아랑곳할 것 없다는 듯이 꽃씨라도 뿌리는 듯한 시늉을 하면서 양거 우쾌첸 우쾌첸을 부르며 지나간다.

우리가 산 위에서 쉬고 있노라니 이 노파는 회오리치는 바람에 휩쓸려 오를 듯한 불안정스런 뾰족발 걸음걸이로 뒤따라 올라와 등세기에 표연히 서서 사방을 둘러본다. 일병들의 자취가 없어진 것이 언제냐고 물으니 희미한 기억을 더듬는 듯이 무엇인가 생각하는 듯하다가 갑자기 오므라진 입을 벌리고 웃는다. 실성한 모양이었다. 그러다가 얼굴에 수색이 그득해지며 서글픈 목소리로

"귀자(鬼子)들을 좀더 일찍 쫓았으면 얼마나 좋았으려고……."

이렇게 괴탄하는 것이다.

"왜 일찍 당신네들이 아니 왔던고?"

"할머니, 인제는 먼 데서나 전쟁을 하지 여기는 또 그런 일이 없을 테니 안심하시오!"

최 동무가 이렇게 큰 소리로 일러주니까 알아들었는지 고개를 끄덕끄덕하더니

"왜 벌써 전쟁이 끝나지 않았던고. 글쎄 귀자들과 우리들의 혼을 뽑아 가지구 그걸루 비행기두 날리구 화차두 움직인다누마……."

"할머니, 지금 혼이 빠지게 되기는 귀자들이라우!"

"글쎄……."

"할머니 손주가 전쟁 나갔소?"

"아들이 없습네. 손주두 없습네……."

"왜요?"

갑자기 노파는 키키키키 웃어댄다. 귀기(鬼氣)가 서리어 온몸이 쭈뼛해지는 웃음소리였다. 포대에 있던 일병들에게 관련된 무슨 운명적인 일이라도 그의 가정에 벌어졌던 모양이다. 그리고는 혼자 소스라치게 놀라더니 웃음을 거두고 머리카락이 갈기갈기 흩어진 채 다가와 우리의 얼굴을 하나하나 뚫어지게 들여다본다. 명태 껍질이라도 씌운 듯한 오므라진 두

눈에 새파란 불빛이 서리어돈다. 일순간 공포와 증오의 그림자가 비끼더니 속 자춘 목소리로 당신네들은 어디 사람이냐고 묻는다.

"할머니, 우리는 귀자가 아니라 중국 사람들과 같이 왜놈 군대와 싸우러 다니는 조선 사람이외다. 조선의용군!"

할머니는 입을 오물거리며 무어라고 송알거리더니 알아들었는지 못 알아들었는지 혼자 끄덕이며 내려간다. 일군의 참혹스런 침략과 살육에서 빚어진 하나의 비극이 이 산마을에서는 이런 형상으로도 나타난 것이다. 탈주병 S동무는 매우 언짢아서 악마 일본의 군대 생활을 돌이켜보고 이를 갈며 하루바삐 총을 메고 나가 일군과 싸울 테라고 하였다.

산밑으로 내려서니 길가에서 한 젊은이가 이끼 앉은 거무스레한 벽돌을 나귀 위에 싣고 있었다. 어떻게 된 벽돌이냐고 물으니까 일군 포대를 부숴치워져 내려오는 것이라면서 실어다가 굴뚝을 쌓으리라고 한다. 우리와 이야기하던 노파는 여기에 내려와 부스러진 벽돌을 다룽에 주워담으며 혼잣소리로 양거 우쾌첸 배를 사라고 역시 중얼거리고 있었다. 집의 할머니냐고 물으니까 젊은이는 고개를 흔들고 나서 머리를 가리키며 나사가 물러났다는 시늉을 하면서 쓴웃음을 짓는다.

"언제부터 저렇게 되었소?"

"아들이 죽은 날부텁지요."

젊은이는 나귀의 고삐를 쥐고 돌아보며 설명한다.

"전쟁에 나가 죽었소?"

"아니지요. 저 포대에 있던 왜놈들이 배를 사자구 저분의 아들을 데리구 가서 다 집어먹으니까 돈을 내라구 하였지요. 정말 가난한 배장수였습니다. 하니까 엉덩이를 걷어차며 나가라고 하겠지요."

"몇 살이나 되던 사람인데?"

"스물셋이었지요. 외아들인걸요. 그래 할 수 없이 나오노라니까 또 들어

오라는군요. 그래 또 들어가니까, 이마 네 예펜네를 보내라 돈을 줄 테니."

"그래 어떻게 되었소?"

젊은이는 울상을 짓는다.

"침을 뱉었다나요. 죽히 그럴 사람인걸요. 저하구 아주 친한 동무였습니다."

"그래 맞아 죽었소?"

"죽은 줄이야 몰랐지요. 밤이 깊어두 돌아오지 않기에 저 할머니가 아들을 찾아 포대루 가서 들어가려니까 거팃하니 어깨를 치는 게 매달려 있겠지요. 화닥닥 놀라 물러서서 자세히 보니 자기 아들의 시체가 덜렁덜렁 매어달려 있거든요. 이걸 본 뒤로부터 실성했습니다……."

"부인은 있었소?"

"있었지요. 임신 중이었습니다. 동리 사람들이 몰려들어 왜놈들을 쳐부술 때 따라나섰다가 총에 맞아 죽었지요……."

노파는 제 소리를 하는 줄도 모르고 그냥 양거 우쾌첸을 부르며 오던 길을 되짚어 되뚝거리며 올라가고 있었다. 우리들은 무엇이라 형용 못할 애달프고도 노여운 심사로 묵묵히 거닐 뿐이었다. 간악한 일군의 침략이 죄 없는 의젓한 인간을 얼마나 많이 죽였으며 가난한 살림살이를 불태웠던가? 그리고 다시는 영 씻을 수 없는 굴욕!

침략자와 제국주의 전쟁에 대한 이 인민들의 분노는 영원히 가시지 않을 것이다. 저버린 행복과 기쁨과 노래가 그리웁기에 오직 싸우려 일어남이 있을 뿐. 사실 지금 와서는 옛날의 전설인 양 그 자취도 사라지고 산야에는 전곡이 무르익어 태양의 황금빛 속에 춤추고 있다. 그러나 한때는 여기의 산간에도 역시 참혹한 침략군이 몇번이고 몰려들어왔었다. 비행기는 하늘에서 폭탄을 던지고 대포와 기관총이며 장갑대는 지축을 울렸을 것이다. 몽몽한 흑연이 불타는 산야를 뒤덮었고 포탄은 민가를 파괴하였고 기관총의 단속음은 산간으로 울려오며 달아나는 인민들을 모조리 도륙하였다.

하나 우리는 뼈아픈 역사의 산 주인공과 우연히 만나게 된 것이다.

이 노파와 대하게 되었을 때 찬물이 등골을 타고 발꿈치까지 흘러내림을 의식치 않을 수 없었다. 전지로 나가는 군인들의 행진을 볼 때보다도 이 산송장이 처참한 전쟁을 보다 더 가까이 우리에게 느끼게 하니 웬일일까?

나의 머릿속에는 이유 없이 이런 서러운 얘기가 회상되었다. 평양서 얼마 떨어지지 않은 어떤 촌락에서 일어난 일이다. 외로운 한 과부의 아들이 소위 지원병으로 되어 평양 병영으로 끌려왔다가 몇 달 안 되어 달아난 것이다. 연일연야로 무장한 헌병과 주재소 순사 놈들이 찾아왔다. 그렇지 않아도 아들을 빼앗기고 나서 눈물로 세월을 보내던 불쌍한 과부는 제정신이 아니었다.

놈들은 숨긴 곳을 대라고 총부리로 때리며 위협하고 시재로 내놓지 않으면 잡아서 사형을 하느니 징역을 보내느니 못살게 굴었다. 둘째 아들은 인질로 잡아 묶어갔다. 아예 집이라고 찾아오지 말고 어디로든지 무사히 몸을 피해다고—이것이 이 과부의 밤을 새워가며 신명(神明)에게 기도드리는 염원이었다.

어떤 날 밤중에 문가에서 무엇이라고 고함 소리가 들리더니 난데없는 총소리가 일어났다. 놀라서 이 과부는 비명을 지르며 머리를 흩뜨린 채 뛰어나갔다. 달밤이었다고 한다. 밤마다 집을 포위하고 있던 놈들은 온데간데없이 사라지고 보이지 않았다. 꿈을 꾼 것일까 환각이었을까, 이상한 일이라고 뜰안을 더듬어 다니며 살피던 그는 별안간 악 소리를 지르며 그 자리에 못박히었다. 넘어오던 반신이 담장 위에 늘어진 채 달빛 밑에 꿈틀거리고 있었다. 달려가 쓸어안고 보니 분명 헌병대로 붙들려 들어갔던 둘째 아들이었다. 얼마 안 되어 불쌍한 과부가 정신에 이상이 생겨 온 동네와 근방사람들의 눈물을 자아내고 있다는 이야기였다. 거의 비슷한 이런 얘기의 회상에 잠겨 있을 때 학도병 S 동무는 무거운 침묵을 깨뜨리려 혼잣소리처럼 중얼시었다.

"그 같은 참혹한 일이 여기에만 있는 사실이 아닙니다. 그 이상 몇 배 더 악착스런 일이 얼마든지 많지요. 참말루 왜놈들은 악마입니다……. 제가 있던 경비대놈들은 근방에 있는 한 부락을 몽땅 불지르고 학살한걸요. 언젠가 팔로 유격대가 와서 이 부락을 등지고 싸우고 간 뒤의 일입니다. 놈들은 석유 초롱을 들고 다니면서 가솔린을 퍼부었습니다. 삽시에 온 부락이 불바다로 되었군요. 불을 쓰고 허둥지둥 나오던 동네 사람들이 기관총 소사에 모두 쓰러졌습니다. 그래도 불이 붙지 않는 집으로 몇 젊은 여인네만은 피할 수 있었지요. 젊은 여인네들만입니다. 그 뒤로 놈들은 이 여인네들을 덮치려고 승냥이 떼무리같이 몰려들었습니다. 독 뒤에, 아궁이 밑에, 건초 덤불 속에, 쌀자루 옆으로 기어들어 토끼처럼 떨던 모양이 지금도 눈앞에 여물거립니다. 비명 소리, 울음소리, 악바라지 소리……. 참 말할 게 있습니까. 놈들은 이런 때에 가장 통쾌한 듯한 웃음소리를 터치며 좋아하는군요."

그의 애끓는 눈이 회끄무레한 허공에 불타는 듯한 시선을 던지고 있었다.

"그 뒤에 이 집까지 불을 질러 사람째 태워버리는군요. 놈들은 자취를 없애기 위해 꼭 이렇게 합니다. 저는 제 어머니나 누이동생을 보는 듯하여 가슴이 미어져 왔습니다. 다리가 떨렸습니다. 아까 그 노파를 보았을 때도 역시 제 어머니의 생각이 나더군요. 제가 달아났다고 놈들은 아마 제 어머니를 무던히 들볶겠지요……."

그러나 이런 절통할 참극을 겪어온 여인네들이 지금은 새 나라를 이룩하기 위하여 힘을 모두어 적을 물리치며 반동을 때려부수는 싸움에 용감히 나서게 된 것이다. 어떤 이는 직접 사병으로, 어떤 이는 공작원으로─ 그리고 모두 다 생산과 학습에 열을 내어 새 나라 백성다운 자질을 기르고 있었다. 동족의 원통한 무덤 뒤에서, 혹은 쏟아놓은 피에 젖은 채 참을 수 없는 치욕 밑에 망연히 쓰러져 있기를 원하지 않기 때문이었다.

해방구의 인민은 싸우고 있는 것이다.

얼마쯤 가노라니 매우 소담한 호두나무 숲이 토굴속 같은 길을 중동에서 자르며 눈앞에 나선다. 호두나무가 빼곡히 들어앉아 풀밭 위에 서느러운 그늘을 드리웠다. 키가 얕아 다박솔밭처럼 자잘분한 숲이었으나 바람결에 푸른 잎이 너울너을 나부낀다.

밭에 나와 일하던 농부들이 이 그늘 밑에 모여 앉아 떠벌리고 있었다.

여인네들은 따로 모여 앉아 서로 긴하게 이야기를 주고받는다. 저고리를 벗은 뼈마른 노인 하나이 신바닥으로 땅을 갈기며 무엇이라고 역설하는 모양이었다. 사내들이 모두 고개를 끄덕이며 찬성한다.

호조회(互助會)가 점심 시간을 이용하여 열릴 모양이라고 한다.

우리는 왁자지껄 웃음보가 터지는 소리를 귓결에 흘리며 이 언덕을 또 넘었다.

3. 호가장전투

거의 기계적으로 따라가기는 따라가나 온몸이 저리고 아프며 다리매가 쑤시어 주저앉고만 싶으다. 양쪽에 토층이 깎아질린 사이로 굴속 같은 길이 그냥 끝이 없이 연달렸었다. 바람은 한 점도 불어오지 않고 먼지만 더북더북 일어난다. 토층 위에서는 불그스름한 강낭수염이 매달려 길을 굽어본다.

"한 시오 리 더 가서 묵읍시다. 왜 팔로인 줄 아시오. 길(路)을 팔자래서 팔로(八路)라우……."

최 동무의 재담에 모두 웃었다.

"그래 동무는 중국 와서 얼마나 걸었소?"

"상해서부터 쫓기는 걸 남경, 무한을 거쳐 중경까지 갔다가 탈출하여 서안을 지나 연안으루 해서 이리 나왔으니 나도 아마 수만 리 걸었지요. 전지(戰地)를 뛰어다닌 이수만두 퍼그나 되리다. 동무두 이 왜놈을 쫓으며 조선까지 나가노라면 만리는 걸어야 할 거요. 추격만리, 그럴듯하지 않소? 손으로 쓰기보다도 발루 달아나기가 더 바빴노라는 노신(魯迅)의 말을 생각해 보시오. 좋은 때 동무는 들어옵니다."

보고 듣는 일이 모두 새로워 나는 발로 좇아가기보다도 손으로 쓰기가 더 바쁜 모양이었다.

"쓰시오, 쓰시오. 모두 기록에 남겨두시오. 이 화북 땅에도 조국을 찾기 위해 목숨을 바치고 피를 흘린 동무들이 있었다는 것을 때를 만나 돌아가거든 국내 동포에게도 알려야지요. 이 관내의 중국 땅에서는 그래 총을 들고 왜적과 싸우기는 우리들입니다. 중경서 영감쟁이들은 책상머리에 대신(大臣) 말뚝이나 세워놓고 서루 으르렁거리고 있군요. 일본이 망하면 돌아가서 한자리씩 해볼 궁냥만 앞서지 왜놈들과 싸울 생각이야 날 뻔이나 하오? 하기는 실지 공작을 하는 가운데서 동무도 더 절실한 기록을 쓰게 되리다."

"물론! ……옳은 말씀이오."

말로는 이렇게 수긍하면서도 어디엔지 아직도 풍월객이나 종군작가의 의식에서 벗어나지 못한 제 자신을 느끼게 되어 부끄러웠다. 내 자신에게 일러주는 말처럼 혼자 중얼거린다.

"많이 배워야죠, 많이 배워야죠……."

"현재 우리 동무들 가운데서 시인, 작가, 미술가, 무용가, 배우, 음악가

들이 많이 배출되고 있습니다. 워낙 시라고는 읽어보지도 못한 동무들이 제법 노래를 지어보느라고 머리를 긁죽거리는군요. 저저마다 무대에 올라가 노래를 부르고 고함도 쳐보고 싶어하며…… 아마 우리들의 절절한 생활 감정을 무슨 형식으로든지 표현해 보구 싶다는 충동이 저절로 단단해지는 때문인가 봐요. 물론 본시부터 좋아하는 동무두 여러 명 있습니다마는…… 이 예술공작이 큰 작용을 일으켜 동무들을 고무하고 민중을 계몽하며 위안도 주고 하지요."

"대상은 물론 중국 사람들이겠죠?"

"야회나 기념일에 즐기는 때는 우리끼리 조선말로 하고 군중 상태일 때야 중국말로 하지요. 극본은 주로 선전부장 동무가 바쁜 틈을 타서 집필합니다."

선전부장이 극작가라는 말이 듣기에 매우 반가웠다. 들어가 공작에 붙는다면 나 역시 선전부에 소속할 것이기 때문에 작가 부장이라니 얻음이 더 클 것이다. 상연되는 극본의 내용은 전쟁에서 취재하여 전투 의식과 희생 정신을 고취하는 것도 있고 끝끝내 굽힘이 없는 감옥 투쟁의 내용이며, 혹은 아픔과 주림 속을 헤매는 국내 동포의 생활을 그린 것 등 다채로웠다. 너무 뼈저리고도 직접적인 사실들이기 때문에 그들은 또 보고 또 보아도 무대 앞에서 늘 울게 된다고 한다. 주먹을 그러쥐고 몸부림도 치고…… 중국 민중을 대상으로 할 때는 주로 조선 사람의 반항 정신이며 일본 제국주의의 잔인한 압박, 동포 생활의 참상, 이런 것을 테마로 하여 보여주었다. 조선의 실정과 조선 사람을 이해시키기 위하여—.

"노래는 학원 동무들이 저저마다 써내며 작곡까지 제법으로 붙여 행진하며 부르는걸요. 벽보판에도 서툰 솜씨나마 곧잘 그림을 그려 붙입니다. 아마 전쟁과 혁명은 예술을 낳는가 봐요……."

사실 그런 예술이 정말로 산 예술일 것이다.

"동무도 앞으로 많이 쓰셔야 합니다. 우리 의용군에서는 이 예술공작과 선전공작을 대단히 중요하게 내세우고 있습니다."

이런 내용의 얘기를 들으며 굴속 같은 길을 빠져나오니까 비교적 널따란 들판 위로 올라서게 되었다. 개를 몰고 가는 현 동무와 S 동무의 타고 가는 나귀는 벌써 저만치 앞서서 먼지를 뽀야니 일으키며 재빨리 걸음을 재촉하고 있었다.

최 동무가 웃으며

"저 현 동무는 우리 의용군에서두 걸음 재기로 유명한 '황천왕동'입니다. 해뜨기에 떠나 저물기 전으루 이백 리 가량 걷기는 식은 밥 먹듯 하는걸요."

"적지로 드나들려면 축지법도 써야겠죠……."

"축지법만 아니라 천리안(千里眼)에 변환술(變幻術)도 쓸 줄 알아야지요……. 무엇보다 대담하고도 치밀하고 그러면서도 어떤 일이 있대도 비밀을 무덤 속으로 들어갈 때까지 보장할 만한 사람이어야 됩니다. 적구 공작원이란……."

그러나 생사의 계선을 넘나들며 싸우는 이런 백전고투의 용사가 얼마쯤 가서 조그만 어린애들에게 붙들려 문초를 받으며 쩔쩔매고 있었다. 감나무 위에 올라앉아 있던 어린애 두 녀석이 갑자기 소리를 질러 그들을 멈추어 세우더니 번갈아가며 묻기 시작한 것이다.

"어디를 가느냐?"

"근거지로 간다."

"근거지가 어디냐?"

"대어줄 수 없다……."

"옳지 그건 그렇고…… 어디서 오느냐?"

"북경."

"북경?"

어린애들은 눈이 둥그레졌다. 한 놈이 잽싸게 감나무 위에 신호기를 올리려고 하여 현 동무는 아예 의심할 사람들이 아니니 제발 사람을 불러오지 말라고 사정사정한 터이다. 하니까 그럼 믿을 만한 증거를 보이라고 하여 우리들이 뒤따라오기를 기다리고 있었다. 역시 셰퍼드 군이 의혹을 갖게 했으며 둘째로는 나귀에 올라탄 S 동무가 중국말을 하지 못해 어물어물함이 수상했던 모양이다. 우리 일행의 여행 증서는 최 동무가 가지고 있었기 때문에 어린 감시처들의 관문을 무사히 통과하게 되었다. 둔덕을 넘어서면서 바라보니 지금까지 발을 들여놓은 어느 부락보다 훨씬 큰 장거리가 들판 한가운데를 차지하고 있었다. 장거리가 아니라 훌륭한 성읍이었다.

뉘엿뉘엿 저물어가는 저녁해의 낙조를 받고 아지랑이 속을 가물거리는 토성의 풍경이 영화에라도 나오는 장면같이 아름다웠다. 산양 떼가 성기슭을 밀려다니고 있었다. 이 근방대고는 그중 큰 물자의 집산지로 여기에 우리 동무들이 나와 생산공작을 하고 있으니 오늘과 내일 이틀 동안 묵으며 노독(路毒)을 풀고 가자고 한다.

이 성읍도 역시 침략의 참화를 입은 상처가 아직도 생생하였다. 성문 지붕은 부서지고 토성도 군데군데 포격을 당하여 무너진 채였다. 성문 담벽에 횟가루로 아름차게 중공 10대 정책(中共十代政策)이 씌어 있었다. 1943년에 이르러 중공 중앙은 가장 간고스럽던 과거 이 년 동안에 걸쳐서 인민을 이끌고 과감한 대일 항전을 견지하고 나서 승리에의 길로 발전하며 매진하기 위하여 감조감식제(減租減息制)를 단행하고 생산운동을 일으키며 옹정애민(擁政愛民)의 정책을 보다 더 강화하였던 것이다.

10대 정책이란 대개 이러하다.

1. 대적투쟁(對敵鬪爭)-민중 조직으로써 인민의 부담을 덜게 하고 동시에

군민의 항전 역량을 증강한다.

 2. 정병간정(精兵簡淨)

 3. 통일영도(統一領導)

 4. 옹정애민(擁政愛民)

 5. 생산운동(生産運動)

 6. 정돈삼풍(整頓三風)-1942년 2월에 '정돈학풍(整頓學風), 당풍(黨風), 문풍(文風)'의 모 주석 보고가 있은 뒤부터 전당 전군에 긍하여 사상을 개변하고 작풍을 개조하는 정풍운동이 맹렬히 전개되었다.

 7. 삼삼제(三三制)-공산당, 국민당, 무당무파 모두가 연합하여 민주정권을 건설하고 중지중력(衆智衆力)을 모아 일치 항전하자는 주장이다.

 8. 감조감식(減租減息)-적군의 분할과 봉쇄를 분쇄하려면 각 계급의 단결을 더욱 굳게 하며 계급 대립을 적게 할 필요가 있기 때문에 전쟁 중에는 토지개혁을 실시하지 않고 소작료는 백분지 이십오(25/777), 금리는 백분지 십(10/100)을 넘지 못하게 한다.

 9. 심사간부(審査幹部)

 10. 시사교육(時事教育)

이러한 순서로 모두가 내전 분열을 피하여 외적을 물리치며 동시에 새 나라를 건설함에 있어서 가장 적절하고도 긴요한 군사, 정치, 경제, 문화 일반에 긍한 정책이었다. 이 10대 정책이 차츰 위대한 성자를 거두기 시작하게 되자 1944년에 들어서면서는 인민의 참군 운동이 대대적으로 전개되어 수만천의 청년이 전장으로 몰려나갔으며 가을철에 이르러서는 군중운동이 일어날 수없이 많은 전투 영웅이, 노동 영웅이 배출되고 모범적인 공작자가 뒤이어 나타났다. 이들이 여러 사람들의 선봉이 되고 골간이 되고 교량이 되어 전 부면에 일대 추진을 보게 되었다. 이리하여 관·민·병의 단결은 일층 공고히 되어 금난 초부터의 해방구를 확대키 위한 공성탈지의 적위섬멸전(敵僞殲滅戰)이 과감히 시작된 것이다.

참으로 내우외환이 접종하는 어 나라의 일대 위기에 처하여 모 주석이 제기한 신민주주의의 정책과 방향은 신중국의 나갈 길을 가장 적확하게 구체적으로 밝히었었다. 이 신민주주의의 혁명강령이야말로 항전기의 칠칠암야(漆漆暗夜)를 밝히는 유일의 거화(炬火)였다. 항전 대중은 이 거화 속에 무한한 힘을 발견하여 용기를 북돋우고 일어나 어떠한 악조건 밑에서라도 일본 제국주의 타도를 위하여 최후의 피 한 방울까지 쏟아 바치며 투쟁하기로 결의를 새로이 한 것이었다. 성문 안으로 들어서며 보니 집집이 전화를 입어 완전한 집은 거진 하나도 없으리만치 스산한 거리였으나 그래도 약방, 음식점, 의복상, 잡화전, 이런 것이 즐비하였다. 서점도 두어 집 보인다. 옛날에는 봉건 영주의 저택이었음직한 큰 집들이 대개 인민 집회장이나 기관의 건물로 사용되고 있는 모양으로 그 앞에는 성민들이 모여 사서 웅성거린다. 벽보판에 전선 뉴스를 내걸고 있는데 한 사내가 커다란 소리로 읽어가며 들려주고 있었다. 이런 곳에 사령부와 현 정부가 있으려니 하였더니 고런 기관은 모두 조그만 부락에 들어박혀 있다는 것이다. 비밀의 보장과 방위의 전략적 견지에서―.

서점을 발견했음이 반가워 스탈린 저의 『레닌주의 제 문제』를 비롯하여 모택동의 『신민주주의』니 『논연합정부(論聯合政府)』니 그의 팔로군에 관한 것이며 중공의 정풍 문건, 소설, 번역서 등을 몇 권 구하여 바랑 속에 찔렀다.

이 거리에는 우리 동무들이 생산공작에 종사파는 솜 공장이 있었다. 동무 하나는 동맹으로 연락을 가고 없으나 마침 산동분맹으로 연락 가는 길에 C 동무가 들른 참이어서 도합 세 동무가 반가이 맞아주며 전방 소식을 묻는다.

하나 오히려 우리들보다 그들이 더 자세히 알고 있는 셈이었다. 전선의 부상병들이 대개 이 거리를 지나서 사령부 병원으로 옮아가기 때문이었다. 평한로가 하북성에서만 두 군데나 절단되었으며 요처요처에서는 격전이 일고 있는데 대체로 차차 포위 태세를 갖추고 있다는 것이다.

이튿날은 떠날래야 떠날 수 껌이 굳은비가 내리기 시작하였다. 그래 여기서 예정대로 이틀 동안을 쉬게 되었다. 발이 부풀어 약을 바르노라니까 새 신을 그냥 신어 그렇다고 하며 C 동무가 비를 즘북 맞힌 뒤에 방치로 두들겨준다. 한 동무는 우리를 환영하기 위해 개를 한 마리 구해오겠다고 나가더니 헛방을 치고 비만 맞으며 돌아왔다.

C 동무는 어렸을 제 동화의 세계에서 상상하며 그리던 독립단원처럼 아주 걸걸하고도 호협한 인품이었다. 산돼지를 물어가는 호랑이처럼 수염이 더부룩한 얼굴 속에 그득해 보이는 커다란 눈알을 득실득실 굴라며 여러 가지로 재미나는 이야기를 들려준다. 또한 이야기의 명수였다. 얼마 전 연안을 다녀왔다고 한다. 이름 익히 들어오던 백연 선생을 비롯하여 최창익, 허정숙 등 선배의 동정도 알 수 있었으며 그 뒤 모두 처음 듣는 분들이나 한빈, 박효삼 등 여러 지도 간부의 이야기, 학원들의 이야기, 노신예술학원의 내용이며 예술계의 동향, 이런 것도 듣게 되었다. 국내에서 행방이 주목되던 김태준 씨도 애인과 같이 바로 몇 달 전에 무사히 들어왔다고 한다. 어렸을 적부터의 동무인 고찬보 군이 벌써부터 북경에서 지하공작을 하다가 연안에 돌어와 있다는 이야기도 비로소 이 동무로부터 듣고 기슴이 뛰놀았다. 여태까지는 봉쇄선을 넘어오면 연안으로 데리고 들어갔으나 후방에 있는 이들도 차차 앞으로 전진해 나와야 할 정형이기 때문에 얼마 전부터는 태항산에 집결하기로 되어 모두 태항산 근거지로 모이는 셈이었다.

연안 다녀오는 길에 동포로를 넘다가 봉변하던 이야기는 매우 아슬아슬하였다. 염석산의 패잔군이 노략질을 하며 횡행하고 일군이 또한 이동하면서 살상을 자행하는 험악한 지대로 뛰어들어가 이리 피하고 저리 숨어다니다가 마침내는 번번한 산등 위에서 노랑 대구리(그는 일병을 이렇게 말하였다) 삼십여 명과 마주치게 된 것이다. 동무들 네 명은 연 사흘 동안을 꼬박이 굶었기 때문에 달아날래야 달아날 데도 없지만 기력조차 없어 덤불 속에 숨어들었다고 한다. 발견만 되면 영락없이 죽는 날이었다.

일병들은 어떤 젊은 농군에게 너 말들이 쌀부대를 지워 앞세우고 슬렁슬렁 다가오고 있었다. 놈들도 위험 지대이기 때문에 사위를 십분 경계하는 모양이었다. 저벅저벅 들을 밟는 소리며 수군거리는 말소리가 차츰 가까이 들려온다. 돌아다보니 동무들은 모두 권총을 빼어들고 얼굴이 새하애져 숨소리를 죽이고 있었다. 그러나 거의 가까워져 십여 미터쯤 상거한 길가에 놈들이 나타나고 보니 도리어 무서운 생각은 자취를 감추고 말았다. 하나 둘 셋 넷…… 이렇게 놈들이 앞을 스쳐 지나가기 시작하니까 자칫하면 살지도 모른다는 생각이 머리를 들어 다시 마음이 다급해지며 어서 지나가라 어서 지나가라……. 조장(曹長) 녀석의 견장이 보인다. 풀섶 풀을 툭툭 걸어차기도 한다. 전투 부대가 저 산중에 있는 모양이었다. 중국어를 모르는 조장은 선마(甚麼)? 무엇이 무엇이 하며 멈춰 서서 따지는 것이 안타까웠다. 이때에 웬만하면 뛰쳐나가 통역을 해주고 싶었노라고 하여 우리를 웃기었다.

놈들이 지나가고 난 뒤에 산 위로 기어올라와 내려다보노라니 배고픈 생각에 이번은 주제 넘게도 쌀부대를 빼앗아볼 욕심이 생겼다고 한다. 그래 총을 한 방 땅 울리니까 일병들은 눈이 휘둥그레지며 부랴부랴 미츠러지듯이 달려 내려가고 젊은 농군은 엉겁결에 쌀부대를 집어던지고 짐승처럼 스르르 사라지었다. 인제는 밥을 먹었느니라 하고 달려 내려가 부대를 찾고 보니 주둥이가 벼랑 밑을 향하여 쏟아져 하얀 옥백미가 산산이 흩어져 있었다. 얼마나 아까운지 이제 와서 생각해도 분하다면서 입을 쩍쩍 다시었다.

1941년 12월 팔로군의 정치공작에 배합하여 석가장 부근에 출동하였던 이십구 용사의 장절한 실전담도 이 동무로부터 듣게 되었다. 만리이역에 눈이 뒤덮인 산지에서 십중 포위의 일병진을 통렬하게 무찌른 이들의 불같은 돌격 정신과 애끓는 조국애, 동지애는 듣기에도 눈물겨웠다. C 동무도 이 이야기를 하면서는 저으기 뼈저려하는 것이었다.

이들은 봉쇄선을 넘나드는 무장 선전대였다고 한다. 의용군 선전대의 존재를 의심치 못하게 되자 일군은 눈깔이 새빨개진 것이다. 전선에 끌려나와 허덕이는 수많은 조선인 사병과 군속들에게, 그리고 조국 땅에서 못 살고 몰려나온 동포들 속에 화약이 달려서는 큰일이라고 생각하기 때문이었다.

그래 씨알머리를 없애고자 적은 경·중기관총에 박격포까지 가지고 견고히 무장한 이백 명의 결사대와 중국화평군 다시 말하면 국민군에서 투항한 반역병 백오십 명으로 이들의 뒤를 미친개처럼 쫓게 하였다. 하나 우리의 용감한 선전대는 오 리 내지 이삼십 리씩의 거리를 두고 옮아가며 끊임없이 선전공작과 교란공작을 감행할뿐더러 처처에서 군중대회를 열고 때로는 기회를 엿보아 유격전을 일으켜 적을 뚜들겨 부수고 하였다.

호가장(胡家莊) 부락에서 마지막 군중대회를 가지고 내일이면 근거지로 돌아가게 된 날 밤중의 일이었다. 한간의 내통으로 숙영이 감쪽같이 포위된 것이다. 방심하여 보초를 멀리까지 세우지 못하였음은 불찰이었다.

그러나 겨우 네 명뿐의 희생으로써 진퇴 유곡의 사지를 돌파하여 반격한 사실은 매우 장한 일이 아닐 수 없다. 이 돌위전에 있어서 대장은 팔을 잃었으며 또 한 명[9]은 총탄에 넘어져 불행히 일군에게 납치되었다. 그리고 전사자 네 명. 이네들의 성명과 약력이며 최후의 정경은 대략 이러하다.

---

9) 작가 김학철을 가리킨다.

손일봉(29세). 제2분대장. 평북 회천군 태생. 과묵침용의 인품으로 여태까지 한번도 생장의 역사를 밝힌 적이 없으므로 세밀한 일은 알 수 없으나 다만 나랏일이 중하고 민족의 일이 귀하여 단란한 가정을 버리고 나와 혁명의 험로를 밟았던 것으로 짐작된다. 이는 중앙군관학교 광동분교 포과 출신으로 평생 소원이 산포와 야포의 방렬을 짓고 통절히 일군을 무찌르고 싶다는 것이었다. 군관이 되어 국민군 전선에 가담해 있다가 이 팔로 구역으로 넘어온 것은 사상의 혁명도 혁명이지만 무엇보다도 투항을 모르고 그냥 싸워나가는 팔로군이 그리웠음이었다. 그처럼 왜놈이 미웠으며 한 놈이라도 더 쏘아 죽이고 싶었기 때문이다.

하지만 오늘은 남으로, 내일은 북에서의 유격 생활에 포병전의 염원은 못 이루었으나 최후의 돌격 분대를 지휘한 분대장으로서 중대한 임무를 완수한 뒤에 장쾌한 전사를 하였다.

대장 이하 여러 사병이 최후까지 머물러 싸우겠다는 것을 억지로 몰아내어 전진을 시키고 나서 분대의 사병을 이끌고 선두로 내달리며 돌격전을 일으킨 것이었다. 이미 때는 늦어 완전 포위를 당하여 빠져나가려야 나갈 틈서리가 없었다고 한다. 다부진 몽뚱이가 도시 열덩어리의 용사로 평시에도 몸을 아끼지 않고 앞서가며 힘든 일을 도맡아 하려는 그야말로 회생 정신의 화신이었으니 모름지기 만족한 죽음일 것이다.

박철동(30세). 평북 의주군 태생. 어려서 조국을 떠나온 이래 이 중국 땅에서 성장하여 중학을 나오고 중앙군관학교 낙약분교를 졸업하였다. 이 역시 손일봉 외 여러 청년 동지들과 같이 국민당 구역을 탈출하여 이곳으로 달려나와 전선에서 활약하던 것이다. 이 전투에 있어서 그는 돌격로를 칼로 헤쳐 동무들의 전진을 완전케 한 뒤에 겹겹이 둘러친 적진 속으로 혈혈단신 뛰어들었다. 그리하여 적을 찌르고 또 찌른 뒤에 마침내 기가 진하여 적을 찌른 칼을 뽑지 못하게 되자 우티(옷)를 벗어던지고 이내

가슴을 찔러라 이놈들아―조선 독립 만세를 고창하며 쓰러졌다. 나중에 시체를 찾고 보니 그야말로 총상과 칼자리로 만신창이였다고 한다…….

내가 다 맡을 테니 동무들 어서 전진하시오 전진하시오 하고 부르짖던 비통한 고함 소리가 지금 귓결에 들리는 듯하다고 C동무가 수연히 이야기한다.

그리고

왕현순(24세). 평북 벽동군 태생. 일찍이 혁명가의 집안에 태어나 고난에 고난을 거듭한 생애였다. 그 생활 자체가 싸움이요 성장 그것이 바로 싸움의 역사였다. 총을 들고 나선 두 형을 따라다니며 이십 평생을 이슬 맺힌 풀숲 속이 아니면 포연탄우 아래 혹은 산상의 요새에서 하루도 편안한 날이 없이 지내왔었다. 성품이 고고하여 남에게 뒤서기를 원치 않았고 남 앞에 공을 내세우려고도 하지 않았다. 그러나 실천과 공작 속에서 얻은 이론의 박진성은 언제나 동무들을 고무하고 깨우치는 데 큰 힘이 되었다. 별명을 '싸움꾼'이라고 하다시피 쟁론도 좋아하였다. 하나 일단 실천에 들어서는 불언직행이어 모름지기 군인으로서 훌륭한 전형적인 존재였다. 언제나 웃을 줄을 몰랐다. 몸뚱이 자체가 하나의 폭탄인 듯하였고 전장판에서는 그 기백이 승리의 상징이었다. 중앙군 훈련반 출신.

이번 전투에 있어서도 경천지의 용맹을 유감없이 발휘하였다. 본대를 전진시키기 위해 엄호전을 일으켰을 때 가장가는 장애가 적의 기관총 소사였다. 어느새에 이 동무의 자취가 없어졌다. 이와 동시에 적의 기관총 소리가 뚝 끊어졌다. 다음 순간 전우들은 적의 기관총을 휘두르며 선두에 나서서 가는 그를 발견할 수 있었다.

끝으로

한청도(26세). 충청도 태생. 작달막한 키에 가로 퍼진 몸뚱이를 등실거리며 입가에는 웃음빛을 거두지 못하여, 왕현순 동무와는 그야말로 대적적인 인품이었다. 아무런 기한과 고통 속에서도 벙글거리며 콧노래를 부르는 낙천가였다. 어떻게 보면 천하에 없는 게으름뱅이 같기도 하였다. 하나 이 낙천적인 천성이 동무들에게 늘상 은연한 힘을 주었으며 또 느닷없이 웃기고 즐겁게 하여 없지 못할 보배로운 존재였다.

"한 놈에 하니 두 놈이라…… 요놈!"

이러면서 바위 밑에 붙어앉아 사격하는 이 동무를 전우들은 보았다. 하나 완전 포위 속에 들게 되자 그는 분대장의 뒤를 따라 일어나 수류탄을 쥐어 뿌리며 사자와 같이 막 덤벼들었다. 탄알이 진하였던 것이다. 불행히 적탄이 다릿마디를 울리었다. 어프러지면서 칼을 뽑아들고 일어나려 하였으나 움직일 수가 없었다. 이에 그는 마지막 수류탄을 터쳐서 부둥켜안은 채 자폭을 한 것이었다.

이 영용하기 바이없는 돌격 정신과 비창한 돌위전에 대한 보고에 접하게 되자 팔로군구 사령부에서는 전군에게 이 위훈을 선포하는 동시에 장렬한 최후를 지은 사난 열사들을 위해 추도회를 열게 되었다. 일방 정치부에서는 조선의용군의 돌격전을 길이 찬양하기 위하여 인민학교 교과서 안에 이 전투의 내용을 수록한 것이다.

(추기)

다음날로 한간이 민중의 손에 붙들려왔으며 또 이 포위전에 참가하였던 일병 하나를 얼마 뒤에 붙잡게 되어 이 전투에 있어서의 일군의 손실이 소상히 드러났다. 사자(死者) 18, 중경상 32. 그리고 다리를 총에 맞아 쓰러진 채 붙들려간 동무는 일본 어떤 형무소로 끌려갔다고 할 뿐 그 생사와 진위를 알 수 없었던 바 이번 해방을 맞이히여 일본으로부터 돌아왔다. 척각의 작가 김학철 군이 바로 이 사람이다. 왼팔을 총에 잃고도 그냥 머물러 지휘하려는 대장을 등에 걸머지고 맨발로 눈구뎅이 가시밭

길로 적진을 뚫고 나간 K 동무도 들어가 만나 더 세세한 이야기를 들을 수 있었다.

그리고 이번 해방된 조국을 향하여 우리 의용군의 별동대에 끼여서 진군해 나오는 도중 나는 여러 동무들과 같이 피눈물에 젖은 이 고전장에 들러서 오랜 시간 움직일 줄을 몰랐다. 깊은 산중 돌각담의 가시밭길에 잡초만이 무성하고 때아닌 가을비가 소리 없이 내리고 있었다. 이십구 용사가 서로 엄호해 가며 내달려 올라가 진지를 잡았다는 호사산은 말이 없고 이끼 앉은 바위 위에는 낙엽만이 쌓여 있었다. 두 팔로 휘어잡은 기관총을 내두르며 달려나가는 용사들의 그림자가 얼른거렸다. 고래고래 지르는 우렁찬 목소리도 들리는 듯하였다. 이 불스러운 조선의 아들들이 무엇 때문에 이 깊은 이방 산중에서 흔연히 미소를 짓고 쓰러질 수 있었으랴?

이 쓸쓸한 고전장의 뒷마을 높지 않은 재등 위에 그들의 무덤이 나란히 앉아 있었다. 앞쪽이 훤히 트이고 양옆으로 연 산줄기가 내달린 포근한 차리로, 동북을 향하여 멀리 조선의 하늘을 바라보고 있었다. 무덤가에서는 가을 벌레도 울지 않았다. 이름 모를 이 나라의 산새만이 우리의 해방의 기쁨을 같이 즐겨하며 위안하려는 듯 지저귀며 노래하고 있었다. 우리는 이 용사들의 무덤 위에 눈물과 더불어 꽃을 뿌리고 하마 떠나기 어려워하였다. 뒤를 따라나온 촌장은 이런 이야기를 하였다.

북경을 내왕하는 조선의용군 동지들이 이 부근을 지날 때마다 또는 옛날의 이 전적을 아는 중국 동무들이 지나칠 때에 무덤 앞에 머물러 벌초를 하고 꽃도 던지더라는 것이다. 촌민은 군중대회를 열고 조·중 두 민족의 우람찬 해방 전사인 이 국제 붕우들의 무덤 앞에 기념비를 세우기로 결의한 지 이미 오래나 일군의 드나듦이 빈번하여 지금까지 실현치 못하였는데 이제는 마음놓고 치성케 되었노라고 하였다. 원컨대 안식하리라.

4. 일병 포로수용소

오후에 이르러 비가 걷고 날이 개기 시작하였다. 화제는 자연 동무들이 간절히 그리워하는 국내 얘기로 진전하였다. 가지고 온 어린애들의 사진을 보여주니까 서로 머리를 마주 대고 들여다보며 끔찍이도 좋아한다. 몇 살이냐, 유치원에 다니느냐, 노래는 무슨 노래를 부르느냐, 눈깔사탕이 십 전에 몇 알이나 되느냐, 할머니에게 무슨 옛말을 조르느냐, 계집애도 말을 할 줄 아느냐, 한참 동안은 그들 자신이 모두 어린애로 돌아간 듯하였다. 더구나 수첩을 꺼내어 어린애들이 그적거린 색연필 그림을 뵈었더니 서로 낄낄거리고 웃으며 머리를 긁적거리면서 아무것도 아닌 그림의 내용에 구태여 그럴듯한 의미를 붙여보려고 열심히 궁리하는 것이었다.

나는 이 친애하는 동무들이 한참 동안 이렇게 즐거워하는 것을 보아서도 어린애들의 사진과 그림을 가지고 떠나온 일을 무척 다행으로 알았다. 소꿉노래 부르고 술래놀이하던 억울히 빼앗긴 어린이의 시절을, 흥부와 놀부의 옛말을 들으며 할머니의 무릎 위에서 호곤히 잠이 들던 아름다운 옛날을 이네들이 일순간이나마 도로 찾은 것이었다. 초선의 지붕 위에서 퉁소를 불던 피오네르의 영상이 덧없이 다시금 눈앞에 떠올랐다.

이윽하여 팔로군 간부 한 명이 우리의 숙사로 놀러 왔다. 대단히 겸허하고도 예절이 도타운 믿음직한 청년 군인이었다. 멀리 조선서 들어온다는 말을 듣고 찾아왔노라면서 일본 국내의 형편이며 조선 내의 사정을 각 부면에 긍하여 세세히 물으며 답변을 수첩에 열심으로 적어나간다. 학습 자료로 삼으련다고 하였다. 혹시 능숙한 조사의 형식인지도 모른다. 잡담을 하고 나서 일병 포로를 만나보지 않겠느냐고 묻는다. 도망치다가 수수밭 속으로 숨어든 것을 덮치어 붙들어 보내온 것인데 다섯 명 중에서 한 녀석이 아직도 밥그릇을 발길로 걷어차며 말썽을 부린다는 것이었다.

"밥을 영 안 먹소?"

"기아 투쟁인 모양입니다."

하면서 웃는다.

"다른 녀석들은?"

"감지덕지로 어쩔 줄을 몰라하지요."

"일본인 해방연맹으로 넘기게 됩니까?"

"사령부에서 취조하고 나서 넘기지요."

C 동무와 같이 따라나서서 포로수용소로 찾아갔다. 감옥도 아니요 유치장도 아닌 예사 민가였다. 비교적 큼직함으로 보아 옛날 토호의 장사이던 것을 군 연락처 비슷이 쓰고 있는 모양이었다. 대문밖에 파수병이 서 있었다. 돌담으로 둘러막은 널따란 안뜨락 화단에는 시방 맨드라미꽃이 방산으로 피어 있었다. 뒤채 골방의 어둑신한 '캉' 위에 득실득실 누워 굴고 있던 네 녀석이 우리가 들어서니까 모두 일어나 앉으며 굽실거린다. 위치가 바뀐 탓인지 악독하고도 잔포한 이 일병놈들이 견딜 수 없이 미워야 할 터인데 징그러운 모멸감을 억제치 못하게 할 뿐이다.

일군의 침략 속에서 태어나 놈들의 노예 교육을 받으며 자라났기 때문에 근본적으로 신경이 마비된 탓이라고 스스로 느껴진다. 그러나 동행의 두 동지는 적을 앞에 놓고 도리어 빙글거리는 것이다. 천만의외였다. 이 네들의 사랑하는 전우를 찔러 죽이고 쏘아 죽이던 적병놈들이다. 어버이의 집을 불태우고 연약한 아내를 짓밟고 누이를 겁탈한 적병놈들이다. 전원을 전차로, 도시를 대포로 유린하고 파괴한 적병놈들이다. 그들에게 비참과 굶주림을 강요하는 적병놈들이다. 또 한 녀석은 어디 있느냐고 물으니까 팔로 동무의 말이 밥도 먹지 않고 못되게만 굴어 딴 방으로 따로 내었다고 한다. 이 말귀를 알아들었던 털개지같이 수염이 답실그레한 오장 (伍長) 녀석이 밑으로 내려서면서 아침에 그놈도 종내는 밥을 먹구야 말았다고큰 공로라도 내세우는 듯이 몸짓과 손짓으로 시늉을 해가며 외마디 중국말을 더듬는 것이었다.

"왜 좀 더 굶어보겠지……."

하니까 뜻하지 않았던 일어에 일병들이 모두 눈이 동그래진다.

"아니올습니다. 먹어야지 안 먹는다구 하, 별 수 있습니까."

털개지 오장이 비굴스레 웃음을 지으며 머리를 긁적거린다. 말썽부리던 녀석까지 밥을 먹었다는 소리가 매우 대견한 모양 팔로 동무는 혼자 버룩거리며 좋아한다. 내가 묻기 시작하였다.

"녀석은 왜 밥을 안 먹고 지랄이었던가?"

"하, 우리들한테 늘 뻐겨오던 말이 있으니까요. 공연히 여러분께 염려를 끼쳐서 하, 죄송하올습니다."

"상관이었던가?"

눈알이 생쥐처럼 올롱한 녀석이 별안간 일어서며 딱 기착을 하더니

"하잇, 사관학교를 나오셨습니다. 중위 어른입니다."

"이 자식 아가리 닥쳐!"

털개지 오장이 후려갈길 것처럼 팔굽을 제끼며

"여기는 계급을 소중히 아는 데가 아니야……. 하, 실례올습니다. 적에게 살아서 욕됨을 볼 바에는 배를 가르고 자결해야 한다고 매일같이 호통을 뽑아오던 처지에 넉작넉작 밥을 받아먹을 수 있어요? 더욱이 우리들 부하가 보는 앞에서……. 하……."

이런 연고로 밥을 먹고 싶어도 못 먹었을 모양이라고 C 동무에게 일러주니까 C 동무가 팔로 동무에게 웃으며 통역해 들려준다. 이 사이에 녀석들은 의아스런 눈초리로 나와 C 동무의 얼굴을 흘금흘금 번갈아가며 살펴본다. 의외의 조선말에 어리둥절해진 모양이다.

"그래 혼자 있게 되니까 넌지시 먹어치운 게로군?"

하니까 모두 굽실거리며

"하, 그렇지요. 그러기에 저이는 벌써부터 따루 내어주었으면 했습니다. 하, 첫째 우리들이 살 수 없거든요. 첫날 밥그릇이 들어오니까 발루 걷어차며 어서 죽여달라고 야단을 쳤습니다. 하, 이게 약을 친 밥이다 치사스레 적의 밥을 얻어먹다 독사할 테냐고 우리들까지 먹지 못하게 했습니다. 망할 자식, 저는 상관이니까 총살이 되지 하, 우리들이야 머……."

"녀석은 총살될 줄로 아는가?"

"하, 아무래두 하나쯤이야 죽이지 않을라구요? 아무리 팔로님들이 사정이 많으시다구 해두…… 하…… 저이들이야…… 하, 저이들은 정말루 공산주의를 찬성하는걸요."

하니까 고소를 금치 못하게시리 모두 고개를 주억주억한다.

"자식 때문에 저이들두 처음 몇 끼는 굶었는걸요 하얀 옥백미를 어디서 구해왔는지 자기네는 좁쌀죽두 변변히 못 끓이면서 지어주는 것을…… 하, 죄송천만입니다…… 하…… 그런데……."

말을 채 맺지 못하고 간사스런 웃음을 입가에 띄우며 오장 녀석이 조심조심 이렇게 발을 달아 묻는다.

"하, 조선 분이시죠?"

"그래, 왜 묻는가?"

불기하고 어성이 높아졌다. 역지 지금까지 일인들로부터 조선 사람 아니냐고 질문을 받을 때마다 반발심을 느껴오던 버릇이 치받쳐 오른 때문일 것이다.

"하, 그저 반가워서 말씀입니다……."

한 녀석이 진정으로 반색을 하며 이런 소리를 하였다. 무슨 좋은 도리라도 생길까 싶이 생각되는 모양이었다.

"반가워?"

C 동무를 돌아보며

"이 녀석들이 우리들 조선 사람을 만나 반갑다는구려."

하니까 C 동무가 노상 커다란 눈알을 부라리었다. 녀석들은 자는 범을 일으킨 듯하여 어깻죽지가 축 늘어지며 얼굴빛이 시르죽었다. 그중 조그마한 녀석이 양해를 구해보느라고

"하, 우리 중대에 하, 조선 사람 상등병이 하, 한 분 계셨습니다. 하, 우리들과 아주 친했습니다. 하."

이렇게 가쁜 숨길을 몰아치니까 털개지 오장이 녀석을 잡아뜯으며

"이마 저분들은 조선의용군 사람이야…… 함부루 조잘거리지 말어…… 알지 못하면…… 하, 미안합니다…… 그런데 앞으루 저이들이 어떻게 될까요."

"우리들은 당신들과 형제나 같은 사람이니까…… 하, 사령부에 가더라도……."

"이 자식 왜 자꾸 곁방구질이야!"

털개지 오장이 면박 준다.

"일본이 망하면 조선은 독립이야! 알아?"

"몇 해나 중국에 와 있었는가?"

"하, 저는 오 년째 됩니다."

매우 약고도 눈치가 빠른 오장이다.

"그래 팔로님의 일인지 의용군의 일인지 대개는 짐작합니다. 하…… 그런데 이것들이 모두 신병들이어서 사령부에 가서는 죽는 줄만 압니다. 하…… 글쎄……."

팔로 동무가 이야기의 내용을 듣고 빙그레 웃으며

"염려 말라고 일러주시오. 사령부에 가서 물어볼 일 물어본 뒤에 일본인 해방연맹에 넘기게 될 터이라고……."

이 소리를 듣더니 녀석들은 연신 허리를 깝신거리며 강사의 뜻을 표하는 것이었다. 말이 통하여 진의를 아주 똑똑히 알았노라고 천조대신(天照大神) 모시듯 내 앞에 합장 배례하는 녀석도 있었다. 같이 있었다는 조선인 상등병은 어떻게 되었느냐고 물으니까 아마 전사했으리라고 한다.

"대체 어떻게 된 싸움이었던가?"

털개지 오장의 설명을 들어보면 그들이 소속되기는 하남성 북부의 어떤 작은 성읍을 경비하는 중대였었다. 팔로군이 근방에 출몰한다는 정보를 받고 두 소대가 떨어나 출격한 사이에 이 성읍이 포위 공격을 받아 성을 지키던 일 소대가 전멸을 보았다고 한다. 동포 상등병도 이와 운명을 같이한 모양이었다. 이런 내용을 모르고 성으로 돌아오다가 그들은 매복전에 걸려 대패를 보고 몇 살아남은 놈끼리 수수밭 고랑으로 기어들었었다.

"팔로는 아주 용감하거던요."

"저 중위두 달아나다가 붙들렸습니다."

"저이들은 대들지 않고 공손히 손을 들었습니다. 하, 정말입니다."

"하기는 제 형님이 공산주의자였습니다. 하."

모두 형편 돌아가는 대로 한마디씩 재잘거린다.

돌아나오면서 C 동무더러 정말로 백미를 구해다가 녀석들에게 밥을 지어 먹이느냐고 물으니까 그렇다고 한다.

"어떡해서든지 하나라도 더 우리 사람을 만들자는 게지요. 당장 쳐죽이고 싶도록 밉기도 하고 귀찮기도 하지만 얼려잡아 정보와 자료도 얻을 겸 재교육하여 민주 역량을 더하자는 것입니다. 죽여버리기야 가장 간단하지요. 하나 그것은 소극적인 적개심의 표현입니다. 반민주전에 대한 적개심이 강렬하면 강렬할수록 우리 사람을 더 많이 만들어야지요. 우리는 애국자인 동시에 진정한 국제주의자가 아니겠소?"

기아 투쟁의 흉내를 내다가 혼자 있게 되니까 입맛을 돋치기 시작한 중위군은 바로 옆채의 외간방에 쪼크리고 있다가 우리들이 들어서니까 놀라서 일어나 도사리고 앉았다. 이십이삼 세의 새파란 청년 장교였다. 탁자 위에는 다기(茶器)와 지필(紙筆)이 놓여 있으며 일본말로 된 서적도 몇 권 있었다. 팔로 동무는 이 중위와도 그체없이 벙글거리며 악수를 한다. 고향으로 돌아가고 싶지 않느냐고 떠보니까 홀지에 놀라는 눈초리로 반반히 쳐다볼 뿐 좀해 입을 떼지 못한다.

"왜, 부모 생각이 나지 않는가?"

강도단의 소두목 젊은 '사무라이'는 자못 기가 막힌다는 듯이 고개를 떨어뜨렸다. 이 모양을 바라보면서 저런 친구도 한 달만 치어나면 차차 생각을 고쳐먹으며 바른길로 나선다고 C 동무가 설명해준다. 팔로 동무는 되도록 원만히 담화해 주기를 원하였다.

"고향은 어디인가?"

"구루메(久留米)!"

외마디 소리였다.

"아버지는 머 하시는가?"

"공장에 다닙니다."

"사무원인가?"

머리를 흔들어 보인다. 노동자인 모양이다.

"왜 밥을 먹지 않으려 했는가?"

"……"

"군보다 훨씬 상관이던 일본 사람들도 앞으로 많이 만나게 되리라고 하는데…… 만나보구 싶은가?"

"……"

얼굴을 치켜들고 의아스런 눈초리로 한참 동안 쳐다본다. 믿어지지 않는 모양이었다.

"일본 해방연맹의 이야기를 못 들었는가?"

"여기 와서 들었습니다. 홍, 그따위 매국노들이……."

딴은 입술이 파르르 떨렸다. 그러나 경솔하게도 이런 이야기가 튀어나온 것을 진작 후회하는 눈치로 얼른 말꼬리를 돌려

"당신은 일본 유학생이지요?"

"음…… 그리구 조선 사람!"

삽시에 낯색이 달라졌다.

"왜, 의외인가?"

"……."

"일본이 이번 전쟁에 이길 줄 아는가?"

대답이 없다. 담배를 꺼내어 권하니까 공손히 받아들더니 삿자리 위에 놓아둔 제 담배를 우리에게 한 대씩 권한다. 팔로에서 공급한 것인데 시의심으로 좀해 피우려 하지 않는다는 것이다. 지금까지 고불통에 가루담배를 담아 풀썩풀썩 피우던 팔로 동무는 치하를 하며 받아들고 불을 갈아대었다.

"전쟁이 머지않아 끝날 줄을 아직도 모르는가?"

"이제라도 중국과 일본이 악수만 하면 됩니다…… 왜 팔로에서 일본과 제휴를 하지 않는지 그 진의를 알 수 없습니다. 이번 전쟁은 서양 민족과 동양 민족의 싸움입니다…… 우리 일본은 어디까지나 동양 민족의 맹주로서 힘을 모두어 백색종을 때려눕히자는 것인데……."

단숨에 이렇게 이야기한다. 매우 용기를 요하는 모양으로 말소리가 떨렸다. 천손강림(天孫降臨)의 신손(神孫)은 지금까지 교육받은 대로, 신문에서 선전한 대로 일본 민족이 동아를 지배해야만 될 권리가 있음을 굳게 믿어 의심치 않았다.

무엇 때문에 이 전쟁이 벌어졌으며 도대체 어떤 놈이 터쳐놓은 싸움인

지도 분간하지 못하는 모양이다. 장황히 이야기할 겨를도 없고 간단히 치료될 병집도 아니기 때문에 화제를 어디까지나 개인적인 면으로 돌리려고 하였다.

"일본의 패전은 어차피 불가피한 사실이며 일본이 지고 보면 군도 살아서 돌아갈 게 아닌가? 팔로군은 결코 포로를 죽이지 않으니까."

이 소리에 귀가 솔깃하여 기색을 엿보는 듯 살며시 쳐다본다. 그러고는 또다시 고개를 폭 떨어뜨렸다.

"전선에 나오기는?"

"사관학교 졸업하면서 곧 나왔습니다."

"언제 졸업했는가."

"재작년압니다."

"얼마나 중국 백성을 죽였는가?"

얼굴이 파래지면서

"아닙니다. 저는 거진 서주에 있었습니다. 서주에 오랫동안 있었기 때문에 전쟁도 얼마 해보지 못했어요. 솔직한 말루……."

생명이 아깝기는 사무라이도 매일반인 모양이었다.

팔로 동무는 영문을 모르고 그의 어깨를 치면서 낙심 말라고 위로하며 차를 따라준다. 우리도 쓴 차를 한 잔씩 얻어마신 뒤에 이방을 하직하였다.

팔로 동무의 말이 포로 신세가 되어 있으면서도 서로 저이끼리 윗놈 자세를 하며 부하들을 골리고 있다고 한다. 중위군이 격리되었으니까 지금은 아마 털개지 오장 녀석이 그중 왕땅일 것이다. 밥도 윗놈 차례로 먼저 뜨고 반찬도 맛있는 것은 윗놈이 먼저 닝큼닝큼 집어먹는다면서 웃는다. 언젠가는 쭈루루 일렬로 앉아서 서로 윗놈들의 어깨를 주물러주고 있었다.

털개지 오장네 방 앞을 지나치려 할 때 갑자기 방 안에서

"기착!"

하는 호령 소리가 들렸다.

네 녀석이 일자로 딱 벋치고 서서 경례를 하고 있었다.

우리는 여기를 나오는 길로 팔로 군인들의 생활을 보려고 영사로 향하였다. 같이 길을 거닐며 팔로 동무는 중위군과의 문답 내용과 거기서 얻은 소감이라든가 암시를 자세히 알려달라면서 수첩을 꺼낸다. 사령부에 가면 물론 일어를 잘 아는 이가 있어서 충분히 취조도 하고 지도도 할 것이나 혹시 참고가 될 자료라도 있을지 몰라 알아두겠다는 것이다. 그는 포로와의 대화 내용에 매우 흥미를 느끼는 모양으로 혼자 그덕이기도 하고 미소를 지으며 때때로 되묻기도 한다. 이네들이 이렇게까지 신중히 적을 취급하며 연구하고 조사하는 데는 놀라지 않을 수 없었다.

그러나 일병놈들은 이네들 동족의 포로를 어떻게 대우하였는가? 격검 연습 재료라고 하면서 동가슴을 찌르고 군도로 목을 무 배추 베어버리듯 하였다. 여병들은 의복을 벗기고 달아매어 불로 유방을 지지고 차마 형용 못할 모욕으로써 민사(悶死)케 하였다. 중국인이라면 개돼지처럼 여겼다. 둘러메치고서 면상을 구둣발로 내려다지고 코와 입에 고춧물을 부어넣고 심지어는 온몸에 석유를 뿌리고서 화형을 하고 산 채로 웅덩이 속에 묻어버리는 것이다. 이런 몸서리치는 일을 모르는 그들이 아닐 테다. 자기네 형제가 그렇게 죽었고 어버이가 그렇게 죽었고 아들딸이 그렇게 죽었다. 만약에 불행히 그들이 붙들린대도 또한 그렇게 죽을 것이다.

그러나 놈들은 총을 던지고 손을 들었다고 하여 좋은 방 안에서 차를 마시며 담배를 피우고 있다. 책을 보고 있다. 휘파람을 불고 있다. 당장 입으로 물어뜯고 생피를 마셔도 시원치 않을 이 포로놈들을 앞에 두고 너그러운 웃음빛이 도대체 어디서 나오는 것일까?

노예 근성이냐? 아니다. 비굴이냐? 물론 아니다. 자비심이냐? 더욱이 아니다. 보다 더 적극적인 적개심 때문에!

참으로 새로운 세계를 위한 오랜 투쟁의 역사는 새로운 윤리를 창조한 것이다. 전장에 나서면 귀신도 울리는 용감성을 발휘하는 이네들이 아닌가? 저놈이 우리 어버이를 죽인 놈이다. 저놈이 내 집에 불을 질렀다. 저놈이 아내를 잡아갔다! 그들은 이를 갈고 치를 떨며 대드는 것이다. 그러나 도저히 용서 못할 잔악한 이 파시스트 군대를 가장 미워하기 때문에, 원통한 마음이 너무도 가슴을 두다리기 때문에 도리어 그 원쑤의 채찍에 내몰려온 굴게(굴레) 쓴 말들을 피눈물을 머금고 받아들이는 것이다. 이 마왕의 사자(死者), 지옥의 사신(使神)들 역시 전제 국가의 가련한 인민들이기 때문이었다. 이네들도 굴게를 벗어던지고 바른 정신이 든다면 머지않아 새 세계를 이룩할 역군이 될 것이며 민주 일본 건설의 귀중한 주석이 될 것이다.

헐벗은 백성에게 길을 밝히신 레닌 선생과 스탈린 대원수의 이름을 받들어 나는 혼자 마음속 깊이 위대한 인류의 스승이여, 이렇게 부르짖었다. 이 스승들의 비치는 태양이 힘을 줌으로써 설움과 아픔 속에서도 온 세계의 누리가 서로 피 묻은 몸뚱이를. 껴안으며 일어나고 있는 것이다.

하나 다음 순간엔 저도 모르게 혼자 소스라치게 놀라는 저 자신을 의식하였다. 그렇다면 나 역시 이와 같이 널리 헤아려보는 우람찬 사상의 옷깃을 떨치고 있기 때문에 이들을 미워할 줄 몰랐던 것일까? 삼십여 년간 우리의 기름진 국토를 타고 앉아 우리 겨레의 목줄기를 비틀며 사랑하는 부모형제를 감옥 속에서 썩이고 우리의 동생들을 총칼로 위협하여 죽음의 전쟁판으로 몰아내고 심지어는 어린애들의 소꿉노래까지 빼앗은 이놈들이다. 참지 못할 분노와 억제 못할 적개심의 전위로써 끊임없이 싸워왔던가?

조국의 깃발은 나의 가슴에 안기기 전에 몸뚱이를 두다리며 묻는 것이다. 충실하였느냐 조국 앞에? 그동안 나의 찾아 헤매던 것이 무엇인가?

안일이었다. 하찮은 자기변호의 그늘 밑이었다. 자포자기의 독배를 들며 나날이 여위어가는 팔다리를 주무르던 일이 결코 자랑일 수 없으며 깊은 골짜기로 찾아 들어가 삼간초옥에서 나물을 먹고 물 마시며 팔을 베고 도사(道士)인 양 주경야독(晝耕夜讀)하며 누웠대서 결코 아름다울 수 없을 것이다. 아니 엄정히 말할진대 도리어 놈들의 총칼 앞에 무릎을 꿇기가 일쑤였던 치욕의 반생—뼈저린 뉘우침이 스며들어 치가 떨렸다. 이러한 시기에도 허구한 오랜 세월 총칼을 들고 우수한 이 나라 아들딸들은 적들과 죽기한사 싸워왔거늘. 적을 가장 옳게 미워할 줄 아는 사람이 제 나라를 가장 잘 사랑할 줄 아는 사람이다. 나는 무엇보다도 적을 좀더 미워할 줄부터 배워야 할 것이다.

적의 가시덤불 속에서 멀리 떠나와서야 나는 비로소 적을 보다 더 가까이 느끼는 듯하였다.

포로를 수용하고 있는 집에서 뒤로 골목길을 돌아 들어가 얼마 되지 않는 곳에 군인들의 임시 영사가 있었다.

대개 빈집이든가 살지 않는 집을 얻어가지고 군대가 들어 있기 때문에 인민의 이해와 일상생활에 간여함이 없을 모양이다. 우리가 찾아간 곳은 옛날의 묘원(廟院)으로 시설이라고는 별로 없으나 아주 질서 있고도 정결하였다. 일 중대쯤 수용팔 수 있는 모양인데 방 안으로 들어가보니 제가끔의 식기와 수건, 세면구, 학습장 등이 벽에 걸려 있고 밑에는 가지런히 침구가 놓여 있었다. 옆방은 구락부로 되어 여러 가지 신문과 잡지, 오락도구가 비치되어 있으며 벽에는 지도, 표어, 포고, 벽신문, 만화 등이 다채롭게 장식되어 있다. 전방으로 나가는 군대가 여기에 머물러 며칠씩 쉬고서 떠난다고 한다. 이러한 행군과 이동 도상에서도 군인들은 군사·정치상의 훈련과 학습을 게을리 하지 않으며 문화·오락 부면의 공작도 또

한 열렬히 전개하는 것이다.

　군사·정치위원회라고 할지 이런 조직이 있어서 군사·정치 과목의 학습을 지도하고 군사 토론, 정치 토론조를 만들어가지고 군인의 정치적 자각과 병사(兵事) 지식을 제고한다. 그리고는 문화·오락위원회라고 할지 음악대, 식자반, 독보조, 극단, 이런 것을 조직하여 군인들의 시국 문제 토론을 지도하고 체육, 음악 등 문화 교양을 높이도록 노력한다. 여기서도 우리는 군인들이 소조를 이루고 둘러앉아서 토론하는 광경을 볼 수 있었다. 구락부에는 열심히 독서하는 이, 신문을 보는 이, 학습을 하는 이들이 그득하였었다. 또 뒷마당에서는 그물을 치고 두 패로 갈리어 배구 시합을 하고 있었다. 그중에는 아주 나이가 어린 소년 군인이 섞여서 장정 군인들을 교묘한 기술로 골리어 웃음판이 터지기가 일쑤였다. 풀밭에는 사병들이 촌민들과 무릎을 맞대고 앉아서 서로 히죽거리며 구경하고 있었다. 하기는 사병 자신이 농민들이기 때문에 병농일치(兵農一致)가 아니라 적어도 여기서는 그야말로 병농일체(兵農一體)인 것이다.

　담장 밑의 풀밭에서는 여병들이 어린애들을 데리고 꽃수레를 만들어 흔들며 나비 떼처럼 춤추며 노닐고 있었다. 무슨 유희인 모양이었다. 어린애들이 해죽거리며 남실남실 춤을 추다가는 서로 깨울깨울 끄덕이고 또다시 돌아서며 꽃수레를 든 손으로 원을 그린다. 그러면 여병들이 그들 사이로 제비처럼 재빠르게 빠져나가며 꽃수레를 빼앗아가지고 높이 치켜들었다. 어린애들은 일제히 흩어져 그주위를 둘러싸고 나팔을 불며 행진하는 시늉을 하며 돌아간다. 하니까 여병들이 항복한다는 듯이 그 자리에 주저앉으며 두 손으로 꽃수레를 모두어 머리 위에 싣고 끼울거리기 시작하였다. 그제는 애들이 나비처럼 날아들며 꽃수레를 도로 차지하고 일렬로 서서 우리들이 있는 쪽으로 다가오더니 부끄러이 인사하며 꽃수레를 주는것이었다. 여병들을 비롯하여 여러 군인들이 박장을 친다.

조금도 예기치 못하였던 일이라 어리둥절하였다. 형용할 수 없는 감격이 눈등에까지 흔흔히 올라온다. 그중 어린 계집애를 껴안아 올려 뺨을 부비면서 고맙노라고 여병들과 악수를 하였다.

"몇 살이냐?"

고 물으니까 흙 묻은 조그만 손가락을 여섯 개 꼽아보인다. 춤을 추느라고 귀밑에 송알송알 맺힌 땀방울을 닦아주며

"아버지는?"

이번은 도리도리한다.

"몰라?"

하며 웃으니까 여병 하나이 다문다문한 이를 구슬같이 드러내며 무엇이라고 아름다운 목소리로 설명하여 준다. C 동무의 통변에 의하면 작년에 아버지는 전쟁에 나가 죽었고 어머니는 소탕 때 온데간데없이 없어졌기 때문에 이렇게 군대에 와서 길러나는 불쌍한 애라고 하였다. 다부룩한 단발머리에 곁채를 곱게 땋아내리고 사이사이 분홍빛 분꽃을 달아매어 퉁그스름한 얼굴이 말할 수 없이 이뻐 보인다. 이 곁채머리를 어룬만지며 서투른 말로 외마디 매우 이쁘다고 하니까 여병들이 좋아하며 좀 보란듯이 다른 동무들에게 동의를 구한다.

이때에 여가리(언저리)에서 지그시 미소를 지으며 바라보고 있던 편복(便服) 장발의 중년 신사가 다가오며 반가이 악수를 청하는 것이었다. 정치위원 우 선생이라고 들었다. 환영의 인사를 마친 뒤에 여병을 돌아보고 싱글싱글 웃으며 이런 말을 하였다.

"군대가 새로 들어올 때마다 이 어린애의 머리 본때가 자꾸 달라집니다. 여성 동무들이 모두 제 취미대로 머리 모양을 매어주기 때문입니다……. 그러나 다행히 우리 여자 군인들 가운데는 여승이 없기 때문에 아직 머리채만은 남아 있군요. 그렇지?"

하며 어린애의 손을 쥐고 흔든다. 모두 웃었다.

　여기서 한동안 어린애들과 같이 유쾌히 즐긴 뒤에 우리는 우 위원의 인도로 영사 내의 응접실 비슷한 방 안으로 들어가게 되었다. 벌써 조그마한 모임을 가질 수 있도록 만찬의 준비가 되어 있었다. 여러 간부 청년들이 참석하였고 조금 있다가 최 동무도 안내되어왔다. 어린애들에게서 받은 꽃수레로 식탁이 더욱 빛나게 꾸며졌으며 불이 들어와 어둠침침한 방 안이 가없이 밝아지었다. 담 벽에는 여러 가지 강령이며 표어가 붙어 있고 정면에는 모 주석의 화상이 걸려 있었다. 우리 조선 동무들이 이 해방구역에 들어오며는 팔로 기관에서 모두 이렇게 진심으로 환영하는 것이었으나 나는 외국 동지들에게 이처럼 초대를 받음이 처음되는 일이었기 때문에 어쩔 줄을 모르는 감격에 넘쳐흘렀다.

　이 자리에서 나는 빈약한 소감이나마 솔직히 털어놓게 되었다. 봉쇄선을 뚫고 들어와 유격 지구와 해방구로 들어오는 도상에서 내 눈으로 직접 대하고 귀로 듣고 마음으로 느낀 바, 몸으로 체험한 바를 이야기하니까 우 위원은 이렇게 말하였다.

　"옳습니다. 우리 팔로 군대는 정말 인민의 지지와 옹호를 받고 있지요. 이 군대가 인민 속에서 나왔으며 인민 속에서 자라났기 때문입니다. 일본 군대와 일본 인민과의 관계와는 아주 다릅니다. 멀리 일본의 예를 찾을 필요도 없이 국민당 군대를 보십시오. 우리의 군대는 그 자체가 인민이니까…… 저 역시 하나의 농사꾼의 아들이외다."

　조금도 허식과 과장이 없이 순박하면서도 열에 넘쳐 매우 호감을 주는 태도였다. 참으로 농민 속에서 자라난 지도자의 모습이 독특한 품격을 자아내는 듯하다. 내가 굴욕의 진창 속에서 더러운 옷깃을 떨치고 일어나 이렇게 새로운 생애를 찾아 들어오게 되었음을 진심에서 우러나오는 말로 축복하며 기뻐해 주었다. 그리고 여느 간부 동무들도 새로 맞이하는 국제적 붕우래서 그야말로 어루만지고 쓰다듬어주는 듯한 따사로운 태도로 위로도 하며 격려도 하여준다.

조선 문제가 나오고 역사 이야기가 나오고 조선 문학에 관하여서도 이야기가 벌어졌다. 우리 숙사로 찾아왔던 간부 동무는 앞서 들으며 적어놓은 수첩을 꺼내들고 연신 이야기 참례를 하면서 조선통(朝鮮通) 구실을 하는 것이다.

중국 문제를 논하면서는 우 위원은 매양 모 주석의 말을 인용하였다.

"사실로 모 주석의 말씀처럼 우리 중국에는 두 가지의 노선이 있습니다. 하나는 민족의 단결을 파괴하고 인민의 권리와 생활을 파멸케 하며 나라를 망치고 적을 이롭게 하는 국민당 정부의 반동 노선과 또 하나는 중국 인민이 한길로 통일되어 항일 역량의 총동원 밑에 적을 뚜드려 부수고 나라를 건질 수 있는 우리의 노선―그러자면 하루바삐 우리 중국은 공산당과 국민당 그리고 무당무파의 대표 인물들이 단결하여 민주주의 임시 연합정부를 세워야 합니다. 국민당 정부는 이것을 반대하는 것이오, 도리어 적의 소망대로 우리 민족의 분열 정책을 강행하고 있습니다. 때문에 우리는 이 항일 전쟁 속에서 민주주의를 쟁취해야 하며 이 쟁취 속에서 또한 철저 항전을 요구케 되었습니다…… 민주주의 노선 위에서 전국 인민이 굳게 뭉치어 시급히 침략자 일제를 타도하고 새 중국을 건설하자…… 이것이 중국 인민의 염원이 아니고 무엇이겠소? 국민당 정부는 이것을 반대하는 것이오."

우 위원의 말씨는 차츰 고조되어 간다. 진실로 나라를 사랑하는 사람으로서의 인민을 아끼는 애태움과 분열을 증오하는 노여움이 엿보이는 듯하였다. 사람 좋은 웃음빛이 사라진 얼굴 위에 때때로 긴 머리털이 넘실거렸다. 대추나무로 깎아 만든 파이프로 이따금 식탁을 두드리며 킁킁 콧방귀를 뀌었다.

"이러한 장개석의 내전 정책 아래 침략자 일군은 안심하고 주요 군사력을 국민당 전장으로부터 점점 해방구로 옮기게 되었습니다. 이렇게 되니까 국민당 정부도 또한 안심하고 통치구 내에서 일체의 민주 세력을 탄압하여 지하로 몰아넣고 언론을 봉쇄하며 수많은 청년 장교를 총살하고 애국 투사를 투옥한 것입니다. 모 주석의 보고에 의하면 재작년에 벌써 침략자 일본군의 육십사 퍼센트와 위군의 구십오 퍼센트는 해방구 전장으로 옮아들었습니다. 그리고 국민당 군대는 이에 호응하여 우리 해방 군대를 봉쇄하고 압박하며 공격까지 하고 있습니다. 이런 형편입니다. 그러나 우리는 외원이 하나도 없음에도 불구하고 꾸준히 진공을 계속하여 점령 구역을 축소하면서 적군을 구축하여 중국 인민을 해방하고 있습니다. 그것은 우리가 가장 민족의 이익을 위하여 싸우며 조직된 역량이 인민의 힘이기 때문입니다. 작년만 해도 이와 반면에 국민당 군대는 멀쩡히 앉아서 하남, 호남, 광동성 등의 큰 지역을 적에게 내어바쳤습니다. 제 나라 인민과 닭, 돼지를 쏘는 군대의 하는 짓이란 대개 이따위 일입니다……."

그리고 또 콧방귀를 울리었다.

"우리를 쳐오던 적군은 지금 분산한 대로 견뎌낼 수 없어 한군데로 점점 모이고 있습니다. 우리의 계략에 빠지는 일이지요. 점에서 선으로, 선에서 면으로, 이렇게 우리의 작전은 진전되어 갑니다. 여기 앉은 이 동무들도 역시 전선으로 향하는 도중입니다. 주위에서 군중이 또한 일어나 이 포위 작전에 나서서 적을 교란하고 습격하여 그물 속으로 몰아넣는 중입니다. 요컨대 이 중국 대지를 일본 침략자로부터 해방하고 인민 대중을 내전과 반동으로부터 구원해야할 임무를 우리가 띠고 있습니다. 또 족히 이 임무를 수행할 수 있는 것이오. 왜? 인민이 자기를 사랑하며 우리들의 편이기 때문에……."

우 위원은 여기까지 이야기하고 나서 의미심장한 미소를 지으며 이마의 땀을 훔치었다. 사천성(四川省)의 빈농가에 태어나 어려서부터 혁명운동에 참가하여 혁혁하게 싸워오는 투사로 상해파업 때에는 총살 일보 전에 파옥을 하는 등 이만 오천 리 이동 장정의 고초를 겪는 등 무척 다난스러운 경력의 소유자였다. 그 뒤에 모스크바로 들어가 오랫동안 혁명 이론을 연찬하고 돌아왔다고 한다.

그리고 또 모두 하나같이 늠름하고도 겸손하며 우애가 도타운 청년 장교들이 우리를 둘러싸고 있었다.

일군이 거의 궤멸 상태에 이른 비도(필리핀 군도) 전황에 대하여, 혹은 카이로선언 이후의 국제 정국에 관하여, 그리고 북방에서 엄혹한 자세로 견딜 수 없는 압력을 일제에 주고 있는 위대한 소련 군대의 존재에 대한 여러 가지 이야기도 그냥 계속되었다.

모택동 선생의 일화와 주덕 장군의 일상 생활에 관한 얘기도 흥미진진하였다. 그들은 그들의 위대한 영도자에 대하여 무한한 충성과 영광과 존경의 마음을 보내고 있는 것이었다.

"김 동지도 보신 바와 같이……."

마주 앉은 미목(眉目)이 수려한 청년 장교가 불그레한 얼굴을 쳐들었다.

"이 적후 항일 근거지의 환경은 어디와도 비교할 수 없으리만치 곤란하기 짝이 없습니다. 섬, 감녕변구 역시 이렇지요. 그러나 이 모든 악조건을 뚫고 항전은 여전히 씩씩하게 계속되고 있으며 인민은 전에 없이 안거낙업(安居樂業)하고 있습니다. 모 주석의 영도가 영명하고 우리의 정책이 정확하기 때문입니다."

승전 후의 중국은 수월히 통일될 수 있겠느냐는 질문에 대하여 우 위원은 서슴지 않고 이렇게 단언하였다.

"물론 우리는 적극적으로 노력할 것입니다. 그러나 요는 장개석이가 히틀러 제2세 노릇을 그냥 꿈꾸느냐 그만두느냐에 달렸지요! 그냥 독재정치를 내세무고 두목(頭目)에 맹종하라고 주장하면서 내전을 불러일으키며 전 민족을 협박한다면 우선 인민들이 수긍치 않을 것입니다. 지금 이 중국은 민주주의를 요구하는 인민들의 고함 소리로 벅차 있습니다……. 그러나 사실은 앞으로도 투쟁이 없는 곳에 인민의 승리가 있을 수는 없겠지요……."

그 뒤에도 우리들은 여러 번 등잔불의 심지를 돋우며 밤이 깊는 줄도 모르고 즐거이 담소하였다. 그들은 민족해방운동 선상에 있어서의 조선 사람들의 우람찬 투쟁과 우수한 민족적 자질에 대하여 심심한 경의를 표하였다. 중국혁명을 위하여 북벌군에 참가하여 위공을 세우며 싸우다가 장개석의 학살 음모에 희생된 여러 조선 선배들의 이야기며 동북 반일 유격대의 이야기도 나오고 국내의 지하 투쟁사에 관하여서도 많은 질문이 나왔다.

우 위원은 조선 사람 가온데 대단히 친밀하고도 정예로운 동무들이 많노라고 하면서 일일이 그 이름을 열거한다. C와 최 동무가 옆에서 그 동무들에 대하여 주를 달며 설명해 준다. 모두 소련에서 배우고 돌아와 제일선의 중요한 간부로 활약하는 분들이었다. 김일성 장군의 배하로 동만 유격대에서 싸우다가 장군의 파견으로 유학하고 나온 이들이었다.

태양적 존재인 장군의 이야기는 더욱 우리를 행복스럽게 하였다. 우 위원도 뵌 적은 없으나 소련과 이 중국에서 하도 유명하기 때문에 잘 아노라 하면서 이 위대한 지도자를 모신 조산 민족의 행복스런 장래를 축복해 마지않는다.

"일본 제국주의의 운명이 그야말로 경각에 달렸으니 김 장군을 모실 날도 머지 않을 게요."
하며 옆에 앉은 장교가 잔을 권하는 것이었다.

이날 밤의 이야기 중에 가장 감격적이기는 저 유명한 이만오천 리 장정의 피의 역사였다. 중공 소비에트 정부의 수도 서금(瑞金)이 함락된 뒤에 국민당군의 총공격을 받아가며 서접하는 도상의 고난이란 실로 필설을 절하는 바였다. 몇 줄기의 유격선을 그리며 성운처럼 겨우 십만도 못 되는 수효가 구사일생으로 이동에 성공한 것이다(1934년에는 소비에트구 70만 평방킬로, 공산군 35만이었다).

혁대를 삶아먹고 흙물을 끓여 마신 일도 이때에 있은 일이었다. 장강(長江)을 피로 변색케 하였고 산을 시체로 높이었고 진창밭 속에 빠진 채 나오지 못하는 동지들의 등줄기를 밟으며 눈물의 전진을 하였다. 연신 결사 엄호대는 조직되어 쓰러지고 여동지들은 어린애를 정도에 버리었다. 이 이동 장정에 있어서 영웅적인 투쟁을 남기고 희생된 조선 동지들도 여러 명 된다고 한다.

그야말로 걸음걸음 피를 뿌린 이만오천 리―그러나 헛되지 않아 피로 물든 꽃들이 오늘날 전국 강토에 만발하게 되었다. 참으로 그들은 피를 뿌린 것이 아니라 씨를 뿌렸으며, 이래 반반세기 그들의 발걸음이 미치는 곳마다 또한 그러하였다.

제4부 노마지지(駑馬遲遲)

1. 어서 가자 나귀여!

다음날은 비에 젖은 안개가 자욱하니 내려앉아 날씨를 보느래다가 이럭저럭 다섯 시를 넘어서야 떠나게 되었다. 비를 맞은 다음부터 다리의 상처를 아파하며 발열까지 하기 때문에 S동무는 며칠 더 이곳에 떨어져 쉬이기로 하였다. 이 대신 여기에 출장 나와 있던 분맹(分盟)의 N동무가 동행하게 되어 도합 역시 네 명으로 되는 일행이다.

여전한 황토층의 비좁은 길이 어제의 비에 먼지도 잦아 앉아 보행에는 매우 편하나 군데군데 물이 고여 발을 뽑기도 하고 때로는 나귀 위에 매어달려 건너기도 하게 된다. 장마나 지면 강을 이루어 물이 고이기 십상이게 양옆이 흙의 단층을 이룬 곳도 없지 않았다. 얼마쯤 가노라면 조그만 버드나무 숲이 나타나기도 하고 이름 모를 부락을 지나가게도 되었다. 이 부근의 부락도 대개는 황폐하였었다. 소탕전이 격렬히 일어났던 곳으로 행길이 무너진 집의 흙연와로 어지러우며 높은 회나무도 시꺼멓게 타 죽어 가지만 엉성하니 하늘에 걸려 있었다. 부락을 지나면 길은 다시 푸른 전원의 단층 새로 대지를 즐러매려는 듯이 구불거리며 스쳐 들어가게 된다.

어떤 오붓한 마을에서는 청장년들이 모여 서서 총을 하나씩 골라 쥐고 헝겊으로 닦기도 하고 하늘을 향해 눈겨눔도 해보고 안전장치를 비틀면서 서로 떠벌리기도 하며 법석이었다. 38식 보총이 산더비처럼 쌓여 있다. 일병에게 빼앗아 굴속이나 땅속에 묻어두었던 것을 새로 끄집어낸 것이라고 한다. 평시에는 밭을 가며 씨를 뿌리다가도 일단 유사지추에는 총을 들고 나서는 민병들인 것이다.

중국의 해방전에 있어서, 더욱이 유격전에 있어 이 민중의 조직 역량인 민병 편의대의 역할은 매우 단단하다. 이들은 여러 번 침략전을 겪어오는 동안에 눈치가 열려 적이 쳐들어온다는 정보만 들어오면 부락의 부녀자와 어린애들을 거느리고 산속이나 깊은 굴속에다 피난을 시키고 중요한 양식과 가장 집물, 가마솥 등속까지 모조리 져 날라 감추어놓고 가축들도 모두 험산으로 몰고 올라가는 것이다. 일병이 와닥와닥 당도하여 보면 온 동리는 꿩 구워 먹은 자리요 까치 둥지처럼 빈 껍데기였다.

그다뿐인가, 조금만 움칫하여도 쾅 하니 지뢰가 터진다. 밭두렁, 길목, 동구 밖, 봉당, 변소, 방앗간 할 것 없이 어디서든지 쾅…쾅… 요란히 울리며 폭발하였다. 그리고 좀 사냥을 해보려고 나서면 이 산모퉁이, 저 고개, 앞재등, 뒷등세기에서 난데없이 총질을 해온다.

왜 또 전쟁을 할 모양이냐고 물으니까 지금 군대 동무들이 나온김에 조련(調練)을 받으려는 것이라고 하였다. 그중에는 십사오 세 밖에 안 되어 보이는 소년도 섞이어 총을 쓸어안고 매만지며 머리털이 허연 영감님도 두서너 명 총을 쥐고 앉아 싱글거린다. 소년 하나이 보총을 들고 하늘을 날아가는 까마귀 떼를 향하여 쏠 것처럼 겨눔질을 하는데 보니 눈곱이 더덕더덕 긴 짜개눈이 심한 결막증이었다. 마침 호주머니에 안약 용기가 들어 있었기 때문에 꺼내어주니까 모두 신기스러운지 모여들었다. 눈에 넣으라고 하였더니 소년은 허급을 떨며 눈을 부빈다. 민병 제군들은 희한한 듯이 낄낄거렸다. 이때에 농지거리꾼의 한 노병이 어정어정 나서며 젊은 애들은 그래도 눈이 밝아 괜찮지만 이 늙은 것의 눈이란 밝아야 총질을 할게 아니냐고 눈을 비집어보이며 한 손을 내민다. 청맹과니다. 우리들은 모두 떠들썩하니 웃어대었다. 동구 밖 넓은 터전에서는 민병들이 팔로 군인의 지도 밑에 수류탄을 던지는 연습이며 칼 꽂은 총부리를 내대고 몰려가는 연습, 혹은 엎디어 사격하는 연습을 하고 있었다. 힘 있는 대로 막 던지어 빗나가기 때문에 뻘건 깃발이 자꾸 흔들린다. 그러나 나무 손잡이가 달린 수류탄이 타원형을 그리며 허공을 날아가는 광경은 자못 우람찬 것이었다.

이 마을을 지나서 번번한 산마루채기를 오르고 있을 즈음 우리는 소낙비를 만나게 되었다. 비는 악수로 퍼붓는데 비그이할 나무 한 그루, 집 한 채 보이지 않는다. 그래도 뒷걸음질할 수는 없기에 비를 무릅쓰고 산길을 올라가니까 마루채기 위에 조선으로 말하면 국사당(國師堂)이나 성황당처럼 생긴 조그만 빈집이 하나 있었다. 그려 붙인 부처의 화상도 없으며 돌미륵 하나 진좌해 있는바 아닌 텅 빈 허청간이나 다름없었다. 조석

(彫石)의 부석지만 몇 덩어리 흩어져 있음으로 보아 산민들이 보호신으로 섬기는 우상을 일군이 소탕 들어온 김에 깨어부서친 것인지 또는 미신 타파의 여력(餘瀝)인지를 분간할 수 없었다. 어쨌든 일병들도 여기에 휴식하였던 모양으로 토벽에 근등 조장이니 상등병 소림이니 오장 아무개니 하는 낙서가 지저분하며 그중에는 배구(俳句)나 노래 비슷한 문구도 씌어 있었다.

비에 젖은 옷을 벗어 걸고 팔따시를 쓰다듬으며 담배를 피우고 앉았노라니 N동무가 내의를 벗어서 펴들고

"최 동무, 생각나나? 41년도 5월 소탕 때 말이야, 이렇게 악수루 비가 퍼붓는 날 바루 이런 사당(祠堂)에 둘러앉아서 이잡이하던 생각?"

최 동무는 쓴웃음을 짓는다.

"……."

"이잡이를 하노라면 언제나 밑두 끝두 없이 그때의 일이 생각나거든……."

1941년도 5월[10] 소탕이라면 몇 만을 헤이는 대병력이 동원되었다고 일본서도 떠들어 유명하던 대작전이었다. 소위 태항작전이라는 것이 이것이다. 중공 팔로 의용군의 정치 간부와 그 가족들이 주로 되는 비전투원 사오천이 산골짜기 속에서 적을 피하여 조반을 지어 먹고 금방 후방으로 떠나려는 참이었다. 여기서 불과 백 리도 안 되는 요현(遼縣) 산중이었다. 갑자기 누구인지 적군이 내려온다고 고함을 지르는 바람에 놀라서 바라보니 아니나 다를까 노랑 대가리 일군모가 산 위로부터 발발거리며 몰려 내려오는 것이었다. 동에서도 서에서도 북에서도 적군이 기어내려온다. 사위를 두른 산악이 마치 큰 파도를 이루어 홈실거리며 내려앉는 듯하였다. 졸지의 일이라 모두를 어찌할 바를 모르고 당황하였다. 독수리 비행

---

11) 1941년 5월은 1942년 5월의 오식이다.

기까지 두 마리씩 저공으로 나타나 가로세로 하늘을 찢으며 폭음 소리 요란히 떠돌기 시작하였다.

밤사이에 일이 벌어진 것이다.

좁은 산골짜기 안이 벌컥 뒤집히게 되었다. 독 안에 든 쥐로 전원이 포로가 되지 않는다면 고스란히 육살을 당하게 된 위기일발의 처지였다. 무장대라고는 팔로군 몇 명에 조선의용군도 불과 얼마되지 않았다.

드디어 결사적인 엄호령이 내렸다. 지대장 박효삼 동지를 선두로 의용군은 쏜살같이 뒷산으로 달려올라가며 적의 십자포화를 덮치어 침묵시키더니 우리의 깃발을 꽂아놓았다. 그리고는 기관총 세가와 보총으로 엄호에 착수하여 연신 산 위로 뽑아올린다. 일군의 추격을 죽음으로 제지하는 판이었다.

폭음, 총성, 아우성 소리, 지뢰 터지는 소리에 좁은 골짜기 안이 드르렁드르렁 울리어 떠나갈 듯하였다. 대포알이 터지고 기총이 콩볶듯하며 비행기에서는 폭탄이 떨어진다. 마필(馬匹) 칠팔백도 큰일이 나서 이리 뛰고 저리 달리면서 울부짖으며 야단이다. 총에 맞아 창자를 땅에 질질 끌리면서 살길을 찾아보려고 주인의 뒤를 따라 산 위로 올라옴이 더욱 처참한 느낌이었다. 일병이 쓸어 내려오는 바람에 산골짜기는 좁아들며 줄어드는 듯하였다. 의용군의 엄호전은 더욱 맹렬하여 필사적이고 일군의 추격도 더욱 다급하였다.

쓰러지려는 것을 서로 붙들어 일으키고 병자는 등을 밀며 어린애는 손을 이끌고 서로 밀거니 당기거니 하며 사오천이 뒷산으로 달려 올라가노라니 그야말로 아비규환의 생지옥이 아닐 수 없었다. 김두봉 선생을 동아줄로 허리를 동여매고 가까스로 산 위까지 끌어올린 것도 이때의 일이며 선생의 어린 따님은 어떤 동무가 등에 업고 허둥지둥 올라갔기에 생명을 건졌다고 한다. 중공 간부의 어떤 부인은 이제는 더 따라갈 기력이 없으니 차라리 일군의 포로가 되어 수치를 보게 하지 말고 당신의 손으로 죽이고 피해달라고 애원하며 중요한 서류가 들어 있는 바랑을 벗어놓았다. 남편이 눈물을 머금으며 싸창을 뽑아들고 사랑하는 부인에게 총부리를 향한 사실도 이때에 일어난 일이라고 한다.

하여간 의용군의 용감한 엄호전으로 이렇다 할 만한 손상이 없이 모두 산 위로 올라와 뒤로 빠져 내려가며 퇴각을 개시하였다. 중공과 팔로의 중요한 간부들의 귀중한 생명을 건질 수 있는 것은 천만다행이었다. 우리 독립동맹과 의용군의 중요한 일꾼들도 대개는 이 소탕전에 걸려 구사일생을 얻은 것이다. 그러나 그냥 추격에 추격이 계속되어 신고는 여간 아니었다. 할 수 없이 팔로군 야전 사령부 정치부 주임 나서향 씨의 발언에 의하여 이날 밤중으로 분산 퇴피를 단행케 되었던 것이다.

"며칠 뒤에 골채기 물을 찾아 목욕을 하고 나서 옷을 벗어보니 이가 비로 쓸 지경이었지요."

최 동무가 이러면서 웃으니까 내의를 툭툭 털던 N 동무의 하는 말이

"비가 내리어 부근의 사당 안으로 몰려들어가 돌루 성을 쌓아놓고 옷을 털어보았지요. 아, 이란 놈들이 어리둥절하여 사방으로 막 퍼지어 부산하게 돌성벽 위로 기어올라온다는데 이 꼴이 꼭 포위되었던 우리들과 같은 정격이거든. 그래 모두 어서 뛰어라, 어서 뛰어라! 이렇게 성원을 하며 한바탕 실컷 웃지 않았소."

나는 허리를 부여잡고 웃었다.

이런 기막히는 이야기도 이들의 입에서 나올 때는 매우 유머러스하게 전개되는 것이었다.

비가 멎었다.

아직도 구름이 휘날리는 하늘 위를 요란히 우르렁거리며 P51의 편대가 은익을 번쩍이며 동북쪽을 향하여 질주하고 있었다. 우리 근거지의 후바

어에 있는 항공 기지로부터 평한로(平漢路) 폭격차로 가는 것이라고 한다.

(추기)

일본의 무조건 항복과 동시에 귀국의 도상에 오른 나는 장기구로부터 열하 승덕으로 행군에 나오면서 이때의 일을 좀더 세밀히 캐어 알아들을 수가 있었다. 이 소탕전에 있어서 팔로군으로서의 최대의 희생은 야전 사령부 부참모장 좌권(左權) 씨가 몸소 돌위작전(突圍作戰)을 지휘하다가 장렬한 전사를 한 사실이었다. 이 용감한 선열의 죽음을 길이 찬양하기 위하여 전지인 요현(遼縣)을 이로부터 좌권현이라 개칭하였다고 한다.

이때의 우리 의용군 측으로 본다면 제 몸도 가누지 못할 노약, 병자, 여성 동무 등 사십여 명의 존재가 무거운 부담이었다. 이들을 안전히 보호할 임무를 이상조, 박무, 이철중 등 여러 동지가 짊어지게 되었다. 그리운 해방의 조국에 돌아와 수상 경비대장으로 활약하다가 거년 애달프게도 순직한 이철중 동지의 일은 아직도 기억에 새로운 바다.

해가 지면서부터 비가 오기 시작하였다고 한다. 출로로 급류처럼 빠져나가는 본대를 따를 수가 없어 두봉 선생을 비롯한 사십여 명 노약은 딴 길로 덤불 속을 뚫고 옆산 등세기로 올라온 것이다. 모두 기진맥진하여 턱턱 쓰러진다. 그러나 뒤로는 일군의 추격이 여전히 다급하였다. 용감하고도 책임감이 센 인솔자들은 그들을 일쿠어 어깨를 겯고 혹은 팔을 잡아끌면서 비 내리는 산등세기를 헤매었다. 가다가는 어프러지고 쓰러지고 어깻죽지에 늘어지며 버리고 어서 성한 사람끼리라도 달아나라고 애원하는 이도 없지 않았다.

어둠이 빗속에 잠기기 시작하였다. 그러나 멀리서는 접전의 기관총 소리가 계속해 일어나고 산밑으로부터는 일병이 몰려 올라오는 구두 소리, 군호 소리가 요란하게 들려온다. 우리 쪽에는 대적할 무기라고는 권총 몇 자루가 있을 뿐 한 걸음이라도 더 달려보는 수밖에 별도리가 없었다. 싸워보지도 못하고 죽누나 생각하니 서글프기 바이없었다. 절망이 단애를 이루어 앞을 가로막았다. 하늘도 캄캄해지며 길도 보이지 않았다. 그러나 서로 껴안아 일으키며 떠밀며 당기며 그냥 산길을 더듬었다.

마침내 어둠 속에 길을 잃고 추겨은 등 뒤에 절박하게 되자 한데 몰려서 퇴피하려다가는 전원이 도살될지도 모르기 때문에 다시 세패로 나뉘어 여기서 또 갈라지기로 하였다. 서로 한 번씩 껴안고 흐느낀 뒤에 운명이 허하거든 다시 만나기로 기약하고 동·서·남으로 산상에서 헤어졌다. 인솔자 가운데서도 그중 몸이 좋고 날쌔다고 해서 두봉 선생을 필두로 중요한 선배들은 이철중 동지가 인솔하게 되었다. 이상조 동지 등이 인솔한 근 삼십 명은 산밑으로 도로내려가 일군 본진이 추격차로 빠져나간 골짜기 속을 뒤따라나가 성공이었다. 피할 도리가 없음으로의 고육지계였다.

허나 이철중 동지는 보행이 여의치 못할 일행을 이끌고 섣불리 피해보려다가 도리어 실패를 볼지 모른다는 판단 밑에 용감히도 적의 포위권 내에서 잠적할 방책을 세웠었다. 그날 밤으로 적이 전진하려니 믿었기 때문이다. 토굴과 덤불이 있어 그래도 몸을 감추기에 십상이었다. 야음을 이용하여 그들은 덤불 속에 기어들었다. 이날 밤은 그나마 무사하였다. 다음날 새벽의 일이다. 노랑 대구리(日兵)들이 여러 패로 나뉘어 셰퍼드를 앞세우고 사방을 탐색하기 시작하였다. 미처 달아나지 못했던 산민들은 도망치다가 죄 없이 불을 맞고 쓰러지고 부녀자는 발견되는 대로 붙들려 간다.

"팔로 나오거라!"

"팔로야 나오라!"

이 고함 소리는 산등 위로, 골짜기 밑으로, 덤불 속으로, 토굴 안으로 각자기 산울림을 일으키며 뒤범벅이를 친다. 그들이 잠복해있는 덤불을 향하여 적병놈들이 소리소리 외치기도 하였다. 셰퍼드는 컹컹 사납게 짖어댄다. 놈들은 미심쩍어 덤불 속을 향하여 사격을 해왔다. 이때에 그냥 소리를 죽이고 숨어 있었다면 좋았을 것이다. 이미 발견된 줄로 알고 이왕이면 싸워보다 죽는다고 몸이 싱싱한 두 동지가 뛰어나갔다 보기 좋게 기관총 소사에 걸려 진광화[11]동지는 넘어지며 낭떠러지 아래로 떨어졌고 석정[12]동지는 그 자리에 쓰러졌다. 이철중 동지는 동요하지 말고 꼼작 말도록 지시하였다. 그제사 놈들은 끝장낸 줄로 알고 대를 거두고 돌아간 것이다. 우리의 존경하는 두봉 선생은 이렇게 되어 오늘의 영광된 조국에 살아 돌아오셔서 민주 건국에 힘 있는 공헌을 하시게 된 것이다. 같이 행군하며 이때의 일을 물으니까 허정숙 여사는 웃으며 말하는 것이었다.

"이만치 빨리 따라가는 것도 그때 달음박질을 멋지게 격난한 탓이지요."

이 산골짜기를 내려서서 얼마쯤 가니까 조그만 부락이 하나 깔려 있는데 초입에 무너져가는 성문이 서 있고 그 토벽에 '조선 독립 만세 조선의 용군' 이렇게 횟가루로 아름차게 쓴 글씨가 눈에 번쩍 뜨인다. 최 동무가 돌아보며

"왜 놀라시오. 우리 근거지가 얼마 머지 않은 증거입니다."

성문 옆 아카시아 그늘 밑에 휘장을 드리운 노점이 있었다. 행인들이 짐을 내려놓고 앉아서 서퇴를 하며 차를 사 마시고 있다. 우리도 여기에 나귀를 멈추고 그늘 밑에 기어들어가 다리쉼을 하게 되었다. 소낙비 쏟아지듯이 쓰르라미가 운다. 조선보다는 퍽 절기가 이른 모양이다.

오늘은 바쁜 길이라 앉은 김에 쇼빙(燒餠)과 복숭아로 요기를 하기로 했

---

11) 1911년 평양 출생. 1929년 광주학생운동 때 맹휴를 주도하다가 검거를 피해 중국으로 망명. 1933년 광주 중산대학에 입학. 1937년 연안으로 이동하여 활동.
12) 본명은 윤세주. 1901년 밀양 출생. 1919년 의열단에 참가하였다가 체포되어 옥중 생활. 신간회 해산 후 중국으로 망명.

다. 예와 같이 여기서도 촌중과 어린애들이 우리의 셰퍼드 군을 구경하러 모여든다.

N 동무와 현 동무가 어린애들과 같이 놀면서 무슨 노래인지 우습광스레 노래를 부르니까 어린애들이 웃음을 띠고 좋아하며 따라 부른다. 촌중과 행인들도 히죽거리며 때로는 소리를 내어 웃기도 한다. 무슨 노래냐고 물으니까 최 동무의 말이 근거지까지 칠십 리의 험한 산길을 우리 군정학교 학원들이 칠만 근의 소금 부대를 등에 지고 져 나르면서 부르곤 하여 이 일대에 널리 유행된 노래라고 한다. 곡조는 중국의 아리랑이라고도 할 양가조였다. 삼십오 리를 져오면 또 딴 학원이 받아 지고 삼십오 리를 근거지의 동맹 직영 삼일상점으로 져날랐다. 이 지방에는 소금이 매우 귀하기 때문에 비밀히 적구로부터 들여온 것을 전 학원이 동원하여 운반함으로써 경제적 자립책의 일조로 삼은 것이었다. 근거지에서는 우리의 군복과 우리의모자, 배낭, 신을 만들기 위하여 방사 공장도 돌리며 식량을 장만키 위하여 제분소도 경영한다고 한다.

이 밖에도 곤란한 식량 문제를 해결하기 위하여 이네들은 태항산 그악한 돌비탈을 캐어 화전을 일구고 팔백 이랑이나 되는 땅에 감자와 호박을 심고 강변 모래밭을 갈아 일년감과 붉은 무를 기르고 가을에는 심지어 도토리까지 줍는 형편이었다. 모든 것을 우리 손으로 꾸려나가자! 이것이 또한 중요한 구호의 하나였다. 이러한 고역이 즉 우리의 원쑤 일본 제국주의가 우리에게 주는 고생이고 이것이 곧 우리가 원쑤 일본 제국주의를 뚜드려 부수고 우리 조선 민족을 독립 해방시키기 위한 투쟁의 하나임을 절실히 깨닫고 있기 때문이었다. 적이 토벌 올 때 신을 신이 없어서는 안 된다는 생각에 신을 신지 않고 맨발로 산허리에 부대(화전)을 파고 벼랑 밑에서 도토리를 찾았다고 하니 아니 눈물겨운가? 도토리 한 알이 총알을 줍는 것처럼 반가웠고 등골이 뻐짐한 소금짐이 기관총을 얻어

멘 것처럼 기뻤을 것이다.

어쨌든 수염발이 잡히기 시작한, 말씨도 잘 통하지 않는 학원들이 긴 행렬을 지어 소금짐을 등에 지고 영치기영치기 하면서 져 나르는 광경은 일대 가관이었을 것이다.

그러나 우물가에서 물을 얻으려 할 때나 마을에서 숨을 태일 때며 산사람람들과 마주칠 때에 어색한 일이 두간두간 없지 않았다. 그래서 의용군에 대한 인식을 중국 민중에게 깊이 하기 위하여 이 노래를 지은 것이다. 이 노래를 서로 화창하며 짐을 져나르기도 하고 때로는 부락에 들러서 꽹과리를 치며 촌중(村衆)을 모아놓고 예의 솜씨 좋은 연극도 뵈어주고 무용 놀이도 구경시키고 노래를 배워주기고 하고 조·중 두 민족의 친선과 해방 전선을 위한 고동(鼓動) 연설도 하였다. 그들은 이렇게 노동을 하면서도 정치공작을 게을리 하지 않은 것이다. 이래 이 근방에서는 조선의용군이라면 대인기이며 또 이 노래는 애 어른 없이 모두 귀에 익히 알고 있었다. 어느덧 코흘리개 애들이 일렬로 서서 N 동무의 지휘 밑에 참새 떼처럼 합창을 하고 있었다. 얼른 들어 재미있는 조선말식 중국말 노래로 우진 파격으로 불러야 제격인 것이다. 참고 삼아 불러보자면 다음과 같은 노래다.

> 八路軍和義勇軍相好大大的
> 爾們那我們那兄弟那一樣的
> 犬着槍站一起共同打日本
> 鬼子害酷匈了匈了的有
> (팔로군과 의용군 단단히 좋아해
> 니데나 위데나 형제나 한가지
> 둘이서 총을 메고 일본 족치니
> 왜놈이 아이쿠 데이쿠 도망이 갔다구)

野獸樣的鬼子又要來掃蕩

義勇軍展開了政治政勢

八路軍打遊擊民兵埋地雷

鬼子地雷메시메시死丁的有

(짐승 같은 왜놈아 올려면 또 오라

의용군은 정치 공세 전개하고

팔로군은 유격하며 민병은 지뢰 묻어

왜놈이 지뢰를 메시메시 꺼꾸러진다구)

老百姓是我們的母親一樣的

沒有老百姓那有我們的

老百姓擁軍軍隊愛民

爾們生産我們打杖消滅法斯

(백성님에 우리의 어머니 한가지

백성님네 없으면 우리도 메유데

당신네는 군대 돕고 군대는 백성 사랑해

니데 생산 워데 전쟁으로 파시스 멸망)

今年是我們的勝利的年頭兒

老百姓拿鋤頭軍隊拿槍杆

統統的打死小日鬼

中國人民朝鮮人民解放萬歲

(금년은 우리들 승리를 하리

백성님네 곡괭이 메고 우리나 총 들고

퉁퉁데루 왜놈을 때려부숴

중국 인민 조선 인민 해방 만세로세)

매일 하던 버릇인 노상의 개잠을 그만두고 다시 길을 떠나 부지런히
걸음발을 옮기었다. 여러 날 동안의 보행에 단련되지 못한 걸음걸이라 발

이 부르트고 발가락에 염증이 생겨 저리고 쑤시며 게다가 감기 기미도 있어서 언짢으나 이제부터는 비교적 좋은 길에 올라섰기 때문에 걸음새가 더디지는 않았다. 일군이 소탕 들어왔을 때 수송로로 닦아놓은 길이라고 한다. 오래간만에 비가 쏟아졌기 때문에 전원은 푸르싱싱하게 생기를 띠고 밭에는 농부들이 떨어나와 물곬을 치기에 부산하였다.

집으로 돌아가거나 장거리를 찾아가는 바쁜 걸음의 나귀 바리들이 방울을 울리며 오고간다. 양 떼를 몰고 산으로 올라가는 소년들의 커다란 농립이 나비처럼 푸른 밭 사이를 너울거린다. 에데로 가는지 총총걸음으로 배보(背褓)를 짊어진 군인들도 지나간다. 길이 좋아지면서부터 한결 이 벌길에 사람 그림자가 많이 보이는 것이다. 국내의 대륙을 남북으로 헤매는 노마(駑馬)의 여행길, 이제 얼마 남지 않고 보니 새삼스레 또다시 여러 가지 생각이 머릿속을 오락가락한다.

일로 평안을 빌며 정거장에서 떠나보내던 그리운 동무들의 얼굴이 하나하나 떠오른다. 떠나기 전날 밤 모여 앉아 별주(別酒)를 같이 나누던 동무들의 말소리가 들려온다. 진심으로 모두가 나의 출분(出奔)을 축복하여 주던 선량하고도 우애 깊은 동무들이었다. 지금쯤 어디에 모여 앉아 나의 거취를 근심하며 걱정하고 있지나 않은지? 이렇게 미더운 동지들의 따뜻한 보호와 인도 밑에 일군의 봉쇄선을 무사히 넘어 태항산중을 나귀를 타고 건득거리며 들어가고 있음을 어떻게든 알려주고 싶은 일이었다.

동무들이여 잘 있거라!

나의 이 행복된 탈출행이 도리어 사랑하는 동무들의 신상에 불행을 가져오지나 않을까?

이 동무들과 이 산중의 즐거운 길을 나란히 나귀를 타고 들어가고 있다면 얼마나 기쁘랴……. 심지어 이 기나긴 이국 산중의 노상에 올라서며 보고 느끼고 들은 일이라도 이 동무들에게 고스란히 그대로 보여주고 들려주고 싶은 일이었다.

모두가 우리들에게 주는 산 교육이요 감격이요 암시오 고무이기 때문이었다. 단시일이나마 나는 벌써 여기서 새로운 세계를 보았으며, 새로운 백성의 대지를 거닐고 있으며, 새로운 사람들을 대하였으며, 새로운 하늘을 우러러보고 있는 것이다. 원쑤를 물리치고 인민을 건지고자 다 같이 일어나 우렁찬 혁명의 함성 속에 빛나는 새날을 맞이하는 세계였다. 그것은 가장 고귀한 정의와 진리의 힘이 밑바닥에 뿌리를 박고 인민을 키우는 대지였다. 그것은 피와 굶주림의 지리한 어둠 속을 지나왔기 때문에 새로 맞이하는 광명을 온 대지 위에 펼쳐 넓히기 위하여 싸울 줄을 알게 된 사람들이었다. 여기서 새 정신, 새 생활, 새 문화가 이룩되는 것이다. 그리고 그것은 진리의 별이 빛나고 자유의 깃발이 퍼득이는 세계의 육분지 이러에 연달린 하늘이었다.

인민의 최하층에서 일어난 혁명!

최악의 조건과 환경 속에 키워진 싸움!

이리하여 각고(刻苦) 반반세기 동안 인민의 환호와지지 아래 대하처럼 저지할 줄 모르고 외적의 철조망을 뚫고 전제 계급과 군벌의 쇠사슬을 끊으며 나가는 힘! 드디어 중국 인민은 일어난 것이다. 이 영예는 곧 중국 인민의 영도자 모택동 선생에게로 돌아가는 것이요 이 영광은 중공의 머리 위에, 팔로군의 깃발 속에 길이 빛날 것이다. 인민이 일어나 제 나라를 다시 차지하게 된 민족은 얼마나 행복스러운 것일까? 모름지기 이 중국의 혁명 과정은 거의 같은 단계에 처해 있는 우리 조선에 무한한 경험과 교훈을 제공하는 바이다.

우리의 조국을 쇠사슬로 얽어맨 파쑈 일본의 팔죽지에서는 이미 맥박이 사라져가며 우리 삼천만의 가슴동아리를 내리밟고 있는 놈들의 모진 흙발에서는 거의 기력이 잦아가고 있지 않은가.

일어나라 조국의 겨레여!

동무들이여 앞으로 나서라!

칠순 노모의 생각이 문득 일어난다. 어머니는 지금 무엇을 하고 계실까? 버드나무 선 조그마한 섬동네의 해도 안 드는 침침한 방안에 앉아서 다시는 만나지 못할지라도 부모를 사랑하는 아들의 옛일을 그리며 안전히 탈출하기만 축원하고 계실까?

집안에 어린애의 울음소리와 물레 소리가 떠나서는 안 된다는 어머니였다. 어린 손주애들을 무릎 위에 앉히고 물레질을 하시며 멀리 떠난 이 아버지의 일을 옛말처럼 들려주고 계시는지도 모른다. 돌아오는 것을 보고야 죽어도 죽는다던 어머니지만 어디 편찮아 누워 계시지나 않은지?

밀물이 들어오면 버드나무 그늘 밑에 물매암이가 떠도는 샛강에서 어린애들은 물장난을 치며 놀고 을 것이다. 일 넘감 농사라도 한몫 해보겠다던 연약한 아내는 구차한 살림살이를 메워나가느라고 얼마나 애를 쓰고 있을까?

끄랴, 어서 가자 나귀여!

"따따 따—!

나는 머릿속을 휩싸고 도는 여러 가지 상념을 후려갈기려는 듯이 나귀 잔등에 채질을 하는 것이었다. 그러나 이러한 생각은 어느덧 나를 멀고 먼 어린이의 시절로 이끌고 갔다.

─나도 어렸을 제 때때로 배를 타고 이 동네 앞 두루섬 고모네 집으로 놀려 갔었다. 갈밭으로 나와 더벙게를 잡느라고 질벅거리기도 하고 옷을 벗어던지고 미역을 감으며 동막이놀이도 하였다. 때로는 흐뭇한 흙냄새가 떠오르는 풀언덕에 누워 떠다니는 고깃배를 바라보면서 창가를 부르며 놀았다. 흰 돛을 올린 풍선이 노래를 물 위에 띄우며 강 한복판을 달리는 광경도 못내 상쾌하였다. 나의 아름다운 회상은 차차 날개를 펴기 시작한다.

이 섬 앞쪽에는 병풍을 세운 듯이 깎아지른 만경대의 절벽이 깊은 물 위에 그림자를 드리우고 있었다. 멋들어진 노송이 그 재등 위에 몇 그루 일어서서 바람에 흐느적이었다. 단애(斷崖)의 바위 사이에는 절기를 찾아 진달래, 개나리, 도라지, 산딸기 등 가지각색 초화가 돋아난다. 그리고 제 철을 따라 이 푸른 하늘에는 종달새가 높이 뜨고 메추라기, 미라부리, 파랑새들이 지저귀며 노래하고 뻐꾸기도 산 속에 숨어서 한나절을 울었다.

(이와 같이 꿈나라처럼 아름다운 만경대 위에서 우리의 장군이 한껏 태양빛을 몸에 안고 굽이쳐 흐르는 물나라를 바라보며 자라나신 것도 나중에 알게 된 사실 이다. 이 재등을 타고 오르내리며 장군은 진치기, 숨바꼭질, 술래잡이, 전쟁놀이를 하시며 크신 것이다……)

나는 이런 풍경에 지치면 자리를 털고 일어나서 꼬리를 취저으며 풀을 뜯는 송아지와 격수가 되어보기도 하고 나무 위에 올라가 버들피리를 불기도 하였다. 배가 고플 제는 아무 밭으로나 기어들어가 참외를 따고 가지를 찢고 무를 뽑으면 되었다. 모두 좋은 사람들이었기 때문이다.

집으로 돌아가면 고모님과 사촌누이가 벌써부터 감자를 구워놓고 기다리고 있었다. 나는 감자를 입에 넣고 오무적거리며 사촌형이 겨울 한철 고기잡이를 나가려고 뜨는 그물 구경을 한답시고 연신 붙어돌며 방해를 놀았다. 사촌형은 시물시물 웃으며 콧노래를 부르다가는 갑자기 으악 소리를 질러 나를 홀딱 놀라게 하고 나서 은근히 "저리 비켜어!" 하였다. 이 구경도 싫증이 나거든 동네의 벙어리애 아빼를 집으로 찾아가 둘이서 서로 손짓 몸짓으로 시늉을 하며 한참을 같이 웃었다. 나는 아빼를 무척 좋아하였다.

내 아이놈도 요즈음 섬에서 이렇게 즐거이 지낼 수가 있을까?

달도 없는 밤에는 고모님의 무릎 위에 머리를 얹고 누워서 옛말을 들었다. 곱살한 얼굴에 조굴조굴 주름살이 진 고모님은 각가지 목소리를 다

내면서 무섭고 슬프고 우스운 얘기를 얼마든지 할 줄 알았다. 때로는 어머니와 같이 채전을 다루며 뼈가 부스러지도록 고생하던 시절의 이야기도 옛말처럼 들려주었다. 고모님은 올케인 어머니의 품에서 자라나 이 섬 동네로 시집을 온 것이다. 그때 내 어머니를 친어머니처럼 여기고 좋아하였다. 하나 고모님은 밭일에 지쳐서 몇 마디 안짝에 그만 부스스 잠이 들어버리기가 일쑤였다.

그러면 나는 살그미 빠지어나와 사랑방으로 건너갔다. 거시서는 수놓이를 하느라고 모여온 섬처녀애들이 나를 환영하였다. 외간방에 화대를 두셋씩 세워놓아 영등같이 불을 밝히고 둘어앉아서 밤이 깊도록 수를 놓는다. 붉은 비단천 바탕에 파랑실, 노랑실, 분홍, 초록, 연두, 각가지 명주실로 사군자에 사슴이니 소나무, 학, 원앙새들을 수놓아 베갯모도 만들고 돌띠도 만들고 꽃주머니도, 굴게도 만들었다. 그러면 이것을 어머니들이 장날 평양성 내로 가지고 들어가 팔다가 딸 시집보낼 자장도 하고 살림살이에도 보태는 것이었다.

이 처녀애들은 보통 때에 보면 그렇게도 얌전하고 수집은 듯하나 저이끼리 모여 앉으면 아주 딴사람처럼 명랑하고 쾌활하였다. 서로 찔고 까불고 해들거리고 꼬집고 야단이다. 옆에 앉아 이런 변화한 광경을 자못 놀라운 눈으로 말뚱말뚱 쳐다보던 일이 생각난다.

그들은 돌려가며 내게 옛말을 들려주기도 하고 친절한 애는 내 보선에 꽃도 수놓아주고 모자에 솔다리를 달아주기도 하고 어느 총각이 장가간다더라고 의미 있게 동무를 성화시켜 울리기도 하였다. 그러면 수다스런 애는 쩍쩍 입을 다시며

"나는 원 이 조꼬맹이나 장가간다면 울찌 울 이유가 없을 것 같구나!"
하여 다시 웃음판을 꾸며놓았다. 나는 머리끝까지 붉어졌다.

모두가 불빛에 얼굴이 능금알 같이 불그레하고 까만 눈이 정기롭게 빛

나고 손길이 물고기처럼 넘나듦이 한없이 화려한 느낌이었다. 그중에도 나는 우리 사촌누이가 제일 이쁘고 일도 제일 곱게 한다는 것이 큰 자랑이었다.

어쩌다가 처녀애들이 나를 가지고 놀 양으로 얼굴을 들이대며―그중에도 살눈썹이 긴 쌍겹눈의 처내애가 이러기를 좋아하였다.

"요 쪼꼬맹이야, 넌 섬처녀한테 장가 안 들라니?……색동저고리 입혀 꽃굴게 만들어 씌워가지구 업구 다닐 테루다!"

이러면 또 한 애가 나를 끌어다니며

"안 준다, 시러베 계집애에게는 못 주겠다!"

하여 또다시 한바탕 까르르 웃음보가 터지었다.

불현듯이 이런 옛날의 하염없는 가지가지의 일이 생각키니 어찌된 일일까? 어린애 큰놈이 바로 이 시절의 나와 비슷한 나이로 섬으로 나갔기 때문일까? 하기는 내게 있어서 이 어렸을 제의 섬생활이 유일한 아름다운 동화의 세계였다. 그러나 아이놈이 나와 같은 이러한 아름다운 세계를 즐기기에는 너무도 시달림과 서러움이 많은 오늘의 섬이었다. 이 감미로운 목가를 어느 놈이 빼앗아갔으며 이 행복된 생활을 어느 놈이 짓밟았던가?

보름이 가고 한 달이 되어도 돌아오지 않으면 어머니가 고모의 저고릿감을 끊어가지고 배를 타고 섬으로 나오셨다. 고모님은 신발도 못 신고 뛰쳐나가 어머니를 얼싸안으며 어린애처럼 캐들거리며 좋아하였다. 본디 늙어도 애티가 떠나지 않는 그였으나 그것은 정녕 그리던 친어머니를 맞이하는 어린애나 다름없었다. 어머니도 고모님의 잔등을 뚜들기며 기뻐한신다.

아― 그리운 고향, 그리운 사람들이여! 내가 다시 고향 땅에서 그들을 만날 날이 언제나 올까? 만약에 이 기쁨이 이루어지지 못한다면…… 그것은 정녕 내가 원쑤의 총에 꺼꾸러지는 날일 것이다. 아무케서라도 싸워 이겨 돌아가리라! 내 어머니를 껴안고 어린애들을 쓸어 부둥키고 동무들을 다시 만나고 누이들과 고모님을 보게 되지 못함이 과연 있어서 될 일일까? 그동안 너나없이 우리들의 살림에는 풍상이 많았고 고초는 심하였다. 떠나기 얼마 전 나는 평양 길가에서 우연히 이 섬동네의 사촌누이를 만났다. 때 묻은 무명 저고리를 후줄그레하니 걸친 채 등에는 어린애를 업고 머리는 짐을 잔뜩 이고 있었다. 그 옛날의 탐스레도 빛나던 검은 머리는 흩어지고 호수처럼 맑기 바이없던 눈은 정기를 잃었으며 어너제나 그칠 줄을 모르는 웃음이 터져나오려던 도둠한 입술이 핏기 하나 없었다. 화려하고도 슬기롭던 인상은 고생에 지치고 또 지치어 그 자취도 알아볼 길이 없었다.

사랑하는 남편까지 일본의 어느 탄갱으로 잡혀갔기 때문에 더욱이나 간고해진 살림살이를 꾸려나가느라고 날마다 밤을 새워가며 열두 새 무명을 짜가지고 나왔노라고 하였다. 눈에는 이슬이 방울방울 맺이었다. 벙어리 아빼네는 벌써 전에 만주로 떠났고 나를 놀려주기 좋아하던 쌍겹눈이 색시는 남편을 공출놀음에 때워놓고 고생한다고 하였다. 아― 어째서 이런 일이 그대로 있어 될 것인가? 사촌누이의 얼굴 속에 또다시 어여쁜 웃음빛이 떠오르고 아빼네도 다시 제 고향으로 땅을 찾아 들어오는 날이 와야 할 것이다. 쌍겹눈의 색시의 남편도 감옥에서 나오고 누이의 사랑하는 이도 생지옥에서 솟아나올 날이 하루라도 빨리 와야 할 것이다. 오직 이날을 맞이하기 위하여 살아 돌아갈 생각을 하느니 목숨을 바치고 싸워야 하리라. 싸우리라! 어서 가자 나귀여!

"이쪽으로 갑시다!"

하는 N 동무의 소리에 그제사 나는 화닥닥 놀라서 제 자신으로 돌아왔다.

2. 야화(夜話)

차츰 하늘을 씻은 듯이 개기 시작하고 바람이 선들선들 불어온다. 물도 랑에서는 개구리가 낭자하니 울고 있었다. 여기저기에 무너진 집채가 널려져 있는 흙집 동네가 몰켜 서 있고 그 변두리에 감나무니 호두나무 숲이 우거져 있다. 태항산 깊은 골짜기 속을 상당히 멀리 벗어나온 모양으로 산줄기가 동편에 아득히 물러나 앉았다. 그 위로 흰 구름이 뭉게뭉게 피어오른다. 여전히 단층을 이룬 황토 지대로 길은 다함 없이 언덕을 오르내리게 된다. 얼마쯤 가노라니 왼쪽으로 뻗어나온 뾰족한 산등세기 위에 포대(砲臺)가 솟아있었다. 아지랑이 속에 희꾸무레한 것이 가물거린다. 태항산계와 병행하여 남하(南下)하기 때문에 우리는 태항산 줄기에 바둑알 펴듯이 요소마다 포치된 일군 포대를 바라볼 수 있는 것이다. 최 동무가 손을 들어 가리키며

"얼마 전 저 포대에 큰 비극이 있었습니다."

"최근까지 왜놈이 있었소?"

"불과 두 달도 못 됩니다, 거덜난 것이⋯⋯. 하기야 벌써 전부터 기능이 봉쇄된 포대였지요. 이쪽이 자꾸자꾸 뒤로 돌아 앞을 앞으로 나가니까 자연 자살 포대가 될 수밖에요. 완전히 고립 상태였었는데 이걸 일본인 해방연맹 친구들이 섣불리 건드렸다가 사상자를 내었습니다."

후방과의 연락이 끊어지고 원군이 올 가망도 만무하며 빠져나갈 구멍도 없어지고 보매 이 일군 포대는 도사리고 앉은 독사의 모가지와 다름없었다. 이 포대에서 내려다보이는 언덕 밑에 조그만 부락이 있었다. 놈들은 미처 도망을 못 쳤기 때문에 고립무원의 상태에 빠졌음을 알게 되자 모두 포대 안에 들어박혀 나오지 않았다. 여태 마을에 내려와서는 공으로 술을 먹고 지랄하고 촌민을 두들기고 여편네에게 행패하던 놈들이

지만 일시에 겁을 집어먹게 된 것이다. 기관총, 보총 있는 대로 모조리 걸어놓고 본대로부터 진격해 오거나 구원 오기만 눈이 까맣게 기다리는 판이었다. 아마 일본 무사도의 권화요 천황의 충성된 간성으로 자임하던 모양이다. 촌장을 보내어 항복을 하도록 권고하면 뺨을 갈겨 돌려보내고 정규 군사(正規 軍使)가 찾아가 사세 부득이함을 일러주어도 눈에 쌍심지를 세우고 최후의 일병에 이르기까지 결사전이 있을 뿐이라고 악에 받쳤다.

물론 군대를 풀어서 포위하고 집중 공격을 하자면 일조에 이슬로 변할 일이었다. 하나 조금이라도 쓸데없이 피를 흘릴 필요가 없으며 또 이 사수병들을 이끌어내는 문제도 서기 때문에 양식이 떨어지면 어쩔 수 없이 투항하려니 하고 내버려두기로 하였다.

하나 나중에는 이 포대가 산적의 소굴로 변하고 말았다. 촌장이 또다시 찾아갔을 때는 이미 양식도 거의 떨어져 식량가 음료수의 조달을 요구하였다. 이행치 않는 경우에는 그 대상으로서 폭탄을 퍼붓겠다고 위협하나 상대하지 않았다. 하니까 일병들은 망대 위로부터 살피다가 나귀 바리가 언덕 밑 산길을 지나가면 총부리로 겨누며 고함을 질러 지짝을 져 올리게 하였다. 양을 몰고 가는 사람도 양을 협박하여 짐승을 마음대로 빼앗았다. 하루는 다룽을 메고 계란을 팔러 가능 어린애를 이 모양으로 소리소리 지르며 오지 않으면 손다고 위협하였다. 애는 무서운 생각에 고샅길로 쏜살처럼 울며 달아나기 시작하였다. 포대에서 연기가 일어나며 총성이 울리더니 어린애는 피를 토하고 쓰러졌다.

이런 보고가 들어오자 마침내는 밤중으로 일 중대가 급파되어 날이 밝기 전으로 요정을 내게 된 것이다. 포대를 물샘틈없이 포위하고 화력을 집중할 수 있도록 만반 배치가 되었다. 이 일을 알게 된 놈들을 투항시켜 보겠노라고 한 것이다. 이에 허락을 얻은 그들은 일군복을 주워입고 무장을 갖추고 나서 우리 의용군이 행용 쓴 본때를 써보게 되었다.

아닌 밤중에 난데없이 이 포대 안의 전령이 요란히 울린 것이다. 주림과 피곤 속에 호곤히 잠들었던 일병들은 놀라서 일어났다. 오랫동안 울려보지 못한 전령이 달빛 속에 먼지를 뽀야니 일으키며 진동한다. 번병(番兵)이 전화통에 매어달려 감격에 사무쳐 떨리는 목소리로

"핫 하이, 고맙습니다. 고대합니다, 주위에는 이상 없습니다. 하…… 하이……."

"구원이야?"

하며 수염이 부루루한 대장(隊長)놈이 벌떡 일어나 번병을 떠밀고 수화기를 빼앗아 들었다. 이러한 전후 사정이 나중에 포로가 된 일변의 입으로 소상히 알려진 것이다.

"하, 거기가 어딥니까? 반 킬의 지점? 하이, 통신 두절로 연락을 할 수 없습니다. 네, 대위 어른, 눈물이 다 납니다, 눈물이. 어서 와주십시오."

수화기를 내려놓더니 대장놈은 부하들을 둘러보며 의기양양하여

"이 등신들아, 어서 빨리빨리 일어나! 자— 내 말이 맞지? 흠, 구원대가 온다. 대대 본부에서……. 겁이 시퍼렇게 나가지구서 꽁무니들을 새리려 들더니……. 이 등신들아!……황송하옵신…… 기착! 천황 폐하를 무엇으루 알아? 응, 우리 충성된 신하들을 그냥 내버려 두실 줄 알았드냐? 어림없다. 이마, 기착! 네놈은 속으로 항복했으면 했겠다? 잔말 말아! 기착! 네놈두 네 속맘두 안다! 무엇이? 기착! 이 앙큼한 놈, 네 상판에두 그렇게 씌어 있어!"

이렇게 호통을 뽑으면서 무장을 갖추다가 생각하니 혹시나? 하는 불안스런 공포감이 엄습하는 모양이었다.

'일어 잘하는 팔로는 아닐까?'

'조선의용군 놈들의 계교에 빠지는 거나 아닐까?'

부르르 치를 떨었다. 부하들의 얼굴에도 기대와 불안의 그림자가 섯바

꿰어들고 있었다. 대장놈은 이 모양을 보니 성이 벌컥 났다. 제 자신에 대하여서도 노여워졌다.

"네놈들은 흥 팔로나 요보(조선놈)이면 어떡허냐는 생각에 지금 속으루 덜덜 떨구 있겠다. 내가 다 안다, 알어!"

"하, 그렇습니다……."

어망중에 한 녀석이 침을 딸곡 삼키니까 대번에 뺨을 갈겼다.

"이 자식! 하, 그렇습니다? 어림없는 소리 말어! 내가 되놈과 요보의 일본말을 분간 못할 테냐? 올데갈데없는 아키다(秋田)방언이었다. 아키다 방언─최후까지 머물러 싸워온 결사대의 영예를 가지게 된 게 대체 뉘 때문이야? 으흠, 그리구 천에 하나 만에 하나 의외로 적이라면 옥쇄가 있을 뿐이다! 포로만 되면 달아매고서 우리의 눈알을 뽑고 귀를 베고 불을 질러 죽이는 줄 알지! 적이라면 옥쇄가 있을 뿐. 기착! ××군조가 문을 열고 맞아들이는 임무를 져야 한다. 그리고……."

운운의 명령을 내렸다.

이때에 망대 위에서 보초가 부르짖었다.

"대장님, 나타났습니다. 분명히 구원대입니다. 우군입니다."

환호성이 포대 안에서 일어났다. 총안으로 내려다보니 달은 이미 기울었으나 밤안개 속에 거밀거밀 나타나는 그림자가 분명 일본 군복이었다.

"자! 모두 위치에 붙엇! 되놈이나 요보거든 알지?"

대장놈은 이렇게 외친 뒤에 기관총을 들고 문 옆에 몸을 기대었다. 구둣발 소리가 들린다. 팔로군의 산화(山靴)가 아니라 영락없이 군화 소리다. 두런두런 말소리도 들린다. 모든 신경이 귀뿔리로 집중되었다. 틀림없는 일어다. 대장놈은 병사들을 돌아보며 비죽이 웃고 웃다가 얼마나 자기가 침착하며 용의주도한가를 보이려고 큰기침을 하더니 동요하지 말라고 손을 내저었다. 보초가 와당와당 사다리를 타고 내려오더니 너무도 기쁜 김에 달려오며 문을 열고자 하였다. 대장놈은 녀석의 정강머리를 걷어찼다. 보초가 비칠비칠 뒷걸음질치는데 문을 뚜드리는 소리와 같이

"열게나, 문을!"

하는 소리가 들렸다. 문지기로 지령된 ××군조는 섣불리 대답하였다가 보초마냥 걷어챌까 두려워 대장을 돌아보자 대장 자신이 너무도 기다리기가 바쁘던지 기관총을 든 채 문꼬리를 비틀며 환성을 지른 것이다.

"××대위 어른, 고맙습니다."

문이 벌컥 열리며 밤안개와 같이 별빛을 지고 침입하기는 분명 일어를 쓰던 일병들임에 틀림없으나 들어서는 참으로 불호령이었다.

"손 들어!"

동시에 기관총부리를 들이대었다. 병사들은 엉겁결에 총을 던지고 한군데로 몰리며 손을 들었다. 하나 황겁하여 비칠거리며 뒤로 물러서던 대장놈이 방아쇠를 당기었다. 드드드…… 침입자 두 명이 꼬꾸라졌다. 총성을 듣게 되자 사위에서는 와— 하고 몰려드는 팔로 포위군의 함성이 일어났다. 어느새에 대장놈은 가슴에 권총알을 받고 그 자리에 주저앉았다. 병사들은 하나하나 손을 들고 나오며 팔로군으로 인도되었다.

해방연맹의 일인 친구 두 명은 이렇게 되어 희생하였으며 한 명의 중상자까지 낸 것이다. 이 추도회가 얼마 전 군구 사령부에서 팔로군, 의용군, 해방연맹원 참석 하에 성대히 벌어졌다고 한다.

"우리 진영에도 포로되어 온 사람이 있는가요?"

"더러 있습니다. 군속이나 사병 중에……. 그러나 탈출해 온 이들이 더 많지요. 대개 학교에 넣어 새로 교육하고 있습니다."

N 동무가 어깻죽지에 패어드는 배보(背褓) 줄을 옆으로 제쳐놓으며

"요즈음 참 유쾌한 선장 포로가 하나 들어왔는걸요."

"선장이?"

"암, 선장으로도 어엿한 군용 선장이지요. 대련서 일본을 왕래하는 수송선이라나…… 돛을 단 범선이랍니다."

하면서 새로운 애기를 펴놓는다.

남포항의 어떤 섬에 한여름 나가 있는 동안 이런 배가 역풍을 피하여 앞바다에 들어닿은 것을 본 적이 있었다. 일행이 생선을 사러 쫑선을 타고 섬으로 올라왔을 때 보니 선장이랍시는 자는 일인이다. 통역이 필요한 모양이었다. 선장은 쿠리 선부들이 무서워서인지 꽁무니에 권총을 찌르고 있었다. 선부가 백여 명이나 된다고 하는 성처럼 기다란 목조선이었다. 역시 우리 포로 선장도 꽁무니에 권총을 찌른 이런 수송선의 선장이었다고 한다.

"부산 태생으로 부두살이에 어떻게 주워들어 일어는 그래도 좀 통하는 모양이나 낫 놓고 기역자고 모르는 판무식쟁입니다. 요즈음 가갸거겨부터 배우고 있지요. 이 선장 선생 대련서 소금을 한 배짐 잔뜩 싣고 일본 당진을 향하여 떠납신다구 돛을 올렸다는데 닿아보니 얼투당투않은 천진 앞바다 당고(塘沽)였더랍니다. 바람이 잘못 불었다는 게지요."

애전에 큰일날 선장인 모양이다.

"그래 거기서 붙들린 모양이오?"

"아니지요. 사연이 좀 긴걸요."

N 동무의 이야기 솜씨도 아주 구수하여 들을 만하다.

"그래 바람씨가 좋아지기를 기다리느라고 하루 이틀 묵는 새에 차차 본성이 나타나게 된 모양이오. 워낙 술꾼이요 난봉이라 청루에 올라 두꺼비처럼 늘어붙어서 아침부터 부어라 마셔라입니다. 이렇게 몇 사흘 지나노라니 밑천이 떨어져 선내 비품을, 로프니 구멍대니 물통이니 나중에는 쫑선까지 모조리 팔기 시작합니다. 아마 술만 먹으며 개판이던 모양입니다……. 그래도 선부들은 눈을 끔적거리며 보구만 있겠지요. 장사치들이 소금짐까지 팔라고 하니까 내친걸음이라 될 대루 돼라 하고 모두 져 내리라니까 그제야 선장 어른 소금까지 팔았다는 콩밥을 먹습니다고 제발 말리더랍니다. 그러나 이제야 아무러면 콩밥 안 먹겠느냐 징역 살 바엔 실컨 먹구나 보자고 어서 썩썩 져 내리라고 호령을 하였습니다. 하니까 이 쿠리들이 져 내리기는커녕 모조리 들어붙어서 닻을 감고 돛을 올리더라나요. 배가 떠나기 시작합니다. 그러나 혼자서 아무리 총은 있댔자 어떡헙니까? ……그래 선장실에 자빠져서 몰려가던 잠을 아마 스물네 시간쯤 잔 모양입니다. 술기운이 가시어 정신을 가다듬고 일어나 지남침이니 항해도를 펴놓고 보니 이번도 배가 얼투당투않은 곳으로 달리겠지요. 눈깔이 뒤집혀 방향을 돌리라고 하니까 쿠리 대장이 싱글거리며 다 왔다는군요. 이 녀석 오다니 어디를 다 와? 어서 돛을 내리고 치를 돌리라고 노발대발하나 쿠리들은 벙글거리기만 합니다. 악에 받쳐 권총을 뽑으려니까 빈껍데기입니다. 어느새 권총이 없어지고 케이스만 달려 있더라나요……."

"너무 이야기가 삼국지 식이구려……."

"글쎄 말이오."

"그럼 그 쿠리 대장이 팔로였소?"

이야기는 차차 더 흥미 있어간다.

"아마 연락원쯤 되던 모양입니다. 이 쿠리 대장의 말이 아주 좋은 데로 왔다는군요……. 여기가 어디야? ……산동(山東) 바다입니다……. 산동 바다? 저기 물이 보이지 않습니까? ……큰일났지요. 이쪽으로 떠났다가 배도 사람도 아주 안 돌아오는 일이 간간 있었습니다. 역시 이 녀석들이 흉악한 해적의 끄나풀이었구나 이제는 죽었구나……. 아니나 다를까, 뭍으로부터 통통배가 살같이 달려오며 정선하라고 몇 방인가 총소리를 빵빵 울리더랍니다. 선장 선생 기급하여 주저앉았습니다. 쿠리 대장이 염려 말라는군요. 웬걸 통통배로부터 뱃전으로 기어 올라오는 걸 보니 장총을 둘러멘 해적들입니다. 선장 선생 손을 들고 입을 쩍 벌렸지요. 하니까 이 해적 친구들이 다가와 흔연히 손을 잡으며 수고했다고 치하하겠지요. 쿠리 대장과는 서루 껴안고 야단입니다. 해적이 아니라 바다의 민병들이었지요. 뭍으로 끌려내려 본부로 가기까지는 아무리 친절하게 굴며 염려 없다고 하나 자꾸 목줄이 헤우며 총 맞아 죽을 생각만 나더랍니다. 본부에 들어서니까 어떤 군복 입은 장교가 그의 손을 그러쥐며 소금을 싣고 도망온 게 당신이냐, 우리 군대에서는 소금이 매우 귀하다, 고맙소 고맙소 하기에 선장 선생 그제야 마음을 좀 놓고 자기도 그럴 줄 알았노라고 하였다나요."

우리는 어이없는 웃음을 터쳤다.

"정말 유쾌한 선장입니다. 분맹을 거쳐 여러 동무들과 같이 들어왔는데 노상에서두 매우 애를 멕이던 모양입니다. 요즈음 학원(學員)들은 저녁마다 모여 앉으면 이 동무의 이야기를 듣느라고 야단이지요."

"들어와 감상이 어떤 모양이오?"

"죽을 지경이라고 혀를 뽑습니다. 지금까지 갖은 고생을 다 해보았으나 이렇게 혼나기는 처음이라나요."

"학교에 다니오?"

"아직은 생산공작을 합니다. 가갸거겨도 배우고 머리도 두들겨 고쳐야겠고 해서……."

"그렇게 함부루 돌아먹던 친구들은 교육하기도 매우 힘들군요."

최 동무가 옆에서 한탄한다.

"그래 되루 돌아가겟다고 야단치지는 않습니까?"

"아직은……. 아무렇든 붙잡아두고 사람을 만들어야죠. 또 어디 돌려보낼 수는 있어요? 모든 비밀이 적에게 알려질 터이니……. 그러면서도 사람은 대단히 순진합니다. 오히려 백지(白紙)라고 하리만치……."

"이야기하자면야 별의별 사람이 다 많지요. 더욱이 통역이니 군속질을 하다가 들어온 이들 가운데 문제의 인물이 많습니다."

최 동무는 거의 다 들어온 탓인지 조금씩 근거지의 내용을 엿보인다. 여태 이쪽에서 거기의 일을 묻지도 않았으며 그들도 애기하고자 않았던 것이다.

"그러나 어떠한 사람이나 우리 진영에 들어와 의식을 고치고 과거를 뉘우치고 또 사상이 옳게만 선다면야 같이 손잡고 일할 수 있을 게 아니오? 동맹이란 군중 단체이니까……. 하나 대체로 적령기에 달려들어온 중등 졸업생의 젊은 동무들이 제일 진보가 빠르군요. 북경 상업학교 같은 곳은 우리 의용군의 예비 사관학교 격입니다. 졸업하면 일본 군대로 들어가지 않고 줄곧 우리 군대로 도망쳐 들어오니까……."

이런 이야기를 하며 우리 일행은 얼마 뒤에 어떤 보잘것없는 조그만 부락으로 찾아 들어가 짐을 풀었다. 강파른 산비탈 밑에 가난한 흙집들이 대여섯 채 옹송그리고 있었다. 본래 무리하여 밤중에라도 근거지까지 대려는 예정이었다. 그러나 새벽 출발이 더디었고 도중에 비까지 만나 이럭저럭 가망이 없어 되어 여기서 쉬고 가기로 한 것이다.

현 동무는 개를 데리고 벌써부터 도착하여 빈집을 얻어놓고 거적 자리를 털고 있었다. 객줏집이 없어 보통 민가의 외간방을 빌린 것이다. 여기도 비가 온 탓으로 땅이 질벅거려 노숙은 노저히 할 수 없었다.

아직 해는 서천에 걸려 있으나 밤중같이 캄캄한 방이었다. 북으로 난 영창이 시꺼멓게 내에 그을은 마구간 비슷한 방이었다. 고리타분한 흙냄새와 이상야릇한 풀향기가 코를 찌른다. 아닌게아니라 꼴을 베어다 채워두고 있었다. 세 동무는 우티를 벗고 나가더니 서로 나뉘어 밥 지을 준비를 시작하였다. 현 동무는 양표와 바꾸어온 좁쌀을 까리고 최 동무는 열

심히 솥을 가셔내며 N 동무는 밖에 나가 죽은 나뭇가지를 한 아름 꺾어
가지고 들어온다.

주인아주머니는 아궁이 앞에서 불을 피워주고 있었다. 솥 밑을 긁어모
은 까만 재를 담은 접시에 부싯돌로 불을 떨구니까 재가 반짝거리며 타
들어간다. 성냥이 있었으나 신기하여 물끄러미 견학하였다. 그제는 유황
을 끝에 묻힌 삼대를 대어 불을 확 하니 일으키었다. 아마 가장 원시적인
점화법일 것이다.

현 동무는 좁쌀을 안치고 나서 도마 위에 호박을 올려놓고 썩썩 썰기
시작하였다. 최 동무는 흥얼거리며 불을 대고 N은 물통을 들고 밖으로
나간다. 나 혼자 옆에 웅크리고 앉아 빈손을 비비적거리며 무엇 하나 거
들어줄 도리를 몰라하였다. 개를 보고 이 집의 어린애들이 무서워하기 때
문에 요행 내가 할 일이 생겼다. 셰퍼드 군을 붙들고 밥 짓는 구경을 하
는 일이다.

현 동무는 썰어놓은 호박을 옹배기에 넣고 호두기름을 몇 방울 떨군
뒤에 옆채기 속에서 검은 호렴(굵은소금)을 꺼내어 털어두고 마구 휘젓기
시작하였다. 그러며 몇 번이고 맛을 보느라고 입을 쩝쩝거리더니 별안간
너털웃음을 터쳤다.

"됐는데, 됐어. 맛이 제법이야!"

나는 이 동무가 이렇게 유쾌한 웃음을 터치는 것을 아직까지 한번도
본 적이 없었다.

"참 오래간만에 먹어보는군."

이렇게 혼잣소리처럼 중얼거리면서 나를 돌아보고 싱긋 웃는 것이었다.
다부진 적동색 얼굴 속에 코끝이 약간 들리었다.

"이 호박국을 제대루 자실 줄 알아야 합니다. 산생활을 하려면……."

나는 빙그레 웃었다.

적어도 이 현 동무는 내게 있어서 하나의 경이의 존재였다. 하기는 이 산중에서 만나는 여러 동무들의 일이 모두 나에게 커다란 감명을 주는 것이었으나 현 동무는 더욱이 그러하였다.

어느 때나 이 동무는 힘든 일을 앞서가며 치우고 또 마다는 일이 없고 안 하는 일이 없었다. 우선 개를 데리고 가는 귀찮은 일도 결코 남의 손에 넘기려고 하지 않는다. 그냥 내버려두라고 하여도 놓아주면 개란 놈은 노라리치기 때문에 백릿길도 한 삼백 리는 걷게 되리라면서 동의하지 않았다. 북경서부터 가지고 떠난 보따리도 이왕이면 나귀 위에 실을 것 같지만 꼭 제 잔등에 붙이고 다닌다. 나귀를 아무도 타지 않을 때는 나귀를 몰고 가는 일도 꼭 자신이 돌보려고 하였다. 어디를 가든지 적당한 시간을 택하여 쉴 자리를 잡아놓았고 어두워지면 그중 좋은 객줏집을 정하여 저녁을 시켜놓고 기다리었다. 어디에 우물이 있고 어디에 변소가 있는 것까지 알려주며 자기 전에는 반드시 발을 씻어야 된다고 물을 떠다 주며 명령하다시피 하였다. 이 밖에도 언제나 모든 손 가는 일, 남이 생각도 못하는 일을 혼자 앞서가며 수벅수벅 치워놓는 것이다. 아침에도 제일 일찍 일어나 나귀에게 풀을 먹이고 짐을 실어놓고 셰퍼드 군도 먹을 것을 찾아 먹였다. 그는 결코 우리의 종졸이 아니며 동맹에 있어서도 한다한 간부인 것이다.

천하 게으름뱅이요 눈치꾼이요 이기주의자인 나는 이 현 동무 앞에서는 언제나 어쩔 줄을 모를 일종의 존경에 가까운 마음을 의식치 않을 수 없었다. 자연 머리가 수그러지고 하였다.

그는 결코 또 수다스런 종류의 인간이 아니기 때문에 필요 이상의 말도 하지 않고 실없이 웃지도 않았다. 그러면서도 아무런 압박감도 거리감도 주지 않는 것은 이상한 일이었다. 우리가 이미 본 바와 같이 그는 어린애들을 데리고 노래도 제법 불렀고 여병들과 같이 유쾌히 군가도 불렀다. 그것은 아마 필요한 일이기 때문일 것이다.

더구나 그는 자기 자신에 관하여서는 일언반사도 이야기하려고 하지 않았다. 물론 공작상으로 본대도 적구를 드나드는 사람이기 때문에 나 역시 머지 한마디 따려고 하지 않았다. 다만 짐작할 수 있는 일은 말씨로 보아 그가 평안도 사람이요 중국말을 하도 잘하니 어려서 이 중국 땅에 나왔을 것이고 중국 백성이 농사할 줄 모른다고 한탄한 적이 있으니 분명 농민 출신일 것이다. 그리고 또 우연히 알게 된 일이라면 국내에 외가가 있으며 무한(武漢)인가에서 임정파(臨政派)와 사우고 감금되었다가 사지를 겨우 빠져나와 이항전 지대로 넘어온 것이다. 이것이 내가 짐작하며 알고 있는 사실의 전부였다.

동안이 지나 저녁밥이 되어 우리는 식기를 빌려가지고 마당에 거적을 깔고 둘러앉았다. 주인 아주머니가 애버들 잎새의 데친 것을 갖다 주어 고맙게 받았으나 구리어 도무지 입데 받지 않는다. 자연 호박국에 조밥을 말아 배를 불리게 된 것이다. 그래도 후두기름이 들어가 좀 구미를 당기는 부드러운 맛이 있었다.

식후에 나는 할 일을 겨우겨우 연구하고 발명하여 밥 먹은 그릇 부시는 일을 도맡아 치우게 되었다. 이것도 먼 거리를 걷지 않아 피로가 덜하기 때문에 할 수 있었다. 한참을 어린애들을 데리고 놀다가 들어오니까 현 동무는 방 안에 모기쑥을 피우고 또 다른 두 동무는 잠자리를 만들고 있었다. 달빛이 창문도 없는 영창으로 흘러 들어온다. 달이 밝다.

이날 밤 나는 자리에 누워서 동무들로부터 대후방의 이야기며 동맹의 일을 조용히 듣게 되었다. 실지로 국민당 통치 구역에서 오랫동안 투쟁하고 온 동무들이기 때문에 매우 절절한 실감이 있었다. 이 기회에 중국 영내에 있어서의 민족 해방 투쟁에 관한 이야기를 간단히 적고자 한다ㅡ.

조선이 일본 제국주의에 멸망되면서 허다한 애국자들은 침략자의 추구를 피하여 중국의 만주와 관내(關內)로 망명하게 되었다. 이래 망국 후 삼십여 년간에 걸쳐 독립운동이 중국 영내에서 영용하게 전개된 것이다.

더욱이 만주에 있어서는 일본 제국주의가 침략의 손을 뻗침에 따라 이주 동포들의 직접 참가와 성원 밑에 반일 투쟁이 일어났다. 물론 일본 제국주의는 이 독립운동을 강압하고자 하였으나 불같이 일어나는 그 위세를 어찌할 도리가 없었다.

더구나 제1차 세계대전의 종말기에는 이 독립운동이 전고 미증유의 대성황을 이루었다. 그러다가 러시아의 위대한 10월 혁명이 성공을 함에 자극을 받아 종래의 민족주의자 중심이던 독립운동이 새로운 전변을 가져오게 되었다. 혁명적 사상에 무장된 보다 더 활발하고 광대한 투쟁이 조직적으로 전개케 된 것이다.

동시에 같은 원인으로 중국 관내에 있어서도 3·1운동 직후부터 독립운동이 두 개의 노선 밑에 전개케 되었으니 하나는 민족주의 노선이었고 또 하나는 민주주의혁명 노선이었다. 1919년 상해에서 수립된 소위 대한임시정부란 것이 바로 전자를 말하는 조직체이다. 또 한편으로 계급 운동자들을 중심으로 하는 혁명적인 정치 결사가 상해에서 조직되었다.

국공합작 밑에 일어난 북벌전쟁(1925~1926년)에 재중국 관내의 조선 애국자들은 대거 참전하여 영용무쌍한 투쟁을 하였다. 더욱이 군관학교를 나온 조선 혁명 청년들의 활약은 실로 괄목할 만하였다. 그 일례로 가장 고전이었던 남창 공략전에 조선 청년들이 결사대를 지어 위훈을 세운 바는 중국 작가들의 종군기에도 명백히 소개된 사실이다.

그러나 장개석은 북벌이 태반 성공하자 간악하게도 태도를 표변하고 혁명 분자들에게 참혹한 학살 정책을 강행하게 되었다. 이 쿠데타에 조선 출신 동지들도 무수히 억울한 죽음을 보았다. 드디어 저 유명한 광동폭동이 일어난 뒤 우리의 일부 동지는 중공 소비에트구로 따라가게 되었고 일부는 상해의 법조계에 잠입하여 독립운동을 계속하게 된 것이다. 이 광동폭동에 있어서 중요한 역할을 놀던 석천 최용건 선생은 직접 일제와 무장 투쟁을 하려고 동지들과 같이 광동을 떠나 북만으로 옮아들었다.

이즈음 만주에 있어서는 조선 민족 해방운동이 날을 거듭할수록 더욱 치열하게 발전되고 있었다. 더욱이 9·18사변을 전후하여 위대한 영도자 김일성 장군이 최전선에 무지개처럼 나타나셨다. 이로부터 전개된 재만(在滿) 조선 인민의 무력 항전은 실로 공전절후의 장관을 이루어 세기의 일대 신화가 된 것이다. 적어도 국내외 독립운동 삼십여 년래의 투쟁 과정에 있어서 일찍이 볼 수 없던 반일 역량의 총집결체로서 장군 부대는 위대한 태양계(太陽系)를 형성하였다. 그 영도하에 두 나라 민족의 공고한 항일 연합전선이 결성되었고 조선 인민의 민주 역량도 최대한 발동되어 정면으로 불을 터치며 일본 제국주의에 육박하였다. 뒤이어 북만에서 활약하던 최용건, 김책 선생들도 긴밀한 연락을 얻어 진전을 펴고 장군 부대에 호응하여 일어나 사위를 떨치게 되었다.

그러나 이 태양부대는 결코 하늘에서 떨어지거나 땅 속에서 솟은 것이 아니었다. 진실로 조국의 자유와 인민의 행복을 위하여 인민들 가운데서 인민들의 조직으로서 일어났기 때문에 더욱 위대할 수 있는 것이다. 이 주위에는 반제동맹, 청년의용군, 농민자위대, 생산유격대, 부녀 단체, 소년단 등의 수십만 대중이 집결되었으며 또 이네들이 모두 무기를 들고 일어나 그 뒤를 따르게 되었다. 국내에도 끊임없이 화살을 보내고 또 몸소 진격하신다.

게다가 장군의 유격전에 있어서의 전략 전술은 세계전사에 그 유례를 볼 수 없을 만한 희대의 천재성을 발휘하고 있다. 전광석화적으로 동격서습하여 일제를 무찌르기 백전백승이며 전투도 또한 형용할 수 없으리만치 처절하고도 영웅적이다. 일제의 군경은 그 앞에 무릎을 꿇으며 두 나라 인민은 동방의 태양을 우러러 받들어 감읍하고 환호한다. 더구나 국내의 조선 인민은 캄캄한 암흑 속에서 오직 이 태양이 있기에 빛을 섬기고 제 자신이 죽지 않았음을 깨닫게 되었다.

무엇보다도 밤낮이 없이 계속되는 이 무력 항전이 삼엄한 국경 지대의, 더구나 적이 자랑하는 백만 정예군의 포위 속에서 십여 성상 오늘에 이르기까지 그 영광의 역사를 지속한다는 것은 세계의 정이일뿐더러 세기의 기적이 아닐 수 없는 것이다. 마침내 이 무력 항전은 1937년 7·7사변의 발발과 동시에 더욱 최고조에 이르렀다. 가히 미루어 짐작할 수 있는 일이다.

한편 관내에서도 이 7·7사변을 계기로 하여 중국의 내정은 급격한 변화를 일으켰다. 9·18사변 이래 내전을 정지하고 일치단결하여 항일하자는 중공의 강력한 주장을 소위 '회외필선안내(懷外必先案內)'의 한간(漢奸) 이론을 고집하던 국민당도 할 수 없이 동의 아니치 못하게 된 것이다.

국공합작이 재현되고 항일전쟁이 확대되어 전선이 위급해지매 조선 독립운동자들도 또한 안절부절못하게 되었다. 정치운동보다도 직접 총을 들고 침략 일제의 타도를 위하여 전선으로 나가는 문제가 그들 앞에 가장 엄숙하게 제기된 것이다. 이리하여 용감한 청년들은 서로 다투어 무장을 갖추게 되었다.

그러나 국민당 군대는 이미 전의를 잃고 패퇴의 일로를 달릴 뿐이었다. 중요한 도시를 마구 버리고 달아나며 전략 요지를 싸우지 않고 내어맡기고 혹은 총을 던지고 속속 투항하였다. 뿐만 아니라 국민당 정부의 내부도 여지없이 타락하고 부화하여 국가의 이러대 위기에 처해 있음에도 불구하고 탐관오리들이 국난재(國難財)의 편취를 능사로 하고 인민을 압박착취하였다. 게다가 패주하는 군대까지 약탈을 자행하여 도탄에 든 백성들은 참담한 전화 속에 유리 전전하는 현상이었다.

오직 중공 영도하의 팔로군만이 가장 불리하고도 악착스러운 환경과 조건 속에서 능히 일군 재중국 병력의 반수를 견제하며 철저한 유격전쟁을 강행하여 인민을 보호하고 있는 것이다.

침략 일제에 향하여 이를 갈고 조국의 독립 해방을 염원하여 마지않는 조선의 혁명가들의 갈 길은 스스로 명백하였다. 드디어 1938년 무한이 풍전의 등화처럼 위급을 고하는 긴박한 시기에 있어서 무한에 근거를 두고 활동하던 허다한 애국 청년들이 마침내 결심을 내리고 향북(向北) 항전의 길에 오르게 되었다. 김두봉 선생 이하 여러 선배들도 그 뒤를 따라 수천 리의 행정에 올랐다. 그것은 두 나라 민족의 해방을 위하여 직접 총을 겨누고 일제와 싸우고자 팔로군을 찾아가기 위해서였다. 그러나 구구하게 이 이상 더 후방에 머물러 있을 수 없는 또 하나의 이유도 없지 않았다. 바로 대한 임시 정부파들의 눈에 겨운 간악하고도 치욕스런 행동이 그것이었다. 이들은 벌써부터 애국자의 미명하에 고물전 간판을 떠지고 다니는 정상배로 전락하였었다. 진보적인 성실한 인사들이 그 주위에서 떠난 지도 이미 오래였다. 본시 이 '대한임시정부'의 간판 주인 소위 주석은 이왕의 친족이 된다는 이승만이니 이시영 대감 등이었다. 조선 팔도에 이 이상 더 훌륭한 양반이 없을 것이기 때문이다.

이렇듯 왕당적인 봉건 그루빠였다. 그러던 차 일제의 상해사변 기념식장에 폭탄을 던져 일제 고관들을 살상한 의거가 일어났다. 이네들은 이 기회를 이용하여 자기네의 공로로써 국민 정부에 이 의거를 팔아넘겨 보기 좋게 시세를 얻은 것이다. 당시의 살림살이들이 말이 아니던 판이라 장개석의 도움을 받는 데 유리할 듯하여 이러한 흥정까지 아니할 수 없었다.

이 뒤부터 임정은 간판을 떠지고 국민당 정부를 따라다니며 구걸을 하고 반동 두목들의 앞잡이질을 하며 푼전을 비라리하게 되었다. 그들의 생각에는 조선의 독립은 우리의 투쟁 노력 여하에 영향이 있는 것이 아니고 객관적 정세가 유리하니 장차 장개석이 독립을 줄 것이요 혹은 미국 대통령이 베풀 것이며 또 어떻게 되면 일본 천황이 하사할지도 모르게끔 생각하였다. 따라서 앞날의 영화를 기하는 정권욕에 팔짱을 깊이 지르고 앉아 서로 으르렁거리며 남인, 북인, 노론, 소론 등의 당쟁 알력에만 눈이 벌게어 영일(寧日)이 없었다. 이로 말미암은 온갖 음모 술책과 모해, 이간, 테러가 이 임정의 유일한 사업이었다. 이 당파 싸움에 가담치 않거나 혹은 반대한 연유로 얼마나 많은 애국 열사와 혁명 청년들이 길가에 피를 흘리고 지하실에서 썩어나고 자루를 쓴 채 양자강의 물귀신이 되었는지 모른다.

─현 동무는 입을 꽉 다물고 안면 근육을 실룩거리며 묵묵히 듣고만 있다가 이야기가 여기까지 진전되니까 벌떡 돌아누우며

"그놈들을 그저……."

눈을 지르감고 이를을 덜덜 떨었다.

아마 공산 분자래서 그들의 지하실에 감금되었던 때의 일이 불현 듯 회상된 모양이다. 나는 그가 이렇게 또한 성나는 일을 아직까지 본 적이 없었다. N 동무는 마치 불행한 병자라도 간호하듯이 그의 몸둥이에 이불 끝을 덮어준다. 현 동무는 말없이 곰방대를 당기어 연거푸 뻑뻑 빨기 시작하였다. 무거운 침묵이 한참을 달빛 속에 잠기었다. N 동무가 휴─ 한숨을 내짚는다.

"눈으로 보지 않은 사람은 도대체 상상두 못합니다."

나라와 인민을 사랑하는 사람으로서는 도저히 참을 수 없는 환경이었다. 이로부터 허다한 지사와 청년들이 뒤를 이어 자꾸 팔로 구역으로 달아나게 된 것이다. 이리하여 1939년 여름까지에 중공 영도하의 항일군정 대학을 마친 조선 혁명 청년들의 수효만 하여도 근 사십 명에 이르게 되

었다. 이 밖에 또 이 항전 지대에는 본래 홍군 시대로부터 내려오는 선배 동지들도 적지 않았다. 이에 항대(抗大)를 마친 청년들은 곧 여러 선배와 동지들의 뒤를 따라 팔로군과 신사군의 유격 지대로 출동하여 연래의 숙망이던 항일 전투에 직접 참가하게 되었다. 이것이 즉 위성 대오로서의 조선의용군이 화북산야에서 장군의 태양부대에 호응하여 싸움을 본격적으로 전개한 시초였었다.

드디어 1941년 1월 10일 재화북·화중 조선 인민들의 혁명 역량을 총결집하여 조선청년연합회가 진동남(晉東南) 태항 지구의 전투 환경 속에서 결성되었다. 결성된 지 반 연도 못 되어 이번은 대후방 중경과 낙양 방면에서 또한 일제와 투쟁하던 다수의 청년 동지들이 연달려 대오를 이루고 넘어왔다.

이로써 1942년 7월 10일 조청(朝靑)은 확대된 자체의 역량에 비추어 제2차 대회를 소집하고 조선독립동맹으로 개칭하는 동시에 조선 민족 독립운동 선상의 일익으로서 조국 독립 사업을 위하여 돌진할 것을 중외에 선포한 것이다.

이래 전선공작은 전면적으로 확대되었고 이십만 좌우의 조선 교포(僑胞)에 대한 선전 조직 공작도 점차 대규모로 전개되기 시작하였다.

3. 남풍도로 가는 길

드디어 목적지에 도착하는 날이다.

한나절을 걸어 들어가니까 지대가 비교적 평탄해지며 올망졸망 아담한 동네도 나타나기 시작한다. 피비린 전쟁의 기억도 멀리 평화로운 촌락의 모습이 완연하였다. 댓돌 밑을 병아리 떼가 밀려다니고 울담장 위를 호랑나비가 쌍을 지어 날고 있었다.

집집 담벽에는 백성들의 주장과 정부의 슬로건이 씌어 있고 선전문이 모퉁이마다 붙어 있으며 벽보판에는 신문도 나붙었다. 조선 글자로 된 선동적인 호소문이 가끔 우리의 발걸음을 멈춰 세우기도 한다. 일군 토벌대에 끼여 들어올 가능성이 있는 조선인 강제병을 대상으로 하는 글이었다. 이런 이국 산촌으로 왜놈들에게 끌려들어와 이 호소문을 발견하였을 때의 청년 동포들의 심정은 과연 어떠랴?

"우리는 동무를 기다렸다. 어서 오라! 조선의용군."

"달려오라! 조국의 깃발 아래로." 등등!

어떤 동네에 들어가니까 마침 이동 극단이 들어와 누각 위를 무대로 삼고 한창 공연이 벌어지고 있었다. 넓은 마당에는 남녀노소 없이 촌중이 욱실욱실 모여 서서 벅작거리고 있다. 어깨말에 올라탄 어린애, 애를 안은 부인네, 우티를 벗어 멘 사내며 담뱃대를 입에 문 노인네가 서로 키춤을 추며 열심히 구경하고 있었다. 한 사내는 죽그릇을 들고 훌훌 들이켜며 어떤 영감은 나귀를 멈추고 올라 앉아 싱글거리며 어떤 부인은 물통을 내려놓은 채 정신이 팔렸다. 담배장수, 실과장수, 떡장수까지 모여들어 장날같이 흥성거린다.

장치랄 것도 별로 없는 단조로운 무대 위에서 울긋불긋하게 갑옷으로 분장한 장사와 요염한 미인이 나타나 무엇이라고 이야기를 주고 받으며 삥삥 돌아간다.

옆에서는 호궁이며 꽹과리, 북소리가 서로 한데 어울려 울리는 가운데 노랫소리가 미어져나온다. 아마 농민들이 모두 친숙할 수 있는 옛날 형식 속에 새로운 의도를 넣어가지고 풍자를 통하여 대중을 선전 교양하려는 모양이었다.

아닌게아니라 이 해방구 내에서는 이러한 야외극의 역할이 대단히 큰 것이었다. 봉건 지주와 군벌의 억압 밑에 노예 생활을 강요받던 이 농민

대중이 바로 그 선전과 계몽의 대상이다. 오늘날 중공과 팔로군 덕에 그야말로 팔자를 고쳐 정치에도 참여하고 글도 배우고 생활수준도 날로 높아가고 있으나 역시 그들의 문화 정도는 아직도 말할 수 없이 옅은 것이다. 그러니만치 출판물보다도 해설 사업과 연예공작 같은 방법에 의함이 선전이나 계몽에 있어서 보다 더 효과가 클 것이 당연하였다. 이리하여 해방구 내에서는 이런 가두 촌극과 야외 무요가 크게 유행하게 되었다. 이것을 양가라고 부른다. 신민주주의 문화 계몽의 중요성에 의하여 1942년 연안 노신예술학원에서 비로소 탄생되었고 이에 따라 뒤이어 이 앙가대의 조직이 전 지역에 퍼졌다. 오늘에 와서 이 앙가대는 각 지방에 뿐만 아니라 군(軍), 관(官), 향(鄕), 매기관, 촌락, 학교에마다 하나씩 조직되어 농민의 계몽과 위안을 위해 커다란 공적을 나타내고 있다.

정치적으로 되는 인민의 요구와 실제로 현실 문제에서 부대끼는 여러 가지의 구체적 사건에서 교묘히 취재하여 대중의 좋아하는 유머를 풍부히 섞어가며 항일 의식을 제고하고 생산 의욕을 높이고 문맹 퇴치며 감조감식(減租減息), 옹정애민(擁政愛民) 등의 정책을 절절히 인식시키는 것이었다.

우리가 이 부락에서 보게 된 것은 양가가 아니라 또 하나의 중요한 형식이라고 할 평극에 속하는 연예이었다. 봉건적인 옛날의 것이지만 민중이 좋아하며 알기 쉬워하는 이런 구내용을 새로운 형식에 담아 농민들을 깨우친다는 점에 중요한 의의가 있었다. 그래 이와 같은 평극도 또한 대유행이었다. 매우 재미가 나는 모양으로 군중이 힝글힝글 웃기도 하고 무어라고 서로 끄덕이기도 하고 왁자지그르 웃음을 터뜨리기도 한다.

한참 동안 멀찌감치 서서 구경하다가 돌아가는 길에 우리는 우연히 조선 동무들의 일행을 만나게 되었다. 칠팔 명 군복을 입은 이가 민가의 조용한 담모퉁이에 모여 앉아서 다리쉼을 하고 있었다. 우리들을 발견하더니 모두 반색을 하며 일어난다.

북경, 천진 방면으로부터 들어오는 동무들이었다. 그중에는 북경서 학교를 갓 나오고 떠나오는 홍안 소년이 두어 명 끼여 있었다. 석 달 가량 걸어오는 동안에 기념으로 길렀다는 구레나룻 수염의 청년도 있었다. 천진서 조그만 공장을 경영하며 지하 조직에 자금을 대는 일방, 직접 거미줄같이 늘인 경계망을 넘나들며 연락공작을 해오다가 신변이 위험해지어 몸소 투신하여 오는 길이었다. 간해 봄 천진에 들렀을 때 내가 온 줄을 알고 이리저리 다리를 놓아 연락하려다가 놓쳤노라고 수염 속에 하얀 이를 드러내며 웃는다. 일본서와 국내에서 오랫동안 노동운동에 참가하여 싸워오던 분이었다. 신의주중학을 스트라이크 사건으로 쫓겨난 것이 바로 내가 평양서 중학을 쫓겨나던 해와 같을 제는 서로 연계가 없지 않은 한 사건의 희생자였다. 해주, 평양, 신의주, 이렇게 세 학교가 거의 때를 같이하여 일어났던 것이다.

일점홍으로 여성 동무도 한 분 섞여 있었다. 부부 동행으로 탈출해 오려고 행장을 차리던 중 불행히도 남편이 붙들려 들어가 공작원의 권고에 의하여 어차피 혼자서 떠나오는 길이었다. 우리더러 언제 북경을 떠났느냐고 묻고는 남편의 안위를 들을 길이 없어 자못 안타까워한다. 이 여성 동무도 역시 서너 달 동안 길 위에 서 있었다.

대개 북경, 천진 방면에서 탈출하여 일단 북경 만수산 뒤의 연락 참에 모였다가 대를 지어 같이 떠나온 길이었다.

이들 가운데는 육십여 세 되어 보이는 노인도 한 분 섞여 있었다. 딴은 군복이 아니라 편의(便衣)였다. 맷돌 위에 배낭을 깔고 돌부처처럼 단정히 앉아 눈을 내리감고 조용히 어깨를 좌우로 흔들고 있었다. 그의 무릎 앞에는 쑥을 말려 새끼처럼 엮어놓은 화승(火繩)이 칭칭 감기어 청구렝이같이 목을 솟구고 있었다. 불이 달아 바람결에 빨갛게 타오르며 뭉실뭉실 연기를 내뿜고 있다. 아마 무던히 담배를 즐기는 모양이었다. 모두들 담뱃불을 이 화승으로부터 배급받고 있었다. 실로 칠 개월 동안이나 걸려서 여기까지 걸어 들어오는 노인이라고 한다. 산해관(山海關)서 얼마 머지 않은 당산(唐山) 농장에 살고 있었다고 하니 직선으로 걸어온대도 삼천 리 같은 족히 될 것이다.

인솔자의 말에 의하면 아주 우수한 조직자요 선동자로 벌써부터 동맹 내에서 이름이 높은 이였다.

"우리 조직으로 보내온 사람만두 근 삼십 명이라는군요……. 당산 농장 안으로 우리의 손길이 들이밀었을 때 맨 먼저 호응한 이가 바로 저 노인입니다."

인솔자 동무는 길을 떠나면서 이러허게 설명해 준다. 나귀를 이 노인에게 사양하고 나는 다시 걷기 시작하였다.

"의술로도 유명하지요"

이렇게 발을 달아 말하니까

"중이라면서?"

최 동무가 의아쩍은 듯이 묻는다.

"그렇지, 불도로서도 상당한 골자야……."

그러고 보니 나귀를 타고 뒤따라오는 이 노인이 어떻게 보면 의원 같기도 하고 부처님 같기도 하다. 아까 동네에서 만났을 때 인사를 여쭈니까 노인은 한참 동안 내 얼굴을 쳐다보더니 이렇게 중얼거리던 것이다.

"허― 어디서 보던 이로군."

"저는 기억이 없느너데요."

할밖에. 하니까

"허! 아무래두 늘 보던 병색이야……. 염통에 고장이 있는 얼굴이야……."

집중은 정확하다고 할까? 심장이 약하여 산길을 걷기에 매우 고초를 겪는 몽니니…….

어쨌든 좀 다른 영감이었다. 소싯적부터 역시 남보다 생각도 다르던 모양으로 열다섯 살 때에 벌써 병란에 뛰어들어 양주의병진(楊州義兵陣)에서 활약했었다. 총에 맞고 쓰러진 채로 일군에게 붙들렸다가 밧줄을 끊고 달아나 다시 얼마 동안 싸워보다가 동무들이 모두 죽고 흩어지고 하여 머리를 깎고 중이 된 것이다.

그러나 왜놈들이 자꾸자꾸 조선 땅으로 건너오므로 그 꼬락서니가 보기 싫어 차차 북으로 북으로 절살이를 전전해 오다가 종내는 동북 땅에까지 건너오게 되었다. 의술은 절에서 배웠다고 한다. 그래 서간도 북간도로 이주 동포의 부락을 찾아다니며 침놓이를 하면서 지나노라니 이번은 9 · 18사변이 터졌다.

만주 땅에까지 왜놈들이 쳐들어오는 바람에 노인은 또다시 보따리를 걸머지고 떠나온다는 것이 관내에까지 들어서게 되었다. 그냥 혈혈단신 홀아비살이었다. 그러자 얼마 안 되어 또 7 · 7사변이 일어났다. 이 중일전쟁 놀음에 이번은 발걸음이 이럭저럭 개봉에까지 이르렀다.

그러나 벌써 이때는 나이 육십이었다. 놈들을 눈앞에 보지 않으려고 피해다니재도 죽는 날까지 끝이 없을 듯하였다. 이미 백발이 성성하게 되니 덧없는 향수도 치밀어올랐다. 고향의 산천이며 고국사람들이 그리워졌다. 그래 이번은 다시 보따리를 꾸며가지고 조국을 향해 올라오기 시작한 것이다.

얼마 뒤에 천진에 당도하여 듣노라니 기동(冀東) 땅 당산에 조선인 농장이 있다고 하기에 순박한 농민들이 모여 사는 거기에나 들러보려고 찾아가게 되었다. 여기서 노인은 의용군 공작원의 교육을 받아 신사상에 공명한 것이었다. 옛날의 나라를 건지자던 그 열정이 쇠잔한 몸뚱이 속에서 뜬숯처럼 갑자기 피어오르기 시작하였다.

이것이 이 노인의 간단한 내력이었다. 그는 농장 안에서 젊은이들의 가

습속에 불을 질렀다. 농사는 여편네나 늙은 것들에게 맡기고 어서 길을 떠나야 한다. 다릿매디가 성성한 녀석들이 이게 무슨 꼴이냐? 어서 썩 못 떠날까. 이렇게 내어쫓다시피 내몰았다. 조선 독립을 위해 싸워라!

이리하여 똑똑한 젊은이들을 거의 다 들여보내고 나서는 나도 이제는 들어가 좀 공산사회를 보고 죽어야겠다고 길을 떠나온 것이다. 살얼음이 진 크리크를 밤중에 발을 뽑고 두 젊은이와 같이 넘어왔다고 한다. 그러고는 청년들 틈에 끼여 배낭을 메고서 일군의 추격을 받아가며 교전 지대의 비 오는 밤길을 걸으며 아실아실한 산등세기를 타고 넘으며 반만 리 길을 칠 개월 동안이나 걸어 들어온 것이다.

"그러나 노인은 요즈음 기대가 아주 배반되었노라고 대단한 불만이십니다."

"왜?"

되물으니까 아직 여기가 공산사회 아님이 글렀다고 한다는 것이다. 아무리 바로 알아듣도록 우리들이 밟아야 될 혁명 계단을 설명해 주어도 무슨 빌어먹을 놈의 민주주의 혁명이냐? 단번에 공산주의 하구 말게지……. 이렇게 막무가내하로 우기었다. 이런 천치들보게. 이만치 고생했으면 무던하지 이제 와서 고작 한다는 게 겨우 민주주의 혁명이냐?

"토론하다가 몰리게 되면 나는 귀두 어둡구 정신이 없어 잘 모르겠다. 아무랬건 민주주의가 공산주의보단 못할 게지, 흥."

이렇게 흉내를 내어 모두 웃다가 쉬ㅡ 소리에 돌아보니 노인의 나귀가 어지간히 접근하였다. 우리는 도망가듯이 발걸음을 재촉하여 다시 앞선다.

"과격분자시로군……."

"아, 과격분자다마다요……. 그래도 공작만은 지나치게 열심입니다. 행군 중에 의무 공작을 자진해 맡았는데 무슨 병이건 꼭 침으루 고친다는 게지요. 여기에두 저 노인의 성미가 여실히 나타납니다. 어디가 아프냐?

머리가? 음, 그러면 바지를 걷어올리슈. 배가? 허, 손가락 짬을 찔러야겠
군……. 열이 있다? 그럼 으레히 잔등을 벗어야지……. 이 모양으루 아프
다는 데 따라서 침을 놓는 자리도 달라집니다. 하기는 굵은 동침이 반치
가량이나 들어가는데두 신기스레 아프지가 않거든요……. 이튿날 다시 맞
아보려거든 좀 어떠한가고 넌지시 물을 때에 훨씬 낫다든지 한결 거뜬하
다든지 해야 말이지 그러지 않았다는 큰코다칩니다. 막 골을 내거던요."

그럼직도 해 보이는 영감이었다.

나귀를 타고 뒤따라오는 이 노인에게 우리는 멈춰 서서 때때로 불을
빌리게 되었다. 청구렝이 같은 화승을 목에 드리우고 뭉실뭉실 연기를 흩
어치면서 따라온다. 수수하니 생긴 젊은 사내 두 명이 마치 호위병처럼
나귀 뒤를 따르고 있었다. 농장에서 데리고 떠나온 청년들이다. 입산 수
도하러 가는 석가여래의 행차라도 보는 듯하여 미소를 자아내며 더구나
목에 걸친 화승이 염주처럼 매어달려 일이채(一異彩)였다. 불을 빌려주며
한번은 이 노인이 나더러 이렇게 물었다.

"젊은이는 어디서 떠나오우?"

"평양입니다."

"평양? 음, 용하오. 불원만리하고 떠나오는군……. 그래 젊은이는 남풍
도(南風島) 얘기를 들은 적이 있소?"

"남풍도라니요?"

어리둥절하여 쳐다보니까

"글쎄 그런 데가 어디 있겠소마는 우리들이 어려서 의병 다니던 때의
일이오. 나두 들은 풍월이라 똑똑히는 모르겠으나 왜놈들이 하다도 없는,
사철 꽃이 만발하고 땅은 기름지며 바다에는 굴, 조개, 고기 수북한 꿈같
은 섬이라겠지요. 의인들이 많이 모여 나라를 찾으려고 무술을 닦고 있다
는군……."

"그럼 노인 어른, 아마 여기가 남풍도인가 봅니다."
하며 웃으니까 노인은 고개를 설레설레 저었다.

"그때에 친구들을 따라 못 떠난 일이 일평생 한이었소. 농장서 생각할
때는 아마 남풍도가 다름 아닌 태항산중이리라 이렇게 생각했지요. 왜놈
도 없는 곳이요, 의인들이 모여 칼을 갈고 있으니…. 그러나 들어와보매
어디 여기가 연화대(蓮花臺) 같은 극락 세상이오? 지상극락이란 꼭 공산사
회라야만 됩니다."

아마 민주주의혁명 공격의 전초전인 모양이었다.

"또…… 또또…… 영감 동무두……."

구레나룻 수염의 동무가 웃으며 손질을 하니까 노인은 정색을 하며 눈
을 홉뜨는 것이었다.

"저 동무는 전에 공산주의깨나 했다면서……."

"어서 갑시다, 어서……."

동무들은 껄껄거리며 달아난다.

현 동무는 여전히 개를 몰며 황천왕동의 걸음으로 앞서가다가는 처만
치 멈춰 서서 우리들이 빨리 뒤따라오기를 기다린다. 남풍도를 그리는 노
인의 나귀는 농장 청년들과 같이 다시 맨 끝으로 뒤떨어져 온다. 여성 동
무가 나보다도 오히려 건각으로 부지런히 앞서가는 것이 보기에도 매우
대견하였다. 두 소년 동무는 먼 곳으로 하이킹이라도 가듯이 유쾌히 둘이
서 서로 실랭이질을 하며 조여 걷는다.

어쨌든 최근에는 이렇게 남녀노소의 구별 없이 많은 사람이 연달려 들
어오는 형편이었다. 십이삼 세의 어린 소년까지도 여러 명 들어왔다고 한
다. 그러나 이 많은 사람 중에는 이색분자가 끼어들어 왔다가 달아나는
수도 없지 않았다.

"대개는 처음부터 비밀을 알아가지고 나갈 생각으로 들어온 특무들이지요. 그러나 모두가 얼마 가지 못하고 붙들리구 맙니다."

최 동무의 설명을 듣지 않는대도 이 해방구와 유격 지구 내의 군중이 조직되어 있는 형편으로 보아 벼룩 한 마리 새어나가지 못할 것이다.

"그중에는 물론 고생에 못 이겨 달아나보려는 자두 있습니다."

"그런 특무의 잠입이 빈번한가요?"

"……많지요."

놀라운 일이었다. 그러나 적구 내의 조직으로부터 곧 정보가 들어오니까 집어내기가 아주 수월하다고 한다. 감쪽같이 들어왔대두 그런 놈은 반드시 적구 공작원의 손을 거치지 않고 들어오기 때문에 자연 의심을 받게 되었다. 그리고 또 들어온 코스로 보아서도 단정할 수 있는 것이다. 적구 공작원 하나하나에 특정된 비밀 코스가 있으니까.

그래서 우리가 걸어 들어온 노사의 부락 이름도 여기에 세세히 기록치 못하게 된 것이다. 만약의 일이 생겨 이 수기라도 드러난다면 우리들이 들어온 비밀 코스가 알려질 것이기 때문에―.

그리고 놈들이 들여보내는 특무는 대개가 불량자, 무뢰한, 아편장수, 변절자, 이런 것들이었다. 들어가 비밀을 알아가지고 나오면 금품을 주기로 하는 청부제도 있으나 녀석들의 애첩이나 부모, 자녀를 인질로 잡아넣고서 들어갔다 나오면 놓아준다는 조건제가 더 흔하다고 한다. 그래 터벌터벌 들어왔다가 그사이에 애첩을 형사나 헌병놈에게 빼앗긴 녀석도 없지 않았다. 아무리 들여보내나 한 놈도 새어나가지 못하니까 밑 빠진 독이었다. 그러나 왜놈들로서는 밑천 먹는 노릇이 아니기 때문에 요새 와서는 더욱 성벽내기로 들여보낸다고 한다, 그러나 정보가 곧 뒤이어 들어오고 자료도 있고 게다가 또 모두 경각성이 단단하기 때문에 암만 교묘한 놈이라도 포열흘이 못 가서 정체를 폭로하고야 말았다.

"무엇보다 신실치 못한 생활을 해오던 습성 때문에 우리들과 어울리지 않는걸요. 대개는 첫눈에 알아볼 수 있습니다."

이렇게 N동무가 덧붙여 설명하는 차에 북경 일행의 인솔자 동무가 슬쩍 눈짓을 하기에 우리는 이야기를 뚝 그쳤다. 커다란 몽둥이에 키가 멀쑥하고 살눈썹이 시꺼먼 청년이 길가에 주저앉아 신들메를 고쳐 묶고 있었다. 이 청년을 다시금 앞세워놓더니 인솔자 동무의 말이 바로 저 사내가 북경의 무슨 공관인가의 특무기관에 근무하던 자라고 한다.

"처음에는 아주 점잔을 빼며 야단이더니 차차 본색이 나타나더군요. 요즈음 내 눈치가 다른 것을 보고는 속으로 안달증이 난 모양입니다."

"혼자 넘어왔던가요?"

"물론이지요…… 연락참까지 용히 찾아왔습니다."

"기수를 채고 도중에 달어나려지는 않습니까."

"특무기관에 있었으니만큼 여기 사정을 대강 알고 있기 때문에 달아날 생의두 못 내는 모양입니다. 벌써부터 쑥스러우리만치 비굴한 태도로 하이 하이입니다. 처음에는 아주 호기가 등등하더니…… 며칠째 되는 날 밤엔 동행하는 여성 동무에게 손을 대려고까지 하지 않았겠소……."

4. 태항 산채

서산에 해도 기울기 시작하였다. 수수밭 사이로 길이 굽이굽이 감돌며 언덕 위로 기어오르고 있었다. 까마귀 떼가 숲 속으로 찾아들며 까욱거린다. 폭격을 나갔던 P51의 편대도 하늘 높이 우르렁거리며 돌아오고 있었다.

언덕길 모퉁이에 임자 없는 오막살이집 한 채가 주저앉았는데 무너진 지붕 위에 일군모(日軍帽)를 걸어논 막대기가 비죽이 나와 바람결에 흔들거리며 조밭을 망보는 허수아비 구실을 톡톡히 하고 있었다. 군모는 뚜껑이 갈기갈기 해어지고 붉은 띠가 비바람에 물이 낡아빠지고 성장은 뿌여니 녹이 슬어 청맹과니의 눈처럼 번들거리고 있었다. 행인들이 채질을 하며 나귀를 끌고 가다가 돌아보며 이 일군모를 향하여 힝 하니 손으로 코를 풀어 던지다. 산사람들은 이 일군모를 역병신 같이 여기는 모양이었다. 무너지다 남은 담벽에 어느 동무의 장난인지 조선말로 이런 글이 씌어 있었다.

(일병의 노래)
왜 왔던고 왜 왔던고
울고 갈 길을 왜 왔던고

(의용군의 노래)
나가자 나가자 굳게 뭉치어
승리는 우리를 재촉하나니

우리들은 서로 마주 보며 웃었다.

어지간한 올림받이 길이던 모양이다. 겨우 오 리 앞도 내다보지 못하게 끔 단구(段丘)를 이룬 지층의 갈피 사이를 이리 구불 저리 구불 감도는 길이었으나 여기서 고개 둔덩을 올라서니까 조망이 활짝 눈앞에 트인다. 자욱한 은보라색의 안개를 끼고 태항산계를 줄기줄기 검극을 두른 듯이 늘어선 포진 속에 자잘펀한 분지가 꿈나라같이 아늑히 깃들이고 있었다. 이런 심심산중에 이렇게 넓은 터전이 벌어지리라고는 천만뜻밖이었다.

"이제야 다 왔군."

현 동무가 바람에 옷깃을 휘날리며 조상처럼 버티고 서서 중얼거린다. 사선을 넘나들기 몇 달 만에 임무를 마치고 무사히 돌아와 근거지를 바라보는 그의 감개 저으기 무량할 것이었다.

백양나무와 호두나무, 감나무 숲이 여기저기 몰켜선 사이를 백사지가 지도같이 펼쳐진 가운데 한 줄기의 시내가 굽이쳐 흐르고 있었다. 강 이름을 물으니까 두루두루 산간을 감돌아 창덕(彰德)으로 흘러내리는 맑은 시내라고 해서인지 청창하(淸彰河). 팔따시만한 메기와 숭어며 바위만한 자라가 꿈틀거린다는 것이 바로 이 강일 것이다. 태항산중에서도 드물게 맑은 물이라고 한다. 강을 끼고 점점이 촌락이 들어앉아 있고 그 주위에는 기름진 밭이 초록 비단을 깔아 바야흐로 오곡백화에 무르녹았다. 푸르른 전원에 수를 놓은 듯이 옹기종기 하얗게 서리어 도는 것은 식채로서 유명한 황화의 재배전이라고 한다. 이 분지 안 골짜기와 산밑을 끼고 군구 사령부가 들어앉았으며 우리의 의용군 독립동맹 군정학교도 위치를 잡고 있고 일본인 해방연맹 지부도 백혀 있는 것이다.

동남향으로 저 멀리 석양이 비낀 속에 날아가는 대붕의 날개인양 펼쳐진 거악의 이름이 바로 오지산(五指山)이었다. 그러고 보니 다섯 손가락이 하늘을 어루만지려는 듯이 가지런히 늘어선 형상이다. 동무들이 가시덤불을 일쿠고 돌비탈을 갈아 부대를 파고 감자 농사를 지으며 도토리를 줍는다는 곳이 바로 저 산복(山腹)이며 산정일 것이다.

이 산밑에서 얼마쯤 물러나와 절벽처럼 단구를 이룬 둔덩 위에 저녁 노을로 물들어 아롱지게 빛나는 부락이 그림같이 아련하였다. 저녁 연기가 뽀야니 일어나 명주필이 걸린 듯하다. 여기를 가리키며 이 남장촌(南庄村)이 우리의 동맹과 의용군의 본거지라는 것이다. 우리는 잠시 나귀의 고삐를 쥐고 이런 산간 노정에서 비로소 대하게 되는 기름지고도 아름다운 산수의 조망을 즐기었다. 넉넉히 잡고도 이십 리 안짝이니 어둡기 전으로 대일수 있을 것이다.

이 전원으로 내려서면서부터는 의용군색이 아주 농후해진다. 두루두루 언덕 밑으로 돌아 내려가니까 파락된 성문이 서 있고 그 석벽에 한글로

'환영'

이렇게 씌어 있다. 영문으로 찾아 들어가는 신병의 감개로 이 성문을 통과하였다. 이 전원에도 죽음의 그림자를 끌고 다니는 일군이 침입하였던 탓으로 역시 촌락은 황폐하였다. 재작년 가을에도 일군의 소탕을 겪었다는 것이다. 집집의 담벽에는

'총을 던지고 백성에게 이렇게 말하라. 나는 왜놈이 아니다.'

혹은

'조국의 부모형제는 너희들이 값없이 죽기를 원하지 않는다!'

'일본 제국주의 타도의 길에 모두 돌다서서 나가자!'

등등의 호소문이 힘차게 씌어 있었다.

그중에는 일본인 해방연맹의 이름으로 된 일문도 더러 보인다.

'팔로군은 결코 우리를 죽이지 않는다!'

'상관놈에게 속지 말고 총을 버리라!'

'무엇 때문에 중국 인민을 죽이고 고향의 어머니를 눈물짓게 하느냐?'

침침한 이 거리를 지나 밭두덩길에 다시 올라서니까 우리들의 걸음발은 자연 빨라진다. 죄악과 허위와 노예의 세계를 두루 헤매기 삼십유여년, 이제 빛을 섬기는 싸움의 길을 찾아 머나먼 노정을 끝내고서 몽매간에도 그리던 곳에 당도하게 되니 형용할 수 없는 감회 속에 가슴이 술렁거렸다. 난만히 꽃을 피운 황화밭 가를 지나노라면 그윽한 향기가 바람결에 흐뭇이 퍼져흐른다. 멀리서 우리 의용군의 나팔 소리가 대기를 흔들며 유량히 들려온다. 수수밭 사이 황화밭 속에서는 젊은 아가씨가 한아름 흰 꽃을 안고 서서 우리 일행을 유심히 바라본다. 낙조가 물들이기 시작한 전원에는 소리 없이 저녁 안개가 내려덮이고 있었다. 현 동무는 우리의 도착을 미리 알리기 위하여 셰퍼드 군을 몰아세우며 앞서 내달리기 시작하였다. 북경 일행도 기운이 나서 두 소년을 선두로 현 동무의 뒤에 바싹

달린다. 노인의 나귀도 방울을 울리며 우리의 앞으로 나선다.

"아무래두 여기가 분명 남풍도인가 봅니다."

하고 돌아보며 웃으니까 노인도 시물쩍 웃으며 끄덕였다.

"아주 훌륭한 산수요……."

청창하의 맑은 물줄기는 우리 의용군의 본거인 남장촌의 언덕 밑을 흐르고 있는 것이다. 하상은 대단히 넓으나 자갈밭과 덤불 사이를 기어내리는 실개천이었다. 장촌과는 겨우 이삼 리 되나 마나의 상거로 둔덩 위에서 학원들이 배구놀이를 하며 떠드는 광경이 멀리 바라보인다. 시냇가의 모래땅에 가꾸어놓은 채전으로 내려와 일년감이며 가지를 따고 있는 학원들의 그림자도 희끗희끗 보이고 호두나무 숲 사이를 산책하는 젊은이들의 그림자도 눈에 띈다. 저녁의 미풍이 산들거리고 물은 가량없이 차가웠다.

여기서 강을 건너서면 바로 하남점(河南店)이라는 장거리인데 조선의용군이 근방에 있음으로 해서 말하자면 군대거리나 다름이 없었다. 이 장거리 안에 들어설 때는 이미 어득어득 어두웠다. 앞서 보고하러 들어간 현 동무의 이야기를 듣고 마중 내려온 조직과장이라는 군복을 입은 젊은 여성 동무가 성문 가에서 해맑은 얼굴에 담뿍 미소를 띠우며 손을 내어민다. 그리고 그 뒤로 여러 동무들이 나타나며 반겨 맞아주는 것이었다.

이튿날 새벽 문 앞서 우렁차게 울려나오는 나팔 소리에 놀라서 일어났다. 내 숙사로 지정된 집이 바로 군정학교의 뒷골목으로 접어들면서 대문이 마주 보이는 첫째 집이었다. 간밤에 이 남장촌 본부로 올라와 이리로 안내되어 근거지 초야의 꿈을 다복스레 맺은 것이다.

ㄷ자로 생긴 농가의 남향채 두 칸이 이제부터 내가 거처할 방이다. 문설주며 들창문이 시꺼멓게 탄 것을 보니 이 집도 역시 소탕전에 몇 번이고 왜놈이 불을 썼던 모양이다. 주섬주섬 옷을 갈아입노라니까 훈련장 쪽

으로부터 구령 소리와 번호 부르는 소리가 매몰차게 들려온다. 새벽 조련이 시작된 모양이었다. 이윽하여 대오 하나가 소리 높이 행진곡을 화창하면서 집 옆을 지나간다. 창문으로 내다보니 삐죽삐죽 곡괭이니 호미를 둘러메고서 행렬을 지어 오지산을 향하여 개황하러 가는 길이다. 용솟음치는 파도와 같이 술렁거리며 또는 격류와도 같이 움직이는 발소리가 지축을 흔드는 듯하였다. 기운찬 걸음걸이로 몰려 올라가며 부르는 노래는

중국의 광활한 대지 위에
조선의 젊은이 행진하네
발맞춰 나가자 모두 앞으로
지리한 어둔 밤 지나가고
빛나는 새날이 닥쳐오네
우렁찬 행진의 함성 속에
의용군 깃발이 휘날린다

여러 채로 널려 있는 옛날의 사원이 군정학교로 되어 있으며 강당, 교무청은 따로 떨어져 있었다. 군대 영사는 여러 군데에 나뉘어 있고 조직도 또한 부서에 따라 부락 안에 흩어져 있었다. 육백 호 가량 되는 오붓한 마을이다. 오지산을 등에 지고 앞으로는 토층이 뚝 떨어져 널찍한 벌을 안고 있는 구릉(丘陵)이었다.

수건을 들고 우물을 찾아가는 길에 학교 마당으로 나왔다. 대원들의 군사 조련이 시작되어 분대장의 지도 밑에 여기저기 널려서 행진하는 법식이며 사격 태세, 총검술 등을 열심히 닦고 있었다. 우리말로의 씩씩한 구령에 따라 총대가 숲처럼 일어서고 총부리를 앞세우고 일제히 함성을 지르며 몰려가는 광경 어느 것 하나 새로운 감격 아님이 없었다. 담벼락 같은 가슴을 내어밀고 넘쳐흐르는 투혼과 적개심을 함성 속에 터치며 말없

는 총대 속에 증오와 분노를 내뿜으며 조국의 선두에 서서 싸우는 우리의 군인들이다. 백두산 상상봉에 높이 쳐든 장군의 횃불을 받아 유난히 빛나는 눈, 눈, 눈…….

낭떠러지 위에서는 기관총 부대가 널리어 일제히 아래쪽을 향하여 소사를 개시하고 있었다. 벼랑 밑의 넓은 수수밭 속에서는 한 중대쯤 되는 병력이 개미 떼처럼 흩어지어 총질을 하며 기어오고 있다. 우익에서는 수류탄이 까마귀 떼같이 하늘을 날며, 또 한편에서는 서로 함성을 지르며 마주 대들어 소규모의 돌격전이 일어난다. 기관총 부대도 옆으로 전진하며 민가를 의지하고 다시 사격을 시작하였다. 성문 옆에서는 나팔 소리가 울려나오고 지휘관은 밑으로 뛰어내려가며 무엇이라고 소리소리 고함을 지른다. 출동 명령만 내리면 왜놈 군대를 족치며 조국을 향하여 진격할 우리들의 군인이 여기서 배양되고 있는 것이다.

학교 근방 여기저기 널려 있는 채전에서는 생산 부대의 동무들이 벌써부터 나와 물통을 메고 다니며 밭이랑에 물을 대고 있었다. 강당에서는 학습이 시작된 모양으로 학원들이 그득하니 모여 앉아서 필기를 하는 가운데 강의하는 여성 동무의 아름찬 목소리가 들려온다.

나는 한참 동안 이 훈련장의 여가리를 거닐며 이 꿈 아닌 줄기차고 통쾌한 현실 속에 못내 격동되었다. 등 뒤에서 별안간 내 이름을 부르는 소리가 들리어 돌아다보니 대원 한 명이 다가와 기착을 하고 경례를 붙인다.

"저를 모르겠습니까?"

조련이 소휴식 중이었다. 알고 보니 지난해 여름 진포연선(津浦沿線)의 경비대에 조카 A군을 찾았을 때 만난 동무였다. A군과 같이 숙현부대(宿縣部隊)로 넘어갔다가 한 달쯤 떨어져 떠났노라고 한다. 나는 환성을 지르며 쓸어안고

"A군은 어떻게 되었소?"

이렇게 다급히 물었다. 가뜩 그 후의 소식이 궁금하여 어젯밤 도착하는 기로 알아보았더니 아직 여기에 오지 않은 모양이어서 대단히 불안하던 끝이었다.

"물론 무사히 달아났습니다. 다음날 새벽에 벌써 백 리 가까이 되는 해방 부락에 나타났다는 정보가 들어왔으니까요."

"그럼 어디 있을 모양이오? 조직에서는 신사군 구역에서 공작 중일 게라더군요."

"네, 분명히 그럴 것입니다."

그는 이렇게 단언하였다. 그도 이제는 늠름하고도 씩씩한 우리 군인이었다.

"신사군이 근방에 있었습니다. 거기 우리의 강제병이 사오십 명 모였는데 곧 이리 들어온다고 합디다. 이제 들어올 제만 보세요."

A군 역시 죽지 않고 거기서 활약 중이라면 얼마나 기쁘랴……

"틀림없습니다."

그는 자신만만하였다.

"왜 우리가 죽습니까?"

나도 따라 웃었다. 호각 소리가 들리어 그는 경쾌하고 다시 훈련장으로 달려갔다. A군이 무사히 탈주에 성공하였다는 사실만이라도 확실히 알게 되었으니 고마운 일이다.

태항산중의 아침해는 큰 눈을 뚝 부릅뜨고 앉아 있는 호랑이 모양의 거악 위로 희멀거니 솟아올라 너훌너훌 안개를 흩어치면서 청창하 맑은 시내를 금빛으로 적시는 것이다. 아침 햇빛을 받은 이 산중 분지는 그림같이 더욱 아름다웠다. 호두나무 숲의 잎새들이 금빛에 발랑거려 금관의 진열같이 호화로웠다. 이슬 앉은 밭두덩길을 농민들이 오르내리고 여기저기 바라뵈는 동네에서는 연기가 퍼져 흐르고 있었다. 황화밭 위를 서너 마리 흰 두루미가 미끄러지듯이 날아간다.

전방으로 공작을 나가는 모양인 편의를 입은 동무 하나가 농립을 삿갓처럼 눌러쓰고 언덕을 내려가는 길목의 커다란 미루나무 밑에서 동무들과 작별 인사를 하고 있었다. 혹은 위험을 무릅쓰고 적구로 공작을 나가는 길이나 아닌지? 이때에 군복을 입은 멀쑥한 사내가 궐련을 피워 물고 군대 본부로부터 어정어정 나오고 있었다. 그 뒤를 총을 둘러멘 대원이 따라나온다. 사내는 나를 보더니 겸연쩍은 듯이 얼굴을 돌렸다. 북경의 특무기관에 있었다는 사내로 어제 저녁 도착하는 길로 감금된 모양이다.

아마 이날의 하루 동안은 나의 일생에 있어서 가장 잊지 못할 감격의 날이 될 것이다. 본부에서 부른다고 하여 구락부실로 가니까 여러 간부 선배들이 식탁 주위에 둘러앉아 있었다. 여기서 비로소 인사를 교환하고 굳은 악수를 하게 되었다. 담벽에는 중국 깃발과 함께 우리의 깃발이 장식되어 있었다. 조국의 깃발 아래서 존경하는 선배 동지들의 따뜻한 환영을 받는 기쁨은 불기하고 나에게 눈물을 자아낸다. 이 우리 깃발을 눈앞에 버젓이 걸고 우러러보기는 이것이 나의 반생에 있어서 처음되는 일이었다.

여기에 모여 앉아 있는 이는 모두가 이 이역 산채에서 전방, 전선, 혹은 적구 안의 조직을 걷어쥐고 일야 조국의 독립 해방을 위하여 싸우고 있는 지도 간부들인 것이다. 의용군의 다채로운 선전공작을 지도하고 있는 선전부장 김창만 동지를 만나게 된 것도 이 자리였다. 조직부장 이유민 동지를 비롯하여 중요한 간부들이 대개는 전선공작을 지휘하기 위하여 출동하고 없었다. 서휘 동지는 바로 연안으로 향하였었다. 청창하에서 학원들이 잡아온 물고기를 끓여 놓고 대추술을 큰 잔으로 한 잔씩 부어 돌리며 즐거이 담소가 계속된다. 공방전의 연습을 지휘하던 이익성 대장은 도중에 나타나 참석하였다.

본부에서는 대원들이 모여 앉아 삼삼칠조로 박장 연습을 하며 이따금 가다가 "건느자 압록강 압록강!"하며 소리 맞추어 외친다. 앞으로 맞이할 단오절에 대별로 각 부문의 대항전이 벌어지기 때문에 응원 연습이 한창이라는 것이었다. 전승 부대를 압록강부대라고 부르기로 하여 이 영광된 이름의 쟁탈전이 전개될 모양이었다. 어디선가 먼 데서 실탄 사격 연습을 하는 총소리가 찌르르 귀창을 울리며 들여온다. 주먹제빗국을 뜨면서의 우리들의 이야기는 이 총소리에 두간두간 중단되었다.

여기서는 2식 제도로 아침 열시에 조반을 먹고 저녁은 하오 네시에 먹기로 되어 있었다. 열두시에서 한시 사이를 휴식 시간으로 정하고 있는데 이 시간이 끝난 뒤에 선전부로 찾아갔다. 부장 동지가 중국 민중과 이주 동포들 속에 항전 사상과 조직을 깊이 박기 위해 대외 대내적으로 전개되는 구체적 선전 방향, 방법 등에 대하여 차근차근 설명하여 준다. 여러 동무들이 선전문을 등사하고 있었다. 부대로부터 구락부 관계의 간부들이 자주 찾아와 공작상의 지시를 받고 돌아간다. 또 몇 동무는 마지를 사륙판의 크기로 베어가지고 물감 잉크를 찍어가며 깨알같이 잔 글씨로 신문 원고를 쓰고 있었다.

"차차 아시게 되겠지만 이것을 보십시오."
하며 부장 동지는 벽에 붙은 조직분포도를 가리키었다. 거기에는 적구 안에 포치된 팔로군의 지하군 조직이 붉은 깃대로 세밀히 기입되어 있었다. 위로는 동북 열하에서 밑으로는 해남 운남(雲南)에 이르기까지 감자덩쿨처럼 박혀 있다. 그리고 이 지하군 조직이 있는 곳에는 대개 우리들의 조직도 깔려 있어 우리 깃발로 표식되었다. 보기만 하여도 가슴이 술렁거리고 또 대견하였다.

"오늘날 가장 중요한 임무의 하나는 무장 투쟁의 전개입니다. 동북에서는 밤에 낮을 이어 유격전이 벌어지고 있지 않소? 여기서도 무장 역량을 확대하고 공고히 하며 싸우는 동시에 적구 내에 이렇게 백방으로 지하군을 조직해야 합니다. 관내의 이십만 교포를 묶어세워야 합니다. 우리의 선전도 이 방침에 따라 구상되고 실천되고 전개되고 있습니다."

하더니 두 팔을 모두어 지도 위로 올려밀며

"때만 오면 우리는 총공격을 개시하여 격류처럼 내닫습니다. 각처 분맹의 군대도 적을 쳐부수며 몰려 올라갑니다. 이 조직 하나하나가 또한 불을 터치며 호응하여 일어납니다."

나는 얼굴이 뜨겁게 달아오름을 느끼었다.

"용히 오셨소. 많은 힘을 받쳐주시오."

그의 말에 의하면 물론 팔로군도 전선에서 대진격을 시작할 것이고 여차직하면 붉은 군대도 결하와 같이 내리밀 것이다. 우리들은 올라가며 이주 동포들을 해방하고 조직하며 자원병들을 뒤에 이끌고 압록강으로 압록강으로— 이리하여 마침내는 장군 부대에 합류하여 그 뒤를 따라 조국으로 개선케 될 터이다.

그의 눈은 빛나고 목소리는 열을 띠어 떨렸다. 나는 수없이 끄덕일 뿐이었다. 이윽고 일어나 다시 힘있게 그의 손을 잡았다.

"많이 배워주시오—. 국내의 동포들도 일어날 것입니다."

저녁에는 성대한 환영회가 열리었다. 적구로부터 새로 들어온 동무가 여러 명 되기 때문에 국내에서 온 나까지 합하여 전원이 모이게 된 것이다. 이런 기회를 이용하여서도 조직은 전체 맹원과 군대, 학원들을 교육하며 고무하고 단결지어 기세를 올릴 것을 잊지 않았다.

집합장은 강당 앞 넓은 마당이었다. 하남점(河南店)의 태항분맹에서도 생산 부대를 인솔하고 최 동무가 올라왔는데 방사 공장에서 공작하는 여성 동무들도 무수히 보인다. 학원들은 대열을 지어 행진해 오고 오지산에 개황하러 갔던 대오도 노래를 부르며 입장하여 장내가 북적거린다. 어둠이 내리덮였다. 정면에는 우리 깃발과 중국 깃발이 교차되어 엄숙한 기분을 북돋우고 양편 계단 위에는 횃불을 치켜든 두 대원이 뚝 버티고 서서 회장을 대낮같이 밝힌다. 장내가 차고 넘치게 되자 본부 대표 동지의 간곡한 환영사가 있었다. 크지는 않으나 거센 목소리로 선동적인 웅변이라기보다도 일반이 알아듣기 쉬운 말로 교양 선전적인 효과를 십분 기도하고 있는 연설이었다. 사이사이 청중 속에서 구호를 외치는 소리가 일어나고 이에 따라 일제히 슬로건의 함성이 폭발하여 환호성이 터져나오기도 하였다. 대중 자신이 대중을 선동하여 기세를 올리는 방법이었다. 행복된 흥분의 도가니 속에서 주북이 눈시울을 적시는 눈물을 나는 혼자 몰래 훔칠 길이 없어하였다.

"여기에도 또한 우리 조국의 깃발이 있는 것이오."

대표 동지는 이렇게 부르짖었다.

"이 깃발을 우러러 멀리 조국으로부터, 적지구로부터 사선을 넘어 친애하는 이 동무들이 달려온 것이오. 우리의 깃발은 이렇게 외칩니다. 머지않아 내 조국의 강토 위에, 인민의 가슴 위에 퍼득이리라!"

소리 없이 나는 울고 또 울었다.

만자의 군중은 모두 주먹을 그러쥐고 팔따시를 높이 치켜들며 구호를 부르짖었다. 이에 맞추어 북소리가 두 두덩덩 울린다. 나도 따라 불렀다.

"왜놈을 쳐몰며 조국으로 나자가!"

"화북 조선의용군 만세!"

"조선 독립해방 만세!"

연안망명기 — 산채담

종이소동

하루 한시도 종이를 떠나 살 수 없는 몸으로 종이 난(難)에 이렇게도 혼이 나보기는 이번이 처음이었다. 다행히 북경서 연안 쪽 공작(工作) 책임자와 악수가 되어 팔로(八路)안으로 들어가게 되자 그의 충고대로 짐이란 짐은 모두 조선 나가는 인편에 내보내고 나서 속옷 두서너벌 넣은 바랑이 단 하나, 노트를 두어 권 얻어놓았으나 바삐 달려가느라고 이것은 깜박 잊어버렸다.

평한선(平漢線) 어떤 차참(車站)에서 내려 태항산중으로 잠입하는 노상에서 우리 의용군이 장절(壯絕)히 싸운 전투 이야기를 들었을 때 갑자기 걱정이 끓었다. 종이가 없다. 겹겹산중에 들어가 보니 양지(洋紙)라고는 보고 죽으려도 없고 다만 있다는 게 마지(麻紙), 삼으로 지은 종이다. 잉크는 번지고 구멍은 뚫어지며 그나마 잘 써진대도 연필로 내려 갈기고 보면 이튿날은 몽땅 날라버린다. 종이, 종이! 이에 나는 종이 광이 되어 안절부절 못하였다. 우리 독립동맹 선전부에서도 물론 이 마지와 그보다 좀 결이 고운 유광지(油光紙)에 깨알같이 글씨를 곧잘 쓰며 어서 그러지 말고 우리를 배우라면서 웃는다. 생활부터 혁명을 해야 한다는 노력도 무척 하여보았으나, 아직 소시민 생활의 타성을 버리지 못하여 물감, 잉크, 종이에 펜을 들이박고는 멍하니 앉아 즐거운 종이 회상에 젖는 것이었다. 사랑하는 고향 나의 집 서재방에 그득히 쌓아 놓여 있는 원고지가 눈앞에 어른거려 죽을 지경이었다.

그러나 며칠 안가서 과분한 원고지 생각은 쑥 들어가고 말았으나, 그 대신 이번은 꿈속에 대학노트가 찬란히 나타나, 벌떡 일어나 앉았다. 모필(毛筆)을 쓰는 것이 그래도 고작인데 선전문이라면 몰라도 붓대에 정서(情緒)를 담아 머리에 환상을 뿜으며 달려야만 되는 예술 창작에 있어서는― 더구나 비교적 속필인 나로서는 먹을 담아 써야하는 모필로는 또한 엉망이었다. 팔짱을 찌르고 토벽 담 한 모퉁이를 바라보며 혼자 쓴웃음을 짓곤 하였다. 내가 거처하는 방이라는 것도 역시 일군(日軍)이 들어와 불을 질러놓아 타다 남은 잿 검둥의 토항방(土炕房). 그 담벽에 붙인 일본 신문 조각지 몇 장이 샛노랗게 햇볕과 먼지에 타올라 만지면 오삭오삭 부스러진다. 이런 편지라도 좀 있다면 하는 생각에 혼자 또 쓴웃음이었다. 그러던 중 적구에 공작 나갔던 동무들이 왜놈의 편전지(便箋紙)를 몇 권 사가지고 들어왔다는 소문이 들렸다. 실비로 분맹(分盟) 동무 몇 사람에게 나누어주었다는 말을 듣고는 분맹이 있는 하남점(河南店)이라는 장거리로 달려갔다. 한 책에 팔십 원 가량. 그리 서둘지만 않으면 조직에서 노트를 몇 권 구해준다는 호의였으나 어느 하가에 잠자코 기다릴 수도 없다. 수중 무일푼이라, 차고 들어간 시계를 벗어놓았다. 대낮에 승냥이한테 장대 같은 사나이들이 목을 물리는 그런 산중이라 시계는 도자 무값이나 진배 없어 시세(時勢) 풀이하니 겨우 두어 권에 해당하였다. 그것도 몇 장 쓰고 난 것 두 권과 바꾸어 기고만장으로 석양을 등에 지고 개선장군처럼 집으로 올라왔다.

표지에는 조양성외(朝陽城外)의 원색화가 그려 있고 또 한 권 표지에는 중국의 창시(倡詩) 여우의 얼굴이 해죽이 웃고 있었다. 한 권에는 사량고전(士亮稿箋)이라 멋지게 써 놓고 또 한 권에는 정성스레 산채담(山寨譚) 자료전이라고 써 놓았다. 그러나 표지를 들치고 한참 동안 묵묵히 앉아 있노라니 공연히 눈앞이 흐려져 백양지의 회색 행선(行線)이 아물거렸다. 이

것이 분명히 편지책이로다마는 편지를 쓰기는 영 글렀고나 생각하니 어지간한 감상 속에 놓이게 되었던 것이다. 어린애 사진 붙인 수첩을 주섬주섬 펴놓고 또 떠나오던 바로 그날 아침 이 수첩에 색연필로 그리게 환 어린애들의 그림 장난을 물끄러미 들여다보았다. 큰 사내놈 낭림(狼林)이는 그래도 다섯 살이라 그림 장난에 여간한 의미가 붙어 있다. 기차와 임금(林檎)과 총을 그려놓았다. 아버지 멀리 간다고 하니까 돌아올 제 기차를 타고 임금을 사가지고서 총을 메고 오라는 것이었다. 전쟁놀이 하고 싶어 하는 그놈에게 나는 아직까지 총 하나 사다 준 적이 없었다. 어린 계집애 나비(邢琵)는 무엇 하나 그릴 줄을 몰라 쯔쯔쯔거리며 수첩 두 판에 청·황·적색으로 막 난선을 그려놓았다. 이런 그림을 들여다보며 또 한 칠순 노모도 눈앞에 그려보았다. 떠날 때에 약속한 암호대로 드디어 탈출하는 시일 시각까지 알려서 편지 끝머리에 '여불비(餘不備)'라 적어 보내고 들어왔지만 사실로 그 편지가 어머니 앞에 명실공히 여불비 상서(上書)나 아니랴? 어머니가 너무 연로하시고 또 내 돌아갈 길이 이렇게도 빠를 줄은 영 짐작치 못하였기 때문이다.

이런 센티한 생각을 갈기갈기 씹으며 편전지의 앞뒤판 가운데에 연필로 횡단선을 그으며 한 장 두 장 넘기는 새에 다시금 즐거운 흥분과 흐뭇한 예술욕에 젖는 것이다. 이 산중에는 비로소 나는 종이 귀한 것을 알고 또 종이 사랑할 줄을 알았다. 한 행에 꼭꼭 두 줄씩 깨알 같은 '9포 글씨'로, 그리고 앞뒤판 난외에까지 내려박으면서도 나는 전에 없이 행복스런 감분(感奮)에 젖었다. 피로에 지치면 강변이나 밭두렁을 산보하고 돌아와 특별 배급이래서 겨우 두 냥쭝의 호두기름 등잔 밑에서 가루담배를 파이프에 담아 푹푹 내어뿜으면서 밤 시간을 이용하여서는 산채담을 쓰는 것이었다. 사실로 일인이 없는 이 산중에 와서 붓대를 들고 보니 하나도 거리끼는 일이 있을 리 없었다. 이미 종이는 있으며 무엇이나 쓸 수 있는 이상, 또 조국에 돌아간다면 알리고 싶은 일, 비장한 이야기, 통절한 이야기, 느끼는 점, 보고 들은 일 이런 것 저런 것 모두 적어 하나하나 바랑 속에 집어넣는 기쁨이란 여간 큰 것이 아니었다. 행복스런 마음속에 이렇게 붓을 달려보기는 지금까지에 처음이었다. 하나, 작품도 몇 개 써놓아 산채담의 준비도 거의 되고 그 시계 종이를 바랑 속에 넣고 막상 떠나게 되니 어쩐지 가슴이 술렁거렸다.

일본 항복의 보를 이 산중에서 듣기는 8월 11일. 하루가 바빠 자원하여 나는 선발대에 들었다. 그러나 도중 일군이 협격할 위험성이 많다는 낭자관(娘子關)의 봉쇄선을 밤중에 넘으면서 그만 담배 주머니와 파이프를 잃어버렸다. 그래 할 수 없이 아까운 시계 종이 좀 쓰다 남은 장을 찢어서 가루담배를 말아 먹게 된 것도 미소감이었다. 종이를 이렇게 푸대접하여 천벌이 내리지 않을까 싶었으나 종이보다 못지않아 담배도 역시 입에서 떼고는 살 수 없는 몸이라 부득이한 일이었다. 시계 종이를 말아 먹으며 이럭저럭 태산준령의 뼈앗길을 혹은 무인구의 돌작지 길을 혹은 협곡의 물을 밟으며 혹은 빨갛게 익은 대추밭 사이의 사지(沙地)판을 걸어 이천 리, 장가구로 나오게 되었다.

북경을 떠난 이래 오래간만에 도시에 발을 디디게 되니 감개무량이었다. 자동차가 다니고 기차가 쿵쿵거리는 도시, 여기에 팔로간부 삼천과 우리 선발대가 들어서자 우리는 특우대로 소위 초대소라는 곳에서 하룻밤 쉬게 되었다. 일본 영사관 숙소이던 곳으로 훌륭한 양관이나 부랴부랴 놈들이 달아나느라고 서책 서류 같은 것을 미처 태우지 못한 것이 방공호 속에 지저분히 널려 있었다. "종이. 종이가 있구나!"고 눈이 뒤집혀 나는 방공호 속으로 뛰어 들어갔다. 여백 있는 종이란 종이는 모두 주워 모아 한 아름 들고 나오니 흡사 걸레장수 모양이라 혼자 껄껄거리며 좋아하였다. 이 일본 영사관원이었던 조선 친구 하나 예수쟁이이던 모양이라,

조선말로 된 성경책이 튀어나오고 영사군 자신의 자료전이던 꿈에까지 그린 대학 노트도 튀어 나왔다. 하나 이런 것은 여백이 그리 없어 압수는 유예하고 영사관에서 쓰던 영수증을 일기 수첩으로 대용하여 하루에 한 장씩 발행하며 또다시 열하 승덕(承德)을 향하여 이불을 둘러지고 나귀를 몰며 행군을 개시하였다.

담배와 불

담배 버러지라고는 하나 입이 높지는 않아 명색이 담배면 족하기에 그나마 담배에는 다복한 생활이었다. 들어갈 때 평한선 순덕참(順德站)을 앞두고 P51의 모진 공습을 받아 촌장(村莊)으로 허둥지둥 대피를 하다 떨어뜨린 상아 물부리도 그리 애석치 않았다. 하기는 담배 용기는 비교적 눈이 높아 구하던 중 마음에 들어 오랫동안 손때도 올리고 담배 물도 제법 무르녹은 팔모진 결 좋은 돌부리였다. 그래 저으기 아쉬운 것임에는 틀림없으나 이 태항산중에서는 전혀 무용의 장물이나 진배없었기 때문이다.

그대신 고향을 떠날 때 K군으로부터 받은 마도로스 파이프가 행세를 하게 되었다. 물론 서투른 솜씨로 말아 파는 궐련도 없는 바 아니나 한 갑에 이십 원이니 감불생심이다. 근거지에 도착하였을 때 수중에 남은 돈이 불과 북경표로 사백 원, 그것을 팔로(八路)돈 익남표(翼南票)와 바꾸니 절반이 꺾이어 이백 원. 궐련을 피우자면 겨우 열갑 밖에 안 되니 애껴 먹는대사 사흘분도 못된다. 하나 며칠 동안은 북경서 가지고 돌아온 '16'마크의 궐련이 여남은 갑 남아 더러 의용군 학생들과도 나누어 적지구(敵地區) 맛을 태우며 즐기었으나 한 갑 두 갑 줄어들어 나중엔 몇 가치만 겨우 남고 보니 담배 같은 댐배와도 이제는 마지막 이별이라는 서글픈 생각이 없지도 않았다.

처음에는 아직까지의 타성으로 두어 갑 궐련을 사서 피워 물기도 하였다. 마는 불이 또한 극귀(極貴)라 땅성냥 한 갑이 팔 원. 처음에는 이것도 두서너 갑 사넣었다. 이직 귀족이었기 때문이다. 그러나 며칠 안 되어 영락하여 호주머니를 털어 남은 돈으로 가루담배를 사들이고 한 근에 이십 원 또 삼십 원을 주고 소위 '되부시'를 사서 뚝딱 부싯돌 치는 연습이었다. 다행히 교부처에서 한 달에 한 근씩 좋은 가루담배를 보급해 주어 월 금 사 원 돈보다 얼마나 고마운지 알 수 없었다. 하나 담배 한 근이면 나와 같은 담배 버러지로서는 혼자만 피워 문대도 불과 열흘분이다. 어쨌든 고무 연포에서 가루담배를 꺼내어 파이프에 담고는 부싯돌을 치느라 웅크리고 야단이다. 좀처럼 솜씨가 좋지 못하여 나중에는 증이 나서 집어던지고 불을 구하여 대문가로 나선다. 나온 걸음으로 학교 마당에 들어서면 학생들이 군사 교련이라 불을 얻을 길이 없어 골목길로 들어서면 중문(中門) 백성들이 문가에 주룽주룽 나와 앉아 희믈그레한 호박국을 들이키며 아는 사람이면 빙그레 웃으며 "허바"(같이 마십시다)가 인사다. 사실로 난고한 산중 생활이라 중국인의 "츠바"(같이 먹읍시다)라는 인사는 여기서 통용되지 않는다. 밥을 먹는 것이 아니라 늘 호박이나 산챗국을 마시기 때문에. 죽을 끓여 마시는 것을 보니 아궁지에 아직 불이 있을 법하여 대문을 들어서서 아궁지를 쑤시는 것이었다. 불행히 그들의 끼때가 아니면 파이프를 입에 문 채 교무처와 선전부를 두루 돌아 학교 화방(주방)간에까지 가서야 불을 얻는 것이다.

생각다 못하여 중국인들의 본을 받아 나도 한가한 틈만 있으면 강변으로 나가 쑥을 뜯어다 햇볕에 말려가지고 그놈을 새끼처럼 꼬기 시작하였다. 여기에 불을 달아 밤이면 못살게 구는 모기를 쫓을 겸 담뱃불 대용도 삼자는 것이다. 한 발 가량 되는 것이면 하루 동안을 대일 수 있었다. 이것을 중국인은 휘승(火繩)이라 부른다. 이 화승을 이삼십 개 만들어 방 안에 주렁주렁 매달아 놓으니 뱀소굴에 들어선 것처럼 무시무시도 하나 보기에 몹시 대견도 하였다. 날씨 좋은 날이면 그놈을 다시 내어다가 양지쪽에 주렁주렁 늘어놓는다. 이런 때 폭음 소리가 들려 하늘을 우러러보면 번질번질 P51이 편대로 폭격을 간다. 하지만 역시 성냥불은 절대로 필요하였다. 담뱃불로는 등잔에 불을 켤 수 없기 때문에. 그래 이 점도 중국인에 배워 장거리로 내려가 유황 부스러기를 사다가 삼대에 묻히어 한 묶음 묶어놓았다. 이것을 하나씩 쑥불에 대어 불을 일으켜 등잔에 불을 켜는 것이다. 이러고 나니 만사 해결로 태평이었다. 이 뒤로부터는 샘터로 목욕을 나갈 때나 마을길을 거닐 때나 소학생들과 같이 가지밭에 물을 부을 때나 반드시 한 발큼 되는 화승을 하나 등에 걸머지고 나와 물을 배급하는 것이었다. 푸르틱틱한 것이 바람결에 빨갛게 타오르는 것이 흡사 날름날름 혀를 뽑아 돌리는 구렁이다. 이것을 지고 다니는 꼴을 보고 모두 이제는 제법 산채인이 되었다고 끄덕이는 것이었다.

하나 너무도 빈약한 호주머니라 얼마 안 되어 담뱃값이 뚝 떨어졌다. 클클하지 않을 리 없었다. 담배 없이는 잠시도 엉덩이를 붙이지 못하는 성미다. 그래 숨김없는 말로 여분의 노타이 셔츠와 겨울 양복 바지를 꿍겨가지고 장거리로 내려가 우리 기관 삼일(三─) 상점에 처분을 의뢰하였다. 다음날 수중에 들어온 돈이 백칠십 원. 마음이 든든하여 가루담배를 사러 담배 공장에 가니 뚱뚱한 친구 하나가 바로 내 노타이를 걸치고 땀을 뻘 흘리며 가루담배를 쓸어모으는 중이었다. 그 담배를 사며 나는 혼자 어이없이 웃었다. '노타이 담배!'

지금쯤 까마아득히 먼 화북 태항산중 하남점 장거리에서 또 어떤 중국 친구가 내 겨울 양복바지를 입고서 땅성냥이나 팔고 있지 않은지……

연안망명기－노마만리

서언

이 조그마한 기록은 필자가 중국을 향하여 조국을 떠난 지 바로 일 개월 만에 적 일본군의 봉쇄선과 유격 지구를 넘어 우리 조선의용군의 근거지인 화북 태항산중으로 들어온 날까지의 노상기(路上記)와 또 여기 들어온 뒤 생활록, 견문, 소감, 이런 것을 적어놓은 것이다. 말하자면 두서없는 붓끝의 산필(散筆)이다. 하나 이 기록은 언제까지에 끝날 일인지 혹은 어느 때에 중단될 일인지 필자 역시 예기치 못하는 바이다. 그것은 우리 의용군이 잔포 적군을 쳐물리치며 압록강을 건너 장백산 타고 넘어 우리나라 서울로 진군하는 '장정기'에 이르기까지 계속될 것이로되, 그날이 언제라고 앞서 기약할 수 없는 동시에 장차 우리 의용군의 뒤를 따라 붓대와 총을 들고 사랑하는 조국으로 개선키 원하는 필자의 생사 역시 포연탄우(砲煙彈雨) 속의 일이라 기필치 못하기 때문이다.

하나 만약에 불행히도 조국 독립의 향연에 참례치 못하는 한(恨)이 있더라도 필자 대신 이 기록과 그 외 몇 편의 창작물이나마 우리 용사들이 채쭉질하며 내달리는 병마의 등에 실려 서울로 입성하여 주기를 바라마지 않는다. 이는 우리 조국의 자유와 민족의 해방을 위하여 별바다로 한껏 먼 이역에서 오랜 풍상을 갖은 고초와 박해와 기한으로 더불어 싸워가면서 거치른 광야를 검붉게 물들이는 이 애국 열사들의 일을 사랑하는 국내 동포들에게 전하고자 원하기 때문이다.

실로 우리 조국의 자유와 민족의 해방은 우리들이 피로써 싸워 빼앗아야만 되며 또 그래야만 그 광영도 보다 더 빛나는 것이며 우리의 행복도 보다 더 떳떳한 것이다. 때문에 오늘날 우리들은 고귀한 생명을 걸고 싸우고 있지 않은가. 총칼이 숲처럼 우거진 사이를 칼날을 짚고 총부리를 앞에 두고 국내 동포들도 처참히 싸우고 있는 줄 알지만 이 화북 태항산 중에서도 역시 피비린내 나는 싸움은 계속되고 있으며 또 하루 한시 게으름 없이 착착 싸움의 준비도 진행되고 있는 것이다.

국내외를 들어 피와 땀으로써 싸워 지닐 조국의 자유와 행복 때문에 우리는 또한 장차 이것을 결코 헛되이 돌리는 길이 없도록 해야 할 것이다. 그 자유와 행복의 등언저리에 우리들이 쏟아놓은 피눈물이 얼마나 많이 서리어 있는가를 뉘보다도 뼈에 사무치게 잘 알고 있는 우리들이다. 진실로 우리는 조국의 새 역사를 창조하는 그날을 맞이한다면 깊이 이 점을 가슴속에 새겨 위대한 민중의 나라 건설에 매진하여 끊임없는 분투로써 두 번 다시 피를 흘리지 않도록 해야 할 것이다. 이와 동시에 또한 밖으로는 천하를 향해서도 우리 조국의 영광은 실로 우리 삼천만 민족이 피땀으로써 싸워 얻은 소이임을 소리 높여 부르짖을 필요가 있는 것이다.

대수롭지 않은 이 기록이 조금이라도 이와 같은 점에 이바지함이 있다면 필자로서 이에 더한 행복이 없을 줄로 안다. 마는 너무도 절절한 사실 앞에 너무도 조그마한 붓끝이 무색함을 다만 슬퍼하는 바이다.

조국의 영광이여 민족의 해방이여 영원하라!

1945년 6월 9일
태항산중
화북조선독립동맹
조선의용군 본부

*   *   *

5월 9일 날씨도 맑고 바람도 잔잔한 날 아침. 연착으로 여덟시 이십분 예정이 열시나 가까이 되어 출발하게 되었다. 칠순 노모와 가족을 비롯하여 일가친척은 물론 간밤에 집에서 늦도록 결별의 술을 나누인 우인들도 모두 전송차로 나와 노마만리 출려(出旅)의 마음이 유난히 부산하였다. 떠나는 나의 속마음을 미리 헤아리고 있는 노모는 불기(不期)한 슬픔이 치밀어오르는 모양으로 때때로 얼굴을 돌리며 어린 나비를 품에 안은 창옥이는 토끼처럼 불안한 심정에 떨고 있지만 철모르는 낭림이만은 아버지 돌아올 때 기차를 사 주마 하는 말에 혼자 좋아라고 해들거리며 날친다. 병원살이하는 어떤 친구는 먼길이니 건강에 조심하라고 약봉지를 내다 주어 바랑짐에 넣었으며 용의 깊은 어떤 동무는 중국의 물이 나쁘다니 노상에서도 소독할 수 있는 은 가제와 안약, 인단, 이런 약을 싸서 주어 역시 고맙게 받아 넣었다. 또 한 친구는 중국에 가면 그런 문명구는 필요 없으리라고 라이터를 접수하는 대신 마도로스 파이프를 주며 어떤 골동품을 좋아하는 동무는 옛날의 장도(粧刀)를 개찰이 시작한 순간 옆채기에 넣어주며 "호신용……" 하면서 웃는다.

왼 동무들과도 서로 미소를 지으며 손을 잡았다. 누구 하나 좋내 자네가 달아나고 마는구나고 묻지도 않으며 나 역시 머지 하나 따지도 않으나 서로 어렴풋이 통하고 있는 터였다. 아직도 동무들의 손으로부터 흘러 들어온 피의 온기가 내 혈맥 속을 달리고 있는듯하다. 그리고 이 동무들이 준 모든 약품이 지금도 나를 보호해 주며 또 이 장도에는 젓가락까지 달리어 기차에 오른 순간부터 내게는 없지 못할 필수품이 되었다. 이 마도로스 파이프는 잠시도 내 몸에서 떼일 수 없는, 아니 지금엔 그야말로 내 몸뚱이 일부분이 되어 이 탈출기 역시 거기에 가루담배를 피워 물고 적어나간다.

차에 오르니 서울서 떠난 일행이 자리를 잡아놓고 맞아들인다. R 여사이하 다섯 명. 여자 네 명에 나까지 쳐서 남자 두 명으로 어중이떠중이 명색은 이름 좋게 조선 출신병의 정황 선전 보도라는 임무이지만 기실 붓대를 든 이라고는 여사와 나. 학도 출신병의 부인으로 남경 일본군 보도부 촉탁이라 자칭하는 B 여사의 인솔 밑에 혹은 학병의 낭군들을 보러 현지의 아버지를 찾아 혹은 병정 나간 아들을 만나러 혹은 R 여사처럼 북경 유람의 목적 등등의 말하자면 이 기회를 이용한 동상이몽의 여행임에 틀림없었다. 때문에 체면을 찾자면 결코 따라나설 일행이 아니언만 일 년을 두고 고대해 오던 여권이 중국에서 오지 않아 클클하던 차라 신문사로부터 이왕 갈려거든 이런 기회에라도 한 다리 끼어듦이 어떠냐는 전화가 있기에 두 마디 안짝에 매어달려서 부탁을 하고 학교에는 적당한 말로 사표를 낸 뒤에 부랴부랴 따라나선 길이었다.

창피스레 여자들의 궁둥이를 무얼 따라가느냐고 비난하는 이들도 있었다. 나는 웃고 대답치 않았다. 떠나기 바로 사흘 전에는 쓰고 있는 집을 허물라는 소위 건물 소재 영장이 내렸다. 하나 나는 이것도 친지에 선처해 두도록 일임하고는 수부럭수부럭 짐을 꾸렸다. 어머니와 아내도 그제사 나의 뜻이 굳음을 알고는 잠자코 일로평안(一路平安)만 축복한다고 하였다. 처음에 비난하던 이들도 역두에서 이런 실없는 소리를 하며 모두 껄껄거렸다.

"젊은 여자만 몰구 북지로 가니 꼭 무슨 장사 같네그려."

"말 마시. 저 방울 같은 여자가 단장이랍네."

"자칫하면 쿠리(苦力)로 팔리겠네. 조심하게나."

하여간 막상 차에 올라 이제는 정말 언제 돌아올지 기대치 못하는 길을 떠나는구나 하니 질주하는 기차의 가비여운 진동이 흥분을 자아내어 가슴의 고동을 끌 수가 없었다. 낭림이는 그래도 떠날 제 역두에서 다시 한 번 안았으나 제 어머니 가슴에 묻혀 호곤히 잠이 든 야금도 다시 한

번 쓰다듬지 못하였음이 유별히 애닯았다. 언제든 이렇게 떠날 생각으로 미리부터 대동강 하류 조그마한 섬에다 그야말로 초가삼간을 구하여 짐은 죄 옮겨놓앗지마는 사실로 집이 헐린다며는 그 뒷수습에 여자들의 몸으로 얼마나 애를 쓰랴…… 집에 있는 동안에나마 좀 더 좋은 아들, 좋은 남편, 좋은 아버지였다면…… 널찍한 자리에 앉아 창가에 흐르는 전원 풍경을 더듬어 보내며 나는 혼자 이런 뉘우침이 없지 않았다. 속절을 모르는 R씨는 마주 앉아 평양서 이렇게 내가 올라타고 보니 아주 마음이 놓이누라고 가슴을 내려쓴다.

"왜 안 가겠소, 북경 춘광도 시방이 한창이라는데……."

나는 웃으며 이렇게 대답하였다. 간밤에 잠이 설어 노곤한 몸을 눕히고 한숨 잠이 들었다 깨어보니 정주. 국경이 차츰 가까워오는지라 이동경찰이 오르고 또 관세사들의 활동이 개시된다. 마지막 보는지도 모르는 고국의 산야는 금년에 특유한 동해(凍害)가 심한 탓으로 흐뭇한 맛은 볼 수 없으나 그래도 밭가에 밀풀이 듬성듬성 빛나고 촌리에는 하얀 배꽃이 바야흐로 제때요 골채기에는 산꽃이 피어 아름다운 기억을 안고 국경을 넘게되었다. 삼십 분 가량 정차하는 안동에서 일기를 적고 있노라니 책갈피에 들어 있는 어린애들의 사진이 생각이나 끄집어들고 베레모를 쓰고 담에 기대어 해죽이 웃고 있는 낭림에게 나도 미소로 '갔다 올게' 하였다. 그리고는 아침에 여장을 꾸리던 손을 멈추고 큰 애와 어린애에 색연필을 주어 일기첩에 그적거리게 한 책장 갈피를 펼쳐보며 마음의 손길로 다시금 그들을 어루만지는 것이었다. 다섯 살 먹은 낭림이는 아버지라고 제법 허수아비같이 사람을 그려놓고 기차 타고 갔다 올 제 사과를 사오라고 기차는 홍필(紅筆)로, 사과는 녹필(綠筆)로 그려놓았음이 한없는 미소를 자아낸다. 어린 나비는 영문 모르고 쭈쭈쭈 하며 기필로 부작을 그리듯 하였다. 이것이 이후부터 내게는 대단한 위안을 주며 끊임없는 용기를 북돋아줄 것이다……

5월 10일 아침녘 산해관에 도착하매 또다시 세관과 영경(領警), 헌병 등의 세밀한 조사와 신문(訊問)이 있었으나 단체 여행권이 있어 무사히 통과 열한 시 발차로 일로 북상하니 만리장성의 천하 제일관을 넘기가 이번이 세 번째. 첫 번은 1934년 봄 대학을 갓 나와 북경의 풍물을 즐기러, 두 번째는 지난해 여름 상해로 가서 국제 정세를 살필 겸 화북 전야에 학도로서 출정한 조카와 문학 공부를 같이하던 젊은 몇 우인을 만나기 위하여, 그러나 그이들 이미 다섯 명이 죄다 탈주를 한 뒤라 뉘 하나 반가이 만나볼 사람도 없으되 이번은 내 자신 그들의 뒤를 따르고자 떠나는 것이다. 관내 땅 바닷가에 풍차는 빙글빙글 돌고 있었다.

　이리하여 중국 땅에 발을 들여놓은 이래로 서주와 남경에서 하루 이틀씩 우리 병사들을 찾아 만나 본 외에는 거의 일 개월 동안 나는 북경, 천진, 서주, 남경 등지에서 탈출로를 구하려고 혼자 남몰래 모색하였다. 처음부터 준비와 연락이 없는 여행이라 살인적 인플레 때문에 절박한 경제 문제로 곤경에 서게 되었다. 예상과 같이 우리 단장 B 여사의 불장난임에 틀림없는 것이 현지 일본군에 예통(豫通)이 있었던 바도 아니라 해 저문 북경 역두에 내려서자부터 노두에서 방황케 되었다. 누구 하나 마중 나온 이 있을 리 없었다. 어쨌든 나는 산해관을 넘어섰다는 기쁨에 여기서 자유 해산함이 어떤가하는 궁여의 의견에 두말 없이 찬동케 되었다. 하나 학병 부인들은 그리운 낭군을 만나려면 서주와 남경까지는 가야 하는데나 어린 여자의 몸 더욱이 전운이 거치른 이역이라 놀란 병아리처럼 오들오들 떨기 시작이다. 단장 B 여사는 맹랑한 일을 저질러놓고는 안이 박박 달아 방울처럼 달랑거리며 남경까지만 가면 이번만큼은 문제 없으니 다시 한번 속는 줄 알고 하루바삐 그리로 가자고 매어달린다. 그러나 여사의 본심은 기회 좋은 김에 북경 유람하려던 것이 목적이었던지라 불찬성으로 서로 또 여자끼리 언쟁이 시작이다. 나는 혼자 쓴웃음을 지었다.

평양을 떠날 때 동무들이 떠들던 소리들이 생각났다.

"……쿠리로 팔리지나 말게."

사실은 쿠리로 팔린 셈이다. R 여사와 나는 무엇보다도 동행한 나 어린 부인들의 정성이 가긍하여 또다시 소처럼 따라나서게 되었으니 말이다. 하나 실인즉 내게는 남경에 가야만 될 남모를 사정도 없지 않았다. 남경의 P 군과 미리 연락이 있었기 때문이다. 벌써 퍽 오래전의 일이라 만약에 P 군이 나를 기다리다 못해 먼저 떠났다면 그곳까지 간 김에는 혼자 떨어져 상해로 들어갈 형편을 보고자 하였다. 그렇다고 일행에 알릴 내용도 못 되니 말하자면 허허실실의 여행이다.

하나 남경에 닿아 P 군이 근무하고 있는 상해에 전화를 걸었더니 대답이 의심쩍은 것이 세세한 것을 알려거든 찾아오라 하여 양차로 달려가 물어보매 P 군 이하 칠팔 명이 거취불명이라는데 그것이 4월 21일 불과 십여 일 상관이다. 여기서 나의 희망은 깨어지고 말았다. 연 사흘 동안 헌병대와 영경이 총출동으로 수색진을 쳤으나 종적이 묘연할뿐더러 서주에 있던 S 군 이하 사오명도 같이 없어진 흔적만 알게 되었다는 말에 거듭 놀랐다. 이 S 군으로 말하자면 이삼 개월 전 귀국하여 P 군과 같이 나의 집을 찾아왔을 때 여권이 나와 나도 도중(渡中)하게 된다면 P 군과 연락하여 서로 행동을 같이하기로 약조가 되었던 사이이기 때문이다. 나의 둘째 희망까지도 아주 여기서 부서지고 말았다. 도리어 남경에 닿은 날부터 밤마다 새벽마다 요란히 울리는 공습경보에 신경쇠약만 걸릴 지경이다. 하관과 포구의 교통 기관과 항만 시설을 연속 폭격이라는 것이다. 게다가 공교로이 단장 B 여사와 잘 아는 새로 비공식이나마 우리 일행 초청에 관해 서로 양해가 있었다는 일군 보도부장이 바로 교질(交迭)되고 없어 또다시 헛물만 켜게 되었다. 그래 혼자 빠져서라도 상해로 갈 마음은 일각이 여삼추지만 할 일 없이 차일피일 짓궂은 남경 관광이다.

그러나 불행 중 다행으로 B 여사와 역시 잘 알고 있는 그곳 조병창(造兵廠) 장의 주선으로 돌아갈 승차 패스를 얻게 되었다. 망신스럽기 한량없었다. 더욱이 이런 관계로 조병창을 시찰한답시고 찾아가 조선 소년 군속들을 대하게되었다. 어마어마한 만리 타향으로 뽑혀나와 감옥같이 거무테테한 창사(廠舍)에서 뼈마디도 굵지 못한 십오륙 세의 여윈 몸들이 밤낮으로 시달림을 받는 꼴은 눈물 없이는 차마 보지 못할 가련한 정경이었다. 애처로이도 조그만 발에 크나큰 병정 구두를 철덕철덕 끌며 밤마다 공습 경보에 괴로운 몸을 방공호로 이끌어 들이노라면 차라리 죽어버리고 싶다고 하소하는 귓속말을 들을 때 불 속에 몸뚱이가 들어간 것처럼 화끈 타오르는 감이었다.

하나 기왕은 온 김에 이번은 도리어 이쪽에서 청하여 다음날 금릉부대를 방문하게 되었다. 닭 몰듯이 학도병으로 내몰려 나와 갑종사관 시험에 통과된 이가 이곳에서 백 여 명이나 교육받고 있다고 하니 그중에는 알 사람도 더러 있음직하였기 때문이다. 설혹 아는 동무 하나 없다손 치더라도 찾아 만나 얼굴이라도 대하고 싶은 생각이 간절하였다. 마침내 먼길을 찾아가 보니 이곳이야말로 중국의 집중옥(集中獄 - 수용소)이나 다름없는 현상으로 중산릉 뒤 침침한 벌가에 둘리운 쇠울타리 안에 그 감시와 단속이 여간 엄중한 것이 아니었다. 하나 그들은 항아리 속에 갇히운 몸이로되 금붕어처럼 펄덕이고 있었다. 얼굴에 타오르는 홍조는 불 같고 눈망울은 구슬처럼 빛나며 흘러드는 혈조는 높은 고동을 하는 듯하였다. 서로 면식이 있어 서신 왕래가 있은 이도 몇몇 그중에는 나는 J 군의 일을 영영 잊을 수 없는 것이다.

이들을 앞에 두고 인사를 해야만 될 처지가 되었을 때 국내에 있는 우리들과 전야에 나선 동무들과 우리들은 꼭 하나이다. 동무들의 생각이 곧 우리들의 생각이라고 간단히 이런 추상적인 이야기 외에 따로이 할말이 없었다. 무어라 말이 나오지 않으며 또 할 처지도 못 되기 때문이다. 그이들 역시 묵묵한 채 머리를 수그리고 가다가다 묻는 말이라면 고향의 농형(農形)이며 생활 현상, 그리고는 소위 명사의 소식, 이런 것들이었다. 나중에는 고향에 돌아가거든 저희 역시 고국 땅 사람과 한맘 한뜻임을 전해달라고 하였다. 하나 J 군만은 왼 앞줄에 앉아 흥분에 발갛게 타오른 얼굴을 수그리고 혼자 눈물짓고 있었다. 부관의 재촉으로 자리를 떨고 나오게쯤 되었을 때 J 군은 나의 뒤를 바싹 따라나와 담모퉁이에서 내 손을 꼭 붙잡으며 나직이 조선말로 "여기서는 못 뛰겠어요" 하였다. 나는 이 소리에 가슴이 칼로 찔리는 듯하였다. 물론 귓속말로 하는 말은 모두가 탈출에 관한 필사적인 내용이었기 때문에 그다지 쇼크를 받을 리는 없을 터이나 J 군의 이 말에는 온몸의 피가 역류하는 것 같음을 느끼지 않을 수 없는 사정이 있었다.

J 군과 나와는 비록 단시간이나마 두 번째의 상봉이다. 처음 만나기는 지난해 7월 진포선 숙현(津浦線宿縣)이라는 곳에 주둔해 있는 부대에서였다. 그때는 중국에 건너올 담배통과 엿 한 초롱을 떠메고 서주로 내려와 문학을 같이 공부하던 동무들과 조카를 찾아 무시무시한 길을 화차로 혹은 기차로 트럭으로 서주를 중심하여 농해선(隴海線)과 진포선(津浦線)을 약 반 개월 동안 오르내렸다. 무엇보다도 절실한 목적은 기미년에 남편을 감옥에서 잃은 누님이 딸사위까지 전장에 내보내고 탈기해 드러누웠음이 하도하도 딱하여 위로 삼아 만나고 오마고 떠난 길이었다. 어쨌든 7월 염천이요 수토(水土)도 좋지 못하여 본래 약골이 득병으로 외약할 대로 쇠약하였었다. 하나 협구(夾溝)라는 조그마한 경비대 있는 촌성에서 마지막으로 조카를 만나보고 상해로 내려가 볼 길인데 그래도 나로서는 그냥 이 숙현을 통과할 수 없는 마음의 부담이 있었다. 다름이 아니라 평양을 떠날 때 J부인이 어떻게 알았는지 내가 서주에 들른다는 말을 듣고 역두로

달려나와 자기 남편도 그 근방에 있을 모양이니 찾아 만나서 이것을 전해달라고 양말에 수건, 셔츠, 이런 것을 쥐어주며 절절한 애원이었다. 정에 끌려 나도 그때는 쾌락하고 떠난 길이나 막상 와보니 중대별로 산지사방이었다. 하나 조카로부터 그이가 숙현에 있음을 알게 된 이상에는 찾아보지 않을 수 없었다. 그래 나는 다시 화물차를 교섭하느라고 해가 뉘엿뉘엿 질 무렵에 숙현에 도착하여 거기서 약 삼십 분 가량 걸어 부대로 그들을 찾게 되었다. 위병소의 뒷골방에서 서로 만나 손을 마주 잡았을 때 그의 얼굴과 몸짓에는 무엇이라 형용치 못할 감격의 선풍 속에 걷잡지 못하는 듯한 극도의 흥분이 술렁이치고 있었다. 그것이 너무도 애브노멀하기 때문에 기이한 느낌이 없지 않았다. 두 손을 꽉 붙든 채 한참 동안 치를 떨더니 그의 섬세하고도 준민(俊敏)한 얼굴에 쭈르르 눈물이 흘러내렸다. 간신히 그는 이렇게 중얼거렸다.

"천만의외입니다. 의외입니다."

나는 나직이 자초지종을 이야기하였다. 그는 심심한 감사의 뜻을 표하여 두 번 다시 내 손을 그러쥐었다. 우리 동포가 몇 명이냐고 물으니 자기도 넣어 네 명이라고 하기에 그렇다면 모두 얼굴이나 보고 돌아가 그들의 집에 편지라도 한 장씩 내어주고 싶다고 하니까 웬일인지 그의 얼굴은 비창한 표정으로 굳어졌다. 눈자지에 다시금 불기한 눈물이 어리었다.

"만나시지 않아도……."

그는 이렇게 말하였다.

"이 담배와 과자를 우리 넷이서 같이 먹으면 주신 돈도 꼭 백 원씩 나눠서 쓸 터이니………"

"내 염려는 마시오."

"아니 만나시지 않는 게……."

이 말에 나는 고개를 쳐들고 그의 얼굴을 응시하며 혼자 뜻없이 고개를 그덕그덕하였다. 무엇이라 정체 모를 예감이 나의 가슴속에 스며드는 듯 하였다. 저도 모를 말을 나는 이렇게 중얼거리었다.

"조심히들 하십시오."

"우리는 결코 죽지 않습니다……."

이 말에 나는 미소를 머금으며 다시금 굳은 악수를 하였다. 그러나 영문에서 헤어져서 어둠이 내리덮이던 길가로 나섰을 때 나는 오한 만난 사람처럼 온몸이 와들와들 떨림을 느끼었다. 간신히 차참으로 돌아와 양차를 몰고 성내로 들어가 단 하나의 조그만 일인 여사에 투숙하였다. 기차가 없었기 때문이다. 하루 종일 굶다시피하였지마는 저녁밥이 조금도 먹히지 않았다. 전등 밑에 책을 펴놓았으나 눈앞에 글자가 어른거릴 뿐이었다. 일기책을 펴놓았으나 글씨 한 줄 나가지 않았다. 불을 끄고 자리에 누웠으나 잠이 오지 않았다. 까닭없이 불길한 맘이 키어 구둣발 소리만 나도 온몸에 소름이 끼치었다. 이렇게 전전반측하며 잠을 이루지 못하고 한시를 치는 시계 소리를 듣고 난 지 얼마 가량 뒤의 일일까……. 무시무시하도록 달이 밝은 밤이었다. 유리창 가에 거무스레한 그림자가 두셋이 나타나더니 덜컹 문 여는 소리와 함께 사내 둘이 유령처럼 들어섰다. 동시에 등불을 켜라는 일어 호령이다. 떨리는 몸을 가까스로 일으켜 전등 스위치를 돌렸더니 시뽀얀 불빛 아래 중국옷을 입은 일인 두 명의 권총 부리가 바로 내 몸뚱이를 향하고 있었다. 하나 어쩐 일인지 권총 앞에 몸을 맡겼으되 응당 이런 일이 있을 줄로 미리 짐작한 것처럼 의외에도 나는 태연한 태도를 가질 수 있었다. 정좌를 하고 아닌 밤중에 무슨 일이냐고 반문하였다. 한 사내는 다짜고짜로 내 몸뚱이를 뒤지고 나서 짐 가방 밑까지 세밀히 조사를 하며 한 사내는 준엄한 신문이었다. 부대에 갔던 일이 있느냐? 무슨 일로 갔었느냐? 누구누구와 만났느냐? 이렇게 캐어묻고는 내일 아침 남경행할 예정을 하루 이틀 연기해야겠다고 한다. 그럴 수 없다고 진변한 뒤에 대체로 무슨 일이냐고 물으니 내일이면 자연 알게 되리라고 하며 신분증명서를 꺼내 보인다. 예상대로 헌병특무들이었다. 나의 신분을 단정할 수 없는 모양이라 당장에 구금치는 않으나 내일 아침에 헌병대로 끌려갈 것은 난면(難免)의 일일 듯하였다. 조금 있어 그이들은 그림자처럼 지나쳤으나 역시 내 몸뚱이는 몹쓸 악마의 손아귀에 든 것이다. 모든 일의 진상이 어렴풋이나마 차츰 눈앞에 떠올라온다. 무슨 운명의 악희랴. J 군 이하 네 명의 조선인 사병이 탈주하기로 작정지었던 바로 그날 저녁 공교로이도 내가 나타난 모양이다. J 군을 형용 못할 감격과 당황 속에 휩쓸어넣게 된 것도 모름지기 무리가 아니었다. 조금이라도 내게 누책이 덜 닿게 하고자 다른 여러 동무들을 못 만나게 한 것도 가히 짐작할 일이었다. 그러나 역시 그들이 예정대로 밤중으로 탈주를 결행한 사실은 또한 분명한 것이다. 이렇게 생각하니 어차피 내가 어떤 혁명 단체의 비밀공작원의 혐의를 받게 된 모양이다. 온 밤 뜬눈이었다. 하나 나로서는 태도를 어쨌든 뻐젓이 가지고 볼 법이었다. 그래 새벽에 일어나 하녀더러 헌병대에 통지하라고 분부한 뒤에 일곱시 반의 급행차에 대어 역으로 양차를 내몰았다. 역 구내에는 사복과 헌병이 들쌘하여 그 경계의 삼엄함이 여간 아니었다. 그러자 내 뒤를 따라 대장이 폭음 소리도 요란히 사이드카를 몰고 나왔다. 위병소로 끌려들어가 취조 시작이다. 취조라기보다는 무슨 암시를 시재로 얻고자 하는 초조한 눈치였다. 일체 부인으로 시종할밖에 없었다. 심증(心證)이 좋지 않은 모양이라 어성이 높아질 즈음 부관이 또한 승마로 달려나왔다. 인사하고 보니 동경서 나와 같은 하숙에서 지내던 대학 후배였다. 도리어 가슴이 덜컹 내려앉았다. 유치장으로 끌려다니던 시절의 일이라 생소한 이보다 더 불리할 것이기 때문에 하나 그는 나를 알아보자 다짜고짜로 이런 소리를 하였다.

"김형 왜 네 명을 다 만나 주지 않았소?"

어리둥절할 노릇이었다.

"대체 무슨 일이기에 나를 이렇게 못살게 하우?"

나는 이렇게 시침을 따고 보았다.

"무슨 일이라니, 도망쳤습니다."

"도망을 쳐. 뉘가?"

"J 군 말고는 모두가!"

펄쩍 놀라지 않을 수 없었다. J 군만이 남은 것이다. 나를 위하여 실로 이 때문에 무서운 오해가 풀렸다. 기차가 들이닿자 차 속에 몸을 실었을 제 내 눈에서는 하염없이 눈물이 흘러내렸다. 자꾸자꾸 눈물이 흘러내렸다. 생명을 걸어논 드높은 희생의 정신은 나의 반생에 있어 첫 경험이었다. 가슴에 사무치는 뜨거운 우정의 마음의 쓰라림이 여간이 아니었다. 거의 한 달 뒤에 상해로부터 돌아오는 길에 나는 다시금 서주에 내렸다. J 군을 또다시 찾아 만나볼 용기는 없었으나 협구 경비대에 있는 조카의 동정이 좀처럼 염려되는 바 없지 않아 그 뒤의 확실한 일을 알고 돌아가고 싶었다. 조카도 역시 그곳에서 탈출할 기회를 노리고 있었기 때문이다. 서주에 내려서 알아보니 소위 간부 후보생 시험에 통과한 학병들은 이곳 서주와 숙현 두 군데에 나뉘어 교육을 받고 있다는 것이었다. 서주 부대에 들어 있을까 하여 교외로 찾아나가 학병들에 물어보았다. 조카는 숙현부대. J 군이 남아 있는 부대. 사단이 벌어졌던 부대—생각만해도 가슴이 뻐김하였다. 조금도 찾을 용기가 나지 않았다 하나 어떻게 생각하면 J 군을 다시 찾아 만나야 할 의무도 느끼는 듯하였다. 그래 이틀 동안 두고 주저하다가 마침내 용기를 내어 포구행 차에 오르려고 차남에 나가 용감히 폼에 들어섰다. 대단히 무더운 날이었다. 승객들은 짐을 실어놓고 는 모두 폼에 나와 거닐고 있었다. 한 손에 사이다 대여섯을 묶어 들고 한 손에 과자 봉지를 들고서 차로 오르려는 순간이었다. 셔츠 바람으로 내려서는 숙현부대의 부관과 스텝에서 우연히 마주치게 되었다. 나를 알아보자 삽시에 얼굴이 찔리는 듯하였다.

"어디를?"

"바로 당신의 부대로…… 내 조카가……"

"달아난 줄을……."

의아스런 눈초리였다. 가슴이 찌르르하였다.

"아니, 무엇이오?"

"사오 일 전에 둘이서."

나는 작별 인사도 채 못하고 마치 무슨 죄나 저지른 사람처럼 허둥지둥 달려나와 그날 밤차로 총총히 귀국의 도상에 올랐다(조카는 지금 중경에 있다). 둘이서의 탈출! 행여나 J 군과 같이 결행한 것이나 아닌가? 그렇다면 귀에 반기는 고마운 일이었다. 한결 나 개인의 책임이 가벼워질 듯하였다. 하나 귀향한 지 서너 주일 뒤에 숙현부대로부터 보낸 J 군의 엽서를 받아보게 되어 장탄식이었다. 그러다가 이번 우연이 아니라 필연의 운명으로 여기서 또다시 그를 만나게 된 것이다, 나는 가까스로 이렇게 외마디 중얼거렸다.

"성공을 축원합니다. 어서 하루바삐……."

"선생님은 역시 조선으로 나가시렵니까?"

"글쎄요, 나도……."

이때에 자동차가 요란히 경적을 울리며 재촉하는 것이었다. 지금도 내 눈 앞에는 현관에 우두머니 서서 멀리 우리의 자동차를 자송하던 그의 창백한 얼굴이 아른거린다. 이왕에 남경까지 온 바에는 앞서도 말한 바와 같이 나는 혼자 상해로 들어갈 작정이었다. 상해에는 뜻이 통하는 이도 있으려니와 정치공작의 중심지인 만치 무슨 좋은 길이 열림직하다는 막연한 기대도 있었다. 아닌게 아니라 지난해 7월 상해에서 일 개월 가량 지내는 동안에는 중경 측의 공작원이라는 이에게 호텔로 방문을 받았었다. 어즈가니 밤이 깊어서였다. 처음에 두서없는 문학 이야기가 중국 이야기로 진전하여 화제는 다시 항전 지구로 옮아들었다. 나는 적지않이 흥미와 호기심을 느끼어 그곳에서 활약하는 조선 동포의 정황을 타진하면서도 내심으로는 대단한 경계와 주의를 게을리 하지 않았다. 상해라는 도시요 백귀암홍(百鬼暗紅)의 시절인만치 좀처럼 결단할 수 없기 때문이다. 조용조용히 이야기를 주고받는 새에 밤이 퍽이나 깊어졌을 때 좀 더 세밀한 것을 아시려면…… 하더니 그는 주섬주섬 옆채기에서 무엇인가 끄집어내었다. 대공보(大公報) 몇 장과 임정의 선전 인쇄물이었다. 그것을 주워든 내 손이 펄펄 타오르는 듯하였다. 다음 순간 나는 그의 얼굴을 물끄러미 쳐다보았으며 청년도 빙긋이 웃으며 내 얼굴을 응시하였다.

"……안 가시려오?"

나는 대답 없이 고개를 저었다. 이 청년이 일경의 특무나 아닌가하는 의심이 머리를 들었다느니보다도 — 물론 그것도 있었다 — 그리고 또 억막중의 일이라 마음의 준비도 있을 리 없다마는 내게는 조그만 신념이 있었다. 그것은 조선의 독립이 조선을 떠나서 있을 수 없으며 조선 민중의 해방이 그 국토를 떠나서 있을 수 없느니만치 국내에 있어 조국을 위하여 민족을 위하여 피를 흘릴 수 있는 사람이 일부러 망명한다는 것은 하나의 도피요 안이의 길이라고 규정하는 데서였다. 진정의 고백을 하자면 나는 승냥이 떼가 밤마다 우는 이 태항산중에서 지금도 국내에 잠복하여 머리 위에 들씌워진 철추 새를 허우적시며 눈앞에 번득이는 총칼 새를 뚫고 나가며 용감히 싸우고 있는 혁명가들에게 멀리 심심한 존경의 염을 보내는 것이다. 비록 내 자신 그러한 용기는 없을지언정 넉넉히 국내에서 견디어 배길 수 있으면 또 때만 요구한다면 조국을 위하여 인민을 위하여 죽을 각오가 서 있는 한 되도록 국내에 있어야 한다는 생각이었다.

빈약하나마 나의 길은 역시 붓으로 싸움에 있었다. 하나 이리 빠지고 저리 새어나가며 그야말로 최저의 저항성에서 때로는 이보 퇴각 일보 전진의 길을 싸워보려다 못해 마침내 붓대가 부러진 셈이었다. 우리 문필인으로서는 자살이나 진배없는 처지였다. 하나 아직 국내에 발을 디디고 살 수 있으며 또 언제나 휘두르는 깃발 아래 달려갈 용기는 있지 않은가? 구태여 몇천 리 산 넘어 물 건너 비전투 지역인 대후방으로 들어갈 필요가 어디 있으랴……. 그것은 보다 더 비겁한 도피에 지나지 않는다. 나의 이런 소식을 듣고 청년은 굳은 악수와 미소를 남기고 물러갔다. 때문에 북경서 하룻밤을 지새는 새에 또다시 다른 공작원을 만났을 때에도 내심 일소에 부하였다(이 청년은 나중 우리 의용군으로 넘어와 이번 같이 고국으로 돌아왔다. 드는 탈주한 내 조카의 말을 듣고 나를 공작하러 북경으로 쫓아 올라 왔던 것이다). 하나 이런 신념을 다시금 굳게 하며 돌아와 보니 나날이 정세는 급박해져 붓대를 꺾고 학교 일에나 충실할 수 없게끔 되었다. 더욱이 비좁은 평양에 거주한다는 사실은 문단적으로 보아 나처럼 미미한 존재까지나마 방임치를 않았다. 게다가 중국에서 돌아오자부터는 일경의 주목과 내사도 우심하여졌다. 조카의 탈주, 숙현에서의 헌병대놀음, 상해에서의 일 개월, 이런 일 저런 일이 모두 내게 불리만 하였던 것이다. 그제는 마음 준비를 단단히 하고 팔짱을 지르고 앉아 지하의 소리에만 귀를 기울이고자 하였다. 지금 와서 생각하면 제법 염치 좋은 태도였다. 참으로 팔짱을 지르고 앉아 있었던 것이니까. 그 대신 간첩들의 타진만은 성행하여졌다. 한번은 중학 시절 스트라이크를 팔아먹은 동창이 서울로부터 독립운동을 하자고 내려왔다. 이것은 경찰국의 끈이었다. 또 한 번은 명색모를 사내가 공산주의자인가 하자고. 이것은 나중에 알고 보니 헌병대의 끈으로 소름이 끼쳤다. 시시각각으로 조여드는 신변의 위험을 느끼지 않을 수 없이 되었다. 출국의 결심은 여기서 다시 생기게 된 것이다. 차라리

이 불안한 환경으로부터 빠져나가 중국으로 다시 건너가 전면적으로 싸울 수 있는 길에 나서자! 냉엄한 자아비판을 하자면 나는 무서운 현실에서 도망하자는 것이 최초의 동기였는지도 모른다. 하나 이번은 아무리 제출을 하나 여러 가지 이유로 여권이 나오지 않을뿐더러 도리어 딴 생각이 있어 도중하려다 당국의 신경을 더 날카롭게 하였다는 데마만 일게 되었다. 그래 중국서 찾아오는 사람만 있으면 붙들고 여권 부탁을 하였다. 북지로 순연가는 가극단에까지 따라가려고 생각도 해보았다. 하나 모두가 여의치 않았다. 서주로부터는 한번 여권을 보냈다는 전보가 왔다. 하나 실상 필요한 그 서류가 배달되지 않았다. 일경이 깔고 있는 것이 분명하였다. 이럴 즈음 난데없이 신문사로부터 그리 가보고 싶은 중국이면 이 기회를 타서라도 가지 않을 테냐는 전보였던 것이다.

어쨌든 상해까지 가야만 무슨 길이 열려도 열리리라. 상해로─이런 생각이 남경에 와서 더욱 굳어지게 되었다. 이곳서 만나자고한 P 군과 서주서 만나려던 S 군까지 이미 없어진 이상 상해로나 들어가면 길이 열릴직하다는 막연한 희망에서였다. 하나 실제 문제로 상해행에 여러 가지 난제가 생기게 되었다. 첫째, 공습놀음 틈에─간담이 녹아진 R 여사로부터 북경까지 데려다 주어야 한다는 요구가 강경하였다. 혼자 상해로 갈 생각에 여기까지 끌고 온 것이 아니냐? 말하자면 내 마음을 가락곳치 아니면 과녁처럼 들어맞혔다. 이점에 자책지심이 없을 수 없었다. 이것이 하나. 그리고 또 서주로 학병 낭군들을 찾아 만날 부인들의 주장도 모면키 어려웠다. 이것이 둘. 다음으로 혼자 빠져나가자니 생해까지 갈 적지 않은 여비의 조달은? 이것이 셋. 하기는 불의의 경우에 대비하고자 인삼 한 근에 시계도 두어 개 가지고 다니지만 그렇게 벌써부터 처분해서는 안 될 일이었다. 그렇다면 이왕 북경행의 차표는 끊어준다니 천진으로 가서 우인 이 박사를 찾아보리라. 거기서도 안 되면 다시 남하할 셈을 치고─그래 또 줄렁

줄렁 따라나서게 되었다. R 여사에는 절실한 나의 심정을 고백하면 혹시나 양해를 해줄지도 모르겠으나 일이 일인만치 남몰래 혼자 속만 애태우며 인간적으로 책임을 다한다는 점에 자기의 우유부단을 합리화한 것이었다.

드디어 서주로 올라왔다. 여기서는 일체 외계와의 교섭은 끊기로 하였다. 다만 두 부인의 낭군이 학병으로 배속되어 있는 부대를 교외로 찾아가니 정답게 만나 인사를 하고 외박의 허가를 받은 그들 두 학병과 같이 호텔로 돌아왔다. 밤이 깊도록 나는 B 상등병과 둘이서 술을 나누며 일본 군대 내의 조선인 병사들의 문제에 관하여 의견을 교환하였다. 준총한 두뇌와 예민한 감정을 가진 청년이었다. 조선인 소집병을 맡아 단기간 교육해 본 그의 체험담에 여러 가지로 생각게 되는 점도 많았다. 모두가 선배를 중심으로 하나이 되어 언제나 행동을 같이할 수 있게쯤 서리어 있는 그들의 굳은 각오, 제 일선의 정열과 욕망으로서는 시재로 떠나고 싶은 길이언만 그들 때문에 늘 주저하게 된다는 딜레마다. 네다섯이라면 언제나 그 기회를 포착할 수도 있지마는 보이지 않는 마음의 눈으로 서로 통하고 있는 수많은 이 후배들을 두고 혼자 떠날 수 없는 정신적 고통. 그리고 또 하나는 전국의 대변동이 일어날 때에 혹시 집단적 반정(反政)이 가능하지 않을까 하는 자위와 희망. 이런 것에 늘 동요하는 심리의 물결 밑에 침면하고 있는 모양이었다. 오히려 모든 것을 불원하고 용감히 제 몸을 이 생지옥에서 뽑아낸 이들보다 더 남아 있는 그들의 고뇌가 더 큼이 있음을 발견할 수 있었다. 그러나 여기 있어서는 우리들의 투쟁을 전혀 찾아볼 수 없지 않느냐 하는 질문에 B군은 고개를 떨어뜨렸다.

"하기는 이것이 우리의 비겁을 정당화하려는 하나의 구실인지도 몰라요……."

"……."

"그러나 우리 동무 중에 늘 연안 쪽의 공작원과 만나는 이가 있어 우리들도 갈려면……."

이 소리에 눈이 바짝 뜨였다. 일본 파쇼 군대를 저주와 고통과 비애가 그득한 판도라의 상자라 한다면 그 속으로부터 최후의 호프도 난데없이 튀어나온 것이다.

"언제가 외출일이오?"

그는 눈을 들어 나의 얼굴을 뚫어지게 들여다보았다.

"오늘이 공일이니까 다음다음 공일날……."

"어디서 만날 수 있겠소?"

"양화점에 없으면 조선 A 여관에서……."

그날이 5월 25일이었다. 고국을 떠난 지 바로 두 주일 만에 의외로 여기서 한 가닥 서광이 트이게 되었다. 다음날 아침 급행차로 북경을 향하여 떠나는 역두에서 나는 B 상등병의 손을 굳게 잡았다.

"내내주일 A 여관에서 만나뵈이겠습니다. 혼자만 알아두시오."

"물론! 그러나 혹 못 오시는 경우에는……."

"북경 방면에서 떠난 줄 알아주시오."

"알았습니다. 기다리겠습니다."

이렇게 밀약이 되었다. B 상등병의 연락을 얻어 연안 공작원과 악수하고자 한 것이었다.

북상하기는 R 여사와 아버지 되는 H 씨와 나, 길 앞에 먼동이 트인 감에 찌는 듯한 더위도 비좁아 통로에 꿇어앉아 있는 괴로움도 깨소금이었다. 다음날 새벽녘에 나만은 천진에서 하차하여 일본 조계에 있는 우인 이 박사의 병원으로 찾아 들어갔다. 나의 중학 동창으로 의업 여가를 이용하여 조선학 연구에 종사하고 있는 온공(溫恭) 진실한 젊은 학도다. 지난해 도중하였을 때도 나는 이 박사와 한방에서 여러 날 밤을 같이 지내며 조선학에 관하여 혹은 사회과학 방면이며 중국의 정부 등에 대하여 토론함이 많았었다. 소년 시절부터 깊은 우애가 서리어 있는 새라 이신전 심이었던지 내가 쑥 들어서자 이번은 기어이 '가려고' 떠나왔구나 하는 예감이 짚이는 모양이었다. 하기는 나로서도 넓으나 넓은 중국 천지의 많으나 많은 사람 가운데 있어 진정을 토로할 수 있는 사람은 이 동무 하나 밖에 없다고 하여도 과언은 아니다.

도착한 날 밤부터 그와 더불어 떠날 길에 대한 연구였으나 진찰실과 서재 속에만 묻혀 있는 그에게 좋은 길이 있을 리도 만무하였다마는 여러 가지로 우애에 넘치는 지시와 횡행하는 가공작원(간첩)에 대한 세세한 주의와 북경에서 연안으로 직접 떠나는 길도 있는 모양이라고 들려주었다. 중경으로 가는 길은 알 도리도 없지 않을 것 같다고 하였다. 하나 내 목표는 역시 연안이었다. 늘 하던 버릇으로 여기서도 지도를 펴놓고 궁리였다. 물론 연안 가까운 차참(車站)을 짚어가며 석포선(石浦線)이라면…… 북경서 그냥 산을 넘어 들어간다면…… 이렇게 지도 위를 자로 재어가며 머리를 기웃거렸다. 실상 태원서부터라면 한 천 리쯤 걸었으면 됨직도 하나 서주부터라면 철로를 너무 많이 넘어 위험도 하려니와 직선으로 잡는 대도 이천 리나 되니 어쩌나 하는……. 말 타면 견마 잡히고 싶다는 격으로 좀 더 정확하고도 좋은 루트를 잡고 싶은 욕망이 없을 수 없었다. 할 수 없는 경우엔 다시 서주로 내려가기로 하고 B 군과의 약속 날까지의 십여 일 동안을 나는 다른 노선을 찾기에 열중하였다. 그래 이 박사에게도 모색해 보아달라는 부탁을 남기고 나는 륙색을 메고 다시 북경으로 올라갔다. 숙사는 북경반점으로 정하고 보았다. 떠날 때 이 박사가 옆채기에 찔러준 돈이 칠천 원. 주머니는 불룩하였다. 그래 호사스레 이날이 5월 30일.

중경이 아니라 연안으로 들어가고자 한 새삼스런 이유는 그다지 까놓을 필요도 없을 듯하다. 참으로 만족을 위하여 싸운다는 것은 아무나 다 할 수 있는 수월한 일이다. 그러나 요는 어떤 노선에서 어떻게 싸우느냐에 있는 것이다. 그 점을 연안 동지들에 배우고자 하였다. 가송(苛竦)한 싸움 속에서 탈피를 하며 제 자신을 새로이 단련하고 싶었다. 뿐만 아니라 이역 산채에서 적과 총칼을 맞대고 싸워나가는 동지들의 일을 기록할 것에 한 문학인으로서의 의무와 정열도 느끼었다. 그리고 또 해방 구역의 정치와 문화, 이런 면도 구체적으로 관찰하여 나중에 돌아가는 날이 있다면 건국 문화 진향(進向)에 조금이라도 이바지함이 있을까 하였다.

사실 말이 항전 지구로 탈출하고자 출국한 동기는 나로서 솔직히 고백하였다. 하루바삐 불안과 공포의 현실로부터 도망하여 항전 지역에 들어가 싸우고자 하였음에 틀림없을 것이다. 하나 대망의 산해관을 넘어 중국 땅에 발을 디디자부터는 보다 더 새로운 용기가 용솟음치며 싸움 속에 몸을 씻고 피로써 마음을 씻고자 하는 성스러운 생각이 새삼스레 불길처럼 일어남을 절실히 느끼는 것이었다. 북으로 북으로 혹은 남으로 남으로 달리는 기차 속에서 아득히 먼 지평선을 바라보며 평화스런 촌장(村莊)을 내다보며 때로는 기차가 멎을 적마다 스텝에 서서 저 부락으로 숨어들어 간다면 저 언덕을 넘는다면 거기에 우리 동지가 있어 맞아주지나 않을까 하는 가벼운 홍분의 낭만 속을 얼마나 헤매었던 것일까……?

파쇼 일본의 해가 저물어가는 1945년 5월의 북경.

동양 사람으로는, 더구나 조선 사람의 처지로는 발을 들여놓기조차 어렵다는 호사한 북경반점이 마치 조선인 대합소처럼 되어 있었다. 화중 화북으로부터 전화를 피하여 안전지대라고 찾아 몰려온 이주 동포, 그중에는 배부른 아편장수도 있고 칠피 구두 신은 갈보장수도 있으며, 혹은 화북권으로 환전하러 온 이른바 사업가, 송금 브로커 그리고 협잡꾼이며 대동아성 촉탁, 군 촉탁, 총독부 촉탁 등등의 명색 모를 이, 그 외에도 헌병대 사령부의 특무 등 별의별 종류의 인간이 들구날치는 것이었다.

상해를 중심으로 송완(竦腕)을 휘둘렀다는 헌병대의 어떤 특무는 새로 백오십만 원인가 주고 사들인 자동차에 기생을 싣고 어디론가 떠나며, 동경을 무대로 활약하였다는 전 헌병 군조(軍曹)는 3층에 일본 계집을 데리고 살면서 4층에 새로 얻어둔 카페걸이 못미더워 허청거리며 올라가고, 서주에서 온 잡곡장수는 소위 신여성을 첩으로 얻어 데리고 조용한 육국반점(六國飯店)으로 옮아가며, 남경서 올라온 무슨 회장인가는 급전직하로 떨어져가는 돈값을 걷잡을 길이 없어 시계니 보석이니 알지도 못하는 골동품을 사들이기에 부산하며 이 밖에 돈을 뿌리려 요릿집으로 나가는 패거리, 회의(도박) 차로 몰려가는 패거리, 이 방 저 방에서도 수군수군 로비나 복도에서 숙덕숙덕, 어쨌든 우리 조선 친구들 새에만 만주위국 십오 년을 경영할 만한 예금의 금액이 나와 돌고 있다는 성전(盛典)이었다. 뿐만 아니라 조선 총영사 격이라는 신문 기자가 없으랴 자칭 대정객이 없으랴 안가한 비분강개파가 없으랴…… 또 어떤 문필 정치가는 무슨 문화 단체인가를 팔아 모은 기부금으로(?) 호유(豪遊)하기에 아침 새벽부터 취해 돌며 새로 들이 닿은 여장군들은 여기저기서 주워 모은 돈으로 화장품 사들이기에 골몰하는 등의 난장판인데 여기에 새로 조선서 ××악단이라는 소위 군 위문 패거리가 당도하고 또 앞서 장가구로 나가 공연을 마치고 돌아온 ×무용단 일행이 들이닿으니 더욱이 정신을 차릴 길이 없었다. 서울 깍두기 모양으로 괴지지한 주제에 진기름으로 골만 바짝 갈라 탄 소위 예술가와 거지 주제 행색의 여인 음악가들이었만 한 번 나갔다 올 제는 새것이 되고 두 번 나갔다 올 제는 옷차림이 달라지며 세 번 만에는 향수가 코를 찌르게쯤 되니 그야말로 눈알이 빙글빙글 돌 지경이었다.

이와 같은 북경반점의 236호 방. 숙객이 폭주하여 방 한 칸 독차지가 못되어 굴러들게 된 것이 생면부지인 K씨의 방이었다. 새로 인사를 하고 방 안에서 석찬을 같이 하며 맥주가 거나하게 취하게 되자 동씨가 지내온 과거의 면영을 보여주는데, 역시 이 반점 초야부터가 아라비안 나이트였다. 평양의 명기로 음반에서도 이름을 날리던 S의 낭군으로 서주에서 축재하고 올라와 사 개월 동안이나 이 반점에 유하면서 거처할 집을 구하고 있다는 것이다. 장사풍의 풍운아로 함경도 출신. 언젠 신문에도 선전되었다지만 불기한 화북 사변의 직접 도화선이 되었다고 할 수 있는 천진시 정부 점령 사건의 장본인의 하나였다. 자랑도 뉘우침도 아니라 어쨌든 수호지식 낭인으로서의 술회였다. 이런 이와 한방에서 침식을 같이 하게 된 것도 역시 중국이로구나 하는 느낌도 느낌이려니와 아이러니도 어지간하다.

"내야 일이 이렇게 거창스레 될 줄이야 알았소."

K는 거쉰 목소리로 이렇게 이야기하며 껄껄거렸다. 하여간 소설적 흥미를 돋우는 일이었다.

"병력은?"

"병력이오? 아 며칠 전에 부랑인, 거지, 양차꾼, 이런 따위 먹지 못해 허덕이는 놈들을 한 이삼백 명 모아가지고 만두를 사서 먹이니까 곧잘 훈련이라고 받더군요. 그래 정작 다음날 새벽 불집을 일으키기로 작정된 날 저녁 모두 모아놓고 우리 대장 I란 친구가 드디어 내일 새벽 시정부 습격의 거사를 할 터이니 그리 알라고 선포하니까 몇 놈이 겁이 나서 비명을 지르며 달아나겠지. 그놈들을 잡아 한 놈의 목을 섬뜩 치니까 모두가 벌벌 떨며 순종의 뜻을 표하더군. 그래 목청을 돋우어 우리의 일만 성공되는 날엔 현장 하나씩은 갈 데없다고 부르짖으니까 그제는 모두 빙글거리며 좋아하겠지요."

이 역사적 인물은 너털웃음이다.

"그래 I란 사내도 조선 사람이오?"

"암, 조선 사람이다마다요. 바로 평양 기생 T.S의 남편이지요……."

그러고 보니 나도 알 만한 사내였다. 아닌 게 아니라 연전 일본의 어떤 주간지에 기생을 주제로 쓴 단편이 바로 T.S의 일이라고 오해되어 가정불화가 일 뻔하였다는 말을 평양 어느 연석에서 들은 일이 있기 때문이다.

"그래 이튿날 새벽 예정대로 시정부를 들이쳐 I 대장은 제법 시정부 주석의 의자에 걸쳐앉아 일본 기자단과 회견이랍졌지……. 이렇게 될 줄을 모르고 진짜 주석이 제 방을 찾아 들어와 보니 웬 모를 녀석이 제 자리에 앉아 무어라고 노상 성명을 하고 있어 눈이 뚱그래졌지요. 허허허…… 이놈 나가라고 귓바퀴를 잡아 꽁무니를 걷어차니까 이 녀석이 꽁무니가 빠져 달아난다는데……."

"그래?"

"이놈이 어디선가 전화를 빌려 일본 파견군에 문의를 한 모양이라 거기서 진짜 헌병과 군병들이 총을 메고 쏟아져 오겠지. 그래 우리가 이번은 꽁지가 빠지게 뒷문으로 빠져나와 트럭으로 도망쳤지요. 헛허허……."

"일본 군대의 사주 밑에 된 일이 아니었소."

"하기야 그 당시 대중 정책에 적극적이던 관동군이 시킨 일이지만 북지군의 양해 없었거던요……. 그래 그 달음으로 통주(通州)까지 도망을 가서 거기에서 또다시 정부를 차려놓았는데 가로되 화북 농민자치정부랍지요……"

"이름만은 혁명적이구료."

어이없어 나도 아니 웃을 수가 없다. 만용을 상징하는 듯한 조그만 눈을 지리감으며 어떻게 보면 어린애처럼 순진스러워 보이는 불통입을 터치고 그이도 홍소였다. K는 이런 사내였다. 알고 보면 대단히 엄청나고도 천진스런 만풍(蠻風)의 사내였다.

"이름만이 아니라 정부두 아주 혁명적이었지요. 절간을 점령하여 정청(政廳)을 만들고 간판을 내건 뒤에 마당을 비로 한번 쓸고 나니 제법 정부가 되었겠다……. 일이 이렇게 되고 보니 북경, 천진 등지에서는 민중들의 대시위운동이 일어났습니다. 한간대적 왕명(王明)을 잡아 죽이라고 야단인데다 이 자치정부 주석 왕명인즉 I지요. 즉 그와 나는 돈뭉치를 떠메고 북경에 나와 이 광경을 바라보며 술만 먹어대지요……."

"조선 사람 죄악사의 한 페이지를 담당하였구려."

"허허, 글쎄 말이오. 우리들 놀음에 이 자치정부인가의 한간패를 토벌한다는 일이 통주사변이 되고 이 일이 또한 일분군의 진출 구실이 되었으니. ……하기는 참모장 나의 계획인즉은 한 대(隊)는 시정부를 점령하고 한 대는 은행을 습격하여 몇백만 원 검터쥐었다가 사세 부득이 달아나게 되면 조그만 성시를 점령하고 마적식으로 판도를 넓히다가 또 일이 안 되면 저─감숙성(甘肅省)으로까지라도 달아나 거길 근거지로 중국 대지에 호령하자는 것이었는데…… 그렇게 되었다면 요즘 좀 좋소?"

"무엇이 그리."

"말 못할 이야기요마는 ……오직 좋소?"

생각하면 부아가 떠오르는지 맥주 대배를 들어 한입에 꿀꺽꿀꺽 들이켜더니 내 얼굴을 쳐다보며 조그만 눈을 찌기득한다. 나는 더욱더 어처구니가 없었다.

"그럼 왜 못하였소."

"대장이 그건 깽과 같다는구먼."

"남의 나라 시정부 치는 것은?"

여기서 K는 또다시 껄껄 웃어대었다. 이때에 노크 소리가 들리더니 먼젓번 들렀을 적에 한번 인사한 적이 있는, 화중에서 잡곡장사인가 한다는 사내가 들어왔다.

"아, 오셨구면요. 이렇게 돌아오시는데 멀 안 오실 거라고들……."

혼잣소리처럼 놀라는 말투였다. 가슴이 뜨끔하며 삽시에 술이 깨는 듯하였다. 혹시나 내가 딴마음이 있어 온 길이라 이번 남경에 내려갔다는 어디로 빠져 새리라는 물론이 돌고 있지나 않았나 하는 생각이 핑 도는 것이었다. 하나 나는 딴전을 부릴 수밖에 없었다. 언외에라도 조심해야겠다고 경각심을 단단히 높이며…….

"화중이야 물가가 더 비싸서 어디 발을 붙여 볼 수나 있어야지요"

그 사내가 나간 뒤에 K더러 은연히 물어보니까 그는 이렇게 말하는 것이었다.

"머 해먹는 자인지 글쎄 알 수가 있소."

피해망상인지 모르나 더욱 가슴이 뜨끔하였다. 하나 그 이튿날 오후 그야말로 천우신조랄 수밖에 없는 것이 미덤즉한 공작이 직접 내 몸뚱이에 달린 것이다.

비가 부슬부슬 내리는 저녁이었다. 마침 그날 저녁부터 호텔의 홀에서 열리는 ×× 악단의 공연을 보려고 북경 시내의 조선 사람이 물밀 듯이 몰려들기 시작하였다. 소위 국민복을 비롯하여 양복, 중국복, 심지어는 일복까지 튀어들어 부녀자는 거개 간고한 하층 생활 면에 부대끼어 얼굴이 싯누런 아주머니로부터 양복이 어울리지 않는 창기며 호화스런 옷차림의 매춘부, 그리고 보기에 애처로운 제2세들……. 나는 혼자 로비에 앉아 뒤적거리던 책을 덮고서 이들의 양자(樣姿)를 바라보며 그래도 일본 재주의 동포들보다는 생활의 방편이 허다한 만치 외양이나마 좀 나은 편이라고 혼자 끄떡이고 있는데 굴뚝처럼 키가 큰 사내가 입에 문 파이프로 연기를 내뿜으며 내 가까이로 다가와 꿍 하더니 안락의자에 걸쳐 앉는다. 좋은 국민복지로 물큰하게 내려씌운 모양이며 번지러운 구두…… 아편 부자로선 너무 위엄이 있고 소위 촉탁감으로선 좀 파격이고 사업가로선 지나치게 교격(驕激)해 보여 이게 또 무슨 종류의 인간일까고 일월없이 관형찰색(觀形察色)을 하고 앉아 있노라니 동숙의 K가 층층대를 내려오다가 그를 발견하고 다가오더니 무엇이라 아주 반가운 눈치의 대담이었다.

"혹시 I나 아닐까?"

북경에 와 있다는 이야기를 K로부터 간밤에 들었었는데 역시 그 사내
가 유명한 I이었다. K가 나를 보더니 싱긋 웃으며 둘을 소개하니까

"아! 남의 아내 된 사람을 소설에 쓴단 말이오?"

대번에 이런 인사였다. 역시 화북 농민 자치정부 주석다운 말법이었다.
나는 불기하고 웃음을 지었다.

"그래 부인은 안녕하시지요?"

"평양 있는데 아마 잘 있겠지요. 떠나실 제 못 보셨소?"

사실로 그의 부인 T.S와는 서로 모를 사이가 아닌 것이 어렸을 적 한
동리에서 자라났으며 집안 사이에도 교제가 없지 않았었다. 그러나 소실
인 그의 어머니가 몰래 술을 잘 먹고 소리 잘 하는 난장이라 딸을 데리고
나와 기생으로 가꾼 뒤부터는 T.S와 서로 만나도 어찌어찌하여 인사조차
못하는 사이였다. 평양성 중에 이름이 높던 미모의 기생이요, 또 어렸을
적 부터의 나의 동무였다고 소설에 내박은 것이 오해의 근본도 되었음직
하였다. 무엇보다도 제 부인을 천하일색으로 맹신하여 이 점에 있어 아무
와도 주먹다짐으로 싸울지언정 조금치도 양보라고 하염죽지 않은 그의
성격으로 보아 천하일색으로 그린 것이 잘못이었다. 이런 부질없는 이야
기를 주고받는데 이번은 회색 헬멧을 쓰고 셔츠 바람의 Y씨가 곰처럼 기
린처럼 크고 긴 몸뚱이를 사방을 굽어보며 우리 있는 쪽으로 성큼성큼
들어온다. 모름지기 북경의 거인들과 한자리에 만나게 된 것이다.

이 Y 거인은 학생 시절 국내에서 명스포츠맨으로 이름을 날리다가 신
문사 생활을 거쳐 북경에 들어온 이였다. 지난해 상해에 갔을 때 어떤 우
인으로부터 소개장을 받기도 하였으나 북경 과차에 시일이 없어 만나지
못하였었다. 이번에도 나라를 떠날 때 어떤 친구한테 명함을 받아들고 왔
지만 그보다도 동행의 R 여사가 이 거인과 같은 신문사에 있었던 탓으로
차중에서 여러 가지 이야기를 들어 그에 대하여 대강한 예비지식도 없지

않았다. 거대한 몸집에 비해 대단히 부드럽고 정이 드는 미덥즉한 사람으로 이번이 불과 두어 번째의 상봉이었으나 십년지기처럼 악수를 하며 서로 농담까지 할 수 있었다.

"언제 올라왔소?"

"어젯밤."

"최대급행이구려. 그래, 언제 귀국하시려오."

"보아야 알겠습니다. 북경이 하 좋으니⋯⋯."

이때에 홀에서 음악회가 시작된 모양으로 박수 소리와 같이 현악소리가 들려왔다. 우리들도 일어나 그리로 여러 사람과 같이 밀려가게 되었다.

"그럼 나는 G네 집에 가서⋯⋯."

굴뚝같이 긴 I는 긴 몸뚱이를 일으키며 중얼거렸다.

"독립동맹 이야기나 들을까."

천연스레 그런 소리를 하는, 또 좋이 그럼직한 그였다. 사실 1945년이란 해의 조선은 참으로 형형색색의 인간을 창조하고 있었다. 아마도 모르기는 모르지만 이 북경 천지에도 개가죽을 쓰고 개놀음을 하는 범도 간혹 있기는 있을 것이니 범가죽을 쓰고 얼핏 보기에는 범 노릇을 하는 개들이 역시 더 많을 것이었다. 나중에 알고 보니 G도 또한 헌병대에 드나드는 사내였다.

"개가죽을 쓴 범!"

"범 가죽을 쓴 개!"

이렇게 중얼거리며 홀 입구로 가까이 가보니 사람 떼가 들이밀어 어지간히 혼잡하였다. 그래 나중에 보아 들어가려고 그곳 한 구석의 티 박스를 점령하고 앉아 담배를 피워 물었다. 여기서 곰처럼 기린처럼 크고 긴 Y 거인이 다가와 옆자리에 앉더니,

"어떻습니까?"

한다.

"정신을 못 차리겠소. 무슨 복마전 같구려……."

"틀림없지요……. 작년에 오셨을 제 꼭 만나려 하였더니……."

"그땐 이곳에 불과 하룻밤밖에 쉬지 않았었으니까."

항상 손에 들고 다니는 부채를 펼치며

"이번두 그렇게 속히 가시게 되겠소?"

"글쎄 말이오, 이번은 중국을 좀 더 공부해 볼 생각이 있어 어쩌면 상해로 내려갈지도 모르겠소……."

"이왕이면……."

하더니 부채를 도로 접으며 빙긋이 웃는 것이었다.

"이왕이면 어쩌란 말이오?"

"……가보시지."

슬쩍 지나가는 말처럼 하고는 딴전을 바라보았다.

"어디루?"

"글쎄……."

"역시 북경은 고약은 하구려. 당신이 다 그리 되었소?"

"무엇이오?"

"……특무?"

"아니."

Y 거인은 부채를 도로 펼쳤다.

"소설을 통해 당신을 믿기에."

"나는 당신의 듬직한 잔등판을 믿기에."

이에 우리는 탁자 아래 손을 내어걸고 굳게 악수하였다. 그는 힘 있게 말하였다.

"내 잔등에 업히시오!"

"언제 떠나기로?"

"되도록 빨리……."

"내일이라도……."

"그럼 내일모레 전화번호는 4, ××××."

"내일 새벽 연락하리다."

"이목이 번다하니 그럼……."

그는 일어나 뚱기적거리며 어디론가 사라졌다. 불과 이 분 새의 일이었다. 마침 꿈속의 일처럼 한참 동안 나는 멍청하니 서 있었다. 북경서 사업가로서도 비교적 탐탐한 존재라는 Y거인이 과감스레도 지하공작을 하고 있고나 하는 새삼스런 놀람도 놀람이지만 이렇게 수월히 단시간에 연락이 될 줄을 꿈에도 예기치 못하였던 것이다. 그러나 다음 순간엔 혹시나 내가 너무 경솔히 믿고 들어붙지나 않았나 하는 의구의 마음도 끓어올랐다. 하나 이미 운명은 결정되었다. 소기의 곳으로 가게 되든지, 헌병대로 끌려가게 되던지― 하여간 운명에 맡길 수밖에 없는 일이라고 각오를 단단히 한 뒤에 방으로 올라가 여간한 짐을 정리하고 나서 잠자리에 드러누웠다. 딴은 밤이 깊어도 잠이 오지 않았다.

이튿날 새벽 전화로 연락이 되었다. 동안시장 안 어느 조그마한 중국 음식점에서 다시 만나기까지 안심이 안 되는 초조한 하룻밤이었다. 닷 냥 쭝 가량의 고량주를 나누며 출발은 하루 연기하며 모레 갈 수 있는 데까지는 기차로, 만날 장소는 차참 1, 2등 대합실, 만날 시간은 내일 오후 한 시 다시 여기서 작정하기로 하고 총총히 헤어졌다. 공작상 여러 가지로 비밀도 있을 것이라 나는 다사스레 묻지도 않았으며 Y 거인도 필요 이상의 말은 하려고도 하지 않았다.

"연안이오?"

"어쨌든 동맹본부로 직행토록 할 터이니……."

나는 끄덕이었다.

"복장은?"

"입은 채로 가시오. 오늘 떠나는 일행은 한 두어 달 걸어가야 될 터이지만 당신은 건강이 좋지 못해 보이니……."

"기차가 위험치는?"

"절대로."

"그럼 내일 다시……."

악수하고 헤어지기까지 주고받은 이야기라고 이것이 거의 전부였다. 반점으로 돌아와서는 아는 사람을 만나면 나는 모레쯤 상해로 가볼 생각이라고 미리 이야기해 두었다. 그리고 입고 온 양복이 아무래도 목적지까지 가서 불편스러울 모양이라 다시 거리로 나가 육천 원 주고 튼튼해 보이는 카키복 한 벌을 사들이고 남은 돈으로는 어린애들에게 보낼 물건을 고르기 시작하였다. 동행 여사가 돌아가는 길에 평양에 하차하여 전해주겠다는 고마운 말이 있었기 때문이었다. 어쩌면 어린애들에 대한 마지막 선물이 될지도 모르겠다는 생각에 정성스레 물품을 고르고 한 가지라도 더 첨부하고 싶어 값도 홀기게 되었다. 하나 일 년 전보다 열 배 이상의 엄청난 물가로 만 원이 형지 없이 헤펐다. 게다가 나날이 뛰는 물가였다. 다음날 오후 한시에 우리는 다시 그 집 그 자리에서 만나게 되었다. Y 거인이 이번은 화북교통에 근무한다는 H 씨와 동행이었다. 여기서 내일 만날 시간이 약속되었다. 오전 아홉시 반 1, 2등 대합실에서. 이른바 최후의 점심을 나눈 뒤에 헤어져 나오노라니까, Y 거인이 허둥지둥 달려나와 나를 불러세운다.

"둘이 모은 돈이 이것뿐이오."

하며 지전 뭉치를 덤썩 쥐여주는 것이다.

"오천여 원입니다. 어린애들에게 구두라도 사 보내시오."

다시 악수를 하고 돌아설 때 왜 그런지 눈물이 핑 돌았다. 거나한 술기분으로 동안시장 안을 다시 돌아다니며 어린애들의 탐스러운 가죽 구두

두 켤레를 사서 들고 돌아왔다. 메고 갈 류색의 짐을 훨씬 덜어 고향에 보낼 헌 옷 꾸럼지에 사들인 어린애들의 물건도 넣어 묶어놓았다. 공교로이 다음날 아침 일곱시 반 차로 R 여사 일행이 귀국하기로 되어 일이 더욱 순편스러웠다. 그날 밤 나는 어머니와 아내에게 무량한 감개 속에 몇 장의 편지를 써놓았다. 역시 떠날 때의 약속대로 '여불비(餘不備)'라 대서하여 드디어 떠나게 된 사연을 알게 하였다. 그리고 떠나는 날짜와 시간도 내박았다. 6월 3일 아침 열시 반.

이날 새벽 일찌감치 일어나 R 여사에게 집으로 보내는 짐을 부탁할 겸 전송차로 차참에 나가려고 부스럭대는데 동방의 K 씨가 눈을 부비고 일어나 고약스런 꿈을 꾸었노라고 중얼거린다.

"역시 분명히 이 반점인데 지붕 위로부터 배암이란 놈이 슬슬 기며 내려오기에 놀라 쳐다보구 있노라니까 얼마쯤 내려와서는 그놈이 사람이 되더란 말이오. 꿈에 배암을 보면 하나두 되는 일이 없어서……"

나는 어쩐지 마음이 언짢았다. 나중에라도 내가 항전 진영으로 탈출한 것이 드러나 애매한 이 양반이니 곤경에 빠지지 않을까 하는 가책지심도 없지 않았다. 하나 무가내한 일이었다. 양차를 달려 차참에 나가 R 여사에게 짐을 맡기고 드디어 기차가 움직이기 시작하였을 때 나는 따라가며 귓속말로 이렇게 부탁하였다.

"나도 오늘 차로 남쪽으로 떠나오마는 우리 집에 가시면 아무런 일이 있어도 놀라지 말도록…… 그리고 오늘 나도 어디로인가 떠나더라고 꼭 일러주시오."

기맥을 채는 듯 못 채는 듯 R 여사는 눈을 깜짝거리며,

"되도록 빨리 귀국하세요."

하였다. 기차는 차츰 멀어지었다. 나는 구보로 따라가며 부르짖었다.

"이 편지도 꼭 전해주시오."

전날의 약속대로 그날 아홉시 반 1, 2등 대합실에서 나는 어제의 H 씨를 만나 차표를 받아들고 그의 안내로 경한선 개봉행 열차에 몸을 실었다. 표는 창덕행. 나무 벤또가 두 개에 담배가 다섯 곽.

　　"거의 도착할 쯤 하여 인사하는 이가 있을 터이니 그의 뒤를 따르시오."

　　그는 폼에서 이렇게 말하였다.

　　"서로 모르는 것이 좋으니까……."

　　나는 웃으며 끄덕였다.

　　"그리고 동무는 연안으로 가시도록 하십시오."

　　"그럼 연안이 아니오?"

　　나는 눈이 둥그레졌다.

　　"동맹에 들렀다가 연안 가시는 것이 좋을 줄 압니다. 거기 가서야 동무는 기능을 발휘할 테니까……."

　　어리둥절하지 않을 수 없었다. 동맹이 연안에 있을 것으로만 생각하였던 것이니까. 드디어 발차를 알리는 종소리가 요란히 울리기 시작하였다.

　　첫새벽부터 일어나 붐비게 서둔 끝에 차 안에 널찍이 자리를 잡구 보니 한꺼번에 피곤이 침노하는 듯하였다. 이렇게 수월히 연락이 되어 지긋지긋하고도 무서운 북경을 떠나 목적지로 향하게 되어 마음이 좀 놓인 것이다. 하늘은 맑게 개이고 전원은 푸르러 차 안에서는 권총을 둘러진 헌병이 일일이 조사를 게으르지 않고 보총을 들고 경계하는 중국인 승무원도 많았다. 그러나 이상스레도 불안스런 긴장한 느낌이 없이 마음은 거울같이 침착하였다. 천연스레 앉아서 나는 담배를 붙여놓고 신문장을 이리 뒤적 저리 뒤적거렸다. 천진과 북경에서 조선 출신 소년병들이 소위 특공대로 내몰려 죽음의 섬 남방으로 향한다는 기사가 르포에 실려 있다. 왜 이 아까운 어린 생명들을 미국식의 단두대에 제공해야만 되느냐? 일본식의 가장 참혹한 사형수로 내바치게 되느냐? 차에 오르면서부터 벌써 나는 의용군의 한 사람이나 된 듯이 가벼운 흥분과 분노를 느꼈다. 우리 항전 진영의 힘이 하루바쁘 더 커지어 북경, 천진 지구에 지하군이 거미 떼처럼 깔리고 그 촉수가 보다 더 강인하고 용감해야만 되겠다는 생각이 새삼스러웠다.

용감한 우리 조선 민족은 결코 죽음의 족속이 아닌 것이다. 우리 민족이 눌릴 대로 눌린 솜이라면 이 솜뭉치에 화약만 달리면 그만이다. 폭발하는 화약에는 압축된 솜일수록 강대한 힘을 발휘하기 때문이다. 이 화약! 그 하나의 화약이 되고자 나도 노마만리의 길에 오른 것이다. 이 넓으나 넓은 중국 대륙에는 일본 제국주의가 짓밟히다 못해 그 피 한 방울까지 앗으려고 전선으로 몰아낸 수많은 우리 조선인 사병이 가슴속에 화선을 안고 있으며 또 수많은 민중이 조국 땅에서 쫓겨나와 살길을 찾아 허덕이며 원통지심에 이를 갈고 있다. 이 화산에 화약을 던지면 된다. 여기에 우리 조국의 깃발이 있다. 이 깃발 아래로 모이라고 외치는 소리가 들리기만 한다면 그들은 사선을 뛰어넘어 달려갈 것이다.

싸우자! 이제부터나마 나도. 이와 같은 행복스런 흥분의 불길이 온 몸 뚱이를 태워올리는 동시에 지내온 지금까지의 생활에 대한 회오의 정이 또한 하나의 샘줄기처럼 솟아올라 눈시울이 뜨거워짐을 느끼는 것이었다. 탁류 속을 숨가쁘게 헤엄치던 생활! 그야말로 도시 인텔리의 습성을 버리지 못하고 무난한 살림살이에만 급급하던 태도! 양심의 갈피 아래 요리 저리 헤매며 그러쥐면 부스러질 만치 연약하기 유리알 같은 정신! 거기에는 하나도 합리화할 과거가 없었다. 나는 이만치 저기에 대해 무자비하고도 냉혹할 우려가 있었다. 가자! 어서 가자! 전원을 뚫고 산 넘어 물을 건너! 흥분 끝의 흐뭇한 피로에 젖어 의자에 기댄 채 나는 스르르 잠이 들었다. 기차는 쉬지 않고 일로 남하이다. 예정대로 오후 다섯시 전에 정현(定縣)까지는 대었으나 이 차로에 이르자 움직일 줄을 모른다. 하차하여 서성거리는 사람들 틈에 끼여 나도 폼을 거닐었다. 오늘 아침녘 P51의 폭격을 받아 끊어진 전방의 교량이 밤중에야 복구되어 개통케 되리라는 것이다. 듣는 말에 석가장차참이 얼마 전에 형지 없이 파괴된 것을 필두로 매일 두세 차례 공습을 받아 몹시 앞길이 위험타고 하더니 우리도 폭격권 내로 어지간히 가까이 들어온 셈이었다. 공습에 비교적 안전하다는 밤 시간을 여기서 이렇게 머물게 된 것이 초조스러웠다. 지평선까지 연달린 광야로만 연상되던 이 대지가 이미 이 근방에서는 지세를 달리하였었다. 멀리 서남방으로 오대산 줄기를 받아 아성처럼 연궁한 태항산계가 연보라색의 안개 속에 잠긴 채 보이지 않는 손길로 짙어가는 어둠의 장막을 펼치고 있었다. 보잘 것 없는 조그만한 성시(城市)인 탓도 있겠지만 주민들의 살림이 대단히 구차스런 모양으로 보꾸럼지를 끼고 어린애들을 데리고 무어라 주절거리며 차에 기어오르는 중국인들의 행색이 대체로 말이 아니었다. 밤에도 차에 불도 켜지지 않았다. 예정보다 앞서 밤 열시 반에 발차. 두어 정거장 지나자 자리가 듬성듬성 나기에 누울 자리를 찾아 옮아앉는다는 것이 눈알이 어글어글하고 콧수염 밑에 의지적인 입을 굳게 다문 어떤 청년과 마주 앉게 되었다. 두드러진 관골이며 번듯한 얼굴로 보아 첫눈에 동포임을 알 수 있었다. 보아하니 삼십 전후. 나를 보더니 그는 외면을 하고 드러누우며 조그마한 천 가방을 베개로 삼는다. 이 차 안에서 처음으로 발견한 바로 나를 데리고 들어가는 공작원이나 아닐까 하는 생각이 선뜻 들었다. 그러나 다시 다른 자리로 옮아앉기도 멋쩍어 나 역시 그 자리에 누워버렸다. 얼마쯤 가다가 눈을 떠보니 그 사내는 온데간데없이 사라졌다. 대단히 졸리던 참이라 아랑곳없이 나는 돌아누워 또다시 포근히 잠이 들었다. 오밤중에 승객들이 떠들썩거리는 통에 놀라 일어나 어디냐고 물으니 석가장. 모두 기차를 바꾸어 타느라고 법석 끓고 있었다. 허둥지둥 짐을 메고 내려가 나도 불을 켜고 기다리는 기차 속으로 올라갔다. 이등차가 한 칸 밖에 없어 대 혼잡을 이루어 자리를 못 잡고 비좁은 통로에 서 있노라니 한 청

년이 나타나 내 짐을 대신 둘러메며

　"저기 자리를 잡았습니다."

한다. 다부지다 못해 영맹(獰猛)스러워까지 보이는 호기찬 젊은 사내였다. (옳지 이 사내)듬슥한 어깨가 믿음직하였다. 뒤를 따라가 내어주는 자리에 앉고 보니 바로 앞쪽에 아까 그 코수염을 단 청년이 비스듬히 기대고 앉아서 가벼운 미소를 짓는다. 역시 이 사내는 공작차로 나왔던 것일까? 젊은 사내는 보꾸러니 속을 더듬어 담배 '전문(前門)'을 끄집어내어주고 다시 또 흘수(吃水, 사이다)를 두 병 구하여 주어 텁텁한 목을 축이었다. 차 속은 피난민 차처럼 대단히 무덥고 빽빽하였다. 군데군데에서 아침과 저녁으로 두 차례 겪은 폭격 소동을 일인들이 재잘 거리고 있었다. 오전 두시 발. 이튿날 아침 남으로 남으로 신경질적인 기적을 내지르며 일로 매진하던 기차가 벌 가운데에서 갑자기 덜컹하며 정차하여 모두 앞으로 쏠렸다. 웬일일까? 사고? 습격? 삽시에 불안한 공기가 떠돌았다. 때마침 멀리서

　"飛機來!! 飛機來!!"

하고 부르짖는 소리가 들리더니 차동이 뛰어오며 바삐 내리라고 소리를 지른다. 승객은 일어나 서로 밀치며 앞서거니 뒤서거니 차에서 뛰어내려 말거미 떼처럼 좌우로 달아나기 시작하였다. 3등차와 화물차로부터도 중국인들이 울며불며 떠들며 쏟아져 내려온다. 보퉁이를 진 사내, 다룽을 든 부인, 뾰족발의 노파, 어린애, 쿠리. 벌가는 허급지급 흩어지는 사람 떼로 한참 동안 어수선하였다. 혹은 크리크 혹은 밭도랑 밑에 혹은 우먹다리로 은신하였다. 나는 젊은 공작원의 뒤를 따라 삼백 미터쯤 떨어져 있는 촌장으로 달려가 웅덩이 속에 박혔다. 시계를 보니 여덟시 반. 급기야 맑은 하늘을 술렁술렁거리는 귀에 선 금속음이 들려오기 시작하였다. 우리는 웅덩이 속에서 하늘을 쳐다보았다.

"P51의 폭음입니다. 저 구름 새를 보시오."

아닌 게 아니라 흰 구름 새로부터 새하얀 비행기 하나가 아침 햇살을 받아 번쩍거리며 나타나 — 고도는 오천 가량 — 바로 우리 두상에서 급강하로 쏜살처럼 내려오며 휘 전회하려는가 하였더니 요란한 기총 소사의 총탄성이 터져 나왔다. 이윽하여 머리를 들었다. 비행기는 북쪽을 향하여 지체 없이 유유히 달아나고 있었다. 기관사는 헛김을 불며 시글거린다. 비참한 대조였다. 공작원과 따로 떨어져 기차 쪽으로 가까이 가보니 은폐장치인 높은 토벽 새에 기관차가 대구리를 처박고서도 꼭대기와 옆구리에 수없이 명중탄을 받아 만신창이였다. 실제로 공습을 겪기는 이번이 처음이었다. 듣는 말에 언제나 정확한 사격으로 기관차만을 처부순다더니 역시 사실인 모양이다. 어린애들이 주워온 기총탄을 어떤 일인이 뺏어가지고 자랑하는 것을 보니 세 치나 되리만치 큼직하였다. 가슴속이 뚱하였다. 이때에 허둥지둥 달아나면서 쳐다보니 그는 아득한 상공에서 둥금히 원을 그리며 지상을 휘 돌아보고는 성공을 확인한 모양으로 다시 북쪽으로 방향을 바꾸어 유유히 사라지었다. 중국 대의를 입은 젊은 일인 둘이 밭고랑에서 늘어서서 이렇게 이야기하고 있었다.

"고맛다 야쓰다나!"

나도 속으로 '고맛다 야쓰다나' 하였다. 앞으로 기관차 오기를 기다려서야 떠나게 된다고 하니.

"저것들이……"

공작원은 그 일인들을 터가리로 가리키며 이렇게 말했다.

"새로 생긴 특설부대의 일자(日者)들입니다. 이를테면 가장 결사적인 정탐꾼으로 우리 구역 내에서까지 교란공작을 하려 듭니다."

「노마만리」에 대하여

중국 연안으로 망명했던 김사량이 서울에 나타난 것은 1945년 12월 10일이다. 물론 혼자 온 것은 아니다. 12월 13일로 예정되어 있던 조선문학동맹 결성식에 참석하기 위하여 삼팔선 이북에서 활동하고 있던 문학가들이 대거 서울에 모여들었는데 김사량 역시 그 일행 중의 하나였다. 해방 직후 서울의 문학가 조직은 크게 둘로 나누어져 있었다. 조선문학건설본부와 조선프롤레타리아문학동맹으로 나뉘어 각각 독자적으로 활동을 하고 있었는데, 이러한 분파의 해독이 확산되면서 합동을 촉구하는 목소리가 높아졌고 그 결과로 조선문학동맹이 결성되었다. 그동안 나누어져 활동하던 문학가들이 한자리에 모이는 이 결성대회에 삼팔선 이북에 있는 문학가들도 초청되었고, 이미 연안에 돌아와 평양에서 활동을 하고 있던 김사량도 빠지지 않았다. 일제의 탄압을 뚫고 연안으로 탈출한 김사량이 서울에 모습을 드러내자 대중은 그로부터 망명 이야기를 듣고 싶었던 것이다. 잡지 『민성』은 서울에 온 김사량에게 연안에서의 생활을 써줄 것을 청탁하였고, 이 결과가 바로 『민성』 2권 2호(1946년 1월호)와 2권 3호(1946년 2월호)에 실린 「산채담(山寨譚)」이다. 갑작스러운 청탁으로 서울의 여관에서 쓴 것이기 때문에 전체적인 체계를 갖춘 것은 아니고 태항산 항일 근거지에서 겪었던 일 중에서 대중들의 관심을 환기할 수 있는 두

가지, 즉 '종이'와 '담배'에 관한 것이었다. '연안망명기'라는 큰 제목아래 '산채담'이라는 부제를 달고 있는 이 연재는 2회로 끝난다.

김사량은 연안으로 망명하는 과정에서부터 귀국에 이르기까지의 전 노정에 걸쳐 자신의 기록을 남기고 이를 보관하고 있었다. 항일 운동과정에서 작가가 할 수 있는 일은 항일의 기록을 남기는 것이라고 생각하였기 때문에 이러한 작업을 했던 것으로 보인다. 배낭에 항상 보관해 오던 이 기록을 귀국 후에 정리하려고 하였지만 건국사업의 참여로 시간을 낼 수 없었다. 그렇기 때문에 잡지사의 요청에 의하여 기억을 살려 글로 옮겼다. 하지만 그가 평양으로 돌아가 계속하여 원고를 보내려고 했을 때 망명할 때부터 적어놓은 생생한 기록을 연재하는 것이 훨씬 실감을 높이는 일이라고 판단하여 연재의 방향을 바꾸었다. '연안망명기'라는 큰 틀은 그대로 유지하지만 회고 형태의 산채담이 아닌 여정의 현장 기록을 '노마만리'라는 제목으로 새롭게 연재하였다. 연재를 새로 하면서 김사량은 독자들의 이해를 돕기 위해 다음과 같은 글을 머리에 적고 있다.

나라에 돌아와 상경한 즉시로 편집자에 붙들려 산채담 2회분을 마지못해 적었으나 이제부터의 것은 그 안에서 나오면서 적은 글이기 때문에 전 2회와 같은 회상풍의 것이 아님을 말해 둔다. 그리고 당시의 필자의 심정을 좀 더 여실히 전달할 수 있을까 하여 서언부터 원형 그대로 여기에 수록하기로 한다.

김사량의 「노마만리」는 바로 여기서부터 시작하였다. 「노마만리」는 『민성』 2권 5호(1946년 3월호)부터 3권 5호, 6호(1947년 7월호)에 이르기까지 7회에 걸쳐 연재된다. 6회가 빠져 있으나 4회가 두 번 반복되었기 때문에 전체적으로 보면 7회가 빠짐없이 연재되었음을 알 수 있다.

삼팔선 이북에서 이남으로 원고를 넘겨주어야 하는 상황이었기 때문에 잡지 연재에 어려움이 많았다. 김사량이 평양에서 자신의 기록 노트를 정리하여 서울로 보내주어야 하는데 남북이 대립되면서 결코 쉽지 않았다. 연재가 중단되었다가 『민성』의 박찬식 기자가 '북조선 특집'을 취재하기 위하여 평양으로 갔을 때 직접 가져와 게재하는 등 우여곡절을 겪었다. 이것도 1947년 중반 들어서면서부터는 더욱 어렵게 되었다. 주지하다시피 1947년 8월을 전후하여 서울의 진보 진영은 극도로 탄압을 당하였고 이를 견딜 수 없었던 이들은 월북을 하는 사태가 벌어진다. 이런 정황 속에서 평양에서 서울로 원고를 보낸다는 것이 쉽지 않고 또 『민성』 잡지 자체의 성격도 변하여 결국 「노마만리」는 연재가 중단되었다.

김사량은 평양에서 자신의 기록 전체를 정리하여 단행본을 발간하였다. 1947년 10월에 정리하여 출간한 이 책은 '탈출노상기', '산채생활기', '귀국일록' 중에서 '탈출노상기'만을 담고 있다. 저자 역시 이때 출간된 책에 대해서 「노마만리」 상편에 해당한다고 서문에 적고 있다. 이 책에 수록된 「노마만리」는 1947년의 이 판본을 토대로 1955년에 다시 출판한 『김사량 선집』 중의 「노마만리」를 저본으로 삼았다. 이 판본은 김사량이 출판을 위해 해방 직후에 손을 많이 댄 것이기 때문에 당시의 생생함을 부분적으로 잃은 측면도 있다. 독자들의 이해를 돕기 위해 탈출 노상의 심정을 더욱 절실하게 담고 있는 것으로 간주되는 해방 직후 『민성』에 연재된 「노마만리」를 덧붙인다. 처음에 연재되었던 「산채담」 2회분도 더불어 싣는다.

제2부

동시 및 산문 그 외

동시 및 산문 그 외*

비야비야 오지마라

비야비야 오지마라
빨래 엄마 비 맞는다
빨래 엄마 비 맞으면
파랑 내 옷 못 빠신다
파랑 내 옷 못 빠시면
단오 명절 벗고 살까
단오 명절 벗고 살면
앞동산도 못 간단다
그네터도 못 간단다
비야비야 오지 마라
빨래 엄마 비 맞는다

(『매일신보』, 1932.6.20, 필명은 김시창)

---

* 여기에 실은 글은 대부분 1932년부터 1936년까지 김사량이 쓴 동시, 동화, 산문 등이
다. 이에 대해서는 본 작품집 1권에 번역해 실린 시라카와 유타카(白川豊) 교수의 논
문 「佐賀高等學校時代の金史良」, (『朝鮮學報』 147, 1993.4)이 자세하다. 최근 일제시대
신문이나 잡지 등에 대한 디지털 아카이브가 구축되면서 김사량에 대한 관련 자료도
비교적 쉽게 찾아볼 수 있게 됐다. 기본적으로는 위 논문에서 발굴된 작품을 중심으
로 했지만, 누락된 것도 두 편 더 찾아서 추가했다. 다만 1941년 이후 김사량이 쓴
연극평과 수필도 수록했다.

무덤

붉은 노을 품섬풀
숨어 드는데
쓸쓸한 멧도랑
무덤 위에는
슬피 웁니다
　　　풀기슭 흐르는 물
　　　무엔줄 아오
　　　방울방울 맺는 눈물
　　　눈물입니다
×
지는 해는 메허리
숨을 태는데
고요한 쑥덤불
무덤 위에는
사랑스런 보라꽃
한숨 집니다
　　　풀잎을 젓는 바람
　　　무엔줄 아오
　　　후이후이 짓는 한숨
　　　한숨입니다

－산소를 갔다가－
（『매일신보』, 1932.6.30, 필명은 김시창）

바다의 마라손

푸른 물결 넘실대는
　　　저 바다엔요
오늘도 마라손이
　　　시작됩니다
갈매기는 춤을 추며
　　　응원하고요
찬바람은 덥겠다고
　　　불어 댑니다
나무쪽선 저 놈들은
　　　어서가자고
돛을 달고 곤두박질
　　　씨글대고요
퉁퉁대는 뽀투대
　　　저놈의 배는
스타드에 떨어지고
　　　야단칩니다
뚱뚱선수 큰 긔선
　　　저놈의 배는
바다 건너 먼 곳서
　　　뽑혀 왔대요
더워져도 걱정 없다
　　　뽐을 내면서
밉살맞게 담배만
　　　피워냅니다

　　　　　　　－월미도에서－(『매일신보』, 1932.7.2, 필명은 김시창)

시골둑이 감투쟁이

골목길로
땀을 빼며
누귀가 가나
     ✕   ✕
시골뚝이
감투쟁이
지나를 가네
     ✕   ✕
큰길에서
장난꾼에
놀려들 대며
     ✕   ✕
흐아흐아
골목대장
더욱 무섭지
     ✕   ✕
목을 보며
지키는 줄
것도 모르나
     ✕   ✕
겁에 질려
목을 숩고
누구가 가나
     ✕   ✕
그렇게도

무섭거든
버리고 가지
    ×   ×
망건 졸인
갓 쓴 양반
지나를 가네

－서울에서－(『매일신보』, 1932.7.2, 필명은 김시창)

새끼오리

고은 꼬리 회회 저며
    헤엄을 치지
새끼 오리집 오리는
    주제도 좋아

흙탕물을 꾹꾹 질러
    무엇 나올까
개구쟁이 새끼오리
    눈치도 없어

감탕밧을 닉이여서
    얼넉이 광대
새끼 오리집 오리는
    장난 꾸레기

(『매일신보』, 1932.7.5, 필명은 김시창)

어머니 이 거울을

어머니 이 거울을
깨뜨릴까요
두 조각 세 각 부서지도록
오— 나의 창백한 얼골만이
거울 속에서
힘없이
물끄러미 나타나는
거울을

어머니 애태우시든 어머니
헐벗은 우리를 두시고
밭채둑으로 상여타고
모를 길을 떠나 가신 후
그 정에 넘치는 얼골이
속절없이 잘어진
이 거울을……

오— 어머니
일터로 가시며
들여다보는 이 거울
아무리 찾아도
어머니 얼골이 나타나지 않고
피마른 나의 얼골만이
울음지는 이 거울을
두 조각 세 조각 부서지도록

깨뜨려 버릴까요

(『매일신보』, 1932.7.13)

모래띰

이애이애
저것 봐 꿈틀 대는 거
   ✕
앞산에서
나려온
어-비일까
   ✕
아니아니
방아집
할아버지야
   ✕
강모래에
파묻혀
우물대는 거
   ✕
뒷골목에서 기어온
숭냉이 일까
   ✕
가마구된

모래띰
모래 박사야

(『매일신보』, 1932.7.17.)

무지개

무지개가 뻗었네
비단폭이 걸렸네
우레 소리 우루 딱딱
물방치를 갈나드니
빨래천이 빨렸나
칠색 비단 널렸네
       ✕
무지개가 뻗었네
비단폭이 걸렸네
소낙소리 쭈룩 펑펑
빨냇물을 뿌리더니
누귀 뉘옷 만드나
칠색 비단 말리네

(『매일신보』, 1932.7.17.)
[「무지개」(『동아일보』, 1932.10.26)와 같은 글]

모두 잘난 반벙어리

　무섭다고 샌문턱에서 발버둥 치며 억지 쓰던 어린 반벙어리는 부엌의 엄마 누나 모르게 샌문을 살금살금 닫아버리고 홀딱 늘어서서 화대에 불을 켜놓았습니다. 어두워져도 불 안 켜는데는 이 애는 언제나 불평이고 불만이었습니다. 좁다란 단칸방이여도 구들돌 빠진 윗목에선 새까맣게 내쏘인 살기린 놈이 아웅하고 기여나오는 것 같고 비 새는 천정 구멍으로 잘 곳 찾아 어둔 밤을 헤매이든 독술이란 놈이 꾸불꾸불한 얼룩이 발을 털썩 들여미는 것 같았던 탓이지요. 저녁 저물도록 바스락대며 도랑으로 광대놀음을 하며 오리들도 잘 때가 되었다고 도야지 울밑에 꼬리를 쭝깃 쭝깃 대며 들여 빼기고 온 마을을 가볍게 싸고돌던 저녁 연기도 이제는 뒷동산으로 슬금슬금 기어올라 집집에 켜놓은 어슴푸레한 화댓 불빛만이 커진 창구멍으로 컴컴한 바깥을 내여다 보고 있던 때랍니다. 펄넉! 펄넉! 불빛은 ― 화댓 불이어도 ― 먹정 같은 방안을 훤하게 만들었습니다. 그러나 서툴게도 켜놓은지라 껌뻑껌뻑 대며 금방 금방 꺼질 듯 하였답니다. 이런저런 하는 사이에 어머니만 벙어리와 누나 반벙어리는 이윽하여 제각기 밥그릇 찬그릇을 들고 샌문턱으로 들어왔지요. 펄넉! 펄넉! 여전히 화댓불은 인제 인제 죽을 듯이 끔뻑입니다. 모든 것을 아끼고 아껴야 겨우겨우 끼니를 떼우는 터에 공연히 미리부터 켜놓았을뿐더러 기름색임 심지색임 심지만 놉히도 두아놓아 도리어 불도 밝지 못하게 만들었으므로 누나 반벙어리는 못마땅히 생각하였답니다. 어쩌면 저렇게 못난이도 있을까 불도 하나 똑바로 켜놓지 못하누나고…….

　"부밧 ― 다."(불도 밝다)

　물론 누나 반벙어리의 핀잔이랍니다. 화댓불은 기름도 안 가게 밝게 켜는 법이 있는가 봅니다. 누나는 화댓불을 만지적이고 있었답니다.

"마자 해다."(말두 잘한다)

이것은 어린 반벙어리의 쏘아붙이는 대꾸였습니다. 뾰루퉁한 아해는 누나의 핀잔에 새롱퉁하였든 것도 사실이지만 그 말씨가 하도 우스웠던 것이랍니다. 말도 변변히 할 줄 모르는 제꼴에 누구 흉을 보느라고 야단을 치느냐고 경멸을 억제치 못하였든 것입니다. 그러면 여러분 동무들이여 이제 남은 어머니 반벙어리는 어떻게 말씀하셨겠다고 생각합니까. 자— 이번은 또 어머니의 말씀을 들어보기로 합시다. 밥술을 들고 있던 어머니 반벙어리는 딸년과 손주놈들의 주고 받는 말이 암만 보아도 생생한 사람들의 말과는 같지 않게 들였답니다.

"무슨 말들을 그렇게 하노. 누굴 닮아서 저렇게 말병신들이 되었담."

이렇게 그는 생각하였습니다. 주제도 넘지요. 자기가 반벙어리란 것은 잊었는지 알지도 못하는지. 자— 보십시오. 어머니 반벙어리는 쪼그려진 상을 호물호물 하며 "병신 아님은 나 혼자로구나." 하는 듯이 가느다랗게 그러나 힘있게 하는 말이

"모다 반벙이."(모다 너히들은 방버어리로다)

1932.7.4. 새벽

(『매일신보』, 1932.7.19.)

그림자

밉쌀 맞은 그림자
　　　　　뉘 모를줄 아니
살금살금 따라와
　　　　　업혀 볼래지
암만암만 씨글대두
　　　　　안 업어준다
그냥그냥 따라오니
　　　　　액— 이놈아

바보란 놈 그림자
　　　　　뉘 모를줄 아니
전선대에 기대고
　　　　　안겨 볼래지
암만암만 마주서두
　　　　　안 안어준다
그냥그냥 서있니
　　　　　액— 이놈아

(『매일신보』, 1932.7.26.)

[「그림자」(『동아일보』, 1932.10.28)와 같은 내용]

망둥이의 입

중판이 놈 망둥이
          입만 보아라
꺽짝꺽짝 무얼 먹기
          저렇게 클까
       ×
단 잎에둥 쳐먹고
          무엇할 때나
감탕밭에 박혀서
          낮잠 잘래나
돌틈에 숨어서
          장난 할래나
       ×
아무렴 그렇지
          망둥이라지
그렇기에 중판이라
          놀려를 주지

(『매일신보』, 1932.7.26)

공 하나

공하나
둥실둥실
잘도 떠가네
흘러서
강물따라
어데 가는지
누구가
알았나
버렸나
어데서
떠왔나
흘러를 왔나

(『매일신보』, 1932.7.26)
[「공」(『동아일보』, 1932.10.26)과 같은 내용]

동요극 맹꽁의 노름

맹꽁 (A)
맑은 하늘 달님 히죽
물도랑에 달림 벌죽
비가 왔네 비가 왔네
기다리는 비가 왔네
맹 (달을 쳐다보며)

맹꽁 (B)
푸른하늘 별님 종종
소곰쟁이 맴이 동동
즐겨 놀세 즐겨 놀세
노래하며 즐겨 놀세
꽁 (춤을 추며)

맹꽁 (ABCD…등)
(물도랑을 끼고 서로들 마주 쳐다보며)
맹꽁 맹꽁 맹꽁 맹 맹 드리공
드리 드리 맹꽁
밝기밝기 전에전에
즐기즐기 노세노세

맹꽁 (A)
(먼곳서 아해들 목소리가 둥둥 들리다)

어둠길을 해적시며
야학학생 돌아온다
숨어오네 숨어오네
잡기 전에 뛰어 들라
맹 (첨부덩 도랑에 뛰어든다)

맹꽁 (B)
첨붕첨붕 뛰어들어
뿌걸뿌걸 놀려댈까
다가왔네 다가왔네
잡기 전에 숨어들라
꽁 (첨부덩 또 뛰어든다)

(ABCD…등)
(쫓아 뛰어들어가서 머리를 들고)
맹꽁 맹꽁 맹꽁 맹꽁 드리공
드리 드리 맹꽁
잡기잡기 전에전에
놀려놀려 쫓세쫓세

맹꽁 (A)
(애 소리도 없어지며 또다시 나와서 뛰논다)
아쉬운 밤 바람 잔잔
마을에도 가고 적적
달님 만이 구경하네

배를 뚱뚱 크고 크게
둑실둑실 독춤출까
꽁 (상동)

(ABCD…등)
(모두들 뚱뚱배를 해가지고 신이 나서 춤추며)
맹꽁 맹꽁 맹꽁 드리공
드리 드리 맹꽁
밝기밝기 전에전에
즐기즐기 추세추세

(『매일신보』, 1932.7.29.)

오- 오늘도 소식을 기다리는 나의 마음을

(1회)

오- 오늘도 염라(閻羅)의 현실에 나는 부대껴야 되느냐? 아침해가 붉은 주먹살을 내빼며 떴다 솟을 제, 으- 우리는 또 잠자리를 말어 덥허야- 침 마른 입을 혜적이며 삶을 위하여야-

그렇다 거리에 부랑군이여 떠도는 로-자여 확실히 우리는 패배자이다 삶의 축방(逐放)을 당한 자이다

뒷 긁히는 아스팔트 위로 아베뉴의 가로수 밑으로 오직 한 술의 밥을 위하여
쇠잔한 몸을 피마른 엉덩이를 질질 끌 때 너나 내가 모두가 굳게굳게 너무도 깊이 그렇게
의식하는 것이 아니냐 또는 떠다니며 싸다니며 한 오리의 부평초 같이
이리로 저리로 헤매일 때 공원의 벤치에서 한밤을 새울 때
은행의 돌담 밑에 규환(叫喚)할 꿈에서 놀래 깨어났을 때- 네도 내도 모두가
아무 곳도 바람이 없는 오직 밥! 밥을 위하여 삶을 위하여 허덕이는
패배자요 상혼자(喪魂者)라는 것을 너무도 굿게굿게 인식하는 것이 아니냐

삶에서 쫓겨나 도시로 찾어 들어가진 악착한 걸고(乞苦) 비통한 부랑생활에

집시의 쓰라림을 받으며 볶이고 찌고 삶아져서 피눈물을 흘릴 때에

오- 우리엔 그래도 아무 것도 기원함이 없었나 소망을 등지었구나

놈들이 환락의 전당이라 찾아드는 성당에 오직 우리는 하룻밤을 쉬기 위하여

비오는 밤을 지내기 위하여 찾아든 것 밖에 아무 것도 없다

그리고 놈들이 향락에 기갈 맞은 놈들이 환희와 도취로 아로새긴

상아의 탑 속에 꿈을 꿀때에 오- 우리는 오직 밥을 얻기 위하여

그 현관의 판장(板張)을 두드렸든 것 밖에 아무 것도 없다

오- 거리의 바가본이여 패배자여 넛같은 미이라여

우리엔 아무 기대도 동경도 없구나 없구나

(2회)

오- 그러나 보슬보슬 비 나리는 아침에 또는 아키시아 흰 꽃이 방훈 (芳薰)한 냄새를

피우는 저녁에- 턱을 고이고 빈 창자를 웅켜쥐고서 서슬 푸른 창공을 울려보면은

오- 그래도 막연한 희미한 기다림이 있구나 있구나

거리의 로자여 바가본이여 뉘가 모르겠느냐 네도 알겠다

그러나 오- 그 기다림의 헛됨이여 우스움이여

하아름 글월을 짊어지고 이로저로 찾아다니는 ○부를 볼 때

네나 내나 그- 얼마나 빈 가슴을 그래도 또 애태워 보는 것이냐

턱없는 바람을 누르지 못하고 오- 그래도 "나에 올 글월은 없느냐고"

속절없이 중얼구리누나 놈들이 로맨틱한 펜글로

"오- 님이여"라고 찾는 그 같은 글월을

우리가 기다릴 줄 아느냐 또한 올 리가 있느냐

아니다 그것보다도 더큰 해결할 문제가 있다

밥이다 삶이다

그러면 또는 놈들이 타오르는 재욕에 그— 싯누른 황금 덩어리를 위하여

네올타 내올타고 서로 따우며 아우성치는 시정의 자식들의 착란된 글

월 같은

그 글월이 기달켜 마음을 애태우는 줄 아느냐 또한 올 리가 있느냐

아니다 벌써 그것은 불능이란 망상이란 불요란 렛테르가

나의 지내온 생애의 시험관 속에서 첩부(貼付)되어 나온 지가 오래다

밥이다 삶이다

오— 그렇다 그와 같은 것이 아니다 야릇함이 아니다

아— 그러면 무엇이 올 것이 있겠느냐 하나도 없다 없다다

오— 그러나 정처 없이 떠다닐망정 대리석 돌 밑에 거죽을 들쓰고 있을

망정

그래도 그래도 ○부 지난 때엔 우리엔 뜻없이도 무슨 기달킴이 생기누나

오— 정체 모르를 기달킴이여 글월이여—

그러나 그래도 살길을 찾아 전촌(田村)에서 떠나올 때 히스테리의 나의

어머님은

아주 자결(自決)의 길을 떠났다 둘이서 삶을 위하여 밥을 찾아서 도시로

헤매이든

불쌍한 나의 동무여 동생인 오직 하나의 누이 동생도 그 주림과 추위

와 병고에 못이겨

간 겨울 찬 밤에 굶어죽고 말았다 얼어죽고 말았다 앓아 죽고 말았다

그러나 오— 거리의 패배자여 기갈군(飢喝群)이여 나에겐 또 한 네에겐

올 글월이 없건만

　그래도 그래도 까닭 없이 기달키누나

　오- 미련이여 정열이여!

　땀을 빼 씨글대는 ○부가 한아름 싸가지고 기쁜 소식 슬픈 소식을 전하려

　다닐 때엔 오- 그래도 나에겐 우리에겐 한 겹의 조희나마도 올 것 같구나

　생죽음 찾아간 누이로부터 어머니로부터 어딘가 살아 있어서 그래도

　소식 글 한자나마 적어 보내줄 것 같구나

　지는 해 붉은 태양을 바라보며 오- 무슨 소식이나 올 듯이

　오늘도 글월을 기다리는 나의 마음을-

　주린 창자를 웅켜쥐고 희미하게도

　턱없이도 기다리는 오- 나의 마음을

1932.7.25. 비 저녁

(『매일신보』, 1932.8.4.~5)

머니 가까우니

먼 길가며 아해들이 부르는 노래

B는 A의 어깨에 두 손을 놓고 뒤따라가며 CDEF…는 AB 뒤에 따로따로 떨어져 간다. 노래는 유쾌히

　　　　×

(B) 머니 가까우니 가까우니 머니

(A) 멀다멀다

(CDE) 아즈랑이 끼인 곳은 아즉아즉 멀었네

　　　　×

(B) 머니 가까우니 가까우니 머니

(A) 가깝다 가깝다

(CDE) 해오래비 나는 곳은 고대고대 가깝네

　　　　×

(B) 머니 가까우니 가까우니 머니

(A) 다왔다 다왔다

(CDE) 물레방아 도느는 곳은 포달포달 다왔네

(『매일신보』, 1932.8.21)

자장가

자장자장 잘두자장
우리애기 잘두자장
버들같은 실눈감고 꿈나라 가네
꿈나라 찾아서는 범나비 되어
꽃피는 동산에 춤을 추네
꽁연히 눈을 뜨면 못 쓰는 애
꾸리길며 뒷동산도 안 가준다

자장자장 잘두자장
우리애기 잘두 자장
이쁘장한 코를 골며, 꿈나라가네
꿈나라 찾아선 소금쟁이 되어
깊은 골 도랑에 맵을 도네
공연히 꿈을 깨면, 못 쓰는 애,
꾸리길며 압 시내도 안 가준다

(『동광(東光)』 37호, 1932.9)

시정초추(市井初秋)

종로 거리서 맏은 광고─
이게 또 뭐야 하하 금괴를 고가 매입이라.

아스시오 참으시오 화분일랑

몇날 꽃이 살 것도 못 되오니.

어둑시근한 모퉁이에서
젊은 룸펜 군들이 여학생에게 침을 뱉었다.
영감 마님은 자가용의 쿠숀에서 담배를 피우
며 어데인가 달아나고 있었다.

홑옷을 입고 들먹이며 가는 아편쟁이.
카바레(酒場)의 문짝을 차는
웨이트레스의 에푸론.
네온은 끔뻑이고 (오ー 병자의 정맥과 같이)
쟈즈는 죽고ー

(『동광(東光)』 38호, 1932.10)

가마귀

고요한 가을 저녁
묵은 밭 위로
성내 갔다 내먹은
갈가마귀는
오늘도 새까마서
까ー까각
뫼골짜기 깊은 산
풀거울집이
해가지면 무서워

애가타는가
오늘도 새까마서
까—까깍

주은 연필

교실 쓸다
주었네
복동의 연필
무즈랭이
끝없는
병신 연필

작문 시간
뚝뚝 대고
쓰진 않드니
하로 종일
연필만
깨물었구나

(『동아일보』, 1932.11.9)

널뛰기

쿵달쿵 올랐네
덩덜쿵 내렸네

널쪽이 딸랑
집채가 툴렁

키다리 굴둑이
낫둘낫둘 곤두박질

(『동아일보』 1932.11.27)

시골집

외따른 곳
산어귀에
오막집 하나
헌모자
쓰고 앉아
무엇을
궁리할까
어제도
오늘도
지나가면
개만 짖네

(『동아일보』 1933.5.12.)

묵은 편지

흙무덤에 떨어진
그 편지

누귀가 버렸나

누귀가 밟았나

(『동아일보』 1933.5.15.)

비

하누님
　　　　우지마소,
해나면
　　　　춤춰 줄게

(『동아일보』 1933.5.22.)

달

보름달은
대보름
인절미 명절
달님도
먹었나

뚜— ○ 뚱보

○

초생달은

파라케

홀쭉여웻네

주워먹드니

배탈이 났구나

○

열흘께는

입맛이

돌아섰나?

달님도

불룩한

송편달이네

(『동아일보』 1933.5.26.)

반달

깜박깜박

별초롱

꺼질 것 같네

○

어둔 밤에

반달은

어델가나

○

별불이

꺼지면

어떡하나

○

대낮에나

슬그먹

가보지 않구

(『동아일보』 1933.5.26.)

(동화) 제비와 가랑잎

　복돌네 제비도 따듯한 강남으로 떠나려고 하루는 처마끝 제 집을 차근 차근 간직하고 봇짐을 포동포동 싸놓은 뒤에,

　"마즈막 산보나 하여 볼까"

하고 뛰어나와 뜰안을 휘휘 싸돌고 있었습니다.

　하늘 높이 지붕 위에 솟아올라 갔다가 내려오는 길에 제비는 별안간 어디선간 들려오는 가느다란 울음소리를 들었습니다. 그리하여 깜짝 놀랐 습니다. 누군가 이렇게 울까 하고 옆을 휘휘 돌아보며 찾았더니 아닌 게 아니라 울밑에 조그마한 가랑잎들이 여나뭇 모여 앉아 불상스럽게 콜작 콜작 울고 있더랍니다. 맘씨 고운 제비는 측은히 생각하여 동그란 눈을 갸롱갸롱 하며 오돌오돌 떨고 있는 가랑잎 옆에 날개를 걷고 내려앉으며

　"왜들 우느냐?"

하고 물었습니다.

　　　　　○　　　　　○

　가랑잎들은 모두 놀래어 제비의 묻는 말에는 아무 대답도 없이 어쩔줄 을 몰라 하였습니다. 그때에 그에서 가장 형뻘이 되는 듯한 큰 것이 한참 동안 머리를 갸우뚱 하고 무엇인가 생각하고 있더니,

　"자─ 그렇게 가만있지 말고 우리 제비 형님에게 의논하여 보자."

하면서 한 걸음 나와 앉았습니다.

　그리고─

　하루 저녁은 뒷밭에 다니러 갔던 잠자리가 겁이 펄쩍 나서 날아오더니 "며칠 있으면 서리란 무서운 놈이 와서 못 살게 굴테니 조심 하여라" 하 고 가던 이야기,

　화분 속에서 발랑발랑 춤을 추고 있었든 저이들이 이 말을 들은 뒤부

터는 바람만 좀 세차도 엉엉 울기만 하던 이야기,

복돌이가 마루 안으로 옮겨 놓아주면 좋겠지만 마침 누나집에 나들이 가고 없는 틈이라 슬프든 이야기,

들을 길게 늘어놓았습니다. 그래서 이제는 집 없이 이 구석, 저 구석, 바람에 쫓기어 다니었는데, 오늘은 너무 춥고, 몸도 너무 아파서 울고 있었으니 어떻게 하여야 좋겠느냐고 말하였습니다.

○   ○

제비는 조용히 앉아서 가랑잎의 슬픈 이야기를 차근차근 들었습니다. 그리고는 불쌍하기 끝이 없어 눈물을 방울방울 흘렸습니다. 귀여운 제비는 애처로운 동무들을 어떻게 하던지 도와주고 싶어서 한참동안을 이러저리 궁리하여 보았습니다. 그리고 조금 있다가 제비는 갑자기 좋은 계교나 생긴 듯이,

"그럼 내 어떻게 해보마."

하였습니다. 물론 가랑잎들의 기쁨이야 말할 것 없습니다.

그리하여 제비는 하루 동안 갈 길을 멈추고 땀을 뻘뻘 흘리며 열 개가 더 되는 불쌍한 가랑잎들을 하나씩 하나씩 노란 입으로 물어다가 따뜻한 저의 처마 끝 집에다 조심조심히 날러다 주었습니다. 바람이 불어도 헤어지지 않고 서리도 얼씬 못할 높은 곳에서 전 같이 뜰안을 바라보고 있으라고―

○   ○

이렇게 되어 가랑잎들은 친절한 동모의 도움을 받아 둥지 안에서 자라나게 된 뒤부터느는 아무런 근심도 없고 고생도 없어서 퍽이나 파리하였던 모양들이 하루이틀 지나는 사이에 불그스레하게 능금빛 같이 되어 더욱더욱 아름답게 되었습니다.

어떤 날 복돌이가,

"요즘은 귀여운 제비가 어딜 갔나."

하고 마루턱에 나와 바둥바둥 기지개를 펴며 제비집을 쳐다 보았드니 제비새끼가 고개만 내놓고 있듯이 곱고 아름다운 가랑잎들이 얼굴을 내놓고 있었습니다.

복돌이는 기뻐서 제비의 곱고 고운 마음씨를 칭찬하였습니다.

(『동아일보』, 1933.10.23)

(동화) 세 반벙어리

　어떤 곳 시골집에 반벙어리 셋이 살고 있었습니다. 어머니 반벙어리 딸 반벙어리 그리고 어린 아들 반벙어리 이렇게 세 식구가. 이 반벙어리 네 는 퍽이나 부지런 하였습니다. 그래서 언제나 쉬지 않고 힘껏 농사를 지 었습니다. 그날도 밭에 나가 해가 지도록 고구마를 캐고 어두워서야 모두 집으로 돌아왔습니다. 그리고 어머니와 딸은 부엌에서 저녁끼를 끓여가지 고 들어왔습니다. 아랫목에는 어린 동생에 등잔에 불을 켜놓고 꺼벅꺼벅 앉아있었습니다. 심지를 알마치 모을줄 몰라 불은 컴컴하여 밝지도 않고 금새 죽을 것도 같습니다.

　딸 반벙어리는 재가 불도 똑바로 켜지를 못하누나 하고 속맘으로 동생 을 단단히 핀잔하였습니다. 그래서 심지를 곤치다 종래 참지 못 하고 이 렇게 비꼬아 대었습니다.

　"부밧ー다."(불도 제기 밝다)

　동생은 잠잠히 듣고 있을 탓이 없습니다. 들었든 '숟갈'을 동댕이치고 야답입니다. 그리고 골이 나서 대뜸 하는 소리가

　"마잔다."(말은 잘하는데)

　어머니 반벙어리는 조용히 보고 앉았다가 누귀를 닮아 저렇게 반벙어 리들이 되었노 하였든지

　"모다 밤벙이."(모다 너희들은 반벙어리)

하고 맨나중에 입을 열었습니다. 반벙어리 아닌 것은 어머니 혼자인줄로 만 알았습니다.

　모두 말 잘하는 세 반벙어리ー. 한참이나 저녁밤도 잊어버리고 서로 얼굴들만 쳐다보고 있었습니다. 말 잘하는 사람 하나도 없었나ー.

(『동아일보』 1933.11.17)

(학생통신) 산사음

(1)

　이곳은 평양서 사십 리 평남선으로 들재본인 조고마한 촌역에서 하차하야 십 리 안짝의 산이다. 그러나 이 산도 사야(四野)를 일모(一眸)에 조망키에는 넉넉히 높기도 하고 크기도 한다. 산형(山形)은 어떤 콩크레트리한 형용사에 수용코자하는 노력에 불구하고, 나는 아직 수긍할만한 그것을 발견치 못한다. 아랫배가 불룩 나온 점잖코 둥그러운 산으로, 한가한 상제교(上帝敎)의 촌로들이, 향도령(鄕都令)이 일봉(一峯)의 차(差)로 계룡산(백봉[百峯]이라한다)에다 도읍처를 이택(移擇)한 것을 적이 염(念)해 한다는 만큼 봉을 만이 갖고 있다. 대보산(大寶山)은, 동면과 남면은 솔, 도토리, 밤나무 등을 위하여서만 오로지 생긴 것 같다. 그리고 그것은, 그 실(實) 논산벌에서 보는 계룡연산을 평양평야에서 축소하여 보이기에 실이치 않는다. 그러나 이 산도 뒤와 서편은 과감히도 벌거숭이로 있다. 등반할 길도 그다지 험치 않다. 북쪽의 골짝이로 물줄기를 따라 두 시간쯤 오르면 — 산물에 발을 씻으며 고음(苦吟)하는 것도 좋으리라. 우리는 용히 이 산정에 도달할 수 있다. 물론 이 산에서도 전락키에는 또 충분하고 남는다. 실험삼아 역으로부터 직선을 타고 이 산봉을 향하야 올나와 보려는가. 또는 산밑을 남으로 끼고 돌아, 뒤로부터 오르기를 계획하려는가. 천척(千尺)을 넘는 검은 급경사, 산의 붉은 늑골 겹쌓인 돌이끼 앉은 바위, 곡간. 금년 봄에도 어떤 젊은 양인(洋人)이 추사(墜死)하였다 한다. 바로 북쪽에 용악산(龍岳山) 일련이 흘연 식찬(食饌)모양으로 놓여있다. 산정(山頂)을 넘으면, 그곳을 향하야 우리 대보산의 모체는 두 팔 폭지를 U자형으로 펼치고 그 흉부의 안정지(安定地)에는 육간방(六間房)의 왜소한 사암(寺庵)이 봉선화핀 뜰을 안고, 솔숲 속에 숨어 앉아 있다. 그리고 나는 지금 자기를 이 산사의 한 누추한 방에서 찾아낸다. 내가 이곳에 여름 동안을 우(寓)하는 것은 이번까지 두 번째의 경험이다. 나는 이 같이 금년도 대보산에 나를 있게 한 산 자신으로서의 우월이나 절로서의 특점(特點)은 찾지 못한다. 그럼으로 다만, 교통의 편리가 한정(閑靜)이 나의 성급한 것과 혐도증(嫌都症)이 나를 이곳으로 떠밀어 올렸다고 할 수 있다.

하여간, 이 여름 나는 이 산사를 깊이 찾아왔을 때 — 거승(居僧)이 바뀌고 건축이 더 퇴락한 것 외에는 — 모든 것이 사 년 전과 그다지 달라지지 않은 것에, 새삼스러이 놀래지 않을 수 있었다(그러나, ○¹⁾時 또 놀랜 것이 오히려 신기한 일이었든 것을 깨닫고 웃는다. 자연은 멧을 모방하니까). 절 뒤에 서서 샘을 내뿜는 청태(靑苔) 낀 바위, 또는 풀과 바위와 솔과 기타의 관목으로 얽어진 '스로-푸' 사람을 참살(慘殺) 시킬 것 같은 정적 물 흐르는 노래 숲을 흔드는 바람의 소리 – 모다 사년 전의 그것들과 다름이 없다. 그리고 절의 이 우객(寓客) 자신에서도, 독서하기와 유적(幽寂)을 사랑하기와 조망을 즐기기와 골짜기를 찾아다니며 꽃과 아담한 잎을 따오기의 생활에, 별양 넷과 변화를 못 봄을 깨닫는다.

(2)

내 지금 점령하고 있는 이 부엌 옆의 온돌방에는, 그때에는 그 모친의 간호 아래 신음하는 J가 수용되어 있었다. 그는 나의 중학의 선배로 이 산록의 장거리에 초라한 초옥(草屋)을 가지고 있었다. 그리고 바로 이에 달린 방 — 노승 하나가 늘 코를 골며 누워있군 하는 — 에는 또 병중의 형이 나와 동거하여 그 모자와 알았다. 그때 아직 이십 전후인 J의 얼굴

---

1) 판독 불가.

은 더구나 호흡기병으로 창백하였던 것이다 — 이 구들 판에 겨우 두세 개 장만하여 놓아두었든 유리약병의 원통(圓筒)과 같이 나는 그의 흰 발이 이 따금씩 끌고 다니는 커다란 고무 구쓰2)를, 몰래 불안스럽게 바라보군 하든 것을 기억한다. 그의 적적한 얼굴, 귀찮은 듯한 가는 눈자위, 때때로 실망적인 역정(모친에 대한), 이것들은 십 오륙 세의 그때의 나를 끝없이 슬프게 만들었다.3) 그러나 지금은 그는 아조 이 산을 떠났으나 아주 딴 산에 자고 있는 것을 나는 알았다. 그리고 이것이 이 절로서는 사 년 전 과 달라진 중대한 일의 하나인 것을 말한다. J는 작년 겨울 이 산으로부 터 마을로 내려가 사(死)의 아랫목을 그의 집에 택하였다고 한다. 나는 오 늘 이상하게도 슬픈 선배의 사나토리움4)이었던 이 좁은 방에 또 서책과 가구를 짊어지고 왔다. 모든 것은 잊은 듯이 산사 생활의 유쾌한 경영을 기도하고. 너는 내가 전일(前日) 도회에서 석탄산수(石炭酸水)와 쿠레조 — 루 수의 소독상의 효과율을 구론하고 있은 것을 알고 있으리라.

지금 이 폐사(廢寺)를 지키고 있는 거승들도 전의 노승 일족이 아닌 것 은 나를 짐짓 놀라게 하고 또 이 절을 낯설게 만든다. 사년 전의 노승은, 마르고 탄 얼굴 속에 눈만이 고양이 같이 빛나는 노공자(老功者)였다. 그는 사암(寺庵)에 여섯 식구를 모아, 빈궁과 블화만을 초치(招致)하고 있었다. 그러나, 그는 저녁 잔조(殘照)가 절을 물들일 때면 늘 모든 산사의 살림 걱정을 잊고(그에는 불사[佛事]는 호구의 방편에 지나지 않는다), 콧노래, 갸그 유 — 모아 등을 섞어가면서 소위(Capita! spinner of auarn5))으로서의 역할을

---

2) 신발.
3) 이 부분은 김사량의 일본어소설 「천사(天使)」(『부인아사히(婦人朝日)』 1941년 8월)에 서 죽은 '홍군'에 대한 이야기와 흡사하다.
4) sanatorium.
5) 'Capita'는 두목이라는 뜻이며, "spinner of yarns"는 이야기를 하는 것이라는 뜻이므 로 합치면 이야기를 하는데 천부적인 사람 정도로 해석할 수 있겠다. 다만 원문에 는 'auarn'으로 나와 있다.

함에 넉넉히 초월하여 암상을 피기를 좋아하였다. 노자(老姿)는 이 산사의 궁승(窮僧) 생활을 어떻게 뚜르고 나갈까를 항상 궁리하는 것 같았다. 그때는 바로 며느리가 마을 어떤 젊은 사람과 가께오지6)를 한 직후이므로 산간의 가내는 술렁 하고, 모든 식구는 퍽이나 불 화평함을 보았지만, 이 노자는, 그러나 산에서 딴 살구, 복숭아, 당초를 들으이고, 장이나 성내로 내려가 소미(小米)와 바꿔 옴을 게으르지 않았다. 오늘은 이 노승 부부도 일족을 데리고 순안(順安)의 어떤 누사(陋寺)로 올마갔다고 한다. 그리고 아들은 장거리에 남아서 삭일을 한다고 들었다. 이 절을 며칠 전 찾았을 때, 나를 격렬히 맞아드린 남승(男僧)에 의하면 - 전 조선을 편력하는 도중에 이곳에 잠간 유(留)하고 있는 관동(關東)과 영남 출신들이다. 물론 내가 그들의 거동과 양자(樣子)7)를 적는 세심을 보이지 않아도, 이것도 한갓「쫓겨나는 사람들(追はれる人人)」의 일태(一態)를 보이는 '부라ー만'도(徒)의 남감(男敢)한 변호(辯護)와 자기 위안의 분식(粉飾)에 지나지 않는 것은 나도 안다. 지금 이 절은 '보헤미안' 일군(一群)을 실은 '시ー도룹'이다.

(3)

화상(和尙)은 사십 남짓한 토이기왕(土耳其王)의 콧수염과 까만 눈과 세 발 달린 포크 같은 코의 소유자이다. 그는 퍽 깐죽깐죽한 인간이다. 오래 방랑한 중에는 흔히 찾아볼 수 없는.그에게 부여된 임무는 석양의 산골자귀를 찾아다니며, 산의 침입자인 초부를 발견하고 대갈(大喝)하야, 위엄과 기품을 발휘키에 가진 애를 쓰면서 가렉이와 싹뚱이를 몰수하여 산사의 자량(紫量)을 노(勞) 없이 풍부케 하는 것이다. 그리고 또 달에 십 여일은

6) 일본어 かけおち. 타향으로 도망가서 사는 일.
7) 모습.

도시를 향락하러 산을 내려가는 것과, 그렇지 않은 때면 묘양자(猫養子)와 재롱하기와 이전의 노승 일족을 파계승이라 하여 악매하는 것으로서 자기를 은연히 높이 평가하고자 꾀하는 것이 그것이다. 그는 그 전의 중 영감이 수저 하나 남기지 않고, 이 둥지를 떠난 것을 적이 고약해한다. 그는 이 삼인(三人) 거승 중에서 가장 약소자로 그러나리-더이다. 그것은 주로 그의 자신과 성력(誠力)과 수금(搜金)의 재능이 그렇게 만든 것 같다.

또 하나의 오십 사오 세 된 영감 중은 비대한 대야머리의 옴중마진 인간이다. 식사와 염불 반(班)이다. 새벽과 해질 때면 꿰어진 법복(法服)을 걸치고 짜죽이 늘어진 눈을 섬석이며 염불을 왼다. 마치 고담소설을 띄워 읽으며 여러 가지로 운을 달리 해보며 스스로 소리를 음미하는 것 같이. 그리고는 곁을 만트면 자기의 주방 솜씨와 우객에 대한 충실을 자만하고 선언하기에 열광한다. 그때 그의 변설은 그를 승으로부터 개종 시킨다. 또 그 실, 그는 부처님보다 객에게 더 충복될 것을 보인다. 더구나 그것은, 그의 음주가 그를 그렇게 만드는 것에 하나일 것이다. 내 옆방(사 년 전 나의 류[留]하던)에서 틈을 타서는 꼬박꼬박 조는 이 일흔 살 넘은 영감은 아조 중과는 방계(傍系)인 충청도의 농부다. 머슴살이를 하던 모양으로 이곳에는 대야 머리의 노승이 데리고 왔다하나 역시 이곳서도 절의 종노(從奴)에 지나지 않는다. 코가 불온당(不穩當)하게 길게 늘어지고 아랫입술은 검고 두텁고 얼굴은 전면이 인참이다. 허리도 굽어 있고 귀도 멀고 말소리는 낮은 베이스로 흔들린다. 그것들은 명료히 그가 말할 때나 걸음 걸을 때나 언제나 그의 몸뚱이에 붙어서 늙은 주인공을 조소하는 것 같다. 절은 합리화하야 지금은 산중턱에서 산양과 소도 먹이고 있어, 그것은 人○의 건물(乾物)을 산 등으로 숲속으로 모험을 시킨다.

이 노장(老長)은 피로한 뒤에 낮의 가수(假睡)에나 밤의 쉼에나 반드시 그전에는 "나무아미타불" 하고 경허히 중얼거릴 것을 잊지 않는다. 그것은 그냥 아주 잠들고 말지도 모를 것을. 어쨌든 나는 전보다 더 속된 이 절에서 겨우 이 영감에게 뜻 밖에 중을 볼 수 있다. 이절의 산은 퍽이나 내객이 많다. — 매일 동북 녹(麓)의 미륵당으로부터 사유(寺有)의 산전(山田)을 김 매러 늙은이와 여승(女僧) 그리고 아해 셋이 호미를 들고 올라오는 것 외에는 또 근방의 전원으로부터 침입하는 나무하는 부녀와 초동 외에는 대략 평양의 중학생들 혹은 소학교의 교사가 곤충채집으로 또는 식물표본을 위하야 이 산을 찾어드는 것이 흔하다.

(4)

한 번은 사오인의 겹첩(輕捷)한 행장을 한 중학생 한 떼가 이 산을 찾아와서 그들은 직시(直時) 을지문덕의 분묘를 턱없이 발견코자 싸돌고 있었다. 나도 그 전에 어떤 사학자의 기행문을 읽은 것을 기억하고 있음으로 그들에게 참가할 것을 주저치 않았다. 그러나 그날은 물론 발견키에는 도로(徒勞)로 마치고 말었다. 지금 나는 그것이 이 산으로부터 오리 쯤 떨어진 서남 편에 위치한 현암이라는 산임을 알고, 그날의 무모를 웃고 있지만. (현암은 혁녹(赫綠)한 공장(功將)을 묻기에는 너무 여성적인 수아(秀雅)한 산의 감(感)을 준다) 어떤 적은 불교학의 대학생들이 서넛 심방(尋訪)와서 옆방에 묵고도 갔다. 또 누구들은 비개인 산에 솔 버섯을 캐려온 적도 있다. 그러나 만고에 쾌청치 않은 날에는 나는 오직 산의 안개와 바람의 소래와 — 어떤 때는 비에 방문 받는 것 뿐이다. 자욱한 산무나 찬 남기(嵐氣)가 절로 쏴— 하고 대들면은 그것은 나를 다짜고짜 '엔젤의 경력'을 갖게 하는 것이다.

어떤 친절한 방객(訪客)은, 산의 전설과 혹은 근방의 지식을 공급할 만큼 두터운 아량을 보이기도 한다. 그리고 그것은 산사의 나를 무척 유쾌케 만든다. 내가 이번에 새로 얻은 지식과 수획(收獲) 중의 중요한 것은,

대보산도 역시 옛날에는 봉화를 들던 곳으로, 평양 장대(章台)에서 받은 용악산(龍岳山)의 봉화(峯火)를, 이 산이 받아 중화 고봉산(中和高峯山)으로 넘겨, 서울까지 급(急)을 고(告)하는 것과 이 영천암(靈泉庵)이 본시는 아래의 경사 끝에서 있던 유적을 스사로 발견한 것이다(후에 조사하여 보니 이 위로 옮기기는 약 이백년 전 같다). 그럼으로 나는 산정(山頂)을 찾아 올라가면, 덮싸인 바위 등에 막대기를 눕히고 앉아서, 옛날의 데생을 시험하여 보는 혜택을 받았고, 또 옛 절터를 찾아서는 그 후지(後址)에 제 마음대로의 삽화와 전설을 만들어 심그는 충동과 흥미를 갖게 되었다. 평야에는 나의 방으로부터 서편의 산마루턱을 넘는 쪽에 멀리 보이며 조석에는 서방의 대지 기복이 안개와 뿌엿한 태양의 파편 가운데서 음견(陰見)한다. 이 기복의 밑에 볕을 찾아들어, 백은(白銀)으로 지름지름 빛나는― 바로 해변에 말리고 있는 획어(獲漁)의 꾸염지 모양으로― 물의 유대(紐帶)는 보통강의 지류. 그리고 그 일대에 백양수(白楊樹)의 열을 끼고 돌들이 무더기를 진 토색 지붕의 마을은 정열(靜烈)한 묵시를 가지고 서있다. 우리는 물론 그곳에서 소작인 촌을 깊이 볼 수 있다. 대보산을 기점으로 뒤 쪽에 뻗어진 이 지류는 광막한 문동(文垌)벌과 황동(黃垌)벌을 살찌게 만들고 그것들은 동척(東拓)의 조문(條文)을 실코서, 피와 땀과 응백이를 위하여 비통한 독백을 하고 있다.

그러나, 벌을 건너 산을 넘어 그리고 숲을 건너서는 너무도 아름다운 황해바다가 먼 희미한 서산의 허리에 누워 아무런 독백과 계약도 없는 듯이 하늘이 끝막는 곳까지 길게 누워있 다. 그리고 낙조는 매일, 그 웅대한 창작을 서해에 펼친다. 너는 그때, 바다에 잠기는 황금의 쟁반을, 또는 낙일의 초록색의 반영을 보면, 항상 형용하여 보려는 습벽(習癖)이 얼마나 비열하고 모독적인 것인가를 깨닫고 망연(茫然)치 안을 수가 없다. 이 산의 동(東)으로는, 용용(溶溶)한 대동강을 새에 두고 백리(百里)의 평양 옥야가 전개된다. 그리고 그것은 채색한 지도(地圖)이다.

(5)

  아카시아의 완완(蜿蜿)한 가로(街路)가 푸른 별을 뚫고 사면으로 즐 달려 누워있고, 하얀 명주필 같은 대동강은 선박을 안고 졸고있다. 그때 먼 평양은 하양(夏陽)에 희멀겋게 타오른 얼굴로, 연기를 그냥 뿜을 것을 잊지 않는다. 오리온의 성좌가 찬란히 빗나는 밤에는, 검은 공간에 반짝이는 평양에, 북구(北歐)의 동화에 듣는 꿈의 성(城)이 언제나 나타나고, 대동강의 흰 물에 신비가 흐른다. 내가 이곳에서, 정적한 산 저녁을 즐기며, 일문(一文)을 주필(走筆)로 초(草)할 때 식사반(食事班)의 비승(肥僧)은 장삼을 갖추고, 마루에 나와 저녁종을 치며 "움가라지와사바ー" 하고 예불(禮佛)의 의무를 다하고 있다. 쇠종 소리가 은은(殷殷)히 산의 구배(勾配)를 기어 위로 아래로 뻗치고 여운은 무거운 공기를 흔들며 사야(四野)에 퍼지는 것 같다. 그리고 낙양이 비치여 아릉지는 밤숲 사이로 흰 산양은 두셋 낄낄(칠순 노장)이 거리는 소리에 몰려서 돌아오는 것을 본다.

  아! 아름다운 황혼의 산사.

  산정에 밀집한 산무(山霧)는 또다시 찬바람에 들려, 바위와 숲을 묵묵히 싸고, 이 절까지 엄습하고는 산기슭으로 펼쳐 내려가며 남○을 시험하려한다. 하얀 수증기가, 이 조그마한 절을 이 같이 싸고돌 때 또 컴컴한 장막은 마을로부터 기어 올라오기 시작한다. 나는 이제 커다란 네가팁(원판[原板]) 속에 산다. 뻐꾹새는, 지금 같은 박모(薄暮)에 반드시 한번 신비롭게 울고야 만다.

1934.7.28.

  (『조선일보』, 1934.8.7~11 전5회, 필명은 본명인 金時昌이며 소속은 사가고고문과2년으로 나와 있다.)

산곡의 수첩-강원도에서

1회

  어머님. 방학 뒤에도 독서에나 열중하야 그곳 근해 안에 남아 있으려고 혼자 속다짐을 단단히 하고 있었지만 마지막 시험이 끝나자 한 시간 후에는 어느새에 벌써 혁포(革鞄)를 끼고 정차장에 나타난 나였습니다. 선둥거리며 행리(行李)를 꾸민다. 땀을 내돌기며 버스를 따러간다. 시간도 넉넉한데 출찰구(出札口)로 소하물(小荷物) 취급소로 공연히 서둘며 다닌다……등. 나는 그 다음 순간 차에 오른 뒤에는 얼마나 이것을 혼자 웃고 나의 '성급'을 밉게 생각하였든지 모릅니다. 하나 역시 나는 관부연락선의 혼탁한 분위기속에 떠서 총기 잃은 눈을 피로하게 떴다 감았다 하면서는 이렇게 관념하였습니다.

  "나라에 돌아감에 우리는 무 논리다"

  그리고 무엇보다도 내 옆에 웅크리고 공공신음(呻吟)하는 절골 되였다는 팔을 메인 조선인노동자가 아픈 팔을 부둥켜안고

  "한 절반은 왔능기오?"

하고 또다시 물을 때는, 더욱더 절실히 나는 귀국철학 진리를 확신하는 것이었습니다. 그는 김해 고향에서 출분도동(出奔渡東) 삼 개월 만에 팔번철공장(八幡鐵工場)서 팔을 꺾고 친척들까지 이산하였으리라는 고향에 돌아가는 것입니다. 그는 두 번 세 번 끈끈하게 배의 입항 시각까지 묻습니다.

  어머님.

  전일 누이동생의 편지에 의하면 병환을 얻어 고통 하신다드니 일간은 어떻습니까.

  나는 새벽에 부산을 떠난 특급차가 낮에 경성에 닿았을 때 하차 할 것

인가 안 할 것인가를 결단하기에 한참을 고려하였습니다. 그냥 내달려 고향까지 갈까하는 유혹과 어머님께 속히 뵈옵고 싶은 생각도 많이 있었지만 그러기에는 나는 너무도 용기와 호담(豪膽)을 갖지 못하였습니다. 내 마음의 번민과 괴로움을 장사지냄에 그 청초(淸楚)와 소박(素樸)을 감수케 하는 곳 오직 강원도가 있다고 하였습니다. 그곳에는 친애하는 가형이 또 귀여운 어린 조카애들이 나를 반길 것이며 사랑하는 몽모 R도 있어 내 옴을 이해하여 줄 것입니다.

나를 가리키고 나를 꾸짖고 나를 북돋우는 고국의 산곡 땅에 찾아 싸다니며 자연에서 동무와 사랑과 위대한 교사를 찾아 웃고 울고 하소할 때 그 할연(割然)한 심상이 필시 나를 모든 괴로움에서 건저주리라--.

어머님.

드디어 강원도에 왔습니다. 달이 바뀌어서나 그곳에 가고자 함에 하루 한시를 손꼽아 기다리실 어머님 앞에 빨리 못 나서게 돼옴이 죄스럽사외다.

이제 이 산곡의 수첩에서 몇 가지 발췌 간기(簡記)하여 어머님의 적막하심을 위로코자 하오니 나의 본 것, 들은 것 등, 사랑하는 누이동생아 모친께 읽어드려라.

1. 자동차

자동차는 한날의 시험관이다. 그것은 그곳의 문화성 지방색 또는 생활기준 등을 담는다. 누구나 경춘가도(京春街路)를 탄 사람이면 승객에 일본인과 갓 쓴 사람이 많고 행로가 험악한 것을 본다. 동모 R은 운전수 군의 모자를 지적하야 서울보다 춘천은 오 년이 떨어졌다 하였다. 아직 눈 녹지 않은 대령을 오르고 산협을 뚫고 혹은 발밑 수백 척 아래에 한강의 상류를 굽어보며 달음질 칠 때 소름이 끼쳐 함호실색(喊呼失色) 하든 승객들은 어지간히 피로를 느낀 뒤에 이동 승객들의 양자(樣姿)를 두루 살피고 또다시 은

연 경악(驚愕)할 수도 있는 것이다. 도시에서 길러난 초행자에게는 더욱 그럴 것이다. 여기서 나는 춘천으로 인제(麟蹄)에 들어가는 승합자동차의 손님을 단면도 속에 집어넣으려 한다. 조약돌 같은 길을 차는 무척 경련을 일으키며 내닫는다. 앞줄에 앉아서 여태껏 금광(金鑛)이야기로 재잘 거리던 일본인들의 간투사(間投詞)가 침몰하자 이번은 꽁초를 피어 문 어떤 작부의 콧노래가 가스 냄새와 품겨 뜬다. 이따금씩 운전수 군과 음탕한 농언을 주고받으면서 삐약삐약 하는 소리로 강원도의 야취를 돕는 도라지 타령을 혹은 몇 십 년 전의 고색창연한 일본 유행가들을 노상 천연스럽게 부른다. 「쿠사쓰부시(草津節)」[1]을 귀에 흘리면서 나는 턱없이도 슈니츨러[2]의 '소경의 제로니모'가 이런 길가에서나 노래를 팔았을까 하고 생각하며 웃었다.

그러나 이 여자의 등 뒤에서 눈살을 찌푸리고 앉은 도학자연한 노인도 나는 묵살할 수는 없다. 그는 서리 앉은 머리 위에 갓을 올려놓고 수염을 마점산식(馬占山式)으로 갈러 붙였다. 얼럭얼럭 물감이 고루 못 든 회색 휘주근한 겹 주의를 입고(필시 색의장려의 여문(餘紋)이리라) 긴 장죽을 물었다. 내가 조심스럽게 때때로 물음이 있을 적엔 맥없이도 그 위엄끼는 무너지고 다만 과거의 고초가 새겨진 안색(顏色)이 가볍게 완이(莞爾)하며 "암 죄다 화전이지유 회사산이지유" 한다. 소양강을 사이에 끼고 양측으로 병풍처럼 욱여든 높은 산에는 손뼉만한 밭들이 층대를 지어 까맣게 올라가 있었다. 차가 내평리(內坪里)까지 달음질 쳤을 때 색다른 승객 셋을 우리는 맞이하였다. 새로 올라탄 새 옷 입은 두 중년사내와 연소한 여자(십육 세나 되었을까) 하나는 잔채에 가는 모양이었다. 큰 보퉁이를 실어 안 준다느니 달라느니 쟁론을 할 때 "잔치를 못하면 어떡하오" 하고 애원하는 것

1) 일본 쿠사쓰 온천의 민요.
2) 아르투어 슈니츨러 (Arthur Schnitzler, 1862-1931) 는 오스트리아의 소설가, 극작가이다.

을 보아도. 넉자가웃이 겨우 될까 한 것이 머리를 기름 발라 쪽지고 눈썹을 짓고 더덕분을 바르고 조심스러이 병아리처럼 수구리고 있다. 은행색 덧저고리를 입고 치마는 다홍. 나는 그 옆에 부축하듯이 늘어붙은 검은 투박한 얼굴 둘을 번갈아보며 어느 것이 후행이고 어느 것이 신랑인가고 의아하였다. 그러나 자동차가 삼십 분 가량 더 달리자 돌연 차가 정차됨으로 창 바깥을 두리번 거려보니 그곳은 산비탈의 노방(路傍)의 어떤 왜소한 파옥이었다. 신부 맞이하는 집 모양으로 울바주 안에는 여인네들이 대 여섯 모여 앉아서 서성거리고 어린애들이 메밀적떡(지짐) 같은 것을 쥐고 뛰어나온다. 신부는 헝겊을 꺼내어 눈물을 씻으며 끌려 내리었다. 이때 나는 앞 윈도우 글라스를 통하여 차 앞 두서너 간 쯤 떨어진 곳에 나의 예상과는 엉뚱하게도 틀린 새신랑이 기웃거리고 있는 것을 발견하였다. 십삼사 되어 보이는 초동(樵童)으로 보라 빛 관복에 싸여 왕 갓을 쓰고 남빛토시를 끼었다. 그의 얼굴은 면구스러운듯 하면서도 목을 느려 엿보고 있다. 배우자의 자태가 적이 궁금 된 모양이다. 차는 먼지만 끼얹고 또 달아났다. 벌서 양구군(楊口郡)이라 한다.

2회

2. 춘천유(春川遊)

춘천은 무료한 곳이다. 사람은 이 읍에 들어올 때 그 지형 기복이 부여와 흡가(恰價)함에 놀랄지 모른다. 흑송이 울창한 봉의산(鳳義山)에 등을 대고 백마천을 의심할 소양강을 옆에 끼었다. 그리고 춘천팔경의 아취가 부여의 그것에 방붕(髣髴)이 많다. 그러나 이곳에 고도훈색(古都薰色)이 없고 그 유현적요(幽玄寂寥)가 없다. 옛날엔 병마절재영(兵馬節在營)과 관찰부(觀察

府)도 있어 신소설의 개조 이인직의 『혼의 성(魂의 聲)』에도 이곳이 배경으로 점철되었으나 역시 춘천이 주는 초인상(初印象) 그것은 신개지적(新開地的) 매력이다. 춘천의 봄은 시대로ㅡ. 봉의산의 조망도 약산송림(若山松林)의 소요도 그윽하나 춘천엔 봄맞이로 소양강이 가장 사랑스럽다.

내 춘천 십오일 거진 이곳서 호흡하다.

새로 높이 싼 축방을 넘어 밭 밑에 종달이 이는 밀밭 길을 서너마정 걸으면 흰 자개 돌 위에 한강의 물줄기 고히 잠들어 있다. 명주실 포기 같은 맑은 물에 발을 적시며 휘파람 불고 거니는 것도 흥 있고 또 금잔디 밭에 누워서 푸른 하늘을 하염없이 쳐다봄도 좋타. 하루에 두세 번은 흰 돛을 단 배가 한가히 흐르고, 처량한 사공의 노래는 실버들 들어진 언덕으로 기어 올라간다. 그러나 조매우고 밭가는

끄-려오 마마마. 이-이-잇

끄엿--

하는 소리도 대단히 가애롭지 않은가. 때로 어디선가 누가 부르는 것 같아 벌떡 일어나 앉으면 촌동(村童)들이 시냇가 언저리서 묵은 잔디밭을 태우며 떠들고 군호(軍號)하는 것을 본다.

진달래 피는 사월은
종달이 노래
진주 빛 낀 하늘에 높이 솟으면
내 마음 아픈 노래도 같이 뜰나.
속마음 깊은 꽃 고이 묵으니
발목에나 매여 올리나.

버들가지 들이운 언덕길우의
오늘도 아해가 잔디 태우네.

적삼 벗고 뒹굴며 불을 끄나니
내 마음 타는 속도 네가 끄거라.

흘러서 한강은 오백 리
봄은 물 우에.
남몰래 내 마음에 닻 노은 배가
오늘이라 이곳에 태워 보낸다.
꽃수레 만들어 가뜩이 싣고
봄이라 명주 돛 높이 올리고.

봉의산 후록(後麓) 소양정 아래에 K씨와 같이 보트를 타러 나갔던 나는 이상하게도 북쪽 먼 중만(重巒) 위에서 화연(火煙)이 구름같이 무럭무럭 풍겨 오르기 시작한 것을 보고 들으니

"밤에는 저것이 새빨갛게 비칩니다." 하고 K씨가 가르쳐 주었다. "화전민들이 아마 밭을 일구는 것이지요."

나는 그 며칠 후 홍천군(洪川郡) 탐사하려는 예정을 변경하고 연기가 오르는 북방을 향하야 떠났다.

3. 청평사

청평사(清平寺) 들어가는 산 어귀부터 걷기 또 십 리. 주막에 들어 사십 리의 피로를 끄고 다시 일어나 설 때 햇볕은 등을 내려 쪼였다. 그러나 길어 조그만 계수(溪水)를 따라 올라가며 험악한 산이 더 조여들수록 바람은 차지고 햇빛은 엷어진다. 산비탈에는 군데군데 화전민들의 쓰러져가는 거무득한 집들이 걸려있다. 그리고 그것을 기점으로 하여 화전이 묵화처럼 허옇게 몰투성의 급경사에 붙어있다. 이따금씩 화전모서리에는 짐승처럼 사람의 그림자가 기고도 있다. 돌을 씻으며 내리는 물은 맑다. 그리고 물

떨어지는 소리도 귀에 생끼었다. 그러나 "노르웨이"의 어떤 시인이 읊은 모양으로 이곳 산은 '기도'하지 않고 신음하고 있는 것이다. 적송이 틈틈이 보일뿐 그것의 얼굴은 축떨풀에 엉키우고 섭 나무에 이리 째우고 부대(火田)에 저리 할퀴고 있다. 반나마 걸었을 때 조금 평탄한 곳이 있어 오륙 호가 취락을 짓고 물방아도 하나 돌고 있다. 방물장사지게꾼이 그 동리를 술렁술렁 거닐고 있다. 그가 짊어진 닭이 홰 같은 것에는 빨래비누, 초, 수건, 목필, 엿 등이 들어 있는 모양이다. 달래를 캐어 담고 몰아오는 귀여운 처녀애가 내가 유심히 보며 방긋 웃자 무척 무서운지 선달음치며 뛰어 들어간다. 이곳 일대의 산휘중(山彙中) 가장 높고 웅장하다고 볼 수 있는 경운산(慶雲山) 줄기에 들어서자 길은 송림 속에 물 내리는 바윗돌을 가끔 건너 올려야 된다. 깊은 산로석경(山路石徑)을 혼자 뚜벅거리며 수 십 분 간 오르매 어느덧 물소리 소연하고 눈앞에는 비폭(飛瀑)이 걸려있음에 놀래었다. 그 위의 거암엔 조그마한 육층 탑이 주추를 펴고 절이 가까웠음을 말한다.

3회

청평사는 바로 그 바위의 뒤쪽이었다. 기암절벽이 깍아지르고 양익의 완만한 산요(山腰)가 회(會)한 곳에. 그것은 절이라는 것보다도 외려 어떤 왕궁지(王宮趾)에나 찾아온 것 같았다. 이끼 앉은 초석과 포석이 아직 남아 칠천 백여 년 전의 창건 적을 회고케 하고 지금은 오직 불탄 초토 위에 조그마한 법당이 수십 년 전에 서고 극락보전이 사백여 년 전에 개수된 채 남아있어 겨우 사지(寺趾)임을 말한다. 석양이 영지(影池)(홍수대한(洪水大루)에도 수량이 변함없고 부근 산봉(山峯)을 배회하는 자 그 그림자가 이 못 속에 움직인다 한다)에 숨어 빗길 때 까마귀만 쓸쓸히 울며 돌아온다. 내 거승(居

僧)을 찾으니 마침 청암주지(靑庵住持)가 있어 공손히 맞아준다. 나는 이곳에 이틀 밤을 지내기로 생각하였다. 오늘에 유불선도(儒佛仙道)의 사서가 타버려 없고 사경내(寺境內)에 공민왕(恭愍王)의 재상 개초(改蕉)의 무덤이 있음을 중이 몰랐다. 이에 적이 실망한 나는 익조(翌朝) 경운산정에나 등반하고자 하였다. 주지가 굳이 일제(逸制)하며 빨리 올라야 네 시간은 걸리리라는 것을 듣지 않고 떠났다. 절 서방의 슬로프는 모두가 화전이고 그곳에는 퇴락한 누거(陋居)가 두셋 서있었다. 그것을 내려다보며 바위 틈서리에 붙어 오르다가 의외의 곳에 초부(樵夫)를 만나 물으니 그 노인은 숲을 태우노라 새근거리며

"빈 집이지요." 한다. "간해 흉년으로 중들이 죄다 도망 쳤는걸요."

물골수를 따라 올라가니 길이 실낱 같음이 어떤 곳에서는 다래 덤불에 칵 질려 막혀 있기도 하고 또 어떤 때는 앙기아케 새파란 물웅덩이가 가로노여서 송연(竦然)히 위축 안 할 수 없다. 필시 길을 바로 못 잡었음이었다. 햇빛이 못 쪼이는 곳에는 아직 굳게 눈이 어름 지어있다. 길을 만들며 오를수록 산봉은 중첩하고 초암(樵岩)이 총립(叢立)하여 다만 물새만이 깊은 계곡에 쭝이쭝이 밀려 건너뛰기 함을 본다. 가도 가도 끝없고 길이 없다. 오르기 두 시간 드디어는 나는 무시무시한 골자기에 빠져서 길을 찾지 못하였다. 나는 이같이 험난하고 두려운 등산을 경험한 적이 없다. 시커먼 높은 바위가 앞을 떡 막고 퍼런 심연이 찬 남풍(嵐風)에 떨리고 우거진 소나무 위로는 맑은 하늘에 흰 구름장이 날린다. 사위는 사람을 민사(悶死)시킬 것 같은 정적이다. 이때 돌연 어디선가 밋비둘기 푸르릉 날어남에 나는 펄쩍 놀래어 숨이 가쁘도록 미끄러지듯이 그만 나려오고 말았다.

4. 카보나리

강원도엔 묏 골짜기에 대개는 탄소당(炭燒黨)이 칩거하여 있다. 임산(林山)

은 三井, 甲子, 金鷄 기타의 재벌에 매점 안 된 것 없고 그것은 또 신재(薪材)와 목탄제조로 이용되어있다. 마치 활화산처럼 탄연은 산곡 중에서 하날 높이 내품긴다. 산골 앙치 아늑한 곳에 구덩이를 파고 참나무, 재롱나무, 강참이 등을 찍어서 숯을 굽는 것이다. 양구 사명산(四明山) 앞 어떤 숯산판에 처음 올라갔었을 때 나는 탄부들의 숯 검덩의 의복과 번쩍이는 눈을 보고 문득 옛날 이태리(伊太利)의 카보나리[3]를 상기하였다. 그 결사당원들이 교통이 차막(遮寞)한 깊은 산중에 탄소를 장(裝)하고 밀회하였음이 바로 이랬을까 생각함이었다. 그러나 백 년 전 그들이 의식으로 소양(小羊)을 포학한 산낭(山狼)에게서 구출한다는 선서를 하였음에 지금 이들은 그 대신 자기들 스스로 제단 앞에 바치기에 여념이 없이 되어있다. 옛날엔 카보나리가 용감한 학도와 울발(鬱勃)한 영웅 또는 우국의 지사들로 결성되어 장래의 이태리혁명을 운전(運轉)하려는 대망을 품었으나 이것은 궁농군(窮農群)이 집을 잃고 밭을 잃고 쫓겨서 이 골자기 저 골자기에 생명을 이으려 온 것이다. 그들은 종내는 또 이 년에 눈을 버리고 삼 년에 멍이 들고 오 년에 폐까지를 잃는다.

삼십 전이 그들을 숲으로 불구덩이로 새벽 아침부터 해지는 저녁까지 고역 시키는 것이다. 강원도 깊은 산중에 어떤 횡포와 무슨 흑막이었는지 누가 모르느냐! 나는 산길을 가며가며 오늘도 작표(作俵)되어 적청녹의 하찰(荷札)을 나부끼며 실려 가는 목탄더미를 본다.

　다레 머레 덩울에

　헐굿은 산등, 구름 엉킨 곳,

　화전에 한숨을 뿌리는 무리가

　저녁노을에 줄짓고 방황하거니

---

3) Carbonari. 19세기 전반에 이탈리아와 프랑스에서 일어났던 혁명적 비밀 결사로 급진적인 입헌자유주의를 내걸고 각지에서 무장 봉기를 꾀했다. 당내에서는 독특한 은어(隱語)를 써서 당원은 자신들을 미천한 직업으로 여겨지던 숯장이라고 했고 사회를 삼림, 정부나 여당을 승냥이, 당원의 내부를 숯 판매장 등으로 불렀다.

강만이 푸르고, 물소리만 맑네.

뫼 높은 자옥한 나무숲에

도끼소리 고요히 흔들리고(목탄부의 파란 정맥(靜脈)이여)

이골재기 저 산깟에

새―얀연기 일어나니

아―하늘만!

고요히 자는 듯 안개 껴 높다.

오늘도 홀로이 들 속에 얼굴 띠우고

바위에 올라 나는 들었네.

산곡의 붉은 진달래 꽃, 그대여 생각하여 보라. 이것은 아무런 예비도 어떠한 역사도 없이 그대로의 생명이다. 더욱이 하이네의 이르는 "아무나 발견할 수 없고, 또 아무에게나 질거히 보이지 않는 새벽 태양빛"이, 낙엽송 숲에 금관을 씌울 때, 말할 수 없이 그것은 아쉽고 사랑스럽다. 나는 가축의 떼가 방울을 울리는 하이네의 할츠(Harz기행)를 그리며 새벽에는 어느 날이나 진달레꽃을 애무하러 산에 나갔다. 그리고 깊은 숲에 어둠이 기여 나가고 하늘에 태양이 솟아올라 그 아름다운 사자(使者)가 이슬 맺힌 진달래에 입을 맞출 때 나는 그곳에서 참다운 명예를 산곡의 수첩에 주었다. 누구나 상상하는 산간의 성스럽고 현적(玄寂)한 새벽이 기업과 구사(驅使)의 도끼날에 어지러이 되기 전 찰나의 강원도의 숲과 뫼는 나는 껴안고 통곡하리만큼 좋고 가여워 버릴 줄을 모르겠다.

그러나 좀 있어 햇빛이 트자 칸트로부터 "양의 가죽을 벗겨라"고 정당히 명령받은(줄 알었든) 인생이 머리를 숙이고 산과 숲에 엉게발로 들어와 구렁을 파고 나무를 찍고 검은 연기 속에 묻힐 것이니 그리고 그들(탄소당)의 몸에서 양피대신 자기의 가죽을 벗겨 바침을 이야기함에 오직 나 어린 시인의 안가(安價)한 감상이라 그대여 하겠느냐!

5. 화전민

산 또 산. 물 또 물.

하늘은 좁고 산운(山雲)은 날리고 일광은 어둡고 봉만(峯巒)은 첩첩, 남기(嵐氣)는 차고 곡학(谷壑)은 깊다. 밀림에서 소래소래 새 울고 앞에는 벽암유석(碧岩幽石)이 떡 벌리고 선다. 산이 있으면 길을 찾고 길을 찾으면 반드시 물이 있다. 물이 있으면 건너고 물을 건너면 반드시 또 산. 이리하야 춘천서 양구로, 또 화천(華川)에 백 리. 그다음 걸어 백 리를 북한강의 상류 국유림 지대로 찾았다. 이곳 좁은 산협의 절악단애(絶岳斷崖) 위에서는 수백 장 아래에 새파란 급류가 나려다 보이고 새둥지 같은 화전민의 집은 일리에 한집 씩쯤 걸려있다. 나는 화천서 등외도로(等外道路)로 칠십 리 길인 방현포(芳峴浦)에서 또 다시 이십 리를 강기슭을 따라 산등으로 올라갔다. 섶나무, 소나무, 가래나무들이 군데군데 서서는 석양과 찬바람에 전율하고 있다. 그리고 그 집은 마치 평양 청류벽(淸流壁) 위의 정자처럼 또는 낙화암우의 백화정(百花亭)처럼 위치를 잡어섰다. 절반이 무너지고, 구석구석이 썩은 삼평(三坪) 가량의 거무특특한 초옥이다. 양측은 물러앉았다. 완연히 토굴로 금방에라도 말싹 주저앉지나 않을까 의심된다. 토굴 앞에는 싯누런 깨여진 단지하나와 지게가 놓여있다. 그리고 그 토방(土坊)가에는 딴 곳에보다 빨리지는 산골의 햇발이, 뿌옇게 흔들리고 있다. 인기척 없음에 뒤로 돌아가 보니 높은 경사가 강구렁챙이로 깎아지른 곳에 소나무가 커다란 것 서너 개 서있다. 그 하나의 아래에는 열아문 되었을 여아가 어린사내 애를 안고 앉아 놀고 있다. 그 아이는 내발 소리와 이양(異樣)의 복색(服色)에 자못 겁이 나는 모양이다. "아버지 안계시냐?" 하고 나는 일부러 멀리서서 물었다. 어린애가 나를 쳐다 보드니 감짝이

"으아―" 하고 울자 눈을 두럭두럭 하든 큰 여아의 와수수한 머릿속에서도 또 난데없는 비명이 나왔다. 그 아이는 어린 것을 지고 도망을 치며 "엄마―" 하고 울었다. 토황색(土黃色) 치마를 걸친 오십 가량의 노파가 버중버중 굴러 나오더니 또 질겁하여 어쩔 바를 모른다.

"어디서 오았소?"

그 여인은 흔들리는 낮은 목소리로 물으며 나의 가죽구두와 차갈색 각반과 검은 양복을 힐금힐금 살펴본다. 나는 되도록 안심하도록 사정을 이야기하여 들렸다.

"들어갑시오."

방안은 단간으로 컴컴하였다. 쌀 썩은 냄새 같은 것이 포화되어 있다. 망석을 깐 구름판에는 석유상자 하나와 걸레짝, 누리칙칙한 이불(보다떠께)들이 너저분히 널려있었다. 그리고 덩이저 문너져가는 담벽에는 '박'이 두서넛과 괴이한 '부적'이 붙어있다. (오― 성주 대감이여 산간에도 왔구나!) 햇발은 서향의 영창에서도 잦아졌다. 그러나 여인은 바깥에서만 서서 돌고 들어오지도 않았다. 한 시간 후에야 겨우 나는 그의 노부와 대좌할 수가 있었다. 바깥에서 무엇인가 웅성웅성 하더니 그 다음은 몸집이 크고 검은 남자의 그림자가 들어왔다. 그것은 육십 세 가량의, 어깨가 벌어지고 눈이 움푹 들어간, 흔히 볼 수 있는 거대하나 비겁하고 준순(逡巡)한 성격자처럼 첫눈에 감득되었다.

"주사님 오셨세유."

그는 돌아오자, 비참한 목소리로 말하고, 허리를 한참 동안 굽실굽실 하는 것이었다.

5회

이윽하야 능지기름 화태(火台)에 불이 켜지어 빛은 어둠침침한 사방으로 쭉 발산하였다. 주인은 그의 피부의 싯누런 것과 깊은 주름살 얼굴과 손에 모형지도의 산맥처럼 튀여 오른 형광등으로부터 그의 생애가 기아와 역량 이상의 노고와 인궁(因窮)에 소비되었다는 것이 명료하였다. 그는 대단히 굶주린 모양으로 목축이 턱에 닿은 모양이나 긴장한 채 나를 힐금 힐금 눈치채여 보더니

"여케 늘 오시군 허시나요." 하고 추궁이나 하는 것 같은 어조로 물었다.

"아니요. 관음사(觀音寺) 가든 길인데 어두워 젓기 때문에 재워달라고 왔습니다."

나는 가장 온량하게 또 노인에게 안심을 주려 애쓰며 아량을 바라는 모양으로 대답하였다. 그리고 허기진 배가 걱정돼 나는 다시금 추가하였다. "저녁과 아침밥도 영감께 신세를 져야 되겠는데요."

(이 말이 떨어지자, 노인의 기색과 동작은 시마키 켄사쿠(島木健作)의 "여명(黎明)"에 있는 헤이케가니(平家蟹)[4] 옹(翁)의 이 같은 장면을 모방하고 있었다. 나는 악(噩)한다.)

·····················

"살림사리는 어떻습니까?"

나는 이 선량한 사람들에게 이렇게 물어보았다.

"세간살이야 말해 무엇 허우."

"간해에 연사(年事)는 괜찮았습니까?" 나는 이 말꼬리를 놓쳐서는 안 된다고 다시 물었다. "거진 다 풍수재를 입었다는데, 이곳은 그러치도 안었습니까. 비와 바람에 말이지오."

"이것 보시요. 그래 콩이니 보리니 열아문 섬 하면 일곱 인간이 생계나 이을까 하였드니 그놈의 날거리가 뇌안댑데까!" 그는 굳어진 채 비장한 소리를 떨었다. "바로 팔월 스므날이외다. 이런 주먹만 헌(그는 주먹을 내여

4) 게의 일종으로 전쟁에 패한 헤이케(平氏)의 억울한 망령이 씐 게라는 전설이 있다.

보였다) 떡포(雨雷)가 내려 부시드니 또 비가 쏟아진다는데……."

"일곱 식구입니까. (세 식구는 어디를 갔을까 나는 의심한 것이다.) 본래부터 이 산골짜기에 살어왔습니까."

그는 그 순간 아무것도 대답치 않았다. 산척(山脊)의 방 바깥에서는 다만 바람이 짖고 숲이 울고 있었다. 그가 그냥 잠시 동안 깊은 해중에 침잠한 듯이 무거운 침묵을 지키다가 내가 또 다시 다지자 적적한빛이 서린 낯으로 특색 있는 사투리를 섞어가며 나직이 이야기한 것은 몇 줄로 적자면 대략 이와 같은 열력(閱歷)이었다.

그들은 평남(平南) 성천(成川)에 살았었다. 아들 부부와 손녀 하나만을 끌고 오인식구가 살기 좋다는 말을 듣고 춘천군 샘밭에 이주하여 온 것은 십 년 전의 일이었다. 처음은 약간의 자농과 소작을 하였으나 거듭하는 연흉(年凶)으로 또 다시 떠났다. 더 산곡으로 찾아들어가 이번은 동군 북산면에 가장 원시적 농업형식인 화전을 매기 시작하였다. 그들의 식물은 그에 따라 감자로 콩으로 옥수수로 아주 변하여 버리고 말았다. 그러나 그 산이 국유로부터 기업자의 손에 불하되자 삼분지일의 도조(賭租)를 수납하라는 명령이 내리어 그들은 또다시 사 년 전에 생로를 찾아 헤매었다. 오지에 오지에 그들은 마치 치번책(治番策)에 걸린 만족(蠻族)처럼 쫓겨 들어갔다. 참말로 그것은 김립(金笠)이 읊은 "하늘이 높아라 만리이되 머리를 두지 못하겠고, 땅이 넓어라 천리이되 발을 펼 곳이 없음"이었다. 그다음은 양구군의 산협이었다. 첫해는 십오석 가량을 피땀과 바꿀 수 있어, 그들은 겨우 절량(絕糧)치는 않았다. 그러나 그 이듬해 여름에는 사태(沙汰)로 집을 띄워 보내고 그 비극 가운데서 또 새로 얻은 손자를 물속에 잃어버리고 만 것이었다. 선량한 이 영감은 부들부들 떨며 "가자一" 하였다. "흉지다. 살 수 없다" 그리고 더욱 깊이 떠들어온 곳이 이곳이었다. 재작년에는 도토리를 주어먹고 측 뿌리를 캐어 생명을 유지하며 산 비탈

길에 종곡(種穀)을 뿌렸다. 그리 하야 실낱 같은 희망을 붙이고 작년을 맞이하자 냉수해가 침범하야 그들로부터 양식을 모두 빼앗아갔다. 드디어 가을 어떤 날, 아들부부는 자식 둘을 남기고 어디로인가 종적을 감초고 만 것이었다.

영감은 말이 바로 여기 이름에 몸가짐이 적이 괴로워지며 팔을 들어 땀을 씻는 듯이 슬그머니 눈가를 씻었다. 그리고 자기아들을 변호라도 하려는 듯이

"죄ㅡ다 떠낫쓥디유. 모두가 못 살게 되여버렷세유. 거ㅡ지가 된다 절가가 된다 숧을 굴러간다……." 하며 길게 한숨을 내뿜엇다.

이러한 담화가 오고가는 동안에 석반이 들어왔다. 주인은 주저하면서 내게 숟갈 들기를 권한다.

"어서 들어 보세유. 콩도 섞지 못한 도토리밥이유."

6회(완)

나는 그 다음날 이른 아침 그 집을 표연히 떠났다. 하루 밤을 깊도록 그들과 이야기 한 나는 여러 가지 간념(感念)과 울혈(鬱血)에 연소되어 마치 망치로 머리를 얻어맞은 것 같이 허방지방 산척(山脊)의 험로를 다시 나려오는 것이었다. 나는 그들이 최후까지 나를 경계함과 또 일언반사(一言半辭)라도 그 결과를 저어하는 듯이 삼가는 그들의 마음을 잘 알았다. 혼자서 길을 찾으며

"아ㅡ 서글픈 고향 내 그 참다운 상태를 감히 알기 무서워하는 모양이여!
묘지라고는 부를지언정
모국이라고는 부르지 못하겠네.
적어도 총기가 있다면

행여라도 대답치 못할 내 고향이네."

이같이 '맥베스'가운데의 「스콧틀랜드 음(吟)」을 다시금 읊어보았다.

그러면 오직 내가 그들에게 '셰스토프'를 소개하고 그러고 그 "부작"대신에 "만고(萬苦) 사람에 필요하다면 확실히 그를 지켜줄 하나의 법칙이었을테다. 다만 하나의 '아톰'이라도 비존성(非存性)에도 쓰러짐을 불허하는 물질보존의 제법칙(祭法則)이나 있었을 것이다"라는 그의 비극의 철학이나 써주었어야 겨우 그들을 위로하였을 수라도 있었을까.

오— 가련한 시인이여
사월의 볕, 서재의 양지에 조는 날,
그대들 오늘도 상아(象牙)의 연관(煙管) 물고
어항의 금붕어 "뛰 노네" "빛나네" 쟁논할 때
이곳서는 생명이 긁어 죽거니, 시달려 죽거니,
—나는 오늘 진실로 슬퍼할 것 알았네.
오— 영예로운 지사여
지금은 장식(葬式)의 만종(挽鐘)이 울릴지라도
그대를 뉘가 죽었느냐 묻는 일 없고
오늘의 점심(點心)을 요리집 혹은 백화점에 궁리할 때,
이곳서는 도토리를 주우려 산등을 헤매다니,
—나는 오늘 진실로 아파할 것을 배웠네.
오— 주의(主義)의 소아병자여
오늘도 봄바람이 입술을 해우는 저녁
그대들 십자로에 거품을 물고
거지에 습전(拾錢)줌이 뿌르적이냐 아니냐 격론할 때
또 이곳서는 백성이 이산하야 거지되나니—

나는 오늘 진실로 울을 일을 보았네.

우리는 이 비참한 세계에 발을 들여놓을 때에 벌써 이이(二二)는 사를 찾을 수 있는 것이었다. 그것은 참으로 구한 바 못 얻고 뜻하지 않은 것 찾은 거와도 같다. 그러나 너무나 이 보지 못할 생활을 보고는 우리는 사실로 이이는 사를 찾아내이고도 그 이이는 사에 스스로 몸서리를 치지 않을 수 없는 것이었다. 그렇다 그것은 옳은 말이었다. '도스토예프키'가 지하실의 사내의 입을 빌려 "인간은 이이는 사를 단지 발견할 양으로 대양을 횡단도 하고…… 막시 탐득(探得)턴가 발견하던가 하고 보면 벌써 어디인가 무서워지는 것이다"라고 하였을 때. 그렇지만 '하이네'가 정의의 승리를 위하여서는 모든 예술을 주어도 좋다고 하였으니 그 말이 그보다도 더욱 위대하지 않으냐! 나는 혼자서 부르짖고 부르짖고, 산협 밑으로 걸음을 빨리 하였다.

(『동아일보』 1935.4.21, 23, 24, 26~28)

고민(苦悶)

깊이 우거진 나무숲
어둠의 저녁
미쳐가는 마음으로
정처없이 방황했노라

잔금이 간 종소리에
손으로 얼굴 감싸고
휘청거려
남자가 호읍(號泣)한다

썩어문드러진 천정(天井)이여
머리를 쪼개라고
그는 지금도 바라는 거다

그렇지 않으면
미운 반항의 마음
깃발을 말고
올빼미의 눈과 같이 빛나는 빛은
번민의 어둠에 빛내주어라

    (『創作』9, 사가고등학교교우회 문예부, 1935.10, 일본어에서 번역,

필명은 구민작(具岷筰))

동원(凍原)

호미(鍬)와 가래(鋤)는 상장(喪章)을 붙여
벼(籾)의 노적(露積) 풍경은 이미 없어지고ー
참혹한 기록을 새긴 일등로(一等路)에
12월의 폭풍이 포효(咆哮)한다.
밭이랑에 방울을 울리던 농우(農牛)여
이미 어딘가에서 넘어져 죽었는가?
울굴의 동원ー
겨울 마른 숲에 까마귀가 울고
장송(葬送)의 만가(挽歌)는 전율한다.
함석지붕에 세운 기치가
×××의 시체를 교활하게 비웃는다.
낙담(落魄)의 무리가 어딘가로 끌려가는 날
검은 이민열차는 얼마나 통곡을 실어 날랐던가?

　　(『創作』9, 사가고등학교교우회 문예부, 1935.10, 일본어에서 번역,

　　　　　　　　　　　　　　　　필명은 구민작(具岷筰))

짐(荷)

막대기 양쪽 끝에 가마니를 늘어뜨리고 어슬렁어슬렁 짊어지고 돌아다니는 그 '모든 닥치는대로 먹어치우는 영감'이 기숙사 뒤에 보일 때마다, 나는 윤(尹) 서방을 떠올리게 된다.

윤 씨는 조금은 낮은 지게(擔具) 노동자이다. 하지만 막바지에 몰려서 희극이라 할 수 없는 특이한 의욕을 갖은 생활을 보내고 있다는 점에서는 정말로 다를 바가 없으리라.

아침에 일어나면 윤 씨는 우선 자신의 판도(版圖)를 검분(檢分)하기 시작한다. 다 무너져 가는 그의 움집이 맥없이 세워진 저습지 일대를 윤 서방은 마음속에서 그의 소령(所領)으로 정하고 있다. 지면에는 경계선을 긋고 다니는데 몰두한다.

종일 거리를 나다니며 걸으면서 30전도 벌지 못하는 듯 하다. 오늘은 어떻죠? 하고 저녁 무렵 바로 만나서 물어보기로도 하면, 그는 곧 습관적으로 손을 머리에 대고서,

"이봐 학생" 하고 큰소리를 친다. 언제인가의 술회에 의하면 2남 1녀가 한꺼번에 열병으로 죽었다고 하는데 신용할 수 없다. 다만 그의 아내가 산욕으로 괴롭게 죽은 것만은 그런 대로 사실이라고 전해지고 있다.

올해 여름에도 귀국하자 윤 서방은 그것을 어떻게 알아냈는지 어느새 그 다음날에는 뜰 앞에서 앞서 말했던 주뼛주뼛한 몸을 드러냈던 것이다. 그는 덤벼들기라도 할 것처럼 엉뚱하게 외쳤던 것이다.

"일본은 풍작이라지!" 그러더니 엄연한 소작농이라도 되는 것처럼 투덜대며 푸념했다. "제길 참을 수가 있어야지. 쌀 한 근에 오 전이나 한다구."

또한 다음날에는 고조되고 흥분된 가운데 완전히 안달을 해댄다. …… 하비탄[1] 투매품을 일본 내지 공장으로터 직접 가져와서 큰돈을 버는 사람

이 있다. 일본에 건너가면 꼭 좀 어떻게 해주지 않겠나. 사가(佐賀)에서는 어디에 사나. 붓으로 좀 써도 되겠나 등등. 하지만 곧 바로 윤 씨는 앞서 말했던 대단한 용건은 완전히 잊은 것인지,

"이봐 학생" 하고 갑자기 화제를 바꿔서, 헤헤 하며 웃어대는 것이다. 그것은 터무니없이 말을 토해 내려는 예고이기도 하다. 그리고 그는 정색을 하고 대들며 촌장과 주재소장 중 어느 쪽이 더 높은 사람이냐며 생각을 짜냈다. 내가 무심결에 쓴웃음을 짓자, 그는 점점 더 안면에 깊은 주름을 새기며 이것 보시게 지극히 어려운 문제이니 곤란한 것이지 하고 말하는 것처럼 반백의 엉클어진 머리를 벅벅 긁어댔다.

―가을 학기가 시작돼 사가로 돌아가고 나서 얼마 되지 않아서였다. 고향에서 어머니가 보낸 편지는 수산화나트륨을 마시고 죽은 그의 죽음을 고해 왔다. 그 막대한 몽상과 도취와 자존심이라는 짐이, 결국 끝내는 쫓을 수 없는 것이 된 것인가 하고 나는 이상하게 쇼크를 받았다. 하지만 오늘 기숙사 뒤에서 우연히 전에 봤던 '모두 먹어치우는 영감'을 발견하고, 그 영감은 그 위대한 입과 위장의 명예를 걸더라도 이제와 자살 따위는 하지 않았을 것이라고 나는 퍼뜩 생각했던 것이다. 영감은 그 굳게 이를 악문 입 안에서, 어떠한 말을 반추하고 있는 것일지, 제군도 알고 있다. 취사장의 소류장(掃溜場)에서 가마니를 늘어뜨리고 전에 들고 다니던 막대기를 어깨에 걸치고 일어서더니, 쌀, 하비탄, 촌장이라고 중얼대는 대신에, 영감은 이렇게 화가난 듯이 아우성쳤다.

"쳇 내 짐은 이런 것 뿐이잖아."

(『佐賀高校文科乙類卒業記念誌』 1936.2, 일본어에서 번역, 필명은 金時昌)

---

1) 'はぶたえ(하부타에, 羽二重)', 곱고 보드라우며 윤이 나는 순백색 비단.

「흑룡강」을 보고-현대극장창립 공연평

경성에 와서 오래간만에 연극을 즐길 수 있었다. 현대극장 창립 공연에 의한 유치진 씨 작 오막물이다. 연출은 신진기예 주영섭(朱永涉) 씨 내지 조선할 것 없이 모든 신극단체가 새로운 역사 창조기에 직면하여 무대 예술의 재 비판 재 음미 속에 침잠인순(沈潛因循)하여 있는 이때에 솔선하여 이 극단 제씨가 건전한 국민적 양식과 국민 예술 창조에 대한 정열을 가지고 조선극예술의 재건에 나선 것만 하여도 가히 장하다 하지 아니치 못할 것이다. 특히 그것이 조선에 있어 최초의 횃불이라는 점에서 얼마나 조선의 극예술가들이 시국에 대한 자각과 예술 창조의 의욕에 불타고 있는가를 엿볼 수 있다. 그렇지만 모든 예술에 있어 그러한 거와 같이 국민극이기에 국(國) 아니 민극(民劇)이란 귀한 기치를 걸고 나섰기 때문에 일층 더 훌륭한 예술적 연소를 통하여 무리 없이 극민극적 요소를 살리지 아니하면 아니 된다. 그러나 우리들은 이 점에 대하여 그리 실망할 것은 없었다. 이 점으로 보아 특기할만하다고 생각한다. 이 극은 만주 사변 전으로부터 만주건국에 이르기까지의 역사적 전환기에 있어 만주에 이주하여 있는 조선 농민이 모든 박해를 이겨가며 끝까지 살려고 애쓰는 고난의 기록이다. 그것이 교묘한 구성과 리얼한 필치와 그러면서도 대중에게 충분히 이해될 수 있는 전개를 가지고 그려져 있다. 다만 좀 더 구성에 의한 인물의 파악 방법이 아니고 생동하는 인물에 의한 구성이 있었으면 한다. 이 만큼 다수(多數)한 인물을 배열한 연극을 단시간에 상연하지 아니하면 안 된다는 고충과 곤란을 모르는 배 아니지만 좀 더 인물을 정리해서 깊이 파내린 전개를 꾀할 수 없었을까. 인물의 성격 부각과 사건의 필연적 귀결이란 점에 있어서 미흡함을 느끼지 아니할 수 없다. 그러나 2막의 '리리시즘' 4막의 앙양은 비상히 뛰어났었다. 5막은 처음에 작자도 필요 없게 생각했다고 전문(傳聞)하였거니와 과연 동감이다. 국가의 이념을 명백히 하고 구상화(具象化)하고 생명화하기보다 도리어 이 막 때문에 연극의 생명을 개념적인 설명에 빠지고 내투성(內透性)을 부시었다. 주영섭 씨의 연출은 잘 연극의 호흡을 잡아 그 '스타일'과 전개에 있어 능히 '셰익스피어' 무대를 연상하게까지 이르렀다. 씨 특유한 가느다란 선과 부분적 조소(彫塑)의 폐를 벗었다. 전체적인 파악과 묘사에 성공하였고 특히 4막의 '최후의 긴장점' 등 관객에게 부지중의 박수를 요구하고 있다. 허지만 극곡의 성질에 '캐치'해서 사실적인 수법을 쓰고 있으나 '요세아쓰메'[1]의 연기자란 점도 있다 하더라도 이시성 동시성의 연기에 파탄이 많은 것은 어찌된 일인고. 그리고 연출자는 사실적인 연기가 필요할 것인데 연기자에 따라서는 지극히 과장된 '시구사'[2]로 재삼 극을 망치고 있는 것은 그 죄가 연출자에게 있는지 또는 연기자에게 있는지 예를 들면 양칠산(梁七山, 尹○鍊 분)과 같은 대 악역임에도 불구하고 되도록 사실적 연기(생경하지만)를 보이려고 하는데 노(老) 퇴병(徐成大 분)과 같은 희화적 연기는 이 어찌된 것인고. 이원경(李源庚) 씨의 장치는 그 구성 색채 모두 빈약하고 저조 일껀너른 무대를 이용치 못하고 가설 주막집에 기우(寄寓)함과 같이 안정성이 없음을 감한다. 그렇지만 이 연극과 불가분의 역할을 연(演)하고 있는 것은 박용구(朴容九) 씨의 음악인데 새로운 시험으로서는 성공이라고 볼 수 있다. 단지 무대 뒤에 연주 지휘를 돌렸으면 하고 생각한다. 최후에 연기로 말하면 일반으로 '에로큐숀'의 수련이 부족하나 충분히 무대를 구사하고 있는 것은 유계선(劉桂仙)의 연(蓮)이와 주훈(奏薰)의 토호 장거강(張巨江)쯤일 것이다. 특히 3막 '리리칼'한 장면에 있어 연(蓮)이 순연한 조선 처녀의 연기로서 정채(精彩)를 발하고 있다. 주역 김동찬(金東燦)의 성천

---

1) '寄せ集め'는 그러모으는 것이라는 뜻.
2) '仕草'는 연기를 의미한다.

(星天)은 평범하고 이웅(李雄)의 박 선생은 선구자로서의 기개가 보이지 않는다. 김형준(金亨俊)의 아동역은 곱다. 윤성무(尹星畝)의 길보(吉甫)와 안인범(安人凡)의 몽고인은 '모우께 역(役)'[3]이지만 빛난다. 마완영(馬完英)의 수철(壽鐵)은 좀 더 무대 발성법에 수련을 쌓으면 '아리, 폴'과 같은 성격 배우로서 이루는 바 있을 것이다.

하여튼 한 번 볼만한 역작이다.

(『매일신보』, 1941.6.10, 필명은 김사량)

---

3) 'もうけやく'는 연극 등에서 보여줄 것이 있어서 관객에게 환호를 받을 수 있는 역할.

서도담의

1. 보는 바

한동안 숲과 바다 좋은 가마쿠라鎌倉에서 지내다가 요즘 다시 향리 평양으로 돌아왔다. 언제 오나 반가운 고향이지만 더욱이 몸을 맞아 드리는 평양도 못지않게 즐거운 곳이다. 대동강가 버들가지에도 파란물이 오르고 ○ 기슭 새나리꽃도 엄을 트기 시작한다. 지난해 늦은 봄 양덕(陽德)에 갔던 길에 떠다 심은 들장미 서너 그루와 단풍나무와 라일락도 가지가지 파랗다.

지난 번 공일(空日) 효석(孝石)과 영석(永錫) 셋이서 쑥섬엘 봄맞이로 가는 길에 울긋불긋 나도는 젊은 색시들을 가르키며 효석은 봄이 진작 성내에 들어온 게라고 하였다. 실상 봄철이나 되면 이곳 젊은 색시들은 나비처럼 채리고 나붓이 나와 거닌다.

그러나 이 근년에 서울 풍속을 본받아 모두 긴치마를 끌기 시작한 다음부터는 활발한 평양 색시들도 오솝스레 하기 그지없다. 그래 나비도 발랄한 태가 없어 씩씩한 강산이 아깝다. 요즘은 여자로 태어난 이는 기생패는 물론 색시 메누리 아즈머니 어머니 할 것 없이 긴치마를 칭칭 몸에 감고 한손은 옆구리에 꽂고서 뱅글뱅글 맴을 돈다. 싸움을 할 땐 치마를 벗어 던지고 나선다든 평양 아낙네들이 언제부터 이리 점잔만 빼게 되었던가.

하기는 기운차고 아름다운 평양의 질색 가운데 그중 큰 하나는 봄을 맞은 거리에 더욱 너즈분히 떠돌기 시작한 불량 청년들의 행색이다. 이 이삼년 래 이곳에 왜 이리도 자루 '쓰봉'에 '케이블'식 머리가 흔해 졌는지 밀려다니는 젊은이는 하나같이 이런 죽들이다. 어유 기름을 병채 익여

발러 잰재리머리를 해가지고 동에 번득 서에 번득 거린다. 남(南)에서 통쾌히 싸우고 북에서 견고히 지키는 오늘의 중대한 시국에 이런 패들이 년년(年年)히 늘어가는 현상은 가탄지사(可嘆之事)이다. 아랫거리 차방(茶房)이 아니면 까페로나 몰려다니며 그렇지 않으면 삿전을 석수당골 '나까이' 집앞에 떼를 지고 떠들썩이다.

하루 바삐 이 거리를 질박하고 ○기(氣) 잇든 평양으로 돌려보내고자 청년이 평양의 상징이며 아낙네가 평양의 심장일터인데 한축은 잰재리되고 한축은 나비되여 눈보라치듯 하여 평양거리가 어수선하기 그지없다.

2. 느끼는 바

훈련과 통제 이것이 강화됨에 상반(相伴)하여 공사를 막론하고 보다 더 겸양 공손한 태도로 교섭토록 힘을 써야겠다. 눈에 독기(毒氣)를 끼고 말에 살을 품어 서로 겨눈다는 것은 심히 삼가야 할 것이다. 국민으로서 사회인으로서의 도의를 무엇보다도 첫째로 길러야만 전시 생활의 명랑을 기할 수도 있으며 긴장 엄숙한 시국 정신도 깊이 배양할 수가 있었다. 이런 의미로서 전시 도의의 확립을 위하여 국민의 재교육이 절실히 필요타고 생각된다.

어떤 친구가 고지서의 발부도 없이 독촉장이 나온 청결세(清潔稅)를 바치러 가서 그 사연을 일렀더니 외려 어성을 높여 고지서가 나오지 않었더래도 평상시의 심득(心得)이 좋지 않기에 그런 비국민적인 체납에 이르지 않았느냐고 대갈(大喝)트라 한다. 오늘날 우리들이 모든 자잘못을 국민이니 비국민이니 하는 고차적(高次的) 단어로서 불문에 부치려는 경향은 없는가. 남의 허물을 용서코자 할 때 남을 아끼고자 할 제 시국을 생각하고 총후(銃後)의 불필요한 마찰을 피하고자 한다면 우러러볼 태도이지만 매양 겸손과 반성과 등을 지기 위하여서라면 조금도 경계치 못한 일이다.

이야기는 다르지만 이번에 돌아오니 어느덧 전차와 버스 간의 연락표가 없어서 불경제일뿐더러 불편하기 그지없다. 이 불경제하고 불편한 전차나 버스를 타는 것도 오늘날 평양 부민이 느끼는 가장 불유쾌한 일의 하나이다. 그리고 무엇보다도 승무원들의 폭만무쌍(暴慢無雙)한 태도는 부지불식간 승객들의 눈살을 찌푸리게 한다. 물론 훈련이 부족한 승객들의 각양각태도 어지간하지만 부민의 발이 되는 전차와 버스의 승무원이 승객에 대하여 불친절은커녕 자칫하면 폭언과 폭행에 가까운 태도로 일삼는 것을 보매 부민으로서의 적이 분만을 금치 못하게 된다.

"이자 그 자식을 떴다 바툴걸!"

"전차 밖으로 내따 차구 볼거지"

많은 손님이 타고 있는 차중에서 운전수와 차장이 어울려 이런 따위 말을 큰 소리로 주고 건네는 후안무치의 현상이다. 그러다가 서 평양 한교(閑郊) 쯤 나가면 목을 추켜올리고 유행가도 띄워 부른다. 승객을 대체로 무엇으로 알고 있는 것일까. 어제 밤인가는 기차 시간에 닿아야할 승객으로 만원인 전차를 중도에 멈춰 세우고 찢어진 표를 내였느니 어쨌느니 하며 노발대발이드니 승무원들이 손님을 끌고 우르르 내려가지고 폭행을 함이 흡사 불량자의 행투(行套)이다. 떠날 줄을 모르는 차중에서 어떤 승객은 취중의 말로 차장(車掌)이 아니고 차장(車長)이거든 차장이거든 하고 되짚어 왼다. 사실로 서울서는 차장(車掌)이나 차장(車長)이나 매일반의 발음이 되어 그런지 그쪽을 하는 모양도 여러 번 보아왔드니 평양에도 차츰 서울말이 들어와서 이러는가 싶다. 가탄(可嘆) 서울이 유죄로다. 평양의 아낙네들도 어서 밖에 치마를 추켜올리고 따라서 전차나 버스 승무원 제군들도 역시 차장(車掌)과 차장(車長) 분간을 하여주기 바란다.

(『매일신보』, 1942.4.23–24, 필명은 김사량)

편자 김재용

    원광대학교 국어국문학과 교수
    한국문학 및 세계문학 전공

곽형덕

    한국과학기술원(KAIST) 인문사회과학연구소 연구교수
    일본근대문학 및 동아시아학 전공

식민주의와 문화 총서 23

김사량, 작품과 연구 5

초판 인쇄 2016년 3월 3일
초판 발행 2016년 3월 11일

편   자 김재용 곽형덕
펴낸이 이대현
편   집 오정대
펴낸곳 도서출판 역락
    서울 서초구 동광로 46길 6-6 문창빌딩 2층
    전화 02-3409-2058(영업부), 2060(편집부)
    팩시밀리 02-3409-2059
    이메일 youkrack@hanmail.net
    역락블로그 http://blog.naver.com/youkrack3888
    등록 1999년 4월 19일 제303-2002-000014호

ISBN 979-11-5686-284-0 94800
      979-11-5686-061-7(세트)

정 가 45,000원

파본은 구입처에서 교환해 드립니다.

이 도서의 국립중앙도서관 출판예정도서목록(CIP)은 서지정보유통지원시스템 홈페이지(http://seoji.nl.go.kr)와 국가자료공동목록시스템(http://www.nl.go.kr/kolisnet)에서 이용하실 수 있습니다.(CIP제어번호 : CIP2016002198)